COLLECTION FOLIO

Elsa Morante

La Storia

I

ROMAN

Traduit de l'italien
par Michel Arnaud

Gallimard

Titre original :
LA STORIA

Elsa Morante est née en 1918 dans une famille de condition modeste. Pendant sa jeunesse, elle est mêlée aux tragiques aventures de la guerre et vit pendant un an avec les réfugiés et les paysans de l'Italie méridionale. Elle débute en littérature par des nouvelles, Il Gioco secreto, *en 1941. Son roman,* Mensonge et Sortilège, *reçoit le prix Viareggio en 1948. Puis* L'Île d'Arturo, *en 1957, obtient le prix Strega. Elle reçoit donc ainsi les deux plus grandes distinctions littéraires italiennes. En 1958, elle publie des poèmes,* Alibi, *puis d'autres nouvelles,* Le Châle andalou, *en 1963. Enfin son grand roman,* La Storia, *place Elsa Morante au premier rang des lettres italiennes.*

Il n'est pas de mot, en aucun langage humain, capable de consoler les cobayes qui ne savent pas pour quelle raison ils meurent.

Un survivant d'Hiroshima.

...tu as caché ces choses aux savants et aux sages et tu les as révélées aux petits enfants...
...parce que tel a été ton bon plaisir.

Luc, X, 21.

... 19**

> « ... *de me procurer un catalogue, une brochure*
> *quelconque, parce qu'ici, maman, les nouvelles*
> *du vaste monde n'arrivent pas...* »
>
> (des Lettres de Sibérie.)

... 1900-1905

Les dernières découvertes de la science concernant la structure de la matière marquent le début de l'ère atomique.

1906-1913

Pas grand-chose de neuf dans le vaste monde. Comme déjà tous les siècles et millénaires qui l'ont précédé sur la terre, le siècle nouveau lui aussi se règle sur ce principe immuable et bien connu de la dynamique historique : *aux uns le pouvoir et aux autres la servitude*. Et c'est sur ce principe que se fondent, semblablement, aussi bien l'ordre intérieur des sociétés (dominées actuellement par les « Pouvoirs » dits *capitalistes*) que l'ordre extérieur international (dit *impérialisme*) dominé par quelques États dits « Puissances », lesquelles se répartissent pratiquement la superficie tout entière de la terre en domaines respectifs ou empires. Parmi ces puissances, la dernière arrivée est l'Italie, qui aspire au rang de grande puissance et qui, pour le mériter, s'est déjà emparée par les armes de quelques pays étrangers — moins puissants qu'elle —, se constituant ainsi un petit domaine colonial mais pas encore un empire.

Bien que perpétuellement en concurrence menaçante et armée entre elles, les puissances s'associent tour à tour en *blocs* pour la commune défense de leurs intérêts (lesquels doivent être entendus, à l'intérieur, comme ceux des « pouvoirs ». Pour les autres, pour ceux qui sont assujettis à la servitude, lesquels ne participent pas aux bénéfices mais servent néanmoins ces intérêts, ceux-ci sont présentés en termes d'abstractions idéales, variant avec les variations de la pratique publicitaire. Dans ces premières décennies du siècle le terme préféré est *patrie*).

En Europe, actuellement, deux blocs se disputent la suprématie : la *Triple Entente* de la France, de l'Angleterre et de la Russie des Tsars ; et la *Triple Alliance,* de l'Allemagne, de l'Autriche-Hongrie et de l'Italie. (L'Italie passera dans la suite à l'Entente.)

Au centre de tous les mouvements sociaux et politiques il y a les grandes industries que leur énorme et croissant développement a depuis longtemps maintenant amenées aux méthodes des *industries de masse* (lesquelles font de l'ouvrier « un simple accessoire de la machine »). Pour leur fonctionnement et leurs débouchés les industries ont besoin de masses et vice versa. Et comme l'activité de l'industrie est toujours au service des Pouvoirs et des Puissances, la première place revient nécessairement aux armes (*course aux armements*), lesquelles sur la base de l'économie des consommations de masse trouvent leur débouché dans la guerre de masse.

1914

Éclatement de la Première Guerre mondiale entre les deux blocs opposés de Puissances, auxquelles se joignent dans la suite d'autres alliés ou satellites. Entrée en action des produits nouveaux (ou perfectionnés) de l'industrie d'armement, au nombre desquels les tanks et les gaz.

1915-1917

Le roi, les nationalistes et les divers pouvoirs intéressés l'emportant sur la majorité du pays (qui est en conséquence qualifiée de *défaitiste*), l'Italie entre en guerre — aux côtés de l'Entente. Plus tard, entre autres pays, la Super-Puissance des États-Unis se rangera elle aussi aux côtés de l'Entente.

En Russie, cessation de la guerre aux côtés des Puissances à la suite de la grande révolution marxiste pour le social-communisme international, dirigée par Lénine et Trotski (« Les ouvriers n'ont pas de patrie », « Faire la guerre à la guerre », « Transformer la guerre impérialiste en guerre civile »).

14

1918

La Première Guerre mondiale se termine par la victoire de l'Entente et de ses alliés du moment (27 nations victorieuses, au nombre desquelles l'Empire japonais). Dix millions de morts.

1919-1920

Représentant les Puissances victorieuses et leurs alliés, soixante-dix personnages assis à la table de la paix établissent entre eux le nouveau partage du monde et tracent la nouvelle carte d'Europe. La fin et le démembrement des Empires centraux vaincus ont pour conséquences le transfert de propriété de leurs colonies aux Puissances victorieuses et la naissance sur la base du principe de nationalité de nouveaux États européens indépendants (Albanie, Yougoslavie, Tchécoslovaquie et Pologne). A l'Allemagne est imposée, entre autres choses, la cession du *couloir de Dantzig* (lequel permet l'accès à la mer de la Pologne) qui coupe en deux son territoire national.

Les termes de la paix sont contestés comme non satisfaisants et provisoires par certains des contractants, au nombre desquels l'Italie (*paix mutilée*) et sont finalement insoutenables pour les populations des pays vaincus, condamnés à la faim et au désespoir (*paix punitive*).

A la table de la paix est absente la Russie, actuellement encerclée et transformée en champ de bataille international par l'intervention militaire des principales Puissances (France, Angleterre, Japon et États-Unis) dans la guerre civile et contre l'Armée Rouge. Durant cette épreuve cruciale et malgré les massacres, les épidémies et la misère, fondation à Moscou du *Komintern* (Internationale Communiste) qui appelle tous les prolétaires du monde, sans distinction de race, de langue ou de nationalité, à l'engagement commun d'unité révolutionnaire vers la République Internationale du prolétariat.

1922

Après des années d'une guerre civile qui se termine par la victoire des révolutionnaires, naissance en Russie du nouvel État : l'U.R.S.S. Lequel représentera l'espoir pour tous les « damnés de la terre » qui de la guerre — gagnée ou perdue — n'ont retiré qu'une aggravation de leurs malheurs, et représentera, par contre, le fameux *spectre* du communisme menaçant maintenant l'Europe pour les Puissances et pour les propriétaires de la terre et de l'industrie, auxquels la guerre a servi principalement de grandiose spéculation.

Ceux-ci, en Italie (siège de l'une de leurs filiales les plus sordides), s'unissent à leurs serviteurs et aux divers revendicateurs de la *paix mutilée* pour une récupération à outrance de leurs intérêts. Et ils ne tardent pas à trouver leur champion et l'instrument qu'il leur faut en la personne de Benito Mussolini, arriviste médiocre et « mélange de tous les déchets » de la pire Italie : lequel, après avoir tenté de faire carrière sous l'enseigne du socialisme, a trouvé plus avantageux de passer à l'enseigne opposée, celle des pouvoirs en place (le patronat, le roi et, dans la suite, aussi le pape). Sur la seule base, comme programme, d'un anticommunisme garanti, menaçant et à bon marché, il a fondé ses *fasci* (d'où fascisme), assemblages de fripouilles et de sicaires de la *révolution* bourgeoise. Et c'est dans une telle compagnie qu'il pourvoit aux intérêts de ses mandants par la violence terroriste de misérables *squadre d'azione,* escouades d'individus de tout acabit. Le roi d'Italie (homme dénué de tout titre digne d'être mentionné en dehors de celui qu'il a hérité de roi) lui confie volontiers le gouvernement de la nation.

1924-1925

En Russie, mort de Lénine. Sous son successeur qui a pris le nom de Staline (Acier), les exigences intérieures nationales (collectivisation, industrialisation, autodéfense contre les Puissances coalisées dans l'anticommunisme, etc.) font fatalement écarter provisoirement les idéaux du Komintern et de Trotski (*révolution permanente*) en faveur des thèses staliniennes (*socialisme dans un seul pays*). Et finalement la dictature du prolétariat prévue par Marx, après s'être réduite à la dictature hiérarchique d'un parti, se dégradera en dictature personnelle du seul Staline.

En Italie, dictature totalitaire du fasciste Mussolini, lequel entretemps a imaginé une formule démagogique pour le renforcement de son pouvoir de base. Cette formule agit spécialement sur les classes moyennes qui recherchent dans les faux idéaux (à cause de leur pénible incapacité de concevoir de vrais idéaux) une revanche de leur médiocrité, et elle consiste dans le rappel de la souche glorieuse des Italiens, héritiers légitimes de la Plus Grande Puissance de l'Histoire, la Rome impériale des Césars. Grâce à cette formule et à d'autres directives nationales du même genre, Mussolini sera élevé au rang d' « idole de masse » et prendra le titre de *Duce.*

1927-1929

En Chine, début de la guérilla des révolutionnaires communistes conduits par Mao Tsé-toung contre le pouvoir central nationaliste.

16

En U.R.S.S., défaite de l'opposition. Trotski est expulsé d'abord du Parti puis de l'Union soviétique.

A Rome, *Traité du Latran* de la papauté avec le fascisme.

1933

En Allemagne, dans une situation analogue à la situation italienne, les pouvoirs constitués confient le gouvernement du pays au fondateur du fascisme allemand (*nazisme*) Adolf Hitler, un sinistre détraqué qu'obsède l'idée de la mort (« Le but est l'élimination des forces vivantes »), lequel, à son tour, est élevé au rang d'idole de masse avec le titre de Führer, adoptant comme formule de domination totale la supériorité de la race germanique sur toutes les races humaines. En conséquence, le programme déjà prévu du grand Reich exige l'asservissement total et l'extermination de toutes les races inférieures, à commencer par les Juifs. En Allemagne, début de la persécution systématique des Juifs.

1934-1936

Longue marche de Mao Tsé-toung à travers la Chine (12 000 km) pour encercler les forces supérieures en nombre du Gouvernement nationaliste (Kouomintang). Des 130 mille hommes de l'Armée Rouge, 30 mille arrivent vivants.

En U.R.S.S, Staline (élevé maintenant lui aussi au rang d' « idole de masse ») donne le départ de la « Grande Purge » par l'élimination physique progressive des vieux révolutionnaires du Parti et de l'Armée.

Mettant en œuvre la formule « impériale » du Duce, l'Italie s'empare par la violence de l'Abyssinie (État africain indépendant) et se promeut Empire.

Guerre civile en Espagne, déclenchée par le catholico-fasciste Franco (dit le *Generalisimo* et le *Caudillo*) pour le compte des habituels pouvoirs sous la menace du « spectre ». Au bout de trois années de dévastations et de massacres (entre autres choses, est inaugurée en Europe la destruction complète, par bombardement aérien, de villes habitées), les fascistes (*phalangistes*) vont l'emporter grâce à l'aide substantielle du Duce et du Führer et à la connivence de toutes les Puissances du monde.

Le Führer et le Duce s'associent dans l'*Axe Rome-Berlin*, consolidé dans la suite par le pacte militaire dit *Pacte d'acier*.

1937

Le Japon Impérial, qui a conclu un pacte *anti-Komintern* avec les pays de l'Axe, envahit la Chine, où la guerre civile s'interrompt momentanément pour opposer un front commun à l'envahisseur.

En U.R.S.S. (politiquement isolée dans un monde dont les intérêts sont hostiles au communisme), cependant qu'à l'intérieur il intensifie ses méthodes de terreur, Staline, dans ses rapports extérieurs avec les Puissances, applique de plus en plus la stratégie objective d'une *Realpolitik*.

1938

En U.R.S.S., le système stalinien de la terreur s'étend des sommets de la bureaucratie aux masses populaires (millions et millions d'arrestations et de déportations dans les camps de travail ; condamnations à mort arbitraires et sans discrimination en multiplication paroxystique, etc.). Néanmoins, les multitudes terrestres des opprimés — mal informées, d'ailleurs, et maintenues dans l'erreur — tournent toujours leurs regards vers l'U.R.S.S. comme vers la seule patrie de leur espoir (il est difficile de renoncer à un espoir, quand il n'y en a pas d'autres).

Accords de Munich entre les chefs de l'Axe et les Démocraties occidentales.

En Allemagne, avec la nuit sanglante dite *Nuit de cristal,* les citoyens allemands sont pratiquement autorisés au libre génocide des Juifs.

Copiant les lois de son alliée l'Allemagne, l'Italie promulgue elle aussi ses propres lois raciales.

1939

Malgré les engagements conciliants pris récemment à Munich avec les Puissances occidentales, Hitler entend mettre en œuvre son programme, lequel exige en premier lieu la revendication des droits impériaux allemands contre la *paix punitive* d'il y a vingt ans. C'est pourquoi, après avoir annexé l'Autriche, le Führer procède à l'invasion de la Tchécoslovaquie (tout de suite imité par le Duce qui annexe l'Albanie) et entame des pourparlers diplomatiques avec la Puissance stalinienne.

Le résultat de ces négociations est un pacte de non-agression entre l'Allemagne nazie et l'Union soviétique — pacte qui permet aux deux contractants la double agression de la Pologne et le partage mutuel de celle-ci. A l'action immédiate des troupes hitlériennes contre la Pologne occidentale répond, de la part de la France et de l'Angleterre, la déclaration de guerre à l'Allemagne, qui marque le début de la Seconde Guerre mondiale.

L'activité inlassable et incessante des industries de guerre alimentera cette guerre, industries qui, adaptant à la machine des millions d'organismes humains, fournissent déjà de nouveaux produits (parmi les premiers, les chars super-armés dits *panzer,* les avions de *chasse* et les bombardiers à large autonomie, etc.).

Cependant, mettant à exécution ses propres plans stratégiques (qui prévoient déjà un heurt inévitable avec l'Allemagne impérialiste), Staline, après l'invasion concertée de la Pologne par l'est, a procédé à la soumission forcée des États baltes et triomphé de l'impossible résistance de la Finlande. Les industries soviétiques elles aussi, dans un engagement totalitaire, travaillent à la production de guerre de masse, s'appliquant en particulier à la technique de modernes lance-fusées de pouvoir explosif supérieur, etc.

Printemps-Été 1940

La première phase de la Seconde Guerre mondiale est marquée par l'avance foudroyante du Führer qui, après avoir occupé le Danemark, la Norvège, la Belgique, la Hollande et le Luxembourg, met la France en déroute et arrive jusqu'aux portes de Paris. Le Duce qui, jusque-là, est resté dans une semi-neutralité mais qui est maintenant sûr que la victoire est imminente, décide alors de tenir parole *in extremis* au Pacte d'acier (« la dépense de quelques milliers de morts m'assurera un siège à la table de la paix »), et il déclare la guerre à la Grande-Bretagne et à la France quatre jours avant l'entrée des Allemands à Paris. Ni les succès triomphaux de Hitler ni ses propositions de paix n'obtiennent pourtant le retrait de la Grande-Bretagne qui s'engage au contraire dans une résistance désespérée, cependant que, d'autre part, l'intervention italienne détermine l'ouverture d'un nouveau front en Méditerranée et en Afrique. La *Blitzkrieg* ou guerre éclair de l'Axe s'étend et se prolonge beaucoup plus loin que prévu.

Bataille aérienne de Hitler contre l'Angleterre, avec bombardement ininterrompu et destruction totale de rues, de ports, d'installations et de villes habitées. Le verbe *coventriser* fait son entrée dans le vocabulaire, verbe qui tire son origine de la ville anglaise de Coventry, réduite en poussière par les raids allemands. La bataille terroriste, continuée sans arrêt pendant des semaines et des mois dans l'intention de désarmer la résistance britannique (en vue d'un possible débarquement décisif) n'obtient néanmoins pas l'effet souhaité.

19

L'action en cours à l'ouest ne distrait cependant pas le Führer de ses autres plans secrets pour une prochaine action à l'est contre l'Union soviétique (action prévue dans le dessein historique du Grand Reich, qui exige à la fois l'extermination de la race inférieure slave et la radiation de la surface du globe du spectre bolchevique). Mais là le Führer sous-estime non seulement les ressources de l'adversaire mais aussi les risques de l'opération.

Pacte tripartite Allemagne-Italie-Japon, avec comme but l'instauration d'un « ordre nouveau » (impérial fasciste) en Eurasie. La Hongrie, la Roumanie, la Bulgarie, la Slovaquie et la Yougoslavie donnent leur adhésion à ce pacte.

Automne-Hiver 1940

Soudaine agression de l'Italie contre la Grèce, annoncée par les responsables comme « une simple promenade ». L'entreprise mal calculée se révèle au lieu de cela désastreuse pour les Italiens qui, repoussés par les Grecs, en pleine déroute et sans moyens, sont surpris par l'hiver dans les montagnes d'Épire.

La flotte italienne subit de très lourdes pertes en Méditerranée.

En Afrique du Nord, difficile défense des garnisons italiennes menacées par l'Armée britannique du Désert...

Un jour de janvier de l'an
1941
un soldat allemand marchait
dans le quartier de San Lorenzo à Rome.
Il savait en tout 4 mots d'italien
et du monde ne savait que peu de chose ou rien.
Son prénom était Gunther.
Son nom de famille demeure inconnu.

1

Un jour de janvier de l'an 1941, un soldat allemand, jouissant d'un après-midi de liberté, se trouvait seul, en train de flâner dans le quartier de San Lorenzo, à Rome. Il était environ deux heures de l'après-midi, et à cette heure-là, comme d'habitude, peu de gens circulaient dans les rues. Aucun des passants, d'ailleurs, ne regardait ce soldat, car les Allemands, bien que camarades des Italiens dans la présente guerre mondiale, n'étaient pas populaires dans certaines banlieues prolétaires. Et ce soldat ne se distinguait pas des autres de la même série : grand, blond, avec l'habituel comportement de fanatisme disciplinaire et avec, en particulier dans la position de son calot, l'expression provocante correspondante.

Naturellement, pour quelqu'un qui se serait mis à l'observer, il ne lui manquait pas quelques détails caractéristiques. Par exemple, en contraste avec son allure martiale, il avait un regard désespéré. Une incroyable absence de maturité se lisait sur son visage, alors que de taille il devait mesurer plus ou moins

23

1,85 mètre. Et son uniforme — chose vraiment comique pour un militaire du Reich, particulièrement à ces premiers temps de la guerre — quoique neuf et bien ajusté sur son corps maigre, était trop court de taille et de manches, laissant à nu ses poignets frustes, gros et ingénus, des poignets de petit paysan ou de plébéien.

A la vérité, il lui était arrivé de grandir brusquement, tout entier au cours du dernier été et de l'automne précédent ; et cependant, dans cette hâte de grandir, son visage, faute de temps, était resté le même qu'avant et tel qu'il semblait l'accuser de n'avoir même pas l'âge requis pour son infime grade. C'était une simple recrue de la dernière classe de guerre. Et jusqu'au moment de son appel sous les drapeaux, il avait toujours habité avec ses frères et sœurs et sa mère veuve dans sa maison natale, en Bavière, aux environs de Munich.

Plus précisément, son lieu de résidence était le village champêtre de Dachau, qui, plus tard, à la fin de la guerre, devait être rendu fameux par son camp limitrophe de « travail et d'expériences biologiques ». Mais à l'époque où ce garçon grandissait dans ce village, cette délirante machine à massacrer en était encore à ses essais initiaux et clandestins. Dans la région et aussi à l'étranger, elle était même célébrée comme une sorte de sanatorium modèle pour détraqués... A cette époque, le nombre de ses sujets était peut-être de cinq ou six mille, mais d'année en année le camp devait se peupler davantage. En dernier, en 1945, le chiffre total de ses cadavres fut de 66 428.

Mais comme les explorations personnelles du soldat ne pouvaient être poussées (évidemment) jusqu'à cet incroyable avenir, pas plus, d'ailleurs, qu'elles ne pouvaient être appliquées à des comparaisons avec le passé ou avec le présent lui-même, elles étaient restées jusqu'alors très vagues, rares et limitées. Pour lui, son petit village natal de Bavière représentait l'unique point clair et familier dans le ballet embrouillé du destin. En dehors de cela, jusqu'au moment où il s'était transformé en guerrier, il avait seulement fréquenté la ville voisine de Munich, où il allait travailler comme électricien et où, assez récemment, il avait appris à faire l'amour avec une prostituée d'âge canonique.

Cette journée d'hiver, à Rome, le ciel était couvert et il y avait du sirocco dans l'air. La veille, s'était terminée l'Épiphanie « qui emporte avec elle toutes les fêtes » et depuis quelques jours à peine le soldat avait vu finir sa permission de Noël, passée à la maison avec sa famille.

Son prénom était Gunther. Son nom de famille demeure inconnu.

On l'avait débarqué à Rome ce matin même, pour une très brève étape préparatoire du voyage vers une destination finale, dont la nature était connue de l'État-major mais inconnue des troupes. Parmi les camarades de son unité, on conjecturait en confidence que cette destination mystérieuse était l'Afrique, où l'on avait, paraît-il, l'intention de mettre en place des garnisons pour la défense des possessions coloniales de l'Italie alliée. Cette nouvelle l'avait électrisé au début, lui ouvrant la perspective d'une authentique aventure exotique.

AFRIQUE ! Pour quelqu'un qui a tout juste atteint l'âge adulte, qui faisait ses voyages à bicyclette ou dans l'autobus qui amène à Munich, c'est là un nom extraordinaire !

AFRIQUE ! AFRIQUE ! !
... Plus de mille soleils et dix mille tambours
dzanz tamtam baobab ibar !
Mille tambours et dix mille soleils
au-dessus des arbres à pain et à cacao !
Rouges orangés verts rouges
les singes jouent au foot avec les noix de coco
Voici le Chef Grand-sorcier Mbounoumnou Rou-
boumbou
sous un parasol en plumes de perroquet ! ! !
Voici le brigand blanc à cheval sur un buffle
qui parcourt les monts du Dragon et de l'Atlas
dzanz tamtam baobab ibar
dans les tunnels des forêts fluviales
où les fourmiliers bondissent par bandes !
J'ai une cabane aurifère et diamantifère
et sur mon toit une autruche a fait son nid
je vais danser avec les chasseurs de têtes
J'ai charmé un serpent à sonnette
Rouges orangés verts rouges
je dors dans un hamac sur les pentes du Rouwenzori
Dans la région des mille collines
j'attrape lions et tigres comme des lièvres
Je descends en canoé le fleuve des hippopotames
mille tambours et dix mille soleils !
J'attrape les crocodiles comme des lézards
dans le lac Ougami
et dans le
Limpopo
... Cette halte, en Italie, était la première qu'il faisait
à l'étranger, et elle pouvait déjà être pour lui comme
un échantillon propre à nourrir sa curiosité et son
excitation. Mais avant même d'arriver là, quand il
avait franchi les frontières d'Allemagne, une horrible

26

et solitaire mélancolie s'était emparée de lui, une mélancolie qui dénonçait son naturel pas encore formé et plein de contradictions. De fait, ce Gunther était un peu avide d'aventures, mais il restait un peu aussi, à son insu, un petit garçon. Il se promettait un peu d'accomplir des exploits ultra-héroïques et de faire honneur à son Führer, et un peu aussi il avait le soupçon que cette guerre était une algèbre incohérente, combinée par les États-majors, mais qui, lui, ne le regardait absolument pas. Tantôt il se sentait prêt à n'importe quelle brutalité sanglante, et tantôt, durant le voyage, il ruminait continuellement une amère compassion pour sa prostituée munichoise à la pensée que, désormais, elle ne trouverait que peu de clients parce qu'elle était vieille.

Au fur et à mesure que son voyage procédait vers le sud, cette humeur triste l'emporta en lui sur tout autre instinct, et cela au point de le rendre aveugle aux paysages, aux gens et à n'importe quel spectacle ou à n'importe quelle nouveauté : « Me voici transporté », se dit-il, « comme un chat dans un sac vers le Continent Noir ! » Cette fois-là, il ne pensa pas *Afrique,* mais vraiment *Schwarzer Erdteil, Continent Noir :* voyant l'image d'un rideau noir qui dès maintenant s'étendait déjà au-dessus de lui, à l'infini, l'isolant de ses camarades présents eux-mêmes. Et sa mère, ses frères et sœurs, les plantes grimpantes sur le petit mur de la maison étaient comme un tourbillon qui s'éloignait par-delà ce grand rideau noir, telle une galaxie en fuite à travers les univers.

Étant dans cet état d'esprit, une fois arrivé dans la ville de Rome, il usa de sa permission de l'après-midi pour s'aventurer seul, au hasard, dans les rues proches de la caserne où son convoi avait été installé pour cette étape. Et il aboutit dans le quartier de San Lorenzo sans l'avoir le moins du monde choisi, tel un accusé encadré par les gardes, qui, maintenant, de sa dernière et dérisoire liberté ne sait pas plus quoi faire que d'un chiffon. Il savait exactement en tout 4 mots d'italien, et de Rome il ne savait que les quelques choses que l'on apprend à l'école primaire. Aussi lui fut-il facile de supposer que les bâtiments vieux et en mauvais état du quartier San Lorenzo étaient tout bonnement les antiques architectures monumentales de la Ville Éternelle ! et quand il entrevit, par-delà la muraille qui enserre l'énorme cimetière du Verano, les vilaines constructions tombales de l'intérieur, il se figura que c'étaient probablement les sépulcres historiques des césars et des papes. Mais ce ne fut pas là une raison pour l'inciter à s'arrêter afin de les contempler. Pour lui, à ce moment-là, Capitoles et Colisées étaient des monceaux d'ordures. L'Histoire était une malédiction. Et la géographie pareillement.

Pour dire la vérité, la seule chose que, d'instinct, il était en train de chercher en ce moment par les rues de Rome, c'était un bordel. Non tant par une envie urgente et irrésistible, que, plutôt, parce qu'il se sentait trop seul ; et il lui semblait que c'était uniquement dans un corps de femme, en se noyant dans ce nid chaud et amical, qu'il se sentirait moins seul. Mais pour un étranger de sa condition et de l'humeur farouche et sauvage qui était la sienne, il y avait peu d'espoir de découvrir un tel refuge dans les parages à cette heure-là et sans le moindre guide. Et on ne pouvait pas non plus compter pour lui sur la chance d'une rencontre de rue occasionnelle : car bien qu'étant devenu, presque sans s'en rendre compte, un bel adolescent, le soldat Gunther était encore plutôt inexpérimenté et, au fond, même, timide.

De temps en temps, il se défoulait en donnant des coups de pied dans les cailloux qu'il rencontrait, s'amusant peut-être, pendant un instant, à imaginer qu'il était le fameux Andreas Kupfer ou une autre de ses idoles du ballon rond, mais immédiatement il se rappelait son uniforme de combattant du Reich. Et avec un haussement d'épaules qui déplaçait un peu son calot sur son crâne, il reprenait son air grave.

L'unique tanière qui s'offrit à lui au cours de sa pauvre chasse, ce fut une sorte de sous-sol, en bas de quelques marches, qui avait comme enseigne : *Vin et cuisine — chez Remo;* et se rappelant que ce jour-là, faute d'appétit, il avait fait cadeau de sa soupe à un camarade, il éprouva soudain un besoin de nourriture et il descendit à l'intérieur, caressé par une promesse de réconfort, si minime soit-il. Il savait se trouver en pays allié : et il s'attendait, dans cette cave accueillante, non, certes, aux cérémonies dues à un général mais, sûrement, à une familiarité cordiale et sympathique. Au lieu de cela, aussi bien le patron que le garçon l'accueillirent avec une froideur nonchalante et méfiante et avec des coups d'œil de travers qui lui firent sur-le-champ passer sa faim. Et alors, au lieu de s'asseoir pour manger, restant debout au comptoir, il demanda d'un air menaçant du vin, et il l'obtint, malgré une certaine réticence des deux hommes, après qu'ils se furent consultés en privé dans l'arrière-boutique.

Gunther n'avait absolument rien d'un buveur, et, en tout cas, à la saveur du vin il préférait celle de la bière. Mais pour faire preuve de virilité à l'intention du garçon et du patron, et avec des airs de plus en plus menaçants, il se fit servir, l'une après l'autre, cinq mesures d'un quart de litre et les vida, les lampant à grands coups, tel un bandit de Sardaigne. Ensuite il jeta violemment sur le comptoir les quelques sous qu'il avait en poche, cependant qu'une rageuse envie le prenait de flanquer en l'air le comptoir et les tables et de se comporter non plus en allié mais en envahisseur et en assassin. Mais une légère nausée qui montait de son estomac lui interdit toute action. Et d'un pas encore assez martial il retourna à l'air libre.

Le vin lui était descendu dans les jambes et monté à la tête. Et avec ce nauséabond sirocco qui soufflait dans la rue et qui, chaque fois qu'il respirait, lui soulevait le cœur, il fut pris d'une envie folle d'être à la maison, pelotonné dans son lit trop court, avec autour de lui l'odeur froide et marécageuse de la campagne et celle, tiède, du chou-fleur que sa mère faisait cuire à la cuisine. Mais, grâce au vin, cette énorme nostalgie, au lieu de le torturer, le rendit gai. Pour quelqu'un qui se promène à moitié ivre, tous les miracles, pendant au moins quelques minutes, sont possibles. Un hélicoptère peut venir se poser devant lui pour le ramener immédiatement en Bavière, ou un message-radio peut lui arriver du ciel, lui annonçant que sa permission est prolongée jusqu'à Pâques.

Il fit encore quelques pas sur les trottoirs, puis il tourna au hasard et s'arrêta sur le seuil de la première porte d'immeuble qu'il trouva, avec la vague intention de se coucher là, dans le vestibule, et de dormir, peut-être sur une marche ou dans une soupente, comme pendant les fêtes costumées du carnaval, lorsqu'on fait ce qui vous chante sans que personne s'en soucie. Il avait oublié qu'il portait un uniforme; par l'effet d'un comique interrègne survenu dans le monde, l'extrême arbitraire des enfants usurpait à présent la loi militaire du Reich! Cette loi est une farce et Gunther se fiche d'elle. A ce moment-là, n'importe quelle créature féminine arrivée la première sur ce seuil (et nous ne voulons pas dire une fille banale ou une petite putain de quartier, mais n'importe quelle créature du sexe féminin : une jument, une vache, une ânesse!) qui l'aurait regardé d'un œil à peine humain, cette créature, il aurait été capable de l'embrasser de force, voire en se jetant à ses pieds, tel un amoureux, et en l'appelant : *meine Mutter!* Et lorsque, un instant plus tard, il vit déboucher du coin de la rue une locataire de l'immeuble, une petite femme d'apparence modeste mais correcte, qui rentrait alors, chargée de sacs et de cabas, il n'hésita pas à lui crier : « *Signorina! Signorina!* » (c'était là l'un des 4 mots d'italien qu'il connaissait). Et d'un bond il se planta résolument devant elle, bien que ne sachant même pas ce qu'il voulait d'elle.

Mais elle, en se voyant arrêtée par lui, le regarda fixement d'un œil qui n'avait plus rien d'humain, comme devant la matérialisation indiscutable de l'horreur.

2

Cette femme, institutrice de profession, se nommait Ida Ramundo Veuve Mancuso. A la vérité, selon l'intention de ses parents, son prénom aurait dû être Aïda. Mais, par une erreur de l'employé, elle avait été inscrite à l'état civil comme Ida, dite Iduzza par son père calabrais.

Elle avait trente-sept ans accomplis et ne cherchait vraiment pas à paraître moins âgée. Son corps plutôt sous-alimenté et de structure informe, à la poitrine flétrie et à la partie inférieure fâcheusement engraissée, était vêtu tant bien que mal d'un petit manteau marron de vieille femme, avec un petit col de fourrure très usé et une doublure grisâtre dont les bords déchirés émergeaient des manches. Elle portait aussi un chapeau, fixé par une paire de petites épingles de mercerie et pourvu d'un voile noir d'ancien veuvage ; et outre ce voile, l'alliance (d'acier, à la place de celle en or offerte jadis à la patrie pour l'expédition abyssine) qu'elle avait à la main gauche prouvait son état civil de *signora*. Ses boucles crépues et très noires commençaient à blanchir, mais l'âge avait laissé bizarrement indemne son visage rond, aux lèvres saillantes, qui faisait penser à celui d'une fillette souffreteuse.

Et, de fait, Ida était restée, au fond, une fillette, car sa principale relation avec le monde avait toujours été et restait (consciemment ou pas) une soumission apeurée. Les seuls, en réalité, à ne pas lui faire peur avaient été son père, son mari et, plus tard, peut-être ses petits élèves. Tout le reste du monde était d'une insécurité menaçante pour elle qui, sans le savoir, avait ses racines dans Dieu sait quelle préhistoire tribale. Et dans ses grands yeux sombres en amande il y avait une douceur passive, d'une barbarie très profonde et incurable qui ressemblait à une sorte de prescience.

Prescience, à la vérité, n'est pas le terme le plus exact, car la connaissance en était exclue. L'étrangeté de ces yeux rappelait plutôt la mystérieuse idiotie des animaux, lesquels, non point avec leur esprit mais grâce à un certain sens de leurs corps vulnérables, « savent » le passé et le futur de tout destin. J'appellerais ce sens — qui chez eux est commun et se confond avec les autres sens corporels — le *sens du sacré :* entendant comme *sacré*, chez eux, le pouvoir universel qui peut les dévorer et les anéantir, à cause de cette faute d'être nés qui est la leur.

Ida était née en 1903, sous le signe du Capricorne, lequel prédispose à l'industrie, aux arts et à la prophétie, mais aussi, dans certains cas, à la folie et à la sottise. Elle était d'une intelligence médiocre, mais ce fut une écolière docile et studieuse, et elle ne redoubla jamais une classe. Elle n'avait ni frères ni sœurs, et ses parents enseignaient, l'un et l'autre, dans la même école primaire de Cosenza où ils s'étaient rencontrés pour la première fois. Son père, Giuseppe Ramundo, était de famille paysanne, de l'extrême sud calabrais. Et sa mère, qui se nommait Nora Almagià, une Padouane de famille petite-bourgeoise boutiquière, avait atterri à Cosenza, à l'âge de trente ans, vierge et seule, à la suite d'un concours. Aux yeux de Giuseppe elle représentait, par ses manières, son intelligence et son aspect physique, quelque chose de supérieur et de délicat.

Giuseppe, de huit ans plus jeune que sa femme, était un homme de haute taille et corpulent, aux mains rouges et massives, et au visage grand, coloré et très sympathique. Par malheur, quand il était enfant, un coup de bêche l'avait blessé à une cheville, le laissant légèrement estropié pour toute sa vie. Et sa démarche boitillante augmentait le sentiment d'ingénuité confiante qu'il exhalait naturellement. Et précisément

33

parce qu'il était impropre aux travaux des champs, sa famille de pauvres laboureurs s'était arrangée à le faire étudier, l'envoyant d'abord s'instruire chez les prêtres, grâce à la recommandation de leur patron terrien ; et l'enseignement des prêtres et la protection patronale n'avaient pas atténué mais plutôt, à ce qu'il semble, attisé en lui cette certaine ardeur secrète qui était sienne. Je ne saurais dire comment ni où il avait découvert certains textes de Proudhon, de Bakounine, de Malatesta et autres anarchistes. Et sur ces textes il avait fondé une foi obstinée mais naïve et condamnée à rester une hérésie personnelle bien à lui. De fait, il lui était interdit de la professer, même entre les murs de sa maison.

Comme le laisse comprendre son patronyme, Nora Almagià était juive (et, même, ses parents, depuis plusieurs générations, vivaient encore dans le petit ghetto de Padoue) ; mais elle ne voulait le révéler à personne et n'en avait fait la confidence qu'à son mari et à sa fille, en leur enjoignant de garder rigoureusement le secret. Pour les circonstances officielles et pratiques, elle avait même coutume de camoufler son nom de jeune fille en le convertissant d'*Almagià* en celui d'*Almagía*, persuadée de se fabriquer une impunité par ce déplacement d'accent tonique ! De toute manière, à la vérité, à cette époque, les occultes descendances *raciales* n'étaient encore ni explorées ni contrôlées. Ce pauvre nom d'*Almagià* (ou même d'*Almagía*) avait passé à Cosenza aux yeux de tout le monde pour un quelconque patronyme vénitien, inoffensif et insignifiant, et désormais, du reste, les gens ne s'en souvenaient même pas. Nora pour tout le monde était la Signora Ramundo, considérée évidemment comme étant de la même religion catholique que son mari.

Nora n'avait pas de qualités particulières, ni mentales ni physiques. Néanmoins, sans être belle, elle était certainement gracieuse. De son célibat prolongé il lui était resté une réserve chaste et puritaine (même dans l'intimité elle avait avec son mari des pudeurs de fillette), qui était tenue en grand honneur dans cette région méridionale. Et la grâce vénitienne de ses manières la faisait aimer de ses élèves. Elle avait des habitudes modestes et était d'un caractère timide, particulièrement avec les étrangers. Mais son naturel introverti couvait certaines flammes torturantes que l'on voyait brûler dans l'ombre de ses yeux de bohémienne. C'étaient, par exemple, des excès inavoués de sentimentalisme juvénile... Mais c'étaient surtout des inquiétudes souterraines capables de l'assaillir jour et nuit sous divers prétextes et qui devenaient même pour elle des idées fixes. Jusqu'au moment où, lui rongeant les nerfs, elles s'épanchaient, entre les murs de la maison, sous des formes inconsidérées et vexatoires.

L'objet naturel de ces épanchements était un seul, celui qui était le plus proche d'elle : c'est-à-dire Giuseppe son mari. Il lui arrivait de se tourner contre lui plus violemment qu'une sorcière, lui reprochant sa naissance, son pays, ses parents, le calomniant horriblement avec des mensonges évidents et lui hurlant même : « Homme marqué par Dieu, trois pas en arrière ! » à cause de son pied-bot. Et puis tout d'un coup elle était comme épuisée, restant là vidée, telle une poupée de chiffon. Et d'une voix faible elle se mettait à balbutier : « ... qu'est-ce que j'ai dit ? !... je ne voulais pas dire ça... ce n'était pas ça que je voulais dire, pauvre de moi... oh, mon Dieu, oh, mon Dieu... », le visage livide, portant les mains à son front bouclé et douloureux. Alors, Giuseppe apitoyé s'employait à la réconforter, lui disant : « Oh, qu'est-ce que ça fait ? Ça ne fait rien, c'est déjà passé. Tu es une petite folle, tu es une petite idiote... » cependant qu'elle le regardait, hébétée, avec des yeux qui disait un amour infini.

Au bout de quelque temps, elle se rappelait ces scènes comme un affreux rêve de dédoublement. Ce n'était pas elle, mais une sorte de vilaine bête, de vampire, son ennemie, qui s'agrippait intérieurement à elle, la forçant à jouer une comédie folle et incompréhensible. Il lui venait l'envie de mourir. Mais pour ne pas laisser voir son remords, elle était capable de garder pendant le reste de la journée un mutisme âcre et sombre, quasiment accusateur.

Une autre de ses caractéristiques, c'étaient certaines emphases exagérées et solennelles de son langage, venues peut-être jusqu'à elle des antiques patriarches. Mais à ces expressions bibliques se mêlaient les habituelles phrases et cadences qu'elle avait sucées du terroir vénitien, lesquelles produisaient au milieu des autres un effet plutôt comique.

En ce qui concerne son secret hébraïque elle avait expliqué à sa fille, dès le plus jeune âge de celle-ci, que les Juifs sont un peuple prédestiné de toute éternité à la haine vindicative de tous les autres peuples, et que la persécution s'acharnera toujours sur eux, et cela même malgré des trêves apparentes, se reproduisant toujours et éternellement, selon leur destin prescrit. C'est pour cela qu'elle avait elle-même voulu qu'Iduzza fût baptisée comme son père. Lequel, pour le bien d'Iduzza, y avait consenti, encore que récalcitrant : se

pliant même, durant la cérémonie, à faire à toute
vitesse, pour les yeux du monde, un grand signe de
croix. Mais en privé, à la vérité, quand il parlait de
Dieu, il avait coutume de citer la phrase : « *L'hypothèse
Dieu est inutile* », y ajoutant sur un ton solennel la
signature de l'auteur : « FAURE ! », comme il le faisait
régulièrement pour ses citations.

Outre le secret principal de Nora, il y avait d'autres
secrets chez les Ramundo : et l'un d'eux était que
Giuseppe avait le vice de boire.

Ce fut là, que je sache, l'unique défaut de cet athée
sans malice. Lequel fut si tenace dans ses affections
que, toute sa vie durant, comme jadis quand il était
jeune homme, il continua d'envoyer une grande partie
de son traitement à ses parents et à ses frères plus
pauvres que lui. N'eût-ce été pour les raisons politiques, son instinct, je crois, aurait été d'embrasser le
monde entier. Mais plus que personne au monde il
aimait Iduzza et Noruzza, pour lesquelles il était
même capable de composer des madrigaux. A Nora,
quand ils étaient fiancés, il disait : « Mon étoile
d'Orient ! » et à Iduzza (naguère voulue Aïda) il
chantait souvent (N.B. : aussi bien lui que Nora
avaient été assidus aux spectacles de la *roulotte* lyrique
de passage) :

« Céleste Aïda, forme divine... »

Mais de ses beuveries (un supplice pour Nora), il ne
pouvait pas se passer, même si, à cause de son poste
d'instituteur, il renonçait à fréquenter les cabarets,
s'adonnant à la boisson chez lui, le soir et en particulier le samedi. Et comme c'était encore un jeune
homme de moins de trente ans, il lui arrivait, dans de

telles circonstances, d'exprimer avec insouciance ses idéaux clandestins.

Le premier signe avant-coureur de sa liberté de parole était une certaine nervosité de ses grosses mains, qui se mettaient à bouger ou à déplacer son verre, cependant que ses yeux châtain foncé devenaient courroucés et pensifs. Puis il commençait à hocher la tête, en disant : *trahison! trahison!* voulant dire que lui-même, depuis qu'il s'était mis au service de l'État, se comportait en traître à l'égard de ses camarades et de ses frères. Un enseignant, s'il était honnête, aurait dû prêcher à ces pauvres gosses de l'école l'anarchie et le refus global de cette société constituée qui les éduquait pour en faire de la chair à exploiter ou à canon... A ce moment-là, Nora, préoccupée, courait fermer les fenêtres et les portes, pour étouffer aux oreilles des voisins ou des passants de tels propos subversifs. Quant à lui, se campant au centre de la pièce, il se mettait à citer à pleine voix et de plus en plus haut, levant le doigt :

... « L'État est l'autorité, la domination et la force organisée des classes possédantes et soi-disant éclairées sur les masses. Il garantit toujours ce qu'il trouve : aux uns la liberté fondée sur la propriété, aux autres l'esclavage, conséquence fatale de leur misère. BAKOUNINE! »

... « L'anarchie, au jour d'aujourd'hui, c'est l'attaque, c'est la guerre contre toute autorité, contre tout pouvoir, contre tout État. Dans la société future, l'anarchie sera la défense, l'obstacle opposé au rétablissement de n'importe quelle autorité, de n'importe quel pouvoir, de n'importe quel État. CAFIERO! »

Nora se mettait alors à le conjurer : « Chut... chut... », errant d'un mur à l'autre, l'air d'une obsé-

38

dée. Même portes et fenêtres fermées, elle était convaincue que certaines paroles et certains noms proférés chez les deux maîtres d'école allaient déchaîner un scandale universel : comme si autour de leur pauvre logement hermétiquement clos il y avait eu aux écoutes une foule énorme de témoins. En réalité, bien que non moins athée que son mari, elle vivait comme sujette à un dieu vindicatif et justicier qui l'épiait.

... « Les libertés ne sont pas données. Elles se prennent. KROPOTKINE ! »

« Ah, quel malheur ! Tais-toi, te dis-je ! Tu veux nous précipiter dans l'abîme de l'ignominie et du déshonneur ! Tu veux entraîner notre famille dans la boue ! »

« Mais quelle boue, Noruzza chérie ? La boue, elle est sur les mains blanches du propriétaire et du banquier ! La boue, c'est cette immonde société ! L'anarchie n'est pas de la boue !! L'anarchie est l'honneur du monde, un saint nom, le vrai seuil de l'histoire nouvelle, une révolution immense, *implacable*!! »

« Ah ! Maudits soient le jour, l'heure et le moment qui m'ont fait remporter ce concours ! Maudit soit ce destin infâme qui m'a fait tomber au milieu de ces Méridionaux, tous brigands de grand chemin, dernière race de la terre, êtres indignes que l'on devrait tous pendre ! »

« Tu nous voudrais pendus, Norú ?! Pendus, mon trésor ? »

De stupeur, Giuseppe se laissait retomber sur sa chaise. Mais là, à demi vautré, il se mettait irrésistiblement à chanter, les yeux au plafond, comme un charretier chantant à la lune :

« Dynamite aux églises et au palais
trucidons le bourgeois haï ! »...

... « Aaaaha ! tais-toi, assassin ! tais-toi, malfaiteur !
tais-toi ou je me tue !! »

Pour ne pas être entendue par les voisins, Nora
prenait bien soin de parler à voix basse, mais dans cet
effort les veines de son cou se gonflaient, comme si elle
s'étranglait. Finalement, suffoquant et exténuée, elle
s'abattait sur le petit canapé ; et alors Giuseppe
s'approchait, empressé, pour s'excuser, lui baisant,
comme à une aristocrate, ses petites mains déjà
vieillies et gercées par les travaux du ménage et les
engelures. Et elle, au bout de quelques instants, lui
souriait, rassurée et guérie pour le moment de ses
angoisses ancestrales.

Assise sur sa petite chaise coloriée (achetée par son
père et juste à sa taille), Iduzza, écarquillant les yeux,
suivait ces altercations sans, bien entendu, y rien
comprendre. Certes, dès sa naissance, elle ne fut
jamais d'un naturel enclin à la subversion, mais si
alors elle avait pu donner un avis, elle eût dit que des
deux adversaires, le plus subversif c'était sa mère ! De
toute manière, tout ce qu'elle comprenait, c'était que
ses parents étaient en désaccord sur certaines questions, mais par bonheur, leurs scènes, tant elle y était
habituée, ne lui faisaient pas trop peur. Elle avait
néanmoins un petit sourire de contentement aussitôt
qu'elle voyait la paix se rétablir entre eux.

Pour elle ces soirées d'ivrognerie étaient même des
soirées de fête, car avec le vin son père, après avoir fait
flotter ses drapeaux de révolte, libérait pleinement sa
bonne humeur naturelle et sa culture de paysan,

parent de toujours des animaux et des plantes. Il imitait pour elle la voix de tous les animaux : des petits oiseaux jusqu'aux lions. Et à sa demande il répétait pour elle jusqu'à des dix fois de suite des chansons et des fables calabraises, les tournant pour elle vers le comique quand elles étaient tragiques, parce que, comme tous les enfants, elle riait volontiers et que ses rires fous étaient une musique pour ses parents. A un certain moment, Nora elle-même se joignait, vaincue, à ce théâtre, se produisant, avec sa voix ingénue et un peu fausse, dans un répertoire restreint, lequel, que je sache, se réduisait à la vérité en tout à deux morceaux L'un était *Idéal,* la fameuse romance :

> « Je te suivais comme un arc-en-ciel de paix
> le long des routes du ciel... »

etc., etc.

Et l'autre était une chanson en dialecte vénitien, qui disait :

> « Voyez ce beau ciel avec toutes ces étoiles
> quelle belle nuit pour voler des fillettes
> ceux qui volent des fillettes ne sont pas des voleurs
> on les appelle des amoureux... »

Puis, vers dix heures, Nora finissait de ranger à la cuisine et Giuseppe emmenait Iduzza se coucher, l'accompagnant, comme une mère, avec des berceuses de son quasiment oriental, que sa mère et sa grand-mère avaient chantées pour lui :

> « Venu du haut de la montagne
> le loup a mangé la brebis

41

```
           dodo dodinette
           dodo je veux faire
           dodo
                  dodo
                       dodinette... dodinette... »
```

A la différence de celle-ci qui était en dialecte
calabrais, une autre berceuse qui plaisait beaucoup à
Iduzza et qui ensuite a été transmise à la nouvelle
génération, était en italien, et j'ignore où Giuseppe
l'avait dénichée :

> « Dormez petits yeux dormez petits yeux
> car demain on va à Reggio
> acheter un miroir en or
> décoré tout entier de roses et de fleurs.
> Dormez menottes dormez menottes
> car demain on va à Reggio
> acheter un petit métier à tisser
> dont la navette sera d'argent fin.
> Dormez petits petons dormez petits petons
> car demain on va à Reggio
> acheter des petits souliers
> pour danser à Sant'Idarella... »

Iduzza abandonnait toute peur auprès de son père,
lequel représentait pour elle une sorte de landau
chaud, lumineux et boitillant, plus inexpugnable
qu'un char d'assaut, et qui l'emmenait gaiement
promener à l'abri de toutes les terreurs du monde,
l'accompagnant partout et ne permettant jamais qu'on
l'envoie seule dans les rues, où chaque porte, chaque
fenêtre ou chaque rencontre d'un étranger étaient une
menace de blessure. En hiver, sans doute par économie, il portait des sortes de houppelandes de berger,

amples et plutôt longues, et les jours de mauvais temps, il l'abritait de la pluie en la tenant contre lui sous sa houppelande.

Je ne connais pas suffisamment la Calabre. Et de la Cosenza d'Iduzza je ne peux tracer qu'une image imprécise, m'aidant des quelques souvenirs de ses morts. Je crois qu'alors déjà, autour de la ville médiévale qui ceint la colline, allaient en s'étendant les constructions modernes. De fait, c'est dans l'une de celles-ci, d'un genre modeste et ordinaire, que se trouvait l'exigu petit logement des époux Ramundo. Je sais que la ville est parcourue par un fleuve et que la mer est de l'autre côté de la montagne. L'avènement de l'ère atomique, qui marqua le début du siècle, ne se faisait certainement pas sentir dans ces régions, pas plus que le développement industriel des Grandes Puissances, si ce n'est par les récits des émigrés. L'économie locale était fondée sur l'agriculture, mais une agriculture dont l'appauvrissement progressif du sol entraîna bientôt la décadence. Les castes dominantes étaient le clergé et les propriétaires terriens ; quant aux castes infimes, je suppose que pour elles, là comme ailleurs, le complément le plus répandu du pain quotidien était l'oignon... Ce dont je suis sûre, en tout cas, c'est que l'étudiant Giuseppe, durant les années où il étudiait pour devenir instituteur, ignora ce que pouvait être un repas chaud, se nourrissant principalement de pain et de figues sèches.

Vers sa cinquième année, Iduzza fut sujette pendant tout un été aux attaques d'un mal mystérieux qui, telle une infirmité, angoissa ses parents. Au milieu de ses jeux et de ses bavardages enfantins, il lui arrivait soudain de pâlir et de se taire, avec l'impression que le monde se dissolvait autour d'elle en un vertige. Aux questions de ses parents elle répondait à grand-peine par un faible gémissement animal, mais il était évident qu'elle cessait de percevoir leurs voix ; et peu de temps après, elle portait les mains à sa tête et à sa gorge, cependant que ses lèvres tremblaient dans un murmure incompréhensible, comme si elle avait dialogué, épouvantée, avec une ombre. Sa respiration devenait bruyante et fébrile, et alors, brusquement, elle se laissait choir par terre, se tordant et se contorsionnant violemment, les yeux grands ouverts mais vides, dans une totale cécité. On eût dit qu'issu d'une source souterraine un flux électrique assaillait brutalement sa petite personne, qui, en même temps, devenait invulnérable, car ensuite elle ne portait jamais la trace ni d'un choc ni d'une blessure. Cela durait au maximum deux minutes, et puis, ses mouvements s'atténuant et se raréfiant, son corps se détendait dans un repos doux et normal. Ses yeux erraient comme à un réveil émerveillé et ses lèvres se desserraient avec douceur, entrebâillées mais ne s'ouvrant pas, leurs coins légèrement retroussés. On eût dit que l'enfant souriait de gratitude à la pensée qu'elle était de retour à la maison, sous la double protection de ses éternels anges gardiens qui, auprès d'elle, se penchaient sur elle : l'un d'un côté, avec sa grosse tête ronde et ébouriffée de chien de berger, et l'autre de l'autre, avec sa petite tête crépue de chevrette.

Mais, en réalité, ce petit sourire n'était qu'une illusoire apparence physique, résultat de la décontraction naturelle des muscles après leur affreuse contraction. Quelques instants s'écoulaient encore avant qu'Iduzza reconnaisse vraiment sa patrie familière, et à ce moment même, de son effrayante expatriation et de son retour il ne lui restait déjà plus le moindre souvenir, comme si tout cela avait été des événements exilés de sa mémoire. Elle pouvait seulement dire qu'après avoir éprouvé un grand vertige, elle avait entendu comme des bruits d'eau et des pas et des brouhahas confus qui semblaient provenir de loin. Et pendant les heures suivantes elle paraissait fatiguée, mais plus désinvolte et insouciante que d'habitude, comme si, à son insu, elle s'était libérée d'un poids dépassant beaucoup trop ses forces. Personnellement, dans la suite, elle pensait avoir été la victime d'un banal évanouissement, et cela sans se rendre compte des phénomènes théâtraux qui l'avaient accompagné. Et ses parents préféraient la laisser dans cette ignorance, l'avisant toutefois de ne jamais dire à personne qu'elle était sujette à certaines attaques, afin de ne pas compromettre son avenir de jeune fille. Ainsi, pour les Ramundo, c'était encore un scandale de plus qu'il fallait cacher au monde.

La vieille culture populaire qui est encore enracinée dans le territoire calabrais et plus particulièrement chez les paysans, marquait d'un stigmate religieux certains maux indéchiffrables, en attribuant les crises récurrentes à l'invasion de la victime par des esprits sacrés ou inférieurs que, le cas échéant, on ne pouvait exorciser que par des récitations rituelles dans les églises. L'esprit envahisseur, qui choisissait le plus souvent les femmes, pouvait aussi transmettre des pouvoirs insolites, tels que le don de guérir les maladies ou celui de prophétiser. Mais cette invasion était au fond considérée comme une épreuve monstrueuse et imméritée, comme le choix aberrant d'une créature isolée pour rassembler sur elle la tragédie collective.

Naturellement, l'instituteur Ramundo, de par son avancement social, était sorti du cercle magique de la culture paysanne et, de plus, vu ses idées philosophico-politiques, il était positiviste. Pour lui, certains phéno-mènes morbides ne pouvaient découler que de troubles ou d'infirmités physiques, et, à ce propos, ce qui le bouleversait, c'était la crainte mal dissimulée d'avoir peut-être gâté lui-même par son abus d'alcool le sang de sa fille, et cela dès sa conception. Mais Nora qui, aussitôt qu'elle le voyait préoccupé ainsi, s'employait sur-le-champ à le tranquilliser, lui disait, rassurante : « Mais non, ne va pas te tourmenter avec des idées stupides. Vois les Palmieri, alors : eux qui ont tous toujours bu, le père, le grand-père et l'arrière-grand-père ! Et les Mascaro, qui donnent du vin au lieu de lait à leurs bébés ! Tu ne vois donc pas qu'ils sont tous éclatants de santé !!! »

Les années précédentes, pendant les mois les plus chauds, la famille Ramundo avait coutume de se transporter vers la pointe de la Calabre, dans la maison paternelle de Giuseppe, mais cet été-là, ils ne bougèrent pas de leur étouffant petit logement de Cosenza, de peur qu'Iduzza ne soit surprise par son mal secret à la campagne, en présence de ses grands-parents, de ses oncles et de ses cousins. Et peut-être la canicule citadine, à laquelle Iduzza n'était pas encore habituée, accéléra-t-elle la fréquence de ces crises.

Ces vacances à la campagne cessèrent, du reste, dès lors, complètement, car à la suite du tremblement de terre de cet hiver, qui détruisit Reggio et dévasta les plaines, les grands-parents d'Iduzza se retirèrent chez un autre de leurs fils, dans une masure située dans les montagnes d'Aspromonte, où, faute de place, on ne pouvait héberger personne.

Des vacances passées Ida se rappelait seulement les poupées de pain que sa grand-mère faisait cuire pour elle dans le four, et qu'elle berçait comme si elles avaient été des bébés, se refusant désespérément à les manger. Elle voulait les avoir près d'elle, même dans son lit, d'où elles lui étaient furtivement soustraites la nuit pendant qu'elle dormait.

Il lui restait aussi dans la mémoire un cri très haut que se répétaient les pêcheurs d'espadon par-dessus les rochers et qui, dans son souvenir, retentissait comme suit : « FA — ALÉOUOU ! »

Vers la fin de cet été-là, après une nouvelle crise d'Iduzza, Giuseppe prit une décision et, installant la fillette ainsi que lui-même sur un petit âne qu'on lui avait prêté, il la conduisit à un hôpital situé en dehors de Cosenza, où exerçait un médecin de ses amis, lequel était en réalité de Montalto mais avait étudié dans le Nord la science moderne. Sous les doigts du médecin qui l'examinait, Ida, bien que honteuse, riait parce qu'il la chatouillait, et son rire avait le son d'une clochette que l'on agite. Et quand, une fois l'examen terminé, elle fut invitée à remercier le docteur, c'est en rougissant tout entière qu'elle dit : « Merci ! », après quoi elle se cacha séance tenante derrière son père. Le médecin déclara qu'elle était en bonne santé. Et comme Giuseppe lui avait préalablement appris en aparté qu'au cours de ces crises elle ne se blessait pas, ne hurlait pas, ne se mordait pas la langue, pas plus qu'elle ne donnait d'autres signes inquiétants de ce genre, il assura qu'il n'y avait pas de raison de se préoccuper. Ces crises, expliqua-t-il, étaient à peu près certainement des phénomènes momentanés d'hystérie précoce, qui disparaîtraient spontanément avec la croissance. Cependant, pour éviter ces crises, particulièrement en vue de la prochaine réouverture des écoles (dès ses premières années Ida avait coutume de suivre à l'école sa mère qui, autrement, n'aurait pas su où la laisser), il prescrivit pour elle un calmant, à prendre tous les matins au réveil.

Durant le voyage de retour, Ida et Giuseppe étaient gais et alertes, et ils chantaient les habituelles chansonnettes du répertoire paternel, qu'Ida accompagnait de temps en temps de sa petite voix de fausset.

Et dans la suite, à dater de ce jour-là, les faits confirmèrent les prévisions du médecin. La simple cure calmante, suivie docilement par Iduzza, prouva son efficacité quotidienne, sans le moindre effet négatif, à part une légère somnolence et un certain émoussement des sens, que la fillette surmontait grâce à sa bonne volonté. Et depuis lors, après la seule invasion de cet été-là, l'étrange mal ne revint plus la visiter, du moins sous sa brutale forme originelle. Il arrivait parfois qu'il reparaisse en quelque sorte, mais réduit à ce qui naguère avait été son signal primitif : une sorte d'interruption vertigineuse des sensations, qu'un voile de pâleur semblable à un brouillard révélait sur le visage de la fillette. C'étaient, à la vérité, des passages rapides au point d'échapper à toutes les personnes présentes et à la conscience même d'Iduzza ; mais, à la différence des tumultueux malaises de naguère, ces imperceptibles indices laissaient chez elle une ombre de triste inquiétude, quelque chose comme le sentiment obscur d'une transgression.

Ensuite, avec le temps, ces signes attardés de son mal allèrent en se raréfiant et en s'affaiblissant. Ils l'assaillirent de nouveau, avec une fréquence notable, vers sa onzième année ; et, dans la suite, une fois passé le moment de la puberté, ils disparurent presque totalement comme l'avait jadis promis le médecin. Finalement Ida put cesser de prendre le médicament calmant et retrouva son humeur naturelle d'adolescente.

Ce fut peut-être aussi l'interruption de la cure qui provoqua une transformation simultanée de la chimie de son sommeil. De fait, c'est à dater d'alors qu'a commencé la croissance luxuriante de ses rêves nocturnes, qui devait s'accoupler à sa vie diurne, avec, jusqu'à la fin, des interruptions et des reprises, s'entortillant à ses journées plus comme un parasite ou comme un sbire que comme une compagne. Mêlés encore aux saveurs de l'enfance, ces premiers rêves attachaient déjà à elle la racine de la douleur, même si en eux-mêmes ils ne se montraient pas trop douloureux. Dans l'un de ces rêves qui, avec diverses variantes, lui revenait par intervalles, elle se voyait en train de courir dans un lieu qu'assombrissait le brouillard ou de la fumée (usine, ville ou banlieue), serrant contre sa poitrine une petite poupée nue et tout entière d'une couleur vermillon, comme si elle avait été trempée dans un vernis rouge.

La guerre mondiale de 1915 épargna Giuseppe à cause de sa jambe défectueuse ; mais les dangers de son défaitisme voltigeaient tels des épouvantails autour de Nora, si bien qu'Iduzza elle aussi avait appris à redouter certains propos de son père (voire à peine esquissés en famille sur un ton feutré de complot !). De fait, depuis déjà l'époque de la guerre de Libye, on comptait dans la ville même de Cosenza des arresta-

tions et des condamnations de défaitistes tels que lui !
Et voici, maintenant, qu'il se levait de nouveau, le
doigt tendu :

... « Le refus d'obéissance deviendra de plus en plus
fréquent, et alors, il ne restera que le souvenir de la
guerre et de l'armée telles qu'elles se présentent
actuellement. Et ces temps sont proches. TOLSTOÏ ! »

... « Le peuple est toujours le monstre qui a besoin
d'une muselière et qui doit être traité par la colonisa-
tion et la guerre et expulsé de son droit. PROU-
DHON ! »...

Iduzza, quant à elle, n'osait même pas porter un
jugement sur les décrets des Pouvoirs publics, lesquels
lui apparaissaient comme des êtres mystérieux, dépassant sa raison, et qui pourtant avaient la possibilité de
lui enlever son père, l'emmenant entre deux agents...
Au premier signe avant-coureur de certains propos qui
faisaient peur à sa mère, elle s'agrippait en tremblant à
Giuseppe. Et celui-ci, pour ne pas l'inquiéter, se
décida à éviter même en famille ces sujets risqués. Dès
lors, bien qu'un peu ivre comme d'habitude, il occupait ses soirées à faire repasser ses leçons à sa fillette
bien-aimée.

L'après-guerre fut une époque de faim et d'épidémies. Mais, comme cela arrive toujours, la guerre qui,
pour la plupart des gens, avait été un désastre total,
avait pour d'autres été un succès financier (et ce n'est
pas pour rien qu'ils l'avaient favorisée). Ce fut précisément alors que ces « autres » commencèrent à enrôler
les escouades *noires* pour défendre leurs intérêts en
danger.

Dans les pays industriels ce danger provenait surtout des ouvriers, mais en Calabre (comme ailleurs
dans le Sud) ceux qui étaient le plus menacés dans

50

leurs fortunes, c'étaient les propriétaires terriens, les-quels, soit dit en passant, étaient en grande partie des usurpateurs, car ils s'étaient approprié dans le passé, par diverses méthodes, des terrains domaniaux. C'étaient des champs et des forêts laissés souvent par eux incultes et à l'abandon. Et ce fut alors la période des « occupations de terres » de la part des paysans et des ouvriers agricoles. Occupations illusoires : car après qu'ils les eurent cultivées et rendues fertiles, les occupants, aux termes de la loi, en étaient chassés.

Nombreux ceux qui furent tués. Et quant à ceux qui travaillaient pour les propriétaires, leur salaire (selon les derniers *contrats de travail* conquis grâce à de longues batailles sociales) était, par exemple, le suivant :

Pour une journée de travail de seize heures, trois quarts de litre d'huile (pour les femmes, la moitié).

Les parents de Giuseppe (qui se trouvaient plus bas, dans la province de Reggio) étaient des fermiers qui travaillaient aussi à la journée comme ouvriers agrico-les. En août 1919, l'une de ses sœurs mourut, ainsi que son mari et deux enfants, de la grippe espagnole. Dans certains pays cette épidémie a laissé un souvenir effrayant. Les médecins, les médicaments et la nourri-ture faisaient défaut. On était en pleine canicule. Le nombre des morts dépassait celui de la guerre. Et comme il n'y avait pas assez de planches pour les cercueils, les cadavres restaient plusieurs jours sans sépulture.

A cette époque, Giuseppe envoyait à ses parents tout son traitement (qui, étant donné les actuelles difficul-tés publiques, ne lui était pas toujours payé régulière-ment). Et, malgré la cherté de la vie, les trois Ramundo devaient se débrouiller avec le seul traite-ment de Nora. Mais celle-ci, qui dans certaines contingences familiales était aussi brave qu'une lionne et aussi prévoyante qu'une fourmi, réussissait à épargner aux siens de trop grandes privations.

Moins de deux ans après la fin de la guerre, Ida passa ponctuellement son diplôme d'aptitude pédagogique. Et au cours même de ces vacances d'été, bien que sans dot, elle se retrouva fiancée.

Son fiancé, Alfio Mancuso, était un Messinois qui avait perdu tous ses parents dans le tremblement de terre de 1908. Lui-même qui avait alors dans les dix ans, avait été sauvé par miracle. Et malgré sa profonde affection pour sa famille et en particulier pour sa mère, il se lamentait bien moins dans la suite à cause de cette catastrophe, qu'il ne se vantait de la chance qui à cette occasion l'avait sauvé et qui habituellement le distinguait. En quelques mots, le miracle (qui dans les comptes rendus d'Alfio s'enrichissait chaque fois de nouveaux détails et de nouvelles variantes) avait été le suivant :

Pendant l'hiver de 1908, le jeune Alfio travaillait comme apprenti dans un petit chantier, auprès d'un vieil homme qui réparait les barques. L'un et l'autre avaient coutume de passer la nuit dans le chantier même, où le patron disposait d'un lit de camp ; quant au jeune garçon, il couchait par terre, sur un tas de copeaux, enveloppé dans une vieille housse de laine.

Or, ce soir-là, cependant que le vieil homme s'attardait, selon son habitude, à son travail (en compagnie de quelques verres de vin), l'apprenti, quant à lui, était déjà en train de s'installer pour la nuit dans sa housse, quand, à la suite d'une distraction fortuite de sa part, le vieil homme lui avait crié, ainsi qu'il le faisait toujours en de tels cas :

« T'es aussi con qu'un navet ! »

D'ordinaire, l'apprenti se laissait insulter sans répondre, mais cette fois-là, furieux, il lui avait répondu :

« Le con, c'est plutôt vous ! »

Et sur-le-champ, emportant (comble de prévoyance) sa housse, il s'était enfui à l'extérieur, par peur de son patron qui, effectivement, s'était lancé en courant à sa poursuite, prêt à le battre et déjà armé d'une corde pliée en deux.

Or, sur le terrain où se déroulait ce championnat de course à pied, il y avait, plantés à égale distance, un palmier et un poteau. Après un instant d'hésitation entre les deux (notez-le bien !), Alfo choisit le palmier, dont, l'instant suivant, il occupait déjà la cime, décidé à s'y installer à jamais, tel un singe, plutôt que de se livrer au vieil homme qui, finalement, las d'attendre sous le palmier, retourna dans le chantier.

Bref, des heures et des heures s'écoulèrent jusqu'à l'aube ! et Alfio drapé dans sa housse était toujours en haut de ce palmier quand se produisit le tremblement de terre qui rasa Messine et le chantier et qui abattit le poteau ; tandis que le palmier, après avoir violemment secoué sa chevelure à laquelle se cramponnait Alfio Mancuso, resta debout et intact.

Avait-ce été grâce à une vertu miraculeuse de cette housse (jadis propriété d'un voiturier nommé Cicciuzzo Belladonna) ? Toujours est-il que, dès cet instant, Alfio avait décidé de donner comme premier prénom Antonio (qui était celui de son père) à son premier enfant mâle et Cicciuzzo (c'est-à-dire Francesco) comme deuxième prénom ; quant à sa fille, elle aurait comme premier prénom Maria (qui était celui de feu sa mère) et comme second prénom Palma (qui est l'italien pour palmier). Pour lui, dès son plus jeune âge, se fonder une famille avait toujours été sa principale aspiration.

Au nombre de ses autres chances il y avait aussi la fin de la guerre qui avait coïncidé avec la date d'appel de sa classe. Certaines formalités en vue de sa libération l'avaient conduit à Rome où il avait trouvé un emploi de représentant de commerce. Et c'est au cours de l'une de ses tournées qu'il était passé par Cosenza où il rencontra son premier amour.

Une grande amitié était tout de suite née entre Alfio et son futur beau-père. Et Ida s'attacha vite à son prétendant qui par divers côtés ressemblait à son père, avec cette différence qu'il ne s'intéressait pas à la politique et que ce n'était pas un ivrogne. L'un et l'autre, d'aspect et de manières, étaient semblables à de gros chiens campagnards et prêts à faire fête à n'importe quelle faveur de la vie : fût-ce même seulement un souffle de vent pendant la canicule. L'un et l'autre possédaient non seulement des qualités paternelles mais aussi maternelles : beaucoup plus que Nora qui, avec son caractère orgueilleux, nerveux et introverti, avait toujours fait un peu peur à Ida. L'un et l'autre étaient pour elle des protecteurs contre les violences extérieures, et avec leur bonne humeur instinctive et leur tendance naïve à faire les fous, ils remplaçaient pour elle, peu sociable de nature, la compagnie de gens de son âge et d'amis.

Le mariage fut célébré à l'église, par égard, comme d'habitude, pour les gens et aussi pour le marié : lequel, indifférent personnellement aux choses de la religion, ne devait jamais, même lui, connaître le secret de Nora Almagía. A cause de leur commune pauvreté, la mariée, au lieu d'une robe blanche, portait un ensemble de laine bleu foncé, composé d'une robe légèrement serrée sur la poitrine et d'une jaquette cintrée. Mais elle avait aussi des petits souliers de cuir blanc, une chemisette blanche aux revers brodés sous sa jaquette et sur la tête un voile de mousseline avec une petite couronne de fleurs d'oranger. Sa petite bourse, cadeau de Nora (qui, tous les mois, à n'importe quel prix, mettait régulièrement de côté quelques lires en prévision d'événements exceptionnels de ce genre), était de mailles d'argent. Jamais de toute sa vie, avant cela et ensuite, Iduzza ne fut aussi élégante et aussi entièrement habillée de neuf que ce jour-là ; et elle en éprouvait une énorme responsabilité, veillant jalousement à l'église et aussi, ensuite, pendant le voyage en chemin de fer, à ne pas tacher ses petits souliers ou à ne pas chiffonner sa robe.

Le voyage de noces (à part un arrêt de deux heures à Naples) se réduisit au parcours jusqu'à Rome, nouvelle résidence des époux, où Alfio avait déjà, tout seul, préparé leur logement économique de deux pièces dans le quartier de San Lorenzo. Iduzza était vierge non seulement de corps mais aussi de pensée. Elle n'avait jamais vu nu le moindre adulte, car ses parents ne se déshabillaient jamais en sa présence, et elle éprouvait aussi une pudeur extrême à l'endroit de son propre corps, même quand elle était seule. Nora l'avait seulement prévenue que pour engendrer des enfants l'homme devait pénétrer avec son corps dans le corps de la femme. C'était là une opération nécessaire, à laquelle il fallait se soumettre et qui ne faisait pas trop mal. Et Ida désirait ardemment avoir un enfant.

Le soir de leur arrivée à Rome, pendant que son mari se déshabillait dans la chambre, Iduzza se déshabilla dans la pièce voisine. Et quand elle entra dans la chambre, timide et honteuse, vêtue de sa chemise de nuit neuve, elle éclata, séance tenante, d'un rire irrésistible à la vue d'Alfio, vêtu lui aussi d'une longue chemise de nuit qui fagotait jusqu'aux pieds sa silhouette virile et corpulente, le faisant ressembler (avec son visage ingénu et florissant) aux bébés en robe de baptême. Il devint tout rouge et balbutia, interdit :

« Pourquoi ris-tu ? »

Cependant qu'elle aussi devenait toute rouge, sa grande hilarité l'empêchait de parler. Finalement elle réussit à articuler :

« C'est... à cause de... ta chemise... » et de nouveau elle éclata de rire. A la vérité, la raison de son hilarité n'était pas l'aspect comique (et, aussi, pathétique) d'Alfio, mais plus précisément ce que représentait cette chemise. Son père, en effet, conformément à l'usage de ses parents paysans, se couchait avec ses vêtements de dessous (gilet de flanelle, chaussettes et caleçon long). Jamais elle n'aurait pu penser que les hommes pouvaient mettre une chemise de nuit, convaincue que, comme les robes, ce genre de vêtement était l'apanage des femmes ou des prêtres.

Peu de temps plus tard, ils éteignirent la lumière : et dans le noir, sous les draps, elle eut le souffle coupé, apeurée, quand elle sentit que son mari lui remontait sa chemise plus haut que les cuisses et qu'il fouillait sa chair dénudée avec une autre chair humide et brûlante. Elle avait beau s'y attendre, il lui semblait terrible que quelqu'un, qu'inconsciemment elle comparait à Giuseppe son père, pût lui faire subir une aussi atroce torture. Mais elle ne dit rien et se laissa faire, dominant, telle était sa confiance en lui, la terreur qui la menaçait. Et dès lors elle s'abandonnait ainsi à lui chaque soir, comme un enfant sauvage qui

56

laisse docilement sa mère lui donner la becquée. Et puis, avec le temps, elle s'habitua à ce grand rite vespéral, aliment obligatoire de leur mariage. Et lui, du reste, en dépit de sa juvénile et naturelle fièvre, respectait tellement sa femme qu'ils ne se virent jamais nus et s'aimèrent toujours dans le noir.

Ida ne comprenait pas le plaisir des sens, qui resta à jamais pour elle un mystère. Parfois, elle éprouvait seulement une sorte d'indulgence émue pour son mari, quand elle l'entendait qui haletait sur elle, bouleversée et rendu furieux par ce mystère délirant. Et au dernier cri qu'il poussait, très haut, comme à une exécution souhaitée ardemment, impitoyable et inéluctable, elle lui caressait, apitoyée, ses cheveux bouclés et touffus, des cheveux qui étaient encore ceux d'un adolescent, tout moites de sueur.

Quatre années s'écoulèrent néanmoins depuis son mariage, avant que lui arrive l'enfant promis. Et ce fut pendant cette période qu'Alfio, aussi pour qu'elle ne soit pas trop seule et désœuvrée pendant ses tournées de représentant, l'encouragea à concourir pour un poste d'institutrice à Rome. Comme il avait un certain et très naïf goût pour les combines, il l'aida personnellement à réussir dans ce concours, grâce à quelqu'un qu'il connaissait au Ministère et qu'il paya de retour par une faveur commerciale quelconque. Et ce fut peut-être là le seul succès important d'Alfio : en effet, il avait beau parcourir villes et provinces (partant toujours avec au visage l'expression aventureuse et audacieuse du célèbre « valeureux petit tailleur » de la fable), Alfio Mancuso fut toujours un homme d'affaires de peu d'importance, aussi pauvre que paumé.

Et c'est ainsi qu'Ida commença sa carrière d'institutrice, carrière qui ne devait s'achever qu'au bout de presque vingt-cinq ans. Là où Alfio ne réussit pas à la favoriser, ce fut, par contre, dans le choix d'un poste commode. Ida fut nommée non pas dans une école de ce quartier San Lorenzo qui était le sien, mais dans une école très éloignée, du côté de la Garbatella (d'où, dans la suite, avec les années, ladite école, à la suite de démolitions, fut transférée au quartier Testaccio). Tout au long de la route, au milieu de cette foule inconnue des trams, qui l'écrasait et la bousculait dans une lutte où toujours elle avait le dessous et restait en arrière, elle avait le cœur qui battait de terreur. Mais aussitôt qu'elle entrait dans sa classe, cette odeur particulière d'enfants sales, de morve et de poux la réconfortait par sa douceur fraternelle, désarmée et à l'abri des violences adultes.

Bien avant que débute sa carrière, un pluvieux après-midi d'automne, Iduzza, mariée depuis tout juste quelques mois, avait été bouleversée, tout là-haut, dans son logement du dernier étage, par un fracas de chants, de hurlements et de fusillades dans les rues du quartier. De fait, c'étaient les journées de la « révolution » fasciste, et ce jour-là (le 30 octobre 1922), était en train de se dérouler la fameuse « marche sur Rome ». L'une des colonnes noires en marche, qui était entrée dans la ville par la porte de San Lorenzo, avait rencontré une hostilité manifeste dans ce quartier rouge et populaire. Et sur-le-champ elle avait entrepris de se venger, dévastant sur son passage les habitations, malmenant les habitants et tuant sur place quelques rebelles. Les morts de San Lorenzo furent au nombre de treize. Mais, à la vérité, il ne s'agit là que d'un épisode fortuit du déroulement de cette facile marche sur Rome, par laquelle le fascisme marquait sa prise officielle du pouvoir.

A cette heure-là, Iduzza était seule à la maison et, comme ses autres voisines, elle se hâta de fermer les fenêtres, terrifiée à la pensée qu'Alfio circulait en ville avec son échantillonnage de vernis, de couleurs et de cirages. Elle supposait que venait d'éclater la fameuse révolution universelle qu'annonçait toujours son père... Mais, heureusement, Alfio rentra ponctuellement le soir, sain et sauf, et aussi gai que d'habitude. Et au dîner, faisant allusion aux événements, il dit à Iduzza que, bien sûr, les discours de *don* Giuseppe, son père, étaient aussi justes que saints, mais qu'en attendant, entre les grèves, les incidents et les retards, travailler sérieusement était devenu ces derniers temps un vrai problème pour les hommes d'affaires et les commerçants comme lui ! A dater d'aujourd'hui, enfin, un gouvernement fort s'était installé en Italie, un gouvernement qui allait ramener dans le peuple l'ordre et la paix.

L'époux-enfant ne fut pas capable d'en dire plus long sur ce sujet ; et son épouse-enfant, le voyant placide et satisfait, ne se soucia pas d'en savoir davantage. Les morts fusillés dans la rue cet après-midi-là avaient déjà été enterrés à la hâte au cimetière voisin du Verano.

Deux ou trois ans plus tard, avec l'abolition de la liberté de la presse, celle de l'opposition et du droit de grève, l'institution des *Tribunaux spéciaux*, le rétablissement de la peine de mort, etc. etc., le fascisme était devenu une dictature définitive.

En 1925, Ida se trouva enceinte et elle accoucha en mai 1926. Son accouchement, pénible et dangereux, la tortura férocement pendant un jour et une nuit tout

entiers, la laissant presque exsangue. Mais elle mit au
monde un beau petit garçon, brun et vigoureux, et
Alfio, fier de lui, annonçait à tout le monde :

« Il m'est né un petit champion qui pèse quatre kilos
et qui a un de ces petits airs de santé qu'on dirait une
pomme d'api ! »

Après celui-ci, elle n'eut pas d'autre enfant de son
mariage. Comme prévu, on lui avait donné comme
premier prénom celui de son grand-père paternel,
Antonio ; mais, dès le début, on l'appela d'ordinaire
Nino ou, plus souvent encore, Ninnuzzu et Ninnarieddu. Chaque été, Ida allait passer quelque temps à
Cosenza avec son bébé, à qui son grand-père chantait
les berceuses qu'elle connaissait déjà et, en particulier,
celle de « demain on va à Reggio » avec cette
variante :

> ...acheter des petits souliers
> pour danser à Santo Nin-
> nuzzu.

Les visites estivales d'Iduzza et de Ninnarieddu
rendaient à Giuseppe Ramundo ce brio de chien
joyeux, qui chez lui semblait éternel mais qui, en
réalité, ces dernières années, s'était de plus en plus
atténué. Sa bonne volonté lui avait fait supporter avec
résignation l'absence d'Iduzza, absence qui, au fond,
surtout au début, lui apparaissait comme un vol. Mais
à cette crise qu'il avait surmontée s'était ajouté
l'avènement de la « révolution » fasciste qui le faisait
vieillir plus qu'une maladie. Voir triompher cette
sinistre parodie à la place de l'autre RÉVOLUTION
rêvée par lui (et qui, ces derniers temps, semblait déjà
presque aux portes), c'était pour lui comme mâcher

tous les jours une dégoûtante bouillie qui lui soulevait le cœur. Les terres occupées qui résistaient encore en 1922 avaient été reprises aux paysans avec une brutalité définitive et restituées aux propriétaires satisfaits. Et dans les escouades qui revendiquaient les droits de ces derniers, il y avait (ce qui était le plus dur) des tas de garçons pauvres et paumés qui n'étaient pas moins pauvres et paumés que les autres, abrutis par la propagande ou achetés pour agresser des pauvres comme eux. Giuseppe avait l'impression de jouer en rêve une sinistre farce. Les personnages de la ville qui lui étaient le plus odieux (à qui la peur, ces dernières années, avait fait un peu baisser la tête), se promenaient maintenant, provocants et le ventre en avant, tels des souverains ayant retrouvé leur trône, salués respectueusement par tout le monde, entre les murs tapissés de leurs affiches...

A l'école, à la maison et avec les personnes de connaissance, l'instituteur Ramundo s'efforçait néanmoins à une manière de conformisme, cela aussi pour ne pas aggraver par trop d'angoisse la santé de Nora, qui allait en se détériorant. Mais en compensation il s'était mis à fréquenter un petit bistro écarté, où il pouvait enfin donner un peu libre cours à ses pensées. C'était un petit bistro de dernière catégorie, meublé de trois ou quatre tables et d'une barrique de vin rouge nouveau. Le patron, vieille connaissance de Giuseppe, était un anarchiste. Et il partageait avec Giuseppe des souvenirs de jeunesse.

Je n'ai pas pu vérifier l'emplacement exact de ce bistro. Mais quelqu'un, dans le passé, m'indiquait que pour y arriver il fallait prendre sinon le funiculaire qui monte le long du flanc de la montagne, du moins un tramway suburbain. Et je me suis toujours imaginé que, à l'intérieur sombre et frais de ce bistro, se mêlait à l'odeur du vin nouveau celle, champêtre, des bergamotes et du bois, et peut-être aussi l'odeur de la mer venue de l'autre côté de la chaîne côtière. Jusqu'à maintenant, hélas ! je ne connais ces lieux que sur la carte, et peut-être le bistro du grand-père Ramundo n'existe-t-il plus à présent. Ses rares habitués, à ce que je peux savoir, étaient des ouvriers agricoles, des bergers errants et, de temps en temps, un pêcheur venu de la côte. Ils conversaient dans leurs antiques dialectes, où se mêlaient des sonorités grecques et arabes. Et dans l'intimité avec ces buveurs amis que, tout ému, il appelait *camarades frustrés* ou *mes frères*, Giuseppe retrouvait sa gaieté turbulente et célébrait ses idéaux puérils, d'autant plus enthousiastes, maintenant, qu'ils étaient vraiment de dangereux secrets. Finalement il pouvait se laisser aller à déclamer certains des vers qu'il estimait insurpassables et qu'il ne lui fut jamais donné d'enseigner à l'école à ses élèves :

« ... Et nous tomberons dans une apothéose de gloire
ouvrant à l'avenir une voie nouvelle
et de notre sang naîtra l'histoire nouvelle
de l'Anarchie ! »...
. . . .
« ... Nous sommes des parias les innombrables troupes
les pâles êtres condamnés à servir
mais dressant la tête nous déployons nos drapeaux
partant à la conquête d'un avenir équitable ! »

Mais le point culminant de ces réunions, c'était lorsque, après s'être assurés que dehors personne ne pouvait les entendre, les participants chantaient tout bas en chœur :

62

> « La révolution on fera
> drapeau noir on chantera
> pour l'a-anarchie ! »

Il s'agissait, à la vérité, de pauvres anarchistes du dimanche, et leur activité subversive s'arrêtait là. Finalement, pourtant, des dénonciations parvinrent à Cosenza. Un beau jour, le patron fut expédié en relégation ; le bistro dut fermer ; et sans explications précises et, même, avec de prétendus ménagements, Giuseppe fut mis à la retraite à l'âge de cinquante-quatre ans.

A la maison, avec sa femme, il affecta de croire à ces prétextes, la leurrant avec ses raisons comme on leurre les petits enfants avec les contes de fées. Et jamais, bien entendu, il ne lui parla de son bistro secret, pas plus que du sort de son camarade le patron, sort qui le tracassait sans cesse, d'autant plus que, du moins en partie, il s'en sentait même responsable. Mais comme, à la vérité, il n'avait pas d'autre confident que Nora, il ne pouvait parler de ces choses à personne.

Dans son malheur personnel, ce qui pour lui était le plus pénible, ce n'était pas le dommage qu'il avait subi, ni même son inactivité forcée (l'enseignement avait été pour lui une grande joie). De fait, ces désastres et peut-être même la menace de la relégation et de la prison lui venaient des fascistes, ses ennemis naturels. Mais que parmi les amis de sa petite tablée, qu'il appelait ses frères, ait pu se cacher un mouchard et un traître, ce fut, plus que tout, ce soupçon qui le plongea dans la mélancolie. A certaines heures, il se distrayait en fabriquant des jouets en bois, destinés à son petit-fils Ninnuzzu, quand celui-ci viendrait en été.

En outre, surtout pour réconforter Nora, il avait fait l'acquisition d'une radio, et ainsi, le soir, ils pouvaient écouter ensemble ces opéras pour lesquels, depuis l'époque où ils allaient aux spectacles de la roulotte lyrique, ils avaient l'un et l'autre une véritable passion. Mais il l'obligeait, voire brutalement, à éteindre la radio dès que, le moment des informations venu, se faisait entendre la voix des speakers, voix qui le rendait presque furieux.

Nora, quant à elle, vu l'extrême usure de ses nerfs, était devenue plus que jamais coléreuse, torturante et, même, vexatoire. A certains moments d'exaspération elle en vint carrément à lui hurler qu'on l'avait chassé de son poste pour incapacité professionnelle. Mais à ce genre d'insultes il se contentait, sans y donner trop de poids, de se moquer d'elle (afin de la voir de nouveau sourire).

Souvent, peiné de la voir aussi usée et aussi attristée, il lui proposait d'aller tous les deux retrouver ses parents à Aspromonte. Et il formulait ce projet comme s'il se fût agi d'un voyage fantastique, sur le ton d'un mari riche promettant une grande croisière. Mais en réalité il était trop affaibli et n'avait plus la force physique de partir. Ces temps derniers, son teint était devenu violacé et il était d'une grosseur obèse et malsaine.

Il ne fréquentait aucun bistro et, même à la maison, par égard pour Nora, il évitait de boire avec excès ; mais il devait encore assouvir dans une cachette quelconque sa soif d'alcool devenue morbide. Tous les jours il arrivait à un citoyen ou l'autre de Cosenza de le rencontrer dans la rue, qui avançait en boitillant, vêtu de sa vieille houppelande, toujours seul, avec l'œil vitreux des ivrognes, et, de temps en temps, il titubait

et s'appuyait au mur. Il mourut d'une cirrhose du foie
en 1936.

Peu de temps plus tard, à Rome, l'encore jeune Alfio
suivit son vieil ami dans la mort. Il était parti pour
l'Éthiopie récemment réduite en esclavage par l'Italie
— avec des plans commerciaux si grandioses qu'il
comptait répandre ses marchandises dans l'Empire
tout entier. Mais vingt jours après, on le vit rentrer à
Rome, rendu méconnaissable par sa maigreur, une
maigreur due à la nausée continuelle et lancinante qui
l'empêchait de manger et lui donnait de la fièvre. Au
début, on crut à une maladie africaine quelconque,
mais les examens décelèrent un cancer qui, peut-être
depuis longtemps déjà, se développait en lui à son
insu, pour l'attaquer soudain ensuite avec une impétueuse virulence, comme c'est parfois le cas pour des
corps robustes et jeunes.

On ne lui apprit pas qu'il était condamné : on lui fit
croire qu'il avait été opéré d'un ulcère et qu'il était en
voie de guérison. En réalité, on l'avait ouvert pour
tenter de l'opérer, mais on l'avait refermé sur-le-
champ car il n'y avait rien à faire. Les derniers temps,
il n'était plus qu'un squelette, et quand il se levait pour
quelques instants de son lit d'hôpital, lui si grand et si
maigre, il avait l'air beaucoup plus jeune, presque un
adolescent.

Un jour, Ida le trouva qui sanglotait en criant :
« Non ! Non ! Je ne veux pas mourir ! » avec une violence
énorme, incroyable vu son état de faiblesse. Il semble
qu'une religieuse, pour le préparer à une bonne mort,
lui ait laissé entendre la vérité. Mais tel était son désir
de vivre qu'il ne fut pas difficile de le détromper de
nouveau grâce à des mensonges rassurants.

Une autre fois (on approchait de la fin et, effective-

65

ment, on lui administrait déjà de l'oxygène avec une canule), alors qu'il gisait abruti sous l'effet des narcotiques, Ida l'entendit qui disait, comme parlant tout seul :

« Oh, maman, elle est trop étroite, cette mort. Comment je vais faire, moi, pour y passer ? je suis trop gros. »

Un matin, en dernier, il parut un peu se remettre, et d'une petite voix musicale, à la fois nostalgique et capricieuse, il fit savoir qu'il voulait être enterré à Messine. De sorte que les quelques sous qu'il laissait en héritage à Ida furent tous dépensés à exaucer son ultime désir.

Son agonie avait duré moins de deux mois et la morphine l'avait adoucie.

De son expédition africaine il avait rapporté à Nino quelques thalers et en guise de trophée un masque éthiopien noir, qu'Ida n'avait même pas le courage de regarder et que Nino s'appliquait sur le visage pour faire peur aux bandes adversaires du quartier, chantant quand il partait à l'assaut :

« Petit visage noir
belle Abyssine
maramba bouroumba bambouti mbou ! »

jusqu'au jour où il l'échangea contre un pistolet à eau.

Ida n'osait jamais prononcer le mot *cancer*, qui pour elle évoquait une forme fantastique, sacrale et innommable, comme pour les sauvages la présence de certains démons. A sa place elle utilisait le terme *maladie du siècle,* qu'elle avait appris dans le quartier. A ceux qui lui demandaient de quoi était mort son mari, elle répondait : « de la maladie du siècle », d'une voix faible et tremblante, ce petit exorcisme ne suffisant pas à chasser ses terreurs de sa mémoire.

Avec la disparition successive de Giuseppe et d'Alfio, elle se trouvait définitivement exposée à la peur, car son cas était celui de quelqu'un resté toujours enfant et qui n'avait plus de père. Toutefois elle s'attachait avec une ponctualité consciencieuse à ses devoirs d'enseignante et de mère de famille ; et le seul signe de la violence que coûtaient à l'enfant qu'elle était certaines pratiques quotidiennes, c'était un tremblement imperceptible mais continuel de ses mains, qui étaient massives et courtes, et qui n'étaient jamais lavées convenablement.

L'invasion italienne de l'Abyssinie, qui, de Royaume avait fait de l'Italie un Empire, était restée pour notre petite institutrice en deuil un événement aussi lointain que les guerres carthaginoises. Pour elle *Abyssinie* voulait dire un territoire où Alfio, s'il avait eu plus de chance, aurait pu, à ce qu'il semblait, devenir riche en vendant des huiles spéciales, des vernis et aussi des cirages (quand bien même ses lectures scolaires lui avaient appris que les Africains, à cause du climat, vont pieds nus). Dans la salle de classe où elle enseignait, au centre du mur, exactement au-dessus de sa chaire, étaient pendues, près du Crucifix, les photographies agrandies du Fondateur de l'Empire et du Roi Empereur. Le premier était coiffé d'un fez orné d'une belle frange et ayant sur le devant l'aigle héraldique. Et sous ce couvre-chef, son visage avec un exhibitionnisme tellement provocant qu'il en était ingénu, voulait imiter le masque classique du Condottiere. Mais, en réalité, avec la protubérance de son menton, la contraction forcée de ses mâchoires et la dilatation mécanique des orbites et des pupilles, il faisait plutôt penser à un comique de music-hall dans un rôle de sergent ou de caporal, terreur des recrues. Et quant au roi empereur, ses traits insignifiants n'exprimaient que l'étroitesse d'esprit d'un bourgeois de province, né vieux et avec des rentes accumulées. Mais aux yeux d'Iduzza les portraits de ces deux personnages (non moins, on peut le dire, que le Crucifix qui signifiait seulement pour elle le pouvoir de l'Église) représentaient exclusivement le symbole de l'Autorité, c'est-à-dire de cette abstraction occulte qui fait la loi et impose la sujétion. Ces jours-là, selon les directives supérieures, elle traçait en grands caractères sur le tableau noir, comme exercice d'écriture pour ses petits élèves de huitième :

« Copiez trois fois dans votre cahier au net les paroles suivantes du Duce :

« Élevez bien haut, ô légionnaires, vos enseignes, vos fers et vos cœurs pour saluer, au bout de quinze siècles, la réapparition de l'Empire sur les fatales collines de Rome !

Mussolini. »

Toujours est-il qu'en faisant ce grand pas de sa carrière, le récent Fondateur de l'Empire avait, quant à lui, mis le pied dans le piège qui devait le livrer à l'ultime scandale de son écroulement et de sa mort. C'est précisément à ce pas que l'attendait, en effet, l'autre Fondateur d'Empire, celui du Grand Reich, son complice du moment et son maître prédestiné. Entre ces deux sinistres faussaires, différents de nature, il y avait pourtant d'inévitables ressemblances. Mais la plus profonde et la plus douloureuse de celles-ci était un point de faiblesse fondamentale : l'un et l'autre, intérieurement, étaient des ratés et des esclaves, et ils étaient malades d'un vindicatif sentiment d'infériorité.

Il est bien connu qu'un tel sentiment travaille à l'intérieur de ses victimes avec la férocité incessante d'un rongeur et que, souvent, il les dédommage par des rêves. Mussolini et Hitler, à leur manière, étaient rêveurs ; mais c'est ici que se manifeste leur diversité native. La vision onirique du « chef » italien (correspondant à l'envie matérielle de vie qui était la sienne) était un festival de théâtre où, au milieu des étendards et des triomphes, petite fripouille combinarde, il jouait le rôle de certaines fripouilles de l'Antiquité béatifiées (les césars, les augustes...) au-dessus d'une foule vivante ravalée au rang humiliant de pantins. Alors que l'autre, par contre (qu'infectait un vice monotone de nécrophilie et de monstrueuses terreurs), était la proie semi-consciente d'un rêve encore informe où toute créature vivante (y compris lui-même) était un objet à torturer et dégradée jusqu'à la putréfaction. Et où finalement — lors du Grand Finale — toutes les populations de la terre (y compris la population allemande) pourrissaient en amoncellements désordonnés de cadavres.

On sait que la fabrique des rêves enterre souvent ses fondations dans les débris de la veille ou du passé. Mais dans le cas de Mussolini, ce matériau, vu son caractère superficiel, était assez évident ; alors que dans celui de Hitler, c'était un grouillement d'infections, agglutiné à Dieu sait quelles racines de sa mémoire détraquée. Si l'on fouillait dans sa biographie de lugubre philistin envieux, il ne serait pas difficile de déterrer en partie ces racines... Mais assez là-dessus. Peut-être qu'au moment de son entreprise éthiopienne protégée par le nazi Hitler (et suivie, du reste, immédiatement par leur autre et commune entreprise espagnole), le fasciste Mussolini ne se rendait pas compte qu'il venait maintenant d'accrocher pour toujours son char de carnaval au char mortuaire de l'autre. Toujours est-il que l'un des premiers effets de cet asservissement, ce fut que, peu de temps après, il dut substituer à la devise nationale et frappée à son propre coin de la *romanité*, celle, étrangère et frappée au coin d'un autre, de la *race*. Et ce fut ainsi que, dans les premiers mois de 1938, commença aussi en Italie, dans les journaux, les cercles locaux et à la radio, une campagne préparatoire contre les Juifs.

A sa mort Giuseppe Ramundo avait 58 ans ; et Nora, qui en avait 66, était déjà à la retraite quand elle se trouva veuve. Retenue par une sorte de terreur sacrée des sépultures, elle ne rendait jamais visite à la tombe de son mari ; mais il est certain pourtant que le lien le plus tenace qui la rattachait à la ville de Cosenza, était le voisinage du défunt qui demeurait encore là, dans ce cimetière.

Elle ne voulut jamais plus quitter le vieux logement qui était devenu sa tanière. Elle n'en sortait tout au plus que le matin de bonne heure pour faire son marché, ou les jours où elle devait toucher sa retraite ou envoyer le mandat habituel aux très vieux parents de Giuseppe. A ceux-ci, comme aussi à Ida, elle écrivait de longues lettres que les deux vieillards, qui étaient analphabètes, devaient se faire lire par autrui. Mais dans ses lettres elle se gardait jalousement de faire allusion, fût-ce même de façon indirecte et prudente, à tout ce qui la terrorisait concernant l'avenir ; car, maintenant, elle soupçonnait partout des censures et des espions. Et dans ces messages aussi fréquents qu'interminables elle ne faisait que répéter de toutes les manières toujours la même idée :

« Voyez comme le destin est bizarre et contre nature. J'avais épousé un homme de huit ans plus jeune que moi, et selon la loi naturelle c'est moi qui aurais dû mourir la première, assistée par Lui. Au lieu de cela c'est à moi qu'il est échu d'assister à Sa mort. »

Quand elle parlait de Guiseppe, elle écrivait toujours Lui, avec une majuscule. Son style était prolixe et plein de redites, mais d'une certaine noblesse pédagogique ; et son écriture était penchée et fine, vraiment élégante. (Mais quand, vers la fin, elle commença à décliner, ses lettres devinrent de plus en plus brèves. Son style était maintenant haché et décousu ; et les catactères tremblotants et tout de guingois de son écriture avançaient à tâtons sur la feuille de papier, comme incertains de leur direction.)

En dehors de cette correspondance qui l'occupait telle une graphomanie, ses seuls passe-temps étaient la lecture de revues illustrées ou de romans d'amour et l'écoute de la radio. Depuis longtemps déjà, les nouvelles de la persécution raciale en Allemagne l'avaient alarmée, comme un signal précis confirmant ses anciens pressentiments. Mais quand, vers le printemps de 1938, l'Italie entonna à son tour le chœur officiel de la propagande antisémite, elle vit la masse tonitruante du destin s'avancer vers sa porte et grossir de jour en jour. Les speakers de la radio, avec leurs voix ronflantes et menaçantes, semblaient déjà envahir physiquement son petit logement, y semant la panique ; mais, pour ne pas se trouver impréparée, elle se sentait d'autant plus contrainte d'écouter ces informations. Et elle passait journées et soirées en alerte, à guetter l'heure des bulletins d'information, comme un petit renard qui, en sang, se terre, attentif, au milieu des aboiements d'une meute.

Certains petits « hiérarques » fascistes arrivés de Catanzaro diffusèrent un jour la nouvelle officieuse d'un prochain recensement de tous les Juifs d'Italie, avec obligation de se déclarer tel personnellement. Et alors, à partir de ce moment, Nora n'alluma plus la radio, dans la terreur d'entendre l'annonce officielle de l'ordre gouvernemental, avec les délais de déclaration.

On était au début de l'été. Depuis déjà l'hiver précédent, Nora qui avait à présent 68 ans, souffrait d'une aggravation de ses troubles dus à l'artériosclérose qui la minait depuis longtemps. Ses manières avec les gens (qui, auparavant, bien que fuyantes, étaient toujours empreintes d'une douceur profonde) étaient aussi devenues rageuses et âpres. Elle ne répondait plus à ceux qui la saluaient, et cela même à certaines de ses anciennes petites élèves, maintenant grandes et qui jusqu'alors lui étaient restées chères. Certaines nuits, des accès de rage la prenant, elle déchirait sa chemise avec ses ongles. Une nuit, il lui arriva même de tomber de son lit pendant son sommeil, et elle se retrouva étendue par terre, la tête dolente et bourdonnante. Souvent aussi il lui arrivait de se révolter, hargneuse et furibonde, à la moindre occasion, voyant des grossièretés mystérieuses même dans des gestes ou des mots innocents.

De toutes les mesures possibles menaçant les Juifs, celle qui l'épouvantait le plus dans l'immédiat, c'était l'obligation envisagée de se déclarer telle pour le recensement ! Toutes les formes entrevues de persécutions prochaines et futures, même les plus abjectes et les plus désastreuses, se confondaient dans son esprit comme des spectres chancelants, au milieu desquels la lueur éblouissante du phare terrible de ce seul décret la glaçait ! A la pensée de devoir proclamer elle-même, publiquement, son fatal secret, qu'elle avait toujours caché comme une infamie, elle se dit carrément : c'est impossible. Comme elle ne lisait pas les journaux et n'écoutait plus la radio, elle pensait que ce fameux décret était maintenant promulgué et déjà en application (alors qu'en réalité nul décret racial n'avait encore été promulgué) et elle en vint même à se persuader, dans son isolement, que les délais de déclaration étaient déjà expirés. Elle se garda pourtant de se renseigner ou, encore plus, de se présenter à la Mairie. A l'aube de chaque nouveau jour elle se répétait : c'est impossible ! passant ensuite la journée à se ronger de la sorte, jusqu'à l'heure de fermeture des bureaux publics, pour se retrouver le lendemain avec ce même problème. Dans sa conviction enracinée d'être déjà en retard et exposée à Dieu sait quelles sanctions inconnues, elle commença à avoir peur du calendrier, des dates et du lever quotidien du soleil. Et cependant que les jours s'écoulaient sans le moindre indice suspect, elle vécut maintenant chaque instant dans l'attente d'un quelconque et prochain événement terrible. Elle s'attendait à être convoquée à la Mairie pour rendre compte de sa transgression, et à être convaincue publiquement de mensonge et accusée de faux. Ou bien à ce qu'un envoyé de la Mairie ou de la Préfecture vienne la chercher ; ou, même, à être arrêtée.

Elle ne sortit plus de chez elle, même pour les courses quotidiennes, s'en déchargeant sur la concierge ; mais un matin, quand celle-ci se présenta à sa porte pour connaître ses consignes, elle la chassa avec des hurlements inhumains, lui lançant à la tête une tasse qu'elle avait à la main. Mais les gens, qui ne se doutaient de rien et qui l'avaient toujours respectée, excusaient ces humeurs quinteuses, les attribuant à la douleur d'avoir perdu son mari.

Elle commença même à souffrir de fausses sensations. Son sang, montant péniblement jusqu'à son cerveau, battait en grondant dans ses artères durcies, et elle croyait entendre dans la rue des coups violents frappés contre la porte de l'immeuble ou des pas ou des souffles pesants montant l'escalier. Le soir, si elle allumait soudain l'électricité, sa vue affaiblie transformait pour elle les meubles et leurs ombres en figures immobiles de délateurs ou de flics en armes venus la surprendre pour l'arrêter. Et une nuit où il lui arriva pour la seconde fois de tomber de son lit pendant son sommeil, elle s'imagina qu'elle avait été jetée à terre par l'un de ceux-ci, entré en cachette et qui circulait encore dans le logement.

Il lui venait l'idée de quitter Cosenza, de se transporter ailleurs. Mais où cela et chez qui ? A Padoue, chez ses parents juifs, ce n'était pas possible. A Rome, chez sa fille ou, dans la région de Reggio, chez ses beaux-parents, sa présence étrangère serait plus que jamais remarquée et enregistrée, et compromettrait même les autres. Et puis comment imposer l'intrusion d'une vieille femme neurasthénique et obsédée à ceux qui avaient déjà tant de soucis et de tourments personnels ? Elle n'avait jamais rien demandé à personne ; dès son adolescence, elle avait toujours été indépendante. Elle s'était toujours rappelé deux versets entendus au Ghetto, dans la bouche d'un vieux rabbin :

74

Malheur à l'homme qui a besoin des autres hommes !
Heureux l'homme qui a seulement besoin de Dieu.

Alors, partir pour une autre ville ou pour un pays anonyme, où personne ne la connaîtrait ? Mais partout il fallait se déclarer, présenter des papiers. Elle médita de s'enfuir dans une nation étrangère, où n'existeraient pas de lois raciales. Mais elle n'avait jamais été à l'étranger et elle n'avait pas de passeport ; et se procurer un passeport, cela voulait dire, là aussi, des enquêtes de l'état civil, de la police, des douaniers : tous des organismes qui lui étaient interdits, menaçants, comme à un bandit.

Elle n'était pas pauvre, comme sans doute se le figurait tout le monde. Durant ces années (précisément pour garantir son indépendance future en cas de maladie ou autres circonstances imprévues), elle avait peu à peu, selon son habitude, mis de côté des économies qui présentement se montaient à trois mille lires. Cette somme, en trois billets de mille lires, qu'elle avait cousue dans un mouchoir, elle la plaçait, la nuit, sous son oreiller et, le reste du temps, elle l'avait toujours sur elle, fixée par des épingles à l'un de ses bas.

Pour son esprit inexpérimenté qui déjà s'obscurcissait, elle supposait qu'avec cette somme elle pouvait se payer n'importe quel itinéraire étranger et, même, exotique ! A certains moments, telle une fillette, elle se mettait à rêver de certaines métropoles après lesquelles, avant son mariage, dans ses rêveries bovarystes, elle avait soupiré comme après des buts sublimes : Londres, Paris ! Mais soudain elle se rappelait qu'à présent elle était seule, et comment une femme vieille et seule pourrait-elle s'orienter au milieu de ces foules

cosmopolites et tumultueuses ? ! Si avec elle il y avait
eu Giuseppe, alors oui, voyager eût encore été beau !
Mais Giuseppe n'existait plus, il était introuvable
aussi bien ici qu'en n'importe quel autre lieu. Probablement son corps, si grand et si gros, s'était-il déjà
dissous dans la terre. Il n'y avait plus personne en ce
monde pour la rassurer quand elle avait peur, pour la
rassurer comme il le faisait jadis en lui disant : « Tu es
une petite idiote ! tu es une petite folle ! »

Elle avait beau continuer d'envisager diverses solu-
tions, examinant tous les continents et tous les pays,
pour elle, sur le globe tout entier, il n'y avait pas la
moindre place. Et pourtant, au fur et à mesure que les
jours passaient, la nécessité et l'urgence de fuir s'impo-
saient à son cerveau enfiévré.

Au cours des derniers mois, elle avait entendu
parler, probablement à la radio, d'émigrations juives
en Palestine venues de l'Europe tout entière. Bien
qu'en connaissant le nom, elle ne savait absolument
rien du sionisme. Quant à la Palestine, tout ce qu'elle
en savait, c'est que c'était la patrie biblique des Juifs et
que sa capitale était Jérusalem. Mais pourtant, elle
finit par conclure que le seul lieu où elle pouvait être
accueillie, en tant que juive en fuite, par un peuple de
Juifs, c'était la Palestine.

Et cependant que s'avançait déjà la chaleur torride
de l'été, un soir, elle décida de s'enfuir séance tenante,
même sans passeport. Elle franchirait clandestinement
les frontières ou, comme des histoires d'émigrants
illégaux le lui avaient appris, elle se cacherait dans la
soute d'un navire.

Elle ne prit avec elle aucun bagage et pas même du
linge de rechange. Comme toujours elle avait déjà sur
elle ses trois mille lires cachées dans l'un de ses bas. Et

76

au dernier moment, voyant encore pendue au porte-manteau de l'entrée l'une des vieilles houppelandes calabraises que Giuseppe mettait en hiver, elle l'emporta, pliée sur son bras, dans l'idée d'être prémunie au cas où elle irait vers des climats froids.

Il est évident qu'elle délirait déjà. Mais toujours est-il qu'elle doit avoir calculé qu'aller de Cosenza à Jérusalem par la voie de terre n'était pas possible, car elle prit la direction de la mer, choisissant comme seule solution l'alternative de s'embarquer. Quelqu'un se rappelle vaguement l'avoir vue, vêtue de sa pauvre petite robe d'été en soie artificielle, noire avec des dessins bleu ciel, dans le dernier funiculaire du soir, direction le *lido* de Paola. Et de fait, c'est dans ces parages qu'on l'a retrouvée. Sans doute a-t-elle dû errer un certain temps le long de ce rivage sans ports, en quête d'un quelconque navire marchand battant pavillon asiatique, plus perdue et déroutée qu'un garçonnet de cinq ans qui s'est échappé de chez lui pour s'enrôler comme mousse à la grâce de Dieu.

De toute manière, encore qu'une telle résistance paraisse incroyable vu son état physique, on est bien forcé de croire que, partant de la station où elle était descendue, elle parcourut à pied un long chemin. Effectivement, l'endroit précis du rivage où on l'a retrouvée est à plusieurs kilomètres de distance du lido de Paola, dans la direction de Fuscaldo. Le long de cette partie de la bande côtière, de l'autre côté de la voie ferrée, il y a des champs vallonnés de maïs, dont, dans l'obscurité, l'ondulante étendue pouvait, pour ses yeux délirants, sembler une autre anse marine.

C'était une magnifique nuit sans lune, calme et étoilée. Peut-être se souvint-elle de cette seule et unique chansonnette de son pays qu'elle connaissait :

Quelle belle nuit pour voler des fillettes.

Mais à un certain moment de son parcours, malgré la sérénité et la tiédeur de l'air, elle eut froid. Et elle se couvrit avec cette houppelande masculine qu'elle avait avec elle, ayant bien soin de se l'agrafer au cou avec la boucle. C'était une vieille houppelande en laine écrue marron foncé, qui pour Giuseppe avait été de la bonne longueur mais qui pour elle était trop longue et lui descendait jusqu'aux pieds. Si quelqu'un de la région l'avait vue passer de loin, ainsi accoutrée, il l'aurait peut-être prise pour le *monacheddu,* c'est-à-dire pour le petit brigand domestique déguisé en moine dont on dit qu'il se promène la nuit et hante les maisons en s'y introduisant par la cheminée. Mais il semble que personne ne l'ait rencontrée, ce qui n'est nullement bizarre sur cette côte isolée et très peu fréquentée, en particulier la nuit.

Les premiers à la trouver, ce furent des bateliers qui rentraient à l'aube de leur pêche nocturne ; et tout d'abord ils crurent que c'était une suicidée que les courants marins avaient ramenée sur le rivage. Mais à la vérité, la position de cette noyée et l'état de son corps ne s'accordaient pas avec cette conclusion hâtive.

Elle gisait en deçà de la limite de brisement des vagues, limite qui était encore humide de la marée récente, dans une pose détendue et naturelle, comme quelqu'un que la mort a surpris alors qu'il était inconscient ou endormi. Sa tête reposait sur le sable que le léger reflux avait laissé lisse et propre, sans algues ni détritus ; et le reste de son corps était tout entier allongé sur la grande houppelande d'homme, qui, retenue à son cou par la boucle et trempée, s'étendait grande ouverte le long d'elle. Sa petite robe de soie artificielle, mouillée et lissée par l'eau, adhérait correctement à son corps frêle, qui semblait intact et non point enflé ni abîmé comme le sont d'ordinaire les corps restitués par les courants. Et les minuscules œillets imprimés sur le tissu de la robe se détachaient comme neufs, avivés par l'eau, contre le fond marron de la houppelande.

L'unique violence de la mer avait été de lui enlever ses souliers et de lui dénouer ses cheveux qui, malgré son âge, étaient encore longs et abondants, et seulement en partie blanchis : si bien que, maintenant, trempés d'eau, ils semblaient redevenus noirs et s'étaient disposés tous d'un côté, presque avec grâce. L'action du courant n'avait même pas ôté de sa main amaigrie le nuptial petit cercle d'or, dont la minuscule et précieuse clarté se détachait à la lumière naissante du jour.

C'était là tout l'or possédé par elle. Car (à la différence de sa timide fille Ida) elle n'avait pas voulu, malgré son conformisme patriotique, s'en séparer, même quand le gouvernement avait invité la population à « donner son or à la patrie » afin d'aider l'entreprise abyssine.

A son poignet, elle avait toujours, non encore attaquée par la rouille, sa petite montre en métal ordinaire, arrêtée à 4 heures.

L'examen de son corps confirma sans le moindre doute sa mort par noyade ; mais elle n'avait laissé aucun indice ou message d'adieu prouvant une intention de suicide. Sur elle on retrouva, caché à l'endroit habituel dans l'un de ses bas, son trésor secret en billets de banque, encore reconnaissables bien que réduits par l'eau à l'état de bouillie sans valeur Connaissant le caractère de Nora, on peut être certain que si elle avait eu l'intention de se donner la mort, elle aurait eu soin auparavant de mettre à l'abri de la destruction, où qu'elle fût, ce capital pour elle si considérable et amassé avec tant d'obstination.

En outre, si vraiment, recherchant une fin volon taire, elle s'était abandonnée à la grande masse de la mer, il est à supposer que le poids de la houppelande alourdie par l'eau l'aurait entraînée vers le fond.

La chose fut classée sous la rubrique de : *mort accidentelle par noyade*. Et c'est là, selon moi, l'explication la plus juste. Je crois personnellement que la mort a dû la surprendre quand elle était inconsciente, sans doute alors qu'elle était déjà tombée à la suite de l'un de ces malaises qui, depuis quelque temps, s'emparaient d'elle.

A ces endroits de la côte et en cette saison, les marées sont faibles, particulièrement à la nouvelle lune. Durant son voyage sans résultat, hallucinée et presque aveugle dans l'obscurité de la nuit, elle doit avoir perdu tout sens de la direction et même l'usage de ses sens. Et par inadvertance elle a dû trop s'avancer sur la bande du rivage battue par la marée, confondant peut-être l'océan de maïs et l'eau que n'animait aucun vent, ou peut-être l'a-t-elle fait à la suite d'une quelconque manœuvre délirante de sa part vers la silhouette fantomatique d'un navire. Elle est tombée là et la marée déjà proche du reflux l'a recouverte, juste ce qu'il fallait pour la faire mourir, mais sans l'agresser ni la malmener, et sans autre bruit dans l'air calme que celui de son imperceptible frémissement. Cependant que la houppelande gorgée d'eau, ses bords ensevelis sous des couches de sable, freinait son corps dans la descente humide, la retenant, morte, sur la ligne de brisement des vagues jusqu'à la première heure du jour.

Je ne connais Nora que par une photographie d'elle, prise à l'époque où elle était fiancée. Elle est debout avec, derrière elle, un paysage de carton, en train de déployer un éventail qui masque le devant de sa chemisette, et sa pose recueillie mais affectée accuse son caractère sérieux et néanmoins plutôt sentimental. Elle est menue et svelte, vêtue d'une robe de laine presque droite, serrée à la taille et adhérant à la poitrine, et d'une chemisette de mousseline blanche, aux poignets amidonnés, boutonnée jusqu'au cou. De la main qui ne tient pas l'éventail elle s'appuie avec un abandon quasiment d'actrice sur un petit guéridon de photographe bourgeois fin de siècle. Sa coiffure est ajustée sur le front et lâche sur le haut de la tête, formant un cercle mou, à la manière des geishas. Ses yeux sont d'une extrême chaleur, sous un voile de mélancolie. Et le reste du visage est d'une facture délicate mais banale.

Sur la marge inférieure blanche mais jaunie de la photo, laquelle est collée sur un carton épais comme cela se faisait alors, en plus des indications en caractères d'imprimerie ornés alors de rigueur (*Format,* etc.), la dédicace est encore lisible, de sa petite écriture délicate, appliquée et fine :

A Toi, bien-aimé Giuseppe !
Ton
Eleonora

En bas, à gauche, il y a la date : 20 mai 1902 ; et un

peu plus bas, à droite, de la même petite écriture, cette
devise :

> *Avec Toi pour toujours*
> *tant que je vivrai et dans l'au-delà.*

3

ART. 1. LE MARIAGE D'UN CITOYEN ITALIEN DE
RACE ARYENNE AVEC UNE PERSONNE APPARTE-
NANT À UNE AUTRE RACE EST INTERDIT.

. . . .

ART. 8. AUX TERMES DE LA LOI :
A) EST DE RACE JUIVE CELUI QUI EST NÉ DE
PARENTS JUIFS L'UN ET L'AUTRE, MÊME S'IL
APPARTIENT À UNE RELIGION AUTRE QUE LA RELI-
GION JUIVE.

. . . .

D)

. . . .

N'EST PAS CONSIDÉRÉ DE RACE JUIVE CELUI
QUI EST NÉ DE PARENTS DE NATIONALITÉ ITA-
LIENNE, DESQUELS UN SEUL ÉTAIT DE RACE
JUIVE, ET QUI À LA DATE DU 1er OCTOBRE 1938-

XVI APPARTENAIT À UNE AUTRE RELIGION QUE
LA RELIGION JUIVE.

. . . .

ART. 9. L'APPARTENANCE À LA RACE JUIVE
DOIT ÊTRE DÉCLARÉE ET INSCRITE SUR LES REGIS-
TRES DE L'ÉTAT CIVIL ET DE LA POPULATION.

. . . .

ART. 19. AUX FINS D'APPLICATION DE L'ART.
9, TOUS CEUX QUI SE TROUVENT DANS LA SITUA-
TION VISÉE PAR L'ART. 8 DOIVENT EN FAIRE LA
DÉCLARATION AU BUREAU DE L'ÉTAT CIVIL DE LEUR
COMMUNE DE RÉSIDENCE...

C'est là ce que disait la loi raciale italienne,
promulguée en automne 1938. Par cette loi, du reste,
tous les citoyens dits « de race juive » étaient exclus de
la gestion d'entreprises, de biens et de propriétés, de la
fréquentation des écoles de toutes catégories et de tous
les emplois et professions en général, à commencer,
bien entendu, par l'enseignement.

Ces décrets portaient la date du 17 novembre 1938.
Quelques jours auparavant, dans le Reich tout entier,
après les années de discrimination et de persécution,
avait commencé la mise à exécution du projet de
génocide des Juifs. La permission de piller et d'assassiner avait été donnée contre eux à tous les Allemands.
Au cours de plusieurs nuits, de nombreux Juifs furent
massacrés, des milliers déportés dans les *Lager,* leurs

maisons, leurs magasins et leurs synagogues incendiés et détruits.

Nora, en mourant, avait précédé de quelques mois les décrets raciaux italiens qui, maintenant, la rangeaient irrémédiablement au nombre des Juifs. Mais sa prévoyance, trente-cinq ans auparavant, en lui conseillant de faire baptiser Iduzza, épargnait à présent à celle-ci la perte de son poste d'institutrice et les autres mesures punitives découlant du paragraphe *d)* de l'*Art. 8*. Mais l'*Art. 19* décrétait les formalités obligatoires à remplir par les intéressés, et Iduzza, aussi honteuse et tremblante qu'une accusée au Palais de Justice, se présenta aux bureaux de la Mairie de Rome.

Elle s'était dûment munie de tous les documents requis : aussi bien ceux de son côté juif maternel que ceux de son côté aryen paternel, aussi que son certificat de baptême personnel et ceux de Giuseppe et de sés grands-parents calabrais (eux aussi, maintenant, morts et enterrés). Il ne manquait vraiment rien. Et de plus (ayant même honte d'ouvrir la bouche), outre ce dossier, elle présenta à l'employé une feuille de cahier sur laquelle, pour une identification immédiate et muette elle avait transcrit de sa main ses données d'état civil. Mais une sorte de répugnance, qui était comme un suprême hommage, lui avait fait omettre le moindre signe d'accentuation sur le nom de famille de sa mère.

« *Almàgia* ou ALMAGIÀ ? » s'informa l'employé, la scrutant d'un œil inquisiteur, plein d'autorité et de menace.

Elle rougit, plus encore qu'une écolière surprise en train de copier son devoir. « Almagià », murmura-t-elle hâtivement, « ma mère était juive ».

L'employé ne demanda pas d'autres renseignements. Et de la sorte, pour le moment, le dossier était classé.

De toute manière, à partir de ce jour, l'Autorité, dans ses coffres-forts secrets, avait à sa connaissance qu'Ida Ramundo, veuve Mancuso, enseignante, était une métisse, bien que pour tout le monde elle ait encore été une banale Aryenne... En Italie, *aryenne!* mais au bout d'un certain temps, Ida apprit par certaines sources privées que dans le Reich les lois étaient différentes... Et elle commença à se dire qu'un jour ou l'autre, pouvait intervenir une modification des décrets nationaux qui non seulement l'impliquerait, elle, mais peut-être aussi son fils Nino! Comme Alfio son mari, Ninnuzzu aussi avait toujours ignoré et ne s'imaginait pas un seul instant qu'il comptait des Juifs au nombre de ses parents. Et il grandissait, insouciant, dans une totale ignorance, et fanatique de la chemise noire.

Cependant, l'association Mussolini-Hitler se faisait de plus en plus étroite, et, finalement, au printemps de 1939 suivant, ces deux personnages s'allièrent militairement par leur *Pacte d'acier.* Et sur-le-champ, de même que Benito avait colonisé les Éthiopiens, Adolf entreprit de coloniser les peuples européens, les soumettant comme il l'avait promis, à l'empire de la race allemande supérieure. Néanmoins, lorsque quelque temps plus tard éclata le conflit mondial, le partenaire italien, malgré le pacte, préféra se tenir à l'écart, indécis, temporisant. Et ce fut seulement à la vue de la victoire sensationnelle de son associé (qui, dans le temps d'une lunaison, après avoir dévoré l'Europe entière, atteignait déjà la ligne d'arrivée à Paris), ce fut, donc, seulement alors que pour s'assurer sa portion de gloire il entra en guerre à ses côtés. C'était le mois de juin

1940 ; et Ninnuzzu, qui avait alors quatorze ans, accueillit cette nouvelle avec plaisir, et cela bien que le retard avec lequel se produisait cet événement l'ait contrarié. Ça l'avait embêté, en effet, d'attendre que son Duce se décide à cette nouvelle action grandiose.

De la succession précipitée des événements mondiaux Iduzza ne suivait le cours qu'à travers les annonces d'éclatantes victoires hitlériennes que la voix de Nino proclamait bruyamment chez elle.

Durant les jours de l'entrée en guerre de l'Italie, il lui fut donné d'entendre des opinions différentes sur cet événement. Convoquée un après-midi par le Proviseur du lycée, à la suite de certaines absences injustifiées de son fils Nino, elle trouva ce personnage dans un état de rayonnante euphorie dû à l'opportune décision du Duce : « Nous autres », lui déclara avec une grande emphase ledit personnage, « nous sommes pour la paix dans la victoire au plus bas prix possible ! Et aujourd'hui où la guerre-éclair de l'Axe est sur le point d'atteindre le but de la paix, nous applaudissons la clairvoyance du Chef qui assure à notre Patrie les bénéfices du succès avec le maximum d'économie. En une seule étape et sans même avoir usé nos pneus, nous voici déjà arrivés au sprint au poteau final, dans la roue même du Maillot Jaune ! » Ce discours plein d'autorité s'imposa sans réplique à Ida.

A ce qu'elle pouvait comprendre, ses collègues de l'école primaire, aux propos desquels elle tendait l'oreille dans les couloirs, pensaient eux aussi plus ou moins la même chose que le proviseur du lycée. Seule une vieille concierge (que les enfants appelaient Barbetta à cause d'un peu de duvet sénile qu'elle avait au menton) avait été surprise par elle alors que, pour conjurer le sort, elle touchait le bois des portes, marmottant au fur et à mesure en sourdine que cette action italienne contre les Français était un « coup de poignard dans le dos » et que des actions *risquées* de ce genre portent toujours tôt ou tard la poisse.

Par contre, le matin même, à son arrivée à l'école, le concierge arpentant le vestibule comme un conquistador, l'avait saluée de cette phrase : « Signora Mancuso, quand est-ce qu'on entre à Paris ? » Mais, d'autre part, plus tard, comme elle rentrait chez elle, elle avait entendu le commis du boulanger qui, sur le seuil du bistro, confiait, l'air sombre, au patron : « A mon avis, cet axe Rome-Berlin, c'est pas du joli ! Vous parlez d'une combine ! Eux autres, les Berlinois, ils font les saloperies — et nous autres, de Rome, on leur donne un coup de main !... » Entre de telles opinions discordantes, la pauvre Iduzza n'osait pas, quant à elle, formuler de jugements.

A tous les mystères de l'Autorité qui l'effrayaient, s'était ajouté maintenant ce mot d'*aryens,* qu'auparavant elle avait toujours ignoré. Dans ce cas, en réalité, ce mot n'avait pas la moindre signification logique ; et les Autorités auraient pu le remplacer à leur guise et pour les mêmes résultats publics par *pachydermes, ruminants* ou n'importe quel autre mot. Mais pour l'esprit d'Iduzza il devenait d'autant plus impressionnant, parce que mystérieux.

Même de la bouche de sa mère, elle n'avait jamais entendu cette épithète d' « aryens », et le terme même de *juifs,* là-bas dans la maison de Cosenza, était resté pour la petite Iduzza un objet de grand mystère. Sauf par Nora elle-même au cours de ses conciles secrets, ce dernier terme n'était jamais prononcé en vain chez les Ramundo. J'ai appris qu'un jour, au cours de l'une de ses grandes péroraisons anarchistes, Giuseppe finit par proclamer d'une voix tonnante : « Le jour viendra où bourgeois et prolétaires, blancs et noirs, femmes et hommes, *juifs* et chrétiens seront tous égaux, unis par le seul honneur d'être homme ! » Mais à ce mot de *juifs* crié par lui, Nora poussa un hurlement de frayeur et pâlit comme prise d'un grave malaise ; à la suite de quoi Giuseppe tout entier rependant s'approcha d'elle pour répéter, cette fois à voix très basse : « ... je disais *juifs* et *ch.étiens*... » Comme si en chuchotant tout bas ce mot après l'avoir crié très haut, il voulait réparer les dégâts !

De toute manière, maintenant, Ida apprenait que les Juifs étaient différents non seulement parce que juifs, mais aussi parce que *non-aryens*. Mais qui étaient donc ces *Aryens* ? Pour Iduzza ce terme employé par les Autorités suggérait quelque chose d'antique et de haut rang, du genre de *baron* ou de *comte*. Et dans son idée les Juifs en vinrent à s'opposer aux *Aryens,* plus ou moins comme les plébéiens aux patriciens (elle avait étudié l'histoire !). Mais, évidemment, pour l'Autorité les non-aryens étaient les plébéiens des plébéiens ! Par exemple, par rapport à un juif, le commis du boulanger, plébéien de classe, valait un patricien en tant qu'a-ryen, un patricien par rapport à un juif ! Et puisque dans l'ordre social les plébéiens étaient déjà une gale, les plébéiens des plébéiens devaient être une lèpre !

Ce fut comme si les obsessions de Nora, essaimant en tumulte à sa mort, étaient venus faire leur nid chez sa fille. Après sa déclaration à l'état civil, Ida avait repris la même vie qu'auparavant. Elle vivait exacte-ment comme une Aryenne au milieu des Aryens, personne ne semblait douter de sa totale aryanité, et les rares fois où elle dut exhiber ses papiers (par exemple à la Caisse où elle touchait son traitement),

88

encore que son cœur eût battu à se rompre dans sa poitrine, le patronyme de sa mère passa tout à fait inaperçu. Son secret racial semblait une fois pour toutes enseveli dans les archives de l'état civil ; mais elle, le sachant enregistré dans ces cases mystérieuses, tremblait toujours à la pensée que quelque chose pût en transpirer à l'extérieur, la flétrissant elle, mais flétrissant surtout Nino ! avec la marque des réprouvés et des impurs. En outre, particulièrement à son école, en exerçant, elle, demi-juive clandestine, les droits et les fonctions réservés aux *Aryens,* elle se sentait en faute, comme une hors-la-loi et une faussaire.

Aussi quand elle faisait ses courses quotidiennes avait-elle le sentiment d'aller mendier, tel un chiot orphelin et errant, dans le territoire d'autrui. Jusqu'à ce que, un beau jour, elle qui avant les lois raciales n'avait jamais connu d'autre Juif que Nora, gagna de préférence, obéissant à une impulsion incongrue, l'enceinte du Ghetto de Rome, se dirigeant vers les éventaires et les boutiques de certains petits Juifs auxquels il était encore permis à cette époque de continuer leurs pauvres trafics d'antan.

Au début, sa timidité l'amena à traiter seulement avec des personnes âgées, aux yeux à demi éteints et à la bouche scellée. Mais le hasard, peu à peu, lui procura quelques connaissances moins taciturnes, en général des femmes de l'endroit, qui, encouragées peut-être par ses yeux sémites, bavardaient avec elle en passant.

C'est de là qu'elle tirait ses principales informations historico-politiques, car, avec les Aryens elle évitait certains sujets et aussi, pour une raison ou l'autre, elle avait peu recours aux habituels moyens d'information. Depuis plus d'un an, la radio que les Mancuso

possédaient du vivant d'Alfio, avait cessé de fonctionner, et Ninnarieddu, un beau jour, l'avait définitivement démolie, la démontant pour en utiliser les pièces
à des constructions de son cru. (Et Ida n'avait pas
l'argent nécessaire pour en acheter une autre.) Quant
aux journaux, elle n'avait pas l'habitude d'en lire, et
chez elle n'arrivaient que les gazettes sportives ou les
magazines de cinéma, destinés à l'usage exclusif de
Nino. Depuis toujours les journaux, rien qu'à les voir,
suscitaient en elle un sentiment d'éloignement et
d'aversion ; et ces temps derniers, elle était épouvantée
rien qu'à apercevoir vaguement en première page ces
manchettes énormes et si noires. En passant près des
kiosques ou dans le tram, il lui arrivait chaque jour de
leur jeter un coup d'œil méfiant, pour voir si par
hasard elles ne dénonçaient pas en gros caractères,
parmi les nombreux abus des Juifs, les siens aussi, avec
ce tristement célèbre patronyme : ALMAGIÀ...

Assez proche de son école, le Ghetto était un petit
quartier ancien, isolé — jusqu'au siècle dernier — par
de hautes murailles et par des grilles qui étaient
fermées le soir ; et sujet — à cette époque-là — aux
fièvres, à cause des vapeurs et de la vase du Tibre
voisin, qui n'avait pas encore de quais. Depuis que ce
vieux quartier avait été assaini, sa population n'avait
fait que croître ; et à présent, elle s'arrangeait à tenir
par milliers dans ces mêmes quatre petites rues et ces
deux petites places. Il y avait là plusieurs centaines de
bébés et de gosses, pour la plupart bouclés et aux yeux
vifs ; et encore au début de la guerre, avant que
commence la grande faim, il y circulait de très
nombreux chats, domiciliés à un pas de là, dans les
ruines du Teatro di Marcello. Les habitants, en
majorité, exerçaient le métier de marchands ambu-

lants ou de chiffonniers, ce qui était les seuls métiers autorisés par la loi durant les siècles passés mais qui ensuite, avec la guerre, allaient sous peu leur être eux aussi interdits par les nouvelles lois fascistes. Quelques-uns d'entre eux disposaient au maximum d'un local au rez-de-chaussée pour la vente au détail ou l'entreposage des marchandises. Et c'était là, plus ou moins, toutes les ressources du petit village, où les décrets raciaux de 1938, encore inchangés, n'avaient pu modifier beaucoup les destins.

Dans certaines familles du quartier, on avait tout juste connaissance de ces décrets, comme de questions concernant les quelques Juifs de la haute qui habitaient çà et là dans les quartiers bourgeois de la ville. Quant aux diverses autres menaces qui circulaient obscurément, les informations qu'Ida en glanait là-bas étaient aussi fragmentaires et vagues que celles des radios carcérales. En général, chez ses connaissances des petites boutiques, régnait une incrédulité naïve et confiante. A ses timides allusions d'Aryenne, ces pauvres petites femmes affairées opposaient pour la plupart une insouciance évasive ou une résignation réticente. Toutes ces nouvelles étaient des inventions de la propagande. Et puis, en Italie, certaines choses ne pourraient jamais arriver. Elles comptaient sur des amitiés importantes (ou aussi sur les titres fascistes) des Chefs de la Communauté ou du Rabbin ; sur la bienveillance de Mussolini à l'égard des Juifs ; et même sur la protection du Pape (alors qu'en réalité les papes, au cours des siècles, avaient été parmi leurs pires persécuteurs). A ceux d'entre eux qui se montraient plus sceptiques, elles ne voulaient pas croire... Mais, à la vérité, dans leur situation elles n'avaient pas d'autre défense.

Parmi ces personnes on rencontrait de temps à autre une fille précocement vieillie nommée Vilma, que l'on traitait à la ronde comme une folle. Les muscles de son corps et de son visage n'étaient jamais en repos, et son regard, par contre, était extatique et trop lumineux.

Elle était restée très tôt orpheline et, par incapacité de faire autre chose, elle s'adonnait aux travaux de force, comme un portefaix. Toute la journée elle parcourait, infatigable, le Trastevere et le Campo dei Fiori, mendiant aussi des restes, non pour elle-même mais pour les chats du Teatro di Marcello. Le seul bon moment de sa vie, c'était sans doute quand, vers le soir, elle s'asseyait sur une ruine, au milieu des chats, répandant par terre pour eux des petites têtes de poissons à moitié pourries et des restes sanguinolents. Alors, son visage toujours fébrile devenait radieux et calme, comme au Paradis. (Mais avec la progression de la guerre, ces bienheureux rendez-vous devaient se réduire à un souvenir.)

Depuis quelque temps, de ses tournées quotidiennes de travailleuse, Vilma ramenait au Ghetto des informations nouvelles et inouïes, auxquelles les autres femmes refusaient de croire, y voyant des créations de son imagination. Et, de fait, l'imagination travaillait toujours, tel un forçat, dans le cerveau de Vilma ; mais dans la suite, certaines de ses *imaginations* devaient se révéler bien en dessous de la vérité.

Vilma prétendait que la personne qui la renseignait ainsi était une nonne (elle allait travailler, entre autres, dans un couvent...), ou bien une dame qui écoutait en cachette certaines radios interdites, mais de laquelle on ne devait pas dire le nom. En tout cas, elle

92

garantissait que ses informations étaient sûres ; et ~~tous~~ les jours, elle les répétait à la ronde d'une voix rauque et pressante, comme suppliant. Mais quand elle s'apercevait qu'on ne l'écoutait pas ou qu'on ne la croyait pas, elle éclatait d'un rire plein d'angoisse, semblable à une toux nerveuse. La seule peut-être qui l'écoutait avec un terrible sérieux, c'était Iduzza, parce que, à ses yeux, Vilma, d'aspect et de manières, ressemblait à une sorte de prophétesse.

Actuellement, dans ses messages aussi obsédants qu'inutiles, Vilma répétait continuellement et avec insistance qu'il fallait *mettre en sécurité au moins les enfants*, affirmant avoir appris en confidence de la bouche de sa religieuse que dans l'histoire prochaine était marqué un nouveau massacre pire que celui d'Hérode. A peine occupaient-ils un pays que, première chose, les Allemands massaient d'un côté tous les Juifs sans exception, après quoi ils les emmenaient hors des frontières, on ne savait où, « dans la nuit et le brouillard ». La plupart mouraient en chemin ou s'écroulaient à bout de forces. Et tous, morts et vivants, étaient jetés l'un sur l'autre dans d'énormes fosses, que leurs parents ou leurs compagnons étaient forcés de creuser en leur présence. Les seuls qu'on laissait survivre, étaient les adultes les plus robustes, condamnés à travailler pour la guerre comme esclaves. Et les enfants étaient tous massacrés, du premier au dernier, et jetés dans les fosses communes le long de la route.

Un jour où Vilma tenait ces propos, il y avait là, outre Iduzza, une petite femme âgée, modestement vêtue mais coiffée d'un chapeau. Et cette femme, à la différence de la boutiquière, acquiesça avec gravité aux lamentations démentes et rauques de Vilma. Et même (parlant à voix basse par peur des espions), elle intervint, affirmant avoir personnellement appris de la bouche d'un sous-officier de carabiniers, que, d'après la loi des Allemands, les Juifs étaient des poux et devaient tous être exterminés. A la victoire certaine et maintenant proche de l'Axe, l'Italie aussi allait devenir un territoire du Reich et être soumise à la même loi définitive. En haut de Saint-Pierre, à la place de la croix chrétienne, ils allaient mettre la croix gammée ; et les chrétiens baptisés eux-mêmes, pour ne pas être inscrits sur la liste noire, devraient prouver que leur sang était aryen JUSQU'À LA QUATRIÈME GÉNÉRATION !

Et ce n'était pas pour rien, ajouta-t-elle, que toute la jeunesse juive de bonne famille, qui en avait les moyens, avait émigré d'Europe, les uns en Amérique et d'autres en Australie, quand il en était encore temps. Mais maintenant, avec les moyens ou sans les moyens, toutes les frontières étaient fermées et il n'était plus temps.

« Ceux qui sont dedans y restent. Et ceux qui sont dehors, itou. »

A ces mots, de sa voix hésitante de contumace qui a peur de fournir des indices, Iduzza se risqua à lui demander ce que signifiait exactement JUSQU'À LA QUATRIÈME GÉNÉRATION. Et la petite femme, avec une condescendance de mathématicienne, et non sans préciser et insister quand cela lui semblait le cas, expliqua :

« que d'après la loi allemande les sangs se calculaient par têtes, par fractions et par douzaines. *Quatrième génération,* ça veut dire : *les arrière-grands-parents.* Et pour calculer les têtes, il suffit de compter les arrière-grands-parents et les grands-parents, qui font au total :

« 8 arrière-grands-parents + 4 grands-parents = 12 têtes

« c'est-à-dire une douzaine.

« Or, dans cette douzaine de têtes, chaque tête, si elle est aryenne, vaut une fraction aryenne : un point en faveur. Si, par contre, elle est juive, elle vaut une fraction juive : un point contre. Et dans le calcul final le résultat doit être comme minimum : deux tiers plus un! Un tiers de douzaine = 4 ; deux tiers = 8 + 1 = 9. La personne qui comparaît devant la justice doit présenter comme minimum 9 fractions aryennes. Si elle en a moins, que ce soit même une demi-fraction, elle est considérée de sang juif. »

Chez elle, quand elle fut seule, Ida se plongea dans un calcul compliqué. En ce qui la concernait, à la vérité, la solution était simple : de père aryen et de mère juive pure depuis de lointaines générations, elle ne possédait que six fractions sur douze : donc résultat négatif. Mais le cas principal pour elle, c'est-à-dire Nino, était plus compliqué, et elle avait beau faire et refaire le compte, celui-ci s'embrouillait dans son cerveau. Elle se décida alors à tracer sur une feuille de papier un arbre généalogique de Nino, où un *J* distinguait les grands-parents et les arrière-grands-parents juifs, et un *A* ceux qui étaient aryens (un *X* remplaçait les noms qui pour le moment échappaient à sa mémoire).

Et cette fois le compte s'avéra pour elle propice. Nino, fût-ce même de très peu, rentrait dans le bon score : neuf fractions sur douze têtes. Aryen !

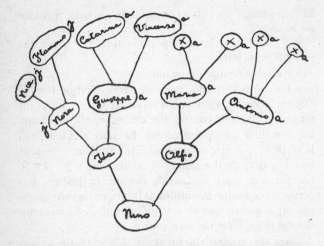

Mais ce résultat ne pouvait suffire à la rassurer tout à fait, et cela même pas en ce qui concernait son fils. Dans l'avenir comme dans le présent, les termes réels de la loi restaient pour elle trop variables et obscurs. Elle se rappela, par exemple, avoir entendu en Calabre un émigrant américain dire que le sang noir l'emporte toujours sur le sang blanc. Il suffit d'une goutte de sang noir chez un individu pour reconnaître qu'il n'est pas blanc mais un croisement de nègre.

Et ainsi, il est clair finalement pourquoi la malheureuse, un jour de janvier 1941, accueillit la rencontre
de ce petit soldat à San Lorenzo comme une vision de
cauchemar. Les peurs qui l'assiégaient ne lui laissaient
voir dans ce soldat rien d'autre qu'un uniforme
militaire allemand. Et de le rencontrer précisément sur
le seuil de son domicile, vêtu de cet uniforme et
semblant posté là pour l'attendre, elle crut se trouver
aujourd'hui au terrible rendez-vous qui, depuis
qu'existait le monde, lui était prédestiné.

Cet individu devait être un émissaire des Comités
raciaux, peut-être un Caporal ou un Capitaine des S.S.
venu l'identifier. Pour elle il n'avait pas la moindre
physionomie personnelle. Il était un exemplaire des
milliers de figures identiques qui multipliaient à
l'infini l'unique et incompréhensible figure de la
persécution.

Le soldat ressentit comme une injustice ce dégoût
aussi manifeste qu'extraordinaire de la signora inconnue. Il n'était pas habitué à susciter le dégoût chez les
femmes et, d'autre part, il savait (en dépit de ses
petites désillusions précédentes) se trouver dans un
pays allié et non ennemi. C'est pourquoi, vexé, il
s'acharna au lieu de renoncer. Lorsque le chat de la
maison, à cause d'un de ses absurdes accès de
mauvaise humeur se blottit dans l'une de ses cachettes,
les gosses s'acharnent à lui donner la chasse.

Elle, du reste, ne fit même pas mine de s'écarter. Le
seul mouvement qu'elle fit fut de cacher dans l'un de

97

ses cabas — comme des preuves menaçantes de sa culpabilité — des cahiers d'école qu'elle avait dans les mains. Plus que le voir lui, elle, se dédoublant, se voyait elle-même devant lui : comme dépouillée désormais de tout déguisement, nue jusqu'à son cœur craintif de demi-juive.

Si elle avait pu le voir, elle se serait peut-être aperçue, à la vérité, que devant elle il se tenait dans l'attitude d'un mendiant plutôt que dans celle d'un sbire. Avec l'air de jouer, précisément pour l'apitoyer, le rôle du pèlerin, il avait appuyé sur l'une de ses paumes sa joue inclinée. Et sur un ton de prière hilare bien qu'arrogante, de sa voix de basse déjà timbrée mais fraîche et jeune, avec encore en elle un peu de l'acidité de la croissance, il répéta deux fois :

« ... schlafen... schlafen... »

Pour elle qui ignorait totalement la langue allemande, cet incompréhensible mot, accompagné de cette mimique mystérieuse, sonna comme une quelconque formule argotique d'enquête ou d'accusation. Et elle tenta en italien une réponse vague qui se réduisit à une grimace presque larmoyante. Mais pour le soldat, par l'effet du vin la babel terrestre s'était transformée tout entière en une sorte de cirque. Résolument, dans un élan de bandit chevaleresque, il lui prit des mains ses paquets et ses cabas ; et dans un envol de trapéziste il la précéda carrément dans l'escalier. A chaque palier il s'arrêtait pour l'attendre, tel un fils qui, rentrant à la maison avec sa mère, joue pour elle le rôle d'une estafette impatiente. Et elle le suivait, butant à chaque pas, comme un petit larron se traînant derrière les porteurs de sa croix.

Sa plus grande peur, durant cette ascension, était la crainte qu'aujourd'hui justement, par le plus grand des hasards, Nino soit l'après-midi à la maison. Pour la première fois, depuis qu'elle était mère, elle souhaitait que son petit voyou de fils reste à se balader toute la journée et toute la nuit. Et elle se jurait désespérément, si cet Allemand lui posait des questions sur son fils, de nier non seulement la présence mais, même, l'existence de celui-ci.

Au sixième palier, ils étaient arrivés. Et comme, couverte d'une sueur glacée, elle farfouillait vainement dans la serrure, le soldat posa les cabas sur le sol et lui vint promptement en aide, de l'air de quelqu'un qui rentrerait chez lui. Pour la première fois, depuis qu'elle était mère, elle éprouva du soulagement en constatant que Ninnarieddu n'était pas à la maison.

Le logement se composait en tout de deux pièces, waters et cuisine ; et en plus du désordre qui y régnait, il présentait la double désolation de la pauvreté et du genre petit-bourgeois. Mais sur le jeune soldat, à cause de certaines infimes affinités avec sa maison maternelle en Bavière, l'effet immédiat que produisit ce logement fut de violente nostalgie et de mélancolie. Son envie de s'amuser se dissipa comme la fumée d'un feu de Bengale ; et son ivresse non encore terminée prit pour lui l'amertume d'une fièvre physique. Tombant dans un mutisme total, il se mit à déambuler au milieu des nombreux obstacles de la pièce, l'air d'un loup égaré et à jeun qui cherche dans une tanière étrangère de quoi apaiser sa faim.

Aux yeux d'Ida cela correspondait exactement à sa mission policière. Se préparant à une perquisition en règle, elle pensait de nouveau à la feuille de papier sur laquelle était tracé l'arbre généalogique de Nino, qu'elle avait rangée dans un tiroir avec d'autres documents importants ; et elle se demandait si peut-être pour ce type ces signes énigmatiques ne seraient pas des indications aussi claires qu'évidentes.

Il interrompit sa marche devant un agrandissement photographique, qui occupait la place d'honneur sur le mur, encadré comme un tableau de maître. On y voyait (à peu près de demi-grandeur nature) un jeune gars dans les quinze-seize ans, drapé dans un somptueux manteau en poil de chameau qu'il arborait comme si ç'avait été un drapeau. Entre les doigts de sa main droite on parvenait à distinguer vaguement la blancheur d'une cigarette ; et il avait le pied gauche posé sur le pare-chocs d'une voiture de sport de luxe (laissée là par hasard en stationnement par un propriétaire inconnu), de l'air victorieux qu'affichent, dans les grandes forêts, les chasseurs de tigres.

Au fond, on entrevoyait les immeubles d'une rue de ville, avec leurs enseignes. Mais à cause de l'agrandissement excessif opéré sur ce qui avait été, à l'origine, le vulgaire produit d'un photographe ambulant, la scène tout entière était finalement plutôt pâle et floue.

Le militaire, après avoir examiné le tableau dans son ensemble, le rattacha instinctivement au culte familial des défunts. Et pointant un doigt sur le sujet photographié, il demanda à Ida, avec la gravité d'un enquêteur :

« Tot ? » (*Mort ?*)

Cette question, naturellement, demeura incompréhensible pour elle. Mais la seule défense que lui conseillait aujourd'hui sa terreur, était de répondre toujours non à n'importe quelle demande, comme le font les analphabètes aux interrogatoires. Et elle ne savait pas que, cette fois-ci, bien malgré elle, elle fournissait de la sorte une information à l'ennemi.

« Non ! non ! », répondit-elle d'une petite voix de

poupée, les yeux affolés et farouches. Et de fait, pour dire la vérité, cette photo n'était pas le souvenir d'un mort, mais une photo récente de son fils Ninnuzzu, que celui-ci, de sa propre initiative, avait lui-même fait agrandir et encadrer. Et même, au milieu d'amères discussions, elle était encore en train de payer les traites de ce manteau en poil de chameau que Nino, dès l'automne, s'était abusivement commandé.

Du reste, le logement lui-même dénonçait irrémédiablement et à voix très haute la présence de ce locataire contumace qu'elle prétendait cacher! La pièce que, dès son entrée, l'Allemand avait résolument envahie, servait aussi de chambre à coucher, comme on le comprenait à la vue d'un petit divan encore défait et, en réalité, sommairement composé d'un sommier sans pieds et d'un matelas en mauvais état. Autour de ce divan-lit qui ressemblait plutôt à un grabat (avec son oreiller sale et graisseux de brillantine posé de travers et ses draps et ses couvertures tout chiffonnés et en désordre) gisaient, jetés par terre depuis le soir précédent, un dessus-de-lit en soie artificielle et des coussins durs (qui, de jour, servaient à déguiser le lit); au milieu desquels on trouvait aussi : un petit journal de sport, une veste de pyjama bleu ciel de taille encore assez réduite et une chaussette de taille moyenne, trouée et sale, d'un vif dessin écossais...

Sur le mur le long du lit, à la place des images saintes, étaient fixées avec des punaises diverses photographies, découpées dans des magazines, de vedettes de cinéma en costume de bain ou en robe du soir : les plus formidables desquelles étaient agrémentées de grands ornements au crayon rouge, ornements si péremptoires qu'on eût dit des sonneries d'abordage ou les protestations d'un matou sorti en quête de bonnes fortunes. Sur le même mur, mais de côté, il y avait également une affiche représentant un aigle romain étreignant dans ses serres les Iles britanniques.

Sur une chaise il y avait un ballon de football ! Et sur le guéridon, parmi des cahiers dépenaillés de livres de classe (si affreusement maltraités et abîmés qu'on eût dit les restes d'un repas de rats), étaient entassés d'autres petits journaux de sport, des magazines illustrés et des bandes dessinées d'aventures, un roman d'épouvante, dont la couverture représentait une femme à demi nue hurlant et menacée par une énorme main de singe, et un album contenant des images représentant des Peaux-Rouges. En outre : un fez d'*avanguardista,* un phonographe à manivelle avec quelques disques en vrac ; et un mécanisme de structure aussi compliquée que vague, dans lequel on reconnaissait, entre autres, les pièces d'un petit moteur.

A côté du divan, sur un fauteuil branlant adossé au mur, en dessous d'un chromo qui avait comme légende *Grand Hôtel des îles Borromées,* étaient entassés quelques pièces ou débris de véhicules, parmi lesquels se détachaient un pneu dégonflé, un compteur kilométrique et un guidon. Sur le bras du fauteuil était posé un maillot aux couleurs d'une équipe. Et dans l'angle du mur, appuyé debout, il y avait un authentique mousqueton.

Au milieu de cet échantillonnage tellement parlant, les mouvements extravagants du soldat se convertissaient pour Ida en les mouvements précis d'une machine fatale, qui, outre elle-même, inscrivait aussi Nino dans la liste noire des Juifs et de leurs hybrides. Ses propres malentendus acquéraient au fur et à mesure que s'écoulaient les minutes, un pouvoir hallucinant sur elle, la réduisant à la terreur native et ingénue d'avant la raison. Debout immobile, avec encore sur le dos son manteau et sur la tête son petit chapeau de deuil, elle n'était plus une femme du quartier San Lorenzo, mais un désespéré migrateur asiatique, de plumage marron et de chaperon noir, ballotté dans son buisson provisoire par un affreux déluge occidental.

Et pendant ce temps, les propos d'ivrogne de l'Allemand ne concernaient ni les races, ni les religions, ni les nations, mais seulement les âges. Fou d'envie, il discutait en lui-même, bredouillant : « Merde, ceux qui ont de la chance, c'est ceux qui ont pas encore l'âge d'être mo-bi-li-sés et qui peuvent se la couler douce chez eux avec leur mère ! et jouer au foot ! et baiser et tout le reste — tout le reste ! comme si la guerre était dans la lune ou dans Mars... Le malheur, c'est de grandir ! le malheur, c'est de grandir !... Mais où est-ce que je suis ? pourquoi je suis là ? ! comment j'y suis venu ?... » Arrivé là, se rappelant qu'il ne s'était pas encore présenté à son hôtesse, il vint avec décision se planter devant elle ; et sans même la regarder, il lui annonça d'un air maussade :

« Mein Name ist Gunther ! »

Là-dessus, il resta là dans une pose boudeuse, attendant de cette sienne présentation propitiatoire un résultat qui, d'avance, lui était déjà refusé. Les grands yeux hostiles et hagards de la signora eurent à peine un battement soupçonneux à ces sons allemands, pour elle sans le moindre sens sinon celui d'une menace sibylline. Alors mû par une incurable gentillesse, le soldat laissa passer dans son regard (qui pourtant s'assombrissait) une nuance animée de douceur. Et à demi assis comme il l'était maintenant sur le bord de la petite table encombrée, avec un léger air de mauvaise volonté (qui trahissait néanmoins une secrète confiance), il tira de sa poche un petit carton et le mit sous les yeux d'Ida.

Elle jeta dessus un regard oblique et glacé, s'attendant à voir une carte de S.S. ornée de la croix gammée ; ou peut-être une photo signalétique de Ninnuzzu Mancuso portant l'étoile jaune. Mais il s'agissait en réalité d'une petite photo de famille, un groupe dans lequel elle entrevit confusément sur un fond de maisonnettes et de cannaies la personne grosse et radieuse d'une Allemande entre deux âges qu'entouraient cinq ou six garçonnets plus ou moins grands. Parmi ceux-ci, le soldat, avec un petit sourire, lui en indiqua du doigt un (lui-même) plus grand que les autres, vêtu d'un blouson et d'une casquette de cycliste. Puis, comme les yeux de la signora erraient sur ce petit groupe anonyme avec une sombre apathie, lui indiquant du doigt le paysage et le ciel du fond, il l'informa :

« Dachau. »

Le ton de sa voix, quand il prononça ce nom, fut celui que pourrait avoir un petit chat de trois mois réclamant sa corbeille. Et d'autre part, ce nom ne signifiait rien pour Ida, laquelle ne l'avait encore jamais entendu, sinon peut-être tout juste par hasard, sans le retenir dans sa mémoire... Mais à ce nom inoffensif et indifférent, le sauvage migrateur en transit qui, maintenant, s'identifiait avec son cœur, bondit en elle. Et voletant atrocement dans l'espace dénaturé de la petite pièce, au milieu d'un épouvantable charivari, il se mit à se heurter sans espoir contre les murs.

Le corps d'Ida, de même que sa conscience, était resté inerte : sans autre signe de vie qu'un petit frémissement de ses muscles et un regard désarmé d'extrême répulsion, comme devant un monstre. Et à ce même moment, les yeux du soldat, de cette couleur marine bleu foncé, proche du violet (une couleur insolite sur le continent et que l'on rencontre plutôt dans les îles méditerranéennes), s'étaient emplis d'une innocence que rendait presque terrible leur vieillesse sans âge : une vieillesse contemporaine du Paradis Terrestre ! Son regard à elle parut à ces yeux une insulte définitive. Et instantanément un ouragan de colère les assombrit. Et pourtant dans cet obscurcissement transparaissait une interrogation enfantine qui n'attendait plus la douceur d'une réponse, mais qui, tout de même, l'exigeait.

Ce fut alors qu'Ida, sans s'en expliquer la raison, se mit à crier : « Non ! Non ! Non ! » d'une voix hystérique de fillette immature. En réalité, par ce *non* elle ne s'adressait plus ni à lui ni à l'extérieur, mais à une autre menace secrète qu'elle percevait, une menace venue d'un point ou d'un nerf intérieurs, qui remontait soudain vers elle de ses années d'enfance et dont elle se croyait guérie. Comme revenant à reculons de cet âge, tout au long d'années qui pour elle se raccourcissaient à l'envers, elle reconnut instantanément ce grand vertige, accompagné de bizarres échos de voix et de torrent, qui, lorsqu'elle était petite, lui annonçait ses malaises. Et maintenant son cri était de révolte contre ce traquenard qui lui interdisait la sauvegarde de son foyer et de Nino !!

Mais cette nouvelle et inexplicable dénégation (*non,* la seule réponse qu'elle lui ait faite jusque-là) agit sur la colère confuse du soldat comme un signal de révolte contre une infraction gigantesque. Inopinément l'amer attendrissement qui, depuis le matin, l'avait humilié et torturé, se mua en un désir violent : « ... faire amour !... FAIRE AMOUR !... » cria-t-il, répétant, avec une fougue juvénile deux autres des 4 mots d'italien que, par prévoyance, il s'était fait enseigner à la frontière. Et sans même enlever son ceinturon d'uniforme, se moquant que cette femme soit une vieille, il se jeta sur elle, la renversant sur le divan-lit, et il la viola avec autant de rage que s'il avait voulu l'assassiner.

Il la sentait se débattre furieusement, mais, ne se rendant pas compte que c'était sous l'effet de sa maladie et croyant qu'elle lui résistait, il s'acharnait d'autant plus pour cela, tout à fait à la manière de la soldatesque avinée. En réalité elle avait perdu connaissance, s'absentant momentanément de lui et des circonstances, mais il ne s'en aperçut pas. Et il était à ce point chargé de tensions sévères et réprimées qu'au moment de l'orgasme, couché sur elle, il poussa un grand hurlement. Puis, le moment suivant, il la regarda du coin de l'œil, à temps pour voir son visage plein de stupeur qui se détendait en un sourire d'indicible humilité et douceur.

« Chérie chérie », se mit-il à lui dire (c'était le quatrième et dernier mot d'italien qu'il avait appris). Et en même temps il se mit à couvrir de petits baisers pleins de douceur ce visage rêveur qui semblait le regarder et continuait de lui sourire avec une sorte de gratitude. Cependant, abandonnée sous lui, elle revenait peu à peu à elle. Et dans l'état de relaxation et de calme qui était toujours le sien entre l'attaque de son mal et sa reprise de conscience, elle le sentit qui de nouveau pénétrait en elle, mais cette fois-ci, lentement, d'un mouvement brûlant et possessif, comme s'ils étaient déjà parents et habitués l'un à l'autre. Elle retrouvait ce sentiment d'accomplissement et de repos qu'elle avait jadis connu quand elle était enfant, à la fin d'une attaque, lorsqu'elle retrouvait la chambre affectueuse de son père et de sa mère, mais cette expérience enfantine s'agrandit aujourd'hui pour elle, dans son demi-sommeil, pour devenir la sensation béate de revenir à son corps tout entier. Cet autre corps avide, qui l'explorait au centre de sa douceur maternelle, était, à lui seul, toutes les cent mille fièvres, fraîcheurs et faims adolescentes qui confluaient de leurs terres secrètes pour combler son estuaire de jeune fille. Il était les cent mille animaux mâles, terrestres et vulnérables, dans une danse folle et joyeuse, qui se répercutait jusque dans ses poumons et jusqu'à la racine de ses cheveux, l'appelant dans toutes les langues. Et puis il s'abattit sur elle, redevenant seulement une chair implorante, pour se dissoudre dans son ventre en une reddition tendre, tiède et ingénue, qui la fit sourire d'émotion, tel l'unique cadeau d'un pauvre ou d'un enfant.

Ce ne fut pas là pour elle, même cette fois-là, un véritable plaisir érotique. Ce fut un extraordinaire bonheur sans orgasme, comme cela arrive parfois en rêve, avant la puberté.

Cette fois-là, en s'assouvissant, le soldat poussa une petite plainte mêlée à d'autres petits baisers et, s'abandonnant avec tout son corps sur elle, il s'endormit tout de suite. Elle, revenue à la conscience, sentit sur son corps le poids de cet autre corps qui pesait sur son ventre nu avec son uniforme rugueux et la boucle de son ceinturon. Et elle se retrouva les jambes encore écartées et son sexe à lui, à présent minable, désarmé et comme excisé, reposant doucement sur le sien. Le jeune homme dormait paisiblement, ronflant, mais au mouvement qu'elle fit pour se dégager, il la serra instinctivement contre lui; et ses traits, bien que dans le sommeil, prirent une expression de possession et de jalousie, comme à l'égard d'une vraie maîtresse.

Pour se séparer de lui, elle eut, tant elle était affaiblie, l'impression d'endurer une fatigue mortelle; mais finalement elle réussit à se libérer, et elle tomba par terre sur les genoux, au milieu des coussins épars à côté du lit. Elle remit de son mieux de l'ordre dans ses vêtements; mais l'effort qu'elle avait dû faire avait provoqué en elle une nausée qui lui soulevait le cœur; et elle resta là où elle était, tombée sur les genoux devant le divan-lit et l'Allemand endormi. Comme toujours quand elle se réveillait de son malaise, il ne lui restait de celui-ci que l'ombre d'un souvenir; rien d'autre que la sensation initiale de vagues violences qui n'avaient duré qu'un instant. Dans sa mémoire, en réalité, il y avait une interruption totale, partant du moment où le jeune homme s'était mis à lui embrasser le visage en lui chuchotant *chérie chérie* jusqu'à cet autre moment, avant, où il lui avait montré la photographie.

Mais non seulement l'heure terrible qui avait pré-cédé son accès, mais aussi toute l'époque antérieure, son passé tout entier se présentait à reculons à son souvenir comme un point en marche, encore brouillé par un immense éloignement. Elle s'était détachée du continent plein de monde et vociférant de sa mémoire, à bord d'une barque qui, pendant cet intervalle, avait fait le tour du globe; et à présent, remontant à son port de départ, elle retrouvait ce continent silencieux et calme. Il n'y avait plus ni foules hurlantes ni le moindre lynchage. Les objets familiers, dépouillés de toute affection, n'étaient plus des instruments, mais des créatures végétales ou aquatiques, algues, coraux, étoiles de mer, qui respiraient dans le repos de la mer, n'appartenant plus à personne.

Même le sommeil de son agresseur étendu là devant elle semblait se poser sur la lèpre de toutes les expériences : violences, peurs, telle une guérison. Comme elle détournait les yeux (que son récent malaise, tel un bain de lumineuse transparence, avait rendus clairs), elle aperçut sur le sol, à quelque distance l'un de l'autre, ses souliers éculés qu'elle avait perdus ainsi que son petit chapeau pendant qu'elle se débattait inconsciemment dans les bras de l'Allemand. Mais, négligeant de les ramasser, assise inerte sur ses talons nus, elle arrêta de nouveau sur le dormeur le regard de ses yeux écarquillés, de l'air ahuri de la fillette des contes de fées quand elle regarde le dragon qu'un breuvage enchanté a rendu inoffensif.

A présent que sa maîtresse lui avait échappé, le jeune homme étreignait l'oreiller, et il le tenait serré, s'obstinant dans sa jalousie possessive de tout à l'heure. Mais entre-temps son visage avait pris une autre expression, attentive et grave ; et Ida, presque sans s'en rendre compte, déchiffra immédiatement le sujet et la trame de son rêve, sinon exactement les détails de celui-ci. Ce rêve était celui de quelqu'un âgé d'environ huit ans. Des affaires d'importance se discutaient : tractations pour l'achat et la vente de bicyclettes ou d'accessoires, où il avait affaire à un type dont il fallait se méfier et sûrement d'un genre excentrique : peut-être un contrebandier levantin, un gangster de Chicago ou un pirate malais...

Ce type cherchait à rouler le dormeur : et en conséquence, les lèvres de celui-ci d'un rose vif, rustiques et un peu gercées, s'avançaient pour une protestation mal réprimée. Ses paupières se durcissaient, faisant trembler ses cils dorés mais si courts qu'on eût dit tout juste une poussière. Et son front se ridait, se concentrant entre les mèches de cheveux qui, plus foncées que ses cils, étaient lisses et donnaient l'impression d'une mollesse fraîche et humide, comme la fourrure d'un petit chat marron que vient de laver sa mère.

Il eût été facile maintenant, à l'exemple de Judith dans la Bible, de tuer ce garçon ; mais Ida, de par sa nature, ne pouvait concevoir une telle idée, même sous la forme de rêverie. Son esprit, distrait par la lecture du rêve du soldat, fut assombri par la pensée que peut-être l'intrus allait continuer de dormir ainsi jusqu'au soir tard et que Nino, en rentrant à la maison, pourrait le trouver encore là. Pourtant Nino, vu ses idées politiques, aurait peut-être été fier de cette visite et aurait salué comme un ami l'Allemand qui avait violé sa mère...

Au lieu de cela, d'un instant à l'autre, l'Allemand, comme il s'était endormi, se réveilla brusquement, comme à la sonnerie brutale d'un clairon. Et sur-le-champ il consulta la montre qu'il avait au poignet : il avait dormi quelques minutes à peine, mais il ne lui restait maintenant que peu de temps pour se retrouver à l'heure de l'appel au centre de rassemblement. Il s'étira : mais cela non point avec la béatitude arrogante des jeunes gens quand ils se déchargent du poids du sommeil, mais plutôt avec la nausée que donnent l'angoisse et une malédiction, comme s'il avait retrouvé attachés à ses membres les fers d'une prison. La pénombre du crépuscule commençait ; et Ida, s'étant levée, pieds nus et tremblante, s'approcha de la prise de la lampe pour brancher la fiche. Celle-ci était mal reliée aux fils et la lumière de la petite lampe vacillait. Alors Gunther qui, en Allemagne, exerçait le métier d'électricien, tirant de sa poche son couteau, un couteau spécial à cran d'arrêt (qui faisait envie à l'armée tout entière : outil multiple qui, outre sa lame, dissimulait aussi, entre autres choses, dans son manche un rasoir, une lime et un tournevis), répara magistralement la fiche.

On comprit, à son empressement plein de bonne volonté et de zèle, que cette opération avait pour lui une double valeur. Premièrement : elle lui fournissait une occasion, bien que minime, de se dépenser pour la victime de son crime, lequel, à présent que diminuaient les effets de sa cuite, commençait à l'emplir de remords et à l'effrayer. Et deuxièmement : c'était pour lui un prétexte à s'attarder encore un peu dans cette petite chambre qui aujourd'hui (fût-ce malgré elle) l'avait encore accueilli comme un lieu humain. Sorti de là, ce qui l'attendait seulement, c'était une Afrique finale qui, maintenant, ne s'identifiait absolument plus pour lui avec l'Afrique intéressante et colorée des films ou des livres, mais avec une sorte de cratère informe au centre d'un ennui désertique et sinistre.

Cependant, blottie dans l'ombre du mur, Ida assistait à son petit travail avec une silencieuse admiration, car chez elle (comme chez certains primitifs) persistait une méfiance peureuse et inavouée à l'égard de l'électricité et de ses phénomènes.

Quand il eut fini de réparer la lampe, il resta néanmoins assis sur le bord du petit lit ; et, juste pour dire quelque chose, l'index pointé sur sa personne, il fut sur le point de déclarer fièrement :

« ... nach... Afrika... », mais se rappelant que c'était là un secret militaire, il garda le silence.

Pendant peut-être une minute encore il s'attarda là,

assis, le buste penché en avant et les bras abandonnés sur ses genoux, tel un émigrant ou un bagnard déjà à bord du vapeur en partance. N'ayant plus le moindre objet à regarder, ses yeux solitaires semblaient attirés par la lampe qui, à présent, brillait d'une lumière fixe à la tête du divan-lit (c'était justement la lampe que Ninnuzzu gardait allumée le soir pour lire au lit ses petits journaux illustrés). Ses yeux avaient une expression de curiosité hébétée, mais, en réalité, ils étaient vides. A la lumière électrique, leur centre bleu foncé paraissait presque noir ; alors que leur blanc, tout autour, qui n'était plus injecté ni rendu trouble par le vin, était laiteux et mêlé de bleu ciel.

Brusquement le jeune homme les leva vers Ida. Et elle en rencontra le regard torturé, d'une inexpérience infinie et d'une conscience totale, éperdues l'une et l'autre, et mendiant une charité unique, impossible et vague même pour celui qui la demandait.

Sur le point de s'en aller, se conformant à un usage observé dans ses adieux à d'autres filles, il lui vint l'idée de laisser un souvenir à cette femme. Mais ne sachant que lui donner, comme il fouillait dans ses poches, sa main rencontra son fameux couteau, et le sacrifice eut beau lui coûter, il le déposa sans plus d'explications dans la paume de la main d'Ida.

En échange, il voulait lui aussi emporter un souvenir. Et il promenait un regard perplexe autour de la pièce sans y rien découvrir, quand il aperçut un petit bouquet de fleurs d'aspect minable et comme crasseux (offrande d'écoliers pauvres), que personne depuis le matin n'avait songé à mettre au frais et qui gisait, à demi fané, sur un meuble. Alors, il en détacha une petite corolle rougeâtre et la rangeant avec gravité au milieu de ses papiers dans son portefeuille, il dit :

« Mein ganzes Leben lang ! » *(Pour toute ma vie !)*
Pour lui, naturellement, ce n'était là qu'une phrase.
Et il la prononça avec l'habituel accent hâbleur et
traître de tous les jeunes hommes quand ils la disent à
leurs petites amies. C'est une phrase de rhétorique, à
utiliser pour l'effet ; mais logiquement elle ne veut rien
dire, car nul ne peut vraiment croire qu'il conservera
un souvenir durant toute l'indescriptible éternité
qu'est la vie ! Et lui, du reste, il ne savait pas que pour
lui cette éternité se réduisait à quelques heures. Son
étape à Rome se termina le soir même. Moins de trois
jours plus tard, le convoi aérien sur lequel on venait
tout juste de l'embarquer (partant de la Sicile vers une
quelconque direction sud ou sud-est) fut attaqué au-
dessus de la Méditerranée. Et il était au nombre des
morts.

... 1941

Janvier

Continuation de la désastreuse campagne d'hiver des troupes italiennes que l'on a envoyées envahir la Grèce.

En Afrique du Nord, les Italiens, attaqués par les Anglais, abandonnent leurs colonies de Cyrénaïque et de Marmarique.

Février-Mai

A la suite du débarquement de divisions blindées allemandes en Afrique du Nord, les Italo-Allemands réoccupent la Cyrénaïque et la Marmarique.

Intervention des Allemands en Grèce pour empêcher la déroute définitive de l'expédition italienne. La collaboration de la Bulgarie et de la Yougoslavie est demandée pour cette entreprise. L'Allemagne réagit à la défection de la Yougoslavie par l'occupation et la dévastation de son territoire et par des bombardements punitifs sur Belgrade. La Grèce, après une longue résistance, est bientôt contrainte à la reddition et réduite en esclavage par les Italo-Allemands.

Traité de non-agression et de concessions mutuelles entre le Japon impérial et l'Union soviétique.

En Afrique orientale, offensive victorieuse des armées anglaises qui occupent les trois capitales de l'Empire colonial italien (Mogadiscio, Asmara et Addis-Abeba) et, en collaboration avec les partisans éthiopiens, remettent sur le trône l'empereur d'Éthiopie Haïlé Sélassié.

Juin

L'Allemagne déclenche sa grande *Opération Barberousse* contre les Soviétiques, en garantissant l'issue triomphale avant l'hiver (« La Russie de Staline sera effacée de la carte en huit semaines. »). L'Italie décide de participer à l'entreprise. A Vérone, Mussolini passe en revue l'une des divisions en partance pour ce nouveau front.

Juillet

Le Japon occupe l'Indochine, ex-possession française.

Début en Yougoslavie de la résistance contre les occupants nazi-fascistes.

Les forces allemandes avancent triomphalement à travers le territoire soviétique.

Septembre

Le gouvernement allemand décide que les Juifs, à partir de l'âge de six ans, doivent porter sur la poitrine une étoile jaune à six pointes.

Octobre

Le Mahatma indien Gandhi invite à la résistance passive (qu'il a déjà enjointe à ses compatriotes) tous les peuples sujets de l'Empire colonial anglais.

A la ségrégation obligatoire de la population juive, déjà instituée par les occupants nazis, fait suite en Pologne le décret condamnant à la peine de mort tout Juif surpris à l'extérieur du Ghetto.

La progression victorieuse des Panzer-Divisionen et de l'infanterie allemandes en territoire soviétique se poursuit. En quatre mois depuis le début de l'Opération, il y a déjà trois millions de Russes hors de combat (sur l'ordre du Führer, le sort réservé aux prisonniers de guerre, comme aux autres « sous-hommes », est l'élimination. Toute convention internationale de guerre est à considérer comme dépassée).

Novembre

Rencontre du Führer avec Himmler, chef des S.S. et de la Gestapo (Police secrète) pour la *solution finale du problème juif,* selon le plan déjà en cours d'exécution qui prévoit la déportation de tous les êtres vivants de race juive vers les camps d'extermination. Des installations et des équipements pour la *liquidation* en masse des déportés sont déjà en service dans plusieurs Lager, et quelques-unes des plus importantes firmes industrielles du Reich travaillent à leur équipement technique.

En Russie, la marche victorieuse des armées du Reich continuant, elles assiègent Leningrad et se dirigent vers Moscou.

Décembre

Leningrad ne se rend pas. Plus au sud, les Allemands repoussés par une contre-offensive russe, renoncent à leur marche en direction de Moscou et effectuent un difficile repli dans la boue et le gel de l'hiver.

En Afrique du Nord, les Italo-Allemands sont contraints d'évacuer la Cyrénaïque.

En Afrique orientale, la reddition des dernières garnisons aux forces anglaises marque la fin de l'Empire colonial italien.

Par le décret « Nuit et brouillard » le Führer ordonne à ses troupes de tous les pays occupés de capturer et de supprimer sans laisser de trace quiconque constitue un danger « pour la sécurité des Allemands ». Les exécutions, confiées à des détachements spéciaux de S.S. et du S.D., s'élèveront en Europe à environ un million.

Dans le Pacifique, brusque attaque des Japonais contre la flotte américaine ancrée à Pearl Harbor. Guerre entre les États-Unis et le Japon, étendue aux autres Puissances du Pacte Tripartite (Italie et Allemagne). Ce dernier élargissement du conflit mondial va porter à quarante-trois le nombre des nations belligérantes...

Trois cents hérauts en fête bannières au vent
parcourent la ville en sonnant de la trompette
et en jouant du tambour.
Toutes les cloches se déchaînent.
L'orgue de la cathédrale
entonne le Gloria.
Sur des chevaux empanachés les messagers sont partis
annoncer la nouvelle dans les sept directions.
Venues de royaumes et de principautés les caravanes
apportent en don les trésors de quarante armoiries
dans des écrins de bois odoriférant.
Toutes les portes s'ouvrent largement.
Sur leurs seuils les pèlerins saluent les mains jointes.
Chameaux, ânes et chèvres plient le genou.
Et sur toutes les lèvres un seul chant!
partout des danses des banquets et des feux de joie!
car aujourd'hui la reine
a mis au monde un héritier de la couronne!

1

Ida n'apprit jamais le sort de son agresseur, dont elle ignora toujours même le nom, qu'elle ne chercha, d'ailleurs, pas à connaître. Qu'après son haut fait il ne lui ait plus jamais donné de nouvelles et qu'il ait disparu comme il était apparu, c'était là pour elle une conclusion aussi évidente que naturelle, déjà prévue d'avance. Mais pourtant, dès la nuit de son aventure avec lui, elle commença à avoir peur de le voir revenir. Après son départ, bien que somnolente, elle avait préparé avec des gestes machinaux le dîner pour elle-même et pour Nino, lequel pourtant, à son habitude, tardait à rentrer. Quand elle était enfant, les accès de son malaise lui laissaient toujours un appétit vorace ; mais cette fois-ci, par contre, tandis qu'elle mastiquait à contrecœur un peu de nourriture, elle s'assoupit sur sa chaise à la cuisine. Vers neuf heures, provenant de la porte d'entrée, les grands coups de sonnette de Nino qui rentrait la réveillèrent ; et tout de suite après lui avoir ouvert la porte, elle alla se coucher, tombant immédiatement dans une léthargie sans rêves. Elle dormit ainsi pendant quelques heures ; jusqu'au moment où, au milieu de la nuit, elle se réveilla en sursaut, avec l'impression que l'Allemand, plus grand et plus gros que nature, se penchait dans l'ombre au-dessus d'elle, prêt à l'agresser de nouveau, lui chuchotant à l'oreille elle ne savait quels mots bredouillés et dépourvus de sens, du genre de ceux qu'on utilise avec les enfants ou avec les petits animaux domestiques. Elle alluma l'électricité. Le réveil marquait quatre heures ; et les événements du jour précédent traversèrent de nouveau sa conscience absolument lucide, dans un choc rapide d'ombres tranchées, comme un film en noir et blanc. De l'autre côté de la porte fermée de sa chambre, il y avait cette autre pièce où maintenant dormait Nino ! Se rappelant qu'elle ne lui avait même pas refait son lit, elle frissonna de honte et d'effroi ; et éteignant fébrilement la lumière pour se réfugier dans le noir, elle se blottit sous les couvertures.

Elle fut réveillée à six heures par la sonnerie du réveil. Et ce matin-là et les matins suivants, elle fit sa classe avec la sensation opiniâtre d'avoir autour du corps un halo visible, comme un autre corps qui aurait été sien (tantôt de glace, tantôt brûlant) et qu'elle devait continuellement déplacer. Elle avait le sentiment de ne plus être la même Ida qu'avant, mais une aventurière à la double vie. Et il lui semblait que ses membres projetaient sur ses élèves et sur tout le monde le déshonneur de son viol, et que sur son visage, comme sur une cire molle, étaient imprimées les traces des baisers de cet homme. Dans sa vie, à l'exception d'Alfio, elle n'avait jamais approché aucun homme, fût-ce même en pensée ; et à présent son aventure lui semblait écrite partout, tel un adultère sensationnel.

Dans la rue, à peine apercevait-elle de loin un soldat

allemand qu'elle croyait sur-le-champ reconnaître cet autre (à une certaine allure, à un certain port de tête ou des bras) et elle s'esquivait, le cœur battant. Et cette nouvelle peur avait momentanément chassé pour elle son autre peur, celle des persécutions nazies. Même la réapparition inattendue de son malaise à tant d'années de sa guérison ne la préoccupait pas. Au fond elle était convaincue (et de fait, elle ne se trompait pas!) que cet accès ne se répéterait pas. Au début elle se demanda si elle ne devait pas consulter le pharmacien pour qu'il lui donne un calmant spécial, car elle ne se rappelait plus le nom de celui qu'elle prenait jadis en Calabre; mais ensuite elle y renonça, dans la crainte que le pharmacien puisse deviner non seulement son ancienne maladie cachée, mais, pis encore, les circonstances de cette rechute tardive.

Tous les jours, en rentrant à la maison, elle scrutait du carrefour la porte de l'immeuble, avec la peur de le retrouver là, attendant comme pour un rendez-vous. Puis, après avoir traversé en courant le vestibule, elle commençait à redouter que, connaissant ses horaires, il l'ait déjà précédée sur le palier : et elle tremblait de le trouver devant sa porte, avec l'air de lui faire une surprise. Elle tendait l'oreille, croyant entendre sa respiration, il lui semblait même sentir son odeur, et elle se traînait sans force dans l'escalier, pâlissant au fur et à mesure qu'elle approchait du sixième étage. Ouvrant la porte et jetant un coup d'œil de biais, elle croyait apercevoir son calot pendu au portemanteau, à l'endroit où, ce jour-là, il l'avait laissé en entrant.

L'après-midi, à la maison, elle s'attendait à chaque instant à une nouvelle invasion de sa part. Et cette angoisse s'emparait d'elle surtout quand elle était seule, comme si la présence de Nino l'eût protégée

125

contre ce danger. De temps en temps, elle allait se poster en sentinelle dans l'entrée, l'oreille contre la porte, avec la peur d'entendre de nouveau ce pas décidé qui lui était toujours resté dans les oreilles, reconnaissable entre tous les pas de la terre. Elle évitait le plus possible de se tenir dans la pièce-studio ; et quand elle refaisait le petit lit, une pesanteur terrible de ses bras et de tous ses membres rendait pénible le moindre mouvement, la faisant presque s'évanouir.

La nuit, durant cette période, elle ne rêvait pas ou, du moins, à son réveil, elle ne se rappelait pas avoir rêvé. Mais souvent il lui arrivait encore, comme la première nuit, de se réveiller avec l'impression que cet homme était près d'elle, si lourd et si chaud qu'il la brûlait presque. Et qu'il l'embrassait, lui mouillant le visage avec sa salive : et qu'en même temps, il lui chuchotait à l'oreille non plus des petits mots doux, mais des reproches incompréhensibles dans un alle-mand menaçant.

Elle n'avait jamais eu de familiarité avec son propre corps, et cela au point qu'elle ne le regardait même pas quand elle se lavait. Son corps avait grandi avec elle comme un étranger ; et même dans sa première jeunesse, il n'avait jamais été beau, avec ses épaisses chevilles, ses épaules frêles et sa poitrine précocement flétrie. Son unique grossesse avait suffi, telle une maladie, à le déformer pour toujours ; et dans la suite, une fois devenue veuve, elle n'avait plus pensé que quelqu'un pourrait l'utiliser comme un corps de femme, pour faire l'amour. Avec la pesanteur excessive de ses hanches et l'aspect malingre de ses membres, il n'était plus maintenant pour elle qu'un fardeau fati-gant.

A présent, depuis cet après-midi sinistre, en compagnie de son corps elle se sentait plus seule. Et pendant qu'elle s'habillait à l'aube encore sombre, quand elle devait faire certains gestes intimes, tels que lacer son corset ou agrafer ses bas, irrésistiblement elle se mettait à pleurer.

Le petit couteau qu'il lui avait donné, elle l'avait, dès le premier jour, caché en toute hâte dans l'entrée, au fond d'un coffre plein de chiffons et de babioles. Et elle n'avait plus osé ni le regarder, ni déplacer ces chiffons, ni rouvrir le coffre. Mais en passant à côté de celui-ci, elle ressentait chaque fois comme un choc dans ses veines, tremblant comme un témoin peureux qui connaît la cachette du butin d'un crime.

Pourtant, peu à peu, au fur et à mesure que les jours s'écoulaient, elle se persuada que sa peur de rencontrer de nouveau le soldat était une absurdité. A l'heure qu'il était, il devait déjà se trouver sur un quelconque front lointain, en train de violer d'autres femmes ou de fusiller des Juifs. Mais pour elle la menace qu'il représentait s'était dissipée. Entre cet inconnu et Ida Ramundo il n'existait plus aucun lien, ni présent ni futur.

De leurs rapports fugitifs, personne, en dehors d'elle-même, ne savait rien ; et Nino lui-même n'avait rien soupçonné. Aussi ne lui restait-il maintenant qu'à les chasser également de sa mémoire, en continuant sa vie habituelle.

Se réveillant à six heures, elle commençait toutes ses journées par la préparation à la cuisine, à la lumière de l'électricité, du petit déjeuner et du repas de midi de Nino. Ensuite de quoi elle s'habillait et, après avoir réveillé Nino, toujours en courant et essoufflée elle allait à son école, distante de chez elle de deux trajets en tram. A la sortie de classe, les joues enflammées et

127

la voix rauque, elle parcourait dans tous les sens les
alentours de l'école, pour faire son marché avant la
fermeture de l'après-midi des magasins (car par peur
du black-out de guerre, elle évitait de sortir quand il
faisait noir), et sur le chemin du retour, trois fois par
semaine, elle descendait à Castro Pretorio, où elle
donnait une leçon particulière. Finalement elle rentrait
à la maison ; et après avoir mangé les restes de Nino,
elle faisait le ménage, corrigeait les devoirs de ses
élèves, préparait le dîner et, comme chaque soir,
commençait à attendre le retour de Ninnarieddu.

Il s'était écoulé peut-être une semaine quand la série
de ses nuits sans rêves s'interrompant, elle rêva. Il lui
semblait qu'elle rentrait à la maison rapportant, à la
suite d'un vol ou d'une erreur, à la place de l'un de ses
cabas une corbeille du type utilisé en Calabre pour la
vendange. De cette corbeille sortait une plante verte
qui, en un instant, se ramifiait dans la pièce et à
l'extérieur du logement sur tous les murs de la cour. Et
elle montait, devenant une forêt de plantations fabu-
leuses, feuillages, bougainvilliers, campanules gigantesques aux coloris orientaux et tropicaux, raisins et
oranges aussi gros que des melons. Au milieu de tout
cela jouaient des petits animaux sauvages, semblables
à des écureuils, qui avaient tous des petits yeux bleus,
et qui se penchaient pour épier gaiement et, de temps
en temps, bondissaient en l'air comme s'ils avaient eu
des ailes. Cependant, une foule de gens s'étaient mis à
regarder par toutes les fenêtres, alors qu'elle-même, en
revanche, était absente, se trouvant Dieu sait où ; mais
on savait que c'était elle l'accusée. Ce rêve la poursui-
vit encore pendant quelques minutes après qu'elle fut
réveillée, et puis il s'évanouit.

A la fin de janvier, elle avait déjà relégué dans les

soubassements de sa mémoire cet après-midi d'un jour postérieur à l'Épiphanie : l'empilant avec ces autres morceaux et fragments de sa vie passée qui tous, quand elle se les rappelait, lui faisaient mal.

Mais au nombre de toutes les choses terribles et dangereuses, possibles et impossibles, conséquences de sa fameuse aventure, il y en avait une, possible, à laquelle elle n'avait pas pensé : peut-être par une inconsciente défense, qu'appuyait son expérience matrimoniale qui, en tant d'années d'amour, ne lui avait donné qu'un seul enfant ?

Dès la puberté, son corps avait été sujet à certaines arythmies désordonnées. Son utérus, avec ses règles, était en elle comme une blessure anormale dont parfois les violentes hémorragies l'épuisaient et qui parfois semblait s'opposer au flux naturel, la rongeant de l'intérieur plus douloureusement qu'un ulcère. Depuis l'âge de onze ans (sa puberté avait été précoce), Ida s'était docilement habituée à ces obscures volontés ; et elle hésita, partagée entre les doutes et les malaises pendant plusieurs semaines, avant de reconnaître ce scandale suprême et imprévu : son indécente relation avec un Allemand anonyme l'avait laissée enceinte.

L'idée de se faire avorter d'une manière quelconque ne lui vint même pas à l'esprit. La seule défense qu'elle réussit à imaginer, ce fut de cacher son état à tout le monde aussi longtemps qu'elle le pourrait. Quant aux autres problèmes qui la menaçaient dans un proche avenir, ils lui apparaissaient tout bonnement impensables vu leur caractère inéluctable ; et il ne lui restait qu'à les écarter de son esprit. Ceci lui était plus facile dans son nouvel état physique qui, de jour en jour

129

émoussait ses perceptions réelles, la détachant de ses raisons extérieures d'angoisse et la faisant tomber dans une passivité presque insouciante. Personne ne songeait à lui demander compte des malaises (bénins) qui la prenaient et pour lesquels, le cas échéant, il ne lui eût pas été difficile d'inventer des excuses. Au nombre des maladies courantes la colite était alors à la mode, même dans les quartiers prolétaires ; et pour justifier certaines de ses nausées, elle inventa qu'elle souffrait d'une forme de colite. Ces nausées la surprenaient traîtreusement à la vue des objets les plus ordinaires et qui n'avaient rien de répugnant en eux-mêmes : par exemple une poignée de porte ou un rail de tramway. Soudain, on eût dit que ces objets venaient s'incorporer à sa substance même, y fermentant tel un levain d'amertume. Surgies du passé, des réminiscences de l'époque où elle était enceinte de Nino se mêlaient pour elle au présent. Et au moment où, ne pouvant plus résister, elle finissait par vomir, elle avait l'impression que le passé, l'avenir, ses sens et tous les objets du monde tournaient, réunis dans un seul tournoiement s'achevant par une désagrégation qui était aussi une libération.

L'unique chose inquiétante, à cette époque, c'étaient ses rêves, qui avaient recommencé à la fréquenter assez souvent avec leur ancienne violence. Elle est en train de courir çà et là, toute nue, sur une vaste place qui semble déserte mais qui pourtant de toutes parts retentit d'insultes et de rires... Elle est incarcérée dans une sorte de chenil, et de derrière sa petite fenêtre grillagée elle voit passer des jeunes femmes, grandes et vêtues d'habits multicolores comme certaines nourrices de grand luxe, et qui portent dans leurs bras des bébés très beaux qui rient.

Ces jeunes femmes la connaissent, mais elles se détournent pour ne pas la regarder ; et les bébés aussi, ce n'était pas pour elle qu'ils riaient. Elle s'était trompée quand elle l'avait cru...

Elle se promène avec son père, lequel l'abrite sous sa houppelande, quand voici que cette houppelande s'envole comme d'elle-même et que son père a disparu. Et elle se retrouve toute petite, seule dans des sentiers de montagne, des ruisselets de sang coulant de son vagin. Pour aggraver encore plus le scandale qui menace, on entend en bas le sifflement bien connu de Ninnarieddu ; et alors, elle, comme une idiote, au lieu de s'enfuir, s'est arrêtée dans le sentier pour jouer avec une chevrette... Mais comment ne s'aperçoit-elle pas que la chevrette hurle, qu'elle est dans les douleurs, qu'elle est sur le point de mettre bas ! Et pendant ce temps, là, déjà prêt, il y a un *fourrier* des abattoirs électriques..

. Des tas de gosses polonais, en haillons, jouent à faire rouler des petits anneaux d'or. Des petits anneaux consacrés, et eux, ils ne le savent pas. Ce jeu est interdit en Pologne. Il est puni de la peine de mort !!!..

Ces rêves, même les plus anodins, laissaient en elle une lourde angoisse ; mais ensuite, au cours de la matinée, elle les oubliait.

A présent, tous les matins, elle devait faire un grand effort pour se lever ; et les heures suivantes, il n'y avait pas de geste, si simple fût-il, qui ne lui ait pas coûté de la fatigue. Mais cette sorte de lutte de tous les instants, bien que lui rappelant continuellement son état, l'aidait, agissant pour elle comme une drogue excitante. Elle courait d'un tram à l'autre et d'un quartier à l'autre : toujours avec ses cabas et son vieux chapeau au voile de travers, et une ride entre les sourcils. Arrivée à l'école, elle procédait en tout comme d'habitude : appel des présents, revue générale des oreilles, des mains et des ongles pour le contrôle quotidien de la propreté... Et à de telles activités comme aux autres de son métier d'enseignante, elle s'appliquait pareillement comme d'ordinaire avec une extrême gravité et une extrême concentration, comme à des choses d'une suprême importance. Suivant son habitude, elle ne s'asseyait pas dans sa chaire, mais circulait entre les bancs, avec les yeux qui, dans cette tâche, ne restaient jamais en repos sous ses sourcils froncés :

« Écrivez : *Dictée.*

L'hé-ro-ï-que ar-mée i-ta-lienne a (troisième personne du présent de l'indicatif) *por-té les glo-rieu-ses en-sei-gnes de Ro-me par-de-là les monts et par-de-là les mers et com-bat pour la gran-deur de la Pa-trie* (P majuscule) *et la dé-fen-se de son* (E majuscule) *Em-pi-re jus-qu'à la vic-toi-re cer-taine...*

« Annarumi, je te vois, je te vois qui essaies de copier sur Mattei !!! »

« Non, Signora Maestra, je ne copie pas. »

« Si, si, si. Je t'ai vue. Si, si. Et si tu essaies encore de copier, je te donnerai comme note : *insuffisant.* »

« ... »

« ... »

« ... Mais si je ne copie plus ?... »

« Alors, je te pardonnerai. »

... « Et quel devoir pour demain, Signora Maestra ? » « Et pour demain quel devoir ? »... « Et quel devoir pour demain ? » « Quel devoir, Signora Maestra ? » « Quel devoir devons-nous faire pour demain ? »

« ... Pour demain : Rédaction : Sujet : *Écrivez une*

pensée sur les hirondelles. Problème : *Luigino a trois ans. Son frère a le double de son âge et sa sœur, le tiers. Quel âge a son frère ? Quel âge a sa sœur ? Et combien de mois a Luigino* Exercice : Copier trois fois sur votre cahier au net *Vittorio et Elena sont les prénoms de nos Augustes Souve rains...* »

Le soir, à la cuisine, une fois le dîner prêt, elle attendait comme d'habitude Ninnarieddu : lequel même quand il rentrait à la maison avant la fermeture des portes d'immeuble, allait rarement se coucher après le dîner. Beaucoup plus souvent, il dévorait a toute vitesse son dîner, sans même s'asseoir, se mettant de temps en temps à la fenêtre pour faire entendre un coup de sifflet à ses copains qui s'impatientaient en bas dans la cour. Et puis il lui demandait des sous pour aller au cinéma. Et elle s'obstinait à les lui refuser jusqu'au moment où, parcourant furieux la pièce, tout à fait comme un véritable souteneur, il les lui arrachai par la violence ou en menaçant de s'enfuir pour toujours de la maison. De nombreux soirs, à cette première discussion, il en succédait une seconde parce qu'il réclamait avec insistance la clé du logement ainsi que celle de la porte de la rue, alors qu'elle s'obstinait à les lui refuser, secouant la tête en disant « Non, Non et Non », parce qu'il était encore trop jeune ; et, dû elle se jeter par la fenêtre, sur ce point elle ne céderait pas. C'était lui qui, finalement, distrait par les appels de plus en plus désespérés provenant d'en bas et brûlant d'envie personnellement d'arriver à temps au cinéma, cédait à la fatalité. Et il s'en allait précipitamment, grommelant ses protestations dans l'escalier tel un chat noctambule chassé à coups de balai.

Dans le passé, elle refusait de se coucher avant de le voir de retour ; et pendant cette longue attente, elle sommeillait d'ordinaire à la cuisine. Mais à présent, abrutie de fatigue, elle ne résistait pas à l'envie de se coucher : restant néanmoins aux aguets durant son sommeil, jusqu'au moment où de la rue l'appelait le sifflement de son petit moineau évadé. Alors, maussade, elle descendait lui ouvrir la porte de la rue, avec aux pieds ses pantoufles déformées, sa robe de chambre de coutil à fleurs par-dessus sa chemise de nuit et ses cheveux d'un noir de jais en désordre sur ses épaules, à peine striés de gris, aussi crépus et bouffants que ceux des Éthiopiens. Frémissant encore au souvenir du film qu'il venait de voir, il franchissait le seuil de l'immeuble avec l'impétuosité d'un cheval de course fonçant sur un obstacle. Tout le feu de ses pensées était tourné vers ces vedettes d'une beauté mondiale, vers ces scénarios merveilleux. Et précédant Ida dans l'escalier, incapable d'adapter son allure à celle désespérément lente de sa mère, il trompait son impatience en variant le rythme de sa progression, inventant diverses manières de gravir les marches. Tantôt il s'attardait un instant à donner des coups de pied dans l'une de celles-ci, tantôt il en enjambait trois ou quatre à la fois ; puis, plus haut, il s'étendait de tout son long sur un palier, bâillant à se décrocher la mâchoire, pour soudain prendre son essor comme s'envolant vers le ciel. Mais il arrivait toujours à la porte de l'appartement avec une avance notable ; et de là, à cheval sur la rampe, se penchant un peu sur la cage de l'escalier et regardant Ida qui montait en traînant la savate, il lui disait, exaspéré : « Oh quoi, m'man, grouille-toi. Allez, quoi, braque. Appuie sur le champignon ! »

Finalement, incapable de résister davantage et craignant, entre autres choses, que, la voyant ainsi à demi vêtue, il ne remarque la grosseur de son ventre, elle se résigna à lui céder le fameux droit aux clés. Et cette soirée fut pour lui aussi faste que, dans les tribus, celle de l'initiation virile. Il quitta l'appartement au vol sans dire au revoir, ses petites boucles semblant autant de clochettes.

Même lorsque sa grossesse fut avancée, il ne fut pas difficile pour Ida de la cacher. Son corps, déjà mal bâti et disproportionné de la taille à la partie inférieure du bassin, n'accusait guère de changement, et celui-ci se maintenait dans d'étroites limites. Évidemment le petit être invisible et sous-alimenté ne devant pas peser bien lourd ne pouvait exiger beaucoup de place.

Même si le rationnement devait encore tarder de quelques mois, maintenant déjà de nombreuses denrées commençaient à se raréfier et les prix montaient. Nino, en pleine croissance, avait une faim tumultueuse et insatiable ; et sa part, inéluctablement, était prise aux dépens des portions d'Ida et de cet autre être invisible qui ne demandait rien. A la vérité, ce dernier se faisait déjà sentir à elle, bougeant de temps en temps dans sa cachette ; mais les petits coups qu'il donnait semblaient plus d'information que de protestation. « Je vous avertis que je suis là, et que je m'arrange malgré tout, et que je suis vivant. Je commence même à avoir déjà une certaine envie de faire le fou. »

Dans les maisons le gaz manquait et l'on était contraint de faire longuement la queue pour conquérir deux pauvres pelletées de charbon. Ida ne pouvait plus s'arranger comme avant à faire toutes ses courses dans la matinée ; et, parfois, la nuit la surprenait encore en tournée dans les rues plongées dans le black-out de guerre. Si par hasard d'une quelconque fenêtre filtrait un rai de lumière, sur-le-champ des imprécations s'élevaient de la rue : « Assassins ! Salauds ! Éteignez la lumière ! » Venant des portes occultées des bistros on entendait la radio fonctionnant à plein volume ou des chœurs de jeunes gens qui se défoulaient en beuglant des chansonnettes ou en jouant de la guitare, comme dans les villages. A certains carrefours solitaires, Ida, avec son chargement de pommes de terre et de charbon, hésitait effrayée, en proie à sa vieille panique du noir. Et sur-le-champ le petit individu qui était en elle se manifestait en faisant des bonds pleins de vivacité qui avaient probablement pour but de l'encourager : « De quoi t'as peur ? T'es pas seule. Après tout, t'es avec moi. »

Jamais l'énigme de savoir si ce serait un garçon ou une fille ne se proposait à elle comme aux autres mères. Dans son cas, même, une telle curiosité lui eût paru un caprice aussi odieux que honteux. Seule lui était permise l'indifférence, pour s'en faire une sorte de conjuration contre le destin.

Avec la saison tiède qui la contraignit à ne plus porter son petit manteau de laine, elle tenta de se comprimer plus étroitement dans son corset. D'ordinaire, elle avait coutume de le laisser plutôt desserré pour en atténuer la gêne, même si sa dignité d'institutrice l'avait toujours obligée à en porter un. Ces derniers mois, ses jambes et ses bras avaient maigri comme ceux des vieilles femmes ; elle avait les joues enflammées mais émaciées malgré leur forme ronde ; et en classe, quand elle écrivait au tableau noir, certaines lettres étaient de guingois. L'été fut précoce et étouffant, jour et nuit elle avait la peau tout entière en sueur. Mais on arriva enfin à la clôture des classes sans que personne se soit aperçu de rien.

Vers la fin juin, l'Allemagne attaqua l'Union soviétique. Au début de juillet, les fonctionnaires allemands furent chargés d'organiser l'évacuation totale des Juifs de tous les pays occupés (lesquels comprenaient maintenant l'Europe entière) en vue de la *solution finale.*

Les petites boutiquières du Ghetto, fréquentées en passant par Ida, étaient devenues plus taciturnes et réticentes, mais se livraient à leurs menus trafics quotidiens comme si les événements européens ne les concernaient pas. Par intervalles, il arrivait toujours de rencontrer Vilma, découragée parce que, de jour en jour, la récolte des restes devenait plus difficile et qu'en outre, augmentait chaque fois, dans ses chats des ruines, le nombre des absents à l'appel. Elle les connaissait un par un et elle demandait à la ronde d'une pauvre voix désolée : « Vous n'avez pas vu le Zoppetto ? Et Casanova ? Et celui qui n'a qu'un œil ? Et Fiorello ? Et le rouquin qui est plein de croûtes ? Et la blanche enceinte qui était autrefois chez le boulanger ?! » Les personnes interrogées lui riaient au nez ; mais malgré cela on l'entendait qui appelait inlassablement, debout dans les ruines du Teatro di Marcello : « Casanoovaa !!! Moustache !!! Boomboloo ! »

De la part de ses informatrices personnelles, la *Signora* et la *Religieuse,* Vilma avait toujours quelque nouvelle révélation, qu'elle communiquait à voix basse, en gesticulant comme une folle. Elle racontait par exemple qu'actuellement, dans toute l'Europe vaincue, les maisons où l'on soupçonnait encore la présence d'un Juif caché avaient leurs fenêtres et leurs portes murées et étaient ensuite réduites en poussière au moyen de certains gaz spéciaux nommés *cyclones.* Et que dans les champs et les forêts de Pologne étaient pendus à tous les arbres des hommes, des femmes et des enfants : non seulement juifs, mais tziganes et communistes, *polonais* et *combattants...* Leurs cadavres, que se disputaient les renards et les loups, tombaient en pièces. Et dans toutes les gares où passaient les trains, on voyait travailler sur les voies des squelettes qui *n'avaient plus que les yeux...* D'ordinaire, ces comptes rendus étaient accueillis comme des produits délirants de l'imagination de Vilma ; et tels, du reste, ils étaient en partie, bien que là aussi, dans la suite, les réalités historiques devaient par comparaison les dépasser de beaucoup. De fait, nulle imagination vivante ne pour rait, par ses propres moyens, se représenter les mons tres aberrants et compliqués produits par son contraire, c'est-à-dire par le manque total d'imagina tion qui est propre à certains mécanismes mortuaires

Non seulement les étranges informations de la *Signora* et de la *Religieuse,* mais aussi celles, plus ou moins officieuses, de la radio carcérale continuaient d'être accueillies dans le Ghetto avec une sorte de passivité opiniâtre. Personne encore, du reste, ni dans le Ghetto ni ailleurs, n'avait appris la signification véritable de certains termes officiels, tel que *évacua- tion, internement, traitement spécial, solution finale* et termes analogues. L'organisation bureaucratico-technologi que du monde en était encore à une phase primitive elle n'avait pas encore, veux-je dire, contaminé irrémé diablement la conscience populaire. En un certain sens, les gens vivaient encore dans la préhistoire. Et ainsi la simple ignorance de pauvres petites femmes juives ne doit pas trop étonner.

Seule l'une d'entre elles, un jour, la Signora Son nino, qui avait un petit éventaire de mercerie près du Café du Pont, entendant à l'intérieur dudit café la voix du Führer qui délirait à la radio, observa pensive ment :

« Ceux-là, y veulent arriver à un ordre arithméti

que : additions, soustractions, multiplications, pour ramener tous les chiffres à zéro!!! »

Et tout en méditant ainsi, elle hochait sa petite tête, aussi fine et attentive que celle d'un lézard, mais sans cesser de compter les boutons qu'elle vendait à Ida : comme si ce compte la concernait, elle, de plus près que cet autre.

Maintenant, tous les gens en général, aryens ou juifs, pauvres ou riches, donnaient pour certaine la victoire des Nazi-Fascistes : cela plus particulièrement après leurs progrès récents en Russie et en Afrique.

Mais, à présent, dans le cerveau d'Ida tous les propos qu'elle entendait faisaient un bruit obtus, comme des caractères d'imprimerie placés devant un analphabète. A la maison, le soir, à la lumière de petite chapelle des lampes occultées, le fasciste Ninnarieddu chantait de sa voix qui muait encore de ténorino :

> « Colonel, je ne veux pas de pain
> je veux du plomb pour mon mousqueton!!! »...

mais de temps en temps il apportait une variante :

> « Colonel, je ne veux pas de pain
> je veux du Moka avec mon bifteck! »

cela à pleine voix et fenêtres ouvertes, exprès, pour faire le faraud et le je-m'en-foutiste qui se moque des espions de la préfecture. Mais Ida n'avait plus le courage de se lever pour fermer les fenêtres, comme elle le faisait précédemment. Maintenant elle laissait faire.

De temps en temps, la nuit, retentissaient dans la ville les sirènes d'alerte aérienne ; mais à San Lorenzo les gens n'y prêtaient guère attention, persuadés que Rome ne serait jamais bombardée, grâce à la protection du Pape, lequel était effectivement surnommé *la D.C.A. de Rome.* Les premières fois, Ida, angoissée, avait tenté de réveiller Nino ; mais celui-ci s'enfonçait de nouveau dans son petit lit, grommelant : « Qu'est-ce qu'il y a ?... qu'est-ce qu'il y a ?... moi, je dors ! » et, une nuit, à moitié en rêve, il murmura quelque chose à propos d'un petit orchestre avec saxophone et batterie.

Le lendemain, il demanda s'il y avait eu alerte, déclarant qu'Ida lui avait « dégonflé » son rêve. Et il lui dit, sur un ton définitif, de ne plus le déranger quand retentirait la sirène.

« D'ailleurs, pourquoi la sirène ? Tu vois donc pas, m'man, qu'ici il arrive jamais rien ? Les bombes anglaises, tu parles ! Des bombes en papier !! »

Dans la suite, elle renonça elle aussi à se lever quand il y avait alerte, bougeant à peine, mal réveillée, sous les draps trempés de sueur, cependant que retentissaient les hurlements des sirènes et, dans le lointain, les détonations de la D.C.A.

Une nuit, peu de temps avant une alerte, elle rêva qu'elle cherchait un hôpital pour accoucher. Mais tout le monde la repoussait comme juive, lui disant qu'elle devait aller à l'hôpital israélite et lui indiquant un édifice très blanc en béton, muré tout entier, sans fenêtres ni portes. Quelques instants plus tard, elle se retrouvait à l'intérieur de cet édifice. C'était une usine immense, qu'illuminaient des faisceaux de projecteurs aveuglants ; et autour d'elle il n'y avait personne, mais seulement de gigantesques machines, compliquées et dentées, qui tournaient avec un fracas terrible. Quand voici que l'on découvre que ce fracas, ce sont les girandoles du premier de l'an. Nous nous trouvons sur une plage marine, avec elle il y a des tas de gosses, et parmi ceux-ci il y a même Alfio, petit lui aussi. Tous, de leurs petites voix, protestent parce qu'ici, d'en bas, on ne peut pas voir les illuminations : il faudrait disposer d'une hauteur, d'un balcon ! C'est déjà minuit, et nous sommes déçus... mais soudain, la plage devant nous est splendidement illuminée par de grandes et innombrables grappes de lumière, vertes, oranges et rouge-grenat au-dessus du bleu foncé de l'eau nocturne. Et les gosses disent, contents : « Nous, ici, on voit mieux que d'en haut, car dans la mer se réfléchit la ville tout entière, y compris les gratte-ciel et les cimes des montagnes. »

Ces derniers temps, presque tous les jours, Ida, prétextant une denrée quelconque à acheter, mais, en réalité, sans raison précise, Ida, donc, à la sortie de son école, se dirigeait vers le quartier juif. Elle se sentait attirée là par un appel de douceur, semblable à l'odeur de l'étable pour un veau ou à celle d'un souk pour un Arabe ; et en même temps par une impulsion aussi irrésistible et obsédante que celle qui fait graviter une planète autour d'un astre. Du Testaccio, où était située son école, elle arrivait en quelques minutes au petit village derrière la Synagogue ; mais même après le début des vacances d'été, malgré la longue distance qu'elle avait à parcourir depuis San Lorenzo, elle répondait de temps en temps à ce même appel. Et ce fut ainsi qu'un après-midi, au cœur de l'été, elle arriva là-bas dans une boutique de denrées alimentaires, quelques heures après que la marchande eut accouché d'un enfant dans une petite chambre contiguë de l'arrière-boutique. La sage-femme, une juive napolitaine, évoluait encore dans la boutique. Cette femme — à cause de ses sourcils touffus, de son nez robuste et arqué, de ses gros pieds et de la grandeur de ses pas, et aussi dans sa manière de porter son petit bonnet blanc de coton sur ses cheveux gris et bouclés — rappelait une image représentant le prophète Ézéchiel.

Ida prit son courage à deux mains, et allant un instant à l'écart avec cette femme, elle lui demanda d'un filet de voix son adresse, prétendant la lui demander pour le compte d'une parente qui bientôt peut-être en aurait besoin. En disant cela, elle avait rougi tout entière, comme si elle s'était accusée d'une indécence. Mais Ézéchiel, vu qu'Ida lui était totalement inconnue, accueillit cette requête comme une chose aussi licite que naturelle. Elle lui fit même ses compliments pour sa parente. Et sur-le-champ elle lui donna une petite carte imprimée, portant son adresse et son numéro de téléphone. Elle s'appelait elle aussi Ida, et son nom de famille était Di Capua. Elle habitait près de la basilique de San Giovanni.

Au fur et à mesure qu'on avançait dans l'été, de tous les problèmes dont l'imminence la harcelait maintenant, le plus grave pour elle, c'était Nino qui ne se doutait encore de rien. C'est presque avec terreur qu'elle voyait approcher le jour où elle devrait forcément se justifier à ses yeux ; et elle ne savait pas comment. Vaguement elle pensait aller accoucher dans une autre ville, pour feindre, en revenant avec le bébé, que celui-ci lui avait été confié par une parente.. Mais Nino savait pertinemment qu'elle n'avait pas la moindre parente : et encore moins une parente assez proche pour accepter d'elle, par les temps qui couraient, la charge d'un enfant ! Nino n'était pas du genre à se laisser leurrer par certains bobards. Et là aussi, il n'y avait pas d'autre solution pour Ida que reculer devant l'impossible, laissant agir le destin

n comprenait moins que jamais si c'était
ou un vieillard. Même sa voix n'était pas
mme, mais plutôt de vieillard. On eût dit
oix de basse qui, dans les opéras, tiennent
is âgés ou d'ermites.

ne jour, elle rappela à Iduzza qu'il fallait
prénom à l'enfant, et celle-ci répondit
déjà décidé de l'appeler Giuseppe comme
re maternel et son père à elle. Mais
tinua de dire qu'un seul prénom ne
il fallait aussi un second et un troisième
is Iduzza n'avait pas pensé à ces deux
ns. Et la sage-femme, après avoir réfléchi,
de donner à l'enfant comme second
ce (Félix — Heureux), pour lui porter
t comme troisième prénom Angiolino
arce qu'il était de si petite taille, avait les
t était si sage qu'on l'entendait à peine.
es prénoms trouvés, la sage-femme pro-
rendre elle-même à l'état civil pour la
obligatoire, et Iduzza, pour la raison que
nprendre, commença par regimber. Mais
r repensé, ayant à choisir entre dire son
à un fonctionnaire de la Mairie ou le dire à
elle préféra le révéler à celle-ci. Et sans en
vive voix l'explication, sur une feuille de
le lui remit ensuite pliée, elle écrivit d'une
ante en lettres d'imprimerie :

PE FELICE ANGIOLINO
ME LE 28 AOÛT 1941
RAMUNDO VEUVE MANCUSO
RE INCONNU.

L'enfant se chargea en quelque sorte de l'aider, en anticipant de quelques semaines sa naissance, qui était prévue vers l'automne mais qui, au lieu de cela, se produisit à la fin d'août, alors que Nino était dans un camping d'avant-gardistes. Le 28 août, quand elle éprouva les premières douleurs, Ida était seule à la maison ; et prise de panique, sans même s'annoncer par un coup de téléphone, elle monta dans un tram, pour aller chez la sage-femme.

Pendant qu'elle gravissait le long escalier de celle-ci, les douleurs augmentèrent, au point de devenir terribles. Ce fut Ézéchiel en personne qui vint à la porte ; et Ida, incapable désormais de donner la moindre explication, se jeta sur un lit à peine entrée, en criant : « Signora ! Signora ! Au secours ! »

Et elle se mit à se tordre et à hurler ; cependant qu'Ézéchiel, expérimentée et rassurante, la débarrassait de ses vêtements. Mais Ida, malgré ses spasmes, était presque terrifiée à l'idée de se montrer nue, et elle essayait à tâtons de se couvrir avec le drap. Comme ensuite la sage-femme se disposait à lui délacer son corset, elle la retint désespérément pour l'en empêcher : car là, sous son corset, il y avait, fixée avec une épingle, une chaussette contenant ses économies. De fait, en dépit des difficultés issues de la guerre, elle n'avait pas renoncé à l'habitude de mettre de côté tous les mois une petite partie de son traitement. Dans sa méfiance à l'égard du lendemain et dans la certitude, seule comme elle l'était, de ne pouvoir compter sur l'aide de personne quels que soient les coups du sort, cette chaussette était le réceptacle de son indépendance tout entière, de sa dignité et de ce qu'elle avait de plus précieux. Il y avait en tout quelques centaines de lires, mais cela lui semblait beaucoup.

Après avoir compris, non sans difficulté, le motif de sa résistance forcenée, Ézéchiel réussit néanmoins à la convaincre de se laisser enlever son corset ; et pour la rassurer, elle le mit sous le matelas sur lequel elle gisait, avec la chaussette qui y était attachée.

L'accouchement ne fut ni long ni difficile. On eût dit que cette créature inconnue mettait tout en œuvre pour venir au monde avec ses propres forces sans coûter trop de douleur à autrui. Et quand, ayant poussé son dernier hurlement, l'accouchée se retrouva finalement libérée, sa sueur la submergeant comme une mer salée, la sage-femme annonça :

« C'est un *mascolillo* ! »

De fait, c'était vraiment un *mascolillo*, c'est-à-dire un petit gars, mais minuscule à la vérité. C'était un bébé si petit qu'il tenait à l'aise sur les deux mains de la sage-femme, comme dans une corbeille. Et après s'être affirmé dans cette héroïque entreprise de venir au monde en s'aidant lui-même, il ne lui était même pas resté de voix pour pleurer. Il s'annonça par un vagissement si léger qu'on eût dit celui d'un petit chevreau dernier-né et oublié dans la paille. Néanmoins, malgré sa petite taille, il était complet et même à ce qu'il semblait, joli et bien fait. Et il avait nettement l'intention de survivre : c'est si vrai qu'au bon moment, il chercha, de sa propre initiative anxieusement, les seins de sa mère.

Laquelle, à cause des mystérieuses dispositions de ses organes maternels, ne manquait même pas du lait nécessaire. Évidemment, le peu de nourriture qu'elle avait absorbé, elle l'avait tout entier réparti entre l'invisible petit enfant et sa provision de lait. Quant à elle, son accouchement la laissa si émaciée qu'elle

avait l'air d'une chienne coin de rue.

Les cheveux du nouve qui ressemblaient à des quand il laissa voir un deux petits quartiers qu' reconnut immédiatement était celle de son scandale tardèrent pas à s'ouvrir dans la petitesse du visag déjà ravis du spectacle moindre doute, leur coul voile laiteux du premier ment cet autre bleu qui s mais de la mer.

Par contre, on ne pou d'où lui venaient les trai seulement reconnaître m menue et leur joliesse. L lèvres molles et saillantes cette autre bouche.

Jusqu'au moment où Ida resta chez Ézéchiel s'installa pour elle-mêm cuisine. De fait, l'apparte seule se composait en chambre à coucher. Dans napolitain en fer colorié, rue, d'où l'on apercevait, Giovanni avec à son som statues du Christ, des s

La sage-femme était tr logement. Et à la voir ch robe de chambre en co

tunique —
là une fem
une voix d
l'une de ce
les rôles de

Le deux
donner un
qu'elle ava
son grand
Ézéchiel d
suffisait pa
prénoms. I
autres prén
lui propos
prénom Fe
bonheur ;
(Angelot),
yeux bleus

Une fois
posa de se
déclaration
l'on peut c
après y av
déshonneu
cette femm
donner de
papier qu'e
main trembl

GIUSE
NÉ À RC
D'IDA
ET DE PI

Chaque jour, à l'heure des repas, Ézéchiel apparaissait pour faire la cuisine ; mais tout le reste du temps, elle était toujours dehors pour ses courses professionnelles. Et Ida restait couchée toute la journée dans ce lit énorme aux draps propres : près de ce Giuseppe qui était de taille trop petite pour ne pas être dépaysé au milieu des gens grands et gros qui peuplent le monde. La plupart du temps, ils dormaient l'un et l'autre. La canicule pesait sur la ville, mais même cette grande sueur dans laquelle elle baignait donnait à Ida un sentiment d'abandon et de passivité, telle une mer salée et tiède dans laquelle son corps se dissolvait. Et elle eût aimé mourir dans ce lit avec son enfant, s'en allant tous les deux de la terre, comme dans une barque.

Le quatrième jour, elle décida de rentrer chez elle. Ézéchiel proposa de l'accompagner, mais Ida ne voulut pas en entendre parler, déjà terrifiée à l'idée que cette femme pût venir dans son quartier. De fait, quiconque avait connaissance de ses secrets devenait pour elle une figure inquiétante ; et elle songeait à la fuir, comme les animaux du désert quand ils tâchent de dérober leurs traces au flair de l'ennemi.

Elle se prépara donc à s'en aller seule, attendant par prudence que la nuit fût venue. Au moment où elle voulut payer ce qu'elle devait, Ézéchiel se fit rembourser par elle ce qu'avait coûté sa nourriture, mais quant au reste (à la vue de ce corps appauvri et ballonné qui, avec tout ce qu'il avait sur le dos — malgré la fameuse chaussette — laissait deviner une grande misère), elle refusa d'être payée. Elle fournit elle-même un large chiffon déteint mais propre, dans lequel Giuseppe qui dormait béatement, fut enveloppé de telle façon que seul son nez en dépassait. Et chargée de ce petit paquet ainsi que de son cabas, Ida reprit le tram pour San Lorenzo. Comme chaque soir, à cause du black-out, les réverbères dans les rues étaient éteints et dans les trams les ampoules voilées donnaient à peine une lueur bleuâtre.

Mais, cette fois-ci, les ténèbres lui étaient propices : rentrant chez elle, comme un malfaiteur revenant sur le lieu de son crime, elle réussit à ne se faire remarquer par personne. Sa chambre à coucher était située à l'angle de l'immeuble et donnait par son unique fenêtre sur la voie publique ; aussi les rares pleurs de Giuseppe pouvaient-ils difficilement de là donner l'alerte aux voisins, qu'Ida voulait laisser le plus longtemps possible dans l'ignorance. Elle installa son minuscule enfant à côté de son lit matrimonial, dans un petit lit-cage qui avait été celui de Nino à l'époque de sa première enfance et qui ensuite avait servi à contenir couvertures, boîtes, vieux livres et toutes sortes de babioles. Et dans ce lit Giuseppe, tel un bandit dont personne ne soupçonne la cachette, passait toute la journée à dormir et à se reposer.

L'absence de Nino devait se prolonger jusqu'à la mi-septembre, les écoles étaient fermées et, à cette période, il n'y avait pas de leçons particulières ; et Ida restait la plupart du temps à la maison, ne sortant, vers le soir, que pour les courses indispensables. Entre autres choses qui la rendaient perplexe, elle se demandait si elle devait faire baptiser le nouveau-né afin de mieux le défendre contre la fameuse liste des impurs ; mais l'idée de le porter dans une église lui répugnait trop, telle une suprême trahison à l'égard du pauvre quartier des parias juifs. Et elle décida de le laisser pour le moment sans religion : « d'autant », se dit-elle,

148

« que lui, à la différence de Nino, ne possède qu'un demi-arbre généalogique. Comment prouver sa moitié aryenne ?! L'Autorité déclarerait qu'il est encore moins aryen que moi. Et puis il est si petit que dans tous les cas, quel que soit l'endroit où l'on m'envoie, je l'emporterai toujours avec moi, dussions-nous mourir ensemble »

Le 15 septembre fut pour elle un jour terrible, car c'est aux alentours de cette date qu'était prévu le retour de Nino avec l'échéance de la fatale et par elle toujours remise explication. De temps à autre se proposait de nouveau à son esprit cet unique et pauvre prétexte qu'elle avait pu imaginer, celui de la parenté mythique ; et elle recommençait à y penser avec effort et sans conviction, au point d'en éprouver sur-le-champ, le cœur battant, une sorte de vide nauséeux. S'attendant d'un instant à l'autre au retour de Nino elle sortit, ce jour-là, plus tôt que d'habitude pour ses courses quotidiennes. Mais ce fut précisément pendant cet intervalle que Nino revint ; et maintenant qu'il était en possession des clés, il fit librement son entrée alors qu'elle était absente.

Dès la porte, cependant qu'elle se débattait entre ses cabas et la serrure, elle entendit à l'intérieur du logement un bruit de pas. Et en entrant elle vit sur le sol le sac à dos. Et tout de suite Nino fit son apparition vêtu encore de sa culotte d'avant-gardiste mais le torse nu (car, dès son retour, il s'était empressé, à cause de la chaleur, de se débarrasser de sa chemise). Il était tout bronzé et une vivacité extraordinaire faisait briller ses yeux. Et d'une voix électrisée, débordant de surprise, il demanda

« Dis, m'man ! Qui c'est ?! »

Et immédiatement il la précéda dans la chambre a

coucher : où dans une explosion de petits rires qui avaient déjà l'air d'un dialogue, il se pencha sur le petit lit. Et là il y avait Giuseppe qui le regardait, comme si déjà il le reconnaissait. Son regard, jusqu'alors rendu rêveur par les brumes de la naissance, semblait exprimer à ce moment la première pensée de sa vie : une pensée de joyeuse, de suprême entente. Si bien que ses petits bras et ses petites jambes accompagnaient celle-ci, esquissant un infinitésimal et fruste piaffement.

« Qui c'est, m'man ?! qui c'est ?! » répéta Nino de plus en plus fou d'amusement.

Avec une rapidité vertigineuse Ida sentit remonter jusqu'à sa gorge le fameux prétexte de la parente, mais ce maudit prétexte refusa de lui venir aux lèvres. Et la seule explication qui lui vint, absurdement, ce fut de balbutier :

« C'est... c'est... un enfant trouvé dans la rue ! »

« Qui l'a trouvé ? » demanda de nouveau Nino tout d'abord excité par un événement aussi formidable. Mais cela dura à peine un instant : comme si, peut-on dire, il n'avait pas encore remarqué la rougeur bouleversée de sa mère, déjà il ne croyait plus à cette explication. Son regard vite conscient et carrément cynique passa du visage en feu de sa mère au corps de celle-ci, comme se rappelant soudain une chose qu'au bon moment il n'avait pas vue. Et pendant dix secondes sa pensée joua avec l'idée bouffonne que sa mère avait un amant. « Ça a dû être, décida-t-il en lui-même, une aventure passagère, une seule fois... » Cependant, Ida avait déjà compris au regard de son fils que celui-ci avait vu juste ; mais finalement il n'importait pas beaucoup à l'adolescent de savoir d'où lui venait ce cadeau inattendu ; ce qui lui importait, c'était de se l'assurer pour l'éternité. Et abandonnant aussitôt l'idée d'en savoir davantage, il s'informa, anxieux

« Mais maintenant on va le garder ? On va le garder ici avec nous ! »

« Oui.. »

« Et comment il s'appelle ? » demanda-t-il, rayonnant de satisfaction.

« Giuseppe. »

« Eh, Peppe ! eh, Peppiniè ! eh ! eh ! » se mit-il a crier, faisant le fou au-dessus du bébé. Cependant que ce dernier continuait, quant à lui, ses infinitésimaux piaffements de débutant, tout au contentement et à la gratitude de connaître, à dater de ce jour, la vie.

« Eh, m'man, qu'est-ce que t'en dis ? je le prends un peu dans mes bras ? » proposa alors, les mains déjà au-dessus du berceau, Nino qui en mourait d'envie.

« Non ! non ! noon !!! tu vas le laisser tomber ! »

« Oh quoi ! je sais faire le double arraché et je le laisserais tomber ! » se révolta Ninnuzzu avec dédain. Mais sur ces entrefaites, il avait déjà renoncé à son initiative, passant, dans la turbulence de ses pensées, à une tout autre question qu'il fallait résoudre, l'occasion étant propice. Et il réclama sans délai :

« Dis, m'man ! Et maintenant que Giuseppe est là, alors, on va pouvoir avoir aussi un chien ici, chez nous ! »

C'était là l'un de ses éternels litiges avec sa mère. Car il désirait follement avoir un chien et elle, pour de très nombreuses raisons, ne voulait pas en entendre parler. Mais dans la situation d'atroce infériorité où elle se trouvait aujourd'hui, il ne lui restait qu'à céder au chantage : « Eh bien... eh bien... eh bien. »

151

balbutia-t-elle d'abord, déjà condamnée à la résignation. Mais avec véhémence elle ajouta :

« Tu veux nous précipiter dans la ruine !!! »

Dans ses discussions avec Ninnarieddu, il lui arrivait inconsciemment d'imiter certaines invectives
bibliques de Nora ; mais proférées par elle, avec son
visage inadapté de fillette de douze ans, elles étaient
non seulement inoffensives mais carrément comiques.
Cette fois-ci, du reste, à voir l'air réjoui de Nino, il était
déjà clair que celui-ci s'attendait sûrement à sa
reddition...

« ...fais ce que tu voudras ! oh, mon Dieu... On
savait déjà depuis longtemps que ça finirait ainsi... »

« Oh, quoi, m'man ! Alors, je l'amène à la maison !
Y en a un qui m'attend toujours près du bureau de
tabac !!! » s'écria Ninnarieddu hors de lui. Puis il
garda un instant le silence, caressant des visions
canines qui le rendaient de toute évidence ultra-
heureux. Et alors, Ida, déjà inconsolable au fond de
son cœur d'avoir cédé à cette nouvelle fatalité, voulut
peut-être, à son tour, tirer au moins quelque profit de
l'occasion. Et elle dit avec effort :

« Écoute, Nino... maintenant il faut que je te dise...
il s'agit d'un avertissement très grave... Tu m'entends : ne parle à personne de... de ce bébé. Pour le
moment, mieux vaut cacher que... qu'il est là... Mais si
les gens s'en apercevaient et que quelqu'un te pose des
questions, la seule chose à faire sera de répondre que
c'est un neveu, qui n'a plus d'autres parents et... qui
nous a été confié... »

Le temps d'un bref coup d'œil, Nino s'illumina tout
entier de suffisance, de compassion, de suprématie et
de liberté. Il haussa les épaules avec une grimace et

répliqua, se campant sur ses jambes dans la pose d'un révolutionnaire sur une barricade.

« Si on me le demande A MOI, je dirai : *qu'est-ce que ça peut vous foutre ?* »

A ce même instant, on entendit un vagissement provenant du petit lit, qui aussitôt le fit rire. Promptement les bienheureuses images de tout à l'heure revinrent jouer dans ses yeux. Et passant à un autre sujet, les mains dans les poches, il proposa à sa mère :

« Et maintenant, pour fêter Giuseppe, tu me paies un paquet de Nazionali ? »

« Je savais bien que tu abuserais aussi de cela ! Tu es un profiteur ! un arriviste ! un malandrin !! A présent, pour fêter Giuseppe tu veux lui donner l'exemple du vice ? Tu n'as même pas seize ans ! est-ce qu'on fume à cet âge-là ?! »

« Si on fume pas à seize ans, quand c'est qu'on fumera ? A quatre-vingt-dix ans ?! » répliqua-t-il avec une arrogante impatience. Là-dessus, il enchaîna, comme obéissant à une inspiration :

« Tu me paies aussi une glace ? Ou, plutôt, disons deux : une pour moi et une pour toi. »

« Voyons, Nino... qu'est-ce que tu crois ? que je suis devenue millionnaire ? Tu veux donc notre ruine complète !!!... Et puis, ces glaces autarciques, est-ce qu'on sait avec quoi elles sont faites... »

« Le crémier, à côté du tabac, en fait des fameuses. »

« La glace ou les cigarettes. Tiens : je ne te donnerai pas plus de deux lires. »

« Les cigarettes, plus les glaces, plus le *Corriere dello Sport* et la *Gazzetta* (t'as oublié, qu'aujourd'hui, c'est lundi ?!), ça fait cinq lires et pas deux ! Allez, m'man, commence pas à pleurnicher comme d'habitude, c'est

153

pas cinq pauvres lirettes qui vont te ruiner. Allez, quoi, m'man, aboule-les, tu te décides ?! tu deviens pire qu'une youpine ! »

Pour Nino, cette dernière phrase était une banale réplique argotique, sans signification réelle. De fait, Ninnuzzu ne s'intéressait nullement aux Juifs et à leur actuelle situation ; au point de les ignorer en pratique comme si, plus ou moins, il se fût agi des Cimbres ou des Phéniciens. Mais Ida, néanmoins, pour se soulager un peu, l'attaqua sur un autre sujet (maintenant dépassé à la vérité) de leurs chamailleries familiales

« Ah, combien de fois t'ai-je dit que cela me déplaisait de t'entendre parler argot, avec ces gros mots triviaux ! Qui pourrait dire, en t'entendant parler plus mal qu'un âne, que toi... toi... par contre... tu es le fils d'une enseignante et que tu fais des études classiques supérieures ! ! ! tu n'es tout de même pas un rustre sans instruction, tu as étudié le bon italien... »

« *Signora Madama,* j'invite présentement Votre Seigneurie à me donner un écu. »

« Tu es un malfaiteur... Je ne peux pas te voir ! pour moi, quand je te vois, c'est comme si de la fumée me venait dans les yeux ! »

Nino, frémissant d'impatience, s'était mis à siffler *Deutschland Deutschland :* « Alors, tu me les donnes, ces sous », l'interrompit-il.

« Les sous.. toi, tu ne penses à rien d'autre toujours des sous ! »

« Mais sans fric comment s'amuser ? »

S'obstinant dans son désir de sortir et ne supportant pas d'autres délais, l'espace restreint et clos de la maison lui apparaissait maintenant comme une injustice. Et il se mit à arpenter dans tous les sens la pièce comme si ç'avait été une prison, donnant des coups de pied dans une pantoufle, dans un bout de chiffon, dans une bassine vide et dans tout autre objet qu'il rencontrait sur son chemin : « Le fric, m'man ! » dit-il finalement, plus mauvais qu'un brigand, se plantant devant sa mère.

« Toi, tu vas finir voleur et homicide. »

« Moi, je vais finir Chef des Brigades Noires. Moi, dès que j'aurai l'âge, je vais partir combattre POUR LA PATRIE ET POUR LE DUCE ! »

A l'excès de défi avec lequel il prononça ces majuscules, sa voix laissait transparaître une intention blasphématoire. On devinait que, pour sa prétention de jeune garçon, les Patries, les Duci et le théâtre tout entier du monde, tout cela n'était finalement qu'une comédie qui n'avait de valeur que parce qu'elle se prêtait à sa rage de vivre. De nouveau, son regard fut assombri par ce mystérieux âge adulte qui était le sien et qui était rompu à tous les scandales et à toutes les impiétés ; mais voici qu'en soudaine contradiction, une radieuse innocence vint transfigurer ce regard. A ce moment-là, en effet, sa mère, tirant de son cabas son sac miteux, lui tendait les sous. Et lui, s'en emparant avec la promptitude d'un porte-drapeau qui s'élance vers un champ de victoire, il prit sans plus attendre son vol vers la porte.

« Mais qu'est-ce que tu fais ? » l'arrêta sa mère, « tu ne te rhabilles pas ? tu sors tout nu ? »

« Et alors ? Est-ce que je suis mal foutu ? » répliqua-t-il, se rendant néanmoins à la nécessité. Et tout en revenant en courant vers la chaise sur laquelle il avait jeté sa chemise, il ne manqua toutefois pas de s'arrêter un instant devant l'armoire à glace pour se regarder avec complaisance. Son gracieux corps bronzé trahissait encore l'enfance, à cause de la finesse de sa nuque et de la saillie des omoplates sur un dos encore maigrelet ; mais sur ses bras, par contre, se développait déjà un début de musculature virile, qu'il mesura devant la glace, s'en faisant à lui-même l'exhibition avec une auto-affirmation insatiable. Puis, à toute vitesse, il fit mine de remettre sa chemise noire, mais constatant qu'elle était trempée de sueur et la jugeant trop chaude, il enfila au lieu de cela un maillot de coton blanc par-dessus son pantalon d'avant-gardiste sans se soucier, telle était sa hâte de s'esquiver, de ce que ce rapprochement avait d'irrespectueux. Et il disparut.

Iduzza se disposait déjà (voire avec un certain soulagement) à ne plus le voir reparaître avant, peut-être, tard dans la soirée : envolé avec ses cinq lires vers sa bande habituelle, telle une abeille vers un tournesol ! Mais vingt minutes ne s'étaient même pas écoulées quand un certain brouhaha venu de l'entrée annonça son retour. Et le précédant, un petit chien marron, qu'il tenait en laisse et qui bondissait dans un paroxysme de bonheur, pénétra dans la pièce. C'était un animal de petite taille, rond, avec des pattes torses et la queue en trompette. Il avait une grosse tête et une oreille qui se tenait plus droite que l'autre. Dans l'ensemble, c'était un typique chien sans maître (ou *chien d'autrui* comme disent les Slaves).

« Mais comment ! comment ! aujourd'hui déjà ! ce n'est *pas* pour aujourd'hui qu'on en parlait ! *pas* tout de suite ! *pas* aujourd'hui ! » bredouilla Ida que le désespoir rendait presque aphone.

« Quand ça alors ? Je t'ai pourtant dit qu'il m'attendait toujours près du tabac. Et effectivement, il était là maintenant aussi qui m'attendait ! Pendant tout ce mois où j'étais pas là, il est toujours allé m'attendre

Et il me répond même, quand je dis son nom! Blitz!
Blitz! T'as vu, hein? il répond. »

Cependant, Giuseppe qui avait profité de l'absence
de Nino pour faire un petit somme, avait rouvert les
yeux. Et il se montrait non seulement sans peur, mais
comme ravi en une calme extase, devant ce premier
exemplaire de chien et, aussi de la faune de la création,
qui se présentait maintenant à lui.

« Giuseppe! tu vois qui c'est qui est là?! Blitz, dis
quelque chose à Giuseppe, pour lui faire fête! allez,
Blitz! tu m'as compris? dis-y quelque chose! »

« Ouch! ouch! », fit Blitz.

« Ououououhin... », fit Giuseppe.

C'était le triomphe de Nino. Son rire frais et aussi
fascinant qu'une girandole, le projeta tout bonnement
sur le sol, dans une mêlée de sauts et de cabrioles avec
Blitz. Jusqu'au moment où, pour se reposer béatement, il alla s'asseoir sur le bord du lit, tirant de la
poche postérieure de son pantalon une malheureuse
cigarette à peu près en capilotade.

« J'ai pu m'acheter que deux Nazionali », dit-il,
dissimulant mal un certain regret mais continuant
quand même de fumer d'un air dépravé, « car j'avais
pas assez de sous pour un paquet. Les glaces aussi, j'ai
dû m'en passer, mais de toute manière elles auraient
fondu dans l'escalier ». (A la vérité, il s'était offert une
glace, bien que de petit format, la consommant sur
place. Mais il omit ce détail comme ne regardant pas
Ida.) « Avec le reste, j'ai payé son collier et sa laisse »,
expliqua-t-il avec orgueil.

Et il se pencha sur Blitz (qui entre-temps s'était
installé près de ses pieds) pour détacher sa laisse : « Et
elle est en vrai cuir, elle est pas autarcique », souligna-
t-il fièrement, « c'est une laisse de luxe ».

157

« Alors, Dieu sait COMBIEN elle coûte... »

« Oh, elle est pas neuve ! Je l'ai achetée usagée au marchand de journaux qui me l'a vendue d'occasion. C'était la laisse de son petit chien qui, maintenant, a grandi et est à la campagne, à Tivoli. Tu te rappelles pas ce petit chien qui pissait de temps en temps sur les journaux. Comment ! tu t'en rappelles pas ! je te l'ai montré dix mille fois ! Un chien de race ! Un chien loup alsacien ! Et là, sur la plaque du collier y-a encore son nom qui est marqué : LUPO ; mais à présent je vais le gratter avec un clou, sinon on verrait tout de suite que c'est un collier d'occasion. Et puis parce que Blitz, comme race, c'est pas un chien loup. »

« De quelle race est-il donc, lui ? »

« De race bâtarde. »

Ce mot banal émut terriblement Ida et sur-le-champ elle rougit ; et, comme si le bébé avait pu entendre ce mot, son regard anxieux se tourna involontairement vers le petit lit. A son tour, alors, Nino pensa : « Mais oui ! Giuseppe lui aussi est un bâtard. Dans cette maison il y a deux bâtards ! » conclut-il, se réjouissant énormément de cette découverte.

Mais sur ces entrefaites, ayant porté une main à sa poche pour y chercher le clou, il venait d'y trouver une dernière acquisition qu'il avait bien failli oublier. « Dis donc, Blitz ! » s'écria-t-il, « je pensais plus que je t'avais aussi dégoté ton dîner ! Allez, mange ! » Et tirant de sa poche un dégoûtant petit paquet de tripes, il le jeta sur le sol devant le chien : lequel, tel un prestidigitateur, le fit instantanément disparaître.

Nino le considérait avec orgueil : « La race de Blitz », reprit-il, souriant à une autre de ses trouvailles qui le charmait, « est aussi appelée *race étoilée*. Blitz ! fais voir le beau dessin d'étoile que t'as ! »

158

Et Blitz sur-le-champ se mit sur le dos, les pattes en l'air. Dessous comme dessus et y compris la queue, il était tout entier de la même couleur marron foncé, sauf au milieu du ventre, où il avait une petite tache blanche biscornue, à peu près de la forme d'une étoile. C'était là sa seule beauté et sa seule particularité, mais qui n'était visible que lorsqu'il se mettait les pattes en l'air. Et il était si heureux de l'exhiber qu'il serait encore, comme en extase, resté dans cette position, si Nino ne l'avait pas forcé à se redresser en le chatouillant avec un pied.

Mais Iduzza, que troublait encore ce mot de *bâtard*, ne participait pas au spectacle. Ses yeux mortifiés, qui n'avaient même pas regardé l'étoile de Blitz, tombèrent sur le papier graisseux qui avait enveloppé les tripes et qui, vide, était resté sur le sol. Cette vue fournit à la pécheresse Ida un autre sujet de diversion et de défoulement...

« Et comme ça, maintenant », protesta-t-elle avec une dramatique amertume, « en voilà un de plus chez nous qui va vouloir manger !... Qui donc va nous donner une carte d'alimentation pour lui aussi ?... »

Nino prit un air farouche ; et il ne lui répondit rien. Au lieu de cela, il se tourna vers le chien ; et approchant son visage de son museau, il lui dit sur un ton de confidence et d'intimité :

« Fais pas attention à ce qu'elle raconte ; car moi, je m'occuperai de toi avec mes copains et on te laissera pas crever de faim, tu peux en être sûr. Et jusqu'à maintenant, qui c'est qui t'a donné à manger ? Tu peux le dire à tout le monde que, nous, on a pas besoin de leur merde ! »

« Aaaah », s'interposa Iduzza en poussant un soupir de damnée, « à présent, tu apprends aussi à ce

chien ce parler vulgaire et indécent. Et de même tu te
prépares à l'apprendre aussi à ton frère... »

A ce dernier et fatal mot que venait de prononcer sa
bouche, elle chancela comme sous un coup de bâton.
Et anéantie, se déplaçant comme une pauvre bête, elle
se détourna pour ramasser sur le sol ce papier
graisseux, sans plus oser regarder Ninnarieddu.

Mais pour celui-ci, ce mot semblait tellement natu
rel qu'il ne le remarqua même pas. Il répliqua par
contre, avec animation et rayonnant :

« Nous autres, maintenant, on est à Rome et on
cause le romain ! Quand on sera à Paris (et moi, je
compte y aller bientôt, à présent que Paris est à
nous !), on causera le parisien ! Et quand on sera à
Hong-Kong, lors de la prochaine croisière, on causera
le kongais. Tu peux être sûre que moi, je vais pas rester
à Rome ! Moi, le monde, je vais le parcourir comme un
quartier, et j'irai en avion et en voiture de course, et
pas à pied ! Je traverserai l'Atlantique et le Pacifique,
et j'emmènerai aussi Blitz avec moi ! et on fera le tour
du monde sans escale ! On ira à Chicago, à Hollywood
et au Groenland, et dans la steppe jouer de la
balalaïka ! On ira à Londres, à Saint-Moritz et à
Mozambique ! On ira à Honolulu et sur le Fleuve
Jaune et... et... Et j'emmènerai aussi Giuseppe avec
moi ! Eh, Giuseppe, t'entends ? je t'emmènerai toi
aussi ! »

Giuseppe s'était endormi une nouvelle fois sans rien
entendre de ce programme grandiose. Et dans le
silence qui suivit, entre Ninnarieddu et Ida, laquelle
lui tournait toujours le dos, se déroula un muet
dialogue final, qui peut-être ne s'énonçait même pas à
leur pensée, mais que leurs corps exprimaient avec une
clarté parlante.

Le dos d'Ida, vêtu de sa robe de soie artificielle maculée de sueur, ce dos maigre et aux épaules aussi voûtées que celles des petites vieilles, disait à Nino

« Et moi, tu ne m'emmèneras pas ? »

Et la tête de Nino, avec ses yeux mobiles et sa bouche violente et dure, répondait :

« Non. Toi, je te laisserai ici. »

2

Giuseppe, de même qu'il s'était montré précoce pour sa naissance, se révéla de même dès le début précoce en tout. Aux habituelles étapes naturelles qui jalonnent la progression de tout nourrisson, il arrivait toujours en avance ; mais tellement en avance (du moins pour cette époque-là) que j'aurais moi-même peine à y croire, si en quelque sorte je n'avais pas partagé son destin. On eût dit que ses petites forces se tendaient toutes à la fois, avec une urgence aussi grande qu'ardente, vers le spectacle de ce monde sur lequel il venait à peine de se pencher.

Quelques jours après avoir découvert son existence, Nino ne résista pas à la tentation de la révéler à deux ou trois de ses amis les plus chers, se vantant auprès d'eux d'avoir à la maison un petit frère qui était un vrai champion : tout entier d'une petitesse telle qu'elle en était comique, mais, en revanche, avec des yeux immenses qui causaient déjà avec vous. Et le matin même, profitant de l'absence d'Ida, il amena ces amis chez lui pour le leur présenter. Ils montaient à cinq, v

161

compris Blitz qui, maintenant, suivait Nino partout, comme si celui-ci avait été la moitié de son âme.

Dans l'escalier, l'un des amis de Nino, un jeune bourgeois, manifesta sa perplexité au sujet de ce frère qu'annonçait Nino, quand on savait que la mère de celui-ci était veuve depuis plusieurs années. Mais Nino lui répliqua, plein de mépris pour sa médiocre intelligence : « Et alors ?! est-ce que les gosses se font seulement avec les maris ?! » cela avec un tel naturel absolutiste que tous les autres se moquèrent en chœur de ce débutant (ou de cette mauvaise langue ?), qui se retrouva tout honteux.

De toute manière, alors qu'ils étaient encore dans l'escalier, Nino baissant la voix les prévint que ce frère était un clandestin, dont on ne devait parler à personne, sinon sa mère en ferait toute une histoire : parce qu'elle avait peur que les gens la prennent pour une putain. Et ses amis, tels des conspirateurs, promirent de garder le secret.

Dès leur entrée dans la chambre à coucher, ils furent plutôt déçus : car, à ce moment-là, Giuseppe dormait, et endormi ainsi, mis à part son authentique petitesse de pygmée, il ne présentait rien d'extraordinaire, et, même, ses paupières, comme celles de la majorité des nouveau-nés, étaient encore ridées. Mais soudain il les ouvrit ; et à la seule vue, dans son visage de la grosseur d'un poing, de ces yeux immenses grands ouverts, qui se tournaient vers les cinq visiteurs comme vers une seule et unique merveille, ils devinrent tous hilares. Et, finalement, Giuseppe, qu'égayait leur compagnie, fit, pour la première fois de sa vie, un petit sourire.

Quelques instants plus tard, les visiteurs s'enfuirent, craignant d'être surpris par la mère de Giuseppe. Mais Nino attendit impatiemment le retour de celle-ci, afin

de lui annoncer bruyamment la nouvelle : « Tu sais ?
Giuseppe a fait un sourire ! » Elle demeurait scepti
que : « Giuseppe, dit-elle, n'a pas encore l'âge de
sourire : les bébés n'apprennent pas à sourire avant
d'avoir au moins un mois et demi, quarante jours. »
« Viens avec moi et tu vas voir ! » insista Nino et il
l'entraîna dans la chambre à coucher, méditant quelque trouvaille électrisante qui incite son frère à
renouveler son action d'éclat. Mais il n'eut pas besoin
de se creuser la cervelle, car Giuseppe, à sa seule vue
comme à un rendez-vous, sourit pour la seconde fois.
Et depuis lors, aussitôt qu'il voyait Nino, même si un
instant auparavant il pleurait, il faisait de nouveau
pour lui ce petit sourire fraternel qui, d'ailleurs
ensuite, ne tarda pas à se muer en un véritable rire
d'accueil et de satisfaction.

Maintenant, les écoles étaient rouvertes depuis un
certain temps et, dès le matin de bonne heure,
l'appartement restait désert. Blitz lui-même, amoureux fou comme il l'était de Nino, ne se contentait pas
de le suivre toujours et de l'accompagner, où qu'il
aille, dans toutes ses expéditions ; mais il l'attendait
même devant les grilles, pendant qu'il était en classe
ou à ses exercices de préparation militaire. Si bien que
Nino le pourvut aussi d'une muselière, dans la crainte
que l'employé de la fourrière, se trouvant à passer par
là, ne l'arrête comme un chien sans maître. Et il fit
graver sur son collier : BLITZ — *Propriétaire Nino
Mancuso*, avec son adresse complète.
Parfois, les matins (plutôt fréquents) où il séchait
l'école, Nino, se trouvant à passer près de la maison,
montait de nouveau avec des camarades voir Giuseppe

163

(cela aussi pour le plaisir d'enfreindre les interdictions maternelles). C'étaient de brèves visites, car ces adolescents et Nino en particulier avaient une trop grande hâte de courir vers les diverses attractions de leurs vacances abusives ; mais ces visites étaient toujours des fêtes, rendues plus fascinantes encore par l'infraction et le mystère. La température était encore douce, et Giuseppe dans son petit lit était tout nu ; mais pour lui la pudeur n'existait pas. Son seul sentiment était sa grande envie d'exprimer à ses visiteurs le plaisir qu'il avait à les recevoir : lequel était infini, comme si se fût chaque fois renouvelée pour lui l'illusion que cette si brève fête allait durer éternellement. Et dans la prétention, presque folle, d'exprimer avec les très pauvres moyens dont il disposait ce plaisir infini, Giuseppe multipliait tout à la fois ses timides piaffements, ses regards ravis, ses vagissements, ses sourires et ses petits rires ; récompensé par un carrousel endiablé de saluts, de boutades et de quelques compliments ou petits baisers. A ces occasions, Nino ne manquait pas de faire étalage, avec orgueil et vanterie, des diverses spécialités de son frère : faisant remarquer, par exemple, que, bien que petit, il était déjà un vrai mâle, avec son petit robinet rigoureusement au complet. Et qu'il ne pleurait presque jamais, mais avait déjà des intonations de voix spéciales, différentes l'une de l'autre et que comprenait parfaitement Blitz. Et qu'aux mains et aux pieds il avait ses vingt ongles au complet, normaux bien qu'à peine perceptibles, et que sa mère lui taillait déjà, etc., etc. Quand voici qu'aussi soudainement qu'ils étaient arrivés, les visiteurs s'esquivaient tous ensemble, vainement appelés par les pleurs exceptionnels de Giuseppe, qui les poursuivaient jusque dans l'escalier et qui se taisaient solitaires et inconsolés.

Les premiers temps, Ida, aussitôt sa classe finie, devait courir hors d'haleine à la maison pour l'allaiter toujours en retard. Mais il apprit bientôt à se débrouiller tout seul, avec un biberon plein de lait condensé étendu d'eau, qu'elle lui laissait durant ses absences les plus longues. Et lui, fidèle à son intention de ne pas mourir, en tétait ce qu'il pouvait. Il ne grandissait pas beaucoup; mais il s'était suffisamment arrondi, et cela au point d'avoir quelques petits anneaux de graisse aux bras et aux cuisses. Et malgré sa ségrégation il avait pris un teint rose qui faisait mieux ressortir ses yeux. Ceux-ci, à l'intérieur de l'iris, étaient d'un bleu plus profond, comme de nuit étoilée; et tout autour, en revanche, ils étaient d'une couleur de ciel bleu clair. Son regard, toujours attentif et parlant comme dans un dialogue universel, était, rien qu'à le voir, une vraie joie. Sa bouche sans dents, aux lèvres saillantes, quêtait les petits baisers avec la même exigence anxieuse que celle avec laquelle il demandait du lait. Et ses cheveux étaient noirs; ils n'étaient pas bouclés comme ceux de Nino, mais à petites touffes lisses, humides et brillantes, comme celles de certains canards migrateurs connus sous le nom de *morillons*. Parmi toutes ces touffes, du reste, il y en avait une alors déjà qui, plus arrogante, se dressait toujours droite, juste au milieu de son crâne, tel un point d'exclamation, et que le peigne ne parvenait pas à dompter.

Très vite il apprit à dire les noms des personnes de sa famille. Ida était *man*, Nino, *ino* ou bien *aiè* (Ninnarieddu) et Blitz, *t*.

Cependant, avait commencé pour Blitz un dilemme

presque tragique. Comme avec le passage du temps, Giuseppe et lui se comprenaient de mieux en mieux, dialoguant et jouant tous les deux sur le sol pour leur plus grand amusement, il finit par se retrouver amoureux fou non seulement de Nino mais aussi de Giuseppe. Mais Nino était toujours en balade et Giuseppe toujours à la maison : aussi lui était-il impossible de vivre éternellement, comme il l'eût voulu, en compagnie de ses deux amours. Et en conséquence, aussi bien avec l'un qu'avec l'autre, un regret le torturait continuellement ; et quand il se trouvait avec l'un, il lui suffisait d'entendre citer le nom de l'autre ou de respirer une odeur lui rappelant cet autre, pour que sur-le-champ sa nostalgie, tel un petit drapeau à contrevent, inclinât vers l'arrière. Parfois, tandis qu'il montait la garde à l'extérieur du lycée durant ses interminables attentes de Nino, il se mettait soudain, comme à un message que venait de lui apporter un nuage, à flairer en direction du ciel, poussant un glapissement lamentable au souvenir de Giuseppe incarcéré. Pendant quelques minutes, un désaccord le déchirait, le tirant simultanément de deux côtés opposés ; mais finalement, une fois surmontée son indécision, il s'élançait vers la maison de San Lorenzo, sa longue muselière fendant le vent telle une proue. Mais arrivé au but, il trouvait, hélas ! la porte fermée ; et bien que d'une voix étouffée par la muselière, il eût appelé passionnément Giuseppe, tout cela était en vain, car Giuseppe, encore que l'entendant et, du fond de sa chambre solitaire, brûlant du désir de le faire entrer, n'en avait pas la possibilité. Alors, se résignant à son destin d'attendre devant les portes, Blitz s'allongeait là dehors, par terre où, à force d'avoir trop attendu, il s'assoupissait. Et peut-être faisait-il un rêve d'amour, lequel lui rappelait soudain Nino le fait est que, quelques instants plus tard, il s'arrachait à son sommeil ; et se précipitant en bas de l'escalier avec des glapissements désespérés, il faisait en sens inverse la route menant au lycée.

Nino n'était pas jaloux de ce double amour . ne le considérant pas comme une trahison mais, plutôt. comme une flatterie, parce que la valeur donnée à peu près également par lui à Giuseppe et à Blitz, était ainsi confirmée par eux deux aussi avec un authentique enthousiasme. Grandiosement, même, Nino en personne (si, par exemple, il devait aller au cinéma, à un rassemblement ou quelque part où, d'une manière quelconque, le chien était une gêne pour lui), invitait lui-même, certains jours, Blitz à rester à la maison avec Giuseppe pour tenir compagnie à celui-ci C'étaient là des bonheurs inoubliables pour Giuseppe, et ce fut peut-être au cours de ces petits duos primitifs avec Blitz qu'il apprit le langage des chiens. Langage qui, ainsi que d'autres idiomes animaux, devait rester pour lui, sa vie durant, une importante acquisition

Mais, à part ces bonheurs occasionnels, Giuseppe n'avait jamais la moindre compagnie. Après les premiers temps, une fois la nouveauté passée, Nino raréfia ses visites avec ses amis et complices, jusqu'au moment où il les cessa définitivement. Et il ne venait pas d'autres personnes chez les Mancuso. Ida n'avait ni parents ni amis et n'avait jamais reçu de visites ; et elle en recevait encore moins maintenant où elle devait cacher son scandale.

Les gens qu'elle rencontrait dans le voisinage et dans le quartier étaient tous des étrangers pour elle ; et parmi ceux-ci comme parmi les personnes de connaissance qu'elle pouvait avoir à Rome, nul encore ne semblait avoir découvert son secret. A son insu, à la vérité, à cause de l'indiscrétion de Nino, il y avait au moins dans l'immeuble même deux jeunes gens qui le connaissaient ; mais ceux-ci, fidèles à la promesse qu'ils avaient faite à Nino, l'avaient tu même chez eux (d'autant plus volontiers parce que, ainsi, non partagé par les adultes, le silence sur un tel mystère procurait un double plaisir).

Il est certain, du reste, que, comme c'était fatal, la nouvelle de ce secret se répandait même trop dans le cercle entier des amis de Nino ; mais, pour le moment, elle tardait à dépasser ce cercle ou cette bande. Il faut dire qu'en réalité, les gens, avec la progression de la guerre, avaient aussi bien autre chose à quoi penser et étaient devenus moins curieux. Et d'autre part, à Rome et dans le quartier de San Lorenzo, la naissance d'un pauvre petit bâtard (bien que fils d'institutrice) n'aurait, d'ailleurs, pas été, même à cette époque reculée, une nouvelle assez sensationnelle pour qu'on la placarde sur les affiches ou qu'on la propage au son des tambours !

En conclusion, Giuseppe continuait de grandir (si l'on peut dire), toujours semblable à un bandit dont la cachette n'était connue que de divers gosses de tout acabit et de quartiers différents, dans un réseau de complicités qui étendait ses mailles en tous sens à travers la ville de Rome. Peut-être le secret commençait-il aussi à se diffuser parmi les chiens de Rome, car Blitz, pendant qu'il attendait Nino, s'entretenait souvent avec des chiens errants de passage ; et une fois, au cours de l'une de ses courses nostalgiques vers la maison de San Lorenzo, il y arriva en compagnie d'un autre chien, bâtard comme lui mais beaucoup plus maigre et d'aspect ascétique et qui ressemblait au

Mahatma Gandhi. Néanmoins, comme d'habitude, cette fois-là aussi personne ne put ouvrir la porte et les deux chiens rebroussèrent chemin ensemble mais vers des directions différentes : se perdant ensuite de vue pour toujours, après cette unique rencontre.

... 1942

« Conférence de Wannsee » pour la planification raciale (décimation des races inférieures au moyen du travail forcé et de l'insuffisance de nourriture, séparation des sexes, traitement spécial, etc.).

Dans le Pacifique et dans tout l'Extrême-Orient, importants succès des Japonais qui, déjà maîtres de l'Indochine et d'une grande partie de la Chine, avancent rapidement et finissent par menacer les possessions britanniques de l'Inde.

Le chef nationaliste Tchang Kaï-chek est nommé commandant des troupes alliées en Chine, où se poursuit depuis 1937 la guerre contre l'envahisseur japonais.

Difficiles actions défensives du C.S.I.R. (Corps expéditionnaire italien en Russie) dépourvu d'armement approprié et d'équipement convenable pour une campagne d'hiver.

Budget extraordinaire pour la production da guerre aux États-Unis (en programme 35 mille canons, 75 mille blindés et 125 mille avions).

En Afrique du Nord, les Italo-Allemands occupent de nouveau Benghazi, capitale de la Cyrénaïque.

Mars-Juin

Au camp de concentration nazi de Belsen, mise en activité de la « chambre de la mort ».

Au cours d'une réunion du Reichstag à Berlin, Hitler (qui a déjà pris personnellement le commandement en chef de l'armée) reçoit officiellement les pleins pouvoirs, avec droit de vie ou de mort sur tous les citoyens allemands.

173

Début de la grande offensive de l'aviation anglaise qui adopte la tactique (déjà appliquée par l'Allemagne) de l'*aera bombing*, c'est-à-dire de raids nocturnes sans objectifs spécifiques, où sont déversées *a saturation* des tonnes d'explosifs et de bombes incendiaires sur des aires civiles construites. Actions de représailles de la part des Allemands.

Dans le Pacifique, la flotte des États-Unis vainc en deux batailles les Japonais.

En Afrique du Nord, les forces italo-allemandes, passant à la contre-attaque, reconquièrent au prix d'énormes pertes les territoires précédemment perdus, arrivant jusqu'à El Alamein, en territoire égyptien.

Juillet-Août

Au nombre des derniers produits de l'industrie de guerre mondiale sont en rodage les bombardiers quadrimoteurs *Forteresses volantes* et *Liberator,* fabriqués aux États-Unis où, pourtant, on hésite actuellement pour des considérations humanitaires devant l'idée de l'*aera bombing* ou bombardement sans discrimination de centres d'habitation civils.

En renfort des troupes allemandes engagées sur le Don, l'Italie envoie en Russie un nouveau corps expéditionnaire italien (A.R.M.I.R.), composé des meilleurs soldats du pays (en grande partie alpins) mais qui sont pitoyablement dépourvus de moyens non seulement pour l'offensive et la défensive armée mais pour leur simple survie.

Sur la Volga, les Allemands assiègent Stalingrad, où l'on se bat de maison en maison dans les ruines.

A une nouvelle arrestation par les Anglais du Mahatma Gandhi et des membres du Congrès succèdent en Inde des émeutes et de sanglantes répressions.

Débarquement manqué des Anglais à Dieppe. Ils sont presque tous tués.

Septembre-Octobre

Sur la Volga, les Allemands, malgré la résistance désespérée des Soviétiques, occupent les ruines de Stalingrad.

En Afrique du Nord, les Anglais reprennent l'offensive, bousculant les Italo-Allemands qui, battus à El Alamein, se retirent vers Tripoli, cependant que les Américains se préparent à débarquer sur leurs arrières.

Novembre-Décembre

En Russie, grande offensive des Soviétiques qui avancent sur tous les fronts et attaquent les Allemands bloqués à Stalingrad.

En Afrique du Nord, les Anglais réoccupent Benghazi, capitale de la Cyrénaïque.

En Europe, la guerre aérienne s'intensifie, avec la destruction totale de villes illustres et monumentales, et le massacre de populations civiles. Le terme de *pilonnage* revient communément dans les journaux. A ces opérations participent aussi maintenant les Américains avec les récents produits de leur industrie de guerre (*Liberator, Forteresses volantes,* etc.).

En Grèce où, entre autres conséquences de la guerre et de l'occupation, les gens morts de faim se comptent par centaines de mille, on enregistre, de la part de quelques groupes, des tentatives de résistance organisée contre l'Axe.

En Italie, raids aériens répétés sur les villes de Gênes, de Naples, de Turin et sur d'autres centres de moindre importance. On évalue à mille six cents le nombre de tonnes d'explosifs déversés sur l'Italie du Nord au cours de l'automne.

Aux États-Unis, le 2 décembre, le laboratoire de Chicago a mis en fonction le premier réacteur nucléaire, obtenant une réaction en chaîne (fission de l'isotope de l'uranium U 235)...

Tourne tourne et tourne rond
mon beau château tout rond
beau château et beau palais
le soleil est dans le sac.
Sors sors soleil
car ta maman t'appelle
et jette-nous des miches de pain
pour donner aux jeunes gens
et jette-nous des biscuits
pour donner aux enfants
et jette-nous des beignets
pour donner aux vieilles filles.
Je me suis fait un chapeau fleuri.
« Et quand vas-tu le mettre? »
Quand je serai grand.
Je me suis fait un chapeau joli.
« Et quand vas-tu le mettre? »
Quand je me marierai.
Et je vais me promener avec deux voitures.
« Bonjour, Patron. »
Et je vais me promener avec deux drapeaux.
« Salut, *Cavaliere*. »
Et tiriouli et tirioula
sucre crème et caroufoula.

(Chanson populaire enfantine.

1

Le premier hiver de sa vie, comme déjà l'automne
précédent, Giuseppe le passa dans une totale claustra
tion, encore que peu à peu son univers se fût étendu de
la chambre à coucher au reste de l'appartement
Durant la mauvaise saison toutes les fenêtres étaient
fermées ; mais, de toute manière, même les fenêtres
ouvertes, sa petite voix se serait perdue dans les bruits
de la rue et dans le brouhaha de la cour. Cette cour
était immense, car l'immeuble comprenait plusieurs
escaliers, allant de l'escalier A à l'escalier E. Le
logement d'Ida était au numéro 10 de l'escalier D, et
comme il était au dernier étage, il n'avait pas de
voisins directs. De fait, outre sa porte, s'ouvrait
seulement sur ce palier une autre porte, plus haut, qui
menait aux citernes. Et pour Ida, vu les circonstances.
c'était une chance.

Les pièces du numéro 10 escalier D constituaient
pour Giuseppe tout l'univers connu ; et même l'exis
tence d'un autre univers à l'extérieur devait être pour
lui aussi vague qu'une nébuleuse, car trop petit encore

pour atteindre les fenêtres, d'en bas il ne voyait que le ciel. Ni baptisé, ni circoncis, aucune paroisse ne s'était souciée de le revendiquer ; et l'état de guerre, avec la confusion croissante des ordres, favorisait son bannissement de la création.

Étant donné sa précocité, il n'avait pas été long à apprendre à parcourir son domicile sur les genoux et sur les mains, à l'imitation de Blitz qui fut peut-être son professeur. La porte d'entrée était pour lui la frontière extrême de son univers, comme les Colonnes d'Hercule pour les explorateurs de l'Antiquité.

A présent, il n'était plus nu, mais fagoté, pour se protéger du froid, dans divers chiffons de laine qui le faisaient paraître un peu plus rond, comme leur pelage pour les petits chiens. Maintenant le dessin de son visage se précisait avec évidence. La forme de son petit nez commençait à se profiler, droite et délicate ; et ses traits, purs malgré leur exiguïté, rappelaient certaines petites sculptures asiatiques. Décidément il ne ressemblait à personne de sa parenté ; à l'exception des yeux, presque jumeaux de ces yeux lointains. Mais jumeaux quant à leur facture et à leur couleur, et non quant au regard. De fait, l'autre regard avait eu une expression terrible, désespérée et comme apeurée ; alors que celui-ci était confiant et joyeux.

Jamais on n'avait vu un bébé aussi gai que lui. Tout ce qu'il voyait autour de lui l'intéressait et l'animait joyeusement. Il contemplait, hilare, les raies que traçait la pluie à l'extérieur de la fenêtre, comme si ç'avait été des serpentins et des étoiles filantes multicolores. Et si, comme cela se passe parfois, la lumière solaire, arrivant indirectement au plafond, y apportait, réfléchi sous la forme d'ombres, le mouvement matinal de la rue, cela le passionnait sans jamais le lasser :

comme s'il avait assisté là à un extraordinaire spectacle de jongleurs chinois qui se donnait exprès pour lui. On eût dit, à la vérité, à entendre ses rires et à observer la continuelle illumination de son petit visage, qu'il ne voyait pas les choses réduites à leurs aspects usuels, mais comme des images multiples d'autres choses variant à l'infini. Sinon on ne s'expliquait pas comment il se pouvait que le misérable et monotone spectacle que lui proposait tous les jours la maison pût être pour lui un divertissement aussi varié et aussi inépuisable.

La couleur d'un chiffon ou d'un bout de papier, suscitant devant lui, comme par résonance, les prismes et les gammes des lumières, suffisait à le ravir et à provoquer un rire émerveillé. L'un des premiers mots qu'il apprit, ce fut *ttoiles* (étoiles). Mais il appelait aussi *ttoiles* les ampoules électriques, les fleurs fanées qu'Ida rapportait de l'école, les bouquets d'oignons suspendus et, même, les poignées de porte et, dans la suite également les hirondelles. Puis quand il eut appris le mot *dondelles* (hirondelles), il appelait aussi *dondelles* ses petites chaussettes mises à sécher sur une ficelle. Et quand il reconnaissait une nouvelle *ttoile* (qui pouvait être une mouche sur le mur) ou une nouvelle *dondelle*, il éclatait chaque fois de petits rires glorieux, pleins de contentement et de bienvenue, comme s'il venait de rencontrer une personne de sa famille.

Les formes mêmes qui provoquent généralement aversion ou répugnance suscitaient seulement en lui, comme les autres, attention et un transparent émerveillement. Au cours des immenses explorations auxquelles il se livrait, marchant à quatre pattes, autour des Ourals, des Amazonies et des Archipels australiens qu'étaient pour lui les meubles de l'appartement, il ne savait parfois plus où il était. Et on le retrouvait sous l'évier de la cuisine, en train d'assister, extasié, à une ronde de cafards, comme si ceux-ci avaient été des poulains dans une prairie. Il en arriva même à reconnaître une *ttoile* dans un crachat.

Mais rien n'avait autant le pouvoir de l'égayer que la présence de Nino. Il semblait que, pour lui, Nino eût concentré en lui la fête tout entière du monde, qui partout ailleurs se contemplait éparse et divisée : Nino représentant à lui seul tout à la fois les myriades de couleurs et le bengale des feux d'artifices, et toutes sortes d'animaux fantastiques et sympathiques, et les tours des jongleurs. Mystérieusement il pressentait son arrivée dès le moment où il commençait à peine à gravir l'escalier, et sur-le-champ il se hâtait le plus possible, vu ses moyens, vers la porte, répétant : ino, ino, avec une allégresse presque dramatique de tous ses membres. Certaines fois, même, quand Nino rentrait tard dans la nuit, il bougeait légèrement, endormi, au bruit de la clé dans la serrure, et avec un petit sourire confiant il murmurait tout bas : ino.

Le printemps de l'année 1942 avançait, cependant, vers l'été. A la place des nombreux lainages qui le faisaient ressembler à un petit paquet de chiffons, Giuseppe maintenant fut habillé par Ida avec de très vieux caleçons et chemisettes ayant appartenu à Nino et adaptés tant bien que mal à sa taille. Les caleçons faisaient figure sur lui de pantalon long. Quant aux chemises resserrées du mieux possible sur les côtés mais non raccourcies, elles lui arrivaient presque aux chevilles. Et des babouches de nouveau-né suffisaient encore à ses pieds, à cause de leur petitesse. Ainsi vêtu, il avait l'air d'un Indien.

Du printemps il ne connaissait que les dondelles qui,

du matin au soir, se croisaient par milliers autour de la fenêtre, les étoiles plus nombreuses et plus brillantes quelques lointaines taches de géranium et les voix humaines qui se répercutaient dans la cour, libres et sonores, issues des fenêtres ouvertes. Son vocabulaire s'enrichissait tous les jours. La lumière et le ciel, et, aussi, les fenêtres, s'appelaient *toleil* (soleil). Le monde extérieur, de l'autre côté de la porte d'entrée, parce qu'il lui était toujours interdit et défendu par sa mère, s'appelait *non*. La nuit, mais ensuite aussi les meubles (car il passait dessous) s'appelaient *oi* (noir). Toutes les voix et tous les bruits, *ui* (bruits). La pluie, *pui*, et de même l'eau, etc.

Avec la belle saison on peut imaginer que Nino séchait de plus en plus souvent l'école, même si ses visites à Giuseppe en compagnie de ses amis n'étaient plus maintenant qu'un lointain souvenir. Mais un matin où il faisait merveilleusement beau, il arriva inopinément à la maison, tout guilleret et sifflotant, en compagnie du seul Blitz; et comme Giuseppe, émergeant de sous un quelconque *oi*, venait comme d'habitude à sa rencontre, il lui annonça séance tenante

« Allez, mon gars, amène-toi ! Aujourd'hui on va se balader ! »

Et cela dit, joignant le geste à la parole, il hissa Giuseppe à cheval sur ses épaules, s'élançant comme ce voleur de Mercure dans l'escalier, cependant que Giuseppe en pleine et divine tragédie de l'infraction, murmurait en une sorte de psalmodie exultante « Non... Non... Non... » Ses menottes étaient tranquillement enfermées dans les mains de son frère ; ses petits pieds, se balançant au rythme de la course pendaient sur la poitrine de Nino, si bien qu'ils en percevaient la respiration violente, frémissante de liberté et de révolte contre les lois maternelles ! Et Blitz suivait, à ce point accablé par son double bonheur amoureux que même, désapprenant de marcher, il roulait comme un être retombé en enfance en bas des marches. Le trio sortit dans la cour et traversa le vestibule ; et personne sur son passage ne vint demander à Nino : « Qui est donc ce bébé que tu portes ? », comme si à la suite d'un miracle, leur petit groupe était devenu invisible.

Ainsi Giuseppe, reclus depuis sa naissance, effectuait sa première sortie dans le monde, ni plus ni moins comme Bouddha. Mais Bouddha sortait du jardin resplendissant de son père pour rencontrer aussitôt dehors les phénomènes abscons de la maladie, de la vieillesse et de la mort ; alors que l'on peut dire que pour Giuseppe, au contraire, le monde s'ouvrit ce jour-là, véritablement comme ce jardin resplendissant. Même si, par hasard, la maladie, la vieillesse et la mort mirent sur sa route leurs spectres, il ne s'en aperçut pas. De près, immédiatement sous ses yeux, la première chose qu'il voyait tout au long de cette promenade, c'étaient les petites boucles noires de son frère, dansant au vent printanier. Et à ses yeux, tout le monde environnant dansait au rythme de ces boucles. Il serait absurde de mentionner ici les quelques rues du quartier de San Lorenzo où ils passèrent et la population qui s'agitait autour d'eux. Ce monde et cette population, misérables, fébriles et déformés par la grimace de la guerre, s'étalaient aux yeux de Giuseppe comme une multiple et unique fantasmagorie, dont même une description de l'Alhambra de Grenade ou des vergers de Chiraz, ni probablement même du Paradis Terrestre, ne pourrait donner une vague idée. Tout le long de la route, Giuseppe ne

184

faisait que rire, s'écriant ou murmurant de sa petite voix comme veinée par une émotion extraordinaire : « Dondelles, dondelles... ttoiles... toleil... dondelles... puie... oi... » Et quand finalement ils firent halte sur un minable espace herbeux, où deux poussifs arbres citadins avaient planté leurs racines, et qu'ils s'assirent pour se reposer dans l'herbe, le bonheur de Giuseppe, devant cette beauté sublime, devint presque de l'épouvante ; et il s'agrippa des deux mains au blouson de son frère.

C'était la première fois de sa vie qu'il voyait une prairie ; et chaque brin d'herbe lui apparaissait illuminé de l'intérieur, comme s'il avait contenu un filet de lumière verte. De même les feuilles des arbres étaient des centaines de lampes, dans lesquelles s'allumaient non seulement le vert et non seulement les sept couleurs de l'arc-en-ciel, mais aussi d'autres couleurs inconnues. Dans la lumière franche du matin, les immeubles populaires autour de la place semblaient, eux aussi, avoir leurs teintes avivées par une splendeur intérieure, qui les argentait et les dorait comme de gigantesques châteaux. Les rares pots de géranium et de basilic aux fenêtres étaient de minuscules constellations qui illuminaient l'atmosphère ; et les gens vêtus de couleurs étaient mus alentour, sur la place, par ce même vent rythmique et grandiose qui fait mouvoir les cercles célestes, avec leurs nuages, leurs soleils et leurs lunes.

Un drapeau flottait au-dessus d'une porte d'immeuble. Un papillon de chou était posé sur une marguerite... Giuseppe chuchota :

« Dondelle... »

« Non, ça, c'est pas une hirondelle, c'est un insecte ! un papillon ! Dis : PAPILLON. »

Giuseppe eut un sourire indécis, qui découvrait ses premières dents de lait nées depuis peu. Mais il ne parvint pas à dire ce mot. Son sourire tremblait

« Allez, quoi ! Dis : PAPILLON ! Alors ? T'es devenu idiot ? qu'est-ce que tu fais maintenant ? tu chiales ? ! Si tu chiales, je t'emmènerai plus balader ! »

« Dondelle. »

« Non, pas dondelle ! C'est un papillon, je t'ai dit Et moi, comment je m'appelle ? »

« Ino. »

« Et lui, cet animal avec son petit collier, comment il s'appelle ? »

« I. »

« Bravo ! Maintenant je te reconnais !! Ça alors qu'est-ce que c'est ? »

« Nionnion. »

« Qu'est-ce que tu racontes ! PAPILLON ! Idiot : Et ça, c'est un *arbre.* Dis : ARBRE ! Et ça, là-bas, c'est un cycliste. Dis : CYCLISTE. Dis : *Piazza dei Sanniti !* »

« Nionnion. Nionnion. Nionnion ! », s'écria Giuseppe, cette fois-ci exprès, pour faire le clown. Et il rit de lui-même à gorge déployée, juste comme un clown Nino rit lui aussi et, même, Blitz : tous ensemble comme des clowns.

« Maintenant assez rigolé ! Maintenant il s'agit de choses sérieuses. Tu vois ce truc qui flotte ? C'est un drapeau. Dis : DRAPEAU. »

« Dapeau. »

« Bravo. Drapeau tricolore. »

« Dapeau lore. »

« Bravo. Et à présent, dis : *eia eia alalà*[2]. »

« Lallà. »

« Bravo. Et toi, comment tu t'appelles ? Il serait temps maintenant que tu apprennes à dire ton nom

Tu sais tous les noms du monde et le tien, tu l'apprends jamais. Comment tu t'appelles ? »

« ... »

« GIUSEPPE. Répète : GIUSEPPE ! »

Alors son petit frère se concentra dans un long et suprême effort de recherche et de conquête. Et poussant un soupir, une expression pensive sur le visage, il dit :

« Useppe. »

« Fichtre ! T'es un vrai as ! Tu sais même dire les *z* ! Useppe ! Ça me plaît. Ça me plaît plus que Giuseppe. Tu sais quoi ? Moi, personnellement, je t'appellerai toujours Useppe. Et à présent, monte. On s'en va. »

Et de nouveau à cheval sur les épaules de Nino, Giuseppe refit à toute allure la route inverse. Le retour fut plus joyeux encore que l'aller : car le monde, une fois débarrassé de sa première émotion tragique, s'était fait plus familier. Dans cette course de Nino, il était comme un carrousel de foire : où, pour mettre le comble à l'émerveillement, firent leur apparition l'un après l'autre deux ou trois chiens, un âne, divers véhicules, un chat, etc.

« I !... I !... », criait Giuseppe (ou, plutôt, Useppe), reconnaissant Blitz dans tous les quadrupèdes qui passaient, gambadants, errants ou attelés, et peut-être même dans les véhicules à roues. Aussi Ninnuzzu saisit-il cette ocassion d'enrichir encore le vocabulaire de son frère avec les mots *automobile* (momobile) et *cheval* (seval) ; jusqu'au moment où, en ayant assez de lui servir de professeur, il l'abandonna aux créations de son imagination.

A leur seconde sortie, qui eut lieu quelques jours plus tard, ils allèrent voir les trains à la Stazione Tiburtina : non seulement du côté de la place, dans la

zone ouverte aux voyageurs (momobiles... oi...), mais
aussi dans la zone plus spéciale, réservée aux wagons
de marchandises, à laquelle on accédait par une rue
située derrière. Pour le public ordinaire, l'accès de
cette zone était interdit par une grille ; mais Ninnuzzu
qui comptait quelques connaissances parmi les prépo-
sés aux travaux, après en avoir poussé le portillon, y
pénétra librement comme dans un vieux fief bien à lui.
Et de fait, depuis son enfance, ce coin du quartier de
San Lorenzo avait été une sorte de réserve de chasse
pour lui et ses copains des rues.

A ce moment-là, on n'y voyait personne (en dehors
d'un petit homme âgé, en bleu de travail, qui de loin
salua Ninnuzzu d'un geste familier). Et le seul voyageur visible dans les quelques wagons qui étaient là en
stationnement, c'était un veau appuyé au bord de la
plate-forme découverte d'un wagon. Il était là, calme,
attaché à un fil de fer, avançant à peine sa tête sans
défense (on lui avait extirpé ses deux petites cornes
encore tendres) ; et de son cou, au bout d'une corde-
lette, pendait une petite médaille, apparemment en
carton, sur laquelle sans doute était inscrite la dernière
étape de son voyage. De celle-ci on n'avait pas donné
au voyageur la moindre indication ; mais dans ses
grands yeux humides se devinait une obscure pré-
science.

Le seul qui parut s'intéresser à lui, ce fut Blitz qui,
en l'apercevant, fit entendre un léger et traînant
jappement ; mais pendant ce temps, de par-dessus la
tête de son frère qui le tenait hissé sur ses épaules,
Giuseppe lui aussi l'observait. Et peut-être entre les
yeux de l'enfant et ceux de l'animal se déroula-t-il un
dialogue inopiné, clandestin et imperceptible. Soudain, dans le regard de Giuseppe se produisit un

changement étrange et qu'on n'avait jamais vu auparavant, dont, néanmoins, personne ne s'aperçut. Une
sorte de tristesse ou de soupçon le traversa, comme si
un sombre petit rideau tombait devant lui ; et il resta
tourné en arrière, vers le wagon, de par-dessus l'épaule
de Ninnuzzu qui maintenant, avec Blitz, marchait vers
la sortie.

« Seval... seval... »,' réussit-il tout juste à dire, les
lèvres tremblantes ; mais il le dit si bas que peut-être
Ninnuzzu ne l'entendit même pas et qu'il ne se donna
pas la peine de le corriger. Et là se termina cette
minuscule aventure. Son déroulement avait été d'une
durée infinitésimale. Et déjà le trio se retrouvait sur la
place où une autre aventure inattendue effaça bientôt
l'ombre de la première.

Un marchand de petits ballons multicolores était
par hasard de passage par là ; et l'allégresse de son
frère novice le divertissant, le généreux Nino dépensa
presque toute sa fortune pour lui en acheter un, de
couleur rouge. Ils reprirent alors le chemin de la
maison non plus à trois, mais à quatre, si l'on compte
le petit ballon, dont Giuseppe tenait le fil avec une
véritable anxiété... quand soudain, à peut-être deux
cents mètres de là, ses doigts se relâchèrent involontairement et le ballon lui échappant s'envola.

Cela aurait pu être un drame ; mais, au contraire, il
n'en fut rien. De fait, Giuseppe accueillit cet événement par un rire de surprise et de gaieté. Et la tête
rejetée en arrière et les yeux vers le ciel, il prononça,
pour la première fois de sa vie, le mot suivant, que
personne ne lui avait enseigné :

« Vole ! Vole ! »

Ce genre de promenade à trois se répéta plusieurs
fois encore pendant tout le mois de mai ; et inévitable-

ment la nouvelle de cet amusant trio qui faisait le fou dans le voisinage, ne tarda pas à parvenir aux oreilles d'Ida. Et celle-ci, après le premier choc, éprouva un sentiment de réconfort, comme à une solution provi dentielle ; mais choisissant, par inertie, la non-inter vention, elle n'en souffla pas mot à Nino... Et ainsi, ces fugues enfantines se déroulaient sous le signe d'une double intrigue ; car pour Nino leur charme principal résidait dans leur caractère de contrebande, et Ida en favorisait involontairement le succès par son silence.

Mais évidemment, cette nouveauté elle aussi était comme un nœud supplémentaire dans l'écheveau déjà embrouillé d'Iduzza. Plus qu'auparavant, quand elle sortait de chez elle, elle se hâtait, telle une chatte des rues oreilles basses, s'esquivant par une ruelle pour éviter les voisins et leurs questions indiscrètes. Les quelles, à la vérité, lui étaient toujours épargnées, mais cette indifférence générale, inexplicable pour elle, devenait, étant donné ses craintes, une menace de jour en jour repoussée.

La vérité, c'est que le scandale de sa maternité, qu'elle considérait encore comme un secret, n'était plus du tout un secret dans le voisinage (les petits copains de Nino, c'est clair, n'avaient tenu parole que jusqu'à un certain point) ; mais, d'ailleurs, pour ces prolétaires romains ce n'était même pas un scandale. Personne n'avait envie de lapider cette pauvre petite institutrice que l'on voyait toujours déambuler, soli taire et affairée, sur ses petits souliers éculés ; et si une voisine, la rencontrant par hasard, lui parlait du bébé ce n'était pas par méchanceté mais, plutôt, par politesse. Mais cela la faisait rougir, comme si on l'avait accusée de prostitution illégale.

Ces rencontres avec les voisines lui arrivaient pour

la plupart pendant qu'elle faisait la queue devant les magasins d'alimentation, lesquels étaient de moins en moins approvisionnés et vendaient en général des ersatz à la place des produits authentiques. Les rations de la carte d'alimentation se réduisaient de mois en mois à une insuffisance dérisoire, alors que la faim de Nino le rendait féroce au point de le transformer presque en un cannibale, prêt à dévorer sa mère. Les seuls citoyens qui pouvaient se rassasier étaient les plus fortunés qui pouvaient se fournir au marché noir ; mais tel n'était pas le cas pour Ida. Et dès lors commença sa guerre personnelle pour la survie, une guerre qui, dans la suite, devait se faire de plus en plus farouche.

La majeure partie de son temps, en dehors de son école, elle le passait à la chasse aux victuailles ; et, aussi, elle mendiait des leçons particulières, se contentant pour paiement d'une boîte de lait en poudre ou de conserve, etc. Ces journées de chasseresse, la réduisant à un état de lutte primitive, la distrayaient de toutes les autres angoisses diurnes que sa mère lui avaient jadis transmises.

Maintenant, Giuseppe lui aussi voulait manger. Après les premiers mois, le sein de sa mère avait épuisé son lait, et lui, sevré avant l'heure, depuis déjà la fin de l'hiver s'habituait à des nourritures plus viriles. Elle lui préparait des bouillies de fortune, mettant à cuire ensemble dans un petit récipient approprié tout ce qu'elle pouvait trouver de comestible ; et lui, plein de confiance, se nourrissait de ces bouillies, s'arrangeant pour grandir. Il semblait surtout tenir à augmenter un peu de taille ; mais le peu qu'il avait gagné en longueur, il l'avait perdu en largeur ; et, bien que gracieusement formé, il était un peu maigrichon. Mais

son visage était toujours rond, avec un air de santé dû
à son caractère allègre. Sa peau, qui ignorait à peu
près le soleil, était naturellement d'une teinte cala
braise légèrement brune. Et ses yeux, qui n'avaient
encore vu ni la mer ni un fleuve, et pas même une pièce
d'eau, semblaient par contre puiser leur couleur dans
Dieu sait quelles profondeurs marines, comme ceux
des bateliers ou des marins.

La nuit, quand elle se retirait avec lui dans la
chambre matrimoniale, Ida contemplait, charmée, le
sommeil de ces petits yeux, si béat qu'il semblait
ignorer les rêves. Quant à elle, par contre, plus encore
que les insomnies qui depuis quelque temps l'incom-
modaient, elle redoutait les rêves, qui s'étaient mis a la
fréquenter avec une profusion inusitée, la ballottant
dans des aventures absurdes, comme Alice au Pays des
Merveilles. Il semblait que pour elle la vraie veille fût
devenue le sommeil; et peut-être ses présentes et
longues insomnies lui servaient-elles inconsciemment à
repousser cette veille chimérique. Aussitôt qu'elle
s'endormait, comme à l'écroulement d'un mur de
séparation, recommençait sur-le-champ son nocturne
voyage labyrinthique, sans vides ni repos. La voici qui
arrive dans un terrain vague, une sorte de banlieue,
avec quelques silhouettes de constructions provisoires.
Elle est la seule à être habillée au milieu d'une foule de
gens tout nus, tous debout, leurs corps entassés l'un
contre l'autre sans espace pour respirer. Et bien que
personne ne semble faire attention à elle, elle a honte
d'être habillée. Tous ces gens semblent aveuglés, avec
des visages plâtreux et figés dans une absence de
regards et de voix, comme si tout moyen de communi
quer avec eux avait expiré. Elle pleure, si bien que son
sanglot très haut est l'unique son présent; mais

192

précisément parce qu'il est le seul, on dirait qu'elle rit...

... Mais voici que ce rire ne vient plus d'elle ; en réalité, c'est quelqu'un qui, caché, rit d'elle qui est là, seule et aussi droite qu'une marionnette, au milieu de tas de poutres et de gravats. On ne voit personne, mais sous ces tas on entend un fracas comme de milliers de dents en train de mastiquer ; et en dessous de celles-ci la plainte d'un petit enfant qu'elle ne peut pas secourir, bien qu'elle s'y efforce, car ses gestes sont raides, comme si son corps était en bois. Finalement, le rire se confond avec l'aboiement d'un chien : c'est peut-être Blitz qui fouille désespérément pour délivrer Ninnarieddu et Giuseppe. Mais à ce moment-là elle se retrouve dans un local souterrain, où elle est tombée et où retentit une musique assourdissante, horriblement comique, qui la force à danser. Et en dansant elle doit exhiber ses jambes, mais elle tente de les masquer, sachant qu'elle a certaines cicatrices infâmes, qui souillent sa cuisse et son mollet, et à cause desquelles elle va être punie jusqu'à la septième génération...

Dans ces rêves d'Ida se rencontraient des personnages de renommée internationale (Hitler avec ses petites moustaches, le Pape avec ses lunettes ou l'Empereur d'Éthiopie avec son parapluie ouvert) dans une ronde où ils se mêlaient sociablement à ses morts : à sa mère digne sous un chapeau violet, à son père se hâtant, une serviette sous le bras, et à Alfio en partance avec son énorme valise. A tous ceux-ci se mêlaient des personnages à peine entrevus dans le passé : un type qu'on appelait *Fischiettu* et un autre surnommé *Monumentu* (« Sifflet » et « Monument » en dialecte calabrais). Et au milieu de cette foule revenait, Dieu sait pourquoi, avec une ridicule et absurde

193

fréquence, un locataire actuel de l'Escalier B, surnommé *Il Messaggero,* parce qu'il avait, autrefois,
travaillé comme typographe à ce journal. C'était un
homme âgé, atteint de la maladie de Parkinson, qui, de
temps en temps, faisait son apparition dans la cour,
soutenu par sa femme ou par ses filles. Il avançait par
à-coups et en tremblotant, hébété et sans expression
comme un pantin, et dans la réalité, Ida, quand elle le
rencontrait, évitait par pitié de le regarder ; alors que,
en revanche, le rêve le photographiait pour elle en
pleine lumière, avec une précision scientifique... Et des
élèves, des collègues et des supérieurs de son école, des
visages familiers ou à peu près inconnus et glacés dans
sa mémoire, peuplaient par myriades les nuits d'Ida.
Le seul absent, c'était son amant allemand : ni alors,
ni ensuite, celui-ci ne reparut jamais dans les rêves de
sa maîtresse d'un jour.

De plus en plus souvent, au fur et à mesure que
passaient les mois, retentissaient les alertes nocturnes
des sirènes : alertes que suivaient, d'ordinaire, quelques instants plus tard, des vrombissements d'avions
dans le ciel. Mais c'étaient toujours des appareils de
passage, se dirigeant ailleurs ; et les nouvelles d'autres
villes italiennes bombardées n'arrachaient pas les
Romains à leur confiante passivité. Convaincus que
Rome était une ville sainte et intouchable, la plupart
d'entre eux laissaient passer alertes et fracas sans
bouger de leurs lits. Et Ida elle aussi s'était depuis
longtemps conformée à cette habitude ; mais, chez elle,
les alertes amenaient tout de même un certain bouleversement.

De celui-ci le premier responsable était Blitz que le

194

son des sirènes mettait toujours dans tous ses états ; et du salon-studio où il était enfermé, il adressait un appel fébrile et ininterrompu à sa famille et, en particulier, à son maître Ninnarieddu, qui n'était pas encore rentré à la maison... Ce n'était qu'après le signal de fin d'alerte qu'il se calmait enfin, se remettant à attendre en silence son cher Ninnarieddu... Mais pendant ce temps, Giuseppe lui aussi s'était réveillé de son côté. Et ayant peut-être confondu la voix des sirènes avec le chant des coqs ou avec quelque autre signal annonçant le jour, et le réveil nocturne de Blitz avec un réveil matinal, il supposait déjà venue l'heure de se lever, s'entêtant dans cette illusion.

Alors, Ida, se dressant à demi hors des draps, lui chantait de nouveau pour l'inciter à se rendormir, la fameuse berceuse chantée jadis à elle-même par son père et ensuite à Ninnarieddu : avec cette variante finale adoptée pour l'occasion :

> « ... et on achètera des petits souliers
> pour danser à San Giuseppino. »

Mais la berceuse de San Giuseppino ne suffisait pas toujours à rendormir Giuseppe. Certains soirs, quand ils en étaient arrivés au dernier vers, il lui demandait, insatiable, de lui chanter de nouveau la chanson tout entière depuis le début : et après celle-ci, il en réclamait parfois d'autres, les lui suggérant lui-même : « Man, *la dorange* » (la chanson de l'orange) ou bien : « Man, *navi* » (la chanson du bateau). C'était un petit répertoire calabrais en dialecte très ancien, transmis à Ida par son père. Et, malgré sa fatigue, elle prenait plaisir à ce petit théâtre où elle pouvait s'exhiber comme une véritable chanteuse admirée, repoussant en même temps l'heure de ses rêves nocturnes. A demi assise dans son lit, ses cheveux défaits pour la nuit, elle répétait docilement, à la demande :

« ... Oranges de mon jardin... »
« Et vire, et virevolte le navire... »

Elle avait la voix naturellement si fausse qu'elle ne faisait pas la moindre différence entre les notes de l'une et de l'autre mélodie. Elle les mettait toutes en musique de la même manière, en faisant une sorte de psalmodie aigre et enfantine, aux cadences stridentes. Et à cause de cela elle n'osait plus chanter en présence de Ninnarieddu, lequel maintenant, devenu grand et personnellement assez bon chanteur, ne voulait même pas l'entendre, à tel point qu'il l'interrompait sur-le-champ par des chuts, des sarcasmes ou des coups de sifflet, aussitôt que, vaquant aux soins du ménage, elle esquissait involontairement un air quelconque.

Giuseppe, par contre, encore inexpérimenté et simple, ne la critiquait pas pour sa voix fausse. Et, du reste, toute musique, pour Giuseppe, était un plaisir ; mêmes les notes déchirantes des radios dans la cour ou le carillonnement des trams. N'importe quelle musique vulgaire se muait pour ses petites oreilles en fugues et en variations d'une extraordinaire fraîcheur antérieure à toute expérience. Et même de simples sons isolés (comme les couleurs) résonnaient en lui avec toutes leurs harmoniques, envoyant à son intention extatique jusqu'à leurs murmures les plus secrets... Quand, ensuite, son frère Nino (de sa jeune voix qui maintenant se timbrait) chantait à la maison ses chansonnettes et ses chansons canailles, il le suivait, haletant et ravi, à chaque pas : comme le faisait, dans la fameuse historiette, son homonyme Peppe derrière la fanfare royale !

Mais plus encore peut-être que par les notes de musique, Giuseppe était fasciné par les paroles. On comprenait que pour lui les paroles avaient une valeur sûre, comme si elles n'avaient fait qu'un avec les choses. Il lui suffisait d'entendre par hasard le mot *chien,* pour rire à gorge déployée, comme si tout d'un coup la familière et comique présence de Blitz avait été là remuant la queue sous ses yeux. Et même il arriva parfois que dans un mot il pressentît déjà la propre image de la chose, même si celle-ci lui était inconnue, au point de la reconnaître à la première rencontre. Un jour, voyant pour la première fois de sa vie, une image représentant un bateau, il s'écria, dans un frémissement de découverte : « *Navi ! Navi !* »

Grâce à ses promenades avec son frère, la famille des choses s'était enrichie pour lui, s'étendant à de nouveaux embranchements naturels. Les meubles et les ustensiles de ménage étaient des maisons, des trains. Les serviettes, les chiffons et aussi les nuages étaient des *dapeaux* (drapeaux). La lumière des étoiles était de l'herbe, et les étoiles elles-mêmes étaient des fourmis autour d'une petite mie de pain (la lune).

Il tendait la main vers le chromo de l'*Hôtel des îles Borromées* et vers les autres qui décoraient le salon, disant, transporté : « Place... zens... » Et il avait appris à reconnaître son frère dans le grand portrait accroché au mur : devant lequel il nommait Ino à voix basse, avec perplexité et ravissement, tel Dante contemplant les figures sculptées dans le rivage.

Maintenant, quand on lui demandait son nom, il répondait gravement : « Useppe. » Devant une glace, il disait en se reconnaissant : « Useppe. » Si bien que

197

finalement, non seulement son frère, mais aussi sa mère s'habitua à l'appeler par ce prénom inédit. Lequel ensuite lui resta pour tout le monde et toujours. Et moi aussi, dorénavant, je l'appellerai Useppe, car c'est le prénom que je lui ai toujours connu.

Depuis la fermeture des écoles, ses promenades avec Nino avaient pris fin. Car le matin, Nino, étant rentré tard dans la nuit, dormait jusqu'à midi. Mais sa mère s'était décidée à l'emmener parfois (choisissant les heures convenables) jusqu'à un pauvre et solitaire jardinet pas trop éloigné. Elle le prenait à son cou, essayant de se cacher le visage avec le petit corps de son fils : apeurée, comme si durant le trajet on avait risqué de rencontrer le grand méchant loup. Et quand ils étaient arrivés au jardinet, pendant qu'il jouait par terre, elle restait en alerte, assise sur le bord du banc, prête à s'éloigner, intimidée, si quelqu'un s'approchait.

Mais ces promenades avaient lieu pour la plupart au début de l'après-midi, quand la canicule chasse des rues tous les êtres vivants ; et une seule fois, il arriva qu'une intruse vint traîtreusement s'asseoir sur le banc à côté d'elle. C'était une petite vieille, si rabougrie et ridée que, comme les papyrus des sables, elle semblait désormais destinée à l'immortalité terrestre. Et elle avait l'air d'une mendiante, mais elle devait trafiquer au marché au poisson, à en juger par l'âcre odeur de poisson séché qui émanait non seulement de son cabas mais aussi des nombreuses jupes qu'elle portait superposées à la manière des bohémiennes et qui semblaient en être imprégnées jusqu'en dessous, dans chaque pli. Elle regarda Ida et demanda : « Il est à vous ? » Et pendant qu'Ida la regardait d'un air peu sociable sans répondre, elle observa pour son compte avec une compassion cruelle :

« Pauvre gosse. Il est trop vivant pour être aussi petiot. Il vivra pas longtemps en ce monde. »

Puis, se tournant vers lui, elle lui demanda : « Comment tu t'appelles ? » Avec son sourire confiant, il lui répondit :

« Useppe. »

« Ah, Peppino. Moi aussi j'avais une gosse comme toi, juste aussi petiote, et qui s'appelait aussi Pina. Elle aussi avait les yeux vifs comme toi, mais noirs. »

Et tirant de sous ses jupes une noix qui puait le poisson séché, elle la lui laissa en cadeau. Là-dessus, elle rentra la tête dans ses petites épaules décrépites, disant : « Il fait froid ici à l'ombre. » (On était en juillet et la température était de trente-six degrés.) Et tel un lézard à la recherche de la canicule, elle s'en alla en trottinant comme elle était venue.

Une autre fois, dans ce même jardinet, alors qu'il était assis, comme d'habitude, sur le gravier poussié-reux, Useppe, à la couleur d'un maillot de corps, crut reconnaître son frère dans un jeune gars qui passait sur le trottoir d'en face. Alors, comme soulevé par une flambée d'allégresse, criant : « Ino ! Ino ! » il se mit soudain debout dans la direction de cette vision et fit quelques pas tout seul ! Et comme Ida, ayant peur de le voir tomber, se précipitait pour l'aider, lui qui, entre-temps, s'était aperçu de son erreur, lui montra un visage étonné et amer, celui d'un pèlerin du désert qui aurait suivi un mirage : sans même se rendre compte, dans le choc de sa double émotion, qu'à ce moment, il venait, sans l'aide de personne, de faire les premiers pas de sa vie.

Depuis lors, un jour apres l'autre, à peu près entièrement seul, il apprit à marcher. Et ses explorations à domicile prirent une nouvelle et enivrante dimension. Souvent il se heurtait aux meubles ou tombait ; mais il ne pleurait jamais, quoique, assez fréquemment, il se fût fait mal, si bien que son corps, tel celui d'un héros, portait les cicatrices de ses exploits. Quand il tombait, il restait un instant par terre sans rien dire ; puis il poussait un petit grognement et se relevait ; et au bout d'un moment, il riait, aussi content qu'un moineau qui rouvre ses ailes.

Ninnarieddu lui fit cadeau d'une minuscule balle jaune et rouge, lui expliquant que c'étaient là les couleurs de la *Roma* (l'équipe de football de Rome) et qu'en conséquence cette balle elle aussi s'appelait Roma. C'était là le seul et unique jouet qu'il possédât, en plus de la noix que lui avait donnée la petite vieille et que lui-même aussitôt exclut jalousement du nombre des denrées comestibles, l'estimant une noix à part et spéciale. A la maison on appelait cette noix *Lazio* (l'équipe du Latium), pour ne pas la confondre avec la petite balle *Roma ;* et entre Useppe, *Roma* et *Lazio* se disputaient d'authentiques matches, auxquels participait souvent Blitz, et, les jours les plus fastes, Nino lui-même.

Ce dernier, à la vérité, était devenu plus que jamais vagabond ; et les quelques heures qu'il passait à la maison, il dormait la plupart du temps, si béatement que même ces continuels tournois familiaux ne troublaient pas son sommeil. Ses nuits, à ce qu'il déclarait, étaient toutes consacrées à une sorte de service de patrouille exécuté par des avant-gardistes, tous, comme lui, sélectionnés et volontaires, pour veiller à l'observation des règlements de guerre et, en particulier, à celle du black-out. Chaque fois qu'une clarté prohibée filtrait d'une fenêtre quelconque ou d'un interstice quelconque, ils criaient en chœur de la rue le menaçant avertissement : « Lumière ! Lumière ! » Et à ce propos, il racontait qu'il s'amusait à crier au lieu de *luce* (lumière) : « Duce ! Duuce ! » exprès, profitant de la rime entre les deux mots, sous les fenêtres (en réalité soigneusement occultées) de son professeur de grec, suspect d'antifascisme.

C'était la plus inoffensive des diverses prouesses, mi-bouffonnes mi-brigantesques, dont il se vantait alors ; lesquelles pouvaient, néanmoins, être aussi, en partie, des bobards. Bien réel, en tout cas, était le plaisir qu'il avait à vagabonder par ces nuits de ténèbres, voire tout seul, sans but ni programme : surtout durant les alertes, quand les interdictions et la prudence chassaient tout le monde des rues. Alors, la ville déserte lui plaisait, devenant pour lui une arène où il toréait, excité par le mugissement des sirènes et le vrombissement des avions, se moquant du règlement général. Comme dans un match, il s'amusait à échapper, grâce à son agilité, à la surveillance des patrouilles en armes, que parfois il défiait en sifflotant des chansonnettes aux carrefours des rues. Et quand il était las de déambuler, il allait s'asseoir sur un pilier ou sur les degrés d'un monument, pour fumer une cigarette dont il tendait l'extrémité allumée vers le ciel, exprès, au passage des escadrilles d'avions ; insultant à voix haute ces pilotes invisibles avec les plus ignobles gros mots du vocabulaire romain ; et concluant : « Et maintenant, tire ! bombarde-moi ! allez, quoi, tire ! »

En réalité, maintenant, une sorte d'exaspération s'était emparée de lui, et il commençait à en avoir assez d'être encore en train de faire l'exercice, de jour, avec les manipules et les escouades de gosses. Il eût vraiment aimé que l'un de ces pilotes de nuit réponde, comme dans une bande dessinée d'aventures, à la provocation de sa cigarette allumée en atterrissant avec son parachute, là, devant lui, pour engager un combat corps à corps. Ou que vraiment la menace en suspens de ces nuits se matérialisât, devenant un taureau furieux contre lequel faire preuve d'audace et d'invulnérable je-m'en-foutisme. Bondissant autour de lui, lui passant entre les pattes, volant au-dessus de lui et le piquant de toutes parts ; et ne lui laissant pas de répit, et passant devant lui comme un éclair, et réapparaissant presque simultanément des deux côtés, au point de se multiplier à ses yeux et de le rendre fou, comme s'il avait pour adversaire non point un seul Nino mais cent. Et dans cette ronde de sa folie lui transpercer la poitrine ; et devant sa carcasse agonisante et ensanglantée redevenir un seul : Moi, Ninnarieddu, l'Indemne, l'As de la Corrida !

Ceci, naturellement, n'est qu'une reconstruction partielle des mystérieux vagabondages de Ninnarieddu ces nuits-là ; et je serais incapable d'en dire plus long sur eux. C'est un fait que ce n'était que par intervalles — et non toujours, comme il le prétendait chez lui — qu'il se trouvait effectivement de faction ou en reconnaissance dans les rues de la ville avec son groupe de camarades en uniforme. C'était là, de fait, à ce que j'en sais, un service d'ordre spécial et honorifique qui était assigné à tour de rôle, comme une distinction. Et ce fut précisément en l'une de ces occasions que l'avant-gardiste Nino eut l'idée de l'une de ses prouesses historiques personnelles et la mit à exécution. Prouesse qui, forcément, à l'époque, fut tenue secrète par lui, et demeura même l'un des mystères de Rome !

Il semble que, durant une série de nuits, échut à son escouade la garde de la zone située autour du Vittoriano (le Monument à Victor-Emmanuel), précisément à proximité du Palazzo Venezia, où dans une salle dite *de la Mappemonde* le Duce avait son bureau. Avant la guerre, on voyait toujours éclairée la vaste fenêtre du Duce donnant sur la place, cela pour apprendre au peuple que le Duce (appelé aussi l'*Infatigable*) était là, en train de travailler sans interruption, telle une Vestale perpétuelle, qui, pendant que, la nuit, tous dorment, ne dormait jamais. Mais depuis que la guerre avait éclaté, à cause de l'occultation réglementaire, cette grande baie était noire. La nuit, dans ces rues, tout était noir. Les noires ténèbres fourmillaient de noirs policiers, et Ninnarieddu lui-même avait une chemise noire, un pantalon noir, un calot noir, etc. Or, l'une de ces nuits, Nino, Dieu sait de quelle manière, réussit à s'écarter et à gagner seul l'arrière de ces palais historiques, tel un brigand faisant une incursion au centre du monde : et il portait, caché sur lui, un pot de peinture noire et un pinceau ! Et furtivement, à toute vitesse, il traça en grandes lettres sur le mur l'inscription suivante :

VIVE STALINE

Non parce que Staline lui était sympathique : et, même, à cette époque, ledit Staline lui semblait être l'ennemi principal. Mais comme ça, par défi. Il se serait pareillement amusé à écrire VIVE HITLER sur les murs du Kremlin.

Ensuite, une fois la chose faite, il s'esquiva rapidement, ravi de se figurer l'effet qu'allait faire son œuvre d'art, se détachant sur le mur aux premières lueurs de l'aube.

L'hiver 1942-1943 (troisième hiver de guerre à Rome) fut sinistre et famélique. Ida continuait de se livrer à ses occupations habituelles dans un état de torpeur dû en partie à son alimentation insuffisante et en partie à certains somnifères qu'elle s'était mise à utiliser quotidiennement depuis l'été dernier. Par leur composition ils n'étaient pas très différents de ceux qui l'avaient aidée à surmonter, dans le passé, ses crises enfantines ; mais à présent ils avaient comme effet de lui procurer quelque repos pendant ses nuits épuisantes. Grâce à ces médicaments qu'elle prenait après le dîner, chaque soir, maintenant, à peine couchée ou presque, elle sombrait dans un long sommeil apparemment vide de rêves.

En réalité, je crois, moi, qu'elle rêvait ; mais les choses qu'elle rêvait se déroulaient dans un double fond hermétiquement clos de son imagination, inaccessible à sa conscience. Et cette sorte de dédoublement se prolongeait ensuite pour elle dans la veille, pendant toute la journée suivante, dans cet état de torpeur qu'elle traînait avec elle une fois la nuit finie. Il y avait une Iduzza absente, ahurie et comme extatique, qui assistait aux activités de l'autre Iduzza : laquelle bondissait à la sonnerie du réveil, allait et venait, se rendant à son école ou à des leçons particulières, faisant la queue devant les magasins, prenant le tram ou arpentant le quartier, tout cela selon des normes fixées à l'avance... Mais cette seconde Iduzza, bien que ç'ait été elle qui agissait, était, bizarrement, la plus fantomatique des deux ; comme si celle-ci, plutôt que l'autre, avait appartenu à la nature ambiguë de ces rêves nocturnes qui lui échappaient mais qui peut-être ne cessaient pas de la meurtrir.

Depuis qu'Useppe était né, dans la crainte de rencontrer la vieille Ézéchiel (instruite maintenant de son secret scandaleux), elle avait quelque peu raréfié ses visites au Ghetto. Elle s'y rendait seulement sous la pression de certaines contingences économiques extrêmes, dans le but d'y vendre un quelconque ustensile de ménage usagé. Mais c'étaient des visites rapides et quasi clandestines, d'autant plus que pour les Juifs même leur antique métier de brocanteurs était maintenant prohibé et qu'ils devaient l'exercer en cachette. Elle n'avait plus l'occasion au cours de ces équipées de rencontrer Vilma, ni de converser ou de bavarder. La seule source de renseignements politiques d'Iduzza était tarie.

Et ainsi, les dernières nouvelles de la guerre (à peine voilées par ses réticents collègues à l'école) lui parvenaient principalement par le canal de la propagande de Nino. En Afrique, en Russie, les Nazis-Fascistes se retiraient désastreusement. Mais ces retraites, à ce qu'en disait Nino, n'étaient qu'un truc imaginé par les Commandants du Reich pour la grande réussite de la surprise finale : l'Arme secrète !! Celle-ci, que Nino, selon sa fantaisie du jour, appelait l'Arme X, Z ou H, était en cours d'achèvement en ce moment dans les usines souterraines de la Silésie et de la Ruhr, et bientôt (peut-être pas plus tard que le printemps prochain), elle serait prête. Annoncée par l'alerte universelle de toutes les sirènes, elle allait terminer en un instant la guerre par la victoire définitive du Reich et l'avènement de sa domination sur tous les peuples.

En quoi, du reste, pouvait consister et comment pouvait agir cette machine sublime, c'était précisément un secret réservé aux seuls Chefs : encore que, néanmoins, Ninnarieddu ait laissé entendre par le ton sur lequel il en parlait, que lui aussi le connaissait, le tenant caché sous sa chevelure bouclée, mais s'abstenant naturellement d'y faire allusion chez lui, car il s'agissait d'un secret militaire.

Certains jours d'ennui seulement, il daignait communiquer triomphalement que le Haut Commandement du Reich avait adressé un ultimatum aux pays ennemis : ou reddition totale et inconditionnelle, ou, dans vingt-quatre heures, l'éclatement de l'Arme X. Mais les populations ne devaient rien savoir avant l'heure H : ce devait être une surprise pour elles. Et alors, pour donner une imitation du prochain éclatement, Ninnuzzu se mettait à produire avec ses lèvres ces bruits indécents, d'une bouffonnerie agressive, qui reçoivent des noms différents selon les régions, mais dont les gosses de toutes les régions semblent s'enivrer.

A la vérité, sa hâte n'était pas que la guerre finisse, mais, plutôt, qu'elle commence aussi pour lui. Il lui semblait injuste d'être encore privé de cette occasion aussi exceptionnelle que formidable : relégué, tel un paria, dans la catégorie des imberbes.

Et cela d'autant plus qu'actuellement il n'était plus un imberbe : il affectait même de se faire la barbe tous les jours, utilisant pour cette opération un vrai rasoir de barbier, à longue lame d'acier : qui était, du reste, plus précisément, ce fameux petit couteau à multiples usages laissé à Ida par le soldat Gunther.

Depuis longtemps déjà Ninnuzzu l'avait déniché dans le coffre, un jour où il fouillait la maison à la recherche d'objets et de débris en fer ou en tout autre métal à offrir à la patrie (selon l'invitation du Régime à la population pour la fabrication des armes de guerre). Et croyant sans doute que c'était là un bien n'appartenant à personne, arrivé là Dieu sait quand et comment, il s'en était emparé sans en référer à sa mère ; mais au lieu de l'offrir au gouvernement, il l'avait gardé pour lui.

Il arriva un matin qu'Ida, pendant qu'il se rasait, vit ce rasoir briller entre ses doigts, et comme, dans une réminiscence instantanée il lui semblait le reconnaître, elle se sentit pâlir ; mais elle négligea d'enquêter sur cette réapparition inquiétante, pour l'oublier aussitôt, comme ses rêves.

Ce petit couteau accompagna ensuite plusieurs jours encore Ninnuzzu dans ses aventures suivantes : jusqu'au jour où il lui fut volé, à moins qu'il ne l'ait tout simplement perdu.

... 1943

Janvier-Février

En Russie, l'écroulement du front du Don, enfoncé par les Soviétiques, marque la fin catastrophique du corps expéditionnaire italien. Contraints par les chefs nazi-fascistes à une résistance impossible et puis abandonnés au massacre, sans ordres, ni moyens, ni direction, les soldats de la C.S.I.R. et de l'A.R.M.I.R. finissent perdus et ensevelis dans la steppe glacée.

Sur la Baltique, au bout de dix-sept mois de siège, l'Armée Rouge libère Leningrad. Le nombre de civils morts pendant le siège est de 630 mille.

A Stalingrad, reddition définitive des Allemands ayant survécu dans la ville encerclée par les forces russes et qui n'est plus qu'un amoncellement de cadavres. (Le 2 février, à 14 h 46 : *A Stalingrad plus le moindre signe de résistance.*)

En Afrique du Nord, les colonies italiennes de Tripolitaine et de Cyrénaïque, abandonnées par les Italo-Allemands, sont soumises à l'administration militaire alliée.

La résistance yougoslave contre les occupants de l'Axe s'étend à la Grèce et à l'Albanie.

On communique des États-Unis que l'on compte plus de 4 millions de femmes parmi les ouvriers des usines de guerre.

En Allemagne, une ordonnance oblige à travailler pour la défense du territoire tous les Allemands du sexe masculin, âgés de 16 à 65 ans, et les femmes de 17 à 45 ans.

Mars-Juin

En Italie, pour la première fois depuis l'avènement du fascisme, a

211

lieu une grève ouvrière. Cette grève, déclenchée par les travailleurs de la Fiat de Turin, va s'étendre aux autres industries du Nord. L'organisation clandestine des partis opposés au régime s'intensifie, le parti communiste manifestant une particulière activité.

A Varsovie, au terme d'une révolte désespérée des survivants prisonniers du Ghetto, les occupants nazis incendient et rasent au sol ce quartier.

Fin de la guerre en Afrique, avec la reddition définitive de l'Axe aux Alliés, qui ont maintenant la route ouverte vers l'Italie.

La tactique navale américaine l'emporte dans le Pacifique sur les Japonais, lesquels subissent une série de défaites.

Comme preuve que l'U.R.S.S. renonce à ses plans de révolution mondiale et en faveur de la coalition avec les Puissances occidentales, Staline dissout le Komintern.

Juillet-Août

Nouvelles défaites des Panzerdivisionen sur le front soviétique et débarquement en Sicile des troupes alliées qui occupent rapidement l'île. A Rome, les *gerarchi* (dirigeants du parti fasciste) concertent l'expulsion du Duce dans l'intention de traiter avec les Alliés pour sauvegarder leurs propres intérêts. Projet analogue de la part du roi, pour sauver sa couronne. Réunion du Grand Conseil fasciste, où, pour la première fois dans l'histoire de cette institution, la majorité vote contre le Duce. Le recevant à la Villa Savoia, le roi annonce au Duce qu'il est révoqué et le fait arrêter à la sortie par les carabiniers. Après divers transferts, le prisonnier est conduit sous bonne escorte dans une localité isolée du Gran Sasso.

A la place du Duce destitué, le roi embauche Badoglio, général monarchiste du Régime et conquérant d'Addis Abeba ; lequel proclame simultanément la fin du fascisme et la continuation de la guerre aux côtés des nazis, ordonnant aux troupes et à la police de réprimer férocement toute tentative d'insurrection populaire. Cependant, le général et le roi traitent secrètement d'un côté avec les Alliés et de l'autre avec les Allemands.

La fin de la dictature est fêtée dans toute l'Italie, cependant que de forts contingents hitlériens se massent à la frontière, prêts à intervenir dans la péninsule.

Septembre-Octobre

Signature de l'armistice avec l'Italie, annoncée par la radio alliée. Le roi d'Italie, le gouvernement et l'état-major s'enfuient vers le sud déjà occupé par les Alliés, abandonnant à leur sort l'armée, Rome et le reste de l'Italie. Sur l'ordre du Führer, le prisonnier Mussolini est libéré par une formation de parachutistes hitlériens qui atterrissent sur le Gran Sasso à bord d'hélicoptères. Avec à sa tête Mussolini et sous le contrôle de Hitler la République nazi-fasciste de Salò est fondée dans le nord de l'Italie.

Débandade de l'armée italienne aussi bien dans la péninsule que dans les territoires occupés par l'Axe, où les détachements italiens sont massacrés par les Allemands ou déportés en Allemagne pour les travaux forcés dans l'industrie de guerre. Ceux qui réussissent à fuir cherchent refuge vers le sud de l'Italie ou rejoignent les bandes locales de partisans.

Les Alliés, après un débarquement à Salerne, interrompent leur avance au nord de Naples. Au-dessus de cette ligne, l'Italie tout entière est sous l'occupation militaire allemande. Des groupes de résistance armée contre les occupants commencent à se former, en particulier dans le Nord.

Par le truchement de l'ambassade d'Espagne, le gouvernement royal et badoglien du Sud fait connaître qu'il a déclaré la guerre à l'Allemagne, cependant que dans le nord la République de Salò émet des avis d'appel aux armes, en vue de la formation d'une armée nazi-fasciste.

Nouvelles grèves des ouvriers des industries du Nord.

En Italie comme dans les autres territoires occupés, les Nazis procèdent à la « solution finale du problème juif ».

A Moscou, il est décidé de remplacer *L'Internationale,* hymne officiel de l'U.R.S.S., par un nouvel hymne à la gloire de la « Grande Russie ».

Novembre-Décembre

En Italie, sanglantes représailles des Nazis, en collaboration avec les escouades fascistes, qui sont rentrées en action au service des occupants.

Dans les villes et les campagnes du Centre et du Nord, s'organise la résistance armée des partisans, coordonnée par les partis clandestins et spécialement par le parti communiste.

La contre-offensive allemande en Russie s'essouffle. Très violents bombardements sur Berlin. Les *Trois Grands* (Churchill, Staline et Roosevelt) se rencontrent à Téhéran...

Où allons-nous ? où nous emmène-t-on ?
Au pays de Pitchipoï[3].

On part quand il fait encore noir et on arrive quand il fait
   déjà noir.

C'est le pays des fumées et des hurlements.

Mais pourquoi nos mères nous ont-elles abandonnées ?
Qui nous donnera l'eau pour la mort[4] ?

1

Cette année-là, Nino avait beaucoup grandi. Et les formes de son corps se pliaient à cette croissance de façon incohérente, se modifiant sans ordre ni mesure : avec des effets de disproportion et de gaucherie, lesquels, pourtant, vu leur durée passagère, lui donnaient une autre grâce. Comme si les formes de son enfance se révoltaient, dans une lutte dramatique, avant de céder à son impatience de grandir.

Lorsqu'il se regardait dans la glace, il faisait des grimaces furieuses, que contemplait son frère Useppe (qui le suivait toujours) avec un profond intérêt, comme au cirque. Le motif principal de sa colère était son habillement ; tout entier rapiécé et de bric et de broc et que l'impossible compétition avec sa croissance perturbait. Et par dépit, il sortait, certains jours, accoutré de vêtements extravagants : par exemple, un essuie-main sale en guise d'écharpe, une vieille couverture de laine sur le dos et sur la tête un vieux chapeau à demi défoncé de son père : au point de ressembler à un

chevrier ou à un bandit. Et il était même capable de se
présenter au lycée dans ce costume.

Éternellement affamé, il fouillait dans le buffet de la
cuisine et dans les casseroles, en arrivant, tant il était
famélique, à manger les plats avant qu'ils aient fini de
cuire. Un soir, il rentra brandissant comme un éten-
dard et sans même se soucier de le cacher, un énorme
morceau de morue qu'il avait volé, dit-il, Piazza
Vittorio, parce qu'il avait envie de manger de la morue
aux pommes de terre. Ida, épouvantée vu son respect
des lois, refusa de la faire cuire, lui disant de la
rapporter où il l'avait prise ; mais il déclara que si elle
ne la faisait pas cuire, il allait la manger crue tout
entière sur-le-champ. Alors, Ida, telle une martyre, la
fit cuire ; mais elle refusa d'en manger. Et Useppe,
Blitz et lui, ravis, en firent bonne chère.

Ce vol exécuté avec dextérité signifia pour lui la
découverte d'un nouveau divertissement. Un autre
soir, il arriva avec un chapelet de saucisses autour du
cou, et un autre soir encore, avec, sur l'épaule, un
poulet vivant : disant qu'il allait se charger de le tuer
et de le plumer, et qu'Ida le ferait ensuite rôtir. Mais
comme le poulet se révéla immédiatement un animal
aussi comique qu'audacieux (au lieu de s'enfuir, il
chantait, picorait dans la chevelure de Nino comme si
celle-ci avait été de l'herbe, et jouait à cache-cache
avec Useppe et avec Blitz), Nino se prit d'affection
pour lui et ne voulut plus le mettre à mort. Si bien que,
les jours suivants, le poulet resta là comme pensionnaire, menaçant les cafards, ses ailes déployées, sautant sur les lits et faisant des saletés partout. Jusqu'à ce
qu'Ida se décide à l'échanger contre des boîtes de
sardines.

A présent (en plus de la tache d'être, elle, une

institutrice, presque la complice involontaire de lar-
cins), Ida, chaque fois que Ninnuzzu tardait à rentrer,
devenait blême, pensant qu'on l'avait pris en flagrant
délit. Mais il rétorquait avec assurance que dans ce cas
il montrerait le mouchoir noir qu'il portait autour du
cou et sur lequel une tête de mort était imprimée : se
proclamant avant-gardiste du Duce, autorisé à ce titre
à procéder à des réquisitions alimentaires.

Cette saison fut pour Nino une saison exaspérante.
Ce maudit hiver contrariait ses vagabondages diurnes
et nocturnes dans les rues ; et certains soirs, faute aussi
de sous pour aller au cinéma, il était forcé de rester à la
maison et de se coucher de bonne heure. Mais comme
son petit frère et le chien s'endormaient avant lui, seul
et privé même de la compagnie de ses fidèles gnomes, il
ne savait ni où se mettre ni comment se défouler en
attendant l'heure de dormir à son tour. Si bien qu'il en
était même réduit à causer avec sa mère, magnifiant
avec loquacité les scénarios des derniers films qu'il
avait vus, l'ère future du grand Reich ou l'arme
secrète ; cependant qu'elle, assise à la table de la
cuisine, déjà sous l'action de ses somnifères, baissait
ses paupières appesanties et courbait la tête, finissant
par la heurter contre le marbre de la table. Pendant ce
temps, tout en s'abandonnant à son éloquence puérile,
Nino, comme sous l'empire d'une urgence irrésistible
qui voulait s'exprimer par tous les muscles de son
corps, ne restait pas un seul instant immobile. Tantôt
il se mettait à donner des coups de pied dans un chiffon
qui se trouvait sur son chemin, et il dribblait avec
véhémence à travers toute la cuisine, comme sur un
terrain de football ; tantôt il décochait dans l'air des
crochets et des uppercuts, comme sur un ring...
Jusqu'au moment où, après un vain coup de sifflet

adressé à sa mère, ayant la preuve qu'elle dormait, il renonçait à parler tout seul et, maussade, s'en allait dans sa chambre.

Même la lecture de ses petits journaux de sports, de ses romans d'aventures ou scandaleux ne parvenait plus à le distraire ; au contraire, cette lecture augmentait son agitation, attisant son envie d'action ou de faire l'amour. A ce moment-là, certains soirs, il sortait même quand il pleuvait, misant sur la chance de faire la rencontre d'une quelconque compagnie errante, voire celle d'une pauvre petite putain égarée qui, par sympathie pour ses bouclettes, l'accueillerait gratis dans son lit ou qui (si elle n'avait pas de domicile fixe) le suivrait sans mot dire dans l'escalier, jusqu'au sixième étage et jusqu'à son divan-lit. Où Blitz, déjà opportunément dressé pour ce genre d'éventualités, les accueillerait sans émettre un son, les saluant tout juste de la queue.

Mais de telles bonnes fortunes qui lui étaient vraiment échues pendant la belle saison et deux fois aussi aux environs de Noël, se renouvelaient très rarement. En règle générale Nino ne rencontrait que le désert glacé de la pluie et des ténèbres. Et il rentrait seul, trempé jusqu'aux os, pour se coucher le visage dans l'oreiller, furieux de devoir dormir de si bonne heure ! alors que la vie, avec ses couches d'amour de rencontre, ses bombes, ses moteurs et ses massacres, faisait encore rage partout, joyeuse et sanglante !

L'école, maintenant, était devenue pour lui une contrainte insupportable. Et souvent, le matin, en particulier les jours de mauvais temps, après avoir répondu en bougonnant à l'habituel appel d'Ida, une fois celle-ci partie, il se retournait dans les couvertures pour continuer de dormir voluptueusement deux heu-

220

res au moins de plus, sans se soucier de rater un cours. Quand ensuite il se levait (chargé tout entier d'énergies libres et fraîches, et heureux de s'être donné vacances), même les locataires de l'étage en dessous prenaient peur et se mettaient à protester en cognant au plafond avec un balai. Le logement se transformait en un stade, en un cirque, en une jungle. Le plus grand divertissement de la matinée consistait à chercher *Roma* et *Lazio,* fatalement sujettes à disparaître vu la violence des habituels matchs, qui, alors, devenaient une chasse épique. On déplaçait les meubles, on renversait, on explorait, on fouillait, on flanquait tout en l'air : jusqu'au moment, où Blitz débouchait, couvert de poussière, d'une anfractuosité quelconque, tenant entre ses dents les proies retrouvées : exultant et aussi applaudi qu'un champion.

Ces défoulements enfantins n'épuisaient pas mais exaspéraient plutôt la turbulence de Nino, le portant à des excès, comme une tribu excitée par ses propres hurlements. Au milieu de ces championnats déments, il se mettait à parcourir les pièces avec une gaieté furieuse et quasi tragique, imitant les bonds et les rugissements des lions, des tigres et des autres fauves. Puis sautant sur une table, il criait : « Attention ! Tout le monde contre le mur ! Dans trois secondes va sonner l'heure H ! Trois... deux et demi... deux... un et demi... un... HEURE H !!! Heil Hitler ! » avec une vraisemblance si féroce que Blitz lui-même demeurait perplexe et qu'Useppe scrutait l'air, s'attendant à voir apparaître cette fameuse HEURE H qui, pour lui, s'identifiait avec une sorte de *vavion.*

L'après-midi, parfois, comme, persécuté par les bouderies d'Ida, Ninnuzzu s'asseyait à la table pour faire ses devoirs. Mais tout de suite il commençait à bâiller, comme atteint de paludisme. Et tout en feuilletant ses livres, le regard amer, comme s'il n'avait pas su quoi en faire, il déchirait de temps en temps des coins de page et les mâchonnait, les recrachant aussitôt par terre. Finalement, écœuré par ce martyre absurde, il se levait, disant qu'avant de se mettre à travailler, il avait besoin de prendre l'air. Blitz accourait, enthousiasmé par cette décision ; et jusqu'à l'heure du dîner on ne revoyait plus ce couple.

Souvent pourtant, bien qu'à contrecœur, il renonçait à la compagnie de Blitz, afin d'être plus libre de ses mouvements ; et ces mouvements, même s'ils ne consistaient qu'à aller au cinéma ou à prendre le tram, prenaient des apparences menaçantes et infâmes pour l'esprit perplexe d'Ida. Entre autres choses, il était devenu de caractère bagarreur. Un jour, il arriva avec les phalanges de la main droite ensanglantées ; et il dit qu'il avait flanqué une raclée à un type qui avait insulté le Duce. Et comment l'avait-il insulté ? Il avait dit que maintenant le Duce était un petit vieux, de la soixantaine environ.

Une autre fois, rentrant à la maison avec son chandail déchiré, il dit s'être battu par jalousie. Le jaloux, ce n'était pas lui, mais un autre, le fiancé d'une fille, qui était devenu jaloux de lui.

Une autre fois encore, il se présenta à la maison avec un œil au beurre noir. Et il dit qu'il avait affronté tout seul deux individus, et qu'il s'était bagarré à un contre deux. Mais qui étaient ces deux individus ? Est-ce qu'il le savait, lui. C'étaient deux cons qu'il voyait pour la première fois, qui, pendant qu'il passait, son chapeau rabattu sur les yeux et sa couverture sur le dos, s'étaient donnés des coups de coude en disant entre eux : « Vise un peu le Négus ?! »

Cet œil tuméfié (Ida lui ayant refusé de quoi acheter une paire de lunettes noires) lui fut un prétexte pour ne pas se montrer à l'école pendant quelques jours. Mais maintenant, d'ailleurs, ses absences de l'école étaient plus nombreuses que ses présences ; et personnellement, du reste, il se signait lui-même des excuses du nom de sa mère. Au proviseur qui, finalement, l'invita à se présenter accompagné de son père ou de sa mère, accompagné en somme du chef de famille responsable, il expliqua que comme famille il avait seulement un petit frère en bas âge, un chien et une mère veuve (occupée tous les jours en tant qu'enseignante à son école) et qu'en conséquence le chef de famille responsable c'était lui-même. Après quoi, comme le proviseur (homme fanfaron qui, malgré ses cheveux blancs, jouait les jeunes gens et les copains) était un fasciste décoré et, en outre, s'appelait Arnaldo comme le frère de Mussolini, il profita de ce colloque pour lui demander, plein d'espoir, une recommandation afin d'être tout de suite admis comme volontaire pour la guerre. Mais le proviseur lui répondit que, à son âge, jusqu'à ce que la Patrie l'appelle, son devoir de fasciste, pour le moment, était d'étudier ; que l'on ne servait pas la Patrie seulement sur les champs de bataille, mais aussi dans l'enceinte des salles de classe et des usines, etc. Et pour conclure, pressé de se débarrasser de lui, il lui cita la devise du Duce : *Livre et mousqueton,* et le saluant à la romaine, il le congédia.

Alors, après avoir refermé derrière lui la porte du bureau du proviseur, Nino, débordant d'insolence et de rage, se retourna pour saluer cette porte d'un geste obscène.

Le supplice des cours le rendait presque fou. Son banc était trop étroit pour lui, et, sans même s'en rendre compte, à chaque instant il l'ébranlait ou soupirait. De tous les sujets qui étaient traités en classe, il se fichait éperdument : il lui semblait ridicule que des gens se réunissent dans cette salle et y gaspillent d'entières matinées. Et la tentation vraiment physique le prenait de faire irruption sur les bancs, flanquant tout en l'air et se livrant à ses imitations du tigre et du lion, comme il le faisait à la maison. Alors, ne sachant plus comment se délivrer de cette tentation, il feignait tout à coup une toux caverneuse, afin d'être envoyé dans le couloir.

Pour que sa présence dérange moins, ses professeurs l'avaient mis tout seul, tel un réprouvé, à l'un des derniers bancs du fond. Mais occupée par lui, cette demeure solitaire ne semblait plus être un pilori : plutôt la cage individuelle d'un petit coq dans un enclos commun de poussins. Et pour les autres, cet isolement spécial rendait sa présence encore plus excitante : accroissant la complaisance servile et quasi amoureuse que ses camarades éprouvaient en général pour lui.

Lorsque la fantaisie l'en prenait, il était capable, tant il était habile, de mobiliser toute la classe. Ainsi, un matin de sirocco, pour faire diversion à la leçon de grec, il prit à un certain moment l'initiative de déplacer sans en avoir l'air, le poussant avec ses pieds, le banc devant le sien. Et à son signal, précédemment convenu, ses complices l'imitèrent avec un ensemble parfait ; si bien que dans un silence anormal toute la rangée de bancs se mit à avancer, telle la forêt de Dunsinane, vers la chaire de l'enseignant. Lequel, se sentant toujours en faute à cause de ses opinions politiques suspectes, énervé par ses angoisses et à demi halluciné par la faim, montra à ce phénomène un

224

visage blême, comme si, vraiment, pendant un moment, il s'était senti rivé, tel Macbeth, au point marqué par le destin.

Mais ces plus que piètres expédients de lycéen ne suffisaient plus à tromper l'ennui de Nino, ennui qui, vers l'équinoxe de printemps, devint tragique. Pendant les heures de classe, il bâillait continuellement : et quand, faisant preuve de bonne volonté, il réprimait ces bâillements, cet effort le contraignait à grincer des dents ou à faire des grimaces épouvantables. Il lui arrivait involontairement de s'allonger sur son banc comme sur un triclinium ; et réprimandé à cause de cela par le professeur, il prenait en se redonnant une contenance un air sinistre, un air d'assassin dans le fourgon cellulaire.

Ne résistant pas à son envie incessante de fumer et de bouger les pieds, il inventa (comme excuse pour sortir plus souvent de la salle de classe), qu'il souffrait d'une sorte de dysenterie. Et de la sorte il finit par passer une bonne partie de ses matinées scolaires aux cabinets. Où il s'attardait, se fabriquant avec du papier à cigarette et des déchets d'ersatz de tabac ses cigarettes de guerre, les suçant ensuite avec furie et volupté jusqu'à leur mégot qui lui brûlait les doigts. Ensuite, s'il en avait la fantaisie, il s'amusait à dégrader le lieu, en décorant une porte ou un pan de mur avec des dessins anonymes d'une fabuleuse obscénité. Et quand, à sa guise, il rentrait en classe (comme aussi déjà en en sortant auparavant), il ne se donnait pas la peine de jouer son rôle de malade ; mais, au contraire, il avait un air fier et anarchiste. Si bien que ses camarades le regardaient avec des coups d'œil rigolards d'admiration et de tacite complicité.

Un de ces jours-là, durant une pause, le proviseur le

225

fit appeler pour le prévenir que si le lendemain il ne se présentait pas accompagné de sa mère, il ne serait pas admis en classe. Il dit : Très bien, et il rentra en classe. Mais, à peine rentré, il se repentit aussitôt d'être là ; et il invoqua l'habituel motif de sa maladie pour se faire e..voyer dehors. Mais cette fois-ci, en quittant la classe, au lieu de se diriger vers les cabinets, il descendit l'escalier et, passant devant la loge du concierge, il dit : *Permission spéciale !* avec un tel air mauvais que le concierge lui-même en eut peur et n'osa pas discuter. Comme le portillon était fermé, il l'enjamba. Et aussitôt dehors, il pissa contre le mur d'enceinte : adressant ainsi à l'école son ultime adieu.

Le soir même, il annonça à Ida que, maintenant, il savait tout ce qu'il fallait savoir et interrompait ses études. D'autant que bientôt il allait devoir les interrompre tout de même pour faire la guerre. Et puis, une fois la guerre finie, on en reparlerait.

Cette nouvelle eut le pouvoir de tirer pendant quelques minutes Iduzza de son apathie vespérale et, même, de réveiller certaines de ses ambitions suprêmes. Au fond, sa première idée, quand Ninnuzzu était petit, aurait été de le voir devenir un grand professeur, un savant, un homme de lettres ou, en somme, quelqu'un d'important exerçant une profession libérale ; mais il lui restait, de toute manière, le désir auquel elle ne pouvait renoncer d'en faire un diplômé. Nulle autre dépense ne lui semblait aussi nécessaire ; si bien que, dernièrement, pour ne pas entamer, du moins, le fameux trésor caché dans son corset, elle s'était défaite de ses petits bijoux, de divers meubles et de tout autre objet vendable : jusqu'aux matelas de laine qu'elle avait échangés contre d'autres en kapok et contre quelques kilos de pâtes.

226

A l'annonce catastrophique de Nino, elle parut carrément s'enfler jusqu'aux cheveux, comme certains petits animaux sans défense quand ils prennent un aspect terrifiant. Comme d'habitude, en une pauvre et bouffonne exhumation de sa mère Nora, elle retrouva sur ses lèvres les tragiques invectives des enfants de Sion contre Tyr ou Moab... Et tout en se livrant à ces violences verbales et à ces lamentations, elle se heurtait çà et là dans la cuisine, comme espérant que du manteau de la cheminée ou de sous l'évier surgisse devant elle une quelconque forme d'alliance ou d'aide... Mais il n'y avait rien à faire : elle était seule à combattre contre Nino. Et ses protestations faisaient sur lui plus ou moins l'effet que ferait la voix d'un grillon ou d'une grenouille sur un pistolero chevauchant dans la pampa.

Ses rares interventions dans le monologue obstiné d'Ida étaient seulement pour lui dire d'une voix conciliante : « Oh, quoi, m'man, t'as pas bientôt fini ? » jusqu'au moment où, finalement, donnant quelques signes d'impatience, il s'en alla dans le salon-studio. Et Ida le suivit.

Alors, exaspéré, il se mit à chanter comme un chœur immense, pour ne plus l'entendre, les hymnes fascistes ; improvisant sur eux, pour aggraver les choses, des variantes obscènes. A cela, comme c'était prévisible, la peur anéantit Ida. Dix mille policiers imaginaires jaillirent de son cerveau dans cette chambre explosive, cependant que, de son côté, Nino, fier de son succès, entonnait même *Bandiera rossa* (Drapeau rouge)... Et l'accompagnement de Blitz ne pouvait manquer : Blitz qui, déconcerté par ce dialogue inégal, poussait des aboiements fous et éperdus, comme s'il avait vu deux lunes dans le ciel.

« ... assez. Va-t'en donc... à la guerre... où tu voudras... » se mit à répéter Ida, à l'écart, la gorge sèche. Sa voix était à peine un murmure. Et titubant comme une petite ivrognesse, elle se laissa choir sur une chaise.

Cependant, Useppe, tiré de son premier sommeil par ce vacarme et n'arrivant pas, vu sa petite taille, à la poignée de la porte, criait, alarmé : « Man ! Ino ! Aièèè ! » Sur-le-champ, Nino, heureux de cette diversion, alla le libérer ; et pour se remettre de cette scène déchirante avec sa mère, il se livra aux jeux habituels avec son frère et le chien. Une gaieté merveilleuse se déchaîna dans les pièces. Cependant qu'Ida, rendue muette sur sa chaise, se mettait à écrire, le laissant ensuite bien en vue sur le guéridon de son fils, le message suivant :

> Nino !
>> entre nous tout est fini !
>> Je le jure !
>>> ta mère.

A cause du tremblement de son poignet, les lettres de cet écrit étaient tellement de guingois et tellement biscornues qu'on eût dit l'œuvre d'une élève de dixième. Le matin suivant, ce message était encore là où elle l'avait laissé et le divan-lit était intact et vide. Nino, cette nuit-là, avait découché.

A dater de ce soir-là, Nino passa assez fréquemment les nuits dehors, on ne savait ni où ni avec qui. Vers le début de la troisième semaine, il disparut une fois pendant deux jours, en compagnie de Blitz. Et Ida se demandait, apeurée, dans son impuissance, si elle devait se résoudre à aller le chercher dans les hôpitaux ou, même (menace pour elle la plus horrible de toutes) à la Police ; quand elle le vit reparaître, suivi de Blitz, joyeux et tout entier vêtu de neuf. Il portait un ciré noir doublé de bleu, une chemise bleu ciel et un pantalon en fausse flanelle, au pli bien repassé ; et des souliers neufs, carrément luxueux, à semelles de crêpe. Il avait même un portefeuille (et il l'exhiba d'un air triomphant) contenant un billet de cinquante lires.

Ida observait ces nouveautés, ahurie et inquiète, soupçonnant, sait-on jamais, d'autres vols ; mais Ninnuzzu, devançant toute question, lui annonça, rayonnant tout entier de satisfaction : « C'est des cadeaux ! » « Des cadeaux... et qui te les a faits ? » murmura-t-elle avec hésitation. Et lui, avec une promptitude arrogante et sibylline, répondit : « Une fille ! »

Puis, voyant le visage de sa mère s'altérer à ce mot, il réagit aussitôt, pour rectifier d'un air effronté : « Ben. Une putain ! ça te va ? » Mais comme, à cette réponse plus claire, le visage déjà altéré de sa mère se couvrait carrément de rougeur, il déclara avec animosité :

« Oh, quoi ! Si je te dis *une fille,* tu fais la tête. Si je te dis *une putain,* tu tournes de l'œil. Alors, je te donne à choisir cette autre : *une tantouze !* »

Iduzza qui, en ce qui concerne certains vocabulaires, était plus désarmée qu'une nonnette, le regarda, à cette nouvelle réponse, avec une naïveté inerte, sans comprendre. Mais sur ces entrefaites Useppe était survenu, qui, malgré les assauts passionnés de Blitz, demeurait ébloui à la vue de son nouveau et élégant frère. Comme s'il avait été au Théâtre des Marionnettes, au moment où du haut de la scène descend le Paladin Roland vêtu de son armure d'argent.

Et Ninnarieddu, débordant de bonheur et d'envie de jouer, alla à l'écart avec son petit frère. Avant tout, il lui apprit sur-le-champ un nouveau mot : putain. Et il rit, au comble de la joie, à voir la promptitude avec laquelle Useppe apprit à le répéter, naturellement à sa manière : *tutain.* Maintenant, constatant l'immanquable amusement de Ninnarieddu dès qu'il l'entendait le répéter, Useppe eut la conviction que ce mot était comique en lui-même : si bien que dans la suite, chaque fois qu'il disait *tutain,* il riait déjà personnellement comme un fou.

Après quoi, dans le plus grand secret, son frère lui annonça la merveilleuse nouvelle que bientôt il allait l'emmener balader à vélo à travers Rome tout entière : car dans deux ou trois jours au plus, il comptait être en possession d'un vélo de course qu'on lui avait promis en cadeau. Et laissant en gage à Useppe cette promesse divine, il disparut de nouveau avec sa richesse et sa splendeur, semblable aux fées des contes.

Mais sa promesse de vélo ne fut pas tenue. Après être resté encore deux ou trois nuits sans se montrer, il rentra à pied à une heure incroyable : vers six heures du matin ! alors qu'Useppe dormait profondément et qu'Iduzza, levée depuis peu, encore en chemise et en robe de chambre, préparait sur le réchaud des brocolis pour le repas de midi. Comme d'habitude, il était suivi de Blitz, mais celui-ci paraissait inhabituellement déprimé et tellement à jeun qu'il dévora même un trognon de brocoli froid qu'il trouva à la cuisine. Nino lui-même, bien que vêtu des mêmes habits neufs que la dernière fois, avait un air pauvre, sale et ébouriffé comme quelqu'un qui aurait dormi sous les ponts. Au visage, qui était très pâle, et sur le dos de la main il avait de violentes et cruelles égratignures. Et sans même s'avancer dans les pièces, aussitôt entré, il s'assit sur le coffre de l'entrée : où il resta, muet et l'œil lançant des éclairs, comme sous le coup d'une malédiction.

Aux questions pressantes d'Ida, il répondit : « Fous-moi la paix ! », sur un ton si farouche et si péremptoire que sa mère jugea plus prudent de ne pas insister. Plus d'une heure et demie après, quand elle sortit pour aller à son travail, il était toujours là, dans la même position que précédemment ; avec Blitz qui dormait tristement à ses pieds.

La nuit avait été entrecoupée d'alertes, celles-ci devenues plus menaçantes avec le printemps ; et Useppe, moins matinal que les autres jours, se réveilla à huit heures passées. Quelque chose dans l'atmosphère l'avertit d'une surprise (dans laquelle revenait entre autres à son esprit la vision d'un raid cycliste) ; et vivement, grâce à une périlleuse gymnastique que, maintenant, il exécutait néanmoins en expert, il se laissa glisser tout seul en bas de son petit lit. Un instant plus tard, il faisait son apparition sur le seuil de l'entrée : et à la vue de Nino assis là, sur le coffre, il s'élança immédiatement vers lui. Mais Ninnarieddu lui hurla : « Fous-moi la paix ! » avec une telle fureur brutale qu'il s'arrêta, pétrifié, à mi-route.

C'était la première fois, durant les vingt mois et plus de leur vie en commun, que son frère le traitait mal. Et bien que Blitz, venu tout de suite le saluer, se fût employé, sur ces entrefaites, à le réconforter avec ses râpeux coups de langue et en remuant frénétiquement la queue, Useppe, de stupeur, perdit presque l'usage de ses sens, cloué sur place, le souffle coupé. Avec sur le visage une expression d'amère gravité, tout entière empreinte d'une étrange solennité, comme devant un décret aussi absolu qu'indéchiffrable du destin.

Nino, en faisant le geste de le chasser, fut naturellement amené à jeter un coup d'œil sur lui ; et, même dans cette aube de tragédie, la vue de sa petite personne produisit instantanément sur lui un effet comique. La vérité, c'est qu'Useppe, grâce à la température printanière déjà tiède, ne portait rien d'autre, pour la nuit, qu'un petit chandail de laine ; lequel était si court qu'il le couvrait à peine jusqu'à la taille, le laissant tout nu, à partir du ventre et plus bas, par-devant et par-derrière. C'était là le costume dans lequel il se trouvait à son lever et dans lequel, si personne ne se chargeait de l'habiller, il restait durant toute la matinée et parfois même le reste de la journée. Mais quant à lui, dans son innocence, il circulait ainsi dans la maison avec le même naturel et la même désinvolture que s'il avait été vêtu de pied en cap.

Mais en la présente occasion, ce costume rudimentaire contrastait de façon si curieuse avec l'extrême gravité de son visage que Nino, dès qu'il l'eut aperçu, éclata d'un rire irrésistible. Et sur-le-champ, à ce rire comme à un signal libérateur, Useppe, tout joyeux, une confiance totale lui revenant, Useppe, donc, se précipita vers son frère. « Oh, quoi ! Fous-moi la paix ! » lui enjoignit de nouveau celui-ci, reprenant son air mauvais de caïd : mais il ne lui en donna pas moins, pour le contenter, un petit baiser sur la joue. Vivement, Useppe (si content, maintenant, qu'il avait même oublié le vélo absent) le lui rendit sous la forme d'un autre petit baiser. Et cet instant, dans l'histoire de leur amour éternel, resta l'un de leurs souvenirs les plus chers.

Après l'échange de ces deux petits baisers, Nino éloigna Useppe et aussi Blitz; et s'allongeant sur le coffre, il tomba dans un sommeil carrément sépulcral. Il s'en réveilla vers midi, toujours de la même pâleur farouche : comme si lui était restée dans la gorge une saveur révoltante, qui ne pouvait être ni crachée ni avalée. Et quand Useppe se rapprocha de lui pour lui dire bonjour, Nino, l'air sombre et le sourcil froncé, lui enseigna un nouveau mot : *salope,* qu'Useppe avec son habituel talent, apprit rapidement. Mais même ce nouveau succès didactique fut impuissant ce jour-là à éclaircir l'expression sombre de Nino : si bien que dans la suite Useppe, chaque fois qu'il disait *talope,* prenait l'air grave convenable.

Jusque vers la fin de la semaine (aussi parce que cela lui déplaisait de se montrer dehors ainsi défiguré par ces égratignures), Ninnarieddu, peut-être pour la première fois de sa vie, passa à la maison la majeure partie de son temps, aussi bien de jour que de nuit. Mais son humeur, en devenant casanière, était en même temps devenue insolitement sauvage. Même pour la nourriture il montrait une sombre indifférence, son humeur noire lui ayant aussi gâté sa faim. Et presque continuellement il voulait rester seul, s'enfermant à clé dans sa chambre, laquelle était d'ailleurs la pièce de séjour de la famille : si bien qu'Useppe et Blitz étaient réduits à se défouler dans l'espace exigu du reste du logement. Le manque de cigarettes le mettait hors de lui, et finalement, l'infortunée Iduzza, pour ne pas le voir devenir fou, se rendit parjure et lui paya à fumer, même au prix du marché noir. Mais ces rares cigarettes ne lui suffisaient pas; et pour les faire durer davantage, il mélangeait à leur tabac certains succédanés à base d'herbes puantes. En outre, dans sa

chambre, il avait près de son lit des fiasques de vin, qui
lui procuraient une ivresse mauvaise : à cause de
laquelle il se mettait soudain sur le seuil de la porte,
d'un pas chaloupé comme sur le pont d'un navire dans
la tempête, pour beugler des insultes et des obscénités ;
ou bien pour hurler : Ah, à mort ! A mort !! A mort !!!

Puis arpentant le couloir, il disait qu'il eût voulu
réduire l'univers entier à un seul visage, pour en faire
de la bouillie avec ses poings ; mais que, si par hasard,
c'était un visage de femme, après l'avoir frappé à
coups de poing, il l'enduirait d'une pommade de
merde. Il en voulait même à son Duce, qu'il menaçait
de traitements fantastiques mais, à la vérité, impossibles à répéter. Et il continuait de répéter que de toute
manière, en dépit de cet *enc...* (sic) *de Duce* et de cette
péd... de Führer, lui, Nino, il irait tout de même à la
guerre pour la leur mettre dans le... à tous les deux. Il
disait que Rome puait et l'Italie aussi ; et que les
vivants puaient encore plus que les morts.

Durant ces monologues infâmes qu'elle qualifiait
pauvrement de *scènes triviales*, Iduzza, terrifiée, se
réfugiait dans sa chambre, se bouchant les oreilles avec
ses deux paumes pour ne pas entendre. Cependant
qu'oublié dans un coin, au milieu de ce tumulte,
Useppe, au contraire, restait à contempler son frère
avec un grand respect mais sans la moindre peur :
comme s'il avait été devant un volcan trop haut pour
l'investir avec ses laves. Ou bien au centre d'une
extraordinaire tempête marine, que, à bord de sa
minuscule barque, il traversait témérairement. De
temps en temps, quittant son coin, debout et plein
d'audace, il se présentait à son frère, vêtu de son
habituel petit chandail de nuit, et l'appelait d'une
petite voix : « Ino, Ino », ce qui signifiait clairement :

« Ne crains rien, moi, je suis là pour te tenir compagnie. Je ne m'enfuis pas. »

Quant à cet idiot de Blitz, il était évident que la chose, quelle qu'elle fût, lui procurait quelque satisfaction. Pourvu que son amour principal ne reste pas enfermé dans sa chambre, l'excluant de sa présence, tout était pour lui sujet de bacchanale.

Au bout d'un instant, alourdi par le vin qu'il avait ingéré, Ninnarieddu s'écroulait, endormi, sur le divan-lit : ronflant, pour la suprême admiration d'Useppe, si bruyamment qu'on eût dit qu'un avion évoluait vraiment dans la pièce.

A cause de ses égratignures, il devait, ces jours-là, s'abstenir de se faire la barbe : laquelle, nouvelle et folle, une barbe encore de demi-imberbe, poussait irrégulièrement, semblable à une crasse. Et lui, pour être encore plus dégoûtant, ne se lavait ni ne se peignait même pas. Le samedi matin, finalement, quand il se réveilla, ses égratignures n'étant à peu près plus qu'une ombre, il put se raser. C'était un samedi ensoleillé et ventilé, on entendait une radio dans la cour jouer une chansonnette. Ninnarieddu se mit à siffler, en dansant, la même chansonnette. Il se lava les mains, les oreilles, les aisselles et les pieds ; il peigna ses boucles avec de l'eau. Il endossa un tricot blanc, propre, qui était plutôt étroit pour lui mais qui de la sorte, en compensation, mettait en plein relief la musculature de son thorax. Devant la glace, il mesura les muscles de ses bras et de son thorax ; et brusquement, il se mit à faire, dans la pièce, le tigre et le lion. Puis il revint à la glace, pour examiner les traces de ses égratignures, lesquelles, heureusement, étaient devenues à peu près invisibles : un éclair traversa pourtant son regard. Mais son visage dans le miroir lui plut : et

235

dans un élan immense de tous ses nerfs, de tous ses muscles et de son souffle, il s'écria, heureux :

« Ah, la vie! La viiie!... Maintenant on va se balader dans Rome! Amène-toi, Blitz! »

En sortant, d'ailleurs, pour consoler Useppe qui restait seul, il lui dit :

« Useppe! viens là! tu la vois, cette chaussette? »

C'était une banale petite chaussette sale, abandonnée par lui sur le sol : « Tu la vois? Attention! Reste là à la regarder, dis pas un mot, bouge pas : faut que tu restes là à monter la garde pendant une minute et demie AU MINIMUM, hein! T'as compris? faut pas que tu bouges! Et tu vas la voir se changer en serpent à sonnette, qui marchera et jouera de la musique : Tarampàm! Dzououm! Parampoum! »

Plein d'une foi extraordinaire, Useppe resta un certain temps à attendre devant la chaussette l'apparition de la merveilleuse créature; mais celle-ci n'apparut pas. Ce sont là les durs hasards de la vie. De même aussi, on n'entendit plus parler du vélo. Mais, en revanche, l'un de ces jours-là, Nino rapporta à la maison un phonographe à manivelle à demi cassé (le précédent appareil du même genre, jadis sa propriété, il l'avait échangé contre des cigarettes) ainsi qu'un vieux disque très usé, qui, néanmoins, continuait de répéter tant bien que mal ses petits airs sentimentaux : *vecchio organin* (vieil accordéon) et *illusion dolce chimera sei tu* (illusion tu es une douce chimère)... les reprenant à volonté, sans arrêt, les heures où Nino était à la maison, à une moyenne d'environ vingt fois par jour. Pour Useppe c'était un prodige sublime, non moins que le serpent à sonnette. Mais le troisième jour, cette voix maintenant asexuée et qui disait des choses incompréhensibles, eut un son plus déchirant que d'habitude ; et brusquement, en plein milieu de son chant, elle se tut. Nino constata qu'il n'y avait plus rien à attendre du phono : il était bousillé. Il le posa par terre, près du mur, et lui donnant un coup de pied, il le laissa là.

Une autre fois, l'après-midi, Nino amena en visite l'une de ses petites amies occasionnelles, rencontrée depuis peu, laquelle parut à Useppe un autre spectacle extraordinaire. Elle portait une robe multicolore avec des dessins de roses, qui, quand elle marchait, se retroussait par-derrière, découvrant un second vêtement noir orné de dentelle ; et elle avançait, placide et bien en chair, d'un pas zigzaguant à cause de ses semelles orthopédiques. Aux mains elle avait autant de fossettes que de doigts ; ses ongles étaient d'un rouge cerise, ses yeux, lumineux, et sa bouche, parfaitement ronde et petite, était carmin foncé. Elle avait une voix lente et chantante, et, quand elle parlait, à chaque modulation de sa voix, elle se dandinait. En entrant, elle dit :

« Oh, le beau petit ! A qui il est ? »

« C'est mon frangin. Et ça, c'est mon chien. »

« Aaah ! Comment tu t'appelles, petit ? »

« Useppe. »

« Ah, Giuseppe, pas vrai ? Giuseppe ! »

« Non », intervint Nino sur un ton péremptoire et renfrogné, « pas du tout, il s'appelle vraiment USEPPE, comme il l'a dit ! »

« ... ? Us... Je croyais avoir compris autrement... Au lieu de ça, c'est vraiment Useppe qu'il s'appelle ? Mais c'est pas un nom, ça ! »

« Nous, il nous plaît. »

« Moi, première fois que je l'entends... *Giu*seppe,

oui, mais *U*seppe... Moi, *Useppe,* je trouve que c'est pas un vrai nom ! »

« Parce que toi, t'es un peu conne ! »

2

Cette année-là, au fur et à mesure que l'on avançait dans la belle saison, les raids aériens se multiplièrent, de plus en plus violents, sur les villes italiennes ; et les communiqués militaires, bien que jouant l'optimisme, parlaient chaque jour de destructions et de massacres. Rome, toutefois, était épargnée ; mais les gens, maintenant énervés et apeurés par les nouvelles étranges qui circulaient partout, commençaient à se sentir moins en sécurité. Les familles riches s'étaient transférées à la campagne ; et ceux qui restaient (la grande foule), quand ils se rencontraient dans la rue, dans les trams ou dans les bureaux, se regardaient mutuellement, même entre inconnus, tous avec la même question absurde dans les yeux.

En un quelconque endroit du cerveau d'Ida, obscur pour sa raison, il y eut à cette époque un brutal petit bouleversement qui la rendit maladivement sensible aux alertes (naguère devenues habituelles et indifférentes pour elle), suscitant soudain en elle une réserve d'énergie quasiment inouïe. Pour tout le reste, elle continuait sa vie de travail scolaire et domestique de la même manière que précédemment, dans une sorte d'extase négative. Mais aussitôt que retentissait la sirène, elle était immédiatement prise d'une panique

238

désordonnée, comme un moteur qui s'emballe dans une descente. Et qu'elle soit éveillée ou endormie, à n'importe quel moment, elle agrafait sur son corps son corset (dans lequel elle avait toujours ses économies) ; et prenant Useppe à son cou, avec une force nerveuse anormale, elle s'enfuyait avec ce fardeau, allant chercher le salut dans l'abri. Lequel, du reste, avait été établi, pour elle et les autres locataires de son escalier, à l'extérieur de l'immeuble et plus précisément dans les locaux de cette même cave-bistro où, trois hivers auparavant, le jeune Allemand Gunther était descendu boire.

Certaines fois, Useppe, dans ses bras n'était pas un fardeau docile ; mais il se débattait en pleurant en réponse à la douleur de Blitz qui les accompagnait de sa plainte incessante, de derrière la porte fermée. De fait, Ida ne se souciait nullement du chien : le laissant à la maison pendant les alertes, abandonné à son destin ; mais lui, de son côté, ne se résignait pas à cette séparation brutale.

Ninnarieddu, quand il était à la maison, se moquait de ces fuites d'Ida ; et il se refusait avec mépris à la suivre dans l'abri. Mais même la présence de son amour principal ne suffisait pas à consoler Blitz ; lequel, pendant toute la durée de l'alerte, continuait de faire en courant la navette entre la porte d'entrée et lui : revenant lui lécher les mains et le regarder dans les yeux avec ses yeux marrons, passionnés et persuasifs. Poussant toujours avec insistance son catastrophique lamento qui répétait sur une seule note, sans jamais s'interrompre, comme une idée fixe : « Je t'en prie, allons avec eux ! comme ça, si eux se sauvent, on se sauvera tous ; et si on doit crever, on crèvera tous ensemble. »

A la fin, pour ne pas condamner Blitz à un tel supplice maniaque, Ninnarieddu, encore qu'ennuyé et réticent, se décida une fois pour toutes à lui donner satisfaction : en descendant avec lui — toute la famille au complet — dans la cave du bistro. Et depuis lors, toutes les fois que Nino était à la maison, les alertes devinrent une occasion d'amusement, attendue et désirée, surtout, d'ailleurs, si elles avaient lieu la nuit : car alors, finalement, on pouvait se livrer à la vie nocturne avec Nino.

Aussitôt que le fameux mugissement déchirait la nuit, Blitz était prêt sur-le-champ, comme à l'annonce transcendantale d'une fête de première importance. Et abandonnant d'un bond sa place sur le divan-lit (sur lequel il dormait toujours adossé à Ninnarieddu), il s'empressait de donner l'éveil à tout le monde, courant de l'un à l'autre avec une urgence joyeuse et agitant sa queue comme un petit drapeau. Du reste, Useppe qui, quant à lui, était déjà réveillé, répétait, électrisé : « La siène ! la siène ! »

Le plus difficile était de réveiller Nino, lequel faisait la sourde oreille, revêche et ensommeillé ; si bien que Blitz devait réussir, en un certain sens, à le jeter en bas du lit ; et il continuait de le presser, cependant que, bâillant tout entier, Nino mettait son pull et son pantalon : non sans blasphémer et sans pester même contre les chiens. Mais rouspétant ainsi, il finissait pourtant par se réveiller tout à fait. Jusqu'à l'heureux instant où, maintenant alerte, il ramassait la laisse : salué par les applaudissements de Blitz, lequel accourait pour qu'on lui mette sa laisse, avec la hâte d'un noctambule impatient qui prend sa voiture pour aller danser.

Puis, tout de suite, on passait dans la chambre

240

voisine, où Nino prestement chargeait Useppe à cheval sur ses épaules. Et sans autres bagages (tout au plus, pouvait-il se faire, certaines fois, qu'Useppe emporte avec lui *Roma* ou la noix) Nino, Useppe et Blitz — à la vérité, trois corps et une seule âme — s'envolaient vers le bas de l'escalier : distançant Ida qui les suivait, seule et bougonnante, son sac serré contre sa poitrine. Cependant, des autres portes et dans la cour, toutes les familles, en chemise ou en vêtements de dessous, les bébés dans les bras, et traînant les valises dans les escaliers, couraient vers les abris. Et dominant leurs voix, s'approchaient déjà, venus du haut du ciel, les vrombissements de la flotte aérienne, avec une succession de détonations, d'éclairs et d'éclatements semblables à un formidable feu d'artifice. On entendait, alentour, les familles s'appeler. Des gosses s'égaraient. Quelqu'un, terrifié, butait en courant ou tombait. Des femmes hurlaient. Et Nino riait de cette peur universelle, comme d'une grande scène comique : accompagné en chœur par l'hilarité ingénue d'Useppe et de Blitz.

Ces nuits passées à la cave ne déplaisaient nullement à Ninnarieddu : cela aussi parce que, entre autres choses, on y avait l'occasion de rencontrer de jolies petites du voisinage, que, d'ordinaire, la jalousie de leurs parents ne laissait pas sortir facilement. Mais, quand il arrivait dans ce souterrain, il ne manquait jamais de manifester son dégoût ; et se tenant près de l'entrée, le dos appuyé contre le mur dans une pose méprisante, il faisait savoir à l'auditoire (en particulier aux jeunes personnes) que s'il venait se fourrer là-dessous, c'était uniquement pour son chien ; mais quant à lui, les bombes il s'en foutait, et même il les trouvait plus marrantes que les pétards ! et si encore il s'était agi de véritables alertes ! Mais, hélas ! ces alertes de Rome n'étaient toutes, en réalité, qu'une comédie : car on savait bien que par un pacte secret de Churchill avec le pape, Rome était décrétée ville sainte et intouchable, et les bombes à Rome ne pouvaient pas tomber. Une fois ces points éclaircis, sans daigner ajouter autre chose, Nino profitait des alertes du mieux qu'il pouvait.

Du reste, en réalité, peu importait à Ninnarieddu que la maison s'écroule et que soient irrémédiablement perdus les biens de la famille : lesquels, d'ailleurs, consistaient en deux lits ou simples sommiers avec matelas de kapok, une housse à vêtements (contenant des chandails d'hiver et son manteau en poil de chameau maintenant trop petit pour lui, et un manteau d'Ida retourné), quelques livres dépenaillés, etc. Et même, si la maison s'écroulait, le Gouvernement, après la victoire, rembourserait les dommages avec avantage. Et Nino était déjà d'accord avec Useppe et Blitz pour acheter, avec cette indemnité, une roulotte automobile meublée, où ils habiteraient et mèneraient ensemble la vie des bohémiens ambulants.

Quant à la ville de Rome, d'ailleurs, Nino contestait personnellement l'idée d'avoir pour elle des égards aussi spéciaux qu'exagérés. Au contraire, selon lui, si des bombes tombaient sur Rome, tant mieux, vu que le principal intérêt de Rome, c'étaient ses ruines, le Colisée, le Forum de Trajan, etc.

Assez fréquemment, durant les alertes, la lumière venait à manquer ; et pour éclairer la cave, on allumait une lampe à acétylène, qui faisait penser aux foires et aux petites voitures des marchands de pastèques. Une connaissance du patron du bistro avait, pour l'occasion, pourvu le local d'un phonographe portatif ; et

242

quand l'alerte se prolongeait, Nino et ses copains, pour vaincre l'ennui, passaient le temps à danser dans cet espace restreint avec les filles. Celui qui s'amusait plus que tous à ces sons et à ces danses, c'était Useppe; lequel, rendu fou de bonheur, se faufilait entre les jambes des danseurs pour rejoindre son frère; et celui-ci, riant de le retrouver entre ses pieds, abandonnait sa cavalière et se mettait à gambader en rond avec lui.

Certaines fois, dans le désordre de la fuite, Ida avait négligé de l'habiller, se contentant de l'envelopper dans un bout de couverture à repasser, un châle ou un chiffon quelconque. Et ensuite, cette enveloppe étant tombée, Useppe s'était retrouvé dans l'abri sans autre vêtement que son habituel petit chandail de nuit; mais ça lui était égal. Et c'est sans la moindre honte qu'il gambadait et dansait comme s'il avait été en tenue de gala.

Dans l'abri, Blitz lui aussi avait l'occasion de rencontrer d'autres chiens. A l'exception d'un chien de chasse et d'un certain vieux loulou de Poméranie, propriété d'une dame âgée, c'étaient toujours des chiens d'une espèce infime, croisements de bâtards comme lui, maigres et efflanqués par les privations de guerre; mais tous aussi heureux que lui de cette distraction. Et après les habituelles cérémonies de salutations d'usage entre les chiens, il se mettait à faire le fou avec eux.

Certaines femmes allaitaient ou tricotaient; quelques vieilles disaient leur chapelet, se signant à chaque secousse plus forte ressentie par la ville. Quelqu'un, à peine entré, s'étendait de tout son long là où il pouvait, pour reprendre son sommeil interrompu. Certains hommes se groupaient par tablées, jouant le vin du patron aux cartes ou à la mourre. Et parfois éclataient des discussions qui pouvaient même se terminer en querelles ou en bagarres, et que calmaient le patron ou le chef d'îlot.

On sait déjà qu'Iduzza, à cause de son peu de sociabilité et de la rareté des occasions, n'avait jamais fréquenté ses voisins, lesquels restaient pour elle des figures de passage rencontrées par hasard dans l'escalier, dans la cour ou dans les magasins. Et à présent, de les rencontrer dans sa fuite et de les retrouver autour d'elle, à demi familiers et à demi étrangers, encore mal réveillée, elle les confondait parfois avec les foules vociférantes de ses rêves à peine interrompus. Il lui suffisait de s'asseoir sur le banc et aussitôt l'effet de son somnifère vespéral la reprenait; mais il ne lui semblait pas convenable pour une institutrice de se mettre à dormir en public; et pelotonnée là au milieu du vacarme, elle s'efforçait de garder les yeux ouverts; mais parfois elle succombait et elle se reprenait, essuyant la salive de son menton et murmurant avec un petit sourire : « excusez, excusez... » Elle avait chargé Useppe de la réveiller de temps en temps. Et lui, dès qu'il s'en souvenait, lui grimpait sur les genoux pour lui crier à l'oreille : « M'man! m'man! » et la chatouiller dans le cou, pour son propre et immense amusement, car sa mère, ainsi chatouillée, riait comme une enfant. « Veillée, m'man? » s'informait-il ensuite, empressé et curieux, quand elle rouvrait des yeux drogués et éblouis par l'acétylène. Sur le moment, elle ne reconnaissait pas cette cave; et ahurie, elle se serrait contre son enfant, comme pour se protéger contre ces inconnus qui étaient peut-être des flics ou des mouchards... Elle craignait toujours de se donner en spectacle dans son sommeil; et peut-être de tenir des propos compromettants, disant par exemple : « Le

244

nom de famille de ma mère est ALMAGIÀ » ou bien :
« Mon petit est un bâtard, fils d'un NAZI. »

Dans l'abri, outre les habituelles familles des parages, il arrivait aussi des gens venus du dehors :
passants occasionnels ou personnages sans domicile
fixe : mendiants, prostituées de bas étage et trafiquants de marché noir (avec lesquels Nino, toujours à
la chasse aux sous, nouait, ces nuits-là, de petites et
mystérieuses relations d'affaires). Certains de ces
trafiquants qui venaient de Naples racontaient que
cette ville, à la suite des bombardements qu'elle avait
subis, n'était plus qu'un cimetière et un charnier. Tous
ceux qui le pouvaient l'avaient fuie ; et les pauvres
hères qui y étaient restés allaient tous les soirs, pour se
mettre à l'abri, dormir dans les grottes où ils avaient
transporté matelas et couvertures. Maintenant, les
rues de la ville étaient un désert de ruines, empuanties
de décomposition et de fumée, sous le feu des Forteresses volantes qui les pilonnaient tous les jours.

En cette unique et mémorable occasion où, pendant
son voyage de noces, elle avait été à Naples pour une
visite de deux heures, Iduzza était encore une novice
qui, en dehors de sa province, n'avait rien vu d'autre.
Aussi Naples était-elle restée dans sa mémoire comme
une Bagdad de légende, bien plus grandiose que
Rome. Maintenant à cette vision unique et inégalable
se substituait une étendue de ruines, aussi grande que
l'Asie et maculée de sang : où, ainsi que d'autres
produits de son imagination, les trônes des rois et des
reines et les mythes des cités-mères étudiés à l'école
étaient eux aussi abattus.

Mais dans les récits des Napolitains, Ninnarieddu
était plutôt sensible à la séduction de cette existence
aventureuse dans des grottes et des cavernes marines,

existence qui se promettait à lui pleine d'imprévu et de bonnes fortunes amoureuses, de risque et d'anarchie. Et comme quelqu'un qui, fuyant sa province, veut se réfugier dans la métropole, il méditait déjà de s'en aller à Naples avec l'une de ses nouvelles connaissances trafiquants de marché noir. De fait, depuis plusieurs semaines maintenant, il avait cessé la comédie des études ; et entre-temps, de leur côté, les écoles avaient fermé, et la guerre, terminée en Afrique, s'approchait du territoire italien et tous les pays étaient en feu. Lui, Nino, il en avait marre de la Ville Sainte où la guerre que l'on faisait était de la frime combinée dans les Vaticans et les Ministères ; et l'envie de lieux dépourvus de sainteté, où brûlait ce qui devait brûler, s'emparait par moments de lui jusqu'à la nausée, comme un accès de fièvre incendiaire. Puisque les Régimes ne voulaient pas l'admettre comme combattant parce que trop jeune (!), il allait s'arranger à faire la guerre pour son propre compte !

Mais ces jours mêmes, par contre, son vœu constant fut exaucé. Les vicissitudes désastreuses de la guerre fasciste favorisaient les engagements de volontaires prêts à donner leur vie pour le Duce ; et avant la fin de juin, Ninnarieddu, bien qu'encore à demi enfant, trouva le moyen de se faire accueillir dans un bataillon de Chemises Noires en partance vers le Nord.

A la vérité, vêtu en soldat, il avait encore plus l'air d'un gosse ; mais son expression était orgueilleuse et, même, arrogante ; et il manifestait déjà aussi une certaine intolérance de la discipline militaire. L'une de ses principales préoccupations au moment de partir, c'était Blitz, que forcément il devait laisser à Rome ; et ne se fiant absolument pas à sa mère, il le recommanda à son frère Useppe, lui serrant avec solennité sa

menotte, pour sceller un véritable pacte d'honneur et
d'importance.

3

Malgré ses promesses de revenir au plus tard dans
une semaine à la tête d'un manipule motorisé chargé
de tripes et d'os pour tous les chiens de Rome, ses
adieux à Blitz avaient été déchirants. Blitz n'était pas
aussi crédule qu'Useppe ; et jugeant sans nul doute
que ces promesses étaient les produits de l'imposture
et de la mégalomanie, il resta inconsolable. Pendant
toute une journée, refusant même de manger sa
quotidienne soupe de fortune, il ne cessa pas de courir
de la porte à la fenêtre, criant à Nino de revenir, bien
qu'il ait su au fond que Nino était maintenant trop loin
pour l'entendre. Et s'il voyait de là-haut la silhouette
d'un garçon plus ou moins du type Nino, il poussait un
jappement d'amère nostalgie.

Le soir de ce jour-là, Ida, bouleversée, l'enferma
pour dormir aux cabinets ; mais comme, enfermé ainsi,
il ne cessait pas de gémir en grattant à la porte,
Useppe à son tour refusa de se coucher, décidé à aller
dormir lui aussi aux cabinets plutôt que de l'y laisser
seul. Et finalement, il lui fut donné refuge dans le petit
lit d'Useppe : où, dans l'exubérance de sa gratitude-
joie-affliction, il lécha de la tête aux pieds Useppe qui
était nu, avant de s'endormir dans ses bras.

Deux jours plus tard, le 10 juillet, les Alliés débarquèrent en Sicile. A présent, la sirène retentissait

toutes les nuits, et, tous les soirs, Useppe mettait sous son oreiller la laisse de Blitz, lequel, avant même que la sirène retentisse, avertissait la famille par un aboiement discret.

Sauf à l'heure du marché, Blitz ne se séparait jamais d'eux deux. Comme c'était la saison des vacances, Ida sortait pour faire ses achats vers dix heures ; et ces jours-là, presque chaque fois, elle avait pris l'habitude d'emmener Useppe, laissant la maison à la garde de Blitz, qui, faisant couple avec Useppe, eût été une double gêne pendant qu'elle faisait la queue. A leur départ, il savait déjà que dans ces occasions il ne faisait pas partie de la compagnie, et, tournant autour d'eux sans leur faire fête, il les regardait se préparer à sortir d'un air vexé et, néanmoins, résigné à son sort.

A leur retour, ils pouvaient l'entendre depuis la rue qui, en sentinelle là-haut près de la fenêtre ouverte du dernier étage, les saluait à pleine voix. Et à leur arrivée, ils le trouvaient qui attendait derrière la porte, prêt à les recevoir avec des effusions déchaînées, lesquelles s'adressaient principalement à Useppe, lui répétant cent fois : « Désormais, mon suprême amour, c'est toi ! »

L'un de ces matins, Ida, deux gros cabas au bras et tenant Useppe par la main, revenait de faire son marché. Il faisait un temps serein et très chaud. Selon une habitude prise cet été-là quand elle faisait ses courses dans le quartier, Ida était sortie comme une femme du peuple, vêtue de la robe qu'elle portait à la maison, une robe de toile imprimée de couleur, sans chapeau, les jambes nues pour économiser ses bas, et aux pieds des souliers en toile à haute semelle de liège

Useppe n'avait sur le dos qu'une petite blouse à carreaux déteinte, une culotte en coton bleu raccommodée et des petites sandales de taille trop grande (parce qu'achetées en obéissant au critère de la croissance), qui, à chacun de ses pas, faisait sur le pavé un bruit de savates. A la main il tenait sa fameuse balle *Roma* (la noix *Lazio,* au cours de ce printemps, avait fatalement fini par se perdre).

Ils débouchaient de l'avenue bordée d'arbres proche du Scalo Merci (la Gare des Marchandises), en direction de la Via dei Volsci, quand on entendit s'avancer dans le ciel, sans que la moindre alerte l'ait annoncé, une clameur d'orchestre métallique et bourdonnant. Useppe leva les yeux et dit : « Les *vavions.* » Et à ce même moment, il y eut un sifflement dans l'air, cependant que déjà, dans un énorme roulement de tonnerre, tous les murs s'écroulaient derrière eux et que le sol sautait autour d'eux, réduit à une mitraille de fragments.

« Useppe ! Useppe ! » hurla Ida, ballottée par un noir cyclone de poussière qui empêchait de voir : « J'suis là, m'man », lui répondit à la hauteur de son bras la petite voix d'Useppe, comme rassurante. Elle le prit à son cou et instantanément les enseignements de l'U.N.P.A. (Union Nationale Protection Anti-aérienne) et du chef d'îlot lui retraversèrent l'esprit : à savoir qu'en cas de bombes, il faut se coucher par terre. Mais au lieu de cela, son corps se mit à courir sans direction précise. Elle avait lâché l'un de ses cabas, cependant que l'autre, oublié, pendait encore à son bras, en dessous du petit cul confiant d'Useppe. Sur ces entrefaites, les sirènes s'étaient mises à mugir. Ida, dans sa course, sentit qu'elle glissait vers le bas, comme si elle avait eu des patins, sur un sol remué qu'on eût dit labouré et qui était fumant. Vers le fond, elle tomba assise, avec Useppe serré dans ses bras. Dans sa chute, son chargement de légumes s'était échappé de son cabas, et resplendissaient, épars à ses pieds, le vert, l'orange et le rouge vif des poivrons.

D'une main elle se cramponna à une racine fracassée, encore couverte de débris de terre, qui faisait saillie près d'elle. Et s'installant plus commodément, pelotonnée autour d'Useppe, elle se mit à lui palper fébrilement tout le corps, pour s'assurer qu'il était indemne. Après quoi, elle coiffa sa petite tête avec le cabas vide comme avec un casque protecteur.

Ils se trouvaient au fond d'une sorte d'étroite tranchée, protégée en haut, comme par un toit, par un gros tronc d'arbre abattu. Au-dessus d'eux, on pouvait entendre, tout près, sa chevelure agiter son feuillage au souffle d'un grand vent. Tout autour, persistait un fracas de sifflements et d'éboulements, dans lequel, parmi des grondements, des crépitements vifs et d'étranges tintements, se perdaient, faibles et déjà à une distance absurde, des voix humaines et des hennissements de chevaux. Useppe, couché contre elle, la regardait en face, de sous son cabas, non point apeuré, mais plutôt curieux et pensif. « Ce n'est rien », lui dit-elle, « n'aie pas peur. Ce n'est rien ». Il avait perdu ses petites sandales, mais tenait encore sa balle serrée dans son poing. Aux éclatements les plus forts, on le sentait à peine trembler :

« *Ren...* », disait-il ensuite, mi-convaincu mi-interrogateur.

Ses petits pieds nus se balançaient calmement à côté d'Ida, l'un de-ci et l'autre de-là. Pendant tout le temps où ils attendirent dans cet abri, ses yeux et ceux d'Ida ne cessèrent pas de se regarder, attentifs. Elle eût été

250

incapable de dire combien dura ce temps. Sa petite montre-bracelet s'était cassée; et il est des circonstances où, pour un esprit humain, calculer une durée est impossible.

A la fin de l'alerte, quand ils sortirent de là, ils se retrouvèrent dans un immense nuage de poussière qui masquait le soleil et dont le goût de goudron faisait tousser : à travers ce nuage on voyait des flammes et une fumée noire du côté du Scalo Merci. De l'autre côté de l'avenue, les rues latérales n'étaient plus que des monceaux de décombres, et Ida, avançant péniblement avec Useppe dans ses bras, chercha une issue en direction de l'esplanade au milieu des arbres massacrés et noircis. Le premier objet reconnaissable qu'ils rencontrèrent, ce fut, à leurs pieds, parmi des couronnes de fleurs en miettes, un cheval mort dont la tête était ornée d'un panache noir. Et à ce moment-là, un liquide doux et tiède mouilla le bras d'Ida. Et ce n'est qu'alors qu'Useppe, mortifié, se mit à pleurer : car depuis longtemps déjà il avait cessé d'être assez petit pour faire pipi dans sa culotte.

Tout autour du cheval, on apercevait d'autres couronnes, d'autres fleurs, des ailes en plâtre et des membres de statues mutilées. Devant les boutiques funéraires, démolies et vidées, le sol, tout autour de là, était entièrement jonché de débris de verre. Du cimetière voisin venait une odeur fade et sucrée de moisissure, et on entrevoyait par-delà les murailles ébréchées, les cyprès noirs et tordus. Cependant, d'autres gens avaient fait leur réapparition, devenant une foule qui errait comme sur une autre planète. Certains étaient maculés de sang. On entendait des hurlements et des noms, ou bien : « là aussi, ça brûle ! » « où est l'ambulance ?! » Mais même ces voix avaient un son rauque et bizarre, comme dans une cour de sourds-muets. La petite voix d'Useppe répétait à Ida une question incompréhensible, où il lui semblait reconnaître le mot maison : « M'man, quand va-t-on rentrer à la maison ? » Le cabas tombait sur ses petits yeux et il frémissait, à présent, d'une impatience farouche. Il semblait figé dans une préoccupation qu'il ne voulait pas exprimer, même pour lui-même : « m'man ?... maison ?... » continuait de répéter, obstinée, sa petite voix. Mais il était difficile de reconnaître les rues familières. Finalement, de l'autre côté d'un immeuble à moitié détruit, d'où pendaient des poutres et des persiennes arrachées, au milieu de l'habituel nuage de poussière de ruine, Ida aperçut, intact, l'immeuble du bistro où ils allaient se réfugier les nuits d'alerte. Alors, Useppe se mit à se débattre avec une telle frénésie qu'il réussit à se dégager des bras de sa mère et à descendre à terre. Et courant avec ses petits pieds nus vers un nuage de poussière plus dense, il se mit à crier :

« Bii ! Biii ! Biiii ! »

Leur immeuble était détruit. Il n'en restait qu'un pan, béant sur le vide. Cherchant des yeux vers le haut, à la place de leur appartement, on apercevait, au milieu d'un amas de nuages de fumée, un morceau de palier en dessous de deux citernes restées debout. En bas, des figures hurlantes ou muettes erraient au milieu des dalles de béton, des meubles fracassés et des monceaux de débris et d'ordures. Nul gémissement ne montait de ceux-ci : là-dessous, il ne devait y avoir que des morts. Mais certaines de ces figures, mues par un mécanisme absurde, fouillaient ces monceaux ou les raclaient avec les ongles, à la recherche de quelqu'un ou de quelque chose à récupérer. Et au milieu de tout cela, la petite voix d'Useppe continuait d'appeler : « Bii ! Biii ! Biiii ! »

Blitz était perdu, de même que le lit matrimonial, le petit lit, le divan-lit, le coffre, les livres dépenaillés de Ninnuzzu et son portrait en agrandissement, les ustensiles de cuisine, la housse à vêtements contenant les manteaux retournés et les chandails d'hiver, les dix boîtes de lait en poudre, les six kilos de pâtes et tout ce qui restait du dernier traitement mensuel, rangé dans un tiroir du buffet.

« Allons-nous-en ! allons-nous-en ! » dit Ida, tentant de prendre Useppe dans ses bras. Mais il résistait et se débattait, manifestant une force invraisemblable, et il répétait son cri : « Biii ! » avec une exigence de plus en plus pressante et péremptoire. Peut-être pensait-il qu'appelé de cette manière, Blitz devait forcément, d'un instant à l'autre, surgir, frétillant de la queue, de derrière un coin quelconque.

Et entraîné à bout de bras, il ne cessait de répéter cette ultime et bouffonne syllabe, d'une voix entrecoupée de sanglots. « Allons viens », réitérait Ida. Mais à la vérité elle ne savait plus où aller. L'unique asile qui s'offrit à elle, ce fut le bistro où se trouvaient déjà rassemblés pas mal de gens, si bien qu'il n'y avait pas d'endroit où s'asseoir. Mais une femme âgée, la voyant entrer avec cet enfant et comprenant, à leur aspect, que c'étaient des *sinistrés,* invita ses voisins à se serrer et lui fit place à côté d'elle sur un banc.

Ida était essoufflée, en loques, les jambes égratignées et tout entière barbouillée, y compris sur le visage, d'une sorte de suie graisseuse dans laquelle on distinguait les minuscules traces de doigt laissées par Useppe en se pendant à son cou. Dès qu'elle la vit installée tant bien que mal sur le banc, cette femme lui demanda avec intérêt : « Vous êtes de par ici ? » Et Ida ayant silencieusement fait oui d'un signe de tête, elle lui apprit : « Moi, pas : je viens de Mandela. » Elle se trouvait de passage à Rome, comme tous les lundis, pour vendre ses produits : « Je suis de la campagne », précisa-t-elle. Et là, dans ce bistro, elle devait attendre l'un de ses petits-fils, lequel, comme chaque lundi, l'avait accompagnée pour l'aider et qui, au moment de l'attaque aérienne, était en balade Dieu sait où dans Rome. Le bruit courait que pour ce bombardement dix mille avions avaient été employés et que la ville de Rome tout entière était détruite : même le Vatican, même le Palais Royal, même la Piazza Vittorio et le Campo dei Fiori. Tout cela était en feu.

« Dieu sait où il est à cette heure-ci, mon petit-fils ? Dieu sait si le train pour Mandela marche encore ? »

C'était une femme de la soixantaine, mais encore valide, grande et grosse, à la carnation rosée, et qui avait deux boucles d'oreilles noires. Elle avait sur ses genoux un panier vide dans lequel il y avait un tortillon dénoué ; et elle semblait disposée à attendre son petit-fils, assise là avec son panier, pendant trois cents ans encore s'il le fallait, tel le brahmane de la légende hindoue.

Voyant le désespoir d'Useppe qui appelait encore son *Bi* d'une voix de plus en plus entrecoupée et faible, elle tenta de le distraire en faisant danser devant lui une petite croix de nacre qu'elle portait au cou, attachée à un petit cordon.

« Bi bi bi, petit ! Qu'est-ce que tu racontes, hein, qu'est-ce que tu racontes ? »

Ida lui expliqua à voix basse dans un balbutiement

que Blitz était le nom de leur chien, resté dans les ruines de leur maison.

« Ah, humains ou bêtes, crever est le destin de tous », observa l'autre, hochant à peine la tête avec une placide résignation. Puis s'adressant à Useppe, pleine de gravité matriarcale et sans simagrées, elle le réconforta en lui disant ce qui suit :

« Pleure pas, petit, car ton chien a maintenant des ailes, il est devenu un petit pigeon et s'est envolé au ciel. »

En lui disant cela, elle mima, avec ses deux paumes levées, le battement de deux ailes. Useppe qui croyait à tout cessa de pleurer pour suivre avec intérêt le petit mouvement de ces mains, qui, entre-temps, étaient redescendues sur le panier et qui restaient là, au repos, avec leurs cent rides noircies par la terre.

« Des ailes ? *pouquoi* des ailes ? »

« Parce qu'il est devenu un petit pigeon blanc. »

« Petit *pizon* blanc », acquiesça Useppe, examinant attentivement la vieille femme avec des yeux pleins de larmes qui commençaient déjà à sourire, « et qu'est-ce qu'il fait là-haut, maintenant ? »

« Il vole avec tous les autres petits pigeons. »

« Combien y en a ? »

« Des tas ! des tas ! »

« Combien ? »

« Trois cent mille. »

« *Toicenmille,* c'est beaucoup ? »

« Oh ! ça fait plus d'un quintal !! »

« Y en a tant ! Y en a tant ! oh ! Mais là-haut, y font quoi ? »

« Ben, ils volent, ils s'amusent. »

« Et les dondelles aussi y sont ? Et les sevals aussi, y sont ? »

« Bien sûr. »

« Les sevals aussi ? »

« Les sevals aussi. »

« Et eux aussi, ils volent ? »

« Et comment, s'ils volent ! »

Useppe lui adressa un petit sourire. Il était tout entier couvert d'une poussière noirâtre et de sueur, au point d'avoir l'air d'un ramoneur. Les petites mèches noires de ses cheveux étaient tellement collées qu'elles se tenaient toutes droites sur son crâne. La paysanne, observant que certaines égratignures de ses petits pieds saignaient, appela avec autorité un soldat qui était entré chercher de l'eau et le chargea de les panser. Et il se laissa brièvement panser sans même s'en apercevoir, tant il était distrait par l'heureuse carrière de Blitz.

Quand le soldat eut fini de le panser, il lui fit distraitement adieu de la main. A présent, ses deux petits poings étaient vides : la petite balle Roma s'était perdue elle aussi. Quelques instants plus tard, vêtu de ses habits crasseux et de sa culotte mouillée, Useppe dormait. La vieille de Mandela, à partir de cet instant, garda le silence.

Dans la cave avait commencé un va-et-vient de gens, et le local était empuanti par une odeur de foule et par les relents venus de l'extérieur. Mais, au contraire des nuits d'alerte, il n'y avait ni désordre, ni bousculades, ni chahut. La majeure partie des personnes présentes se regardaient mutuellement, hébétées, sans mot dire. Nombre d'entre elles avaient leurs vêtements en lambeaux et roussis, et certaines saignaient. Quelque part à l'extérieur, au milieu d'un bruit sourd et prolongé, immense et incohérent, il semblait de temps en temps distinguer des râles, ou bien il s'élevait soudain des hurlements farouches, comme d'une forêt en flammes. Les ambulances, les voitures de pompiers et les troupes à pied armées de pelles et de pioches commençaient à circuler. Quelqu'un avait aussi vu arriver un camion plein de cercueils.

Des gens présents Ida ne connaissait à peu près personne. A travers ses pensées qui se succédaient en un radotage oiseux et incohérent, repassaient de temps en temps les physionomies de certains de ses voisins d'immeuble, qui, les nuits d'alerte, couraient se réfugier avec elle dans cette cave. Ces nuits-là, abrutie par les somnifères, elle les entrevoyait à peine ; par contre, aujourd'hui, son cerveau les lui présentait, bien qu'absents, avec la précision d'une photographie. Le *Messaggero*, avec son tremblement et son visage retombé en enfance, porté par ses filles comme une marionnette. Giustina, la concierge aux yeux presbytes, qui enfilait son aiguille à distance. L'employé du premier étage, qui disait *Salve* et *Prosit*, et avait installé un *potager de guerre* dans la cour. Le rétameur qui ressemblait à l'acteur Buster Keaton et souffrait d'arthrose, et sa fille qui portait actuellement l'uniforme de wattman. Un apprenti mécanicien électricien, ami de Ninnuzzu, qui portait un tricot sur lequel était imprimé « Gomme Pirelli ». Proietti, le peintre en bâtiment chômeur qui, néanmoins, avait toujours sur la tête sa coiffure de travail, faite de papier journal... Dans l'incertitude où elle était actuellement sur leur sort, ces physionomies lui apparaissaient en suspens sur une terre anonyme, d'où, d'un instant à l'autre, elles pouvaient faire leur réapparition en chair et en os, se démenant dans le quartier San Lorenzo, disponibles comme d'habitude et à bon marché ; ou bien d'où elles pouvaient, par

257

contre, comme les étoiles éteintes depuis des millénaires, être déjà parties vers un inaccessible lointain : irrécupérables à n'importe quel prix, et cela plus encore qu'un trésor enseveli dans les profondeurs de l'Océan Indien.

Jusqu'à ce matin, nul plus que le nain bâtard Blitz n'était à la disposition gratuite de n'importe quel appel, fût-ce même celui d'un éboueur ou d'un chiffonnier. Personnellement elle n'avait jamais fait grand cas de lui, le considérant plutôt comme un intrus et un parasite. Et maintenant, par contre, il était à tel point inaccessible que même toutes les polices du Reich ne pourraient pas le rattraper.

La première chose de lui qui vous revenait à la mémoire, vous transperçant particulièrement le cœur, c'était cette petite tache blanche en forme d'étoile qu'il avait sur le ventre. Cette unique élégance de sa vie devenait aussi ce que sa mort avait de suprêmement pitoyable.

Dieu sait ce qu'allait dire Nino quand il ne retrouverait pas Blitz ? Dans cette énorme lacération de la terre, Nino était l'unique point de tranquillité et d'insouciance pour l'esprit d'Ida. Peut-être parce qu'on assure, en général, que les vauriens s'en tirent toujours ? Encore que depuis le jour de son départ, il n'ait plus donné de nouvelles, Ida avait l'éclatante certitude, comme au témoignage d'un ange, que Nino reviendrait sain et sauf de la guerre et que, même, on le reverrait bientôt.

Des gens se présentèrent à la porte du bistro pour dire que, dehors, la Croix-Rouge distribuait des vivres et des vêtements ; et aussitôt, la vieille de Mandela, de son beau pas juvénile et un peu chaloupé, se mit en mouvement pour aller chercher quelque chose. Elle ne réussit pas à décrocher des vêtements, mais elle obtint deux boîtes de lait en poudre, une tablette de chocolat autarcique et une autre de marmelade comprimée presque noire; et elle mit tout cela dans le cabas vide d'Ida, qui lui en fut reconnaissante. Elle pensait en effet qu'Useppe, aussitôt réveillé, devrait manger, car jusque-là son unique repas de ce jour avait été son petit déjeuner du matin, qu'il avait partagé avec Blitz. Petit déjeuner qui avait consisté, comme d'habitude, en un morceau de pain du rationnement, élastique et mollasse, sans doute fait de son et d'épluchures de pommes de terre, et en une tasse de lait aqueux. Mais pourtant, quand elle y repensait maintenant, là-haut, dans leur cuisine pleine de soleil, cela lui semblait un tableau d'une richesse extraordinaire. Quant à elle, elle avait seulement bu une petite tasse de succédané de café; pourtant elle n'avait absolument pas faim, éprouvant seulement de la nausée, comme si toute la poussière des ruines s'était coagulée dans son estomac.

Le petit-fils de la vieille de Mandela fit son apparition, porteur d'une valise vide liée avec une corde. Et aussitôt, il emmena sa grand-mère, assurant avec suffisance que Rome n'était nullement détruite, que ceux qui le disaient racontaient des bobards, mais qu'il fallait s'enfuir d'urgence, car on avait déjà signalé un avion-estafette précédant quelques milliers de Forteresses volantes qui allaient arriver bientôt. « Mais est-ce que le train de Mandela marche ? » lui demandait sa grand-mère en gravissant avec lui les quelques marches menant à la sortie. Avant de s'en aller, elle avait fait cadeau à Ida de son tortillon, lui disant que c'était un beau coupon de toile neuve, tissée à Anticoli sur le métier à main et qu'on pouvait en tirer une petite salopette pour l'enfant.

Ida eût voulu ne plus jamais bouger de ce banc ; elle était incapable de se décider à rassembler ses forces pour affronter la fin de cette journée. Une effroyable puanteur stagnait dans la cave, mais elle, moite de sueur, son fils serré dans ses bras, était tombée dans une sorte de paix insensible et quasi extatique. Les bruits lui arrivaient ouatés et il y avait comme une gaze qui s'étendait sur ses yeux ; quand voici qu'elle s'aperçut, en promenant son regard autour d'elle, que le bistro s'était vidé et que le soleil commençait à descendre. Alors, il lui vint le scrupule d'abuser de l'hospitalité du patron ; et, Useppe endormi dans les bras, elle sortit à l'air libre.

Useppe dormait encore, sa petite tête pendant de l'épaule de sa mère, quand, un peu plus tard, celle-ci parcourait à pied la Via Tiburtina. D'un côté cette rue longeait la muraille du cimetière et de l'autre, des immeubles en partie détruits par les bombes. Peut-être aussi parce qu'elle était à jeun, Ida était prise de sommeil et le sens de la réalité lui échappait. Elle se demandait, indécise, si la maison de la Via dei Volsci à San Lorenzo, où elle avait habité pendant plus de vingt ans, n'était pas au contraire celle de Cosenza, démolie par le tremblement de terre qui avait détruit simultanément Messine et Reggio. Et si cette large rue était San Lorenzo ou le Ghetto. Il devait y avoir une épidémie dans le quartier, et c'est pour cela qu'on le démolissait à coups de pioches ! Et ce corps maculé de sang et de chaux, était-ce celui d'un homme ou d'une femme ? ou bien était-ce un mannequin ? L'agent voulait le savoir pour le compte de l'état civil, et c'est pourquoi il discutait avec ce soldat. Ces flammes purulentes servaient-elles à brûler les morts ? Et puisque les rails étaient arrachés et le tram réduit à cette carcasse, comment, demain, allait-elle pouvoir se rendre à son école ? Les chevaux morts sur lesquels elle trébuchait, étaient-ils aryens ou juifs ? Le chien Blitz était un bâtard, et, donc, juif pour l'état civil. Et voici pourquoi elle était déportée : parce qu'à l'état civil elle était finalement considérée comme juive, car il y avait cet accent sur la dernière lettre de son patronyme. Ah, c'est ainsi que ça s'explique... Son nom de famille à elle était Almagià... mais Useppe, par bonheur, Useppe s'appelait Ramundo... Mais Ramundo est-il un mot paroxyton ou oxyton ?... Et là, il est écrit *Cemeterio Israelitico* (Cimetière Israélite) : exactement ainsi *cemeterio* (forme ancienne du mot « cimitero »). Et *israelitico...* est-ce que ce n'était pas là un mot interdit ? !

En lisant ces mots au-dessus du portail du cimetière, elle fut convaincue que sans aucun doute il en était ainsi : elle était déportée parce que non-aryenne. Elle tenta alors de hâter le pas, mais elle sentit qu'elle n'y parvenait pas.

Sur les conseils du patron du bistro, elle s'était jointe à un groupe de sinistrés et de fuyards, qui se dirigeaient vers Pietralata, vers un certain bâtiment où, disaient-ils, on avait préparé un dortoir pour les sans-logis. Presque tous les gens qui la précédaient ou qui la suivaient, transportaient des baluchons, des valises ou des ustensiles de ménage ; mais elle, en dehors d'Useppe, n'avait absolument plus rien à porter. La seule propriété qui lui était restée, c'était le cabas qui pendait à son bras, avec, dedans, les paquets de la Croix-Rouge et le tortillon de la vieille de Mandela. Mais par bonheur, bien en sécurité sous son corset (que, même en été, elle ne négligeait jamais de mettre), il lui restait, néanmoins, le précieux petit paquet de ses économies. Ce corset, à la vérité, au bout de tant d'heures, était en train de devenir pour elle un cilice. Maintenant, son seul désir, c'était d'arriver n'importe où, voire dans un camp de concentration ou dans une tombe, pour se débarrasser enfin de ce cruel corset.

« *Taisez-vous ! L'ennemi vous écoute ! Vaincre... Vaincre !...* »

A côté d'elle, un petit homme seul et déjà plutôt âgé répétait à haute voix ces consignes de guerre qui se lisaient çà et là, le long de la route, sur les murs roussis et sur les affiches noires de fumée. Et il semblait personnellement s'en amuser énormément, car cela le faisait ricaner, comme s'il se fût raconté à lui-même de bonnes histoires, qu'il commentait par des grognements variés. Il avait le bras droit dans le plâtre jusqu'à l'épaule ; de sorte qu'il était obligé de le tenir levé vers le haut et tendu, comme s'il avait fait le salut fasciste, et cela aussi avait l'air de l'amuser. C'était un type qui avait à la fois quelque chose d'un artisan et quelque chose d'un petit employé, maigrichon, guère plus grand qu'Ida, et aux yeux pleins de vivacité. Malgré la chaleur, il avait sa veste sur le dos et sur la tête, un chapeau à larges bords, bien enfoncé ; et de sa main libre il poussait un charreton sur lequel il avait chargé quelques ustensiles de ménage. L'entendant grommeler toujours en solo, Ida pensa que ce devait être un fou.

« Vous êtes romaine, Signora ? » l'interpella-t-il soudain, d'une voix gaie.

« Oui, Signore », murmura-t-elle. De fait, elle se disait qu'il faut toujours répondre affirmativement et respectueusement aux fous.

« Romaine de Rome ? »

« Oui, Signore. »

« Comme moi. *Roma Doma*. Moi aussi, j'suis romain et, à dater d'aujourd'hui, invalide de guerre. » Et il lui expliqua qu'une dalle de marbre l'avait atteint au coude au moment précis où il rentrait dans sa maisonnette-atelier (il était marbrier près du cimetière). Sa maisonnette avait, par chance, été épargnée, mais il préférait tout de même s'enfuir, en emportant le strict nécessaire. Quant au reste, si les voleurs ou les bombes ne le lui fauchaient pas, il le retrouverait à son retour.

Il bavardait avec une gaieté croissante et Ida le regardait fixement, épouvantée, sans suivre ce qu'il disait.

« Il a de la veine, lui, il dort », observa le fou peu après, parlant d'Useppe. Et voyant qu'Ida était à bout de forces, il lui proposa d'installer l'enfant dans son charreton.

Elle le regardait du coin de l'œil avec une énorme méfiance, se figurant que, sous prétexte de l'aider, le petit homme voulait lui voler Useppe, l'emportant à toute vitesse avec son charreton. Néanmoins, n'en pouvant plus, elle accepta. Le petit homme l'aida à installer Useppe (qui continuait de dormir tranquillement) au milieu de ses affaires, après quoi il se présenta à elle par ces mots :

« Cucchiarelli Giuseppe, faucille et marteau ! », et en signe d'entente et de salutation, il ferma le poing de sa main valide, lui faisant un clin d'œil complice.

Le pauvre cerveau hébété d'Ida continuait de se dire : si je lui apprends que le petit lui aussi s'appelle Giuseppe comme lui, il y a encore plus de risques qu'il me le vole. Et sur la base de ce raisonnement, elle préféra ne rien dire. Puis, pour se garantir contre n'importe quelle sinistre intention du petit homme,

263

elle s'agrippa des deux mains à l'un des brancards du charreton. Et bien que dormant presque debout maintenant, elle ne lâcha plus ce brancard, même pour se dégourdir les doigts. Cependant, une fois dépassé le cimetière israélite, ils contournaient le coude de la Via Tiburtina.

Et de la sorte Useppe fit le reste du voyage quasiment en voiture : sans cesser de dormir, installé sur un édredon, entre une cage habitée par un couple de canaris et un panier fermé par un couvercle, contenant un chat. Ce dernier était à tel point terrifié et bouleversé par toute cette obscure aventure que, durant le voyage tout entier, il resta muet. Les deux canaris, par contre, serrés l'un contre l'autre au fond de la cage, échangeaient de temps en temps de tout petits pépiements de réconfort.

4

Il s'écoula encore environ deux mois et demi sans la moindre nouvelle de Nino. Entre-temps, le 25 juillet, le Duce, qui s'était retrouvé seul dans le malheur, avait été déposé et arrêté par le roi, et avec lui était tombé le fascisme, que remplaça le gouvernement provisoire badoglien, lequel dura 45 jours. Le quarante-cinquième jour, c'est-à-dire le 8 septembre 1943, les Alliés anglo-américains, maîtres maintenant d'une grande partie du sud de l'Italie, avaient signé un armistice avec les gouvernants provisoires. Et ceux-ci, immédiatement après, avaient pris la fuite vers le Sud, abandonnant aux Fascistes et aux Allemands le reste de l'Italie, où la guerre continuait.

Mais l'armée italienne, dispersée sur le territoire, sans directives et en désordre, s'était désagrégée, si bien que, pour combattre aux côtés des Allemands, il n'était resté maintenant que les milices noires. Libéré par les hitlériens, Mussolini avait été intronisé dans le Nord chef d'une république nazi-fasciste. Et actuellement, la ville de Rome, restée sans gouvernement, se trouvait de fait sous l'occupation hitlérienne.

Pendant tous ces événements, Ida et Useppe avaient continué de demeurer à la lisière du territoire de Pietralata, dans l'abri pour réfugiés qui les avait accueillis le premier soir du bombardement aérien.

Pietralata était une zone stérile de campagne à l'extrême périphérie de Rome, où le régime fasciste avait fondé, quelques années auparavant, une sorte de village d'exclus, c'est-à-dire de familles pauvres chassées d'autorité de leurs anciennes résidences du centre de la ville. Le régime lui-même s'était chargé à la hâte de construire pour eux avec des matériaux autarciques ce nouveau quartier, composé de logements rudimentaires fabriqués en série et qui, à présent, bien que récents, étaient déjà décrépits et pourris. C'étaient, si je me rappelle bien, des masures rectangulaires placées à la file, toutes d'une même couleur jaunâtre, au centre d'un terrain nu et non pavé, qui ne produisait que quelques petits arbustes nés desséchés et, pour le reste, selon les saisons, de la poussière ou de la boue. A l'extérieur de ces masures, on voyait des sortes de guérites faisant fonction de latrines ou de lavabos et des étendoirs qui avaient l'aspect de potences. Et dans chacune de ces masures-dortoirs étaient entassées des familles et des générations entières, auxquelles se mêlait maintenant une population errante de gens qui fuyaient la guerre.

A Rome, surtout dans les derniers temps, ce territoire était considéré presque comme une zone franche et qui échappait à la loi ; et, en général, bien que son panorama ait été dominé par un fort militaire situé à la cime d'une colline, les fascistes et les nazis n'osaient pas trop s'y montrer.

Mais pour Ida, cette bourgade avec ses habitants restait une région exotique, où elle allait seulement pour faire son marché ou à d'autres occasions du même genre, la traversant toujours le cœur battant, tel un lapin. Le refuge où elle demeurait se trouvait, en fait, à environ un kilomètre de l'agglomération, pardelà un désert de prairies irrégulières, toutes en escarpements et en dépressions, qui en masquaient pour elle la vue. C'était un bâtiment isolé, quadrangulaire, situé au fond d'une sorte de tranchée ébouleuse ; et l'on ne comprenait pas très bien quelle avait pu être sa fonction primitive. Peut-être à l'origine avait-il servi d'entrepôt agricole, mais, dans la suite il avait dû être utilisé comme école, car on y trouvait un grand nombre de bancs entassés les uns sur les autres. Et probablement, on y avait aussi commencé des travaux, interrompus ensuite, car sur la toiture, en forme de terrasse, une partie du parapet avait été démolie, et on y avait laissé une truelle et des tas de briques. Pratiquement ce bâtiment se composait d'un seul local au rez-de-chaussée, plutôt vaste, avec de basses fenêtres grillagées et une seule porte qui donnait directement sur la tranchée ; mais il bénéficiait à la vérité de commodités rares alors dans les localités de banlieue, c'est-à-dire de waters privés avec fosse d'aisances, et d'une citerne, située sur le toit, communiquant avec un réservoir. Le seul robinet de l'édifice se trouvait aux waters, qui étaient situés dans un sous-sol exigu, et c'est de là aussi que se manœuvrait l'appareil pour faire arriver l'eau dans le réservoir. Mais depuis l'été, la citerne était maintenant à sec, et Ida, comme les autres femmes, devait aller chercher de l'eau à une petite fontaine de la bourgade. Ensuite, avec les pluies, la situation s'améliora.

Il n'y avait aucune autre habitation dans les parages. L'unique édifice en deçà de la bourgade, à une distance de trois ou quatre cents mètres, était une guinguette, une sorte de baraque en maçonnerie où l'on vendait aussi du sel, du tabac et d'autres denrées de la carte de rationnement, lesquelles se faisaient de plus en plus rares avec le passage du temps. Lorsque circulait dans le territoire la menace de rafles, de ratissages ou de la simple présence d'Allemands ou de fascistes, le patron de cette guinguette trouvait le moyen d'en aviser les réfugiés grâce à certains signaux particuliers.

Partant de l'entrée du refuge au fond de la tranchée, en direction de la guinguette, un sentier inégal était pratiqué, durci tant bien que mal avec quelques cailloux. C'était dans ces parages l'unique voie fréquentée.

Depuis qu'Ida se trouvait là, une bonne partie de la petite foule arrivée en même temps qu'elle s'était transférée ailleurs, chez des parents ou à la campagne. Il y avait eu pour les remplacer quelques nouvelles arrivées de sinistrés du deuxième bombardement de Rome (le 13 août) ou de fuyards venus du Sud ; mais ces autres gens aussi s'étaient peu à peu dispersés ailleurs. Au nombre de ceux qui, comme Ida et Useppe, étaient restés là depuis le premier soir, il y

267

avait encore Cucchiarelli Giuseppe, le marbrier qui avait transporté Useppe dans son charreton. Il semble que récemment il ait réussi, falsifiant ses papiers, à figurer parmi les victimes du bombardement restées ensevelies sous les décombres. Il aimait mieux demeurer incognito avec les réfugiés, figurant comme mort à l'état civil de Rome, qu'exercer son métier de marbrier du cimetière sous les fascistes et les Allemands.

Avec lui il y avait aussi son chat (lequel d'ailleurs, était une chatte, d'une belle couleur rayée rousse et orange, nommée Rossella) ; et le couple des deux canaris, nommés Peppiniello et Peppiniella, dans leur cage suspendue à un clou. Et de ces deux derniers la chatte, obéissant aux consignes de son maître, se tenait toujours à distance respectueuse, comme si elle ne les avait même pas vus.

Comme autres habitants fixes du refuge, il n'y avait actuellement qu'une famille mi-romaine mi-napolitaine et si nombreuse à elle seule que Cucchiarelli Giuseppe la surnommait « les Mille ». Les membres napolitains de cette famille, restés sans toit au printemps de cette année à la suite des bombardements de Naples, étaient venus se réfugier chez leurs parents de Rome ; mais là aussi, en même temps que leurs parents hospitaliers, ils s'étaient retrouvés sans toit à la suite du bombardement de juillet : « Nous autres, se vantaient-ils plaisamment à ce propos, on est un objectif militaire. » Les compter avec exactitude était difficile, car ils formaient une tribu fluctuante ; mais ils n'étaient jamais moins de douze et, se débrouillant à eux tous grâce à l'exercice de diverses activités et de divers métiers, ils jouissaient d'une relative prospérité. Il y avait quelques jeunes gens que l'on ne voyait que par intervalles, car d'ordinaire ils se tenaient au large

Dieu sait où, cela aussi par crainte des razzias allemandes. Il y avait une vieille Romaine, très grosse, qu'on appelait la *sora*[5] Mercedes, qui était toujours assise sur un tabouret avec une couverture sur elle parce qu'elle avait de l'arthrite, et sous cette couverture, elle gardait un dépôt de denrées alimentaires. Il y avait le mari de la sora Mercedes, napolitain et prénommé lui aussi Giuseppe. Il y avait deux autres vieilles (desquelles la plus sociable, prénommée Ermelinda, était considérée par Useppe comme s'appelant Dinda), un autre vieux, quelques jeunes brus et divers gosses des deux sexes. Au nombre de ceux-ci (outre un certain Currado et un certain Impero) on comptait aussi un autre Giuseppe, si bien que pour s'y reconnaître entre tant de Giuseppe, on avait coutume d'appeler Giuseppe Primo (Giuseppe Premier) le mari de Mercedes ; Giuseppe Secondo (Giuseppe Deux) le signor Cucchiarelli (qu'Ida, en elle-même, continuait d'appeler Le Fou) ; et Peppe le petit Napolitain. A tous ceux-ci s'ajoutait enfin (sans compter les canaris Peppiniello et Peppiniella) notre Useppe, lequel, de tous ces Giuseppe, était sans nul doute le plus gai et le plus populaire.

Parmi les Mille on notait un certain vide dans la génération entre deux âges ; car deux géniteurs (grands-parents d'Impero, de Currado, etc.) étaient morts sous les décombres à Naples. Outre plusieurs enfants mâles déjà majeurs, ils avaient laissé orpheline, présente là parmi les Mille, une dernière fille mineure prénommée Carulina, laquelle avait quinze ans accomplis mais en paraissait treize ; et avec ses petites nattes noires repliées en deux et fixées en haut des tempes elle faisait penser à une chatte ou à un renard les oreilles dressées. Environ un an auparavant,

à Naples, durant les nuits passées dans les grottes pour
échapper aux raids, cette Carulina, alors âgée de
quatorze ans moins un mois, s'était retrouvée enceinte
on ne savait de qui. Elle-même, de fait, répondait aux
interrogatoires insistants de sa tribu en jurant ses
grands dieux que si ç'avait été quelqu'un, elle ne
s'était aperçue de rien. Mais on ne pouvait pas ajouter
foi à ce qu'elle racontait, car elle avait la tête faite de
telle façon qu'elle croyait aveuglément à toutes les
extravagances et inventions non seulement d'autrui
mais aussi aux siennes propres. Par exemple, à l'époque de Pâques, ses parents lui avaient dit, voulant se
moquer d'elle, que pour les Fêtes, les Américains
allaient lâcher sur Naples, au lieu des bombes explosi-
ves et incendiaires, des bombes-œufs, reconnaissables
dès le ciel à cause de leurs belles couleurs éclatantes.
Naturellement, il s'agissait de projectiles inoffensifs
d'où, au moment de leur éclatement à terre, sortiraient
des surprises : par exemple, des saucisses, des choco-
lats, des bonbons, etc. A partir de ce moment,
Carulina, convaincue, se tint toujours en alerte, se
précipitant à la fenêtre à chaque bourdonnement
d'avion et guettant dans le ciel l'apparition espérée.
Finalement, le matin du Samedi Saint, étant sortie
pour aller faire le marché, elle en revint avec l'air
d'une miraculée et remit en offrande à sa grand-mère
une *sfogliatella*[6] aussi tendre que sucrée : racontant que
juste comme elle passait dans les parages de la Porta
Capuana, avait plu d'une Forteresse volante une
bombe-œuf, qui avait la forme d'un gros œuf de
Pâques et qui était tout entière recouverte de papier
d'argent sur lequel était peint le drapeau américain.
Cette bombe avait explosé juste devant la Porta
Capuana, sans causer de dommage, bien au contraire !

dans un jaillissement de lumières et d'étincelles comme une splendide girandole de feux de Bengale ; et il en était sorti la star de cinéma Janet Gaynor, en robe du soir et avec un bijou sur la poitrine, laquelle avait, séance tenante, commencé à distribuer alentour des gâteaux. A elle, Carulí, en particulier, la vedette avait fait du petit doigt un signe d'invitation et lui avait remis la présente *sfogliatella*, en disant ces mots : *Porte-la à ta grand-mère, car elle, la pauvre vieille, il lui reste peu d'années où célébrer de joyeuses pâques en ce monde.*

« Ah, c'est ça qu'elle t'a dit. Et en quelle langue elle t'a causé ? »

« Comment, en quelle langue ! en italien ! en napolitain ! eh ! »

« Et après, comment elle a fait pour rentrer en Amérique ? ! car si elle se montre par ici, il se pourrait bien que ces autres la prennent comme otage et la fassent prisonnière de guerre ! ! »

« Nooon ! Nooon ! » (Et elle secoua vigoureusement la tête.) « Comment ! Elle est déjà repartie, tout de suite, cinq minutes après ! Elle avait attaché sur le dos comme une espèce de ballon, en somme une sorte de parachute à l'envers, qui, au lieu de descendre, monte. Et comme ça elle est remontée dans la Forteresse volante qui était là-haut à l'attendre, et comme ça elle est repartie et en route. »

« Ah, comme ça tout va bien. Merci et salutations distinguées ! »

Quelques semaines après cet événement extraordinaire, Carulina arriva à Rome avec la famille. Et à la voir alors, elle faisait l'effet d'un phénomène de nature : si petite et avec un ventre énorme, un ventre tel qu'on ne comprenait pas comment elle pouvait, vu la petitesse de ses pieds, le porter sur elle. Au mois de juin, à Rome, quartier de San Lorenzo, elle accoucha de deux jumelles normales et potelées, alors qu'elle était plutôt maigrelette bien qu'en bonne santé. Les deux fillettes furent nommées Rosa et Celeste ; et comme elles étaient et restaient identiques en tout et pour tout, leur mère, pour ne pas les confondre, leur attachait au poignet deux rubans, l'un bleu ciel et l'autre rose. Hélas ! avec le temps, la saleté avait rendu ces rubans quasiment méconnaissables. Et la mère des jumelles les examinait chaque fois scrupuleusement avant de certifier, satisfaite : « Celle-ci, c'est Rusinella. » « Celle-ci, c'est Celestina. »

Naturellement son peu de lait enfantin ne suffisait pas à nourrir les deux carulinettes ; mais pour cela elle fut tirée d'affaire par l'une de ses belles-sœurs romaines, laquelle était même gênée parce qu'elle avait trop de lait, venant tout juste de sevrer d'autorité son dernier-né (Attilio), qui, autrement, trop fanatique de la tétée du sein maternel auquel il eût voulu rester éternellement collé, menaçait de devenir un fifils à sa maman.

Carulina, bien qu'elle ait fondé une famille, restait encore plus fillette que son âge : à tel point qu'elle ne s'intéressait pas, comme ses belles-sœurs, à *Novella* et autres magazines féminins à sensation du même genre ; mais elle lisait encore, les épelant à haute voix, les histoires en images et les petits journaux destinés au jeune âge ; et elle s'amusait à jouer à se poursuivre et à cache-cache avec les gosses de l'endroit. Mais il suffisait du plus petit gémissement ou de la plus petite protestation de Rosa ou de Celeste pour la voir accourir, soucieuse, les yeux écarquillés et braqués comme deux phares d'automobile dans la direction de sa progéniture. Elle partageait consciencieusement son

272

peu de lait entre les deux jumelles, dénudant en public ses petits seins sans la moindre pudeur, comme une chose naturelle. Et pendant cette opération de l'allaitement elle se donnait un air de grande importance.

Pour endormir ses filles, elle leur chantait une berceuse très simple qui disait ceci :

> Dodo dodinette
> Rusina et Celestina vont fair' dodo
> o o
> dodo o.

Et c'était tout, répété sans la moindre modification, jusqu'au moment où elles dormaient.

L'angle réservé à sa tribu dans la grande salle-refuge était toujours pavoisé, surtout les jours de pluie, de langes et de gilets pour nouveau-nés, étendus à sécher. Elle s'affairait avec une fréquence carrément excessive à changer et à laver ses filles, les retournant sens dessus dessous sans la moindre cérémonie. C'était, en somme, une bonne mère : aux manières, pourtant, autoritaires et expéditives, dépourvues de simagrées et de câlineries, et se chamaillant même, le cas échéant, avec ses filles comme si elles avaient compris. Peut-être, trop peu préparée à la maternité, voyait-elle en elles plutôt que deux fillettes mineures deux personnes du même âge qu'elle, naines et sorties d'elle par surprise comme Janet Gaynor de la bombe-œuf.

Mais en même temps, avec sa promotion inopinée au titre de mère, elle s'était elle-même promue en un certain sens mère de tout le monde. On la voyait toujours affairée, ici en train d'attiser le feu, là en train de rincer un petit chiffon ou de faire à sa belle-sœur la coiffure de Maria Denis, etc., etc. L'une de ses éternelles occupations, c'était aussi de remonter le phono à manivelle, propriété de la famille, qui (la dernière radio de la famille ayant fatalement disparu sous les bombes) était maintenu en action du matin au soir. Les disques étaient peu nombreux et toujours les mêmes : deux seules chansons, déjà vieilles de deux ans, qui s'intitulaient *Reginella campagnola* (Petite reine paysanne) et *Gagarella del Biffi-Scala* (Zazoue du Biffi-Scala), une vieille chanson comique napolitaine, *La foto* (La photo) ; une autre idem intitulée *Sciosciame* (Gobeur), où il était même question d'une dénommée Carulí ; et en plus trois disques de danse (tango, valse et fox brillant) et un disque de jazz italien de l'ensemble Gorni, Ceragioli, etc.

Carulí connaissait par cœur tous ces titres et tous ces noms, de même qu'elle connaissait aussi magnifiquement par cœur les noms des actrices de cinéma et les titres des films. De fait, elle aimait beaucoup le cinéma ; mais si on lui demandait le scénario des films qui lui avaient tant plu, on s'apercevait qu'elle n'y avait rien compris. Au lieu des histoires d'amour, de rivalités, d'adultères et choses analogues, elle voyait seulement des mouvements fantastiques comme de lanterne magique. Et pour elle, les vedettes étaient sans doute quelque chose du genre de Blanche-Neige ou des fées des petits journaux pour enfants. Quant aux acteurs masculins, ils l'intéressaient beaucoup moins, parce que moins assimilables dans son imagination aux personnages des contes de fées.

Née comme elle l'était dans une tribu, on conçoit que, dès sa première enfance, rien de ce qui concerne le sexe n'était resté secret à ses yeux. Mais, bizarrement, ce fait même avait favorisé son indifférence pour les choses du sexe, une indifférence si naïve qu'elle ressemblait à une ignorance absolue : que l'on eût même pu comparer à celle de Rosa et de Celeste !

Carulí n'était pas belle : avec son petit corps peu harmonieux et déjà à tel point déformé par sa double grossesse que le mouvement de ses jambes en était déséquilibré, ce qui lui donnait une démarche de biais et bouffonne, comme celles de certains chiots bâtards. Ses omoplates saillaient exagérément de son dos maigrelet, telles deux ailes tronquées et déplumées. Et son visage, avec sa bouche trop grande, était irrégulier. Mais pour Useppe, cette Carulí devait paraître d'une beauté mondiale pour ne pas dire divine. Et actuellement, le nom qu'il appelait et répétait le plus (outre m'man), c'était Ulí.

Useppe avait, d'autre part, bientôt appris les noms de tous : Eppetondo (Giuseppe Secondo, ou le Fou, ou Cucchiarelli, lequel, à la vérité, n'était nullement tondo (rond) mais plutôt sec), Tole et Memeco (Salvatore et Domenico, les deux frères plus âgés de Carulí), etc. Et, chaque fois que ça le prenait, il n'hésitait pas à les appeler joyeusement par leurs noms, comme s'ils avaient tous été des gosses comme lui. Souvent, ceux-ci, tout à leurs occupations et à leurs manigances, ne faisaient même pas attention à lui. Mais lui, après un instant de perplexité, avait déjà oublié cet affront.

Sans aucun doute, pour lui il n'existait pas de différences, ni d'âge, ni de beauté et de laideur, ni de sexe, ni sociales. Tole et Memeco étaient, à la vérité, deux jeunes gars malingres et renfrognés, de profession incertaine (trafiquants de marché noir ou voleurs, selon les cas), mais pour lui ils étaient semblables à deux apollons hollywoodiens ou à deux patriciens de haut rang. La sora Mercedes sentait très mauvais ; mais quand il jouait à cache-cache, il choisissait de préférence comme cachette la couverture qu'elle avait sur les genoux ; et avant de disparaître dessous, il lui murmurait en toute hâte, d'un air complice : « Dis *ren*, eh, dis *ren*. »

Deux fois, vers la fin de l'été, des militaires allemands étaient arrivés par là. Et aussitôt, dans le refuge, ç'avait été la panique, car maintenant, dans le peuple, les Allemands étaient considérés comme pires que des ennemis. Mais bien que cette annonce *les Fritz* ait déjà agi alentour comme une sorte de malédiction, le petit Useppe ne sembla pas y attacher d'importance, et il accueillit les insolites visiteurs avec une vive curiosité et sans la moindre crainte. Or, à la vérité, il s'agissait de vulgaires troufions de passage qui n'avaient pas de mauvaises intentions et qui ne demandèrent qu'un renseignement topographique ou un verre d'eau. Mais il est sûr que si un escadron de S.S. s'était présenté dans cette grande salle, le comique Useppe n'en aurait pas eu peur. Cet être minuscule et désarmé ne connaissait pas la peur, mais seulement une confiance spontanée. On eût dit que pour lui il n'existait pas d'inconnus, mais seulement des gens de sa famille, de retour après une absence et qu'il reconnaissait à première vue.

Le soir de son arrivée après le désastre, déchargé toujours endormi du charreton, il ne s'était pas réveillé avant le matin suivant, aussi Ida, pour lui faire manger quelque chose, avait-elle dû lui donner la becquée presque endormi. Puis, pendant la nuit, elle l'avait senti qui tressaillait et l'avait entendu gémir sans sortir de cet interminable sommeil ; et le palpant, elle avait eu l'impression qu'il était brûlant. Mais, au lieu de cela, le matin (une belle matinée de soleil), il s'était réveillé frais et dispos comme toujours. Les premières présences qu'il avait vues, aussitôt qu'il avait rouvert les yeux, avaient été les deux canaris et les jumelles (la chatte était absente, partie vaquer à ses affaires). Et immédiatement il s'était précipité vers eux, saluant cette apparition par de nombreux petits rires ravis. Puis, comme le font les chats, il s'était mis à explorer son nouveau et mystérieux logement, avec l'air de dire : « Oui ! oui ! je suis satisfait », et se faufilant entre tous ces gens inconnus comme pour annoncer : « Me voici ! Finalement on se retrouve ! » Il ne s'était pas encore lavé depuis la veille, et dans ce visage intrépide, sale et noir de suie, qui était le sien, la gaieté de ses petits yeux bleu ciel était si comique que, même ce tragique premier jour, elle faisait rire tout le monde.

Dès lors, la vie dans la promiscuité de cette unique grande salle commune, qui fut pour Ida un supplice de tous les jours, fut pour Useppe tout entière une fête. Sa minuscule vie avait toujours été (sauf pendant les bienheureuses nuits d'alerte) solitaire et isolée ; et, à présent, voici que lui était échue la chance sublime de se trouver jour et nuit en très nombreuse compagnie ! Il semblait tout bonnement devenu fou et amoureux de tous.

A cause de cela aussi, les autres mères lui pardonnaient ses extraordinaires précocités, les commentant sans témoigner d'envie. Quand elles le comparaient avec leurs propres enfants, elles refusaient de croire qu'il avait deux ans à peine ; et à ce propos, elles soupçonnaient entre elles qu'Ida, pour se faire honneur, racontait des blagues. Pourtant, en confirmation du très bas âge du petit, il y avait, d'autre part, son immense naïveté et ses dimensions physiques toujours inférieures à celles des enfants de son âge. Des Dames patronnesses avaient laissé à la disposition des sans-logis un tas de vêtements usagés, dans lequel avait été pêché son trousseau pour l'automne : un pantalon long à bretelles que Carulí avait adapté à sa taille, mais qui, pour le reste, était si grand pour lui qu'on eût dit celui de Charlot ; un manteau à capuchon, en toile cirée noire, doublé de molleton rouge, qui lui arrivait jusqu'aux pieds ; et un tricot de laine bleue qui, en revanche, était trop court pour lui (il avait probablement appartenu à un nourrisson), de sorte qu'il remontait toujours derrière, laissant à découvert un fragment de dos.

En outre, Carulí avait tiré pour lui du tortillon de la vieille de Mandela deux petites chemises et plusieurs slips ; et avec les restes d'une peau de chèvre volée par ses frères à un tanneur, elle lui avait confectionné une paire de chaussures du genre *ciocie* (les sandales des paysans de la Ciociara), lacées avec des ficelles. On peut dire, à la vérité, que, de tous les hôtes de la grande salle, Useppe était le plus pauvre. Ou, plutôt, il le fut durant la première période : car dans la suite, comme on le verra, il arriva un hôte qui, du moins pour le moment, était encore plus pauvre que lui.

Comme tous les amoureux, Useppe ne sentait absolument pas les incommodités de cette vie. Tant que dura l'été, moustiques, puces et punaises se joignirent aux autres habitants du dortoir. Et Useppe se grattait en bas et en haut, exécutant de véritables gymnastiques naturelles, comme les chiens et les chats, et bougonnant tout juste en guise de commentaire : « *mousses, mousses...* » c'est-à-dire *mouches,* car il appelait mouches tous les insectes.

En automne, avec les fenêtres fermées, le local, à l'heure de la cuisine, s'emplissait d'une fumée asphyxiante ; et lui, sans trop en être incommodé, se contentait de temps en temps d'agiter ses deux mains comme un éventail, en disant : « Va-t'en, fumée. » Ces inconvénients étaient, d'ailleurs, compensés par les merveilles de la grande salle, qui avec les pluies d'automne était de plus en plus peuplée et offrait des programmes d'une nouveauté et d'un intérêt toujours variés.

Avant tout, il y avait les deux jumelles. Les autres gosses de la compagnie, plus ou moins du même âge que lui, manifestaient à leur manière un certain sentiment de supériorité à l'égard de ces deux nourrissonnes. Mais pour lui elles étaient un spectacle si fascinant qu'il restait parfois plusieurs minutes à les contempler, avec un amusement extatique. Et puis, soudain, irrésistiblement, il se se lançait dans un de ses discours aussi joyeux qu'incompréhensibles, convaincu probablement que pour dialoguer avec ces bébés il fallait utiliser un langage barbare. Et peut-être avait-il raison car elles lui répondaient par de joyeuses gesticulations et des petits cris spéciaux, avec un tel enthousiasme qu'en les poussant, elles s'inondaient tout entières de salive.

Devant un tel accord, les parents des jumelles lui proposèrent, un jour, d'en épouser une. Et lui, sur-le-champ, grave et convaincu, accepta cette proposition ; mais comme au moment de choisir, il hésitait entre l'une et l'autre (et, de fait, elles semblaient identiques), on en vint d'un commun accord à la solution de le marier avec les deux. Les noces furent célébrées sans plus de délai. La sora Mercedes était le curé et Guiseppe Secondo le témoin.

« Useppe, consens-tu à épouser Rosa et Celeste ici présentes ? »

« *Vi.* »

« Rose et Celeste, consentez-vous à épouser Useppe ici présent ? »

« Moi, oui. Et moi, oui », affirmèrent les deux fiancées par la bouche du témoin.

« Eh bien alors, je vous déclare mari et femmes. »

Et cela dit, cependant que les mains des trois époux étaient solennellement jointes, l'officiante Mercedes fit semblant de leur enfiler aux doigts trois anneaux imaginaires. Useppe était resplendissant de ferveur, mais aussi de responsabilité. A cette double consécration que Carulí approuvait au comble du bonheur, étaient présents Impero, Currado et le reste de la marmaille, qui, tous, assistaient à cela bouche bée. Pour arroser dignement ce mariage, le témoin offrit deux gorgées d'une liqueur douceâtre de sa fabrication ; mais Useppe, après l'avoir goûtée d'un air pénétré, n'en apprécia nullement la saveur et sans cérémonie la cracha.

L'insuccès de ce rafraîchissement ne gâta pourtant pas la fête et provoqua même un éclat de rire général qui libéra instantanément le marié de sa gravité. Et avec une bonne humeur immense et radieuse, Useppe se jeta par terre, les jambes en l'air, se livrant à une célébration acrobatique effrénée.

Un autre spectacle admirable, c'étaient les canaris, devant lesquels Useppe poussait carrément des petits cris de jubilation : « ...*zailes*... » répétait-il, « *zailes*... ». Mais c'est en vain qu'il essayait de comprendre ce qu'ils racontaient quand ils chantaient ou bavardaient.

« Qu'est-ce qu'y disent, Ulí ? »

« Est-ce que j'sais ! Y causent pas notre langue, y sont étrangers. »

« Y viennent des îles Canaries, pas vrai, *sor* [7] Giusè ? »

« Non, sora Mercedes. Ils sont de chez nous, ils viennent de la Porta Portese. »

« Et qu'est-ce qu'y disent, Eppetondo, hein ? qu'est-ce qu'y disent ? »

« Ce qu'ils disent ! boh !... Ils disent : tchiritchi tchirtichi moi je saute ici et toi tu bondis là ! Ça te va ? »

« Non. »

« Ah, t'es pas satisfait ! eh ben, raconte-le-nous, toi, ce qu'ils disent. »

Mais Useppe, assombri, ne trouvait rien à répondre.

A la différence des canaris, la chatte Rossella ne dialoguait avec personne. Mais, le cas échéant, elle avait dans son langage certaines intonations spéciales que tout le monde, plus ou moins, était capable de comprendre. Pour demander elle disait *miaou* ou *méou ;* pour appeler, *maou,* pour menacer, *mbrooh,* etc. Mais, à la vérité, elle n'était que très rarement à la maison. Guiseppe Secondo, son propriétaire, avait décidé : *Quand il y a disette pour les humains, les chats doivent se contenter de souris,* et, en conséquence, elle passait la majeure partie de son temps à la chasse, y dépensant dextérité et audace, car son terrain de chasse était plein d'embûches. « Fais bien attention », lui disait de temps en temps Giuseppe Secondo, « car pas loin d'ici il y a un bistro où l'on fait du chat rôti ». Et actuellement, à ce qu'il semblait, les souris aussi se faisaient rares. De fait, le corps de la chasseresse, d'une belle élégance féline, avait maigri, ces derniers temps, et perdu son poil.

Selon l'opinion générale, cette chatte était un spécimen de la pègre, méchante et hypocrite. De fait, si l'on tentait de la prendre, elle s'enfuyait; et alors que personne ne l'appelait, elle venait inopinément se frotter contre l'un ou l'autre en ronronnant, mais elle déguerpissait dès qu'on tentait de la toucher. A l'égard des gosses, du reste, elle nourrissait une méfiance particulière; et si parfois, distraite par sa sensualité, il lui arrivait de se frotter à l'un d'eux, il suffisait d'un petit mouvement de celui-ci pour qu'aussitôt, elle se mette à feuler d'un air féroce. Aussi Useppe, chaque fois qu'elle daignait se frotter à lui, restait-il immobile et sans respirer, tout ému de cette faveur périlleuse et furtive.

Pour Useppe un autre luxe important de la grande salle, c'était le phonographe. Il en changeait les disques à l'infini, et il se mettait à danser, non point les pas monotones et conformes du tango ou du fox, mais des danses toutes d'instinct et de fantaisie, dans lesquelles il finissait carrément par se déchaîner, entraînant par son ivresse les autres gosses dans de véritables exhibitions de championnat. Au nombre de ses capacités prématurées, la plus admirée de tous, c'était ses prouesses sportives. On eût dit que ses minuscules os contenaient de l'air, comme ceux des oiseaux. Dans la grande salle étaient restés entreposés des bancs d'école qui en occupaient, entassés les uns sur les autres, tout un côté; et pour lui cet entassement devait représenter une sorte de falaise aventureuse! Il y grimpait en volant, jusqu'au sommet, bondissant et courant en équilibre sur les bords les plus hauts, tel un danseur sur fil de fer; et soudain, il sautait en bas, comme sans poids. Si quelqu'un d'en bas lui criait : « Descends! tu vas te faire mal! », lui, d'ordinaire si prompt à obéir, devenait dans ce cas sourd et inaccessible. De même qu'aux applaudissements et aux encouragements : « Bravo ! vas-y ! », il manifestait une semblable inattention insouciante. Le goût de s'exhiber lui faisait défaut ; en réalité, à l'occasion, il oubliait même la présence d'autrui. On avait la sensation que son corps le transportait hors de lui-même.

En plus de cette pile de bancs, la grande salle était encombrée de chaque côté de baluchons, de bonbonnes, de réchauds, de baquets, de cuvettes, etc., auxquels s'ajoutaient les petits sacs de sable contre l'incendie et des matelas roulés. Dans l'air, d'un côté à l'autre, des cordes étaient tendues, toutes pavoisées de vêtements et de linge.

L'entière superficie, assez vaste, était un trapèze rectangle, dont l'angle obtus avec ses voisinages immédiats était occupé par les Mille, qui, la nuit, y dormaient tous en tas, sur une rangée de matelas placés côte à côte. L'angle aigu était habité par Giuseppe Secondo qui, seul entre tous, disposait d'un matelas de laine lui appartenant. Il avait, par contre, laissé à la maison son oreiller, utilisant à la place de celui-ci sa veste et, sur celle-ci, son chapeau que, tous les matins, il se remettait sur la tête, sans jamais l'enlever, même à l'intérieur. Pour expliquer cette drôle d'habitude, il disait souffrir d'arthrite rhumatismale. Mais la vérité était que dans la doublure de ce chapeau était cachée, en billets de mille, une fraction de son capital liquide, dont il avait distribué le reste, en partie dans la doublure de sa veste et en partie sous la semelle intérieure de son unique paire de souliers que, la nuit, il rangeait à côté de lui, sous la couverture.

L'angle suivant était celui d'Ida, laquelle, seule entre tous, l'avait séparé du reste du dortoir par une sorte de rideau fait de sacs cousus ensemble tant bien

283

que mal et suspendus à une corde. Et dans le quatrième angle, présentement inhabité, étaient passés successivement divers hôtes en transit, desquels, comme uniques souvenirs, étaient restés deux fiasques vides et un gros sac de paille.

Durant cette période, le matin, au réveil, Ida se rappelait rarement avoir rêvé. Mais les quelques rêves dont elle se souvenait étaient gais, aussi lui était-il plus dur de se retrouver, quand elle se réveillait, dans son présent état de misère. Une nuit, il lui sembla entendre le cri des pêcheurs qu'elle entendait jadis dans son enfance, quand elle était chez ses grands-parents en été : FAA-LEIOU ! ! Et, de fait, elle se trouve en présence d'une mer d'un bleu foncé, dans une pièce calme et lumineuse, en compagnie de toute sa famille, les vivants et les morts. Alfio l'évente en agitant un éventail multicolore, et Useppe, sur le rivage, rit à la vue des petits poissons qui sautillent jusqu'au-dessus du bord de l'eau...

Puis elle se retrouve dans une ville très belle, comme elle n'en a jamais vu. Cette fois-ci aussi, est présente une très grande mer bleue, au bord de laquelle il y a d'immenses terrasses sur lesquelles se promène une foule en vacances, joyeuse et placide. Toutes les fenêtres de la ville ont des stores bariolés, qui claquent à peine au vent frais. Et en deçà de ces terrasses, au milieu des jasmins et des palmiers, s'étendent des cafés en plein air, où les gens en congé, se reposant sous des parasols de couleur, admirent un fantastique violoniste. Or, ce violoniste est son père, grand et royal, sur une estrade d'orchestre à la balustrade décorée : il est aussi un chanteur fameux, et il joue et chante *Céleste Aïda forme divine...*

La réouverture des écoles, qui, dans sa nouvelle situation de réfugiée, avait préoccupé Ida depuis l'été, était maintenant remise à Dieu sait quand dans la ville de Rome ; et la seule activité d'Ida à l'extérieur était actuellement la difficile chasse à la nourriture, pour laquelle son traitement était chaque jour plus insuffisant. Parfois, à certains des Mille qui exerçaient aussi, entre autres choses, le commerce clandestin, elle achetait des morceaux de viande, du beurre, ou des œufs à des prix élevés de marché noir. Mais ces luxes, elle se les permettait au bénéfice exclusif d'Useppe. Elle-même avait tellement maigri que ses yeux semblaient deux fois plus grands que naguère.

Une stricte division de la propriété régnait dans la grande salle, aussi à l'heure des repas une véritable frontière invisible s'établissait-elle entre les trois angles habités du trapèze. A cette heure-là, Useppe lui-même était retenu dans son petit coin par Ida, laquelle craignait qu'au milieu des Mille en train de banqueter et de Giuseppe Secondo occupé à faire réchauffer ses boîtes de conserves, Useppe ne fasse involontairement figure de mendiant. Par ces temps de disette, même les prodigues devenaient avares ; et le seul qui, de temps en temps, passait la tête de l'autre côté du rideau de sacs, apportant en cadeau un échantillon de ses petits plats, c'était Giuseppe Secondo. Et Ida qui continuait encore de le croire fou, rougissait, confuse, à ces offres, répétant : « Merci... excusez-moi... merci beaucoup... excusez-moi vraiment... »

Elle était la plus instruite du groupe des réfugiés, mais aussi la plus pauvre, et cela la rendait encore plus timide et apeurée. Même avec les gosses des Mille, elle ne réussissait pas à se libérer de ce sentiment d'infériorité, et ce n'est qu'avec les petites jumelles qu'elle se permettait quelques familiarités, car elles aussi, comme Useppe, étaient nées de père inconnu. Les premiers jours, quand quelqu'un l'interrogeait sur son mari, elle avait répondu en rougissant : « Je suis veuve... » et la crainte de nouvelles questions la rendait encore plus sauvage qu'elle ne l'était déjà de nature.

Elle avait toujours peur de déranger, d'être de trop ; et elle ne sortait que rarement de son coin, vivant tapie derrière son rideau comme un prisonnier dans un cachot disciplinaire. Quand elle se déshabillait ou s'habillait, elle tremblait à la pensée qu'un étranger passe la tête de l'autre côté de son rideau ou l'aperçoive par les trous de la toile à sac. Elle avait honte chaque fois qu'elle allait aux cabinets, devant lesquels il fallait souvent faire la queue ; mais, en attendant, ces lieux d'aisances fétides étaient le seul endroit lui offrant, au moins, une pause d'isolement et de calme.

Dans la grande salle commune, les rares moments de silence lui faisaient l'effet d'un filet d'air frais au fond de l'un des cercles de l'enfer. Tous ces bruits étrangers qui l'agressaient de toutes parts se réduisaient désormais pour ses oreilles à un unique et perpétuel grondement, où tous les sons se mélangeaient. Mais quand elle reconnaissait au milieu d'eux la petite voix gaie d'Useppe, elle ressentait la même fierté que celle qu'éprouvent les chattes de gouttière errantes quand leurs petits se hasardent, entreprenants, sur la place publique, sortant de leur cachette enfouie dans le sous-sol.

D'ordinaire, dès la fin du dîner, Useppe tombait de sommeil et il était rarement présent à l'heure où les Mille préparaient leur grande couche pour la nuit.

Mais personnellement il considérait ces rares occasions comme une chance et assistait à ces préparatifs avec un très grand intérêt et tâchait de s'y mêler. Puis, Ida l'entraînant par la main dans sa tente personnelle, il leur tournait nostalgiquement le dos.

Or, une certaine nuit, dans l'obscurité universelle, il lui arriva de se réveiller pour faire ses besoins ; et tandis que, pour ne pas déranger sa mère, il y satisfaisait héroïquement et sans aide, l'énorme chœur des ronfleurs de l'autre côté du rideau l'intrigua ; et il s'attardait sur son vase, tendant l'oreille, jusqu'au moment où, se levant, il partit, pieds nus, explorer le dortoir. Dieu sait comment s'y prenaient les dormeurs pour produire des sons aussi variés ?! L'un faisait penser à un moteur à explosion, un autre au sifflement d'un train, un autre à un braiment, et un autre à un éternuement à répétition. Dans les ténèbres de la grande salle, l'unique clarté provenait d'une petite bougie mortuaire, maintenue toujours allumée par les Mille devant certaines photos, sur une sorte de petit autel d'angle, au fond de leur grabat collectif. Cette petite lumière parvenait à peine du côté opposé, là où Useppe se trouva au sortir de sa tente. Mais il renonça à s'aventurer plus loin, non par peur de bouger dans le noir, mais parce que, par contre, une attraction différente l'emporta immédiatement sur sa curiosité d'observer le mécanisme des ronflements. Et avec un petit rire, voyant que là, près de lui, le grabat des Mille lui laissait une petite place sur le bord, il s'y installa sur-le-champ, se couvrant tant bien que mal avec un pan disponible de couverture. Des dormeurs les plus proches, il réussissait tout au plus à entrevoir les silhouettes. Celle qui était à côté de lui, à en juger par l'énorme renflement qu'elle faisait sous la couverture

287

et aussi par son odeur, devait être la sora Mercedes. Par contre, aux pieds de celle-ci, était étendue une silhouette beaucoup plus petite, qui tenait la couverture remontée jusqu'au-dessus de son crâne et qui pouvait fort bien être Carulina. Avant de s'allonger tout à fait, Useppe essaya d'appeler tout bas : « Ulí... » mais celle-ci ne parut pas entendre. Peut-être n'était-ce pas elle.

Aucun des Mille ne s'aperçut de l'intrusion d'Useppe. Seule la grosse silhouette à côté de lui se déplaça instinctivement dans son sommeil pour lui laisser un peu plus de place, et ensuite elle l'attira plus près, le prenant peut-être pour l'un de ses petits-enfants. Pelotonné auprès de ce grand corps chaud, Useppe se rendormit aussitôt.

Cette même nuit, précisément, il fit le premier rêve dont il soit resté trace dans sa mémoire. Il rêva que dans la prairie il y avait un *navi* (une petite barque) attaché à un arbre. Il sautait dans cette petite barque et, aussitôt, elle se détachait de la corde, cependant que la prairie était devenue une eau très luisante, sur laquelle la petite barque, avec lui dedans, se balançait rythmiquement, comme dansant.

En réalité, ce qui dans son rêve se traduisait par le gai roulis de la barque, était un mouvement réel qui se déroulait sur ces entrefaites à ses pieds. La petite silhouette quasiment enfantine recouverte jusqu'au-dessus de son crâne, était devenue un couple. L'un des mâles de la tribu des Mille, sous l'empire d'un nocturne stimulus, s'était glissé sans bruit jusqu'à elle à travers la rangée de matelas, et sans rien lui dire, couché sur elle, soulageait avec de brefs sursauts son excitation nocturne. Et elle le laissait faire, ne répon-

dant que par quelques petits grognements ensommeillés.

Mais Useppe endormi ne s'aperçut de rien. A
l'aube, Ida ne le trouvant pas près d'elle, se précipita,
inquiète, dans le dortoir. Pour y voir elle entrouvrit
une fenêtre et à la faible lumière elle le découvrit qui
dormait paisiblement tout au bord du grand grabat.
Le prenant alors à son cou, elle le remit sur son
matelas.

5

Ce début d'automne apporta aux réfugiés de la
grande salle divers événements notables.

A la fin de septembre, il faisait encore une chaleur
estivale et, pour ne pas étouffer, on dormait les fenêtres
ouvertes. Ce fut le 29 ou le 30 de ce mois que, le soir
tard vers onze heures, un peu avant le couvre-feu, la
chatte Rossella sauta dans la grande salle de l'une des
fenêtres basses donnant sur la tranchée, s'annonçant,
elle d'ordinaire si taciturne, par un long et ardent
miaulement. Tout le monde était déjà couché, mais
tout le monde ne dormait pas encore ; et Giuseppe
Secondo, qui était encore éveillé, fut le premier à voir,
peu après l'annonce de Rossella, une ombre masculine
s'encadrer dans l'embrasure de la fenêtre : « C'est ici
le refuge des évacués ? » demanda cette ombre.

« Et alors ? qu'est-ce que tu veux ? »

« Laissez-moi entrer. » La voix était rauque et très
lasse, mais péremptoire. A cette époque, quiconque se
présentait inopinément était suspect, et cela plus

289

encore la nuit. « Qui c'est ? qui c'est ? ! » s'informèrent alentour plusieurs voix alarmées provenant du grabat des Mille, cependant que deux ou trois de ceux-ci se levaient hâtivement, recouvrant tant bien que mal leurs corps en sueur et à peu près nus. Mais Giuseppe Secondo, le seul qui se couchait en pyjama, se dirigeait déjà vers la fenêtre, ses souliers aux pieds, sa veste sur les épaules et son chapeau sur la tête. Cependant, Rossella, avec des égards insolites, ne cessait de le solliciter, lui disant de sa voix spéciale : MIOUOUOUOUOU ! et elle faisait la navette de la fenêtre à la porte, recommandant nettement d'accueillir sans délai l'inconnu.

« Je suis un... évadé du Nord !... un soldat... ! » brailla l'inconnu, s'obstinant dans son comportement de brigand de grand chemin. « Oh, mon Dieu, je vais tomber... », dit-il, changeant soudain de voix et se parlant à lui-même en dialecte, dans un abandon désespéré et sans défense, et s'appuyant du dos contre le mur extérieur.

Ce n'était pas la première fois qu'arrivaient des soldats de passage, qui s'étaient débarrassés de leur uniforme et qui voulaient rejoindre le Sud. D'ordinaire, ils ne s'arrêtaient pas longtemps, ils se restauraient, prenaient un peu de repos et puis se remettaient en route. Mais en général, ils arrivaient de jour et usaient de manières plus courtoises.

« Attendez... » A cause du black-out, la fenêtre fut refermée avant d'allumer la lampe centrale. Il dut croire sans doute qu'on le laissait dehors, car il se mit à cogner à la porte avec ses mains et avec ses pieds.

« Oh, quoi ! un peu de patience !... Entrez. »

Aussitôt entré, tombant presque à genoux, il se laissa choir par terre, adossé à un petit sac de sable.

Évidemment il était à bout de forces et n'était pas armé. L'entière tribu des Mille (sauf quelques tout petits et les jumelles qui dormaient) s'était pressée autour de lui, les hommes, le torse nu ou en maillot de corps et en slip, et les femmes en combinaison. Useppe lui aussi avait débouché de sa tente, tout nu comme il se trouvait, et il suivait les événements avec un extrême intérêt, cependant qu'Ida passait la tête avec circonspection, car elle avait toujours peur qu'un espion fasciste se cache dans tout nouveau-venu. Quant aux canaris, que la lumière avait réveillés, ils commentaient l'événement par quelques pépiements.

Mais la plus complimenteuse, c'était Rossella, manifestement entichée de cet individu. Après s'être frottée avec coquetterie contre ses jambes, elle s'assit devant lui dans la pose du sphynx d'Égypte, sans plus détacher de lui ses grands yeux cuivrés.

Pourtant, l'homme ne faisait pas attention à ces signes de bienvenue spéciaux de la chatte, et, en entrant, il n'avait pas accordé le moindre coup d'œil au local et ne s'adressait à personne en particulier. Au contraire, même lorsqu'il demanda l'hospitalité, il proclamait manifestement par son attitude un total refus de ces lieux et de leurs habitants, animaux et humains.

L'ampoule du plafond, bien que faible, le gêna, si bien que, à peine assis, il en détourna les yeux avec une grimace ; et puis, avec des gestes saccadés de paralytique, il s'abrita les yeux avec une paire de lunettes noires qu'il tira d'une sacoche crasseuse qu'il avait avec lui.

Cette sacoche de toile, en bandoulière, de la taille à peu près d'un cartable d'écolier, était son seul bagage. Son visage hagard, sous une barbe vieille de plusieurs jours, était d'une pâleur grise ; mais sur ses bras et sur sa poitrine, poilus et hirsutes, on retrouvait son teint naturel, très brun, presque celui d'un mulâtre. Il avait des cheveux très noirs, raides, coupés courts sur le front ; et son corps plutôt grand paraissait, malgré son actuel avachissement, sain et assez vigoureux. Il était vêtu d'un pantalon d'été et d'un polo à manches courtes : le tout dans un état de saleté indescriptible. Et il était ruisselant de sueur, comme après un bain turc. Il paraissait avoir environ vingt ans.

« Je veux dormir ! » dit-il d'une voix faible, mais toujours de cette même manière agressive, pleine de menace et de rancœur. Il continuait de faire d'étranges grimaces, contractant à tel point les muscles de son visage que Carulina, saisie d'une irrésistible envie de rire, dut se masquer la bouche avec ses deux mains pour qu'il ne s'en aperçoive pas. Mais de toute façon il ne s'en serait pas aperçu, car ses yeux, cachés derrière les lunettes noires, ne regardaient rien.

Tout d'abord, il fronça les sourcils dans une expression méditative, comme pour mieux se concentrer en lui-même ; et comme il appuyait ses deux mains sur le sol pour essayer de se lever, au lieu de cela il pencha la tête de côté et vomit sur le pavement un peu d'écume blanchâtre. « Mon Dieu... » murmura-t-il, la bouche pâteuse de vomi. Alors, Carulí, se repentant peut-être aussi de son rire de tout à l'heure, s'avança, pieds nus et vêtue de sa seule combinaison de rayonne (que comme les autres femmes de la grande salle, elle gardait pour dormir). Et de sa propre initiative et sous sa propre responsabilité, elle se dirigea vers le quatrième angle et se mit à battre de son mieux le gros sac de paille qui était là, disponible.

292

« Si vous voulez », dit-elle à l'homme, « vous pou-
vez vous mettre là pour vous reposer. Ce coin est
libre. »

Personne n'éleva d'objection. Et Giuseppe Secondo,
voyant que l'homme avait de la peine à se mettre
debout, lui vint en aide avec précaution, comme s'il se
fût agi d'un chien blessé. Mais, dès qu'il fut debout,
l'homme le repoussa brutalement. Et tout seul il gagna
le coin et se laissa tomber comme une masse sur le gros
sac.

« Miiiouououou ! » et la chatte s'élança le rejoindre,
allant se poser près de ses pieds, à un endroit où, par
un large trou du gros sac, de la paille sortait. Avant de
s'installer sur celle-ci, elle s'affaira à l'arranger mieux
avec ses petites pattes, s'amusant un instant à jouer
avec les fétus ; mais, une fois passée cette distraction
momentanée, elle se pelotonna, le ventre sur ce trou du
sac, et resta là, tranquille, à contempler l'inconnu avec
ses grands yeux. Elle ronronnait de plaisir, mais en
même temps on voyait briller dans ses yeux une nette
préoccupation et une expression de responsabilité.

Les assistants n'en revenaient pas de la voir si
différente, elle qui ne permettait jamais de familiarités
à personne et qui, débauchée de nature, passait
toujours ses nuits dehors. Mais, en réalité, présentement, à l'insu de tout le monde, elle était enceinte et
peut-être que se développait en elle une sorte d'instinct
qui faisait que, comme elle n'avait encore jamais rien
éprouvé de semblable, elle se sentait troublée et
bizarre. C'était effectivement sa première grossesse et
elle n'avait même pas dix mois. Et il y avait maintenant plusieurs semaines déjà qu'elle était enceinte ;
mais l'enflure de son ventre était encore minime, si
bien que personne ne s'en était aperçu.

293

L'inconnu ne s'était pas plus tôt laissé tombé sur le gros sac, qu'il sombra sur-le-champ dans un sommeil qui ressemblait à une perte de connaissance.

Il avait laissé sa sacoche par terre, là où il s'était assis en entrant, et l'une des belles-sœurs de Carulí en explora le contenu avant de la déposer à son chevet. Il y avait les objets suivants :

trois livres, l'un de poésies espagnoles, un autre qui avait un titre philosophique difficile, et le troisième intitulé *Les Symboles paléochrétiens des catacombes* ;

un petit cahier crasseux de papier quadrillé, sur chacune des pages duquel, en long et en large et dans tous les sens, étaient écrits au crayon en caractères plus ou moins grands mais tous de la même main, toujours et rien d'autre que ces deux mots répétés : CARLO CARLO CARLO CARLO VIVALDI VIVALDI VIVALDI ;

quelques biscuits moisis et ramollis comme s'ils avaient été dans l'eau ;

quelques billets de dix lires, en piteux état et éparpillés en désordre au milieu des autres objets ;

et une carte d'identité personnelle.

C'était là tout.

Sur la carte d'identité, à côté de la photo du titulaire, on lisait :

Nom	VIVALDI
Prénom	CARLO
profession	étudiant
né à	Bologne
le	3 octobre 1922

etc., etc.

Sur cette photographie, prise quelques saisons plus tôt, le jeune homme qui présentement dormait sur le gros sac était néanmoins reconnaissable, bien que maintenant, par comparaison, il eût semblé défiguré. Sur la photo, ses joues actuellement émaciées étaient pleines et fraîches, leur dessin ovale étant intact. Et il y avait un air net et même élégant, avec son petit col, blanc et lisse, entrouvert sur une belle petite cravate. Mais le changement le plus affreux résidait dans l'expression qui, dans ce portrait, étant même celui d'une banale photo d'identité, étonnait par son ingénuité. Une expression grave jusqu'à la mélancolie ; mais cette gravité ressemblait à la solitude rêveuse d'un enfant. Maintenant, par contre, sa physionomie était marquée par quelque chose de corrompu qui, de l'intérieur, en pervertissait les traits. Et ces marques, encore pétries d'une stupeur terrible, semblaient produites non par une maturation graduelle, mais par une violence foudroyante, semblable à un viol.

Même son sommeil en était dégradé ; et les assistants en éprouvaient inconsciemment un malaise proche de l'antipathie. D'autres types isolés et mal en point étaient déjà arrivés dans ce local ; mais chez celui-ci on percevait une différence qui écartait presque de lui la banale compassion.

Vers une heure du matin, quand, depuis un bon moment, dans les ténèbres de la grande salle, tout le monde dormait, il se mit soudain à se débattre sur le sac de paille, hurlant obsessionnellement : « Assez ! J'ai soif ! Je veux sortir d'ici ! Éteignez cette lampe ! »

Le profond ronflement des dormeurs s'interrompit.

« Quelle lampe ? » grommela paresseusement quelqu'un. Et, de fait, toutes les lampes étaient éteintes. Le premier à se réveiller, ce fut Useppe qui bondit de son matelas et se précipita, alarmé, vers l'angle du gros sac, comme si ce type avait été l'un de ses proches parents.

Carulina le suivit et commença par fermer les fenêtres et par allumer la lampe centrale. Le petit Useppe, tout nu, était là debout immobile à un pas du gros sac, le regard fixe et interrogateur. La chatte, encore à demi allongée sur la paille, dressait les oreilles et cherchait à deviner l'heure avec sa petite truffe encore chaude de sommeil, écarquillant ses yeux hagards sur l'homme qui se débattait obscènement. A un certain moment, elle sauta à terre, effrayée et se mit à tourner autour de lui. Il était assis sur le gros sac et ne cessait pas d'invectiver de façon affreuse. Il délirait. Il continuait de répéter : « Éteignez cette lampe ! », mais il était clair que ce n'était pas à la lampe de la grande salle qu'on venait d'allumer, qu'il en voulait. Ses yeux noirs, brûlants et injectés de sang, ne voyaient rien d'autre qu'un point pétrifié à l'extérieur de lui, comme les yeux des aliénés mentaux. Son visage, auparavant livide, était à présent en feu. Il devait avoir plus de 39 de fièvre. Giuseppe Secondo fit mine de lui prendre sa température avec un thermomètre, mais il le repoussa. Dans son agitation, il déchirait sa chemise qui, çà et là, était striée de taches brunâtres, dont on ne comprenait pas si elles étaient de boue ou de sang. Et il se grattait la poitrine avec une telle violence qu'il se lacérait la peau. Certainement il était couvert de poux.

Puis il se mit à tressauter encore et encore sur le gros sac, comme si on l'avait frappé par en dessous : « Mon

Dieu », gémit-il, désespéré, « je veux rentrer à la maison, je veux rentrer... » Et il ferma les yeux avec une telle force, qu'il écrasa ses paupières sur ses orbites. Alors, on remarqua que ses cils mous étaient si longs et si épais qu'ils devaient le gêner.

Au bout d'un quart d'heure environ, il se calma un peu, peut-être parce que avec l'eau qu'on lui avait donnée à boire, on l'avait forcé d'avaler un comprimé d'aspirine. S'absorbant dans une cogitation extravagante, il se mit à faire certains calculs : additions, multiplications, divisions, qui lui venaient aux lèvres sous la forme d'erreurs si grossières qu'elles avaient l'air d'un gag : « Sept fois huit, se mit-il à dire, sept fois neuf... trois cent soixante-six jours, qui font onze au détail à une minute près... » Il fronçait les sourcils avec une gravité terrible : « Et quatre-vingts à l'heure est le maximum... Quarante-six plus cinquante-quatre, onze mille... Ne pas penser ! Ne pas penser ! » répéta-t-il alors, hagard, comme si quelqu'un l'avait interrompu. Et se retournant sur le gros sac, il s'escrima de noùveau à compter sur ses doigts : « Moins cinq... moins quatre... moins un... combien fait moins un... NE PAS penser ! Moins un... » Il sembla ne plus s'y retrouver dans son compte à l'envers : « Quarante douzaines de chemises », bougonna-t-il sévèrement, « ne suffisent pas pour le service... Pour vingt-quatre couverts... douze serviettes... mille cinq exposant négatif... combien de douzaines ? ! c'est de l'algèbre, nom d'un chien... »

Au bout de quelques instants, l'habituelle Carulina ne parvint plus à se contenir et elle dut étouffer un rire dans ses mains : « *Pouquoi* y compte ? » lui demanda à voix basse Useppe, préoccupé. « Est-ce que j'sais ? » lui répondit-elle, « y déraille parce qu'il a la fièvre... y raisonne pas en chrétien! » « Un trousseau, y cause d'un trousseau », intervint pour elle, avec une pédanterie scientifique, la grand-mère Dinda. Et Carulina ne réussit pas à réprimer un nouveau rire, qui fit danser au sommet de son crâne les deux petites nattes que par paresse elle n'avait pas dénouées la veille.

Dans l'intention de réparer, elle ramassa avec sollicitude les lunettes de soleil du malade, qu'il avait laissé tomber par terre, et elle les remit dans sa sacoche. Puis, voyant qu'il n'avait même pas retiré ses sandales, très gravement elle les lui ôta. Ses pieds étaient noirs de crasse et de poussière incrustée.

Il s'était assoupi. Et Rossella, se calmant à son tour, se roula de nouveau en boule dans son trou, sa petite tête en dessous, pour dormir.

Ida, cette nuit-là, fit un bref rêve qu'à cause de sa précision elle n'oublia jamais plus. Il lui semblait que, comme déjà quelque temps plus tôt dans la réalité, des hurlements et des gémissements venaient de nouveau du gros sac. Mais sur celui-ci, tout entier rouge de sang, il n'y avait plus personne. Les gens, tout autour, s'affairaient à cacher ce sang sous des monceaux de draps et de couvertures ; mais il imprégnait tout ; en un instant draps et couvertures en ruisselaient.

Le matin suivant, le nouvel hôte s'était déjà remis. Il n'avait plus de fièvre et, dès son réveil, vers neuf heures, il se leva sans l'aide de personne. Il évitait la conversation et toujours, même à l'intérieur, il gardait ses lunettes noires ; mais son comportement était très différent de celui de la veille : maintenant, il se déplaçait avec embarras, presque timidement. Et les autres qui jusque-là s'étaient sentis envahis par sa

298

présence comme par un scandale, se remettant un peu de ce premier effet aliénant, le regardèrent avec plus d'indulgence et de sympathie.

Ne sachant que dire à tous ces gens, il tenta de s'excuser de s'être fait ainsi donner l'hospitalité : « On m'avait indiqué une adresse à Rome, où j'aurais pu loger chez des connaissances, mais l'adresse était fausse... Je ne savais plus où aller... », expliqua-t-il de sa manière sauvage, mi-embarrassée, mi-brusque. « Ici », lui répondit Giuseppe Secondo, « c'est pas une propriété privée ! C'est un refuge public, à la disposition de la communauté ! » « A la fin de la guerre, je récompenserai tout le monde », déclara-t-il, mi-emphatique, mi-hargneux, « je récompenserai tout le monde largement ! » Pour le moment, il n'avait pas envie de manger ; mais il demanda (« en payant, bien entendu », ajouta-t-il) une tasse de succédané de café chaud. « Je ne voulais plus m'arrêter... », se disait-il à lui-même, en tenant à grand-peine la tasse dans ses mains qui tremblaient, « je ne voulais pas m'arrêter... mais je n'en peux plus... » La respiration sifflante, il tétait le café plutôt qu'il ne le buvait.

Il n'était plus livide comme lors de son arrivée ; mais, même après qu'il se fut fait la barbe avec un rasoir Gillette que lui prêta Giuseppe Secondo, sa pâleur, quasiment de paludéen, faisait peur. A midi, il se jeta sur un plat de pâtes, l'attaquant brutalement, avec la fougue d'un chiot à jeun.

Après qu'il eut mangé, une couleur plus naturelle revint sur ses joues. Il accepta en cadeau de Giuseppe Secondo une chemise qui était trop large pour son propriétaire, mais qui sur lui, bien qu'il fût amaigri, se révélait petite. Il parut, néanmoins, content d'avoir sur le dos quelque chose de propre. Carulina lui lava son pantalon dans le baquet, lui faisant seulement payer le savon : au prix du marché noir, car il s'agissait d'un savon spécial pour la lessive, d'avant-guerre, et non de celui de la carte, lequel avait l'air d'être fait de sable et de pierraille. Puis, pendant que son pantalon séchait, un chiffon autour des hanches le couvrant tant bien que mal (il avait des jambes robustes et poilues, d'une rudesse presque ingénue de primitif), il demanda en prêt un baquet, pour se laver le corps avec le reste du savon qu'il avait acheté. Et Rossella, qui arrivait aussitôt immanquablement partout où il était, l'accompagna aussi aux cabinets où il se retira pour se laver.

Sur lui-même, en complément de sa première et rageuse présentation à la fenêtre, il donna très peu d'autres renseignements : et il les communiqua, contraint et forcé, de mauvaise grâce, uniquement pour justifier sa présence. Il se dirigeait, dit-il, vers le Sud, aux environs de Naples, où il avait des parents. Et il comptait reprendre son voyage le plus tôt possible, voire le lendemain. De fait, il n'était pas malade, mais seulement fatigué, car il était arrivé jusqu'ici à pied et dans des conditions désastreuses. Cette nuit avait été la première où il ait dormi sous un toit. Les nuits précédentes, il les avait passées à la belle étoile, dormant derrière un buisson, dans un fossé, là où cela se trouvait. « Je ne suis pas malade ! » répétat-il avec une certaine agressivité, comme si on l'avait accusé d'être contagieux.

Les deux frères de Carulina, qui, pour leurs affaires, avaient coutume de faire la navette entre Rome et Naples, lui dirent que, s'il attendait deux ou trois jours, il pourrait profiter avec eux du camion d'un de leurs amis, lequel disposait des permis nécessaires et allait, précisément, à Naples. Ce type savait comment se comporter en toute éventualité, car il était plus malin que les Allemands et les fascistes. Et il trouverait sans doute le moyen de le cacher au milieu des marchandises du camion, puisque lui, logiquement, en tant que déserteur, tenait à passer inaperçu.

Mais ils ajoutèrent que, d'après les dernières nouvelles qu'ils avaient recueillies, les Alliés se rapprochaient de Naples et que les Allemands étaient sur le point de quitter la ville, chassés par une insurrection populaire. Une fois entrés à Naples, les Alliés auraient la route ouverte vers Rome. C'était une question de jours et peut-être d'heures. Sous peu Rome aussi allait être libérée et *tout* serait fini. Vu qu'on avait tant attendu, il convenait d'attendre jusqu'au bout pour trouver la voie libre et ne pas risquer d'être bloqués le long de la route.

Carlo, bien que réticent, finit par accepter cette proposition. En réalité, il avait beau prétendre se sentir en forme, on voyait qu'il était à bout de nerfs et rompu de fatigue. Parfois, il faisait une grimace et il s'arrêtait, figé dans le vide, encore sous l'empire de son cauchemar nocturne.

Comme en ayant honte, il demanda à Giuseppe Secondo s'il ne pourrait pas lui aussi avoir pour son coin un rideau du genre de celui de la Signora (il voulait parler d'Ida). Pour ses requêtes, de préférence à tous les autres, il s'adressait à Giuseppe Secondo, peut-être parce que, voyant que celui-ci se démenait beaucoup, il l'avait pris pour une sorte de chef de famille. Et pour demander ces pauvres faveurs (le prêt du baquet, le succédané de café « en payant »), il se rembrunissait, prenant un air arrogant ; mais sa voix était troublée et hésitante, comme s'il avait au moins exigé la somme d'un million.

Avec tous les chiffons usagés de l'été, Carulina lui confectionna tant bien que mal un rideau composite qui ressemblait au manteau d'Arlequin et qui jusqu'à un certain point l'abritait des regards d'autrui. On pouvait toujours voir la partie inférieure de son corps à demi étendu et, de temps en temps, sa main qui, à côté de son grabat, fouillait dans la sacoche, comme si le contenu de celle-ci n'avait pas consisté, en tout et pour tout, en trois bouquins en mauvais état, une carte d'identité, des biscuits moisis et quelques billets de dix lires ; mais comme si elle avait pu lui réserver d'éventuels passe-temps ou d'éventuels secours contre la misère et le délire, et peut-être même la possibilité d'une surprise agréable.

En outre, par intervalles, on pouvait voir surgir de derrière ses pieds la menue silhouette de Rossella, sinueuse et un peu étriquée, avec son petit ventre imperceptiblement gonflé, qui s'étirait après un somme et lui marchait impunément sur les jambes. Elle avait assisté à l'installation du rideau d'un air de compétence et d'approbation, et ensuite, elle avait élu définitivement domicile là derrière ; si bien que les gosses, la respectant depuis lors comme étant la propriété de cet individu solitaire (dont le comportement lugubre leur faisait peur), n'osaient plus la poursuivre, lui taper dessus et l'embêter, comme ils le faisaient souvent auparavant.

A la vérité, le jeune homme avait l'esprit trop tourmenté pour faire attention à la chatte ; alors que celle-ci, sans nul doute, était convaincue qu'elle comptait déjà beaucoup dans sa vie. Il suffisait qu'il change de position ou qu'il bouge sur la paillasse, et aussitôt, elle se dressait sur ses petites pattes de devant, tendant son museau et faisant : « Mouhi ! » qui était sa manière particulière de répondre : comme quelqu'un qui dirait : présent ! à un appel ; quand, en réalité, la vérité était qu'il ne la voyait et ne l'entendait absolument pas, comme si elle n'avait même pas existé. Ce n'était que rarement et par hasard qu'il allongeait distraitement la main pour la caresser ; et elle fermait ses petits yeux, en extase, pour lui répondre dans l'intime langage félin des ronronnements : « Ah oui, c'est vraiment là le bon moment. Il nous fallait vraiment cette caresse pour mettre le comble à notre satisfaction d'être là, nous deux seuls, tout près l'un de l'autre. »

Les belles-sœurs de Carulina se mirent à commenter : « Rossella a trouvé son type », « La petite sorcière » (c'est ainsi qu'elles l'appelaient parfois) « a eu le béguin dès le premier instant », et tout en disant cela, elles ricanaient en direction de Giuseppe Secondo, dans l'intention de le provoquer en tant que son propriétaire légitime. Mais il leva le bras, d'un air de libéralité et d'indifférence, qui voulait dire : « Elle peut faire ce qu'elle veut. Ça la regarde. »

Il arrivait de temps en temps que les gosses passent timidement la tête sous le rideau pour épier ce couple solitaire. Et Vivaldi Carlo ne les repoussait pas ni ne leur permettait des familiarités : il les ignorait. Le seul qui, en contradiction avec ses mœurs sociables, ne venait jamais l'importuner, c'était Useppe : peut-être parce qu'il avait deviné que ce garçon voulait rester seul. Une fois, néanmoins, en jouant à cache-cache, il oublia absolument ce genre d'égards. Et faisant brusquement irruption sous le rideau, il se blottit derrière le gros sac et comme il le faisait avec la sora Mercedes, il chuchota au jeune homme : « Dis *ren,* eh ! Dis *ren.* »

De temps en temps, ayant peut-être le sentiment d'étouffer dans ce coin obscur et malodorant, le jeune homme sortait de derrière le rideau et faisait deux ou trois pas en silence, l'air de dire : « Oh, mon Dieu, que dois-je faire ? Où puis-je mettre ce corps qui est le mien ? » Mais, chassé par le pandémonium de la grande salle, il se retirait aussitôt dans sa tanière.

Le second jour, il sortit et revint peu de temps après, ayant fait l'acquisition d'une bougie qui devait lui servir pour lire, car, dans son angle, la lumière n'était suffisante ni le soir ni de jour. Il acheta aussi, au marché noir, aux frères de Carulina, deux paquets de cigarettes. Et il passa le reste de la journée derrière son rideau à fumer et à lire ou à essayer de lire les livres qu'il avait en sa possession.

Le troisième jour, il sortit de nouveau sans dire au revoir à personne, l'air équivoque et farouche d'un conspirateur, et il revint vers le soir, une expression moins sombre au visage. Il devait disposer à Rome d'une quelconque adresse postale personnelle, car il rapportait de son escapade deux lettres, sans timbre sur leur enveloppe (ainsi que le remarquèrent tout de suite les femmes). Les enveloppes, il les avait déjà décachetées, certainement pour jeter un rapide coup d'œil sur les deux lettres, en attendant de lire celles-ci plus tranquillement derrière son rideau. Mais trop anxieux et trop impatient pour songer à autre chose, aussitôt arrivé, il se mit immédiatement à les relire, assis à moitié à l'extérieur sur le bord du gros sac, sans ajuster le rideau ni allumer sa bougie, en présence de tous. « De bonnes nouvelles ? » lui demanda-t-on. « Oui », répondit-il. Et inopinément désireux de communiquer, il ajouta d'un air indifférent. « Ce sont des nouvelles des miens. De chez moi. »

En réalité, son émotion libératrice, bien que précaire, l'emplissait trop pour qu'il puisse la garder seulement pour lui. Il tardait à refermer le rideau qu'il maintenait ramené derrière lui, contre le mur, comme si l'arrivée de cette correspondance l'avait restitué, du moins provisoirement, à la société humaine. « Et alors, tout le monde va bien chez vous ? » reprit l'une des belles-sœurs, surtout pour l'encourager à parler. « Oui. Tout le monde va bien. » « Et qu'est-ce qu'ils vous disent, hein ? Qu'est-ce qu'ils vous disent ? » s'informa la grand-mère Dinda. Avec dans la voix un certain frémissement, mais manifestant une insouciance méprisante, comme si la chose ne le concernait pas, il répondit : « Ils m'adressent leurs souhaits. Aujourd'hui, c'est ma fête. »

« Aaah ! Bonne fête ! Bonne fête ! » vociférèrent-ils en chœur autour de lui. Et alors, une expression de mécontentement sur le visage, il s'enferma derrière son rideau de chiffons.

Ce même soir, les frères de Carulina revinrent porteurs de la nouvelle que Naples avait été évacuée par les troupes allemandes. Les Alliés étaient aux portes de la ville, mais de toute façon, les Napolitains qui en avaient assez d'attendre, s'étaient chargés de la nettoyer seuls en quelques jours ; à jeun comme ils l'étaient, bohémiens sans toit, vêtus de loques, armés de bidons d'essence, de vieux sabres et de tout ce qui leur tombait sous la main, ils avaient allégrement écrasé les troupes blindées allemandes. « Naples a gagné la guerre ! » proclamèrent Tole et Memeco aux assistants. « Alors, comme ça », dit Carulina, « maintenant tout est fini ? » Personne n'en doutait : pour les

Anglo-Américains le parcours Naples-Rome était une rigolade. Pour le moment, néanmoins, la route de Naples était barrée : d'un côté l'Amérique et de l'autre le Reich. Mais il s'agissait de patienter encore quelques jours, une semaine au maximum, et on aurait la voie libre : « Et alors, on va tous rentrer à la maison! » dit le grand-père Giuseppe Primo (sans considérer que *leur maison* n'existait plus).

Le seul à ne pas être aussi sûr, c'était Giuseppe Secondo : à son avis, les Anglo-Américains, en tant que capitalistes, étaient des types du genre enfants gâtés, qui faisaient les choses quand ça leur disait : « D'autant que, maintenant, pour eux, la victoire, c'est dans la poche... Un mois de plus ou de moins... Pourquoi se grouilleraient-ils de s'amener à Rome. Peut-être qu'à Naples, le climat leur plaît, et aussi la mer bleue... Holiday! Il se peut que l'envie leur prenne de passer l'hiver à Posillipo... » Mais ces répliques de Giuseppe Secondo ne pouvaient pas entamer l'optimisme des Mille.

A cette époque, les Mille dégotaient on ne sait où une grande quantité de viande de contrebande (de la viande que, semble-t-il, entre autres choses, certains militaires allemands revendaient après l'avoir réquisitionnée) : certaines fois, même, d'entiers quartiers de bœuf qu'ils entreposaient aux cabinets où il faisait plus frais, les suspendant au mur avec un crochet de boucher. Comme il s'agissait d'une denrée périssable, ils en demandaient un prix si honnête qu'Ida pouvait elle aussi se permettre cette dépense et jouir de ce luxe inespéré à peu près tous les jours de la semaine.

Mais Useppe, depuis quelque temps, se montrait parfois récalcitrant à manger de la viande et il fallait le forcer. C'était, cela se voyait nettement, la faute de ses nerfs plutôt que de son estomac ; mais ce caprice amer, pour lequel il était lui-même incapable de donner une explication, le bouleversait dans certains cas jusqu'à l'horreur, le contraignant à vomir et à pleurer. Heureusement, néanmoins, habilement distrait au moyen d'un quelconque petit jeu ou d'une historiette improvisée, il oubliait vite toute impression désagréable, grâce à son habituelle insouciance naturelle. Et il suivait, confiant, l'exemple des autres, consommant le plat détesté la veille, sans même une ombre de dégoût. Aussi ces repas providentiels l'aidèrent-ils à se mieux préparer à l'hiver qui venait.

Celui qui plus que tous profita de cette abondance insolite, ce fut Vivaldi Carlo qui, venant du Nord, était naturellement carnivore. Pour sa fête, en même temps que les lettres, il avait évidemment reçu aussi de l'argent, car, ce même soir, il tira grandiosement de sa poche effilochée un billet de mille lires et acheta une quantité de cigarettes et un énorme bifteck qu'il dévora avec son habituelle voracité enfantine. Il paya aussi à boire à tout le monde ; mais, gauche et confus, à peine après avoir payé le vin, il se retira dans sa tente, sans participer à la bombance générale.

Et les jours suivants, devenu client de la nouvelle boucherie des Mille il retrouva rapidement un air florissant. Ses membres, robustes de nature, reprirent élasticité et impétuosité, et la malsaine patine grise disparut tout à fait de son teint. A présent, plus que jamais, avec sa peau brune et ses traits marqués, il ressemblait plutôt à un Arabo-Éthiopien nomade qu'à un Polonais. Sa lèvre supérieure, très développée, manifestait même trop, mobile comme elle l'était, les sentiments que taisait sa bouche silencieuse. Et dans ses yeux en amande comme ceux des cerfs revenait de temps en temps cette ombre rêveuse, désarmée et clandestine que l'on voyait sur sa photo. Mais cette étrange marque de corruption brutale restait imprimée sur son visage, telle une indélébile flétrissure.

Une seule fois, ces jours-là, on le vit sourire : et ce fut quand à l'apparition brusque et inattendue de trois ou quatre gosses sous la tente, Rossella fit le gros dos, se gonflant dans cette attitude qu'en zoologie, on appelle *terrificans,* tous ses poils, y compris ceux de sa queue, aussi raides que des épines. Et grinçant des dents, elle poussa un véritable petit rugissement, tel un sanguinaire félin des forêts tropicales.

La santé exacerbait pour l'hôte du quatrième angle la torture de ces jours d'immobilité. On l'entendait bâiller en une sorte de braiments déchirants, cependant qu'il s'étirait de tout son long comme un martyr sur la roue. Outre à ses lectures il passait à présent une partie de son temps à écrire dans un nouveau cahier qu'il s'était acheté et qu'il portait toujours sur lui. Et les belles-sœurs de Carulina déclaraient entre elles avec malignité que sans doute ce cahier comme l'autre se remplissait en long et en large de CARLO CARLO CARLO VIVALDI VIVALDI.

Ces jours-là, pour les jeunes gens en âge d'être soldats et, plus encore, pour les déserteurs, il était plus que jamais risqué de se montrer dans les rues. Le jour même où avait été annoncée l'évacuation de Naples, les Allemands avaient fait à Rome un grand étalage de leurs forces, défilant dans les artères principales avec leurs blindés. Les rues étaient tapissées d'affiches qui appelaient sous les drapeaux tous les hommes valides pour la défense du Nord ou pour le travail forcé en Allemagne. De temps en temps, sans préavis, les rues étaient bloquées ; et les autobus, les bureaux et les

308

établissements publics étaient envahis par les militaires allemands ou par les miliciens fascistes, qui, arrêtant tous les jeunes gens présents, les chargeaient sur leurs camions. On voyait ces véhicules pleins de jeunes prisonniers traverser les rues, suivis par des femmes qui hurlaient. Le Corps italien des Carabiniers que les Allemands jugeaient peu sûr avait été désarmé : ceux de ses hommes qui n'avaient pas réussi à fuir avaient été dirigés vers les camps de concentration, et les rebelles massacrés, les blessés et les cadavres abandonnés en pleine rue. Des affiches ordonnaient la remise de toutes les armes, avertissant que tout citoyen italien trouvé en possession d'armes serait fusillé sur place, immédiatement.

Maintenant, dans la grande salle, Carulina ou quelqu'un d'autre, pourvu qu'il ne soit pas trop petit pour atteindre la fenêtre, était toujours en sentinelle derrière les barreaux de celle-ci. Si un uniforme du Reich ou du Fascio était repéré dans les parages, aussitôt la sentinelle avertissait, utilisant un code chiffré : « Allumez la lampe ! » ou bien « J'ai envie de chier ! » et sans délai tous les hommes présents se précipitaient dans le couloir vers le petit escalier intérieur qui, du sous-sol, menait au toit, pour se tenir prêts à sauter de là-haut et à prendre la fuite à travers champs : les Mille prenaient soin aussi, précipitamment, de se charger de leurs quartiers de bœuf. Giuseppe Secondo lui-même, bien qu'âgé, les suivait, affirmant qu'il était recherché à cause de ses opinions subversives. Et Vivaldi Carlo se levait de derrière son rideau pour se joindre à eux, mais sans se dépêcher, retroussant sa mobile lèvre supérieure dans un rictus qui découvrait ses incisives, comme lorsqu'on rit. Ce n'était une grimace ni de peur ni de banale aversion.

C'était une crispation phobique dont la brutalité quasi difforme pervertissait en un instant les traits de son visage.

Et Rossella, s'étirant sur-le-champ, le suivait, la queue dressée comme un petit drapeau, à petits pas joyeux et satisfaits qui disaient clairement : « Heureusement ! Il était temps de bouger un peu ! »

6

A quelques jours de distance de l'arrivée de Vivaldi Carlo (je ne saurais rétablir la date exacte, mais ce fut certainement avant le 10 octobre), un nouvel événement marqua ces soirées d'automne : et ce fut, cette fois, une surprise sensationnelle.

Il pleuvait à verse : la lumière était allumée, la porte et les fenêtres étaient fermées, les vitres masquées avec du papier gris-noir, et le phono jouait *Reginella campagnola*. Les matelas étaient encore roulés contre les murs, et c'était l'heure où dans tous les angles on préparait le dîner. Et tout d'un coup, Useppe qui faisait semblant de manœuvrer le phono, abandonna cette fascinante activité et bondit vers la porte, criant, en proie à un merveilleux ravissement :

« Ino ! Ino ! Ino ! »

Il semblait devenu fou, comme si à travers cette porte il avait eu la vision d'un voilier d'or avec des mâts d'argent sur le point d'aborder dans la grande salle, toutes voiles déployées et son pont illuminé par des centaines de petites lanternes multicolores. A ce

moment, effectivement, deux voix juvéniles se firent
entendre à l'extérieur, peu à peu plus distinctes dans le
crépitement de la pluie. Ida surgit à son tour de son
coin, tremblant de la tête aux pieds.

« M'man, c'est Ino ! *Ouve*, m'man, *ouve !* » lui cria
Useppe, l'entraînant par sa jupe vers la porte. Sur ces
entrefaites, dehors, quelqu'un frappait énergiquement
à celle-ci. Bien que faisant péniblement fonctionner la
serrure avec ses doigts convulsifs et humides de sauce,
Ida n'eut pas d'hésitations.

Nino et un autre garçon firent leur entrée, tous les
deux blottis sous une unique bâche imperméable, de
celles qu'on utilise pour abriter les marchandises dans
les camions Nino riait à gorge déployée, comme à une
aventure de roman policier. A peine eut-il mis le pied
dans la grande salle que, d'un seul geste, il jeta sur le
sol la bâche tout entière luisante d'eau ; et tirant de
sous ses vêtements un chiffon rouge, d'un air d'orgueilleux défi, il se le mit autour du cou. Sous son
imperméable il portait un maillot rayé, type cycliste, et
un blouson de grosse toile ordinaire.

« Ino ! Ino !! Ino !!! »

« Eh, Usè ! Oui, c'est moi ! Tu me reconnais ? Alors,
tu me donnes un petit baiser ? »

Ils s'en donnèrent au moins dix. Puis Nino, présen-
tant son compagnon, annonça : « Lui, c'est *Quattropunte* (Quatre pointes). Et moi, c'est *Assodicuori* (As de
cœur). Eh, *Quattro*, lui, c'est mon frangin, dont je t'ai
tant parlé. » « Tu parles si on en a parlé ! » confirma
l'autre, le visage rayonnant. C'était un garçon à peu
près du même âge que Nino, qui avait l'aspect
commun aux paysans du Latium, avec ses yeux petits,
débonnaires et rusés. Mais on voyait tout de suite que
sa ruse, sa bonhomie, chaque muscle de son corps petit

et robuste, chaque respiration de ses poumons et chaque pulsation de son cœur, il les avait consacrés, sans discussion, à Nino.

Celui-ci, entre-temps, était devenu distrait ; et déjà au moment où son ami commençait sa phrase « Tu parles si on en a parlé ! », cessant d'écouter, il fouillait des yeux les alentours, impatient et pensif. « Mais comment as-tu fait pour nous trouver ?! » continuait de lui répéter sa mère qui, dès qu'il était entré, était devenue toute rouge, telle une amoureuse. Mais au lieu de lui répondre, il demanda brusquement :

« Et Blitz ? où il est ? »

Useppe était à tel point en proie à la joie qu'il n'entendit à peu près pas cette question. C'est à peine si, au passage de la pauvre ombre de Blitz, son regard rayonnant se voila un court instant, peut-être à son insu. Alors, Ida, craignant de réveiller son souvenir, murmura en aparté à Nino :

« Blitz n'est plus. »

« Mais comment ?... Remo me l'a pas dit, ça... » (Remo était le nom du patron du fameux bistro de San Lorenzo, proche de leur maison) « Remo m'a rien dit de ça... » Sur un ton d'excuse, Ida se mit à balbutier : « La maison a été détruite... il n'est rien resté... » Mais Nino proféra avec fureur :

« Qu'est-ce que ça peut me foutre, la maison ! »

Le ton sur lequel il disait ça proclamait que pour lui toutes les maisons de Rome pouvaient même s'être écroulées : lui, il crachait dessus. Ce qu'il voulait, lui, c'était son petit chien, son cher petit compagnon, le ventre étoilé. C'est cela qui lui importait. Une tragique peine enfantine s'était abattue sur son visage, telle qu'il semblait sur le point de pleurer. Pendant un moment il se tut. Sous les petites boucles emmêlées qui lui couvraient le crâne comme un heaume, ses yeux dialoguaient, du fond d'une obscurité déserte et insondable, avec un minuscule fantôme qui, bondissant pour l'accueillir dans ce lieu étranger, dansait, devenu fou de bonheur, sur ses quatre petites pattes torses. Alors, comme si la perte de Blitz avait été la faute de tout le monde, sa réaction fut de colère. Il s'assit rageusement, les jambes allongées, sur un matelas enroulé et annonça avec une farouche arrogance au rassemblement qui se formait autour de lui :

« On est partisans des Castelli. Bonsoir, camarades masculins et féminins. Demain matin, on rentre à la base. On veut dormir, manger et du vin. »

Il salua du poing fermé. Puis, avec une sorte de clin d'œil insolent, il remonta d'un côté son blouson pour montrer que, au-dessus d'un ceinturon placé haut, presque à la hauteur de la poitrine, il cachait un pistolet.

On eût dit que son intention en faisant voir cette arme était : « Ou vous allez nous donner à manger, ou vous le paierez de la vie. » Mais au lieu de cela, un petit sourire ingénu illuminant soudain son visage, il expliqua, plein de condescendance :

« C'est un Walther », et il le considéra d'un œil affectueux. « C'est une prise de guerre », continua-t-il, « il était à un Fritz... A feu un Fritz », précisa-t-il, faisant une tête de gangster, « parce que maintenant ce Fritz n'est plus ni allemand, ni espagnol, ni turc, ni juif, ni... ni... C'est plus que du fumier. »

Soudain son œil, toujours si animé, eut une étrange fixité flamboyante, aussi vide d'images que le verre d'une lentille. Depuis qu'il était né, Ida ne se rappelait pas lui avoir jamais vu ces yeux. Mais cela dura à peine un instant. De nouveau Ninnuzzu resplendissant d'une fraîche humeur réjouie débitait ses vantardises de gosse :

« Ces godasses aussi », déclara-t-il en montrant son grand pied de pointure 43, « elles sont de la même marque : MADE IN GERMANY. Et aussi la montre de *Quattro*. Allez, Quattro, fais-leur voir ta montre. Elle se remonte tout seule, sans remontoir, et on voit l'heure même la nuit et quand y a pas de lune ! »

Il se leva et, bougeant rythmiquement comme s'il avait été dans un dancing, il se mit à fredonner une chansonnette sur la lune, alors très fameuse.

« ... Dites donc, si on ouvrait un peu la fenêtre ? Ici, il fait une de ces chaleurs. D'autant que si les patrouilles du black-out passent, nous, on est armés. Et du reste, avec cet orage, les Chemises Noires se risqueront pas à mettre le nez dehors. Ils ont peur même de la pluie. »

Il semblait prendre plaisir à provoquer tout le monde : les Italiens soumis, les Allemands occupants, les renégats fascistes, les Forteresses volantes des Alliés, les affiches de réquisition et celles de condamnation à mort. Currado, Peppe Terzo, Impero et toute la marmaille au grand complet se pressaient déjà autour de lui comme autant de courtisans, cependant qu'Ida, se tenant à l'écart, le suivait des yeux, la bouche frémissante comme si elle riait. Les épines de l'anxiété parvenaient à peine à égratigner ses pensées, aussitôt émoussées par sa mystérieuse foi en l'invulnérabilité de ce chenapan de Nino. Elle était sûre, tout au fond de sa conscience, qu'il allait traverser la guerre, la chasse des Allemands, la guérilla et les raids aériens sans le moindre mal, tel un petit cheval fripon galopant au milieu d'un essaim de mouches.

Quattropunte, qui se montrait plus prudent, l'arrêta

à temps alors qu'il s'escrimait à ouvrir la fenêtre. Nino eut un sourire doux et gracieux et l'embrassa : « Ce gars-là », dit-il, « est le plus brave des camarades et mon ami. On l'a surnommé comme ça : *Quattropunte,* parce qu'il a la spécialité des clous à quatre pointes qui font éclater les pneus des Fritz. Lui, sa spécialité, c'est les pointes, et moi, c'est le tir à la cible. Allez, camarade, dis-leur combien j'en ai descendu. Pour moi, les Allemands, c'est un jeu de quilles. Quand j'en vois une rangée debout, je la descends ! »

« Eh, ceux-là, les Allemands, c'est de la viande par tonnes ! » fut le commentaire enthousiaste mais ambigu de Tore, l'un des frères de Carulí. Personne ne se soucia de savoir s'il faisait allusion exactement à la viande humaine ou à ces fameux quartiers de bœuf. Au même instant, Ida ressentit une brusque douleur si violente que pendant un moment elle ne vit plus, devant elle, que des taches noirâtres. Et tout d'abord elle ne comprit pas ce qui lui arrivait, quand lui traversa l'esprit une voix masculine, étrangère et ivre, qui lui disait : « Chérie, chérie. » C'était vraiment exactement la même voix que celle qui, en janvier 1941, lui avait dit ces mêmes mots qu'alors, inconsciente, elle n'avait pas entendus. Mais enregistrée sur un appareil caché dans son cerveau, cette voix lui revenait soudain en même temps que les petits baisers qui l'avaient accompagnée alors et qui, maintenant, se posant sur son visage, lui donnèrent une impression de douceur, non moins violente que la douleur qu'elle venait de ressentir. Une question monta à sa conscience : dans la *rangée* évoquée par Nino, est-ce qu'il aurait pu y avoir aussi ce garçon blond ?... Elle ne savait pas que depuis presque quatre ans, ce garçon avait disparu dans la mer Méditerranée.

Useppe ne quittait pas un instant son frère, allant où il allait et se faufilant entre les jambes des gens pour lui courir après. Bien qu'il ait été amoureux du monde entier, on voyait clairement maintenant que son grand amour, c'était lui. Il était capable même d'oublier tous les autres, y compris Carulí, les jumelles et les canaris, pour cet amour souverain. De temps en temps, il levait la tête et l'appelait de nouveau : « Ino ! Ino ! » avec l'intention évidente de lui faire savoir : « Je suis là. Tu te souviens de moi, oui ou non ? Cette soirée est la nôtre ! »

A ce moment-là, du fond de la grande salle, là où s'ouvrait la porte intérieure, une voix de vieillard cria de toutes ses forces :

« Vive la Révolution prolétarienne ! »

C'était Giuseppe Secondo, lequel n'avait pas assisté depuis le début à l'arrivée de Nino, car il se trouvait momentanément aux cabinets. Il en était sorti à l'instant précis où Nino proclamait : « On est des partisans. Bonsoir, camarades masculins et féminins !... » et immédiatement une flamme extraordinaire s'était allumée en lui. Néanmoins, comme un spectateur ordinaire, il était resté discrètement en observation, jusqu'au moment où il ne put plus se contenir. Et bondissant comme une flamme, il se fraya un chemin, son chapeau sur la tête, et se présenta aux deux jeunes gens :

« Soyez les bienvenus, camarades ! Nous sommes à votre entière disposition. Ce soir, vous nous faites un grand honneur !! » Et avec le sourire joyeux d'un jeune homme, il révéla, baissant un peu la voix et convaincu de faire Dieu sait quelle annonce importante :

« Moi aussi, je suis un Camarade !... »

316

« Salut ! » lui dit Nino avec une sereine condescendance, mais sans témoigner un grand étonnement à
cette nouvelle. Alors, Giuseppe Secondo alla en toute
hâte fouiller dans son matelas et, avec un clin d'œil
triomphal, il vint soumettre aux visiteurs un numéro
de *L'Unità* clandestine.

La reconnaissant tout de suite bien qu'analphabète,
Quattro sourit de plaisir : « *L'Unità* », déclara-t-il
gravement, « c'est le vrai journal italien ! » Nino
regarda son ami avec une sorte de respect : « Lui »,
expliqua-t-il à tous, impatient de lui faire honneur,
« c'est un vieux militant de la Révolution. Moi, par
contre, j'suis un nouveau. Moi », déclara-t-il avec une
honnêteté sincère mais insolente, « jusqu'à cet été, je
militais de l'autre côté ».

« Parce que t'étais encore un môme », lui dit, à sa
défense, Quattro, « quand on est môme, on se gourre.
Les idées, ça vous vient avec le jugement de l'âge.
Quand on est môme, on n'a pas encore l'âge de la
lutte ».

« Ben, maintenant, j'ai grandi ! » commenta Nino
avec une joyeuse jactance. Et pour rire, il attaqua
Quattro, comme boxant. L'autre lui répondit et ils
luttèrent tous les deux, jouant à cogner et à parer
comme deux vrais pugilistes. Giuseppe Secondo se
plaça entre eux pour faire l'arbitre avec une grande
compétence et un tel enthousiasme que son chapeau
lui tomba en arrière jusque sur la nuque, cependant
qu'autour d'eux Peppe Terzo, Impero, Carulina et
toute la marmaille bondissaient et vociféraient en vrais
mordus du ring.

Ce jeu porta à son maximum l'excitation de Nino.
Lequel, brusquement, planta là le match et s'élança à

la cime de la pile de bancs, criant avec l'impétuosité d'un révolutionnaire sur les barricades :

« Vive la Révolution ! »

Tout le monde applaudit. Useppe se précipita à sa suite. Les autres gosses aussi escaladant la pile.

« Vive le drapeau rouge ! » cria à son tour Giuseppe Secondo ne se tenant plus, « c'est pour bientôt, camarades partisans ! La victoire est à nous ! La comédie est finie ! »

« Bientôt on révolutionnera le monde entier ! » proclama Ninnarieddu, « on révolutionnera le Colisée, et Saint-Pierre, et Manhattan, et le Verano, et les Suisses, et les Juifs et Saint-Jean... »

« ... et tout et tout ! » cria d'en bas, en gambadant, Carulina.

« Et on fera un pont aérien Hollywood-Paris-Moscou ! Et on se saoulera de whisky, de vodka, de truffes, de caviar et de cigarettes étrangères. Et on voyagera en Alfa de course et en bi-moteur personnel... »

« Vivat ! Vivat ! » applaudissaient à tort et à travers les gosses encore essoufflés par l'effort de grimper sur l'estrade du meeting. Seul Useppe y était déjà arrivé et, de là-haut, à cheval sur un banc, il criait lui aussi : « Vivat ! » et frappait sur le bois avec ses menottes pour collaborer au chahut. Les jumelles elles-mêmes, oubliées par terre sur un tas de chiffons, poussèrent des trilles de soprano.

« ... et les dindes, et les cassates et les cigarettes étrangères... et on fera des partouzes avec les Américaines et on baisera les Danoises, et l'ennemi aura qu'à se branler... »

« ... dites donc, mais quand c'est qu'on bouffe ici ?! »

318

Ninnuzzu venait de sauter à terre. Useppe vola à sa suite.

« Tout de suite, tout de suite », se hâta d'assurer Giuseppe Secondo. Et les femmes retournèrent aux préparatifs du dîner, dans un grand remuement d'assiettes et de vaisselle. A ce moment, dans le quatrième angle, derrière le rideau de chiffons, retentit un miaulement.

Vivaldi Carlo ne s'était pas montré, restant pendant tout ce temps dans sa tanière. « Qui y a-t-il là derrière ? » s'informa Nino. Et sans cérémonie il ouvrit largement le rideau. Rossella feula et Carlo se dressa à moitié sur sa paillasse.

« Et celui-là, qui c'est ? » dit Nino, manifestant pour la première fois depuis son entrée une ombre de soupçon. « Qui es-tu ? » demanda-t-il à l'homme de la tanière. « Qui es-tu ? » lui répéta Quattropunte, intervenant promptement en renfort de son Chef.

« Un type. »

« Quel type ? »

Carlo fit une grimace. « Parle », lui dit Nino, fier de prendre l'air propre à un guérillero se livrant à un interrogatoire. Et Quattro le pressa à son tour : « Pourquoi tu parles pas ? » lui fichant comme deux clous ses petits yeux au visage.

« Mais à la fin de quoi avez-vous peur ? ! Vous vous méfiez de moi ? »

« Nous autres, on a même pas peur du père éternel. Et si tu veux pas qu'on se méfie de toi, alors, cause. »

« Mais, bon Dieu, qu'est-ce que vous voulez savoir ? »

« Comment tu t'appelles ? »

« Il s'appelle Carlo ! Carlo ! » intervinrent en chœur les gosses survenant.

« Carlo comment ? »

« Vivaldi ! Vivaldi ! Vivaldi ! » crièrent les femmes du coin opposé.

« Tu es des nôtres ? » fit Nino, toujours du même air austère et menaçant.

« Tu es des nôtres ? » répéta Quattropunte presque à l'unisson.

Carlo les regarda d'un œil si transparent qu'il semblait amusé.

« Oui », répondit-il rougissant comme un enfant.

« Tu es communiste ? »

« Je suis anarchiste. »

« Bah, si on voulait être tatillons », intervint, conciliant, Giuseppe Secondo qui s'était tout de suite joint à la conversation, « notre grand Maître Carlo Marx, les anarchistes, il était plutôt contre que pour. Le drapeau rouge est rouge, et le drapeau noir est noir. C'est incontestable. Mais à certaines heures historiques, toutes les Gauches marchent unies dans la lutte contre l'ennemi commun ».

Nino demeura un moment silencieux, les sourcils froncés, méditant sur un doute philosophique qui lui était personnel. Après quoi, il sourit, satisfait :

« Moi », décida-t-il, « l'anarchie me déplaît pas. »

Carlo, presque content, eut un petit sourire (le second depuis le jour de son arrivée). « Et qu'est-ce que tu fiches là, tout seul ? » l'apostropha Nino, « t'es misanthrope ? »

Carlo haussa les épaules. « Allez, camarade anarchiste », l'invita Giuseppe Secondo, « viens à table avec nous ! Ce soir, c'est moi qui invite ! » annonça-t-il en se dirigeant vers le centre de la grande salle, sur un ton grandiose de milliardaire.

Carlo s'avança, indécis et dégingandé, sans regarder

personne, et aussitôt Rossella s'élança à sa suite. Vu la soirée exceptionnelle, le dîner fut servi en commun au centre de la grande salle, sur une unique table faite de caisses d'emballage placées côte à côte. Comme sièges, on mit autour par terre des matelas, des coussins et des petits sacs de sable. Giuseppe Secondo posa sur la table des bouteilles d'un vin spécial qu'il avait toujours gardé en réserve pour fêter la victoire (c'est-à-dire la défaite de l'Axe). « La victoire », dit-il, « on commence à la fêter à partir de ce soir ».

Carlo et Nino s'étaient installés sur deux matelas, presque en face l'un de l'autre, s'asseyant dans la pose des moines bouddhistes. A côté de Nino il y avait Quattro, et, derrière eux, les gosses se battaient, car ils auraient tous voulu prendre place près d'eux. Useppe s'était serré contre son frère, et ses yeux, toujours levés vers son visage, semblaient deux petites lampes braquées sur lui pour le voir plus en lumière. De temps en temps seulement, son attention se distrayant, il faisait : miououou... miououou... à la chatte en lui offrant un fin morceau.

Le menu du dîner était le suivant : spaghetti à l'*amatriciana,* avec des tomates en conserve et du vrai *pecorino* de campagne ; des biftecks à la *pizzaiola ;* du pain de farine authentique, acheté en contrebande à Velletri ; et de la compote de fruits variés. La pluie qui continuait de tomber à verse donnait une sensation d'isolement et de sécurité, comme dans l'Arche du Déluge.

Nino, tant il était occupé à observer Carlo Vivaldi, resta quelque temps silencieux : non plus soupçonneux, mais attentif, comme les gosses quand arrive dans leur bande un type étrange ou, d'une manière quelconque, posant un problème. Ses yeux à chaque

321

instant revenaient sur le visage de Carlo, lequel, par contre, ne regardait personne.

« Tu es milanais ? » lui demanda-t-il.

« ... Non... Je suis de Bologne... »

« Et alors, pourquoi tu es ici ? »

« Et toi, pourquoi y es-tu ? »

« Moi ! Parce que les fascistes commençaient à me débecter, voilà pourquoi ! J'en avais marre de la puanteur des chemises noires. »

« Et moi aussi. »

« T'étais fasciste, toi aussi ? »

« Non. »

« T'étais antifasciste avant aussi ? »

« J'ai toujours été anarchiste. »

« Toujours ! Même quand t'étais môme ? »

« Oui. »

« *Asso de cori*, tu me le montres, ton pistolet ? » supplia à ce moment, à l'oreille de Nino, Peppe Terzo, le neveu romain de Carulí, qui, avec son frère plus petit et son cousin Currado, assiégeait littéralement le dos de Nino ; mais celui-ci d'un geste brusque les envoya tous les trois dinguer sur le matelas, les avertissant sur un ton féroce :

« A présent, ça suffit, compris ! Déguerpissez !!! »

« Espèces de petits... foutez la paix au signore ! Pourquoi faut-il que vous soyez aussi malpolis !! » les réprimanda à son tour, de sa place, la mère de Peppe Terzo, se lamentant doucement comme une poulette. Cependant, la chatte Rossella, qui venait de surgir à nouveau d'entre les pieds des convives, se frottait contre Useppe pour lui demander un autre petit morceau : mais comme Nino, la voyant, tendait une main pour la caresser au passage, elle, selon son habitude, s'esquiva. Alors, les trois neveux de Caru-

322

lina, se relevant de leur culbute, se mirent pour se défouler à la poursuivre ; mais elle, d'un bond, alla promptement se réfugier sous l'une des jambes de Carlo ; et de là, elle feula en direction de la tablée tout entière.

Giuseppe Secondo, qui était assis à côté de Carlo, lança soudain à tous les assistants un coup d'œil satisfait et malin :

« Camarades », dit-il, s'adressant à Nino et à Quattro, « cette chatte est ma propriété. Et voulez-vous savoir, en confidence, comment elle s'appelle ? »

« Rossella ! » s'écria Carulina, triomphante.

« Mais oui, merci beaucoup... » fit Giuseppe Secondo, haussant une épaule avec suffisance, « Rossella ! ce nom-là, ce serait plutôt, pour ainsi dire, son nom gouvernemental... moins compromettant... vous voyez ce que je veux dire. Mais son vrai nom, celui que je lui ai donné quand je l'ai prise, c'en est un autre que moi, je suis seul à connaître ! »

« Et même elle, elle le connaît pas ?! » demanda Carulina, sa curiosité éveillée.

« Non. Pas même elle ! »

« Et ça serait quoi comme nom ? » s'informèrent ensemble les deux belles-sœurs.

« Dites-le. Dites-le ! » insista Carulina.

« Ben, ce soir, entre nous, peut-être bien qu'à voix basse on peut le dire », décida Giuseppe Secondo. Et d'un air de conjuré, il révéla :

« RUSSIA ! » (Russie).

« Russia ! Vous voulez dire que Rossella, elle s'appelle Russia ? » fit l'une des belles-sœurs, guère convaincue.

« Oui, Signora, Russia. Oui, Signora. »

« Ma foi, Russia c'est peut-être un joli nom, je dis

pas le contraire », observa la sora Mercedes ; « mais quel rapport ? Russia, c'est un endroit, comment ça s'appelle ? c'est une localité ! un pays ! »

« Moi », déclara la grand-mère Dinda, « j'aime mieux Rossella ».

« Ben, tous les goûts sont dans la nature », répliqua Giuseppe Secondo.

« La Russie, c'est la Russie, d'accord ! » renchérit la grand-mère Dinda, « mais pour une petite femelle, je trouve Rossella plus joli ».

Giuseppe Secondo haussa les épaules, avec un sentiment de légère mortification mais aussi de supériorité définitive et incomprise.

« Rossella... » remarqua alors l'une des belles-sœurs, « c'est pas le nom de cette actrice dans ce film... comment c'était ? »

« Autant en emporte le vent ! » s'écria Carulina, « Vivia Leik, dans *Autant en emporte le vent !* »

« C'était celle qui se mariait et qui mourait ensuite ? »

« Non, c'est sa fille qui mourait », précisa la belle-sœur napolitaine, « et au lieu de ça, lui, il s'était marié avec cette autre... »

Le petit groupe se mit à discuter sur le film : mais un tel sujet ennuyait Giuseppe Secondo. Il eut un regard vers les deux camarades, comme pour dire : « C'est bien ça, les femmes... » Là-dessus, se levant de sa place, il vint se pencher entre Nino et Quattro. Il était décidé à tout risquer afin de prouver sa foi à ces deux camarades ; son visage, comiquement enfantin, était rayonnant de contentement libérateur.

« Et voulez-vous savoir », annonça-t-il d'une voix pleine de jubilation, « pourquoi ces deux-là » (il indiquait les deux canaris), « je les ai appelés Peppiniello et Peppiniella ? »

« ?... »

« Pour honorer le camarade Giuseppe Staline ! »

Quattropunte lui répondit par des hochements de tête pleins d'appréciation et de gravité ; mais Nino, par contre, ne lui donna pas satisfaction. A la vérité, bien que mangeant et buvant beaucoup, Ninnarieddu avait pris un air dégoûté et se montrait peu attentif à ce qu'on disait. Giuseppe Secondo retourna s'asseoir à sa place. Cependant, de son côté, la sora Mercedes, dans l'intention de lui complaire (et sans même compter les autres Giuseppe présents), lui disait : « Vous aussi, vous avez le même prénom, sor Giusè... » mais lui, quasiment scandalisé, écarta les bras, comme pour dire : « Je vous en prie, quel rapport avec moi ? il en est même pas question ! »...

A ce moment-là, les dénommés Peppiniello et Peppiniella, croyant peut-être qu'il faisait jour, entonnèrent quelques roulades. Carulina, pour mettre le comble à la fête, alla mettre le disque de danse ; et, entendant cela, les petites jumelles qui s'étaient endormies sur un coin de matelas, se réveillèrent en poussant des cris aigus. Carulina, se précipitant à toute vitesse vers elles, se mit à chanter :

> Dodo dodinette
> Rusi et Celestina font dodo
> o o o o o...

Mais avant même de produire un effet sur les jumelles, la berceuse sembla en produire un sur Useppe qui, quelques instants plus tard, ferma les paupières. Ida le prit dans son giron : ce qui, en conséquence, l'amena à côté de Ninnarieddu :

« Mais comment as-tu fait pour nous trouver ?!... » lui répéta-t-elle à voix basse, une fois de plus.

« Oh quoi, m'man ; j't'ai déjà dit que je suis passé chez Remo ! Avant ça, j'étais passé à la maison, et quand j'ai vu qu'à la place de la maison, y avait qu'un grand trou, j'ai été me renseigner chez lui ! » lui expliqua Nino avec une certaine impatience. Et là-dessus, il referma immédiatement la bouche, prenant une expression maussade, sans doute parce que ce qu'il venait de dire lui avait rappelé son chagrin récent au sujet de Blitz.

> Dodo dodinette
> Rusi et Celestina font dodo
> o o o o o...

Useppe dormait. Ida alla le coucher sur son matelas personnel, derrière le rideau de sacs. Et quand elle revint, sa place à côté de Nino avait été prise par les éternels neveux de Carulí, qui s'étaient entassés là et examinaient de près les souliers de marque allemande, en étudiant les lacets, la semelle, etc., comme s'ils avaient admiré un monument.

« ... T'étais dans l'armée ? » demanda Nino.

Vivaldi Carlo leva les yeux, avec la farouche mélancolie d'un animal qui met le nez hors de sa tanière, se demandant s'il doit sortir et attaquer. Ce soir-là, il songeait plus à boire qu'à manger, et déjà le malaise qui l'avait cloué au début était en train de se dissiper un peu dans le vin.

« Oui ! il était soldat ! il est venu à pied de l'Italie du Nord ! » répondirent pour lui deux ou trois femmes, au

326

nombre desquelles Carulina, heureuse de paraître informée. Mais à cette nouvelle intervention non souhaitée, Nino émit un sifflement impatient ; dans son regard qui rencontra celui de Carlo, il n'y avait plus le terrorisme du chef de bande, mais seulement une opiniâtre exigence de dialogue, d'une évidence atteignant la candeur.

« T'as déserté ? »

La lèvre supérieure de Carlo se mit à trembler : « Non », déclara-t-il avec franchise et comme modestement ; « *à eux*, ici, j'ai dit que j'étais un soldat pour dire quelque chose... Mais ce n'était pas vrai. Moi, je n'appartiens à aucune armée ! » précisa-t-il avec un sentiment âpre, dont on ne comprenait pas s'il était d'honneur ou de déshonneur.

Nino haussa les épaules. « Oh, quoi, si tu veux parler, parle », dit-il avec indifférence. Et avec une soudaine arrogance il ajouta : « Moi, tes affaires, je m'en fous ! »

Le visage de Carlo, les sourcils froncés, se durcit : « Et alors, pourquoi poses-tu des questions ? » proféra-t-il, avec une pudeur agressive.

« Et toi, qu'est-ce que t'as à cacher ? » répliqua Nino.

« Tu veux savoir d'où je me suis enfui ? »

« Oui ! J'veux l'savoir ! »

« Je me suis enfui d'un convoi de déportés, qui se dirigeait en wagons plombés vers la frontière orientale. » C'était la vérité, mais Carlo l'accompagna d'un rire bizarre, comme s'il en avait raconté une bien bonne.

« Aaaah ! heureusement ! le Turc aussi s'est mis à causer ! » commenta alors la grand-mère Dinda avec un petit rire de soulagement. « Iiiiih ! Grand-mère !

taisez-vous ! » la réprimanda à mi-voix Carulí. Carlo les regarda l'une et l'autre sans les voir, avec des yeux inexpressifs.

« Ils t'avaient pris dans une rafle ? » demandait encore Ninnarieddu.

Vivaldi Carlo secoua la tête. « Moi... » marmonna-t-il, « j'étais un clandestin... je faisais de la propagande politique ! Quelqu'un a mouchardé... On m'a dénoncé au Commandement allemand. » Il éclata alors d'un nouveau rire, presque obscène, qui laissa ses traits corrompus comme par une infection. Au geste désordonné qu'il fit, Rossella, d'en dessous sa jambe, poussa l'un de ses cris spéciaux de plaintive protestation, qui sonnait : « Mémémiè ! Mémémiè ! » Et lui, comme absurdement confus d'avoir dérangé la chatte, se dominant, promena autour de lui le regard éperdu d'un orphelin. Mais là-dessus, avec une soudaine brutalité et s'adressant exclusivement à Nino, il lui dit : « Tu les connais, toi, les cellules de force, du type bunker, dites *antichambres de la mort* ? »

« J'en ai une vague idée ! » Nino avait changé de position, mettant les pieds sur la table et s'appuyant du dos contre les genoux de son ami Quattro qui s'était volontiers prêté à lui servir de dossier. « Dis donc, camarade », dit-il à Carlo, après avoir chiffonné entre ses doigts et jeté son paquet vide de *Popolari*, « file-moi une cigarette ». Il affectait une désinvolture de gangster américain, rompu à toutes les expériences. Carlo lui jeta une cigarette à travers la table. Et en même temps, avec un petit sourire contraint, quasiment évasif, il fit savoir : « *Moi*, j'y ai été. » « Moi, j'y ai été... » « J'y ai été... » répéta-t-il plusieurs fois, s'alié-nant dans une fixité abstraite, sous l'effet d'une sorte d'inspiration absurde et écœurante. Et sur-le-champ, adoptant un langage monotone et scientifique (entremêlé seulement de quelques mots de dialecte : la *lus* (lumière), la *dona* (femme) ou mots analogues, et de quelques rares grimaces), il se lança dans une description de ce type particulier de cellules.

Il s'agissait, d'après sa description, de certains locaux isolés, du genre bunker, constitués de béton sur une armature en coupole : utilisés actuellement par les Allemands en Italie du Nord, parce que de construction rapide et de caractère pratique élémentaire. L'intérieur, d'environ 1,90 m sur 1,10 m et 1,30 m de haut, était juste de taille suffisante pour le bat-flanc, et un homme ne pouvait pas s'y tenir debout. Au plafond il y avait une ampoule probablement de 300 bougies, qui restait allumée jour et nuit et vous trouait les yeux même quand ils étaient fermés, telle une flamme oxhydrique (en disant cela Vivaldi Carlo se couvrit instinctivement les yeux avec une main). Et l'unique ouverture vers l'extérieur, à mi-hauteur environ de la porte fermée avec une barre, était un judas ou soupirail dont le diamètre était à peine plus grand que celui d'un canon de mousqueton. A quatre pattes sur le bat-flanc, on collait tout le temps ses lèvres contre ce trou pour aspirer un filet d'air. Dans la cour du commandement S.S. (une espèce d'entrepôt situé en banlieue) il avait été construit une quinzaine de ces bunkers, l'un à côté de l'autre, avec four crématoire annexe.

En général, aucun de ces bunkers ne restait longtemps vide. On y était enfermé, d'ordinaire, après l'interrogatoire et en attente d'une nouvelle destination. La nuit surtout, il en sortait des voix, qui, souvent, n'étaient plus des voix raisonnantes, mais plutôt des hurlements inconscients de la matière. Un homme, encore conscient, répétant qu'il était là depuis trente-cinq jours, ne faisait que demander de l'eau ; mais personne ne lui en donnait. Certaines fois, si l'on demandait de l'eau, on voyait en réponse pénétrer à travers le soupirail le canon d'un mousqueton. A gauche, dans le bunker voisin, il y avait une *dona* (une femme) que pendant le jour on eût dit muette, mais qui, chaque nuit, retombait dans une démence vociférante et implorait même les S.S. de garde, les appelant *mes enfants*. Mais dès que s'approchaient les pas de la sentinelle de ronde, toutes les voix se taisaient soudain.

De fait, à chaque grincement de serrure qui était ouverte, succédait, quelques instants plus tard, un bruit de détonations dans la cour. Les bunkers avaient pris ce nom d'*antichambres de la mort,* parce que, surtout la nuit, on en sortait seulement pour être exécuté dans la cour même, d'un coup de revolver dans la nuque. On ne pouvait jamais savoir qui allait être le suivant. pas plus que le critère des choix ou des exclusions quotidiens. A chaque détonation, les chiens des S.S. aboyaient.

Là, Vivaldi Carlo, comme se réveillant de sa longue *inspiration,* se mit de nouveau à rire, à la manière d'un ivrogne qui, pour jouer les durs et les terreurs, confesse en public un acte honteux qu'il a commis :

« Moi, là-dedans, j'y suis resté 72 heures », fit-il savoir, sans s'adresser à personne en particulier ; « je les ai comptées, en écoutant sonner les cloches. Soixante-douze. Je les ai comptées. Trois nuits. En trois nuits, dix coups de feu. Je les ai comptés. »

Tous les convives se tenaient cois, respectueusement : mais les seuls qui écoutaient avec une réelle attention, c'étaient Nino et Quattro. Les Mille et avec ceux-ci Giuseppe Secondo lui-même, échangeaient des regards mortifiés par la déception provoquée par ce sujet sinistre qui était venu polluer leur fête ; cependant que les gosses, et Ida non moins qu'eux, tombaient déjà de sommeil.

« ... là-dedans, on compte tout le temps... on passe ses journées à compter... n'importe quelle idiotie pour ne pas penser... On compte... l'important c'est d'astreindre son cerveau à un quelconque exercice idiot... énumérations... les poids et mesures... la liste du linge... »

(A ces mots, la sora Mercedes donna un coup de coude à Carulina ; et celle-ci, bien que très émue par ce qui se disait, parvint à grand-peine à contenir une hilarité convulsive.)

« ... soustractions, additions, fractions... chiffres ! Si l'on se met à penser à sa mère, à son père, à sa sœur, à son amie, se mettre sur-le-champ à calculer leur âge en années, en mois, en jours, en heures... Comme une machine... sans penser... Soixante-douze heures... trois nuits dix coups de feu... Un seul coup de feu pour un et ça suffit... Un deux trois quatre... et dix... On disait que c'étaient tous des partisans... en majorité... des bandits... tel était le chef d'accusation... »

« Mais alors ? tu étais un partisan toi aussi ? » demanda Nino, mettant les pieds par terre, avec un intérêt subit qui illumina même son visage.

« Moi, non ! je te l'ai déjà dit ! moi, je n'étais *pas* soldat ! » protesta l'autre se mettant presque en colère. « Moi... je travaillais en ville... mais je ne dirai pas quelle ville... Affiches... tracts... propagande... Prisonnier politique... c'est pour cela qu'ils me destinaient au train ! Mais moi, je ne savais pas à quoi j'étais condamné... Le matin de bonne heure, quand ils sont venus me tirer de mon bunker, je me suis dit : *Ça y est !*

Numéro onze! J'entendais déjà le bruit de la détonation dans ma tête... *Avance... avance...* merde! *Avance...* ah, mon Dieu... le monde me dégoûte. »

« Le monde est DÉGUEULASSE! Tu le découvres maintenant? » confirma triomphalement Ninnarieddu, « eh bien, moi, ça fait une paie que je l'ai compris! Il est trop dégueulasse et il PUE! mais », ajouta-t-il à la réflexion et commençant à bouger les pieds, « moi... cette puanteur m'excite! Y a des femmes qui puent, pas vrai? et elles puent quoi? elles puent la femme! Et parce qu'elles puent la femme, elles vous font bander!... Moi », proclama-t-il, « toute la puanteur de la vie me fait bander!! »

Sur-le-champ, ses pieds, en bougeant, avaient pris d'eux-mêmes le rythme du jazz de tout à l'heure. « Et alors? Comment t'as fait pour te débiner? » s'informat-il, curieux, tout en dansant.

« Comment j'ai fait! J'ai fait que je me suis jeté en bas... à un arrêt... à Villaco... non, avant. Je ne sais pas où... Dans le wagon, il y avait deux morts à décharger : un vieux et une vieille... Assez! je n'ai plus envie de parler de ça! Assez! » Et alors, Vivaldi Carlo fronça les sourcils, avec l'expression dégoûtée mais étrangement désarmée et simple d'un gosse capricieux qui vient finalement de vider son sac et qui dit, à bout de forces : à présent, laissez-moi tranquille.

« D'accord. N'en parlons plus. Buvez un coup sur tout ça! » l'exhorta la sora Mercedes, « d'autant que sous peu tout sera fini. Sous peu, si Dieu le veut, les libérateurs vont arriver. »

« Mais quand donc est-ce qu'ils vont arriver, ces messies?... » demanda alors d'une petite voix plaintive l'autre grand-mère de Carulina, qui, à la différence de la grand-mère Dinda, se taisait habituellement toujours. « Ils vont arriver, grand-mère, ils vont arriver, c'est une question d'heures !! Buvons un coup ! » crièrent en chœur les Mille. Et Carulina qui, malgré son émotion, avait néanmoins continué de couver sa traîtreuse hilarité, en profita pour lui donner libre cours, éclatant d'un rire qui ressemblait à une sonnerie de trompette. Carlo leva alors les yeux vers elle et lui fit un doux sourire d'enfant.

Il avait l'air épuisé mais détendu, comme pendant la convalescence d'une maladie délirante. Il n'y avait plus trace sur son visage de cette expression corrompue qui, une minute encore auparavant, le défigurait. Et l'excitation même du vin que l'on voyait brûler dans ses yeux, s'était transformée, du feu malsain qui les emplissait précédemment, en un tremblement lumineux, timide et ingénu. Blotti dans une pose inconfortable, une jambe à demi allongée et l'autre haussée pour faire place à Rossella, on eût dit l'envoyé d'une tribu vaincue et démembrée, demandant, peut-être, aussi du secours.

Suivant l'exemple général, il se versa encore du vin, mais d'un geste si gauche qu'il en renversa une partie en dehors de son verre. « C'est du bonheur ! c'est du bonheur ! » crièrent-ils alors tous, « vin renversé porte bonheur » et se bousculant, ils accoururent tremper leurs doigts dans ce vin, afin de s'en humecter la peau derrière l'oreille. Ce petit baptême fut étendu même à ceux qui n'avaient pas bougé de leur place, cela en particulier de la main de Carulí, laquelle n'oublia personne : ni Useppe profondément plongé dans le sommeil derrière le rideau, ni les autres gosses endormis çà et là dans la pièce, ni Ida qui, à moitié assoupie, réagit à ce chatouillement par un léger rire inconscient. Le seul exclu c'était précisément Vivaldi Carlo ;

mais, finalement, Carulina, dominant sa timidité, s'occupa de lui. « Merci... merci ! » se mit-il à répéter, « merci ! » Et devant cette profusion de remerciements, Carulina, ne sachant comment s'acquitter et intimidée à l'excès, resta là à se dandiner sur ses jambes, en une sorte de ballet cérémonieux.

« Buvons à la santé des libérateurs ! Buvons à la santé des camarades partisans ! » cria Giuseppe Secondo. Et après avoir trinqué avec celui-ci et avec celui-là, il s'approcha de Carlo : « Allons, camarade », l'encouragea-t-il en choquant son verre contre le sien, « maintenant il ne s'agit plus que de quelques mois. Sous peu nous allons percer aussi au Nord. Et au plus tard au printemps, tu reverras ta maison ! »

Vivaldi Carlo répondit par un petit sourire hésitant qui exprimait une certaine gratitude sans trop vouloir céder à l'espoir.

Le regardant, Giuseppe Secondo éprouva une exigence immédiate et communicative de l'entraîner lui aussi, sur-le-champ, dans la fête générale. « A propos, camarade », lui dit-il alors avec expansion, « tout à l'heure déjà je voulais te le demander : pourquoi donc, plutôt que de rester à attendre ici en te rongeant les sangs, tu partirais pas te lancer toi aussi dans la lutte armée avec les camarades partisans ? toi, qui es un gars sûr et costaud ? »

Sans doute Vivaldi Carlo s'était-il attendu à une telle question. De fait, avant même que le vieil homme l'ait formulée, les traits de son visage s'étaient tendus dans une volonté obstinée et consciente, qui chassait les vapeurs du vin. Il fronça sévèrement les sourcils et, avec une amertume renfrognée, il déclara :

« JE NE PEUX PAS. »

334

« Pourquoi ça ? » s'exclama Nino qui, sur ces entrefaites, était passé de ce côté de la table.

Vivaldi Carlo rougit, comme s'il avait été sur le
point d'avouer quelque chose d'illicite :

« Parce que moi », proféra-t-il, « je ne peux tuer
personne. »

« Tu peux tuer personne ! qu'est-ce que ça veut
dire ? pas même les Allemands ? Et pourquoi ça ? à
cause d'une espèce de vœu à l'église ? ! »

Il haussa les épaules : « Moi », déclara-t-il avec un
petit sourire presque méprisant, « je suis athée ! »
Puis, regardant fixement Nino et articulant avec force
en dépit de ses lèvres empâtées par la boisson, il
expliqua sur le même ton agressif :

« Mes — idées — M'INTERDISENT — la violence.
Tout le mal réside dans la violence ! »

« Mais alors, quel genre d'anarchiste est-ce que
t'es ? »

« La véritable anarchie ne peut pas admettre la
violence. L'idée anarchiste est la négation de la
violence. Et le pouvoir et la violence, ça ne fait
qu'un... »

« Mais sans la violence comment l'État anarchiste
pourra-t-il se faire ? »

« L'Anarchie nie l'État... Et si le moyen doit être la
violence, pas question. Ce serait trop cher payé. Dans
ce cas, l'Anarchie ne se fera pas. »

« Alors, moi, si elle doit pas se faire, elle me plaît
pas. Moi, j'aime les choses qui se font. »

« Cela dépend de comment on conçoit l'ACTION »,
contesta à voix basse Vivaldi Carlo, hargneux. Puis, se
rassérénant, avec une ferveur intense et persuasive, il
déclara : « Si le prix à payer, c'est de trahir l'idée, le
but est déjà manqué au départ ! L'idée... l'idée n'est

pas un passé ou un avenir... elle est présente dans l'action... Et la violence la tronque à la racine... La violence est pire que tout. »

Cette défense résolue de son idée parut l'avoir rasséréné mais en même temps intimidé. Comme ayant honte de la ferveur naturelle de ses yeux, il les baissa, de sorte qu'on ne voyait plus que ces cils trop longs et touffus, qui faisaient penser à son enfance récente encore. « Et alors », le harcela néanmoins Ninnuzzu, « si demain tu rencontres cet Allemand qui t'a fourré dans le bunker ou cet autre qui t'a jeté dans le wagon à bestiaux, qu'est-ce que tu feras ? tu leur laisseras la vie ? ! »

« Oui... », dit Vivaldi Carlo, cependant que sa lèvre supérieure se retroussait dans une grimace qui, comme un frisson passager, lui corrompait de nouveau les traits. Et simultanément, dans les yeux de Nino, réapparut cette lueur aveuglante de flash photographique, qui avait déjà étonné Ida au début de la soirée.

« *Anarchistes non violents* », décrétait entre-temps Giuseppe Secondo, perplexe, « comme idée, c'est envisageable... Mais la violence, quand il en faut, il en faut ! Sans violence, on réalisera pas la révolution socialiste. »

« Moi, la révolution, ça me plaît ! » s'écria Nino, « moi, l'anarchie sans violence, j'y crois pas ! et vous savez ce que je vous dis ? VOUS LE SAVEZ ? c'est que c'est les communistes et pas les anarchistes qui amèneront la véritable anarchie ! »

« La vraie liberté, c'est le drapeau rouge ! » approuva Quattro, les yeux contents.

« Et dans le communisme, y aura plus que des camarades ! » continua Nino avec élan, « y aura plus ni officiers, ni professeurs, ni *commendatori,* ni barons, ni rois, ni reines... et ni führer, ni *duci!* »

« Et le camarade Staline ?... » s'informa Giuseppe Secondo, préoccupé.

« Lui, c'est différent ! » trancha Nino avec décision, « il est pas question de lui ! » Et dans sa voix il eut, à côté de son emphase péremptoire, une certaine note familière et confidentielle, comme s'il avait parlé d'un vieux parent, sur les genoux de qui il avait été quand il était petit et avec les moustaches de qui il avait joué.

« Lui, on n'y touche pas ! » renchérit-il, et, cette fois, une note plus fière se joignit à la note précédente : pour laisser entendre à tout le monde, éventuellement, qu'un tel privilège exclusif était dû à Staline, non seulement à cause de ses mérites personnels bien connus, mais aussi et de façon particulière grâce à la protection spéciale d'Assodicuori.

A ce moment, surgissant de sous la jambe de Vivaldi Carlo, Rossella, exécutant une sortie aussi hardie que soudaine, sauta sur l'estomac dudit Vivaldi Carlo. Et le regardant bien en face d'une manière complimenteuse mais, aussi, exigeante, elle l'apostropha directement par cette phrase : « Nian nian nian nian ?! » qui, traduite, correspondrait à : « Tu ne crois pas que c'est l'heure d'aller se coucher ?! »

Cette minime action féline détourna de la discussion en cours l'intérêt de Nino, le transportant mentalement dans le domaine des chats en général, lesquels constituaient, à son avis, une race spécialement humoristique (mais évidemment moins importante que celle des chiens). Au passage de cette idée, on vit des reflets frivoles et rieurs jouer, à la sauvette, dans ses yeux. Et puis tout de suite, se rappelant qu'il devait se lever à l'aube, il émit un énorme bâillement.

Ce fut le signal de la retraite. Vivaldi Carlo se leva le premier, titubant un peu. « Bon Dieu, tout ce vin m'est descendu dans les jambes », bougonnait-il en se dirigeant à la suite de Rossella vers leur coin. Giuseppe Secondo proposa de coucher personnellement par terre, sur une couverture, afin de céder son matelas aux visiteurs. Et Nino accepta cette offre en toute simplicité et sans remercier, comme un droit logique bien à lui. Selon un usage acquis de guérilleros, Quattro et lui, pour s'allonger côte à côte sur le petit matelas à une place, renoncèrent à se déshabiller et enlevèrent seulement leurs souliers. Ensuite, ils posèrent par terre, à leur chevet, le ceinturon avec le pistolet à côté de la lampe portative. Et pour répondre à l'initiative de Giuseppe Secondo qui par prudence remonta son réveil pour eux, ils assurèrent que, le cas échéant, ils pouvaient même se passer de réveil, car Quattropunte avait un réveil de précision dans la tête.

Mais bien avant que sonne le réveil, peut-être aux environs de 4 heures, un bruit de pas pressés de pieds nus, après une traversée aventureuse dans la pénombre, parvint au chevet de Nino. Et une toute petite voix, basse de ton, mais intrépide et résolue, se mit à lui répéter près de l'oreille et presque dans le pavillon de celle-ci : « Aho ! aho ! Ino ! Ino ! aho ! »

Un premier effet que cela eut instantanément pour Nino, ce fut d'amener un certain bouleversement dans la trame de son rêve. La scène se déroule au cinéma, où lui qui a beau être assis au milieu des spectateurs de l'orchestre, est tout de même directement engagé dans l'action du film, chevauchant sur une prairie du Far-West avec d'autres gardiens de chevaux, dans une course folle. Actuellement, son cheval le prie de lui gratter l'oreille droite, dans laquelle il éprouve un chatouillis. Mais, au moment de gratter l'oreille de l'animal, il constate qu'il est non pas en croupe d'un animal, mais hissé à califourchon sur un Stuka en plein vol ; et que ce chatouillis est situé dans sa propre oreille, provoqué par un appel téléphonique urgent d'Amérique...

« Passez-le au chef de groupe. » Nino se retourne sur un flanc et continue de filer avec le Stuka à l'altitude de vingt mille pieds, dans le tranquille bourdonnement du moteur. Mais en attendant, ce téléphone américain persiste à l'embêter avec ses appels, lui tirant entre autres choses les cheveux et lui posant une petite patte sur le bras...

Alors, Nino (par un mécanisme nouveau et spécial de ses nerfs, qui lui servait de signal durant ses nuits de partisan) se secoua et leva la tête, mais sans se réveiller tout à fait ; et instinctivement il saisit sa lampe à pile. Le temps d'un éclair, il distingua la couleur bleu ciel de deux petits yeux qui battaient des paupières à sa rencontre, surpris par la lumière mais, aussi, complices et joyeux, comme si ç'avait été la nuit des Rois ; et alors, immédiatement, rassuré, il s'étendit de nouveau pour dormir.

« Qui c'est ?! » murmurait près de lui, alarmée, la voix endormie de Quattro.

« Personne. »

« Ino... Ino... c'est moi ! »

Avant de se remettre à ronfler, Nino répondit à cela par un grognement de connivence, qui pouvait correspondre à un « D'accord » ou à un « O.K. »!, comme aussi à leur contraire ou à rien du tout. Dans son demi-sommeil transitoire s'était insinuée à peine l'impression comique et curieuse d'une présence presque imperceptible, de la taille d'un gnome, qu'il reconnaissait à une sorte d'amusement, même si son identité demeurait vague pour lui. Peut-être un animal fantastique, plus vif et plus gentil encore que les autres animaux, qui, notoirement, fréquentait les mêmes parages que lui, et qui en quelque sorte lui appartenait. Et qui le faisait rire, sautant à sa rencontre pour le saluer des quatre points cardinaux de l'univers. Et qui ne s'en allait pas, et, présentement, lui marchait dessus.

Et effectivement, son frère Useppe, après être resté un moment encore à ruminer à côté du matelas, était résolument monté sur celui-ci, et se frayant un chemin, il se faufila entre le genou de Nino et la jambe de Quattropunte. Étant donné sa taille, il ne lui fut pas difficile de s'installer dans cette minime bande disponible. Il eut un petit rire glorieux et s'endormit.

Et ainsi, pour le reste de cette grande nuit, Useppe, tout nu, dormit entre deux guerriers armés.

Quand, en se levant rapidement à l'aube, ils découvrirent dans leur lit cet hôte non invité, ils en furent réjouis et surpris, comme par un gag de film comique. Aussitôt, Quattropunte se fit un devoir de le restituer à sa mère : et tandis qu'Assodicuori, premier de tour, s'absentait dans la petite pièce du palier, il se chargea lui-même de le ramener à domicile, le tenant dans ses bras avec d'extrêmes précautions. Timidement, ensuite, au moment de passer de l'autre côté du rideau, il demanda : « On peut entrer ? » par respect pour la Signora ; bien que celle-ci, tirée du sommeil par la sonnerie du réveil, se fût déjà présentée à l'extérieur, une petite couverture sur les épaules, se détachant sur la clarté d'une bougie qu'elle venait d'allumer et qui filtrait d'entre les trous du sac.

« Excusez beaucoup, Signora, voici le petit », murmura Quattro, déposant sans autres explications son fardeau sur le matelas avec la délicatesse d'une nourrice. Mais, malgré cette délicatesse, Useppe avait déjà les yeux entrouverts et déconcertés. Et en voyant paraître son frère maintenant prêt à partir, il les ouvrit tout grands.

Quattro s'éloigna pour profiter à son tour des toilettes. Et Nino qui avait de l'antipathie pour les bougies, qu'il qualifiait de lumières de mort, souffla sur la petite flamme, mettant par terre, à sa place, sa lampe à pile allumée. Puis il demanda à Ida si elle pouvait lui donner quelques sous, au moins pour son tabac, étant donné qu'il se trouvait sans une lire. Et après qu'Ida eut grappillé pour lui, dans son habituelle bourse, quelques billets de dix lires, comme pour lui reconnaître, en juste récompense, un certain crédit, il s'attarda un peu à converser avec elle.

L'objet de leur conversation fut Vivaldi Carlo, lequel dormait présentement et qu'il indiqua sans le nommer, désignant du coude son rideau. A voix basse il révéla à sa mère que, selon lui, après y avoir réfléchi, il n'était pas vrai que ce type était de Bologne. « Moi, l'accent bolonais, je le connais. J'avais une petite amie bolonaise qui en parlant faisait toujours *ch... ch... ch...* Et lui, il fait pas *ch...* » Ce type pouvait être, éventuellement, frioulan... ou milanais... mais, finalement, selon l'avis de Ninnuzzu, qu'il fût du Nord, ça oui, c'était la vérité. Mais, en plus de l'anarchie, Nino avait l'impression qu'il y avait autre chose que ce type avait caché. Peut-être même son nom Carlo Vivaldi était-il un faux nom. « Moi, j'y ai pensé, et tu sais ce que je te dis, m'man... Je te dis que ce type-là, selon moi, pourrait bien aussi être un... » Arrivé là, Nino parut carrément sur le point de faire d'Ida sa complice secrète. Mais, à la réflexion, il dut choisir au lieu de cela, de préférence, une éventuelle complicité avec le seul (prétendu) Vivaldi Carlo. Et il n'acheva pas sa phrase.

Ida, de son côté, avait été sur le point de lui chuchoter : « Il est anarchiste comme ton grand-père... », mais sa timidité la retint. Depuis la veille au soir, la nouvelle que Vivaldi Carlo était anarchiste et, donc, du même côté que son père, l'avait profondément émue. Et ensuite, au dîner, en l'entendant (bien qu'à demi morte de sommeil comme elle l'était) raconter ses aventures, elle s'était dit, se rappelant toujours les chagrins de son père, que les anarchistes, évidemment, rencontraient peu de sympathie en ce monde. En outre, son accent du Nord lui rappelait par certains côtés sa mère Nora... Et en conséquence, sa sympathie allait instinctivement à Vivaldi Carlo, plus qu'à tous les autres occupants de la grande salle, comme si un lien de solidarité et de parenté l'avait unie à ce moricaud revêche. Mais devant la réticence de Nino, elle n'insista pas pour en savoir plus long sur son compte.

Dehors, le jour commençait à poindre, mais la grande salle, protégée par les fenêtres occultées, stagnait dans l'obscurité de la nuit. Et tous, alentour, continuaient de dormir, non dérangés par cette sonnerie anticipée du réveil, qui ne les concernait pas. Ce n'est que du côté de Giuseppe Secondo que l'on notait déjà, dès la première sonnerie du réveil, un certain mouvement affairé. Et l'on y voyait danser la fantomatique petite flamme d'un quelconque lumignon de secours (effectivement, à cette heure-là, le courant électrique manquait ; et non moins que les bougies, les denrées communes à usage d'éclairage ou de combustible, devenaient chaque jour plus rares).

Quattro avait fait sa réapparition et Nino ramassa par terre sa lampe, cependant qu'Ida se rasseyait sur son matelas, négligeant de rallumer son reste de bougie. Useppe voyant alors son frère se diriger vers la sortie se transporta d'urgence sur le bord du matelas et se mit précipitamment à s'habiller.

En quelques instants il eut rejoint le seuil extérieur, d'où s'éloignaient déjà les deux partants. Il était prêt, avec sa culotte, sa petite chemise, ses sandales aux pieds et, même, son manteau imperméable sur le bras : comme s'il avait été entendu qu'il partait lui aussi. Quelques instants encore, il resta immobile à regarder dans la direction des deux jeunes gens qui, à peut-être dix mètres de distance du seuil, s'éloignaient le long du petit pré malingre qui bordait la tranchée. Puis sans rien dire il prit son élan vers eux.

Mais sur ces entrefaites, Giuseppe Secondo surgissait de l'intérieur, à toute vitesse, tout habillé comme d'habitude, sa veste boutonnée et son chapeau sur la tête. « Un moment !! » s'écria-t-il avec agitation, courant vers les deux jeunes gens et les arrêtant à mi-chemin, « vous vous en allez sans avoir pris votre café ?! »

« Je vous préparais du café, un VRAI café ! » s'excusa-t-il, de l'air de quelqu'un qui promettait un délice paradisiaque. Et en réalité, à cette époque, la proposition d'un authentique moka n'était pas peu de chose. Mais les deux jeunes gens, après s'être consultés du regard, répondirent qu'ils n'avaient plus le temps. Un ami les attendait, dans une certaine localité, pour

343

rentrer avec eux à la base, ils devaient se dépêcher, expliqua non sans regret Ninnuzzu.

« Alors, je n'insiste pas. Mais il faudrait que je te parle maintenant, tout de suite, d'une chose confidentielle. Une demi-minute me suffit : c'est de toute urgence ! » Et Giuseppe Secondo entraîna fébrilement Ninnuzzu un peu à l'écart, tout en continuant néanmoins de s'adresser aussi bien à lui qu'à Quattropunte. « Écoutez, camarades », dit-il, en gesticulant vers l'un et vers l'autre, « voici en peu de mots, ce que je veux vous communiquer : MA PLACE EST AVEC VOUS ! Je me le disais déjà hier soir, mais, cette nuit, j'ai pris ma décision !! Qu'est-ce que je fous ici, moi ? Ma décision est d'entrer au cœur de la lutte ! Je m'offre à venir avec vous, à rejoindre vos rangs !! »

Bien qu'à voix basse et pressée, il avait parlé avec une certaine solennité ; et dans son regard se lisait la quasi-certitude que les camarades allaient applaudir à son offre. Mais Nino, sans faire de commentaires, lui lança un coup d'œil qui disait clairement : « Quel genre de partisan voudrais-tu être, vieux phénomène ? » et en même temps il regardait Quattro avec une expression légèrement amusée. Alors que Quattro (qui, bien qu'écoutant, se tenait par discrétion un peu à l'écart) ne sourcillait pas quant à lui, sérieux et comprenant la gravité du sujet.

« Vous fiez pas aux apparences ! moi, comme résistance, je suis un vrai taureau ! Maintenant, même mon bras est guéri et fonctionne ! » En disant cela, Giuseppe Secondo, se livrant sur-le-champ à une rapide exhibition athlétique, se mit à faire des moulinets avec son bras droit, naguère accidenté au cours du bombardement de juillet : « Et pour ce qui est des sciences militaires, je m'y connais », continua-t-il de se faire valoir devant le scepticisme de Nino, « j'ai fait la Première Guerre mondiale. J'ai pas toujours été fabricant de statues. » Là-dessus, il se hâta de l'informer sur un ton extrêmement pressant : « J'ai aussi de côté un petit capital en liquide, et je serais honoré de mettre tout mon avoir au service de la Cause ! »

Ce dernier renseignement dut sembler plus persuasif et plus intéressant à Nino. Il considéra Giuseppe Secondo d'un air de plus grande condescendance ; et puis (après avoir interrogé Quattro du regard, pour être sûr de son approbation), coupant court, il lui dit avec vivacité :

« Est-ce que tu connais par hasard Remo, le patron du bistro de la Via degli Equi ? »

« Bien sûr ! C'est un Camarade ! » l'assura Giuseppe Secondo, tremblant de contentement.

« Eh ben, adresse-toi à lui de notre part. Il te donnera toutes les indications. »

« Merci, camarade ! Alors, à bientôt ! à très bientôt !!! » explosa Giuseppe Secondo, rayonnant de joie et d'impatience. Puis, du geste de quelqu'un qui agite, en guise d'au revoir, un triomphal petit drapeau, il conclut : « Pour l'Idée, il suffit pas de vivoter ! L'heure est venue de vivre !! »

Il salua du poing fermé. Quattropunte lui répondit par le même salut, avec au visage une expression de profonde responsabilité. Mais Ninnuzzu, pressé et distrait, tournait maintenant le dos pour s'en aller. Il aperçut alors Useppe, qui l'avait rejoint en courant un moment plus tôt et qui, maintenant, traînant par terre son imperméable doublé de rouge, levait les yeux vers lui, à la manière des oiseaux quand ils boivent.

« Oh, Usè », dit-il, « ciao !... Qu'est-ce que tu veux me dire ? » ajouta-t-il en le regardant, « tu me donnes un bécot ? » Et le bécot fut donné : mais Useppe, quand il vit son frère s'éloigner, prit de nouveau son élan pour le suivre.

L'aube était humide et sombre : les premières gouttes de pluie tombèrent. Entendant les petits pas d'Useppe qui le suivaient, Ninnarieddu se retourna : « Rentre », lui dit-il, « il commence à flotter... » Et il s'arrêta un instant à une distance de deux pas, pour lui faire de la main un signe d'adieu. Indécis, après s'être arrêté à son tour, Useppe laissa tomber son imperméable par terre, afin d'avoir la main libre pour répondre à ce salut. Mais, pendant de son bras détendu, son petit poing s'entrouvrit et se relâcha à peine, contrarié et de mauvaise grâce.

« Useppeeee ! » entendit-on la voix d'Ida appeler de l'intérieur du bâtiment.

« Ben, quoi, Usè ! Alors ? Qu'est-ce que tu fais là ? tu vois pas qu'il va pleuvoir ? » Alors, le voyant comme paralysé et devenu muet au milieu du sentier, Nino fit nonchalamment quelques pas en arrière, pour un dernier bécot.

« Qu'est-ce que tu fais ? Quoi ? Tu voudrais venir avec nous ? » demanda-t-il, plaisantant.

Useppe le regarda sans répondre. On entendit de nouveau, venant de l'intérieur du bâtiment, la voix d'Ida. Soudain, les yeux de Nino rirent, levés vers le ciel plombé, comme s'ils avaient reflété un ciel pur.

« Usè », commença-t-il, se penchant sur son frère, « écoute-moi bien. Aujourd'hui, je peux pas t'emmener avec nous : tu vois le mauvais temps qu'il fait ? »...

.. « Useppeeee ! »...

.. « Mais, dis-moi une chose », continua Nino, regardant autour de lui et chuchotant à l'oreille de son

346

frère comme pour un complot, « maman sort toujours, pas vrai ? le matin de bonne heure ? »

« *Vi.* »

« Eh bien, alors, écoute. Tu crois à ma parole d'honneur ? »

« *Vi.* »

« Bon. Toi, dis rien à maman et à personne d'autre. Et moi, je te donne ma parole d'honneur qu'un de ces matins, dès qu'il fera beau, après que maman sera sortie, je viendrai te chercher avec une bagnole de mes amis, et on t'emmènera avec nous voir la Base des partisans. Et puis, à temps, avant que maman soit de retour, on te ramènera ici. »

7

A la suite de cet ultime colloque, il n'y eut pas de jour où Useppe, à peine réveillé, n'ait pas couru scruter le ciel, et où, dans le courant de la matinée, il ne soit pas allé ensuite de temps en temps se poster sur le seuil, y restant parfois assez longtemps, et attendant assis sur la marche extérieure. Mais il s'écoula plusieurs jours, et même des jours de beau temps, avant que Nino tienne sa promesse. Et durant cet intervalle, le cours de ce mois d'octobre fut marqué pour les habitants de la grande salle par d'autres événements notables.

Tout d'abord, il y eut le départ de Giuseppe Secondo pour les champs de la guérilla. Un dimanche matin (très peu de jours après la soirée fameuse du banquet), on le vit rentrer, joyeux et impatient, de l'une de ses expéditions en ville. Pour la première fois depuis qu'on le connaissait, il n'avait plus son chapeau sur la tête. Il traversa en coup de vent la grande salle, accordant à peine aux personnes présentes et à leurs propos une attention distraite et pressée. Et après avoir, en deux minutes, rassemblé, comme bagage de première nécessité, un petit balluchon de secours, il dit au revoir à tout le monde, ajoutant que, du reste, on le verrait encore dans la grande salle, quand il reviendrait chercher d'autres objets lui appartenant dont il pourrait avoir besoin dans la suite. Mais si par hasard, ajouta-t-il, il lui arrivait entre-temps de perdre la vie, il déclarait dès maintenant, devant témoins, qu'il laissait en héritage à la Signora Ida Mancuso et à son jeune fils ici présents tous ses biens personnels qui, après son décès, se trouveraient encore disponibles dans la grande salle, y compris les deux canaris et la chatte. Et à ce propos, il n'oublia pas de remettre quelques sous à Carulí pour qu'elle pourvoie au mieux en son absence aux besoins des deux volatiles. Quant à Rossella, dit-il, elle pouvait très bien s'arranger toute seule avec des restes et des souris.

A cette heure-là, précisément, Rossella se trouvait dehors, à la chasse. A cause certainement, entre autres choses, de sa grossesse (qui était déjà arrivée à ses dernières phases, bien qu'encore insoupçonnée et invisible), elle avait maintenant une faim perpétuelle et féroce, et elle était même devenue voleuse : aussi fallait-il mettre les provisions à l'abri de ses griffes. Toutes les fois que Carlo sortait, elle aussi, dédaignant toute autre compagnie, s'élançait dehors, pour se livrer à ses parties de chasse. Et ainsi, elle ne se trouva pas là pour dire au revoir à son maître, lequel, du reste, ne se soucia ni de la chercher ni de demander de ses nouvelles. Il était clair que toutes les histoires de famille valaient moins qu'un radis pour Giuseppe Secondo à côté de l'aventure exaltante et plus que joyeuse au-devant de laquelle il courait aujourd'hui.

Avant de s'en aller, il prit à part Ida et lui chuchota confidentiellement deux choses. L'une : que pour toute communication à son fils Assodicuori ou pour avoir des nouvelles de celui-ci, elle pouvait toujours s'adresser en toute confiance à Remo, le patron du bistro, sa vieille connaissance. Et deux : qu'à dater d'aujourd'hui lui-même, Giuseppe Secondo et Cucchiarelli, avait, en tant que partisan, un nouveau et unique nom : *Mosca* (Moscou), nom qu'il avait personnellement choisi. De ces deux nouvelles (précisa le vieil homme à Ida), celle-ci pouvait, bien sûr, transmettre la seconde à des amis communs de confiance ; alors qu'elle devait être la seule dépositaire de la première jusqu'au jour de la victoire, quand tous les drapeaux rouges flotteraient à l'air libre. Cela dit, le partisan Mosca fit à Ida un clin d'œil de complicité politique et puis il s'envola loin de la grande salle.

« Il s'envola » est le mot juste. De fait, ce jour-là, Giuseppe Secondo était d'humeur si aérienne, qu'il avait pris un ton hilare d'écolier en vacances, même pour émettre, en ce qui le concernait, l'hypothèse extrême. Et Ida qui, dès le premier jour, avait continué de l'appeler en elle-même *Il Matto* (Le Fou), vit en cela son opinion doublement confirmée. Mais, quand il fut parti, il lui en resta un sentiment de tristesse : comme si cet adieu d'aujourd'hui avait été le suprême adieu du Fou et qu'ils n'aient plus jamais dû se revoir. Et dans la suite de la journée, la vue du matelas roulé et du tas des autres biens de Giuseppe Secondo lui serrait le cœur, malgré ses intérêts personnels d'héritière : à tel point qu'elle évitait de regarder dans la direction de cet angle abandonné.

Rossella, par contre, quand elle rentra vers l'heure du déjeuner, ne sembla même pas s'apercevoir de l'absence de son maître qui, pourtant, à cette heure-là, était d'habitude en train de s'affairer autour de son petit réchaud et de ses petites boîtes de calmars en sauce ou de haricots déjà cuits. Évitant ombrageusement tout autre contact humain, elle courut tout de suite, la queue en I, tête basse comme un cycliste au sprint, vers la tente de Carlo Vivaldi; et là, elle s'installa comme toujours à côté de lui sur la paillasse, s'allongeant de tout son long par égard pour son petit ventre gravide. Et, même les jours suivants, elle ne donna jamais signe qu'elle se rappelait cet homme qui, bien ou mal, l'avait recueillie toute petite dans la rue, lui donnant un foyer et un nom.

Au cours de cette semaine, d'ailleurs, le partisan Mosca, ainsi qu'il l'avait annoncé et contrairement au triste pressentiment d'Ida, fit deux fois sa réapparition. Il venait chercher un objet qui pouvait être utile *là-haut,* par exemple une couverture ou des victuailles, et il en profitait pour s'enfermer aux waters et se débarbouiller, car *là-haut,* disait-il, l'eau manquait pour se laver, mais, en compensation, il y avait une grande quantité de vin des Castelli. Et il expliqua qu'il était là de passage, car sa mission spéciale chez les camarades était celle d'estafette : « de la périphérie au centre et du centre à la périphérie. »

Il exsudait la joie par toutes ses rides et tous ses pores, et il apportait d'enthousiasmantes nouvelles confidentielles : Ninnuzzu et Quattro et les autres camarades accomplissaient des exploits épatants et étaient tous resplendissants de valeur historique et de santé. Certaines filles des Castelli cousaient déjà pour eux d'élégants uniformes de partisans, qu'ils endosseraient pour le défilé de la Libération : de couleur bleu marine, avec une étoile rouge sur le béret basque. Les pilotes anglais de passage au-dessus de la campagne les saluaient de leurs avions, et deux prisonniers anglais évadés, qui avaient été les hôtes de Ninnuzzu & C° pendant une nuit et un jour, avaient annoncé la libération de Rome au plus tard pour la fin du mois (le bruit courait que les Alliés se réservaient la date fatidique du 28 octobre). Après avoir donné de ces nouvelles, le petit héraut saluait tout le monde alentour en agitant les mains et repartait comme un feu follet.

Maintenant que même Giuseppe Secondo (naguère plutôt sceptique à ce sujet) annonçait comme prochaine la libération, les Mille avaient carrément commencé à faire leurs bagages, afin d'être prêts à prendre la route de Naples aussitôt que les Alliés seraient entrés à Rome. Il était entendu que Carlo Vivaldi prendrait lui aussi la même route ; mais ledit Carlo, après la parenthèse du banquet, s'était de nouveau cloîtré dans son isolement, devenant même plus sauvage et plus soupçonneux qu'avant, comme s'il avait eu honte de son bref abandon. A la suite de ce qu'il avait raconté, les femmes des Mille, quand elles bavardaient, avaient émis entre autres choses la supposition que c'était un Juif. Mais dans la grande salle cette conjecture circulait avec une extrême prudence et à voix très basse, par une complicité tacite et instinctive de tous vis-à-vis de ce jeune homme traqué. Il semblait qu'une telle chose, même si on la chuchotait seulement, eût risqué de le marquer au fer rouge, faisant ainsi le jeu de la police allemande détestée.

Un dimanche, Tore, le frère de Carulí, revenant de certains de ses trafics en ville, signala à Ida, dans le journal *Il Messaggero,* la nouvelle de la réouverture des écoles le 8 novembre. Tore était le moins analphabète de tous les Mille, et il aimait faire étalage de sa culture en commentant les nouvelles des journaux, surtout celles d'ordre sportif. Ce dimanche-là, au nombre de ses autres commentaires, il nota aussi que dans le *Messaggero* il n'y avait pas trace d'une nouvelle qui pourtant circulait dans Rome et qui, même, disait-on, avait été transmise par Radio-Bari : hier, samedi (16 octobre), tous les Juifs de Rome avaient été raflés à l'aube par les Allemands, maison par maison, et chargés sur des camions vers une destination inconnue. Du quartier du Ghetto, entièrement vidé de sa chair juive, il n'était resté que le squelette ; mais aussi dans tous les autres *rioni* ou quartiers, tous les Juifs de Rome, isolés ou familles, avaient été dénichés par les S.S. qui étaient venus exprès avec une compagnie spéciale munie d'une liste exacte. Ils les avaient tous arrêtés : pas seulement les jeunes et ceux en bonne santé, mais aussi les vieux, les malades même gravement, les femmes même enceintes et même les enfants au maillot. On disait qu'ils les emmenaient tous pour les brûler vivants dans des fours ; mais cela, d'après Tore, était peut-être exagéré.

A ce moment-là, le phono jouait un air de danse et les gosses gambadaient autour : de sorte que les commentaires à cette nouvelle se perdirent dans le vacarme. Et au cours de ce même dimanche, du reste, l'histoire des Juifs passa carrément inaperçue chez les Mille, dans la série des nouvelles qui arrivaient tous les

352

jours, par voie directe ou détournée, recueillies en ville ou rapportées par des connaissances d'auditeurs de Radio-Bari ou de Radio-Londres. Durant leur trajet, même bref, ces nouvelles parvenaient d'ordinaire à la grande salle estropiées, gonflées ou déformées. Et Ida avait appris à s'en défendre en les ignorant toutes, comme des fables populaires ; mais cette dernière nouvelle elle ne put l'ignorer, car, même sans se le dire, elle s'y attendait depuis longtemps. Du moment où elle l'eut entendue, la peur, tel un fouet d'épines, ne cessa plus de la frapper, à tel point qu'un par un, ses cheveux lui faisaient mal à la racine. Elle n'osa pas demander à Tore d'autres précisions, d'ailleurs impossibles ; et elle ne savait pas à qui s'adresser pour connaître si les métis étaient eux aussi inscrits dans la liste des *coupables* (ce fut vraiment là le terme qu'elle utilisa en pensée). Et quand elle fut couchée, avec l'obscurité sa terreur augmenta. Lorsque sonna le couvre-feu, elle entendit rentrer Carlo Vivaldi, qui, à cette époque, vagabondait en ville plus qu'avant ; et elle fut presque tentée de se lever pour le questionner. Mais elle l'entendit tousser ; et il lui sembla percevoir dans cette toux quelque chose de terrible et d'hostile. Il est vrai que quelqu'un (... Nino aussi ?) murmurait que peut-être il était juif ; mais quelqu'un d'autre (n'obtenant, à la vérité, guère de crédit) avait aussi insinué que c'était peut-être un espion nazi-fasciste. De lui comme des autres, elle craignait qu'en l'entendant seulement prononcer le mot *juifs,* il ne lût aussitôt sur son front son secret ; et que demain peut-être il aille la dénoncer à la Gestapo.

Elle s'était couchée tout habillée et elle avait aussi laissé Useppe tout habillé ; et elle n'avait même pas pris son somnifère, pour éviter que les Allemands, s'ils venaient la chercher durant la nuit, la surprennent non préparée. Elle se tenait serrée contre Useppe, ayant décidé que, dès qu'elle entendrait dehors le pas impossible à confondre des soldats et leurs coups frappés à la porte, elle tenterait de s'enfuir à travers champs, se laissant glisser en bas du toit avec son enfant dans les bras ; et s'ils la poursuivaient, elle courrait encore et encore jusqu'au canal d'irrigation pour s'y noyer avec lui. Les peurs qu'elle couvait depuis des années, éclosant dans la terreur immédiate de cette nuit, prenaient pour elle les proportions d'une imagination démente et sans issue. Elle pensait sortir au hasard dans les rues, avec Useppe endormi dans ses bras, ne se souciant pas du couvre-feu, car de toute manière, à un certain degré de l'horreur terrestre, les vagabonds nocturnes deviennent invisibles... Ou bien elle pensait courir vers les monts des Castelli, à la recherche du Fou, pour le supplier de les cacher, Useppe et elle, dans son repaire de partisans... Mais ce qui la rassurait plus que tout, c'était l'idée de s'en aller avec Useppe dans le Ghetto, pour dormir dans l'un de ces appartements vides. De nouveau, comme dans le passé, ses peurs contradictoires finissaient par suivre une comète mystérieuse qui l'invitait à aller dans la direction des Juifs : lui promettant là-bas, tout au bout, une étable maternelle, chaude de respirations animales et de grands yeux qui ne jugeaient pas et étaient seulement compatissants. Même ces pauvres Juifs de Rome tout entière, chargés sur les camions des Allemands, la saluaient, cette nuit-là, comme des Bienheureux qui, à leur insu et à l'insu des Allemands eux-mêmes, se dirigeaient, par suite d'une splendide duperie, vers un royaume oriental où tous sont enfants, sans conscience ni mémoire...

« Si je suis brune n'y prenez pas garde
car c'est le soleil qui m'a brunie,
mon bien-aimé est blanc et vermeil
ses bouclettes sont dorées.
Voici la voix de mon bien-aimé qui frappe à la porte :
ouvre-moi, ma colombe chérie.
Je me suis levée pour lui ouvrir mais je ne l'ai pas trouvé
je l'ai cherché et je ne l'ai pas trouvé.
Les rondes de nuit qui fouillaient la ville m'ont rencontrée,
avez-vous vu le bien-aimé de mon âme ?
Moi ma vigne je ne l'ai pas surveillée
et lui il m'a emmenée dans sa maison
et a déployé contre moi les étendards de l'amour !
Je l'ai cherché par les rues et par les places et je ne l'ai pas
                                    trouvé
je l'ai appelé et il ne m'a pas répondu.
Avant que s'achèvent le jour et la nuit
reviens mon chevreau mon cerf chéri.
Oh si tu étais mon frère
qui a tété les seins de ma mère !
alors te rencontrant dehors je pourrais te baiser
et personne ne me mépriserait.
Dans son corps je me suis reposée
il m'a savourée entre ses lèvres et ses dents
viens mon frère voyons si la vigne a fleuri.
Je vous en supplie si vous trouvez mon bien-aimé
dites-lui que je suis malade d'amour... »

Où avait-elle appris ces vers ? Peut-être à l'école,
quand elle était petite ? Jamais elle ne s'était rappelé
qu'elle les connaissait, et à présent, dans sa veille
confuse, il lui semblait que sa propre voix de petite fille
les lui récitait, sur un ton langoureux, minaudier et
tragique.

Vers quatre heures, elle s'assoupit. Et le rêve

habituel qui, avec quelques variantes, la visitait souvent depuis l'été dernier, lui revint : le rêve de son père l'abritant sous sa vieille houppelande. Cette fois-ci, à l'abri de la houppelande, il n'y avait pas qu'elle seule. Il y avait aussi Useppe tout nu (plus petit encore que nature), et Alfio, son mari, nu lui aussi et bien en chair. Et elle aussi était toute nue, mais bien que déjà vieillie comme maintenant et croulante, elle n'en avait pas honte. Comme d'ordinaire en rêve, les rues de Cosenza se confondaient avec celles de Naples et de Rome et de Dieu sait quelles autres métropoles. Il pleuvait à verse, mais son père était coiffé d'un grand chapeau à larges bords, et Useppe s'amusait à patauger dans les mares avec ses petons.

Dans son rêve, il pleuvait à verse, mais au lieu de cela, au réveil, la matinée était ensoleillée. Ida se leva en hâte, car elle savait que, ce lundi matin, elle avait au programme l'achat pour Useppe (avec les points de la carte d'habillement) d'une paire de souliers neufs, vu que ses sandales étaient devenues inutilisables, et cela d'autant plus que l'hiver s'approchait. Ayant dormi tout habillés, Useppe et elle furent très vite prêts. Tout d'abord, dans le cerveau d'Ida était née l'intention extravagante de se rendre pour son achat chez un certain cordonnier du Ghetto... Mais elle se ravisa à temps, se rappelant que le Ghetto avait été vidé et que, comme avait dit Salvatore, il n'en restait plus que le squelette. Et alors, elle se décida pour un magasin de chaussures du Tiburtino (fréquenté jadis par elle à l'époque où elle habitait dans les parages), où elle espérait trouver encore, parmi les soldes de très petite pointure, des souliers en vrai cuir d'avant-guerre, sur lesquels, dès le printemps, elle avait déjà jeté son dévolu. Et à cette occasion, elle se promettait aussi de passer chez Remo, le patron de bistro (devenu pour elle, à cause des allusions du Fou, une sorte d'Éminence grise), avec l'idée d'obtenir peut-être de lui quelques renseignements sur la culpabilité ou non des métis...

Après un assez long parcours à pied, l'autobus qui menait au Tiburtino les fit attendre plus d'une demi-heure. En compensation, ils eurent de la chance pour l'achat des chaussures, car, après beaucoup de recherches (les souliers remarqués par Ida avaient hélas! été vendus ces jours-ci), ils réussirent tout de même à dénicher une paire de bottillons comme Useppe n'en avait jamais possédé. Ils avaient vraiment l'air en vrai cuir et leur semelle était en crêpe; et pour la grande satisfaction d'Ida (qui, au moment de procéder à ce genre d'acquisitions exceptionnelles de vestiaire, pensait toujours à la *croissance*), ces bottillons dépassaient presque de deux numéros la pointure d'Useppe. Mais ce qui plaisait particulièrement à celui-ci, c'étaient les lacets qui étaient d'une belle couleur rouge carmin, contrastant avec le marron clair de la chaussure. De fait, expliqua le boutiquier, c'étaient là des *bottillons fantaisie*.

Useppe voulut les chausser aussitôt; et ce fut un bonheur, car à peine étaient-ils sortis du magasin, vers la gare, que reparurent alentour les traces catastrophiques des bombardements; mais lui, trop occupé de ses pieds tout neufs, n'y fit pas attention.

Dans l'intention de se rendre chez Remo, Ida choisit des ruelles détournées, évitant comme une double vision terrifiante la Via Tiburtina avec la longue muraille du Verano. La fatigue de sa nuit presque blanche commençait à se faire sentir; et en avançant vers les lieux familiers de San Lorenzo, elle hâta

357

stupidement le pas, sous la stimulation aveugle qui attire vers la mangeoire les juments et les ânesses. Mais une résistance de la menotte d'Useppe emprisonnée dans sa main la freina. Et comme si elle se fût réveillée soudain, le courage lui manqua de poursuivre ce parcours qui jadis avait été le chemin de sa maison. Alors, renonçant à sa visite à Remo, elle revint sur ses pas.

En réalité, elle ne savait plus où se réfugier. Sa crainte nocturne d'être recherchée par les Allemands allait en croissant vers une certitude paranoïaque de son cerveau affaibli, lui barrant, tel un colosse, les accès du retour à la grande salle de Pietralata. Elle suivait, toutefois, les petits pas d'Useppe qui se dirigeaient vers l'arrêt de l'autobus, assurés et exaltés, bien que plutôt irréguliers à cause de ses bottillons trop grands et encore rigides. A la hauteur du Piazzale delle Crociate, ils furent dépassés par une femme entre deux âges qui courait comme une folle dans la même direction qu'eux. Ida la reconnut : c'était une Juive du Ghetto, la femme d'un certain Di Segni Settimio qui tenait un petit commerce d'achat et de vente d'affaires usagées derrière Sant'Angelo in Pescheria. En diverses occasions, ces dernières années, Ida s'était rendue à son comptoir pour lui proposer l'achat de quelques petits ustensiles de ménage ou d'un objet personnel ; et il lui était arrivé parfois de traiter avec cette femme, qui gérait le comptoir à la place de son mari. Certains jours, elle avait rencontré dans leur minuscule entrepôt quelques-uns de leurs nombreux enfants et neveux : lesquels habitaient tous en commun avec eux dans deux pièces situées au-dessus de la boutique.

« Signora ! Signora Di Segni ! »

Ida, hâtant le pas derrière elle, l'appela d'une voix

de surprise presque exultante. Et comme l'autre ne paraissait pas entendre, elle prit immédiatement Useppe à son cou et lui courut après, anxieuse de la rejoindre. Sans la moindre intention précise, elle avait peur de ne pas la rattraper, se cramponnant à cette rencontre étrangère comme un terrestre qui, égaré dans les déserts de la Lune, se serait heurté à l'un de ses proches parents. Pourtant, pas plus qu'elle ne se retournait, la femme ne l'écoutait ; et lorsque Ida fut près d'elle, c'est tout juste si elle la regarda de l'œil hostile et farouche d'une aliénée qui refuse tout rapport avec les gens normaux.

« Signora !... vous ne me reconnaissez pas ? ! moi... » insistait Ida. Mais l'autre ne faisait déjà plus attention à elle, semblant même ni la voir ni l'entendre, bien que, simultanément, elle ait accéléré l'allure dans l'intention de s'éloigner soupçonneusement d'elle. Elle était en sueur (elle était plutôt obèse) et ses cheveux coupés court, grisâtres et jaunis, se collaient à son front. Sa main gauche à laquelle elle avait l'alliance « patriotique » en acier, serrait dans son poing un misérable petit porte-monnaie C'est là tout ce qu'elle avait

Ida courait à côté d'elle, ballottant Useppe, en proie à une sorte de panique haletante : « Signora », lui dit-elle soudain, en se rapprochant le plus qu'elle pouvait d'elle, comme d'une confidente très intime, et parlant à voix très basse : « Moi aussi, je suis juive. »

Mais la signora Di Segni ne parut pas la comprendre, pas plus qu'elle ne l'écouta. A cet instant, une brusque alarme la secouant, elle se détacha de là et se mit à courir comme une bête à travers l'endroit où la rue s'élargissait, en direction de la gare qui se dressait là devant.

La gare, après les bombardements, avait été rapidement rendue au trafic, mais sa basse façade rectangulaire, de couleur jaunâtre, était encore roussie et noircie par la fumée des explosions. Comme il s'agissait d'une gare secondaire de banlieue, il n'y avait jamais beaucoup de monde, surtout le lundi ; mais ce jour-là, le mouvement y semblait encore plus faible que d'habitude. En ces temps de guerre et plus particulièrement depuis l'occupation allemande, on y embarquait ou débarquait souvent des troupes. Mais ce jour-là, on n'y remarquait pas de militaires et seuls, quelques civils y circulaient sans hâte. Tard dans la matinée de ce lundi, le bâtiment avait un air abandonné et provisoire.

Mais Useppe le regardait tout de même comme un monument, peut-être aussi parce qu'il se rappelait vaguement les jours où il était venu là avec Ninnuzzu s'amuser au spectacle des trains. Et il restait muet, regardant autour de lui avec des yeux curieux, oubliant momentanément son exceptionnelle impatience ; il avait, en effet, grande hâte de rentrer à Pietralata, au lieu d'être là, ballotté dans les bras de sa mère ; il lui tardait de présenter enfin à Ulí et à tous la nouveauté que constituaient aujourd'hui ses bottillons !

Et Ida, entre-temps, avait presque oublié qu'elle le tenait dans ses bras, tout entière soucieuse de ne pas perdre de vue la silhouette isolée de la Signora Di Segni, qui l'attirait comme un mirage. Elle la vit se diriger vers l'entrée des voyageurs et puis rebrousser chemin, dans sa grande et farouche solitude d'intouchable qui n'attend de secours de personne. Cessant de courir mais se hâtant en traînant la jambe, sur ses vieux souliers d'été aux énormes semelles orthopédiques, elle se dirigeait maintenant de l'autre côté de la façade de la gare, le long du trottoir latéral extérieur, et tournait à gauche, en direction de la gare des marchandises, vers la grille de service. Ida traversa l'esplanade et prit la même direction.

La grille était ouverte : il n'y avait personne de garde à l'extérieur et, même, de la guérite de la police, située immédiatement de l'autre côté de la grille, personne ne la héla. A peut-être une dizaine de pas de l'entrée, elle commença à entendre à quelque distance un affreux brouhaha, dont on ne comprenait pas, à ce moment-là, d'où il venait exactement. Actuellement, cette partie de la gare semblait déserte et dépourvue de toute activité. Il n'y avait ni mouvement de trains ni trafic de marchandises ; et les seules présences que l'on pouvait distinguer, par-delà la limite du quai des marchandises, c'étaient, au loin dans la zone de la voie principale, deux ou trois employés du personnel ordinaire, l'air tranquille.

Vers la chaussée oblique d'accès aux voies, le son augmenta de volume. Ce n'était pas comme Ida s'était déjà persuadée de croire, le cri des animaux entassés dans les wagons que l'on entendait parfois retentir dans cette zone. C'était un brouhaha de voix humaines, provenant, semblait-il, du bout des rampes, et, bien qu'aucun rassemblement de foule n'eût été visible entre les rails de triage et de manœuvre, Ida suivit ce signal. Au cours d'un trajet qui lui parut kilométrique et aussi pénible qu'une marche dans le désert (en réalité, il n'était peut-être que d'une trentaine de pas), elle ne rencontra personne, en dehors d'un mécanicien solitaire qui mangeait quelque chose qu'il tirait d'un cornet de papier, près d'une locomotive au repos, et qui ne lui dit rien. Sans doute les quelques surveillants etaient-ils eux aussi allés manger. Il devait être midi passé depuis peu.

L'invisible brouhaha se rapprochait et grandissait, bien que, en quelque sorte, il eût semblé inaccessible comme s'il était venu d'un lieu isolé et contaminé. Il rappelait à la fois certaines clameurs que l'on entend dans les asiles, dans les lazarets et dans les prisons : mais toutes mélangées pêle-mêle, comme des débris jetés dans la même machine. Au bout de la rampe, sur une voie de garage rectiligne, stationnait un train qui paraissait d'une longueur interminable. C'est de l'intérieur de ce train que venait ce brouhaha.

Il y avait peut-être une vingtaine de wagons à bestiaux, certains grands ouverts et vides, et d'autres dont les portes étaient fermées hermétiquement avec de longues barres de fer. Selon le type habituel de ces convois, les wagons n'avaient pas de fenêtres, mais seulement une minuscule ouverture grillagée située en haut. On apercevait deux mains agrippées à quelques-uns de ces barreaux ou derrière eux deux yeux qui regardaient fixement. A ce moment-là, il n'y avait personne de garde près de ce train.

La signora Di Segni était là, courant de tous côtés sur le quai désert, avec ses petites jambes nues, courtes et maigres, d'une blancheur maladive, et son cache-poussière de demi-saison flottant derrière son corps déformé. Elle courait en hurlant affreusement le long de toute la rangée de wagons, d'une voix quasiment monstrueuse :

« Settimio ! Settimio !... Graziella !... Manuele !... Settimio !... Settimio ! Esterina !... Manuele !... Angelino !... »

De l'intérieur du convoi, une voix inconnue lui parvint pour lui crier de s'en aller sinon *ceux-là*,

quand ils allaient revenir sous peu, l'arrêteraient elle
aussi : « Nooon ! Non, je m'en irai pas ! » proféra-t-elle
en réponse, menaçante et furieuse, tout en cognant
avec ses poings sur les wagons, « ma famille est là !
appelez-les ! Di Segni ! Famille Di Segni ! » ... « Setti-
mioo !! » hurla-t-elle soudain, en se précipitant vers
l'un des wagons et en s'attaquant à la barre de la
porte, dans la vaine tentative de forcer celle-ci. Là-
haut, derrière les barreaux, venait d'apparaître une
petite tête de vieillard. On voyait ses lunettes briller
dans l'obscurité du wagon, sur son nez émacié, et ses
mains menues agrippées aux barreaux.

« Settimio !! et les autres ? ! ils sont là avec toi ? »

« Va-t'en, Celeste », lui dit son mari, « je te dis de
t'en aller tout de suite, car *ceux-là* vont revenir... » Ida
reconnut cette voix lente et sentencieuse. C'était la
même qui, d'autres fois, dans son cagibi plein de
vieilles affaires, lui avait dit par exemple, selon un
critère aussi sage que pondéré : « Ceci, Signora, ne
vaut même pas le prix de la réparation... » ou bien :
« De tout ça en bloc, je peux vous donner six lires... »
mais aujourd'hui, elle était atone, lointaine, comme
venue d'un atroce paradis situé hors de toute atteinte.

L'intérieur des wagons, brûlés par le soleil encore
estival, retentissait toujours de ce brouhaha incessant.
Dans son désordre se chevauchaient des vagissements,
des altercations, des psalmodies de procession, des
chuchotements dénués de sens, des voix séniles qui
appelaient leurs mères ; d'autres qui conversaient à
l'écart en aparté, presque cérémonieuses et d'autres,
même, qui ricanaient. Et de temps en temps, dominant
tout cela, s'élevaient des cris stériles, glaçants ; ou bien
d'autres cris, d'une nature bestiale, hurlant des phrases élémentaires telles que « à boire ! » ou « de l'air ! ».

363

Dans l'un des tout derniers wagons, dominant toutes les autres voix, une femme jeune poussait de temps à autre des hurlements convulsifs et déchirants, typiques des douleurs de l'accouchement.

Et Ida reconnaissait ce chœur confus. Non moins que les hurlements presque indécents de la signora Di Segni et que les accents sentencieux du vieux Di Segni, ce lamentable brouhaha venu des wagons la séduisait avec une brûlante douceur, celle d'une mémoire persistante qui lui revenait non pas du passé mais par un autre canal : de là même où la berçaient les chansonnettes calabraises de son père, ou la poésie anonyme de la nuit précédente, ou les petits baisers qui lui chuchotaient chérie chérie. C'était un point de repos qui l'attirait vers le bas, dans la tanière mixte d'une unique et immense famille.

« Ça fait toute la matinée que je circule... »

La signora Di Segni, tendue vers ce visage à lunettes derrière les barreaux, s'était mise à parler hâtivement, en une sorte de bavardage fébrile, mais aussi de la manière familière et quasi courante d'une épouse qui rend compte de son emploi du temps à son époux. Elle racontait comment ce matin, vers dix heures, elle était rentrée, comme prévu, de Fara Sabina avec deux fiasques d'huile d'olive qu'elle y avait dégotées. Et en arrivant, elle avait trouvé le quartier désert, les portes grandes ouvertes, personne dans les maisons et personne dans la rue. Personne. Et elle s'était informée, elle avait demandé çà et là, au cafetier aryen, au marchand de journaux aryen. Et elle avait demandé partout. Même le Temple qui était désert... « ... et j'ai couru ici et là, de l'un à l'autre... Ils sont au Collège Militaire... à la Stazione Termini... à la Tiburtina... »

« Va-t'en, Celeste. »

« Non, je m'en irai pas ! Moi aussi, j'suis juive ! Je veux monter moi aussi dans ce train ! »

« *Resciúd*[8], Celeste, au nom de Dieu, va-t'en avant que *ceux-là* reviennent. »

« Nooon ! Non ! Settimio ! Et où sont les autres ? Manuele ? Graziella ? le bébé ?... Pourquoi ils se montrent pas ? » Tout à coup, comme une folle, elle se mit de nouveau à hurler : « Angelinoo ! Esterinaa ! Manuele ! Graziella ! ! »

A l'intérieur du wagon on entendit un certain remue-ménage. Derrière le dos du vieil homme on entrevit une petite tête hirsute et deux petits yeux noirs, qui d'une manière quelconque s'étaient hissés jusqu'aux barreaux...

« Esterinaa ! Esterinaaa ! Graziellaa ! ! Ouvrez-moi ! Y a donc personne ici ! Moi, j'suis juive ! Je suis juive ! Faut que je parte moi aussi ! Ouvrez ! Fascistes ! FASCISTES ! ! ouvrez ! » Elle criait *fascistes* non comme une accusation ou comme une insulte, mais vraiment exactement comme un titre naturel, comme on dirait *Messieurs les jurés* ou *Messieurs les Officiers* pour en appeler aux Ordres établis et aux Autorités compétentes en la matière. Et elle s'obstinait dans sa vaine tentative de forcer les barres de fermeture.

« Allez-vous-en ! Signora ! ne restez pas là ! Ça vaut mieux pour vous ! Allez-vous-en tout de suite ! » Des services centraux de la Gare, de l'autre côté de la gare des marchandises proprement dite, des hommes (porteurs ou employés) s'agitaient à distance d'elle, la pressant d'un geste. Mais ils ne s'approchaient pas du train. Ils semblaient même l'éviter comme une chambre funèbre ou pestiférée.

Personne ne s'intéressait encore à la présence d'Ida, qui était restée un peu en arrière de la limite de la rampe; et elle aussi avait presque oublié qu'elle était là. Elle se sentait envahie par une faiblesse extrême; et bien que là, en plein air sur ce quai, la chaleur n'ait pas été excessive, elle s'était couverte de sueur comme si elle avait eu quarante de fièvre. Néanmoins, elle s'abandonnait à cette faiblesse de son corps comme à l'ultime douceur possible, une douceur qui la faisait se perdre dans cette foule, se mêlant aux autres sueurs.

Elle entendit sonner des cloches; et la pensée qu'il fallait qu'elle se dépêche de terminer son marché quotidien et que peut-être les boutiques fermaient déjà, cette pensée, donc, lui traversa l'esprit. Puis elle entendit des coups sourds et rythmés qui résonnaient quelque part près d'elle; et elle crut sur le moment que c'était la respiration de la locomotive, se figurant que peut-être le train se préparait à partir. Mais soudain, elle se rendit compte que ces coups l'avaient accompagnée tout le temps qu'elle avait été là sur ce quai, bien qu'elle n'y ait pas fait attention auparavant; et qu'ils résonnaient tout près d'elle, exactement contre son corps. De fait, c'était le cœur d'Useppe qui battait ainsi.

L'enfant était tranquille, pelotonné sur son bras, le flanc gauche contre sa poitrine; mais il avait la tête tournée et regardait le train. En réalité, dès le premier instant, il n'avait plus bougé de cette position. Et comme elle se penchait pour le scruter, elle le vit qui continuait de regarder fixement le train, son petit visage immobile, sa bouche entrouverte et ses yeux écarquillés dans une indescriptible expression d'horreur.

« Useppe... », l'appela-t-elle à voix basse.

Useppe se retourna à son appel, mais dans les yeux il avait encore ce même regard fixe qui, bien que rencontrant le sien, ne l'interrogeait pas. Dans l'horreur immense de son regard, il y avait aussi une sorte de peur ou, plutôt, une stupeur hagarde ; mais c'était une stupeur qui ne demandait aucune explication.

« Allons-nous-en, Useppe ! Allons-nous-en ! »

Au moment où elle se tournait pour s'en aller en hâte de là, on distingua, dominant les cris persistants qui retentissaient derrière elle, une voix d'homme qui appelait : « Signora, attendez ! Écoutez-moi ! Signora ! » Elle se retourna : c'était bien à elle que s'adressaient ces appels. De l'une des petites grilles, par laquelle on apercevait une pauvre tête chauve aux yeux fixes et qui avaient l'air malades, une main s'avança pour lui jeter un bout de papier.

En se baissant pour le ramasser, Ida vit que là, éparpillés sur le sol le long des wagons (desquels émanait déjà une odeur lourde), il y avait, parmi des scories et des ordures, d'autres bouts de papier du même genre, roulés en cornets ; mais elle n'eut pas la force de s'arrêter pour en ramasser. Et tout en s'éloignant en courant, elle mit dans sa poche, sans le regarder, ce bout de papier écrit, cependant que, derrière la grille, l'inconnu continuait de lui crier des remerciements et des recommandations indistinctes.

En tout, il ne s'était pas écoulé plus de dix minutes depuis son entrée dans la gare de marchandises. Cette fois-ci les policiers italiens de garde à la grille s'avancèrent vivement vers elle : « Qu'est-ce que vous faites là, vous ?! Allons, vite, vite, allez-vous-en ! » lui intimèrent-ils avec une urgence coléreuse, qui semblait vouloir en même temps la réprimander et la sauvegarder d'un danger.

Alors qu'elle franchissait le portail avec Useppe à son cou, arrivait de la rue un fourgon automobile brunâtre qui laissait derrière lui en passant une rumeur confuse, comme un écho étouffé de l'autre chœur du train. Mais son chargement, enfermé à l'intérieur, était invisible. Ses seuls occupants visibles, c'étaient, dans la cabine du conducteur, des jeunes militaires en uniformes de S.S. Leur aspect était normal, aussi normal que celui des habituels camionneurs de la Municipalité qui venaient charger à cette gare de marchandises leurs transports de viande. Leurs visages propres et roses de santé étaient communs et stupides.

Ida oublia tout à fait qu'elle avait à terminer ses courses, n'ayant qu'une seule hâte qui était de parvenir à l'arrêt de l'autobus. Soutenue par le désir exclusif de se retrouver derrière son rideau de sacs, elle avait chassé sa fatigue et préféra ne pas reposer par terre son enfant. Le sentir dans ses bras proche et serré contre elle la réconfortait, comme si elle avait eu en lui un abri et une protection : mais pendant tout le trajet elle n'eut pas le courage de le regarder dans les yeux.

Il y avait beaucoup de monde qui attendait à l'arrêt de l'autobus ; et dans la voiture bondée il n'était pas facile de garder son équilibre quand on était debout. Incapable, étant donné sa petite taille, d'atteindre les appuis, Ida, comme d'habitude dans ces cas-là, se livrait à des exercices de danseuse pour se tenir en équilibre dans cette cohue, afin d'éviter trop de poussées et de cahots à Useppe. S'apercevant que sa petite tête dodelinait, elle la carra avec précaution sur son épaule. Useppe s'était endormi.

Dans la grande salle tout était comme d'habitude. Le phono jouait *La gagarella del Biffi-Scala* et pendant ce temps, les belles-sœurs de Carulí se disputaient, échangeant des insultes atroces à propos d'une marmite ; mais ce chahut familier ne parvint pas à troubler le sommeil d'Useppe. Ida s'étendit aussitôt à côté de lui et elle ferma les paupières aussi étroitement que si on les lui avait écrasées avec le poing. Puis, soudain, ses muscles frémirent à peine, et, brusquement, tous les bruits et toutes les scènes de la terre s'éloignèrent d'elle.

Quelqu'un qui se fût trouvé là l'eût peut-être crue morte en voyant son immobilité et sa pâleur ; mais peut-être n'aurait-il même pas eu le temps de s'apercevoir de cette petite défaillance, qui, à la vérité, fut d'une durée infinitésimale. Un instant plus tard, ses paupières se détendaient, se rouvrant lentement comme deux petites ailes nonchalantes sur des yeux éclaircis ; cependant que sa bouche avait un sourire calme et ingénu, comme celui d'un enfant qui rêve.

Presque aussitôt, elle s'abandonna à un sommeil profond, dénué de rêves et plein de silence, malgré le chahut qui continuait dans la grande salle. Elle se réveilla au bout de plusieurs heures. On était presque le soir. Et immédiatement elle cherchait à côté d'elle dans son petit lit Useppe, quand elle reconnut, venue de derrière le rideau, la petite musique impossible à confondre de ses rires. Useppe s'était réveillé avant elle, et déjà il était là-bas assis par terre, qui battait des paupières, l'œil insouciant, en proposant ses bottillons à l'admiration de la société habituelle : Peppe Terzo, Impero, Ulí, etc. La moins convaincue de ceux-ci semblait Ulí, qui n'avait pas été longue à remarquer la pointure erronée de ces chaussures *fantaisie ;* mais sur-le-champ, elle se chargea de les lui arranger, avec deux petites semelles intérieures qu'elle tira d'un feutre pour dame (résidu des dons des Dames patronnesses de juillet)...

Ida vécut le reste de la journée dans une sorte d'ahurissement presque total. Durant la nuit, elle se réveilla en sursaut en entendant à côté d'elle dans le petit lit une petite plainte aiguë, d'angoisse déchirante. Elle s'aperçut qu'Useppe tressaillait dans son sommeil et après un silence se remettait à gémir en un balbutiement spasmodique. Alors, elle l'appela ; et quand elle eut fait de la lumière avec l'habituel et précieux bout de bougie parvenu maintenant à toute extrémité, elle le vit qui, tout en larmes, la repoussait avec ses menottes, comme pour refuser tout réconfort. Et sans encore se réveiller tout à fait, il continuait son incompréhensible balbutiement, où on semblait reconnaître le mot *seval*, mêlé confusément à *bébés* et à *signori*. L'appelant plusieurs fois par son nom, Ida tenta de le soustraire au rêve qui l'envahissait ; et finalement, lui montrant ses bottillons neufs avec leurs lacets rouges, elle lui dit : « Regarde, Useppe ! regarde ce qu'il y a là ! » Finalement alors, les pupilles de l'enfant s'illuminèrent malgré ses larmes : « Y sont à moi », affirmat-il avec un petit sourire. Puis il ajouta : « Des *touliers !* » et poussant un bref soupir de satisfaction, il se rendormit.

Le matin, gai comme d'habitude, il avait oublié les événements du jour et de la nuit précédents ; et Ida ne lui en reparla plus (ni à lui ni à personne). Elle avait encore dans la poche de son cache-poussière le message que lui avait lancé, à la gare, le Juif du train ; et elle l'examina à l'écart, à la lumière du jour. C'était un bout de papier quadrillé, en mauvais état et crasseux. Sur lequel étaient écrits au crayon, d'une grande écriture tremblante et appliquée, les mots suivants :

Sivouvoyé Efrati Pacificho je fai savoir que somme tous

bonne santé Irma Reggina Romolo et lesautre partan pour
lallemagne tous famille bonne santé conte lidasse lazarino du
ancore cenvingt lires pour

(C'était tout. Il n'y avait ni signature ni adresse
omises par prudence ou par manque de temps ? ou,
plutôt, par simple ignorance ?). *Éfrati* était l'un des
patronymes les plus communs dans le Ghetto : où, du
reste, à ce qu'on disait, il n'y avait plus personne.
Néanmoins, Ida rangea le message dans un compartiment de son sac, bien que sans la moindre intention
d'en chercher le destinataire.

Dans la grande salle on ne parlait déjà plus des Juifs
et de leur sort. Presque chaque jour, Salvatore, quand
il lui arrivait de rentrer, lisait, les épelant, de nouvelles
informations dans le *Messagero*. En ville un fasciste
avait été tué, et un communiqué des forces de police de
la Ville Ouverte (telle avait été déclarée Rome dès le
mois d'août) menaçait de mesures graves. On parlait
aussi des fameux clous à quatre pointes qui endomma-
geaient les véhicules automobiles allemands, et on
disait que les Allemands arrêtaient des forgerons, des
mécanos, etc., etc. Mais la nouvelle principale qui,
sans être écrite dans le journal, circulait comme un
bruit tout à fait sûr, était celle qu'avait déjà annoncée
auparavant le partisan Mosca et qui était que le jour
du 28 octobre, fête anniversaire du fascisme, les troupes alliées feraient leur entrée à Rome.

Cependant, les Nazi-Fascistes de Rome commençaient à s'inquiéter de certains groupes de *francs-tireurs*
qui opéraient dans les bourgades de la périphérie, au
nombre desquelles il y avait Pietralata. Les signaux
télégraphiques du patron de la guinguette étaient
devenus plus fréquents, il arrivait plus souvent que

371

Carulí ou quelqu'un d'autre des Mille en vedette aux fenêtres, avertît : « *Allumez la loupiote!* » ou bien : « *J'ai envie de chier!* », et ces jours-là, les jeunes gens de la grande salle évitaient par prudence de se trouver à la maison. Carlo lui aussi, la plupart du temps, était dehors, se baladant Dieu sait où, mais rentrant néanmoins régulièrement à l'heure du couvre-feu : certainement parce que, autrement, il n'aurait pas su où aller se réfugier. Et toujours à cette heure-là, Rossella reparaissait ponctuellement dans la grande salle, un peu avant lui, pour être prête à l'accueillir derrière le rideau avec son miaulement spécial.

Le 22 octobre, il y eut une véritable bataille au Forte Tiburtino entre les Allemands et la ɹoule. Plus d'une fois depuis septembre, la foule affamée du quartier avait assailli ce fort, raflant non seulement des vivres et des médicaments, mais aussi des armes et des munitions ; et les quelques soldats italiens barricadés là-haut avaient laissé faire. Mais, cette fois-ci, il y avait des sentinelles allemandes, qui avaient alerté leur Commandement. Un détachement de S.S. sur le pied de guerre avait été promptement expédié sur les lieux de l'émeute ; et le signal de cette présence inquiétante les avait précédés, parvenant même plus loin que les limites de la bourgade.

Sur ces entrefaites, la grand-mère Dinda était sortie pour cueillir de l'herbe à salade dans les alentours. Et à son retour hâtif, elle apporta la nouvelle électrisante, glanée on ne sait où, que l'armée allemande marchait contre l'armée américaine, laquelle arrivait par les grandes routes ; et que la bataille décisive allait se dérouler d'un instant à l'autre, précisément dans les prairies environnantes, là, à l'extérieur de la grande salle !

372

Au bruit des détonations, qui retentit peu après, les personnes présentes prises au dépourvu se demandaient s'il fallait vraiment croire la grand-mère Dinda. Avec quelque espoir mais aussi avec une grande peur, les femmes se réfugièrent dans les angles de la grande salle, comme si elles avaient été dans une tranchée, cependant que le grand-père Giuseppe Primo se chargeait de placer les petits sacs de sable sur les fenêtres, d'un air important et avec lenteur, tel un vieux général podagre. Carulina, quant à elle, se hâta de couvrir avec un chiffon la cage des canaris confiés à ses soins ; et toute cette affaire enivra la marmaille présente, qui se déchaîna héroïquement, se moquant de l'épouvante des femmes. Le plus gai de tous, comme d'habitude, c'était Useppe qui grimpait sur la pile de bancs, qui courait et qui s'embusquait, et qui s'élançait par terre en criant : pim ! poum ! pam ! Bien qu'Ida l'ait exhorté à utiliser à la maison ses vieilles sandales et à réserver ses chaussures neuves pour les sorties, il n'avait pas voulu en entendre parler ; et ainsi, actuellement, son pas, alors qu'il arpentait dans tous les sens la grande salle, se distinguait par un nouveau son caractéristique : plof, plof, dû à la pointure, encore un peu excessive, de ses bottillons et à leur grosse semelle de crêpe.

La fusillade ne fut pas longue, et peu après la grande salle fut visitée par les Allemands. Il semble qu'ils aient cherché la cachette de quelques francs-tireurs de l'endroit, qui avaient échappé à la capture après l'accrochage du Forte Tiburtino. Étonné par leur équipement grandiose (ils avaient d'énormes casques qui leur descendaient jusque sur le nez, et leurs fusils-mitrailleurs braqués devant eux), Useppe qui, le fracas mis à part, n'avait rien compris à toute cette affaire, demanda à haute voix si c'étaient les *Lamémicains*. Heureusement, les intrus ne pouvaient pas savoir que, dans le langage d'Useppe, ce terme signifiait *les Américains;* et du reste, Carulina fit immédiatement signe à Useppe de se taire.

Ils firent sortir tout le monde et se mirent à fouiller l'intérieur du bâtiment dans tous les coins, y compris le toit et les waters. Ce jour-là par chance, il n'y avait pas de viande entreposée dans les waters; quant à l'autre dépôt de victuailles sous la couverture de la sora Mercedes, ils ne se donnèrent même pas la peine de l'explorer, en ayant vu émerger peu de temps auparavant cette grosse dame arthritique. Toujours par chance également, les mâles valides de la grande salle étaient absents. Et ainsi, après avoir beuglé en allemand d'incompréhensibles avertissements, les soldats repartirent, et on ne les revit plus.

Quelques jours plus tard, également à Pietralata, on vit affiché l'avis suivant rédigé en allemand et en italien :

Le 22 octobre 1943, des civils italiens qui faisaient partie d'une bande de communistes ont tiré sur les troupes allemandes. Ils ont été faits prisonniers après une brève escarmouche.

Le Tribunal militaire a condamné à mort 10 membres de cette bande pour avoir attaqué à main armée des soldats des forces armées allemandes.

Les condamnés ont été exécutés.

L'exécution avait eu lieu dès le lendemain de la rencontre, dans un champ situé dans les parages de Pietralata, où les cadavres furent aussitôt enterrés dans une fosse. Mais quand, dans la suite, la fosse fut découverte, il y avait en réalité onze cadavres et non dix. Le onzième était un cycliste inoffensif, qui passait par hasard et qui avait été fusillé avec les autres parce qu'il se trouvait là.

8

Le temps était variable, et il y eut même plusieurs matinées de soleil ; mais Nino ne tenait toujours pas la promesse qu'il avait faite à Useppe. Il est difficile de dire si Useppe s'en souvenait ou non. Il est vrai que souvent encore il se postait sur le seuil pour regarder dans la direction de la route ensoleillée, comme s'il avait attendu ; mais peut-être, avec l'éloignement (quinze jours environ s'étaient écoulés), la promesse de Nino se confondait-elle dans son esprit avec les matins et le soleil, en un mirage imprécis. Sur ces entrefaites, le destin commença, par une suite d'événements précipités, à réduire le nombre des personnes présentes dans la grande salle.

Aux environs du 25 octobre, au début de l'après-midi, un moine frappa à la porte. A ce moment-là, étaient seuls présents Uli, les gosses, la sora Mercedes et les grands-mères. Les grands-pères étaient allés s'asseoir au bistro. Ida était derrière son rideau, et les belles-sœurs étaient montées sur la petite terrasse du bâtiment, pour rassembler en toute hâte du linge qu'elles y avaient mis à sécher.

De fait, il commençait à pleuvoir. Le moine qui s'était abrité le crâne avec son capuchon, avait cet air affairé et circonspect propre aux religieux. Après avoir salué les personnes présentes avec la phrase habituelle *La paix soit avec vous,* il demanda à voir Vivaldi Carlo. Apprenant que celui-ci n'était pas là, il s'assit sur une caisse pour l'attendre, entouré par les gosses qui l'observaient, ébahis, comme s'ils avaient assisté à un film. Mais au bout de quelques minutes d'attente, il se leva, obligé qu'il était de courir remplir d'autres missions. Et d'un signe du petit doigt appelant à l'écart Carulina (qui, de toutes les personnes présentes, dut lui sembler la secrétaire de majeure confiance), il lui dit à voix basse : de prévenir au plus tôt et de façon discrète le signore Vivaldi Carlo qu'il devait se rendre au plus vite *là où il savait,* pour apprendre des nouvelles urgentes. Puis, après avoir répété *La paix soit avec vous,* il s'en alla.

Les belles-sœurs, survenant alors, arrivèrent à temps pour l'apercevoir au moment où il sortait ; mais Carulina, soutenant vaillamment leurs interrogatoires, se refusa à révéler son ambassade. Ce silence lui coûta un effort si grand qu'elle en eût même les veines du cou gonflées à éclater ; mais par bonheur pour elle, cette dure épreuve ne lui fut pas imposée longtemps. Pas plus d'un quart d'heure après le départ du moine, Carlo Vivaldi, peut-être averti par un présage, fit sa réapparition, dans la grande salle, en avance sur son horaire. Aussitôt Caruli s'avança vers lui, criant à voix très haute : « Y a un capucin qu'est venu vous demander... » et il tressaillit visiblement. Le visage et les cheveux trempés de pluie, il ressemblait à ce moment-là à un moineau ballotté par la tempête. Sans le moindre mot, il fit demi-tour et reprit précipitamment la direction de la route.

En son absence, diverses conjectures furent aussitôt échangées entre les grands-mères et les belles-sœurs de

Carulina. A cette époque, n'importe quel roman populaire devenait vraisemblable. Il arrivait vraiment, par exemple, que des officiers de haut grade ou des militants politiques connus se camouflent de diverses manières pour égarer la chasse des occupants ennemis. Et les femmes conjecturèrent, entre autres choses, que le moine était un faux moine, peut-être un anarchiste déguisé ou, même, un quelconque généralissime des hautes sphères.

Au lieu de cela, il s'agissait bien en réalité d'un pauvre et simple moine, émissaire d'un couvent romain où un cousin mineur de Carlo était actuellement caché. Il répugnait à Carlo, à cause de ses orgueilleuses idées, de se réfugier dans un couvent. Il préférait rester sans domicile fixe, et ainsi, sa correspondance et les nouvelles du Nord lui étaient adressées aux bons soins de son jeune cousin. Or, la nouvelle d'aujourd'hui était des plus atroces. Mais la vérité sur elle ne fut connue que dans la suite.

Toujours est-il que l'heure du couvre-feu passa sans qu'il réapparaisse. Et les habitants de la grande salle déduisirent que, après la visite du mystérieux moine, il s'était éclipsé pour toujours. A leurs yeux Carlo Vivaldi constituait encore un personnage ambigu et étrange d'aventurier : peut-être à la solde d'une puissance étrangère ? ou à celle du Vatican ? La mère de Currado et d'Impero avança même l'hypothèse que c'était un noble incognito, de la suite de S. M. le Roi Empereur, et que peut-être déjà, à l'heure qu'il était, il s'était envolé vers Brindisi ou Bari, à bord d'un avion spécial fourni par le Pape...

Au lieu de cela, Carlo Vivaldi était non loin de là, peut-être dans le quartier même ou peut-être dans un quartier de Rome non précisé, errant seul par les rues pluvieuses, plongées dans les ténèbres du black-out et infestées de patrouilles. Depuis que, dans l'après-midi, son jeune cousin lui avait transmis la nouvelle urgente et confidentielle, il ne fit, jusqu'à la pleine nuit, que parcourir au hasard les rues, indifférent à l'heure qu'il était et ne se souciant pas du couvre-feu. On ne sait pas comment il a pu échapper aux dangers de cette promenade incohérente : défendu peut-être par l'infranchissable barrage d'outrance et de délire qui parfois entoure les désespérés. On peut croire que, plusieurs fois, les patrouilles armées en reconnaissance l'ont croisé cette nuit-là, mais que toutes tournèrent les talons et ravalèrent leur *qui va là ?* ayant peur d'affronter son ombre.

Lui-même n'aurait jamais pu dire où le mena cet immense cheminement de kilomètres et de temps non compté (peut-être neuf ou dix heures). Il est possible qu'il ait parcouru d'un bout à l'autre la ville tout entière ou qu'il ait continué de tourner dans un espace restreint, toujours le même, faisant les cent pas. A une certaine heure de la nuit, il revint se terrer dans son seul logement disponible, à Pietralata, derrière le rideau de chiffons. Tout le monde dormait et la seule qui l'entendit rentrer, ce fut Ida qui, ces nuits-là, même avec des calmants, avait du mal à s'endormir et se réveillait au moindre bruit. Elle entendit d'abord son pas dans le sentier ; puis le miaulement prolongé de Rossella qui lui souhaitait la bienvenue à son entrée. Et après, durant le reste de la nuit, il lui sembla qu'elle l'entendait tousser continuellement au milieu d'une série de coups sourds et répétés, comme s'il cognait avec ses poings sur le mur.

De fait, le matin, il avait toutes les jointures des doigts écorchées et sanguinolentes ; mais personne, dans la grande salle, n'eut le temps d'observer cela. Il se trouva que vers huit heures Giuseppe Secondo arriva au cours de l'une de ses escapades périodiques. Il fit son entrée avec son habituel air rigolard, car il apportait aujourd'hui aussi d'excellentes nouvelles : Assodicuori allait très bien, et Quattropunte idem, et tous les camarades de la glorieuse bande idem... Grâce à eux, quelques quintaux supplémentaires d'infâme carne allemande étaient allés fumer le sol des Castelli Romani... Une semaine auparavant, du côté allemand, il y avait eu un ratissage de partisans avec des pertes ; mais eux autres de la *Libera* (surnom de leur bande), étaient trop malins pour se laisser cravater par ces salauds... Et quant aux prévisions pour l'avenir, sans aucun doute la fin de la guerre était imminente. Certes, on ne pouvait plus compter sur l'entrée des Alliés à Rome le 28 octobre... « Certes, ç'aurait été un geste spirituel, car comme ça, ils leur auraient fêté comme il faut leur anniversaire à ceux-là... » Mais, conclut Giuseppe Secondo, ils seraient là avant Noël, ça, c'était sûr.

Après avoir fait ces brillantes confidences, le joyeux petit homme farfouilla encore quelques minutes dans le tas de ses biens ; et ensuite, saluant largement à droite et à gauche, il se dirigea vers la porte. A ce moment-là, le rideau de chiffons se déplaça brusquement ; et Carlo, impétueusement, comme s'il avait dû le défoncer, en sortit avec un grand rire : « Moi aussi je viens avec toi !... Avec vous autres ! » précisa-t-il vivement. Il avait déjà sa sacoche en bandoulière, c'est-à-dire tous ses bagages. A la lumière qui entrait de biais par la porte entrouverte, ses yeux, derrière les lunettes noires de l'insomnie, étaient enfoncés dans leurs orbites, le regard plus sombre que d'habitude. Et à la suite de son rire qui avait laissé dans l'air un écho presque obscène, l'obscure forme de corruption, qui revenait de temps en temps sur son visage, le défigurait maintenant vraiment, tel un masque biscornu. Mais issue de tout cela, une sorte de gaieté effrénée, sportive, se communiquait aux muscles de son corps. Giuseppe Secondo qui pendant un instant était demeuré interdit s'illumina d'un sourire de jubilation qui lui rida le visage tout entier : « Ah ! Il était temps ! » s'écria-t-il et il n'ajouta pas autre chose. En sortant avec lui, Carlo Vivaldi esquissa de la main vers l'arrière un geste d'adieu à demi ironique, comme pour dire que maintenant cette grande salle et ses occupants se dissolvaient eux aussi pour lui dans l'écume d'un passé mort. Et il ne pensa même pas à dire adieu à Rossella qui, allongée sur la paillasse, le suivait des yeux.

Les nuages s'étaient déchirés ; mais dans le vent frais qui commençait à se lever, il y avait encore de brèves ondées de passage, quasi printanières. Giuseppe Secondo n'avait plus sur la tête son fameux chapeau, mais il s'abritait avec un parapluie ; ce qui fit rire à ses dépens ceux qui le regardaient partir (à la vérité, un partisan avec un parapluie était une chose plutôt anormale). Et ainsi, les deux hommes s'éloignèrent ensemble par-delà la prairie boueuse : le vieil homme qui marchait d'un pas rapide sous son parapluie ; et le jeune homme qui le précédait à son allure dégingandée et légèrement chaloupée, semblable à celle de certains jeunes Noirs.

A leur départ, Rossella avait couru à la porte. Et à présent, immobile sur ses quatre petites pattes, elle les regardait s'éloigner, son museau tendu vers eux dans une expression de surprise déjà alarmée, comme si elle avait présagé qu'en ce moment retentissait un signal de son destin. Toutefois, au cours des heures qui suivirent, elle ne put s'empêcher de chercher Carlo ; mais, d'une manière quelconque, elle devait savoir dès le début qu'elle ne le reverrait plus. Et elle tentait de ne pas se laisser surprendre dans cette quête dérisoire, rôdant dans les parages du rideau d'une façon oblique et fuyante, et filant, menaçante, aussitôt que quelqu'un passait près d'elle. Ensuite elle alla se réfugier sous la pile de bancs, et elle resta là le reste de la journée, tapie entre deux planches, dans un coin où personne ne pouvait l'atteindre, ses prunelles soupçonneuses braquées sur le mouvement de la grande salle.

Vers le soir, alors que personne ne pensait plus à elle, elle poussa tout à coup un étrange miaulement inquiet et, sortant de sous la pile de bancs, elle se mit à errer en poussant cet extraordinaire gémissement qui implorait : au secours, au secours. Elle était assaillie par une impulsion d'une force terrible et qu'elle n'avait encore jamais éprouvée. Et alors, elle alla s'installer dans son trou de paille derrière le rideau, et là, quelques instants plus tard, elle mit au monde un petit chat.

Personne ne s'y attendait, car personne ne s'était aperçu qu'elle était grosse. Et, en fait, il s'agissait d'un petit unique et malingre, si minuscule qu'il semblait appartenir à la race des rats plutôt qu'à celle des chats. Bien que novice et encore toute jeune, comme toutes les mères chattes déjà expertes, elle se hâta aussitôt de déchirer la membrane qui l'entourait, à coups de dents impatients et quasi rageurs. Et puis, comme toutes les mères chattes, elle se mit à le lécher à toute vitesse, jusqu'à ce que le petit chat eût fait entendre son premier miaulement, tellement faible qu'on eût dit le bourdonnement d'un moustique. Elle se coucha alors

sur lui, peut-être dans l'espoir de l'allaiter. Mais
probablement à cause de ses trop nombreux jeûnes, en
plus de son immaturité, ses mamelles étaient sèches.
Tout d'un coup, brusquement elle se détacha de lui, et
elle le regarda pensive, avec curiosité. Et elle alla se
recoucher pour son compte à une certaine distance, et
là, elle resta encore un peu de temps sans bouger, ses
yeux conscients et pleins de mélancolie, ne répondant
plus à ce petit miaulement solitaire. Puis, soudain, elle
tendit l'oreille, car elle venait d'entendre les voix bien
connues des frères de Caruli qui rentraient; et quand
elle entendit s'ouvrir la porte d'entrée, après avoir jeté
un dernier regard indifférent dans la direction du petit
chat, s'élançant d'un bond hors du rideau, elle gagna
rapidement l'extérieur.

On ne la revit pas plus ce soir-là que le lendemain,
et pendant ce temps le petit chat agonisait dans la
paille dont il se distinguait à peine à cause de la
couleur roussâtre de son poil, héritée de sa mère.
Toutes les fois où, pendant un bref intervalle, le chahut
diminuait dans la grande salle, on entendait son faible
miaulement qui continuait presque sans interruption.
Il paraissait étrange que ce filet de voix (unique signe
de présence — pourrait-on dire — donné par lui en ce
monde) ait pu conserver une telle résistance : comme
si dans ce petit animal imperceptible et déjà marqué
dès le premier instant, avait été contenue une énorme
volonté de vie. Useppe ne parvenait pas à se décider à
laisser le petit chat abandonné à ses pleurs d'orphelin;
blotti par terre, sans oser le toucher, il guettait avec
des yeux anxieux le moindre de ses mouvements. Et se
tournant cent fois vers la route, il appelait désespérément : « Ossella! Ossellaaa! » Mais Rossella ne
répondait pas, et sans doute maintenant, vagabondant

Dieu sait où, avait-elle déjà oublié qu'elle avait mis au monde un enfant. Cependant, d'heure en heure, le miaulement derrière le rideau se faisait de plus en plus timide et finalement il se tut ; et quelques instants plus tard, l'une des belles-sœurs de Carulina, qui était venue jeter un coup d'œil, saisit le petit chat par la queue et, en maudissant la mère dénaturée, elle alla le jeter dans les waters.

Useppe, à ce moment-là, était occupé à chahuter avec ses copains dans le coin des Mille. Et quand, revenant voir le petit chat derrière le rideau, il ne l'y trouva plus, il ne demanda pas de ses nouvelles. Il resta là derrière, regardant fixement avec de grands yeux graves ce petit nid de paille, souillé du sang de Rossella. Une minute plus tard, distrait par une futilité quelconque, il se remit à jouer.

Rossella resta trois jours sans rentrer ; et puis, dans l'après-midi du troisième jour, peut-être seulement poussée par la faim, elle fit sa réapparition dans la grande salle : « Ah, salope, vilaine, maudite ! » lui crièrent les femmes ; « t'as pas honte de revenir ici après avoir laissé crever ton petit tout seul comme ça ! » Elle entra en courant, farouche et sans regarder personne. Dieu sait quelles aventures elle avait eues ces jours-là. Sa petite fourrure était pelée, jaunie et sale, comme celle d'une vieille chatte ; et son corps était si amaigri que, à la place des flancs, maintenant qu'elle n'était plus enceinte, elle avait deux creux. Sa queue n'était plus qu'une ficelle ; et son museau était devenu un triangle aigu, avec des yeux énormes, des yeux dilatés, et sa bouche entrouverte laissait voir ses dents. Elle était devenue encore plus menue qu'avant ; et l'expression de son museau la faisait ressembler à certains pickpockets abrutis, qui, vieillis et n'ayant connu que la haine, ne font que se garder de tous les autres vivants. Tout d'abord, elle alla se blottir sous un banc, mais comme les gosses s'efforçaient de la dénicher de là-dessous, elle s'esquiva et, d'un bond de son corps squelettique, elle atteignit la cime de la pile de bancs, où elle resta perchée comme un hibou. Elle se tenait sur ses gardes, les oreilles en arrière, et ses grands yeux injectés de sang regardaient fixement en bas, menaçants. A ce moment-là, son instinct fut attiré par quelque chose qui bougeait dans l'air, là-bas, en dessous d'elle, et immédiatement, il fut déjà trop tard pour la prévenir. Sa vitesse fut telle que sur le moment, on eut l'impression qu'un rayon roux fendait l'air de biais ; quand déjà, à la place des deux canaris en vol, elle avait laissé sur le sol deux petits chiffons sanguinolents.

Avec à peu près la même vélocité fantastique, épouvantée par les hurlements et les insultes qui l'assaillaient de toutes parts, elle prit la fuite en direction de la route d'où elle était arrivée. Ils furent trois ou quatre qui la poursuivirent, indignés, pour la battre, mais ils ne réussirent pas à la rattraper, parvenant tout juste à distinguer dans le lointain sa petite queue émaciée qui disparaissait précipitamment dans une descente. Et depuis lors personne ne la revit plus jamais. Il est possible que, par ces jours de faim, bien que tellement maigre, elle ait fait envie à un quelconque chasseur de chats du quartier. Son dépérissement lui ayant fait perdre son agilité de naguère, elle se laissa peut-être fatalement attraper et finit mangée, comme le lui avait jadis prédit, la mettant en garde, son maître Giuseppe Secondo.

Carulí elle aussi fut accusée, avec force reproches, du massacre des canaris. De fait, c'était bien elle qui avait laissé par hasard ouverte leur petite porte, distraite par l'apparition inattendue de Rossella au moment où elle était en train de nettoyer la cage. Peppiniello et Peppiniella, pour la première fois peut-être de leur existence et se rappelant peut-être leurs grands-parents libres aux Canaries, s'étaient laissés tenter par l'aventure ; mais incapables de voler convenablement parce que nés en captivité, ils avaient tout juste réussi à voleter gauchement dans l'air, comme s'ils n'avaient été que deux oisillons.

« Et que va dire maintenant le sor Giuseppe qui t'avait pourtant payée pour que tu veilles sur eux ! » criaient les assistants à Ulí, qui, au spectacle du petit couple assassiné, sanglotait, inconsolable. Cependant, Useppe, devant ce petit tas de plumes inertes et sanglantes, était devenu tout pâle et son menton tremblait : « M'man, ils volent plus ? » répétait-il à voix basse, tandis qu'Ida l'éloignait de là, l'entraînant vers leur coin, « ils volent plus, m'man ? ils volent plus ! »

Les femmes, répugnant à toucher le sang, n'eurent pas le courage de les ramasser et les poussèrent dehors avec un balai. Le matin suivant, ils avaient disparu de là, et il n'est pas exclu qu'ils aient eux aussi été mangés par un quelconque vivant : peut-être un chien, peut-être un chat, mais peut-être aussi un humain. A cette époque, dans le quartier, devenaient chaque jour plus nombreux ceux qui cherchaient leur nourriture dans les ordures : et pour quelqu'un qui se serait considéré content et chanceux de dégoter des épluchures de pommes de terre ou des pommes pourries, deux canaris rôtis pouvaient constituer un mets digne d'un archevêque.

De toute manière, Ida dit à Useppe qu'ils s'étaient envolés.

Le soleil, ce matin-là, était si chaud que l'été semblait de retour; et peu après la sortie quotidienne d'Ida, la promesse de Nino se réalisa enfin.

Il était rayonnant et non moins excité qu'Useppe. « J'emmène mon frère faire un petit tour avec moi! » déclara-t-il aux assistants, « il sera de retour avant déjeuner ». Et puis il écrivit au crayon un billet qu'il laissa sur l'oreiller d'Ida :

> *Je pars et je reviens dans 4 heures*
> *Useppe*
> *Garantie de Nino*

et sous ladite garantie, il dessina ses armes : un as de cœur au-dessus de deux lames croisées.

Il chargea Useppe à cheval sur ses épaules, et, courant et sautant à travers certains terrains vagues, il arriva à une sorte de clairière herbeuse située au bord d'un chemin charretier où l'attendait une camionnette avec un homme et une femme entre deux âges. Useppe les reconnut aussitôt : c'étaient le patron Remo et sa femme (lesquels disposaient d'un permis de circuler pour le transport de denrées alimentaires). Dans la camionnette, il y avait des bonbonnes, des paniers et des sacs, certains déjà pleins et les autres à remplir.

Le voyage dura environ trois quarts d'heure et se déroula sans encombre. Personne ne les arrêta. C'était la première fois de sa vie qu'Useppe voyageait en automobile et qu'il voyait la pleine campagne. Jusqu'à maintenant, il n'avait connu du monde entier que San Lorenzo, le Tiburtino et ses alentours (Portonaccio, etc.), et la banlieue de Pietralata. Son émotion fut telle que durant la première partie du parcours il resta silencieux ; jusqu'au moment où, dans l'allégresse qui le transportait, il commença à bavarder avec lui-même ou avec les autres, tentant de commenter dans un vocabulaire aussi imprévu qu'incompréhensible sa découverte de l'univers.

N'eussent été, de temps à autre, le passage de véhicules automobiles allemands et quelques carcasses d'autos abandonnées au bord de la route, on n'aurait jamais pensé qu'il y avait la guerre. Les somptueuses splendeurs de l'automne semblaient avoir atteint la maturité d'un calme légendaire. Même là où le sol était à l'ombre, le soleil transparaissait dans l'air en un voile doré qui s'étendait tranquille dans le ciel tout entier.

Remo et sa femme débarquèrent leurs deux passagers à un petit carrefour champêtre et continuèrent pour leur propre compte, étant convenu qu'on se retrouverait plus tard au même endroit. Nino prit de nouveau Useppe sur ses épaules et, sautant et bondissant, il traversa avec lui des petits vallons, des escarpements et des sentiers boueux, entre des rangées de vignes et de petits fossés qui scintillaient au soleil. Environ aux deux tiers de la route, ils firent halte à une maisonnette, où une fille secouait les branches d'un olivier sur lequel elle était grimpée, cependant qu'au pied de l'arbre une femme ramassait les olives dans un baquet. Cette fille était l'une des maîtresses de Nino, mais en la présence de la femme, laquelle était sa mère, elle ne voulait pas le laisser voir. La femme, pourtant, le savait (et eux n'ignoraient pas qu'elle le savait), et à l'arrivée de Nino, elle lui fit un sourire ravi, cependant que la fille descendait de l'arbre et, le regardant à peine à la dérobée, entrait dans la maisonnette d'un

387

pas arrogant. Elle en sortit peu après, pour lui remettre un paquet enveloppé dans du papier journal : « Bonjour ! » lui dit alors pompeusement Ninnuzzu, et elle marmonna : « Bonjour », d'un air boudeur et mauvais. « C'est mon frère !! » lui annonça Nino, et elle répondit : « Ah, oui ? » avec mépris, comme voulant dire pour tout compliment : puisque c'est ton frère, ça ne peut être qu'un chenapan de plus comme toi. Nino qui la connaissait lui rit au nez et puis lui dit « Ciao ! » « Ciao ! » répondit du bout des lèvres la fille, en se dirigeant de nouveau vers l'arbre, d'un pas oblique et à contrecœur.

« Qu'est-ce que tu penses d'elle ? » demanda, en se remettant en route, Ninnuzzu à Useppe, comme s'il avait parlé à l'un de ses confidents. « Elle s'appelle Maria », continua-t-il, « sa mère est veuve et elle est orpheline. Quand la guerre sera finie », conclut-il, plaisantant cyniquement, « je me marierai avec elle ». Et se retournant vers l'arbre, il appela : « Mariulina ! Mariulinaa ! »

La fille qui était perchée dans l'arbre, tel un fantastique petit aigle, ne se retourna même pas. Mais on la vit qui, le menton caché dans sa gorge, avait un petit rire de plaisir jaloux.

Après un autre bout de route, Useppe, qui était impatient de courir avec ses propres jambes, commença à ruer contre la poitrine de Nino ; et celui-ci le posa par terre. Dans ce dernier tronçon du parcours aussi le sol était plutôt escarpé, et Nino admirait les prouesses sportives d'Useppe, s'amusant non moins que celui-ci à le guider dans les champs de l'aventure. A un certain moment, ils s'arrêtèrent pour faire pipi, et ce fut là aussi une occasion supplémentaire de divertissement, car Nino, comme il le faisait quand il était

388

petit avec ses copains paysans, fit à Useppe une démonstration de son habileté à arroser le ciel, et Useppe l'imita avec son propre petit jet. La campagne était déserte : Nino avait évité à dessein le chemin muletier où l'on pouvait rencontrer des Allemands ; et il n'y avait même pas de maisons, seulement quelques cabanes de chaume. Non loin d'une cabane cachée dans une anse de la colline, un petit mulet broutait l'herbe. « *Seval !* » cria aussitôt Useppe. « Non », dit de l'intérieur de la cabane une voix connue, « c'est pas un cheval, c'est un mulet ». « Eppetondo ! » cria alors Useppe avec enthousiasme. A l'intérieur de la cabane basse et de taille moyenne, le partisan Mosca était en train d'éplucher des pommes de terre dans un seau ; et à leur entrée, il sourit avec sa bouche, avec ses yeux et, même, avec ses oreilles. En plus de lui, il y avait là deux jeunes gars qui, assis par terre, nettoyaient avec un chiffon imbibé de pétrole des armes rouillées et boueuses. Et tout autour d'eux, dans la cabane, on voyait un méli-mélo de couvertures militaires, de tas de paille, de pelles, de pioches, de havresacs, de fiasques de vin et de pommes de terre. Des canons de fusil sortaient de sous une couverture ; à côté de la porte, il y avait une mitraillette appuyée au mur ; et non loin de là, par terre, un petit tas de grenades. « Lui, c'est mon frère ! » Le plus âgé des deux guérilleros, un petit gars qui avait peut-être vingt ans, au visage rond et à la barbe hirsute, vêtu de quelques haillons crasseux (même aux pieds, il avait en guise de souliers des chiffons enroulés), leva à peine les yeux du travail qui l'absorbait. Mais l'autre fit à Useppe un beau sourire d'amitié. Celui-ci, qui était d'une corpulence déjà développée et qui mesurait peut-être 1,90 mètre de haut, dénonçait pourtant, avec son

389

visage imberbe et rose, son âge de seize ans. Il avait le front bas, et ses yeux, grands et d'un bleu laiteux, avaient un regard fuyant, à cause d'une sorte de timidité quasiment encore impubère qui contrastait avec ce certain air de dur qui était le sien. Il portait un trench blanchâtre et maintenant noir de crasse sur son torse nu, un pantalon et des souliers militaires de provenance italienne (le pantalon était trop court pour lui), et il avait au poignet une montre allemande, dont il semblait extrêmement fier et satisfait, à tel point qu'à chaque instant il la portait à son oreille pour constater qu'elle marchait.

« Lui, c'est Decimo, et lui, c'est Tarzan », les présenta Asso. « Tiens ! » ajouta-t-il en lançant au plus jeune des deux (Tarzan) le paquet que lui avait remis Mariulina et qui contenait du tabac en feuilles. Et Tarzan, abandonnant provisoirement le nettoyage des armes, tira de la poche de son trench un petit couteau à cran d'arrêt et se mit sur-le-champ à découper ces grosses feuilles brunes afin d'en faire sans délai des cigarettes de papier journal.

« Rien à signaler ? » s'informa Asso qui était absent depuis le soir précédent, ayant passé la nuit à Rome avec une autre de ses maîtresses du temps jadis. Et en disant cela, il examinait d'un air de compétence et d'autorité ces armes en cours de restauration, armes qui constituaient son dernier exploit. C'était lui, en fait, qui les avait repérées, la veille, à la lisière d'un fourré où étaient campés des Allemands ; et hier même, dès qu'il avait fait nuit, suivi de deux autres camarades, il était allé les rafler en catimini, trompant la surveillance des sentinelles du camp. Mais il n'avait personnellement participé qu'à cette première partie (à la vérité la plus dangereuse) de l'expédition :

390

laissant aux deux autres la plus fatigante (c'est-à-dire le transport du chargement à la base), parce qu'il était anxieux d'arriver à temps pour prendre le dernier tram et de ne pas rater son rendez-vous romain.

« Comme tu vois... » répondit à sa question Decimo bien qu'absorbé par son travail avec une application presque sombre. Decimo était novice, venant tout juste de rejoindre la bande, et c'est pour cela qu'il ne s'était pas encore conquis des souliers. Il ne connaissait même pas le fonctionnement des armes, et Asso lui enseignait comment on démonte les fusils-mitrailleurs Breda et comment on dévisse l'obturateur des fusils, etc. Les armes de la dernière prise (en tout, une dizaine de pièces) étaient d'origine italienne, tombées aux mains des Allemands après la débandade de l'armée nationale. Et Nino manifestait un certain mépris pour les armes italiennes (du matériel périmé, à l'en croire, et de rebut). Mais pour lui, de toute manière, manier des armes était toujours un passionnant divertissement.

« On a pas assez de pétrole », remarqua gravement Decimo, « va falloir s'en procurer d'autre ». « Je crois », dit Tarzan, « que Quattro et Piotr s'en sont occupés ». (Piotr était le pseudonyme de guérillero de Carlo Vivaldi.)

« Où ils sont ? » s'informa Asso.

« Ils sont allés là-haut, pour ces vivres. Mais ils sont déjà en retard. A l'heure qu'il est, ils devraient être de retour. » Et Tarzan en profita pour consulter sa montre.

« A quelle heure ils sont partis ? »

« A 7 h 30. »

« Ils avaient quoi comme armes ? »

« Quattro a la P.38 et Piotr a pris le Sten d'Harry. »

391

« Et Harry, où est-il ? »

« Dehors, dans la vigne, il est à poil, il prend un bain de soleil. » « Ben, quoi, il se repose », intervint Mosca, désireux de réprimander (mais cela pour rire) Asso ; « après avoir dû faire cette nuit deux tours de garde. Et après, en plus, s'être déjà fatigué hier soir quand on l'a planté là tout seul, à mi-route, avec toute cette artillerie dans les bras... »

« Autrement, je ratais mon tram ! Et je l'ai tout de même pas laissé seul. Y avait Orchidea Selvaggia (Orchidée Sauvage). Ils étaient deux. »

« Ah oui, Orchidea. Avec celui-là, on gaspille sa poudre. Belle compagnie, oui. »

« Et lui, où il est à présent ? »

« Qui ça, l'orchidée ? Lui aussi il doit être là dehors à se les rouler quelque part dans le jardin.

« Et le Capo (Chef) ? »

« Il a couché au village, il sera de retour après déjeuner. A propos, Asso, toi, tu sais pas encore la nouvelle... Hier soir, lui et moi, on a réglé son compte au gars de la PAI⁹. »

En communiquant cette nouvelle, Tarzan eut aux lèvres un rictus dur et méprisant. Mais en même temps, une rougeur enfantine lui monta au visage.

« Ah », dit Ninnuzzu, « il était temps. Où ça ?... »

« A quelques mètres de chez lui. Il était en train d'allumer une cigarette. On l'a reconnu grâce à la flamme de son briquet. Il était seul. Noir total. Personne a rien vu. Nous deux, on était au coin. On a tiré ensemble. L'affaire de deux secondes. Quand on a entendu sa femme qui hurlait, on était déjà en sécurité. »

« L'épouse en deuil », commenta Assodicuori.

« Et pourtant », s'écria avec emphase le partisan

Mosca, « je sais bien qu'elle pleurait pas, la sora épouse, quand, grâce aux bons et loyaux services du Compère, y a eu le ratissage allemand !! »

« C'était un salaud de mouchard », commenta encore Asso. « Un gros plein de soupe », conclut-il, et ce jugement était définitif. Pendant ce temps, il ne cessait pas de considérer les armes éparses devant lui sur le sol, de l'air d'un capitaliste qui évalue son patrimoine. « Actuellement », constata pour lui Tarzan, tout en se préparant à coller avec sa salive sa cigarette de papier journal, « on dispose de huit mousquetons et de six 91... ».

Avec la suffisance d'un expert, le partisan Mosca intervenait lui aussi de temps à autre dans le bilan des armements. « Ça, c'est des projectiles de marque allemande », apprit-il au débutant Decimo, en indiquant des grenades avec son pied.

« Elles sont bonnes pour l'explosif », intervint Asso, « plus tard, je te ferai voir comment on s'y prend... »

« On vide la charge propulsive, on prend la poudre et en la mélangeant avec du T.N.T... »

« Eppetondo ! quel zenre de seval c'est ? » demanda alors Useppe, qui continuait de s'intéresser au mulet.

« Je t'ai dit que c'était pas un cheval. C'est un mulet. »

« Vi ! un mulet ! un mulet ! mais quel zenre de seval c'est ?! »

« Oh, quoi ! Un mulet, c'est pas un cheval. Un mulet c'est moitié cheval et moitié âne. »

« ...? »

« Comme mère, il a une jument, mais comme père, il a un âne. »

« Ou vice versa », hasarda Tarzan, qui étant né et ayant vécu en ville, tenait, néanmoins, à faire montre,

393

même sur ces sujets montagnards, d'une compétence adéquate.

« Non. Si c'est vice versa, c'est pas un mulet. C'est un bardot. »

Tarzan eut un petit sourire vexé. « Et où elle est, sa mère, maintenant ? » s'informait sur ces entrefaites Useppe, insistant, auprès de Mosca.

« Où tu veux qu'elle soit ? Elle doit être à la maison, avec son mari. »

« ... elle est contente ? »

« Et comment ! Plus que contente ! Comme une Reine ! »

Useppe rit, réjoui. « Qu'est-ce qu'elle fait ? Elle zoue ? » insista-t-il avec ferveur.

« Elle joue. Elle saute et elle danse ! » l'assura Mosca. Useppe rit de nouveau, comme si cette réponse avait correspondu pleinement à l'un de ses espoirs chimériques. « Et lui, pourquoi il zoue pas ? » s'informa-t-il ensuite, parlant du mulet qui paissait, solitaire, dans le pré.

« Oh... lui, il bouffe ! Tu vois pas qu'il est en train de bouffer ? »

Cette réponse sembla satisfaire Useppe. Mais tandis qu'il regardait le mulet, une question restait néanmoins en suspens sur ses lèvres. Finalement, il demanda :

« Et les mulets aussi, ils volent ? »

Tarzan rit. Mosca haussa les épaules. Et Ninnuzzu dit à son frère : « Idiot ! » Évidemment, il ne bénéficiait pas des renseignements que cette grande signora de Mandela avait donnés à Useppe, le jour du bombardement. Mais voyant qu'Useppe avait un petit sourire indécis et un peu triste, il lui fit cette surprenante communication :

« A propos, tu sais comment il s'appelle, ce mulet ?
Il s'appelle Zi' Peppe!! » (c'est-à-dire Tonton Peppe).

« Et comme ça, ici, ça fait trois Giuseppe : moi, toi
et le mulet! » observa triomphalement Eppetondo.
« Et ça en fait même quatre », rectifia-t-il en regardant
d'un air malin Decimo. Celui-ci rougit, comme à la
révélation d'un secret d'État ; et dans cette rougeur,
malgré sa barbe hirsute, il trahit son esprit encore
immature. Effectivement, son vrai nom était non pas
Decimo mais Giuseppe ; et il avait en particulier un
double motif pour se cacher sous un faux nom.
Premièrement : en tant que partisan ; et deuxièmement, parce qu'il était recherché par la police romaine
pour vols et contrebande de cigarettes.

A l'idée du nombre de Giuseppe qu'il y avait en ce
monde, Useppe ouvrit de grands yeux. A ce moment-
là, dehors, aux alentours de la cabane, on entendit une
explosion. Tous se regardèrent en face. Asso alla sur le
seuil pour épier :

« C'est rien, c'est rien », annonça-t-il vers l'intérieur, « c'est ce con d'Orchidea qui, comme d'habitude, fait la chasse aux poules avec des grenades. »

« Et si, au moins, il les attrapait ! » observa Mosca,
« il tire sur les poules et il ramène même pas un œuf. »

« Quand il va revenir, on lui bottera les fesses. »

Ninnarieddu s'arma d'une jumelle et alla dehors.
Useppe lui courut après.

De l'autre côté de la petite anse boisée qui cachait la
cabane à la vue, s'ouvrait une vallée d'oliviers et de
vignes, que de scintillants petits fossés quadrillaient
tout entière. Dans l'air il y avait des voix champêtres
de gens et d'animaux ; et de temps à autre passaient
des avions qui, telles des cordes de guitare, faisaient
entendre une sorte de vibration. « C'est des Anglais »,

dit Nino les observant avec ses jumelles. Tout au fond de la campagne on entrevoyait la Tyrrhénienne. Useppe n'avait jamais vu la mer et, pour lui, cette bande d'un bleu violacé n'était qu'une autre couleur du ciel.

« Tu veux regarder, toi aussi, dans les jumelles ? » lui proposa Nino. Useppe se tendit vers lui sur la pointe des pieds. C'était la première fois que lui arrivait une telle expérience. Nino, tenant pour lui les jumelles, les lui appuya sur les yeux.

D'abord, Useppe vit un fantastique désert brun-rouge, tout entier tissu d'ombres qui se ramifiaient vers le haut, où étaient suspendus deux merveilleux globes d'or (c'était, en réalité, un pampre de vigne, à peu de distance). Et puis, avec le déplacement des jumelles, il vit une zone aquatique bleu ciel, qui palpitait, se transformant en d'autres couleurs et allumant et éteignant des bulles de lumière : jusqu'au moment, soudain, où joyeusement, elle se brisait en une fuite de nuages.

« Qu'est-ce que tu vois ? » lui demanda Ninnuzzu.

« La mer... » murmura Useppe d'une voix intimidée.

« Oui », confirma Nino, en s'agenouillant à côté de lui pour suivre le même rayon visuel que lui, « t'as deviné ! ça, c'est la mer ».

« ... Et... les *navi* où ils sont ? »

« Maintenant, y a pas de navires. Mais, Usè, tu sais ce qu'on fera, nous deux, un de ces jours ? On s'embarquera sur un transatlantique et on partira pour l'Amérique. »

« La LAMÉRIQUE ! »

« Oui. T'es d'accord ? Et à présent, tu me donnes un petit bécot ? »

Venant du bas de la colline, Orchidea Selvaggia fit son apparition. C'était un jeune gars au visage angu-leux et creusé, aux mèches noires sur les yeux, qui était coiffé d'un fez d'avant-gardiste du Fascio, sur lequel il avait appliqué des étoiles rouges, des faucilles et des marteaux, des rubans multicolores et semblables orne-ments. Sous un gilet rouge plein de trous, il portait une salopette de mécanicien en très mauvais état, fermée à la taille par une ceinture à laquelle étaient accrochées des grenades. Aux pieds il avait des souliers de l'armée italienne en vachette claire, quasi neufs.

Il ne ramenait ni poule ni proie d'un autre genre. Il déambula vers la cabane, et Nino après lui avoir crié « con » ne se soucia plus de lui. Suivi par Useppe à chaque pas qu'il faisait, il explorait la campagne environnante avec ses jumelles, quand il repéra, du côté de la montagne, quelque chose qui excita immé-diatement son intérêt. A guère plus de six ou sept cents mètres de distance à vol d'oiseau, trois militaires allemands, sortant de derrière un bosquet d'oliviers, montaient à ce moment par un étroit chemin muletier qui, à travers quelques villages, rejoignait ensuite la route carrossable de l'autre côté de la colline. L'un des trois, le torse nu, portait sur ses épaules un sac, dans lequel, comme on l'apprit plus tard, était enfermé un goret vivant, certainement réquisitionné à une famille paysanne. Le trio montait sans se presser, comme se promenant ; et, même, à en juger par leur démarche, ils semblaient plutôt avoir un verre dans le nez.

Avant même qu'ils aient disparu derrière le tour-nant du chemin muletier, Nino rentra, impatient, dans la cabane pour annoncer aussitôt qu'il allait *jeter un coup d'œil* là-haut, à la recherche des deux camarades retardataires (Piotr et Quattro), lesquels, à cette heure, devaient se trouver sur la voie de la descente, eux aussi de ce côté de la colline. A Useppe, qui était resté dans le petit pré en compagnie du mulet, il cria de l'attendre en jouant là dehors, car il allait revenir bientôt. Quant aux autres, il leur donna en hâte diverses instructions pour le cas de son retard possible.

Tarzan décida de l'accompagner. Montant par des raccourcis à travers le maquis (le même chemin, plus ou moins, que suivraient probablement Piotr et Quattro pour descendre), les deux garçons comptaient, grâce à leur agilité de chèvres, précéder les trois Allemands dans leur montée : afin de se trouver prêts pour les attendre, d'un point de guet caché vers le sommet ; et de là les cueillir par surprise au tournant du chemin muletier.

Cependant que les deux gars, avec une gaieté fébrile, se mettaient d'accord sur ce plan (le temps d'une minute), venues du côté de la colline, apportées par l'air calme, des détonations retentirent : au début quelques coups de feu isolés, aussitôt suivis par une série de rafales et puis par quelques autres coups de feu isolés. A une rapide enquête avec les jumelles dans cette direction, on ne vit plus personne ni sur le chemin muletier, ni aux alentours. Les deux garçons se hâtèrent. En sortant avec Asso de la cabane, Tarzan avait caché sous son trench la mitraillette qui était appuyée au mur, près de la porte.

Cependant, Useppe, obéissant, s'était disposé à attendre Ninnuzzu, en explorant pour son propre compte le bref territoire autour de la cabane. D'abord, il bavarda avec le mulet, lequel, pourtant, bien qu'interpellé de façon répétée par son nom de Zi'Peppe, ne lui répondit pas. Puis il trouva un homme tout nu, qui avait une quantité de buissons roux sur le crâne, à l'aine et sous les aisselles, et qui ronflait, les bras en croix, dans une clairière, entre les rangées de vigne. Et ensuite, comme il explorait à quatre pattes le petit espace boisé au pied de la colline, il vit aussi, entre autres curiosités et merveilles, une sorte de rat (qui avait une petite fourrure veloutée, une queue minuscule et les pieds de devant beaucoup plus grands que ceux de derrière), se précipiter soudain à sa rencontre à une vitesse vertigineuse ; le regarder avec de tout petits yeux ensommeillés ; puis, le regardant toujours de la même manière, s'élancer à la même vitesse, mais à reculons ; et disparaître dans la terre !

Mais ce furent là des événements secondaires, comparés à l'événement principal, d'une extraordinaire importance, qui lui arriva alors.

Là derrière, parmi les oliviers, il y avait un arbre différent (peut-être un petit noyer) aux feuilles lumineuses et joyeuses qui faisaient une ombre bigarrée, plus foncée que celle des oliviers. Comme il passait près de cet arbre, Useppe entendit un couple d'oiseaux bavarder ensemble et se bécoter. Et aussitôt, dès le premier coup d'œil, il reconnut dans ce couple Peppiniello et Peppiniella.

En réalité, ces deux oiseaux ne devaient pas être des canaris, mais plutôt des tarins : un genre de petits oiseaux des bois plus que de cage, qui reviennent passer l'hiver en Italie. Mais à cause de leur forme et de leur couleur jaune-vert, on pouvait très bien les confondre avec les deux canaris (un peu hybrides à la vérité) de Pietralata ; et Useppe n'eut pas de doutes sur ce point. Il était évident que ce matin, les deux chanteurs de la grande salle, à peine guéris de leur mal sanglant, avaient volé ici, suivant peut-être, d'en haut, la camionnette.

« Ninielli ! » les appela Useppe. Et les deux oiseaux ne s'enfuirent pas ; au contraire, en réponse, ils commencèrent un dialogue en musique. Plus qu'un dialogue, à la vérité, c'était une chansonnette, composée d'une unique phrase qu'ils se renvoyaient à tour de rôle, tout en sautant alternativement sur deux branches, l'un plus bas et l'autre plus haut, et en marquant chaque reprise par des mouvements pleins de vivacité de leurs petites têtes. Elle consistait en tout en une dizaine de syllabes, chantées sur deux ou trois notes — toujours les mêmes, sauf d'imperceptibles cadences ou variations — sur un tempo d'allegretto con brio. Et les paroles (très claires pour les oreilles d'Useppe) disaient exactement ce qui suit :

C'est un jeu un jeu rien qu'un jeu !

Les deux créatures, avant de reprendre leur vol, répétèrent cette chansonnette au moins une vingtaine de fois, dans l'intention, certainement, de l'enseigner à Useppe : lequel, à la vérité, dès la troisième fois, la savait déjà par cœur, et, dans la suite, l'eut toujours à son répertoire personnel, si bien qu'il pouvait la chanter ou la siffloter quand il voulait. Mais, sans qu'il s'en explique la raison, cette fameuse chansonnette qui l'a accompagné toute sa vie, il ne l'a communiquée à personne, ni alors ni après. Ce n'est que vers la fin, comme on le verra, qu'il l'enseignera à deux de ses amis à un jeune garçon prénommé Scimó et à une chienne. Mais il est probable que Scimó, à la différence de la chienne, l'ait oubliée immédiatement.

De l'intérieur de la cabane, Mosca appela Useppe, pour lui offrir une pomme de terre en robe de chambre. Et en plus de celle-ci, Orchidea Selvaggia, qui revenait alors de faire un tour dans la vigne, lui fit cadeau d'une petite grappe de raisin à vin : du raisin à peau un peu épaisse, c'est-à-dire à cracher, mais très sucré. « Ninielli ! Ninielli ! » se hâtait cependant d'expliquer Useppe à Eppetondo, en le tirant par la manche avec une grande animation ; mais comme Mosca, pris par d'autres sujets, ne l'écoutait pas, il renonça à lui apprendre la récupération de ses canaris. Et depuis lors, il ne parla plus jamais à personne de sa rencontre avec ce petit couple chanceux.

Dans la cabane, les trois partisans qui étaient restés là discutaient des mesures à prendre étant donné la situation, calculant qu'Asso ne rentrerait pas de si tôt de sa randonnée. Il s'agissait d'expédier, le cas échéant, quelqu'un pour consulter Occhiali (qui était le Chef, surnommé Lunettes), car, dans l'éventualité où la bataille avec les trois Allemands se déroulerait dans une partie proche du chemin muletier (et dans l'actuelle incertitude quant à son issue), on pouvait craindre, disaient-ils, un ratissage suivant de la zone... Et il s'agissait aussi de se débarrasser rapidement d'Useppe, en le remettant à une personne de confiance qui le ramènerait à temps à la camionnette sur la route carrossable.

Cependant, depuis les coups de feu de tout à l'heure, on n'avait plus rien entendu.

Dans son équipement varié, Mosca disposait aussi de jumelles. Mais ce n'était pas un butin de guerre, c'était un petit instrument lui appartenant, que, dans le passé, il utilisait au théâtre pour savourer, du poulailler, les spectacles et, en particulier, *La Tosca*, Petrolini et Lydia Johnson, qui étaient ses favoris. De temps en temps, maintenant, au cours de la discussion, Mosca sortait pour explorer avec ses jumelles la direction de la colline. Et ce fut une surprise pour tous, quand, en avance sur toutes les prévisions, on vit la bande des absents déboucher, au complet, d'un fourré, à moins de cent mètres du chemin muletier et monter de la vallée vers la cabane. Devant, appariés, venaient Asso et Quattro, flanqués à peu de distance de Tarzan qui traînait par une corde un sac déchiré et sanglant ; et plus en arrière suivait Piotr, seul. Outre leurs havresacs pleins à craquer, ils portaient tous un chargement supplémentaire ; et à leur arrivée, ils déchargèrent le tout dans la cabane, à l'exception du cadavre du goret que Tarzan s'était chargé de dépecer dehors, dans le bois. Il y avait du pétrole et des vivres (de la polenta, du fromage et du sel), et, en plus, des souliers allemands imperméables, deux revolvers allemands avec leurs ceinturons, un allume-cigares et un Contax. Sur-le-champ, presque fébrilement, Decimo se mit à essayer une paire de souliers. A ce moment-là, Harry intervint lui aussi, arrivant de dehors, Harry qui avait enfilé un pantalon de toile de paysan et qui répétait : « Ma-gni-fi-co ! Ma-gni-fi-co !... » encore à demi ensommeillé. *Magnifico* (magnifique) était l'un des quelques mots d'italien qu'il connaissait. De fait, c'était un Anglais qui s'était évadé de prison comme dans un film (en s'évadant, il avait même repris son arme !) et qui depuis peu s'était joint à la bande. Pour sa part du butin, il eut une montre.

A l'heure qu'il était, les corps des trois Allemands, recouverts de branchages et de terre, gisaient dans un fossé à proximité du chemin muletier, à environ deux tiers de distance de la cime. C'étaient Quattro et Piotr qui seuls avaient accompli cet exploit. Et lorsqu'en descendant à travers le maquis, ils avaient rencontré Asso et Tarzan, tout était déjà fini. Mais aucun des deux vainqueurs ne semblait avoir envie d'en parler. Piotr, avec des yeux troubles de mort et les traits tirés et enlaidis par une fatigue énorme, à peine après s'être débarrassé de son havresac, alla se jeter sur le sol, dans le petit bois derrière la cabane, et là il s'endormit comme une masse, respirant la bouche ouverte, comme un drogué abruti par l'opium. Quant à Quattro, il s'assit dans un coin de la cabane et s'y pelotonna, se plaignant d'épuisement et d'étourdissement. Au visage il avait une insolite pâleur de nausée et dans les yeux le regard d'un fiévreux. Il dit qu'il n'avait pas envie de manger, pas plus que de parler, et qu'il n'avait même pas sommeil. Mais qu'il lui suffirait de se reposer un peu comme ça, là dans son coin, et que son malaise passerait.

Plus tard seulement, il donna à Asso des détails sur la rencontre, dans laquelle Carlo-Piotr avait joué un rôle terrible, si terrible que Nino lui-même parut ému à la description qu'en fit son ami : « Et quand on pense », lui fit-il observer, tandis qu'ils conversaient à voix basse, « que l'autre soir, au dîner, tu te rappelles ? à Pietralata... il disait refuser la violence... » Selon eux, néanmoins, l'acte de Piotr était justifié. De fait, ainsi que Nino l'avait deviné dès le début, Piotr-Carlo, en plus d'être recherché pour des raisons politiques, était juif (et ni Vivaldi ni Carlo n'étaient ses vrais noms) et s'il s'était décidé à rejoindre leur bande, c'était après avoir appris que ses parents, ses grands-parents et sa jeune sœur, qui se cachaient sous un faux nom dans le Nord, avaient été découverts (certainement à la suite d'une dénonciation) et déportés par les Allemands. Mais pourtant, Quattro, rien qu'à évoquer la scène de la rencontre, éprouvait une sensation de froid, telle que son avant-bras nu en avait la chair de poule.

La nouvelle que ces trois Allemands circulaient dans cette partie de la colline était parvenue à Quattro et à Piotr dès le début de la matinée, durant une halte qu'ils avaient faite pour s'approvisionner en vivres chez un paysan ami. Les familles des alentours, se passant la nouvelle de l'une à l'autre, avaient été prévenues de cacher le bétail et les provisions et de se tenir sur leurs gardes, car ces trois individus allaient « à la chasse aux marchandises » dans les masures du coin avec cette habituelle brutalité des troupes nazi-fascistes, qui les faisait haïr partout où elles passaient. Il n'avait pas été difficile à Quattro et à Piotr de se mettre sur leur piste, surtout grâce à la présence de Quattro qui, natif de ces campagnes, en connaissait tous les lieux et tous les gens : et ils avaient décidé de faire le guet, cachés sur leur passage, afin de les prendre par surprise au bon moment. Leur attente avait duré plus longtemps que prévu, car les trois soldats, mis de mauvaise humeur par la pauvreté de leur chasse, s'étaient plusieurs fois écartés de leur route pour boire, et avec le vin leur humeur n'avait fait qu'empirer. Finalement, de leur cachette dans le maquis, Quattro et Piotr les avaient vus apparaître sur le chemin muletier, précédés par leurs voix avinées qui chantaient en italien, en estropiant à moitié les paroles, une chansonnette alors en vogue :

> Mer, pourquoi
> ce soir, m'invites-tu à rêver...

Ils chantaient joyeusement en chœur, les joues rouges et leurs vareuses déboutonnées : et, même, le plus jeune et le plus gros, celui qui portait le sac sur ses épaules, ayant enlevé vareuse et chemise, était nu jusqu'à la ceinture. Quattro tira le premier, de très près, frappant en plein celui qui, apparemment, était le plus âgé des trois : un type svelte et aux tempes dégarnies, dans les trente ans, qui porta ses deux mains à sa poitrine en poussant une exclamation rauque et stupéfaite ; et, après une étrange pirouette dans l'air, il s'abattit face contre terre. Aussitôt, ses deux camarades, d'un geste convulsif et instinctif, mirent la main à leurs revolvers ; mais ils n'eurent même pas le temps de les tirer des étuis, atteints par les rafales du pistolet mitrailleur de Piotr, qui était posté non loin. Pendant une durée de temps imperceptible, leurs yeux rencontrèrent ceux de Quattro. L'un des deux tomba à genoux et avança pendant peut-être un demi-mètre sur les genoux, en murmurant des syllabes incompréhensibles. Quant au troisième, celui qui avait le torse nu et qui, absurdement, tenait encore de la main gauche le sac par la corde, il lâcha prise avec une curieuse lenteur et poussant un cri soudain de panique, il fit un pas de côté, une main sur le bas-ventre. Mais un instant plus tard, sous une dernière rafale, ils tombèrent l'un et l'autre à peu de distance du premier.

Aucun son ne venait plus des trois corps étendus et inertes sur le chemin muletier ; mais, pendant cette pause pétrifiée, d'un buisson situé vers le talus voisin, retentit une sorte d'imploration glaçante, d'extrême terreur, qui ressemblait aux pleurs d'un nouveau-né. C'était le goret prisonnier qui, atteint par la dernière décharge, avait roulé ou s'était traîné jusque dans le buisson, et là il poussait ces cris spasmodiques, au son humain, habituels aux animaux de son espèce quand ils sentent leur fin prochaine. Puis soudain, le silence se fit et Quattro s'avança sur le chemin. Deux des Allemands qu'ils avaient abattus semblaient déjà morts : seul le plus âgé, celui qu'il avait atteint, bougeait encore faiblement : et à ce moment, il essaya d'écarter son visage du sol, crachant une salive sanglante et murmurant : « Mutter Mutter. » Quattro l'acheva d'un coup de revolver dans la tête : puis il retourna le second et le trouva avec les yeux grands ouverts et sans vie ; alors que, par contre, le dernier, celui qui avait le torse nu et qui gisait sur le dos, les yeux clos, et qu'il avait cru déjà mort, eut une crispation du visage quand il s'approcha, et leva péniblement un bras.

Quattro se préparait à tirer aussi sur celui-ci ; mais alors Piotr, sortant du fourré, fit irruption sur le chemin muletier, disant avec un rire qui sonnait faux : « Non, arrête. Celui-là me revient. » Et Quattro lui tendit son revolver, pensant qu'il voulait être celui qui allait donner le coup de grâce à cet homme. Mais Piotr repoussa le revolver et avec une haine inexorable et furieuse il décocha un formidable coup de pied, avec son pesant soulier, dans le visage de ce type. Après une pause d'un instant, il réitéra son geste, et ainsi de nouveau plusieurs fois, toujours avec la même violence démente, mais à un rythme bizarrement calculé. Quattro qui s'était éloigné d'un pas et qui avait tourné la tête pour ne pas voir, entendait néanmoins le bruit de ces coups, avec leur sourde pesanteur, se succéder à intervalles réguliers, comme pour marquer un temps extraordinaire dans un espace énorme. Au premier coup, l'Allemand avait réagi par un hurlement étouffé comme un râle, qui sentait encore la révolte ; mais ses hurlements s'étaient peu à peu affaiblis, jusqu'à n'être plus qu'un petit gémissement féminin, comme une interrogation pétrie d'une honte innommable. Les coups continuèrent encore, à intervalles plus rapprochés, après que la plainte eut cessé. Soudain, Piotr, de son grand pas délié, vint devant Quattro. « Il a crevé », annonça-t-il, légèrement haletant, comme quelqu'un qui vient d'accomplir un effort physique. Sous son front moite son regard était encore obstiné, et son soulier à clous était éclaboussé de sang. Maintenant, il ne restait plus qu'à dépouiller les morts de leurs armes et de tout leur fourniment utilisable — selon les règles de la guérilla — avant de cacher leurs cadavres. Précédemment, dans le choix du lieu de l'embuscade, les deux partisans avaient tenu compte du fait que, dans le champ contigu, de l'autre côté du chemin muletier, il y avait un large fossé, au fond encore boueux par suite des pluies récentes. Et le traînant par les pieds, ils y jetèrent en premier celui au torse nu. Il n'avait plus de visage, mais seulement quelque chose d'informe et de sanglant ; et par contraste, l'extraordinaire blancheur de son torse charnu faisait un effet irréel. Le sang, qu'il avait perdu en abondance par les blessures de son bas-ventre, imprégnait le pantalon de son uniforme gris-bleu. Ses souliers, par contre, n'étaient pas salis, mais ils renoncèrent à les lui enlever. Ils lui laissèrent aussi son pistolet et le reste : et même sa montre. Avec les autres cadavres en revanche, ils s'en tinrent aux règles habituelles, après quoi, ils les jetèrent sur le premier, comblant le fossé avec de la terre et des branchages. Finalement, Quattro se chargea de récupérer le goret, maintenant muet et tombé derrière le buisson. En tout, depuis le moment de la fusillade, cette action n'avait demandé que quelques minutes.

Immédiatement après leur retour à la cabane, Asso et les autres s'affairèrent à charger le mulet. Quelque temps plus tard la jeune Maria (celle qu'Asso appelait Mariulina) arriva et reçut entre autres choses la mission de ramener Useppe à dos de mulet, au rendez-vous sur la route carrossable. Asso ne pouvait pas accompagner son frère, car il avait divers préparatifs urgents à faire et, en outre, il attendait la venue de ce fameux *Occhiali*. En prenant congé de son frère, il lui promit qu'ils se reverraient très bientôt. Et lui clignant de l'œil, il lui confia en secret, comme à un camarade guérillero, que, l'une de ces prochaines nuits, il devait participer à une grande action sur la Tiburtina et qu'après, il irait peut-être dormir chez eux à Pietra-lata.

Le mulet Zi' Peppe partit surchargé. En plus de Mariulina et d'Useppe il portait sur sa croupe un gros fardeau de branchages et de fagots, sous lesquels, en réalité, étaient dissimulées des armes, des grenades et des munitions que Mariulina devait remettre sur le chemin du retour à un paysan complice d'autres guérilleros. Useppe avait été installé devant, adossé à la poitrine de Mariulina qui montait le mulet à califourchon, comme un cavalier. Elle avait une petite robe noire courte et des bas noirs tricotés à la maison roulés au-dessus des genoux. Le rythme de la chevau-chée lui découvrait de-ci de-là ses cuisses rondes et jolies, lesquelles, comme tout ce qui était visible de sa peau, étaient d'une couleur de pêche rose, que dorait un très fin duvet brun. Elle avait au visage son habituelle expression maussade; et durant tout le parcours (montée et descente du chemin muletier, et raccord vers la route carrossable), elle ne parla qu'au mulet, lui disant selon les cas : « Haaaa ! » ou bien « Hiiii ! ». Aux diverses questions d'Useppe elle répondait tout au plus *oui* et *non,* voire hors de propos. A cause de la surcharge qu'il portait, Zi' Peppe avançait calmement, et à certains endroits, elle mettait pied à terre pour le traîner par son licol, lui criant rageusement : « Hiiii ! », ses cheveux roux lui tombant sur les yeux, cependant qu'Useppe se cramponnait aux harnais pour ne pas tomber.

Ce voyage plut beaucoup à Useppe. Il avait lui aussi les jambes, l'une d'un côté et l'autre de l'autre, tel un vieux cavalier. Il était adossé à la poitrine de Mariulina comme à un coussin tiède, et sous son petit cul il avait la nuque poilue de Zi' Peppe, tiède elle aussi. Devant ses yeux il avait la crinière marron foncé de Zi' Peppe et ses deux oreilles qui se tenaient toutes droites, des oreilles qui n'étaient ni de cheval ni d'âne et qui avaient en leur milieu, comme ornement, un petit panache vert déplumé : et pour lui, ces particularités et d'autres, même minimes, du mulet, étaient des curiosités du plus grand intérêt. Autour de lui, il avait le spectacle de la campagne, avec ses lumières différentes, maintenant, de celles du matin. Et s'il se retournait pour regarder vers le haut, il voyait les yeux de Mariulina, de couleur orangée, aux cils et aux sourcils noirs, et son visage qui, au soleil, se couvrait tout entier d'une sorte de duvet, comme si elle avait eu sur la tête un grand chapeau voilé. Selon Useppe, Mariulina était une beauté universelle dont la vue vous stupéfiait.

Une fois la descente finie, on vit passer dans la vallée des Allemands qui, eux aussi, conduisaient un mulet chargé. « Mulet ! mulet ?! » s'écria Useppe, les saluant joyeusement. « Non... » répondit Mariulina, excédée de répondre. « Des *angais ?* » s'écria encore Useppe, répétant l'observation qu'il avait entendu faire par son

frère au passage des avions. « Ouiii ! » répondit-elle
avec impatience.

La camionnette attendait déjà au croisement de la
route carrossable. Et après avoir remis Useppe au
patron Remo qui la réprimanda pour son retard (« Tu
es gâteuse ou idiote ?! »), elle, sans daigner saluer
personne ou répondre, cria aussitôt au mulet :
« Hiiii ! », et se sépara d'eux, retournant d'où elle était
venue, à pied, à côté de Zi' Peppe.

9

Cette fois-ci, Ninnarieddu ne tint pas sa promesse. Il
devait s'écouler près d'un an avant qu'on le revoie. A
cette splendide matinée d'Useppe dans les champs de
la guérilla succédèrent des journées froides et pluvieuses. Le bourg de Pietralata n'était plus qu'un bourbier.

Dans la grande salle hermétiquement close, la
puanteur était terrible, cela aussi parce que les jumelles, à cause du froid, du manque d'air et de leur
nourriture malsaine, étaient atteintes de diarrhée.
Elles s'étaient fanées, avaient perdu leur gaieté, et elles
pleuraient et s'agitaient, souffreteuses, au milieu de
leurs fèces.

Les Mille, tremblant de froid, avaient renoncé
complètement à se déshabiller. Ils dormaient tout
habillés, et de plus, de jour aussi, ils passaient la
majeure partie de leur temps enroulés dans les couvertures sur leurs grabats, serrés l'un contre l'autre.
Hommes et femmes faisaient l'amour à n'importe

quelle heure de la journée, sans plus se soucier de ceux qui les regardaient : et il se développait entre eux des intrigues, des jalousies et des scènes, auxquelles les vieux prenaient part aussi. La promiscuité les rendait tous querelleurs : aux chansons du phonographe se mêlaient continuellement les hurlements, les insultes, les coups sourds et les pleurs des femmes et des gosses. Il y eut même des vitres brisées qui furent réparées tant bien que mal avec du carton. La nuit tombait de bonne heure ; à la suite de désordres en ville, les Allemands avaient avancé le couvre-feu à sept heures du soir. Il était interdit aux bicyclettes de circuler après cinq heures de l'après-midi, et les transports en commun (à la vérité déjà très réduits) cessaient de fonctionner à six heures.

De sorte que, le soir, ils étaient tous incarcérés dans la grande salle. L'un des passe-temps de ces soirées était la chasse aux cafards et aux rats. Un soir, un rat fut achevé à coups de pied par Domenico, sous les yeux d'Useppe qui criait : « Non ! non ! »

Les rats qui, anciennement déjà, fréquentaient cette grande salle en sous-sol, encouragés à plus de hardiesse depuis la fuite de Rossella, se précipitaient maintenant plus nombreux vers les provisions des Mille, pressentant peut-être un imminent abandon du navire. De fait, les Mille, en ayant assez d'attendre dans cette prison cette fameuse Libération qui n'arrivait jamais, commencèrent à émigrer vers d'autres refuges. La première famille qui s'en alla, ce fut celle de Salvatore, avec ses enfants Currado, Impero, etc., en conséquence d'une séparation rageuse qui faisait suite à une querelle. Mais bientôt, ce même Salvatore invita tous ceux qui restaient à partager avec lui une habitation plus belle, vide et à bas prix, obtenue grâce a certaines de ses connaissances d'Albano. Ainsi, Domenico et sa famille, avec la grand-mère Dinda, la sora Mercedes, Carulina et les autres, allèrent rejoindre le reste de la tribu.

Le matin des adieux reste dans la mémoire sous le signe d'un désordre chaotique. Carulina était nerveuse au point de pleurer et courait de-ci de-là, parce que les deux jumelles, dont la diarrhée avait empiré, se souillaient continuellement. Leurs quelques langes qu'elle s'obstinait à laver encore et encore avec toutes sortes de savon autarcique et de très mauvaise poudre détersive, ne séchaient pas ; et suspendus aux cordes de la grande salle, maculés néanmoins de jaunâtre, ils faisaient pleuvoir leur eau sur le sol, sur les provisions et sur les matelas enroulés. De toutes parts, Carulina était accablée de reproches et de hurlements, et elle reçut même une gifle de sa belle-sœur. De quelque part dans le lointain arrivaient des échos de bombardement ; et les grands-mères, épouvantées par ces roulements de tonnerre et récalcitrantes à l'idée de partir, invoquaient le Pape, leurs morts et les grands saints du ciel à voix très haute, cependant que Domenico blasphémait. Pour autant que je sache, à cette époque, la circulation des autos privées était suspendue ; mais de toute manière, les jeunes gens des Mille, grâce à leurs talents de combinards, avaient réussi à se procurer une fourgonnette Balilla, munie de tous les permis nécessaires, en plus d'un autre véhicule motorisé à trois roues, envoyé par Salvatore. Mais, hélas ! dans la pratique, ces moyens de transport ne suffisaient pas à charger la compagnie des partants et leurs biens (entre autres choses, les Mille avaient décidé d'emporter aussi les matelas naguère prêtés par l'hôpital à l'usage des réfugiés ; car, même en déménageant, ils étaient toujours, de droit, des réfugiés)... Et les préparatifs d'emballage et de chargement se déroulèrent finalement dans un dramatique marasme. Domenico, exaspéré, donna des coups de pied dans les matelas qui, utilisés comme paquets de marmites et attachés avec des ficelles, avaient pris des dimensions géantes ; Peppe Terzo, Attilio et leur mère éclatèrent en un chœur de cris suraigus. Et alors le plus vieux des grands-pères (mari de la grand-mère silencieuse) se mit à pleurer comme un bébé, suppliant qu'on le laisse mourir là et, même, qu'on l'enterre carrément ici même à Pietralata, voire en le noyant dans un quelconque marécage : « Enterrez-moi », répétait-il, « enterrez-moi, et comme ça, cette nuit, je dormirai tranquillement au ciel ! ». Et en l'entendant, la grand-mère son épouse s'écriait d'une voix aiguë ! « Jésus ! Jésus ! »

La moins agitée était la sora Mercedes qui, jusqu'au dernier instant, resta assise sur son petit tabouret avec sur les genoux la couverture (de sous laquelle on avait enlevé les provisions) et qui se bornait à répéter sur un ton de psalmodie : « Oh, quoi, fermez-la un peu, bon sang ! », cependant que Giuseppe Primo, son mari, assis près d'elle, une sorte de bonnet de laine sur la tête, se défoulait en crachotant par terre.

Il fut décidé qu'une partie de la compagnie, au nombre de laquelle Carulina et ses filles, rejoindrait en tram le nouveau siège. Avant de partir, Carulina laissa en souvenir à Useppe le disque de variété, lequel, hélas ! sans le phono (déjà rangé avec les autres bagages), ne pouvait plus jouer ; mais, du reste, à force d'avoir été joué, depuis longtemps déjà, il n'émettait plus que des toussotements et des sanglots. Elle lui laissa aussi en cadeau (lui faisant en cachette un clin d'œil pour que personne ne s'en aperçoive) un petit sac oublié par sa famille, qui contenait environ un kilo de jarosses (légumes d'une espèce hybride, entre le haricot et le pois chiche).

Au moment du départ, un soleil indécis se montrait dans le ciel. En queue de tout le monde, il y avait Carulina, précédée de peu par sa belle-sœur romaine, laquelle portait dans ses bras Celestina et, sur la tête, une valise bondée ; cependant que Carulina avait Rusinella dans ses bras et sur la tête le paquet de langes mouillés. N'eût-ce été pour les pleurs déchirants qui en sortaient, on aurait difficilement pu reconnaître que ces deux paquets dans les bras des deux femmes étaient des bébés. De fait, Carulina, comme solution extrême, avait enveloppé les jumelles dans tout ce qu'il pouvait y avoir de friperies disponibles : le rideau qui avait été celui de Carlo Vivaldi, les résidus des dons des Dames patronnesses et, même, de vieux papiers ; craignant, honteuse, que, dans le tram des Castelli, tous les voyageurs puissent découvrir à l'odeur que ses filles étaient souillées de diarrhée.

Pressée de se dépêcher par les autres qui la dépassaient et se retournaient pour l'appeler avec brusquerie, elle se hâtait péniblement dans la boue, juchée sur ses petits souliers encore d'été et réduits à l'état de savates. Les bas de rebut qu'elle portait, trop grands pour ses pieds, faisaient des poches à ses chevilles, et à cause du poids qui la déséquilibrait tout entière d'un côté, sa démarche était encore plus titubante que d'habitude. Comme manteau elle avait une espèce de trois-quarts bancal, tiré d'une veste de son frère Domenico ; et sous le paquet de langes on voyait la raie précise de ses cheveux, divisés en deux bandes égales jusqu'à la nuque, avec, sur les côtés, ses deux petites nattes que leur poids maintenait en bas.

Avant de dépasser le virage du sentier, elle se retourna pour saluer Useppe d'un sourire de sa grande bouche tournée vers le haut. Useppe était immobile en deçà du remblai, la regardant partir, et il lui répondit par ce salut spécial qu'il faisait dans certains cas, à contrecœur, ouvrant et refermant lentement son poing. Il était grave avec, sur les lèvres, à peine un petit sourire hésitant. Il avait sur la tête une petite casquette de cycliste qu'elle lui avait personnellement confectionnée ; et il portait son habituel pantalon à la Charlot, ses bottillons fantaisie, et son imperméable qui lui descendait jusqu'aux pieds et qui, s'ouvrant pendant qu'il saluait Carulina, laissait voir sa doublure rouge.

Quelques mois plus tard, un terrible bombardement de la région des Castelli détruisit en grande partie la ville d'Albano, et à cette nouvelle, Ida repensa aux Mille, se demandant si par hasard leur tribu n'avait pas été exterminée tout entière. En réalité, ils étaient indemnes. L'été suivant, il se trouva que Nino, de passage à Naples pour ses affaires, rencontra Salvatore qui, à cette occasion, l'amena en visite chez eux. Ils habitaient dans ce qui restait d'un immeuble à demi détruit par les raids un local du premier étage, auquel présentement — l'escalier s'étant écroulé — on accédait par la fenêtre au moyen d'une sorte de pont-levis fait de planches. Et Carulina elle aussi était là, qui, selon la logique naturelle de son destin, s'était mise à faire des passes avec les Alliés. Ayant un peu grandi, elle était encore plus maigrelette qu'à Pietralata, si bien que dans son visage rapetissé ses yeux, barbouillés de rimmel, semblaient beaucoup plus grands. Sa bouche aussi, déjà trop large de nature, teintée de rouge à lèvres, paraissait deux fois plus large. Et la démarche de ses jambes très fluettes, maintenant qu'elle était juchée sur des talons hauts, était plus titubante que jamais. Mais sa façon de vous regarder, son comportement et son parler étaient toujours exactement les mêmes.

On ne voyait pas la moindre trace des jumelles, et Ninnuzzu négligea de demander de leurs nouvelles. Au cours de sa brève visite, arriva un militaire afro-américain, amant de Carulina, qui était tout heureux car il se préparait à repartir le lendemain pour l'Amérique ; et comme cadeau d'adieu, répondant au choix de Carulina en personne, il apportait à celle-ci l'une de ces archi-connues petites boîtes à musique de Sorrente, qui jouent faux, quand on les remonte, un petit air de chanson. Sur le couvercle en marqueterie de cette boîte, il y avait une petite poupée en celluloïd, vêtue d'un corsage et d'un tutu en rayonne lilas : laquelle, grâce à un petit bâton qui était enfilé dans son corps, faisait un tour en rond sur le couvercle, chaque fois que l'on faisait jouer la chanson. Carulina était en extase devant ce ballet en musique, et dès que le mécanisme s'arrêtait, elle le remontait immédiate-ment, de l'air important et anxieux d'une propriétaire. De même que l'autre grand-mère et les deux grands-pères, leurs époux, la grand-mère Dinda était là elle aussi, qui, pour justifier auprès des visiteurs l'enthou-siasme de Carulina, expliqua que c'était là la première poupée qu'ait jamais possédée celle-ci. Là-dessus, la même grand-mère Dinda chanta avec les paroles le vieux petit air de la boîte à musique, s'accompagnant avec des gestes de chanteuse de café-concert. Pour traiter dignement les hôtes, du whisky et des chips furent servis.

Mais Nino ne pensa jamais dans la suite à parler de cette rencontre à Ida : laquelle, évidemment, vu la grandeur et la foule énorme de Naples, ne songeait pas à lui demander s'il avait rencontré l'un des Mille dans cette immensité. Et ainsi, Ida conserva toujours la crainte que les Mille aient tous été ensevelis sous les ruines d'Albano.

Après que les derniers Mille eurent disparu au coin, Useppe, quand il rentra dans la grande salle, trouva qu'elle était devenue immense. Ses petits pas y résonnaient ; et quand il appela : « M'man », et qu'Ida lui répondit : « Quoi ? » leurs deux voix avaient un son différent de celui d'avant. Tout était immobile, et, au milieu des vieux papiers et des ordures épars sur le sol, on ne voyait même pas, à ce moment-là, un cafard ou un rat. Au fond de l'angle obtus, les débris du petit verre des morts, cassé dans le tumulte, gisaient sur le sol, à côté de la mèche graisseuse et d'un peu d'huile renversée. Au centre du local, il était resté une caisse d'emballage, qui avait servi de berceau aux jumelles et dans laquelle il y avait une couche de vieux journaux tout souillés de leurs fèces. Dans l'angle d'Eppetondo, il y avait toujours, enroulé, son matelas ; et dans l'angle voisin de la porte, d'où le rideau de chiffons avait été arraché pour mieux envelopper Rosa et Celeste, il y avait toujours la paillasse, encore maculée de sang par l'accouchement de Rossella.

Ida s'était étendue sur son matelas pour prendre un bref repos. Mais son organisme devait s'être habitué au chahut comme à un vice, car l'incroyable silence

417

qui s'était soudain abattu sur la grande salle avivait la tension de ses nerfs au lieu de la calmer. Il s'était remis à pleuvoir. Pas plus de la ville que du bourg n'arrivait le moindre signe d'autres existences. Et le bruissement de la pluie, joint à l'écho de bombardements lointains, accroissait le silence autour de cette vaste salle à demi enterrée dans la boue, où ils étaient restés seuls, Useppe et elle. Ida se demandait si Useppe se rendait compte que le départ des Mille était définitif. Elle entendait ses petits pas parcourir lentement le local dans tous les sens, comme pour une inspection ; et puis, soudain, cette lenteur de ses pas se transforma en une hâte fébrile, et finalement, pris d'une sorte de frénésie, il se mit à courir. Il y avait là, par terre, une balle de chiffons, qui, les jours de beau temps, avait servi aux autres gosses plus grands à imiter dehors, dans le pré, les joueurs de football. Et lui, pour imiter à son tour ces gosses, se mit à la shooter avec acharnement, mais il n'y avait ni équipes, ni arbitre, ni goal. Alors il s'élança, tel un possédé, au sommet de la pile de bancs et puis sauta en bas de là-haut, semblant voler comme d'habitude.

Au léger bruit sourd de ses pieds bottés succéda un silence total. Quelques instants plus tard, comme elle passait la tête de l'autre côté du rideau, Ida le vit qui, assis comme un émigrant sur un petit sac de sable, examinait le disque que lui avait laissé Carulina, en effleurant du doigt les sillons circulaires. Au mouvement d'Ida, ses yeux se levèrent, graves et éperdus. Et, tenant son disque, il accourut à elle :

« M'man ! fais-le zouer ! »

« On ne peut pas le faire jouer comme ça. Pour qu'il joue, il faut un phonographe. »

« Pouquoi ? »

« Parce que sans phonographe, un disque ne peut pas jouer. »

« Sans nonogaphe, il peut pas zouer... »

La pluie tombait plus dru. Dans l'air, une sorte de sifflement, comme de sirène, fit sursauter Ida. Mais ce n'était probablement qu'un camion, de passage sur la route des Monti. Ce bruit cessa tout de suite. La nuit tombait. La grande salle abandonnée, froide et pleine d'immondices, semblait isolée dans un espace irréel, en deçà d'une frontière assiégée.

En attendant qu'il cesse un peu de pleuvoir, Ida chercha un passe-temps pour distraire Useppe. Et pour la millième fois elle lui chanta l'histoire du navire

« Et vire et virevolte le navire...
...Trois lions et trois péniches... »

« Encore », lui dit Useppe quand elle eut fini.

Elle la lui chanta une autre fois.

« Encore », dit Useppe. Et sur ces entrefaites, avec un petit sourire allusif, annonciateur d'une surprise qui allait certainement la trouver incrédule, il lui révéla :

« M'man, moi, j'l'ai vue, la mer ! »

C'était la première fois que, d'une manière quelconque, il faisait allusion à son aventure dans les champs de la guérilla. D'habitude, même quand on l'interrogeait, il restait bouche close, gardant sur ce sujet un secret rigoureux. Aussi cette fois-ci Ida interpréta-t-elle sa phrase obscure comme un simple effet de son imagination, et elle ne lui posa aucune question.

Pendant un certain temps, durant ce mois de novembre, ils restèrent les deux seuls occupants de la grande salle. Les écoles, encore qu'avec retard, avaient

419

rouvert : mais celle d'Ida avait été réquisitionnée par les troupes, et ses classes avaient été transférées dans un autre endroit, encore plus écarté que le précédent (avec un nouvel horaire, c'est-à-dire l'après-midi au lieu du matin pour ses cours) et pratiquement inaccessible pour elle vu l'actuelle rareté des transports et l'horaire du couvre-feu. Si bien qu'Ida, grâce à sa condition de sinistrée, obtint l'exemption temporaire de ses cours. Elle était néanmoins contrainte de sortir tous les jours pour l'habituelle chasse aux vivres ; et en particulier, les jours de mauvais temps, elle n'avait pas d'autre solution que de laisser Useppe seul, à la garde de lui-même, l'enfermant à clé dans la grande salle. Ce fut alors qu'Useppe apprit à passer son temps en *pensant.* Il se mettait les deux poings sur le front et commençait à *penser.* A quoi il pouvait bien penser, il ne nous est pas donné de le savoir ; et il s'agissait probablement d'impondérables futilités. Mais le fait est que, tandis qu'il était ainsi en train de penser, le temps commun aux autres se réduisait pour lui quasiment à zéro. Il existe en Asie un petit être appelé *panda* dont l'aspect est quelque chose entre l'écureuil et l'ourson et qui vit dans les arbres de forêts de montagne inaccessibles ; et de temps en temps, il descend à terre en quête de pousses à manger. On disait de l'un de ces pandas qu'il passait des millénaires à penser dans son arbre : d'où il descendait à terre tous les 300 ans. Mais, en réalité, le calcul de telles durées est relatif : de fait, pendant que sur terre 300 ans s'étaient écoulés, dans l'arbre de ce panda dix minutes à peine s'étaient écoulées.

Ces heures solitaires d'Useppe furent, encore que rarement, interrompues par des visites inattendues. Un jour, ce fut un chat rayé, si maigre qu'on eût dit un

420

fantôme de chat, qui, néanmoins, réussit avec la force du désespoir à défoncer le papier qui remplaçait la vitre d'une fenêtre et à pénétrer dans la grande salle en quête de nourriture. Naturellement, à son arrivée, les rats évitèrent de se montrer ; et Useppe n'avait rien d'autre à lui offrir qu'un reste de choux bouillis. Mais le chat, à cause de cet orgueil aristocratique particulier que conservent ceux de sa race même quand ils sont déchus, flaira cette offrande et sans daigner y goûter, s'en alla la queue en I.

Ce même jour arrivèrent trois militaires allemands : évidemment, comme d'autres fois déjà, de quelconques simples soldats (ni Polizei, ni S.S.), qui n'avaient pas de mauvaises intentions. Mais, selon l'usage commun aux troupes teutonnes, au lieu de frapper ils cognèrent violemment à la porte avec la crosse de leurs fusils. Et comme Useppe, étant enfermé à clé à l'intérieur, ne pouvait pas ouvrir la porte, ils déchirèrent complètement le papier de la fenêtre déjà défoncé peu de temps auparavant par le chat, et explorèrent des yeux, en long et en large, la grande salle. Useppe était allé à leur rencontre en bas de la fenêtre, heureux de recevoir la visite de qui que ce fût ; et eux, ne voyant que lui dans ce local, s'adressèrent à lui dans leur langue. Ce qu'ils pouvaient bien chercher, on l'ignore : et Useppe, qui ne comprenait rien à leur baragouin barbare, mais qui supposa qu'eux aussi, comme le chat, cherchaient à manger, essaya de leur offrir ce même restant de choux. Mais eux aussi, comme déjà le chat, refusèrent cette offrande ; et même, riant, ils offrirent à leur tour à Useppe un petit bonbon. Mais, hélas ! il s'agissait d'un bonbon à la menthe : une saveur qui ne plaisait pas à Useppe, lequel aussitôt le cracha ; et poliment, après l'avoir craché, il voulut le restituer à son donateur, disant avec un sourire à celui-ci : « Tiens ! » Alors, riant de plus en plus, ils s'en allèrent.

Le troisième visiteur inattendu, ce fut Eppetondo qui disposait d'une clé et put en conséquence pénétrer dans la grande salle. Pour remplacer son chapeau de jadis, il s'était procuré une petite casquette du type gangster américain pour se protéger la tête du froid. Et, comme d'habitude, il était gai, bien qu'une arthrose se fût développée dans son bras, à la suite de la fracture plâtrée et guérie l'été précédent. Mais de crainte d'être congédié par les partisans en tant que petit vieux estropié, il ne voulait dire à personne que son bras lui faisait mal. Et il en fit néanmoins la confidence à Useppe. De plus, il lui donna des nouvelles du camp, exactement comme s'il avait parlé maintenant à un camarade guérillero. Tous les camarades allaient bien ; et ils avaient accompli de nouveaux exploits grandioses. Une nuit, la *Libera* et d'autres escouades avaient parsemé de clous à quatre pointes les voies d'accès à Rome, cela d'accord avec l'aviation anglaise : laquelle, survenant au bon moment au-dessus des véhicules allemands immobilisés, en avait fait un massacre avec des rafales de mitraille, de bombes et de grenades incendiaires, si bien que les grandes voies romaines consulaires n'étaient plus qu'une sanglante nouba. Et une autre nuit, Asso, avec quelques camarades, après diverses opérations mineures de sabotage de route, avaient fait sauter à la dynamite un train entier de militaires teutons, qui en un instant avait explosé dans une apothéose de flammes et de ferrailles.

La *Libera* avait abandonné la cabane et transféré sa base ailleurs, dans une maisonnette en maçonnerie.

Asso, Quattro, Tarzan, etc., envoyaient à Useppe salutations et bécots. Malgré le mauvais temps et le froid qui rendaient beaucoup plus dure la vie dans le maquis, tous étaient de bonne humeur et en excellente forme, tous à la seule exception de Piotr qui, après les premiers jours d'ardente participation, était tombé dans une sorte d'aboulie, ne faisait rien et passait son temps à se soûler. A la vérité, depuis quelque temps, le camarade Piotr était devenu inutilisable comme guérillero : à tel point que les autres discutaient entre eux, se demandant s'il ne fallait pas l'envoyer balader ou, même, le liquider en lui tirant une balle dans la tête. Mais au lieu de cela, ils continuaient de le tolérer ; premièrement parce qu'ils espéraient qu'une fois passée cette mauvaise période, il allait redevenir aussi brave qu'avant ; deuxièmement, à cause de sa pénible situation de Juif ; et troisièmement, à cause de l'amitié d'Asso, lequel lui témoignait toujours confiance et respect, et le défendait farouchement contre la sourde hostilité des autres camarades, estimant que c'était un héros.

Bien que n'y comprenant pas grand-chose, Useppe écouta toutes ces nouvelles épiques avec la même ferveur attentive que celle qu'il apportait quand il écoutait la cantate du *navi* ; et même, à la fin du compte rendu de Mosca, il dit à celui-ci : « encore ! », mais sans succès.

Le motif principal de la visite d'Eppetondo se traduisit hélas ! pour celui-ci en une cruelle déception. De fait, il était venu avec l'idée d'emporter au camp ses dernières provisions de petites boîtes laissées par lui dans la grande salle : sardines, moules et calmars en conserve, mais il constata que tout avait été raflé, et que de ses biens on ne lui avait laissé que le matelas et la cage vide. Tout le reste, évidemment, avait disparu avec les Mille ; et se déchaînant contre ceux-ci avec diverses insultes, desquelles les moins impossibles à répéter étaient : « enfants de putain » et « salauds », Eppetondo prit l'initiative de placer son propre matelas sur celui d'Ida, afin que quelqu'un au moins en profite, étant donné que lui, en tant que partisan, dormait très confortablement sur de la paille. Du reste, la grande salle était encore moins confortable que la maisonnette-base de la *Libera* où, du moins, on réussissait toujours à faire un feu de bois. Dans la grande salle, par contre, il n'y avait pas moyen de se chauffer, on claquait des dents, l'humidité faisait des taches sur les murs, et Useppe, plutôt pâlot et hâve, circulait enveloppé dans un amoncellement de lainages de rebut (dons des Dames patronnesses) si bien qu'il avait l'air d'un petit baluchon ambulant. « Comme ça, maintenant au moins tu dormiras sur deux matelas », lui dit Eppetondo au moment de prendre congé, « et attention, le laisse pas emporter, celui-là, hein ! car il est de laine, et veille aussi à ce que les souris le mangent pas ! ». Quant à la cage vide, elle resta dans l'angle aigu comme souvenir.

Une visite fréquente, ces jours solitaires d'Useppe, c'était celle des moineaux qui venaient sautiller et bavarder sur la fenêtre grillagée. Et comme sa spécialité de comprendre le langage des animaux ne lui venait que certaines journées, Useppe ne comprenait de leur bavardage que l'habituel tchip tchip tchip. Toutefois il ne lui était pas difficile de comprendre que ces visiteurs eux aussi cherchaient de quoi goûter. Mais hélas ! la ration de pain de la carte était si maigre qu'on pouvait difficilement dégoter quelques miettes de reste à offrir à ces autres morts de faim.

EST TRANSMISE À TOUS LES CHEFS DES PROVIN-
CES POUR EXÉCUTION IMMÉDIATE L'ORDON-
NANCE DE POLICE SUIVANTE :

1 — TOUS LES JUIFS, MÊME DISCRIMINÉS, À
QUELQUE NATION QU'ILS APPARTIENNENT, RÉSI-
DANT SUR LE TERRITOIRE NATIONAL, DOIVENT
ÊTRE ENVOYÉS DANS LES CAMPS DE CONCENTRA-
TION SPÉCIAUX. TOUS LEURS BIENS, MEUBLES ET
IMMEUBLES, DOIVENT ÊTRE MIS IMMÉDIATEMENT
SOUS SÉQUESTRE EN ATTENDANT D'ÊTRE CONFIS-
QUÉS AU PROFIT DE LA RÉPUBLIQUE SOCIALE ITA-
LIENNE, LAQUELLE LES AFFECTERA À L'INDEMNI-
SATION DES INDIGENTS SINISTRÉS PAR LES RAIDS
AÉRIENS ENNEMIS.

2 — TOUS CEUX QUI, NÉS D'UN MARIAGE
MIXTE, FURENT, EN APPLICATION DES LOIS RACIA-
LES EN VIGUEUR, RECONNUS COMME APPARTE-
NANT À LA RACE ARYENNE, DOIVENT ÊTRE SOUMIS
À LA SURVEILLANCE SPÉCIALE DES ORGANISMES DE
POLICE.

ROME, 30 NOVEMBRE 1943

Cette double ordonnance qui sanctionnait du côté
italien la *Solution finale,* déjà mise en œuvre par les
Allemands, se rapportait au cas d'Ida Ramundo veuve
Mancuso, aussi bien par son premier article (parce
qu'indigente sinistrée) que par le second (parce qu'A-
ryenne mixte). Mais néanmoins il n'apparaît pas que
pour Ida il en ait jamais découlé quelque effet
pratique. De fait, il ne lui fut affecté comme indemnité

aucun des biens confisqués aux Juifs. Et en ce qui concerne le second article, il est vrai, à ce qu'il semble, qu'au cours de la saison suivante, après son transfert à un nouveau domicile provisoire, des policiers vinrent s'informer chez le concierge sur son cas. Mais le concierge-mouchard garda pour lui cette nouvelle confidentielle ou, du moins, s'il la transmit à quelqu'un, ce fut sous le sceau du secret de l'instruction. Elle n'en sut jamais rien. Et probablement son dossier finit-il par se perdre dans la précipitation successive de tous les destins.

Mais cette double ordonnance qui lui tomba sous les yeux les premiers jours de décembre, signifiait pour elle qu'à partir de ce moment, elle était officiellement une personne surveillée spécialement par la Police. Sa faute était désormais envisagée par la loi, sans équivoques ni compromis, et dénoncée sur les murs au monde entier : *On recherche une nommée Ida, dite Iduzza, de race mixte, mère de deux fils, le premier déserteur et partisan, et le second bâtard de père inconnu.* Pour Ninnarieddu elle n'avait pas trop peur : aussitôt qu'elle pensait à lui, elle le voyait qui, avançant tel un danseur de ballet sur ses jambes longues et droites, les pieds en jeté battu, défonçait n'importe quel obstacle, fils invulnérable. Mais d'horribles peurs la poursuivaient en ce qui concernait Useppe. On sait que durant leur razzia des Juifs, les Allemands avaient saisi les petits enfants, même ceux qui étaient encore dans les bras de leurs mères, les jetant dans leurs sinistres fourgons comme des chiffons à ordure ; et que dans certains villages, par représailles, par ivrognerie ou tout bonnement pour s'amuser, ils avaient tué des enfants, les écrasant avec leurs blindés, les brûlant vifs ou les projetant contre les murs A ces nouvelles (qui, à la vérité — il faut le

426

répéter — furent ensuite confirmées par l'Histoire et ne représentaient même qu'une partie de la réalité) peu de gens attachaient alors du crédit, les estimant trop incroyables. Mais Ida ne parvenait pas à chasser ces visions : si bien que les rues de Rome et du monde entier lui apparaissaient comme emplies d'une foule de bourreaux en puissance de son Useppetto, petit paria sans race, sous-développé, mal nourri, pauvre échantillon sans valeur. Parfois, non seulement les Allemands et les Fascistes, mais tous les humains adultes lui semblaient des assassins ; et elle parcourait les rues, effarée, pour aborder finalement, à bout de forces et les yeux écarquillés, dans la grande salle, commençant, de la route, à appeler : « Useppe ! Useppe ! » et riant comme une fillette malade quand elle entendait sa petite voix lui répondre : « M'man ! »

A la vérité, les Nazi-Fascistes n'osaient toujours pas trop se montrer dans la bourgade. Les exécutions d'octobre n'avaient pas suffi à faire peur à la population de ces *lotissements* de masures noyées dans la boue et la faim. Avec l'hiver, les assauts donnés aux fours et aux camions de vivres se faisaient plus fréquents. Des bandes de guérilleros se formaient dans la bourgade même, et on disait que dans les grottes, dans les baraques et les petites pièces où dormaient des familles de dix personnes, étaient cachées des armes volées en septembre dans les fortins et les casernes. Les jeunes hommes eux-mêmes qui, dans le reste de la ville, se tenaient pour la plupart cachés dans la crainte des rafles, se montraient là maintenant, par défi, le visage dur et farouche, circulant dans les courettes, au milieu des trous et des tas d'ordures de leur ghetto périphérique, côtoyant les mères avachies et échevelées, les filles souffreteuses et les bébés pouilleux, aux petits ventres

427

ballonnés par la dénutrition. Ida évitait de trop s'éloigner de la bourgade, afin de ne pas laisser Useppe seul ; mais la nécessité de lui apporter quelque chose à manger la contraignait à des périples désespérés. Même le fameux magot de ses économies cousu dans son bas avait fondu avec les dépenses de marché noir, et Useppe aussi, comme les autres enfants, avait son petit ventre un peu ballonné. Maintenant, chaque fois qu'elle se rendait à la Paierie pour toucher sa mensualité, Ida sentait carrément ses jambes se dérober sous elle, s'attendant que l'employé lui annonce avec indignation : « Tout droit à la paie est suspendu pour les infâmes métisses comme toi. »

La grande salle n'était restée dépeuplée que quelques jours. Dès le début de décembre, aussitôt que s'était répandue la nouvelle que là, au fond de cette avalanche de boue et d'immondices, existait un toit disponible, de nouveaux êtres perdus avaient commencé à arriver, en qui Ida, avec ses préjugés confus, voyait plutôt une menace qu'une protection. A présent, elle avait encore plus peur qu'avant de laisser Useppe seul en cette compagnie.

Parmi ces nombreux nouveaux venus, il y eut la famille d'un petit boutiquier de Genzano, abrutie par la terreur des bombardements. Il semble que ç'ait été quelqu'un des Mille qui les avait adressés là. Le chef de famille, un homme rouge et obèse, qui souffrait d'hypertension, ne s'était montré qu'à leur arrivée, et puis aussitôt il était retourné à Genzano, où sa boutique avait déjà été détruite par les raids aériens, mais où sa maison était encore debout. La vérité, c'est qu'il avait secrètement muré dans un coin de sa maison tout l'argent et tous les objets de valeur qui lui restaient, aussi voulait-il être là-bas pour monter la garde. Jusqu'à ce qu'un jour, sous un bombardement qui, pourtant, laissa intacte sa maison, il mourut soudain de peur. Un parent vint de Genzano apporter cette nouvelle à sa famille, tout entière composée de femmes. Et la grande salle s'emplit de hurlements et de pleurs. Mais après quelques discussions entremêlées de sanglots, elles laissèrent à leur parent le soin d'ensevelir le mort et de veiller sur la maison : quant à elles, elles restèrent là où elles étaient, dans la grande salle.

Elles aussi étaient obèses, mais pâles ; et la mère avait les jambes toutes gonflées de varices. Elles passaient la journée autour d'un brasero, à remâcher leur deuil, dans une inertie totale et un silence abruti. Elles attendaient l'arrivée des Alliés qui, selon elles, étaient aux portes, pour retourner à Genzano, où, pourtant, elles n'avaient plus ni boutique ni homme, mais seulement cet hypothétique trésor muré. Et elles parlaient de la prochaine Libération d'une voix mourante, semblables à d'énormes poules juchées sur un perchoir, qui, lamentables avec leur plumage ébouriffé, n'ont plus qu'à attendre la venue de leur propriétaire qui les emportera dans un sac.

Si Useppe s'approchait du brasero, elles l'en écartaient, lui disant d'une voix plaintive : « Va voir ta maman, petit. »

Il arriva aussi une femme de Pietralata, la mère de l'un des fusillés du 22 octobre. Lorsque son fils était vivant, elle l'engueulait régulièrement quand il rentrait tard la nuit, si bien que son fils exaspéré par ses cris continuels finissait par la battre, et, dans le passé, elle l'avait même dénoncé à cause de cela à la police. A présent, elle errait tous les soirs d'une maison à l'autre, car elle avait peur de dormir chez elle, où, disait-elle, le fantôme de son fils revenait chaque nuit la battre. Son garçon s'appelait Armandino, et les Allemands l'avaient arrêté sous ses yeux, après qu'elle aussi, ce jour-là, comme d'autres fois précédemment, avait été à l'assaut du Forte Tiburtino, espérant y dégoter de la farine. De temps en temps, la nuit, on l'entendait qui disait : « Non, Armandino, non. Pas ta maman, non ! » Souvent, de jour, elle vantait la beauté d'Armandino, qui était fameux à Pietralata pour sa ressemblance avec l'acteur Rossano Brazzi. Et de fait, elle aussi, quand elle était jeune, avait dû être belle : elle avait encore de beaux cheveux très longs, mais blanchis maintenant et pleins de poux.

Ces nouveaux réfugiés de la grande salle avaient apporté avec eux des matelas ; et, de plus, du kapok, laissé par des hôtes de passage, était répandu sur le sol, à la disposition d'autres errants provisoires. La paillasse de Carlo Vivaldi était occupée par un jeune homme de qui Ida avait particulièrement peur, comme d'un loup-garou. Il est vrai que ce personnage avait apporté une certaine amélioration dans le local, en appliquant sur les vitres cassées des fenêtres, à la place du papier, des morceaux de contre-plaqué : mais pour le reste, plutôt qu'à un homme, il faisait penser à un quelconque mammifère affamé d'espèce nocturne. Il était grand et musclé, mais voûté, et avait un visage cadavérique, aux dents saillantes. On ne savait ni d'où il venait, ni quel était son métier, ni pourquoi il avait échoué là ; mais à son parler, il semblait romain. Lui aussi, quand Useppe s'approchait, le renvoyait en disant : « Fous le camp de là, le môme. »

Le temps des Mille était bien passé ! La seule qui, de temps en temps, faisait attention à Useppe, c'était la mère du fusillé : le cas échéant, quand il faisait noir, elle l'accompagnait aux waters, le tenant par la main comme le faisait naguère Carulina. Et un soir, comme elle l'aidait à se reculotter, sentant au toucher ses petites côtes décharnées, elle lui dit : « Pauvre petit oiseau à ta maman, je crois bien que tu réussiras pas à grandir et que tu feras pas de vieux os. Cette guerre est le massacre des petits enfants. »

Elle le distrayait aussi au moyen d'un petit jeu ou, plutôt, d'une petite histoire accompagnée d'une mimique, qu'elle avait jadis utilisée avec ses enfants quand ils étaient petits. C'était toujours la même, et elle consistait en ceci : d'abord, elle lui chatouillait la paume de la main, disant :

> « Place jolie place
> un lièvre fou y passe. »

et puis, lui prenant l'un après l'autre les doigts, à partir du pouce, elle continuait au fur et à mesure :

> « Celui-ci l'a attrapé
> celui-ci l'a tué
> celui-ci l'a fait cuire
> celui-ci l'a mangé »,

et arrivée au petit doigt, elle terminait :

> « et à celui-ci qu'est petit tout petit
> il est pas même resté un petit morceau. »

« Encore », lui disait Useppe à la fin de l'histoire ; et elle recommençait, du début, cependant qu'Useppe la regardait attentivement, espérant qu'une fois ou l'autre, le lièvre fou réussirait à s'esquiver, laissant les chasseurs les mains vides. Mais invariablement la fable se déroulait et s'achevait toujours de manière identique.

... 1944

Dans les villes de l'Italie occupée et en premier lieu à Rome, sont institués des *détachements spéciaux* de police, qui emploient des sadiques de profession, allemands et italiens, autorisés à arrêter, à torturer et à tuer à leur guise, selon la méthode hitlérienne *nuit et brouillard*.

A Vérone, le tribunal fasciste de la République de Salò condamne à mort les *gerarchi* coupables d'avoir voté contre le Duce lors de la réunion du Grand Conseil de juillet Au nombre des condamnés se trouve Ciano, gendre du Duce. La sentence est aussitôt exécutée.

Débarquement allié près d'Anzio, stoppé avec des moyens énormes par les Allemands. La ligne du front en Italie s'arrête à Cassino.

Février-Avril

A de nouvelles ordonnances de la police italienne, font suite, de la part des Fascistes avec la collaboration d'*informateurs* locaux, la recherche et l'arrestation des Juifs ayant échappé aux *razzias* allemandes.

A Rome, en réponse à un attentat des partisans contre une colonne de S.S. (32 morts), le commandement allemand par représailles fait massacrer et jeter dans une grotte (Fosse Ardeatine) 335 civils italiens.

En augmentation progressive, le potentiel de l'Armée Rouge, grâce à l'efficacité accrue des industries de guerre en U.R.S.S. et à l'arrivée de matériel allié. Engagées sur tout le front, en une série d'offensives (les *dix coups* de Staline), les troupes soviétiques avan-

435

cent victorieusement vers l'ouest et atteignent au sud la frontière tchécoslovaque.

Juin-Juillet

Par un débarquement en Normandie, qui ouvre à l'Ouest un nouveau front contre les Allemands, les Alliés commencent la reconquête de la France.

En Italie, après avoir enfoncé le front de Cassino et repris leur avance à partir du Sud, les Alliés entrent à Rome.

Les forces italiennes de la résistance, dans la partie du pays encore occupée par les Nazis, s'organisent en une unique armée (Corpo Volontari della Libertà), cependant qu'aux opérations des Alliés participent directement les troupes régulières du Corpo Italiano di Liberazione, institué par le roi et par Badoglio.

De l'Est, les troupes russes poursuivent leur avance en direction du Reich.

Dans le Reich, un attentat d'officiers supérieurs allemands contre le Führer rate. Il a pour résultat la mort des conjurés et d'autres personnes compromises ou suspectes (environ cinq mille).

Août-Octobre

Sur le front de l'Ouest, l'avance des Alliés continue, ils entrent à Paris et, en Italie, prennent position sur une nouvelle ligne au nord de Florence (Ligne gothique).

Sur le front de l'Est, une suprême contre-offensive allemande arrête momentanément les Soviétiques sur la Vistule; cependant que sur l'autre rive de ce fleuve, la ville de Varsovie, soulevée contre les Nazis, est détruite par représailles, ce qui en restait incendié et cessant pratiquement d'exister (300 000 Polonais massacrés).

Dans le Pacifique, se succèdent par vagues les attaques des kamikazes (pilotes japonais suicides) dans la vaine tentative de détruire la flotte américaine. La bataille navale de Leyte, aux Philippines, se termine par une désastreuse défaite pour la flotte japonaise.

En Allemagne, sur l'ordre du Führer, mobilisation générale de tous les hommes valides de seize à soixante ans.

Novembre-Décembre

En Italie occupée par les Allemands, personne ne tient compte d'une proclamation du commandement anglais ordonnant la démobilisation des forces de la résistance, en prévision de l'imminente victoire alliée. La coordination de la résistance italienne est actuellement la tâche du C.N.L. (Comitato Liberazione Nazionale), qui se compose des six partis d'opposition ayant survécu dans la clandestinité au régime fasciste. Appuyées par une vive participation populaire, les formations de partisans retiennent engagés les Allemands dans une lutte épuisante, réussissant à les chasser de diverses zones, lesquelles se déclarent autonomes, formant de petites républiques momentanées.

Durant l'automne et l'hiver, les opérations alliées en territoire italien stagnent le long de la Ligne gothique...

1

Le tonnerre des bombardements autour de Rome
devenait plus fréquent et plus rapproché ; et chaque
fois, en l'entendant retentir, les femmes du boutiquier
de Genzano se dressaient d'un bond en poussant des
cris de terreur hystériques. Après le débarquement
allié du 22 janvier à Anzio, des chants et des cris de
joie arrivèrent de la bourgade : comme si maintenant
la guerre avait été finie. Les très rares Fascistes du lieu
allèrent tous se cacher ; cependant que les jeunes
sortaient tous dans la rue, et que certains d'entre eux
se montraient même armés, comme se préparant
ouvertement à la révolution. On s'emparait, par la
violence, du pain, de la farine et des autres comestibles
dans les boutiques ou là où il y en avait encore, et l'on
distribuait ouvertement les exemplaires de l'*Unità*
clandestine, édition spéciale.

Ida s'éloignait le moins possible de la grande salle et
tenait toujours Useppe serré à sa jupe : épouvantée à
l'idée que les Allemands, pour riposter à cette provocation, envahissent la bourgade et tuent ou déportent

439

tous les mâles, sans épargner son petit mâle Useppe. Ces jours-là, le Loup-garou disparut ; et elle se demanda si par hasard ce n'était pas un espion, qui avait couru dénoncer la population de Pietralata au Commandement allemand. De toute manière, cette grande fête populaire se termina par une nouvelle et amère déception. Quelques jours plus tard, les Allemands avaient réussi à contenir le débarquement clouant les Alliés sur la plage d'Anzio. Les femmes du boutiquier se serraient l'une contre l'autre sans plus crier ni respirer, les lèvres jaunies par la peur : car le tonnerre des bombardements autour de Rome était maintenant continuel, de jour et de nuit. Le débarquement à Anzio n'était qu'un épisode rendu vain. Le véritable front s'arrêtait toujours à Cassino. La libération imminente était encore l'habituel bobard. La guerre ne finissait pas .

Vers la fin de janvier, Ida eut la visite inattendue du patron Remo, qui l'appela à l'écart, dehors, car il avait à lui donner des nouvelles urgentes de son fils Nino. Asso était en très bonne santé, lui envoyait ses salutations ainsi que des tas de bécots pour son frère, et lui faisait dire bien des choses et à bientôt. Mais les derniers événements de la guerre, ainsi que le rapprochement du front, avaient contraint sa bande à interrompre la lutte dans cette zone. La *Libera* s'était dissoute, certains de ses membres étaient tombés et d'autres avaient abandonné le camp. Asso et Piotr (Carlo) étaient partis ensemble, décidés à gagner Naples en traversant la ligne du front ; et l'on pouvait être certain que, débrouillards et valeureux comme ils l'étaient, ils allaient réussir dans leur entreprise. Mosca et Quattro étaient morts : et à ce sujet, le patron Remo apportait à Ida un message posthume de

440

la part de Giuseppe Cucchiarelli. Naguère, de fait, celui-ci, à titre d'absolu et universel secret, l'avait chargé, au cas où il mourrait, d'avertir la signora Ida que le matelas qu'il lui avait déjà laissé en héritage contenait une surprise pour elle. Dans la laine dudit matelas, dans l'angle signalé à l'extérieur par un nœud de fil rouge, il y avait quelque chose qui, quand il serait mort, ne pouvait même pas lui servir à se torcher, alors que, par contre, ce quelque chose pouvait les arranger, elle et le petit.

Personnellement, le patron Remo apportait en cadeau à Ida une fiasque de vin, un demi-litre d'huile et deux bougies. Il ne lui parut pas nécessaire de lui raconter les circonstances de la mort du Fou, et elle ne les lui demanda pas. Cette mort avait eu lieu le 21 janvier, dans la ville de Marino, et pendant plus de deux jours, le cadavre de Mosca était resté exposé au milieu de la rue, d'où les Allemands interdisaient de l'enlever, lui flanquant des coups de pied quand ils passaient par là. Mort, son corps semblait encore plus petit et plus sec que quand il était vivant, et son visage, bien que tuméfié par les mauvais traitements, avait pris la physionomie caractéristique des petits grands-pères de quartier, parce que son menton lui touchait presque le nez. De fait, les Allemands, avant de le fusiller, lui avaient arraché les quinze dents qu'il avait encore dans la bouche, ainsi que les ongles des mains et des pieds : aussi ses pieds nus et ses petites mains de vieillard étaient-ils enflés et noirs de sang coagulé. Il était venu à Marino dans ses fonctions d'estafette, pour remettre de la part d'Occhiali un message chiffré au commandant d'un autre groupe. Et il marchait en compagnie du camarade Tarzan, lequel était chargé de récupérer une radio, quand, entrevoyant dans les ténèbres de la ruelle une silhouette indécise, il ordonna vivement : « Halte là ! » sur un ton martial. En réponse, de derrière les maisons vinrent des voix qui gueulaient en allemand, et alors, Tarzan fit feu ; mais ensuite, dans la fusillade qui suivit de l'autre côté, il réussit, agile, à s'enfuir, alors que Mosca fut cerné et pris. On trouva sur lui le message dont, en réalité, il ne pouvait pas révéler la signification, car lui-même l'ignorait (le texte était le suivant : *le linge lavé est dans le seau*). Mais, évidemment, il savait beaucoup d'autres choses que ses tortionnaires voulaient lui faire dire. Mais à ce qui résulte de preuves évidentes, ces jeunes bourreaux allemands ne réussirent à lui arracher, malgré leurs efforts, que des pleurs bruyants, de vrais pleurs de gosse : et finalement, renonçant, ils l'achevèrent d'un coup de fusil dans le dos. Son rêve, à ce moment, eût été de finir en criant : « Vive Staline ! », mais il eut à peine assez de souffle pour émettre une plainte pas plus haute que celle d'un moineau.

Moins d'un mois auparavant, exactement le jour de Noël, il avait eu soixante ans. Il était de la même classe que Benito Mussolini : 1883.

La fin de Quattro succéda à peu de distance à celle de Mosca : et ce fut précisément pendant la nuit du 25 au 26 janvier. A trois jours du débarquement allié, les Allemands avaient déjà eu le temps de rassembler des troupes de renfort, venues du nord et du sud ; et le trafic de leurs véhicules automobiles envahissait les routes en direction d'Anzio. Néanmoins, on croyait encore que les Alliés allaient l'emporter ; et les camarades de la *Libera* brûlaient de participer à cette bataille finale. Les risques de l'aventure sur ces routes les excitaient comme une véritable entreprise guerrière. Et Quattro (ou *Quat* comme on l'appelait maintenant plus souvent), malgré son comportement digne et laconique, dansait et sautait intérieurement d'enthousiasme : on était enfin sur la ligne du front, désormais réduite à un fil. D'un côté, il y avait l'infâme passé, et de l'autre, le grand avenir révolutionnaire, presque présent maintenant, pouvait-on dire. Il est vrai aussi que les Anglo-Américains étaient des capitalistes : mais derrière eux, il y avait leurs alliés, les Russes ; et une fois les Fascistes et les Allemands chassés, les prolétaires s'occuperaient tous ensemble de la vraie liberté. La nuit du 25, il pleuvait à verse, et Quattro s'était coiffé d'un petit casque colonial, teint par lui en noir pour le camoufler et sous lequel son visage rond de petit paysan disparaissait presque jusqu'au nez. Il avait avec lui sa mitraillette prise à l'ennemi ; aux pieds ses gros souliers imperméables également pris à l'ennemi ; et il avait naturellement son habituelle provision nocturne de clous à quatre pointes, provision qui, à la vérité, était plutôt maigre cette nuit-là. De fait, le réapprovisionnement en clous était devenu difficile, depuis que certains forgerons amis qui les fabriquaient (des Romains en majorité), avaient été « arrêtés » et emmenés à l'abattoir. Et dernièrement, Quattro s'était mis à les fabriquer lui-même dans une forge de village, avec la complicité de l'apprenti et en cachette du patron.

Le premier exploit de la *Libera* cette nuit-là concerna les câbles téléphoniques dont ils coupèrent et arrachèrent une longueur kilométrique. Ensuite, sur la route d'Anzio, l'escouade se sépara en deux groupes : le premier, avec Quattro, spécialement préposé au lancement préparatoire des clous, se posta au bord d'un carrefour ; et le second, avec à sa tête Asso (Occhiali, le commandant, était au lit, blessé), se posta sur une hauteur plus en avant, à une certaine distance du premier, leurs mitraillettes prêtes à tirer au passage des transports allemands, déjà *préparés* par les clous.

Ce carrefour, cette nuit-là, était un endroit extrême-ment dangereux. Le trafic en provenance de Cassino et celui en provenance de Rome et du Nord s'y croi-saient ; et pour les réglementer, il y avait deux soldats de la Feldgendarmerie. Seul un type aussi adroit et aussi malin que Quattro pouvait gagner à ce jeu de cache-cache ; et ces nuits-là, du reste, se développaient chez lui des sens et des muscles de chat sauvage et des ailes de fauconneau. De ses petits yeux vifs il guettait la moindre distraction des deux gendarmes plutôt lourdauds et lents ; et sans perdre une seconde, il sortait de sa cachette quasiment sous le museau des autos, et, visant avec précision, il lançait ses clous au milieu de la route, s'amusant autant que quelqu'un qui jouerait aux billes sur le trottoir. Après quoi, d'un bond, il revenait en arrière : si rapidement qu'il était invisible ou qu'on pouvait tout au plus le prendre pour un petit animal nocturne en fuite. Une fois épuisée sa provision de clous, il se retira derrière le bord de la route carrossable avec les deux gars de son groupe (l'un était Decimo et l'autre, un petit gars de l'Ariccia surnommé le Négus). Et en file indienne, avançant courbés et en silence, ils se dirigèrent vers le sud, dans l'idée de retrouver éventuellement le reste de la bande pour leur apporter du renfort, sans, pourtant, négliger, durant le trajet, n'importe quelles propositions tentan-tes du destin.

Ils marchaient à l'aveuglette sur des sols non battus, dans la boue et l'eau. De temps à autre, dans le bruissement de la pluie, on pouvait distinguer, venu de la route, le bruit des autos allemandes qui peinaient avec leurs pneus à plat, et alors, Quattro, avec un petit sourire satisfait, faisait un signe de croix. Ce geste, qui lui était resté de sa fréquentation du catéchisme quand il était enfant, n'avait actuellement pour lui aucune valeur religieuse ; mais plutôt celle d'un geste familier de porte-bonheur ou de conjuration du mauvais sort (comme quelqu'un qui ferait les cornes ou qui tirerait subrepticement sur les poils de son pubis).

Arrivés au pied d'un escarpement d'un peu moins de trois mètres de haut, ils grimpèrent à son sommet pour surveiller de là, abrités par les broussailles, le passage des ennemis sur la route. Ils virent d'abord passer une file de camions qui poursuivaient leur route bien qu'en partie avec des pneus crevés. Après un certain intervalle, une auto fermée et de grosse cylindrée, d'un type en général réservé aux officiers d'un haut grade, fila rapidement et sans dommage sous leurs yeux. Mais il ne s'était pas écoulé une demi-minute quand à distance, vers le sud, on entendit un violent crépitement de mitraille suivi d'un grand fracas, après quoi ce fut le silence. Ce devaient être les gars d'Asso qui venaient de travailler. Une grande excitation s'empara des trois camarades aux aguets sur le talus, leurs mitraillettes prêtes à tirer. A ce moment passait en dessous d'eux une camionnette découverte, bondée de soldats dont les casques métalliques brillaient sous la pluie. Immédiatement, les trois gars firent feu à l'unisson, visant en premier l'homme qui était au volant. Et ils continuèrent de tirer sans plus détacher le doigt de la détente, cependant que la camionnette criblée de balles et démantibulée, tanguait, après une embardée sur la chaussée glissante, vers le bord opposé de la route. Au moment même où, du véhicule, on commençait à tirer en désordre, on vit

445

deux corps en tomber à la renverse sur l'asphalte. Comme dans un dancing de carnaval, les fils rouges des projectiles traçants se croisaient dans l'air strié par la pluie. Soudain, de la camionnette s'élevèrent des flammes qui illuminèrent les corps des Allemands inanimés sur la route : même défigurés, on reconnaissait des jeunes des derniers recrutements. La carcasse de la camionnette dansa un peu sur un flanc et puis s'arrêta. Il en vint encore quelques suprêmes coups de feu, que fit aussitôt cesser une rafale définitive d'en haut du talus ; cependant qu'il en sortait encore des voix délirantes ainsi que quelques murmures de *Mutter Mutter* au milieu d'autres mots incompréhensibles. En même temps le feu faisait rage ; et finalement cette ferraille râlante et spasmodique se tut. Outre la canonnade ininterrompue provenant de la mer, on n'entendait plus que le souffle des flammes et un crépitement de matériaux en train de brûler, et l'aboiement angoissé d'un chien de garde, dans les oliviers et les vignes.

Dans les ténèbres, sur le talus, les trois partisans s'interrogèrent à voix basse. « Quat ?... Decimo ?... Negus ?... » « Oui... Oui... oui... » A ce moment-là, du nord, un vacarme de chenilles signalait l'arrivée de blindés sur la route ; et les trois gars s'éloignèrent précipitamment du talus, fuyant ensemble vers les terrains situés derrière, entre les rangées de vigne et les fossés, et sous l'eau qui tombait à verse du ciel.

Ce fut seulement quand ils se furent enfoncés dans les terres de trois ou quatre cents mètres environ, que Négus et Decimo s'aperçurent que Quat n'était plus à côté d'eux. Mais ils supposèrent que, trompé par l'obscurité, il avait pris une autre direction ; et maintenant, du reste, il était trop tard pour aller à sa recherche. La colonne de blindés avait fait halte devant la camionnette. Déjà, on entendait sur la route les pas de souliers à clous, cependant que commençaient à retentir des appels et des ordres en allemand au milieu des rameaux embrouillés des vignes humides et à la lueur des lanternes sourdes. Retenant leur souffle et rampant à plat ventre dans la boue, Négus et Decimo réussirent à s'insinuer dans une cannaie et, ensuite, ayant traversé à gué un étang, ils se retrouvèrent dans un bois où, déjà, les bruits de la chasse qui les poursuivait, arrivaient atténués et désorientés. Haletants, à voix basse, ils tentèrent encore d'appeler : « Quat... Quat... », sans obtenir la moindre réponse. Et ils se remirent à fuir; jusqu'au moment où, ruisselants de pluie et de sueur, livides et essoufflés, ils arrivèrent dans une vallée où il y avait quelques maisonnettes sans lumière, définitivement hors d'atteinte de la meute.

Durant l'ultime phase du duel avec la camionnette et alors que celle-ci avait déjà ses ultimes sursauts, Quat avait eu la poitrine transpercée par un projectile; mais il n'avait ressenti aucune douleur, pas plus que si on lui avait donné un coup de poing; aussi avait-il attribué ce choc à un fragment de caillou ou à un grumeau de terre repoussés par la mitraille; et cette sensation n'était même pas parvenue à sa conscience, tant elle avait été éphémère. Il n'avait même pas lâché sa mitraillette (au contraire, il se l'était remise en bandoulière) et il s'était hâté de fuir avec les autres, se laissant glisser avec eux en bas du talus. Mais arrivé en bas, il s'était soudain senti défaillir et incapable de faire un pas de plus. De fait, c'est là même, aux pieds du talus, que ses camarades retrouvèrent dans la suite son petit casque colonial. Et Négus se rappela avoir entendu derrière lui, alors qu'il s'enfuyait de là, un gémissement, mais si faible qu'on ne pouvait s'y arrêter même par la pensée.

Quat, resté seul en arrière, s'était plié en deux, les genoux dans l'eau. Et cependant que sa conscience s'obscurcissait, ses muscles lui avaient pourtant obéi pour le geste instinctif de déposer la mitraillette dans l'herbe, au sec (relativement), avant de s'étendre là où il se trouvait, comme s'il s'était couché dans son lit. Et il s'était abandonné ainsi dans le noir, la tête dans l'herbe boueuse et le reste de son corps dans une mare, cependant que ses deux camarades inconscients poursuivaient leur course.

Il était déjà en agonie. Et il ne savait plus si c'était la nuit ou le matin, ni où il se trouvait. Au bout d'un intervalle de temps qui n'était plus calculable pour lui, il vit soudain une grande lumière : celle de la lampe portative d'un Allemand qui l'éclairait en plein visage. Derrière ce premier Allemand, il en apparut aussitôt un autre ; mais Dieu sait qui il a cru reconnaître dans ces deux formes gigantesques avec leurs casques de métal et leur tenue léopard maculée. Il fit un petit sourire timide et content, et dit : « Bonjour. » Pour toute réponse, il obtint un crachat en pleine figure, mais il est probable qu'il ne s'en soit pas aperçu. Peut-être était-il déjà mort ou peut-être à ses derniers soupirs. Les deux militaires l'empoignèrent, l'un par les bras et l'autre par les pieds, et escaladant rapidement le talus, ils le jetèrent de là-haut au centre de la route située en dessous. Puis ils se hâtèrent de gagner par un petit sentier latéral l'endroit où arrivaient déjà leurs autres camarades de retour de leur chasse infructueuse. Les cadavres des deux Allemands avaient été enlevés ; de la carcasse noire de la camionnette, qui se tordait vers le précipice, montaient encore quelques petites flammes et il en provenait une odeur répugnante et atroce. Un ordre fut crié deux fois et la colonne motorisée s'ébranla, passant sur le petit corps de Quat qui était là, les bras un peu écartés du corps, la tête renversée en arrière à cause de son havresac et avec, encore, aux lèvres ce petit sourire confiant et calme. Le premier des véhicules eut un léger soubresaut qui, déjà, au véhicule suivant, fut moins perceptible. La pluie continuait de tomber, mais moins fort. Quand le dernier véhicule fut passé, il devait être environ minuit.

De son vrai nom, Quattro s'appelait Oreste Aloisi, et, né dans un village voisin de Lanuvio, il n'avait pas encore dix-neuf ans. Son père possédait dans ce village un lopin de vigne et une maison de deux pièces, l'une au-dessus de l'autre, avec une petite cave pour les barriques ; mais depuis des années déjà, ayant pris la décision d'émigrer, il avait cédé en location cette propriété.

Une autre morte de ces journées, ce fut Maria, qu'Asso appelait Mariulina et que les camarades connaissaient en général sous le nom de *la petite rouquine*. Elle fut prise avec sa mère dans un ratissage, et parce qu'elle avait peur de mourir, elle trahit ; mais sa trahison fut inutile aussi bien pour elle que pour les Fritz.

Vers le soir, trois ou quatre militaires allemands s'étaient présentés chez elle. Ils venaient là, en réalité, parce que l'endroit avait été signalé ; mais, au début, peut-être pour s'amuser, ils invoquèrent un prétexte innocent, et s'avançant avec désinvolture, ils demandèrent du vin. Et Mariulina, sans même se lever de son siège, tendant en avant son menton dans un mouve-

449

ment de mépris, leur répondit qu'elle n'en avait pas. Alors, ils s'écrièrent : *Perquisitzion perquisitzion* et sur-le-champ, au milieu des hurlements de la mère de Maria, ils commencèrent à tout mettre sens dessus dessous dans la maison, laquelle, du reste, se composait d'une seule pièce avec, contiguë, une petite écurie pour le mulet. D'un coup de pied ils renversèrent le buffet, mettant en miettes la vaisselle qu'il contenait (au total cinq ou six objets, entre les assiettes et les écuelles, les deux verres et une poupée de porcelaine). Ils fracassèrent la glace ; et ayant trouvé deux fiasques de vin derrière le lit, ils déchirèrent les draps, brisèrent le cadre contre le mur et, ensuite, forcèrent les deux femmes à boire de ce vin, pour leur tenir compagnie. Maria qui avait assisté à toute cette scène debout, immobile et sans mot dire, les sourcils froncés, quand ils lui ordonnèrent de boire se mit sur-le-champ à ingurgiter le vin à la régalade, d'un air exagérément canaille, comme si elle avait été au cabaret. Mais sa mère, qui se traînait au milieu des débris à moitié à quatre pattes et en faisant avec les bras des mouvements désordonnés, comme si elle avait nagé, ne se sentait pas le courage de boire ; aussi avalait-elle et recrachait-elle, tout entière souillée d'un mélange de salive, de vin et de poussière. Et là-dessus, elle s'essoufflait à expliquer à ces individus qu'elle était une pauvre veuve, etc., etc. Cependant que Maria, avec un sourire dédaigneux et glacial, la réprimandait : « Oh, quoi, m'man, ferme-la ! qu'est-ce que t'espères ? De toute manière, ceux-là te comprennent pas. »

En réalité, l'un d'eux comprenait un peu l'italien et le parlait avec effort ; mais en estropiant les mots de façon si comique que Mariulina, déjà à moitié ivre, lui riait au nez. Au lieu de *bere* (boire), ce type disait *trinchere*, et Maria lui répliquait comme parlant à un idiot : « Et trinque et tranque ! Trinque, toi, et je trinquerai. »

Sur ces entrefaites, la nuit était venue. La lampe à acétylène avait été démolie avec le reste, et les Allemands allumèrent leurs lampes portatives aussi grosses que des phares et, en braquant les rayons sur le visage des deux femmes, ils les invitèrent à les conduire dans l'écurie et dans les autres cagibis. Dans l'écurie, ils trouvèrent le mulet Zi' Peppe, de l'huile et encore du vin, et ils décrétèrent : *réquisitsionné ! réquisitsionné !* Là-dessus, dans une petite grotte à demi enterrée, ils découvrirent sous un tas de fagots et de pommes de terre des petites caisses de munitions et des grenades. Alors, vociférant en allemand, ils les ramenèrent brutalement dans la maison et les collant contre le mur, ils se mirent à crier : « Partisans ! Bandits ! Où ça, partisans ? nous trouver ! vous parler ou vous mort ! » Il semblait, à les entendre, qu'ils proposaient une alternative. Et la mère de Mariulina, qui, maintenant, s'était mise à se lamenter en une longue note faible et invariable, se tourna, suppliante, vers sa fille : « Parle, ma fille, parle ! » Par une sorte de prudent opportunisme, elle s'était tenue, bien que s'en doutant, dans l'ignorance absolue des activités de sa fille dans la guérilla. Et à présent, elle était inerte et ne sachant plus que faire, à ces quelques centimètres du mur.

« Moi rien savoir ! Nein ! NEIN !! » proclama Mariulina, en secouant avec une extrême violence sa tête rouquine. « Le cas échéant, nie, nie tout ! » lui avait inculqué Asso. Mais aussitôt qu'elle vit un pistolet se braquer sur elle, ses lèvres pâlirent et ses grands yeux d'une claire couleur d'épi, presque rose, s'écarquillèrent, épouvantés. Elle n'avait peur ni des serpents, ni des chauves-souris, ni des Allemands ni de personne. Mais elle avait une peur énorme des squelettes et de la mort. Elle ne voulait pas mourir.

A ce moment-là, elle ressentit dans les reins un petit spasme chaud, qui semblait lui dissoudre avec douceur les jointures, relâchant vers le bas le poids de son corps. Et brusquement elle rougit, serrant étroitement les cuisses et jetant un coup d'œil sur ses pieds qu'un flux soudain et violent de sang menstruel salissait déjà. Devant cet incident qui la surprenait, imprévu, en présence de tous ces jeunes gens, de la honte se mêla à sa peur. Et balançant entre la honte et la peur, essayant de cacher ses pieds et, en même temps, de nettoyer le sol mouillé avec la semelle de ses godasses, tremblant tout entière comme un roseau, elle dit tout ce qu'elle savait.

En réalité, elle ne savait pas grand-chose. Les guérilleros, conscients que c'était une fillette et qu'elle n'avait même pas seize ans, ne lui avaient confié que l'indispensable, et pour le reste ils l'avaient laissée dans l'ignorance ou peut-être lui avaient raconté des blagues. Par exemple, Assodicuori, son « fiancé », lui avait révélé en secret qu'il s'appelait en réalité Luiz de Villarrica y Perez, et qu'il avait un frère nommé José de Villarrica y Perez (dit Useppe) : nés l'un et l'autre dans une quelconque pampa argentine (au milieu des caballeros, des caballos, etc.), et autres histoires du même genre. Bref, en très grande partie, elle ne connaissait ses voisins guérilleros que de vue et par leurs surnoms. Elle ne connaissait le nom, la famille et l'adresse que de : 1) Occhiali, le chef du groupe, résidant à Albano et actuellement blessé à une jambe, mais qui, ces jours-là, à cause de l'évacuation forcée de la ville d'Albano à la suite des bombardements, avait été transporté Dieu sait où ; 2) Quat, c'est-à-dire Aloisi Oreste, qui était mort ces jours-là (alors que ses frères étaient dispersés sur un front quelconque, et que ses parents, des ouvriers agricoles qui avaient jadis émigré en quête de travail et qui étaient revenus au pays, végétaient dans une baraque d'une localité non définie ; 3) et, enfin, un certain Oberdan, de Palestrina, qui actuellement de retour dans cette ville, dormait avec ses concitoyens dans les grottes, au milieu des ruines de ladite ville. Mais aucune nouvelle de tous ces récents événements ne pouvait encore être parvenue à Mariulina.

Quant au renseignement qui intéressait surtout les Allemands, c'est-à-dire l'emplacement du refuge où se cachaient les camarades, le dernier endroit certain dont Mariulina eût connaissance, c'était la petite ferme en maçonnerie dans laquelle le commandement de la *Libera* s'était transféré avec l'hiver, abandonnant la cabane des premiers temps. Mais la *rouquine* ignorait que, récemment, les gars avaient aussi déserté ce lieu, se déplaçant sans domicile fixe d'une colline à l'autre, pour échapper aux ratissages allemands ; ni, du reste, que, maintenant, s'étaient interrompues les liaisons non seulement de *sa* bande avec elle, Mariulina, mais les liaisons entre elles de toutes les bandes qu'il y avait naguère dans les alentours (bandes qui, à la vérité, étaient toujours restées comme des bandes-fantômes, sans lieux précis ni distinction...) ; et que, pendant qu'elle en parlait, ignorante, en dernier les camarades d'Asso s'étaient séparés et dispersés ; et qu'enfin, son Asso était parti avec Piotr, pour leur aventureuse traversée du front.

Une fois terminée la confession de Mariulina, sa

mère et elle furent malmenées et jetées par terre par leurs hôtes qui, devenus lubriques, les violèrent ensuite à tour de rôle. Un seul d'entre eux ne participa pas à cette dernière violence, bien que, par contre, il se soit défoulé encore plus que les autres en les brutalisant, y semblant presque incité par une sorte d'extase à l'envers. C'était un gradé d'environ trente ans, au visage de vieillard, avec des rides transversales qui donnaient à sa physionomie quelque chose de torturé, et à l'œil fixe et incolore de suicidé.

Cette orgie précipitée et rudimentaire fut accompagnée d'autres rasades du vin réquisitionné dans l'écurie. Et alors, Mariulina qui, en réalité, jusqu'à cette soirée, n'avait jamais bu plus d'un verre, se saoula pour la première fois de sa vie. Mais au fond, sa beuverie n'avait pas été excessive ; aussi son ivresse fut-elle de celles qui ne rendent pas malade, mais qui, au contraire, ont un effet magique quand on a seize ans et que les canaux du corps sont sains et frais. A peine remises debout, les deux femmes furent de nouveau poussées dehors et invitées à guider la patrouille vers la ferme indiquée par Maria. Lorsqu'ils se mirent en marche, cette dernière eut la sensation évidente que d'autres hommes armés surgissaient de la nuit environnante, formant autour d'elles deux une petite foule ; mais ce fait, dans son humeur présente, n'éveilla en elle ni alarme ni étonnement. Tout lui paraissait une scène inoffensive, comme les figures d'une danse. La ferme se trouvait à cinq ou six kilomètres de distance, sur l'autre versant de la vallée que, environ trois mois plus tôt, Nino et Useppe avaient regardée d'en haut avec les jumelles. La nuit n'était pas très froide, il ne pleuvait pas et la boue des jours précédents avait en partie durci sur les sentiers. Le haut des collines était

454

couvert de brume, mais, au-dessus de la vallée, quelques nuages mobiles, aussi légers et flous que des rubans, laissaient à découvert de vastes espaces étoilés. Du côté de la mer, les artilleries tonnaient presque sans interruption, et des lueurs étincelantes et des signaux s'allumaient et s'éteignaient dans la brume. Mais cette nuit-là, ce bruyant spectacle qui depuis plus d'une semaine accompagnait continuellement l'existence dans la vallée, ne faisait pas plus d'effet qu'une lointaine tempête en mer. La plus âgée des deux femmes (à la vérité, elle n'avait même pas 35 ans) était abrutie et titubait, comme sur le point de défaillir ; aussi les militaires de l'escorte la faisaient-ils avancer de force, la poussant par les épaules ; tandis que la plus jeune, tout entière réchauffée par le vin, était comme portée par une excitation passive, ne pensant à rien. A cause de sa fonction de guide, elle marchait en tête de l'expédition, à quelques pas de sa mère qui, encadrée comme une prisonnière, suivait avec le reste de l'escorte. Vêtue de sa petite robe noire et vu sa petite taille, elle disparaissait à la vue entre ces deux soldats gigantesques ; mais Mariulina ne se retournait même pas pour la chercher des yeux, tant tout alentour lui semblait inoffensif et fantastique, l'aliénant et pourtant lui donnant confiance. Habituée comme elle l'était à ces chemins, elle avançait, débraillée et aussi insouciante qu'un petit animal, et, même, à certains moments, obéissant à sa vivacité habituelle, elle bondissait en avant des soldats. La honte, sa peur et même l'ennui d'être physiquement souillée se fondaient dans le seul plaisir étourdi de son corps en mouvement, comme si elle avait dansé. Et elle ne s'apercevait pas que ses cheveux emmêlés et en désordre lui tombaient sur le visage, ni que son pull

déchiré lui laissait la poitrine à moitié nue ; jusqu'à la
sensation du sang entre ses jambes ou de la salive dans
sa bouche qui provoquait en elle un sentiment d'affectueuse chaleur. Le paysage familier accourait docilement à sa rencontre ; alors que le point d'arrivée lui
semblait loin, très loin, livré à l'infini comme les petits
nuages qui couraient dans le ciel. Et entre-temps
s'amusant grâce à des sensations passagères, elle
suivait avec curiosité la petite vapeur des haleines dans
l'air ou le jeu des ombres sur le sol. A un certain
moment, entre les Castelli et la mer, on vit monter par
centaines vers le ciel des petits ballons lumineux de
toutes les couleurs. Ils restèrent d'abord en suspens,
dessinant comme des épis ou des bouquets de palmiers, puis ils descendirent en cascade, défilant à
travers le ciel en un long collier multicolore ; et
finalement ils se fondirent en un grand finale qui de
son unique éclair blanc illumina la campagne tout
entière. Tournant des yeux écarquillés vers ce spectacle, Mariulina fit une embardée et trébucha ; et il lui
sembla que le militaire qui était à côté d'elle, en faisant
un geste pour la soutenir, l'avait serrée contre lui. Le
regardant du coin de l'œil, elle le reconnut. C'était
celui qui l'avait violée en dernier, l'arrachant avec
arrogance à celui qui l'avait précédé ; et en le revoyant,
elle fut convaincue qu'il ne s'était pas comporté avec la
brutalité grossière des autres. C'était un beau garçon,
aux traits irréguliers, aux narines frémissantes, aux
lèvres retroussées si bien qu'elles semblaient toujours
sur le point de sourire, et aux yeux petits d'un bleu
clair avec des cils dorés, courts et durs. « Il doit avoir
le béguin pour moi », se dit Mariulina, « pour ne pas
avoir été dégoûté par moi, là-haut à la maison, alors
que j'ai mes... » (Quand elle avait ses règles, Asso, son

456

premier et seul amant, se détournait d'elle.) Et dans un geste spontané, elle appuya sa tête contre la poitrine de ce garçon. Celui-ci la regarda du coin de l'œil, d'un air indécis et fuyant, mais presque gentil. Quelques instants plus tard, en bas, au milieu des dépressions de la colline, à environ deux cents mètres de distance, on aperçut la maison qu'ils cherchaient.

Le petit bâtiment blanchâtre et sans fenêtres de ce côté-là, avec son toit en mauvais état et sa petite porte fermée, semblait placé de travers sur le sol inégal. Impulsivement, Mariulina s'élança en avant, comme pour courir vers Assodicuori l'attendant là-bas comme d'habitude, déjà prêt à l'accueillir, la bouche débordante de petits baisers, sur son petit lit branlant. Mais des bras étrangers l'immobilisèrent, en même temps que des voix menaçantes l'interrogeaient en allemand. « Ja, ja, oui, oui... », balbutia-t-elle, éperdue ; cependant que tout à coup elle se dégageait, ouvrant tout grand les yeux dans un regard glacé et épouvanté. « M'man ! M'maaan ! » appela-t-elle en se tournant vers l'arrière à la recherche de sa mère et éclatant en des pleurs d'enfant. Et ce fut seulement au bout d'un instant qu'elle entendit la voix de sa mère qui à son tour l'appelait : « Maria ! Marietta ! » d'un point quelconque, très proche d'elle mais imprécis, quelque part entre ces militaires qui les serraient entre eux l'une et l'autre, en descendant tête baissée le talus en direction de la masure. Leurs lampes sourdes fouillaient l'obscurité ; mais on ne voyait pas l'ombre d'une sentinelle dans les parages et l'on n'entendait pas d'autre bruit que celui de leurs propres pas. Tous sur le pied de guerre, leurs mitraillettes braquées, ils se postèrent quelques-uns à l'extérieur, dans les oliviers, cependant que deux ou trois d'entre eux faisaient le tour de la masure et que d'autres se plantaient devant la porte. A l'arrière de la maison, l'unique petite fenêtre de celle-ci était grande ouverte ; et l'un des Allemands, avec sa lampe explora, circonspect, l'intérieur, tout en mettant une main sur les grenades suspendues à son ceinturon et en grommelant en allemand un commentaire, cependant qu'au même instant, ses camarades qui étaient sur le devant, abattaient la petite porte à coups de pied et de crosses de fusil. Sous les faisceaux éblouissants des rayons des lampes, l'intérieur de ce taudis s'avéra inhabité et dans un total abandon. De la paille que les pluies entrant par la fenêtre ouverte avaient pourrie était éparse sur le pavement ; et il n'y avait pas d'autres objets qu'un petit lit métallique, sans matelas ni couvertures, dont l'un des pieds manquant avait été remplacé par une pile de briques, et un sommier métallique sur lequel il y avait un matelas de crin étriqué et trempé de pluie. Sur ce matelas, il y avait une gamelle percée ; sur le sol, le manche cassé d'un couvert en étain ; et accroché à un clou, un fragment de chemise déchiré et maculé de noirâtre, comme s'il avait servi à bander une blessure. Rien d'autre ; pas la moindre trace d'armes, non plus que de victuailles. L'unique signe de vie récent, c'était dans un coin un tas de merde pas encore sèche, déposée là par Asso et ses camarades comme affront aux probables ratisseurs, comme le font certains malfaiteurs nocturnes devant le coffre-fort qu'ils ont crocheté.

De plus, sur les murs humides et crasseux, on lisait d'énormes inscriptions au charbon encore fraîches : VIVE STALINE, HITLER KAPUT, À LA PORTE LES BOURREAUX ALLEMANDS. De même que sur les murs extérieurs de la maison, au-dessus d'une précédente inscription fasciste : VINCEREMO (Nous vaincrons) avait été ajouté récemment en lettres beaucoup plus grosses : NOI (Nous autres).

C'est là que, deux jours plus tard, des gens de la campagne trouvèrent les cadavres de Mariulina et de sa mère : criblés de projectiles, fendus jusqu'au vagin, le visage, les seins et tout le corps tailladés à coups de couteau ou de baïonnette. Elles avaient été jetées sur le sol à distance l'une de l'autre, de chaque côté du local désert. Mais en l'absence de parents ou d'amis pouvant s'occuper de leurs funérailles, elles furent enterrées ensemble dans un même trou du sol, près de la masure. Dans la suite de ses jours mouvementés, Ninnuzzu ne devait jamais plus penser à revenir dans ces lieux ; et il est à supposer qu'il n'a jamais dû apprendre ni la mort de Mariulina ni sa trahison.

2

Après la visite du patron Remo, la nuit même, quand tout le monde dormait, Ida, derrière son rideau, à la lueur d'une bougie, décousit à l'endroit indiqué le matelas, prenant garde de ne pas réveiller Useppe qui était couché dessus, endormi. Fouillant dans la laine, elle en tira une petite liasse de dix billets de mille, ce qui pour elle, particulièrement à ce moment-là, représentait une fortune énorme. Et aussitôt, elle les rangea dans son habituel vieux bas qu'elle remit ensuite en sécurité là où il était avant. La nuit, pour sa tranquillité, elle mettait son précieux corset entre les deux matelas ; mais cela ne suffisait pas à la garantir contre les manœuvres de ses cohabitants réfugiés, qui lui faisaient tous l'effet de voleurs et d'assassins, la maintenant dans un continuel état de peur. A présent, il lui venait une certaine nostalgie des Mille, lesquels, même si le chahut qu'ils faisaient la mettait au supplice, en compensation aimaient bien Useppe. Ignorant leur sort à la suite des récentes destructions des Castelli, elle les revoyait maintenant à cause de cela sous un aspect ambigu, entre la forme de vivants et celle de fantômes. Et un souffle de panique, plus fort que sa nostalgie, lui serrait la gorge quand elle traversait la grande salle que parcouraient encore leurs larves indécises — et qui était envahie actuellement par des masques changeants et inquiétants — et où, dernier point de désolation, l'angle naguère occupé par le Fou était usurpé par des étrangers et où, à part la cage vide des canaris, il ne restait plus le moindre souvenir de lui. Bien que, quand il était vivant, elle ne lui ait jamais adressé plus de deux ou trois mots (« Excusez-moi »... « Ne vous dérangez pas »... « Merci »...), à présent elle était angoissée à la pensée de l'injustice qu'il y avait à avoir empêché ce petit être guilleret de déambuler et de s'affairer, son chapeau sur la tête. Et, à la vérité, elle eût été heureuse de le voir revenir dans la grande salle pour qu'il lui dise que l'histoire de sa mort était une blague, même si cela la forçait, en conséquence, à lui restituer les dix mille lires.

Celles-ci, du reste, entre autres avantages, l'aidèrent à s'enfuir de la grande salle. Ces jours-là, évidemment, étaient de ceux où elle avait une sorte de chance pour elle. A la Paierie, où elle se rendit comme d'habitude pour toucher sa mensualité, elle rencontra cette fois-là une des ces collègues âgées. Laquelle, en la voyant si éperdue, lui proposa un changement de domicile aussi immédiat que convenable. Elle savait que la famille de l'un de ses élèves des cours du soir se disposait, par besoin, à sous-louer la petite chambre de celui-ci, parti en 42 pour le front russe. Le loyer demandé était minime, parce que la mère de ce garçon ne voulait pas débarrasser la chambre de son fils, mais la laisser telle quelle avec toutes ses affaires en place jusqu'à son retour : si bien que pratiquement la location se réduisait à celle du lit. Mais cette petite chambre était ensoleillée et propre, et il y avait en plus l'usage de la cuisine. Et trois jours plus tard, Ida et Useppe dirent adieu à Pietralata. Cette fois, leur déménagement fut un véritable déménagement, avec une carriole, car, en plus du petit baluchon, de l'huile, des jarosses et des bougies, ils emportèrent aussi l'héritage d'Eppetondo : le matelas de vraie laine et la cage vide des Peppinielli.

Un autre avantage de cette nouvelle habitation était qu'elle se trouvait Via Mastro Giorgio, au Testaccio, à quelques pas de l'école d'Ida et de sa collègue âgée. Présentement, à la vérité, le bâtiment de l'école était réquisitionné à des fins militaires, et les classes avaient lieu dans d'autres locaux, au Gianicolense : mais la distance du Testaccio au Gianicolense n'était pas insurmontable, comme elle l'était naguère de Pietralata. Et ainsi Ida put reprendre son activité d'enseignante. Et pour elle, ces jours-là, ce fut une grâce spéciale : car le fait d'être exilée de son école s'entortillait, dans ses peurs, à sa culpabilité raciale.

Et néanmoins, il lui semblait à peu près impossible que le vice de son sang mêlé, maintenant qu'il était même dénoncé sur les ordonnances et surveillé par les polices, ne soit pas lu sur son visage. Quand l'un de ses

461

élèves levait sa menotte pour poser une question, elle sursautait et rougissait, dans la crainte que la question soit : « C'est vrai, signora maestra, que tu es à moitié juive ? » Quand on frappait à l'extérieur de la porte de sa classe, elle se sentait déjà défaillir, s'attendant à une visite de la police ou, pour le moins, à une convocation du directeur pour lui annoncer qu'à partir d'aujourd'hui elle était dispensée de faire sa classe, etc., etc.

Le Testaccio n'était pas un quartier de la périphérie comme San Lorenzo. Bien qu'habité lui aussi en majorité par la classe ouvrière et populaire, quelques rues seulement le séparaient des quartiers bourgeois. Et les Allemands, qui fréquentaient rarement Pietralata et le Tiburtino, s'y rencontraient plus nombreux. Leur présence transformait pour Ida son parcours quotidien en une piste tournante où, cible dérisoire, elle était signalée par des phares, poursuivie par des pas d'acier et cernée par des croix gammées. De nouveau, comme autrefois déjà, les Allemands lui paraissaient tous pareils. Finalement elle avait renoncé à sa chimérique anxiété de reconnaître peut-être un jour ou l'autre, sous l'un de ces casques ou de ces calots les yeux bleus désespérés qui lui avaient rendu visite à San Lorenzo en janvier 1941. Maintenant, ces soldats lui apparaissaient, tous autant qu'ils étaient, comme des exemplaires identiques d'un mécanisme suprême, inquisiteur et persécuteur. Leurs yeux étaient des projecteurs et leurs bouches des mégaphones prêts à crier à très haute voix sur les places et dans les rues : *Sus à la métisse !*

De son nouveau quartier, quelques centaines de mètres la séparaient du Ghetto. Mais, au cours de ses retours quotidiens, elle évitait toujours le passage du Ponte Garibaldi, par-delà lequel on pouvait voir la forme trapue de la Synagogue ; forme qui lui faisait détourner le regard et lui donnait une sensation de lourdeur dans les jambes. Rangé dans son sac, il y avait toujours ce billet qu'elle avait reçu du train des déportés à la Stazione Tiburtina et dont elle ne s'était jamais souciée de chercher le destinataire. On savait que les Juifs du Ghetto qui avaient survécu, ayant échappé par hasard à la razzia du 16 octobre, avaient presque tous réintégré leurs domiciles de l'autre côté du Tibre, faute d'autre endroit où aller. L'un des survivants, parlant d'eux dans la suite, les comparait à ces animaux marqués qui rejoignent, dociles et confiants, l'enceinte de l'abattoir, se tenant chaud l'un à l'autre avec leurs haleines. Et cette confiance fait qu'on les juge inconscients ; mais le jugement des étrangers (notait cet homme) n'est-il pas souvent inepte ?

Ida avait peur de ce petit quartier en état de siège : et cela d'autant plus parce qu'elle craignait qu'au nombre des survivants de retour dans le quartier, il puisse y avoir la signora Celeste Di Segni. Elle ignorait, en effet, si celle-ci, ce lundi 18 octobre, avait été admise à partir dans ce convoi ou si, par contre, elle était restée à Rome. Et se rappelant que ce matin-là, sur la route de la gare, elle avait été assez folle pour lui chuchoter à l'oreille : *Moi aussi, je suis juive,* elle redoutait plus encore qu'un épouvantail une rencontre avec elle. Actuellement, ce petit chuchotement lui revenait sous la forme d'un sinistre grondement, comme une auto-accusation démente.

En réalité, ce témoin qu'elle craignait avait au contraire obtenu, ce lundi matin, de partir avec les autres Juifs. Et ce n'est qu'après la fin de la guerre, que l'on apprit la suite et la fin de ce départ :

463

La marche du train plombé fut très lente : les prisonniers y étaient enfermés depuis cinq jours quand, à l'aube du samedi, ils débarquèrent au camp de concentration d'Auschwitz-Birkenau, leur destination. Mais ils n'arrivèrent pas tous vivants : et ce fut là une première sélection. Au nombre des plus faibles, qui n'avaient pas résisté à l'épreuve du voyage, il y avait l'une des brus enceinte des Di Segni.

Des vivants, seule une minorité d'environ 200 individus fut considérée apte à servir dans le camp. Tous les autres, au nombre d'environ 850, dès leur arrivée, furent envoyés, inconscients, à la mort dans les chambres à gaz. Outre les malades, les invalides et les moins robustes, ce nombre comprenait tous les vieillards, les fillettes et les garçonnets, les enfants en bas âge et les bébés. Parmi eux il y avait Settimio et Celeste Di Segni, ainsi que leurs petits-enfants Manuele, Esterina et Angelino. Et il y avait aussi, de notre connaissance (en même temps que la signora Sonnino, la mercière, et l'auteur du message adressé à « Efrati Pacificho »), l'homonyme d'Iduzza : Ida Di Capua, c'est-à-dire la sage-femme Ézéchiel.

Pour les 200 qui restaient, réservés à la vie du camp ce samedi de leur arrivée, le voyage commencé le 16 octobre 43 eut, selon leur résistance, des durées différentes. Finalement, des 1 056 qui étaient partis en foule de la Stazione Tiburtina, 15 au total revinrent vivants.

Et de tous ces morts, les plus chanceux furent certainement les 850 premiers. La chambre à gaz est l'unique point de charité du camp de concentration.

Les logeurs d'Ida, qui se nommaient Marrocco,

étaient natifs de la Ciociaria (ils venaient du petit village de Sant'Agata) et il n'y avait que quelques années qu'ils avaient quitté leur masure de montagnards et leurs plantations de lin pour se transférer à Rome. La femme, Filomena, travaillait à domicile comme couturière, chemisière et stoppeuse, et Tommaso, son mari, était brancardier dans les hôpitaux. Leur fils Giovannino, dont Ida occupait actuellement la chambre, était de la classe 1922. Durant l'été 1942, de l'Italie du Nord où il se trouvait avec son régiment, attendant de partir en direction du front russe, le jeune homme avait épousé par procuration Annita, une petite Ciociaria, qui avait grandi près de lui dans les montagnes. Obtenir une permission à cette occasion avait été impossible ; et ainsi, en réalité, les deux jeunes mariés étaient restés seulement fiancés. L'épouse-jeune fille qui avait maintenant vingt ans, était venue depuis peu habiter avec ses beaux-parents, en même temps que le vieux père de Filomena, resté veuf récemment. Avant cela, ils n'étaient jamais sortis, ni l'un ni l'autre, de la Ciociaria.

Tous ces gens se partageaient l'appartement de la Via Mastro Giorgio, lequel se composait en tout de deux pièces, plus une entrée plutôt vaste que Filomena utilisait comme atelier, tandis que la chambre conjugale, avec son armoire à glace, lui servait de salon d'essayage pour ses clientes. Le soir, Annita couchait dans l'atelier sur un petit lit pliant, et le vieux grand-père, à la cuisine, sur un lit de camp.

La chambrette d'Ida et Useppe donnait sur l'entrée et, par une autre porte, communiquait directement avec la cuisine. Grâce à l'exposition au sud de la fenêtre, les jours de beau temps, elle était vraiment pleine de soleil. Et malgré ses minuscules dimensions,

465

comparée au coin derrière le rideau de Pietralata, elle semblait presque un logement de luxe pour Ida.

Le mobilier se composait en tout et pour tout d'un petit lit, d'une armoire d'environ un mètre de large, d'une chaise et d'une petite table qui faisait à la fois office de table de nuit et de bureau. De fait, le propriétaire absent de cette chambrette, qui, quand il était enfant, était arrivé tout juste jusqu'à la huitième, s'était mis, avant d'être appelé sous les drapeaux, à fréquenter les cours du soir (de jour, il travaillait chez un matelassier). Et sur la petite table étaient restés, rangés bien en ordre, ses quelques livres de classe et ses cahiers de devoirs, à l'écriture appliquée mais aussi hésitante et laborieuse que celle d'un enfant.

De même, dans l'armoire il y avait encore, pendu, son trousseau de civil : c'est-à-dire, outre son pull-over dans une housse, son costume des dimanches, en laine mélangée d'un bleu foncé presque noir, très carré d'épaules, soigneusement détaché et repassé ; et sur un cintre adéquat, à côté de la housse, sa chemise la plus fine, de linon blanc. Ses deux autres chemises, plus ordinaires, celles de tous les jours, étaient, par contre, dans l'un des tiroirs du bas de l'armoire, ainsi qu'un pantalon de qualité moyenne, quatre slips, deux tricots, quelques mouchoirs et quelques chaussettes de couleur reprisées. En outre, sur le rayon du bas de l'armoire, il y avait une paire de souliers quasi neufs et ses chaussettes des dimanches, elles aussi quasi neuves. Et sur une ficelle tendue à l'intérieur de la porte, il y avait une cravate en rayonne, à petits carreaux bleus et blancs.

Dans l'un des angles de l'armoire, étaient aussi rangées deux petites brochures : l'une était intitulée *Nouvelle Méthode pratique pour apprendre à jouer de la*

GUITARE *sans maître et sans connaître la musique;* et l'autre, *Méthode Éclair de* MANDOLINE. Mais il n'y avait trace ni de mandoline ni de guitare. Le seul instrument de musique existant dans ce lieu, c'était dans le tiroir de la table de nuit-bureau l'un de ces petits chalumeaux de roseau taillés avec un couteau, dont ont coutume de jouer les petits paysans en gardant les chèvres. De fait, Giovannino (comme le soulignait toujours avec orgueil Filomena, sa mère) avait, dès son plus jeune âge, la passion de jouer de la musique; mais en dehors de ce genre de chalumeau, il n'avait jusqu'à maintenant jamais possédé d'autre instrument.

Pour terminer cet inventaire, il y avait sous le lit ses souliers de tous les jours ressemelés plusieurs fois mais dont l'empeigne était usée. Et pendu à une patère derrière la porte, il y avait un blouson tout râpé, en imitation cuir. C'était là tout ou presque tout ce que contenait cette chambrette.

Il n'y avait ni petits journaux, ni magazines illustrés, ni portraits de vedettes de cinéma ou de footballeurs comme dans la chambre de Ninnarieddu. Les murs, tapissés de papier peint à bon marché, étaient entièrement nus : si l'on excepte un calendrier réclame, de ceux à douze feuillets, encore de l'année 1942, orné de photos de propagande de réalisations du régime fasciste.

Ni là ni ailleurs il n'existait de l'absent propriétaire de la chambrette la moindre photographie seul. Sa mère en avait bien deux à montrer, mais c'étaient des photos de groupe et aussi bien l'une que l'autre ne disaient pas grand-chose. La première, prise probablement par un quelconque photographe amateur de village, le représentait encore gosse avec une dizaine

467

d'autres petits paysans de son âge, à l'occasion d'une cérémonie de confirmation; et dans ce groupe confus et flou, c'est à grand-peine qu'on l'isolait et que l'on distinguait qu'il était svelte, plutôt blondinet, qu'il était coiffé d'une casquette et qu'il riait. Et la seconde photo, apportée par un soldat de retour du front qui l'avait rencontré en Russie, était un petit instantané, représentant un paysage de broussailles avec, au fond, une bande d'eau. Au premier plan, on voyait un gros poteau de biais, qui traversait de bas en haut tout le paysage; et à gauche de ce poteau, au premier plan, l'arrière-train d'un mulet, près d'un petit homme emmitouflé, des bandes molletières aux jambes, mais qui n'était pas Giovannino. A droite du poteau, par contre, mais plus au second plan, on voyait des silhouettes sombres, toutes en tas et fagotées, si bien qu'on ne reconnaissait même pas que c'étaient des militaires et non des civils, pas plus qu'on n'aurait pu dire s'ils avaient des casques sur la tête et non, plutôt, des sortes de petits chapeaux mous. Parmi ces silhouettes, il y avait la sienne; mais il n'était vraiment pas possible de le repérer ni, même, d'indiquer en quel point précis de ce tas il se trouvait.

Après avoir pris livraison de la petite chambre — et, à cette occasion, Filomena lui en avait dressé avec soin l'inventaire —, Ida ne se permit jamais plus de rouvrir l'armoire, dont pourtant la porte fermait mal et n'avait pas de clé. Et à ce sujet elle ne cessait pas de faire des recommandations à Useppe, lequel, obéissant, évitait même d'effleurer avec un doigt les biens du propriétaire absent, se contentant de les observer avec un profond respect.

Pour leurs affaires personnelles, Filomena leur fournit une boîte en carton et leur réserva aussi un coin du buffet de la cuisine. Grâce à l'héritage du Fou, Ida, se sentant riche, avait fait l'acquisition de quelques provisions et, en plus, d'un coupon de lainage autarcique, dans lequel la même Filomena tailla une petite salopette pour Useppe. Vêtu de cette salopette, Useppe n'avait plus l'air ni d'un Indien ni de Charlot, mais d'un gnome de dessins animés.

La chambrette n'était certes pas aussi bruyante que la grande salle de Pietralata ; mais là aussi, le charivari était quasi incessant. De jour, du côté de l'entrée-atelier, il y avait le fracas à peu près continuel de la machine à coudre, les voix des visiteuses et des clientes, etc. Et de nuit, il y avait le grand-père arrivé de la Ciociaria, lequel dormait peu, avait souvent des cauchemars et dans les intervalles de veille ne faisait que graillonner. Son long corps maigre et voûté était un puits caverneux de catarrhe qui ne parvenait pas à se tarir. Le vieillard avait toujours près de lui une grosse cuvette écaillée, et quand il graillonnait il émettait des sons d'une extrême angoisse, semblables à ces braiments des ânes, qui semblent dénoncer au silence la douleur totale du cosmos. Pour le reste, il parlait peu, était faible d'esprit et, apeuré par les rues de la ville comme par un siège, ne mettait jamais les pieds dehors. Si par hasard, il se penchait à la fenêtre, il s'en éloignait aussitôt, se plaignant que, là dehors, à Rome, on ne voyait pas le vide. Chez lui, dans la montagne, quand on regardait dehors (lui pour *guardare* (regarder) disait *tr'mintare*), on voyait tant de vide, et ici, par contre, l'air tout entier était plein de murs. La nuit aussi, on l'entendait crier, dans ses cauchemars, sa plainte obstinée à propos du plein ou du vide (« *Tr'mint ! tr'mint !* tout est un mur ! »). Et quand, comme cela arrivait souvent, des coups de feu retentissaient dans la rue, que des avions passaient dans le ciel, ou encore qu'un bombardement dans le voisinage faisait trembler les vitres, il se réveillait chaque fois en sursaut, en poussant une sorte de jappement rauque et désespéré, qui voulait dire : « Me v'là encore réveillé ! » De temps à autre, dans la veille, il répétait : « Oh, m'man, oh, m'man », et, de la même voix d'orphelin, il se répondait lui-même pour sa mère . « Fiston ! fiston qu'est-ce que tu veux ? » Ou bien, plein de compassion pour lui-même, il se qualifiait de « vagabond » et disait qu'il était « vagabond dans sa *pagliarella* » (la *pagliarella* était la hutte de paille où, en dernier, à la montagne, il avait fini par vivre seul). Là-dessus, il se mettait à graillonner avec un tel effort qu'on eût dit qu'il vomissait du sang.

Durant le jour, il restait tout le temps assis sur une chaise à la cuisine, sa cuvette à côté de lui. Son corps efflanqué, tout en os, se terminait par une grande touffe de cheveux blancs hirsutes et sales, sur laquelle, même à la maison, selon l'usage montagnard, il avait toujours son chapeau. Aux pieds, à Rome aussi, il avait des sandales ; mais, du reste, sa marche se réduisait tout entière au parcours de la cuisine aux cabinets et retour. L'objet de son suprême et insatiable désir était le vin, mais sa fille ne lui en accordait que peu.

La fenêtre de la cuisine se prolongeait par un petit balcon couvert, où, les premiers jours, habitait un lapin. Immédiatement, dès son arrivée dans son nouveau logement, Useppe l'avait vu là, qui sautait sur ses longues petites pattes postérieures. Et depuis lors, quand il était à la maison, son plaisir favori était de se poster derrière les vitres du petit balcon pour contempler le lapin. Lequel était tout entier de couleur

470

blanche, avec un peu de rose dans les oreilles et des yeux roses qui semblaient ignorer le monde. Son seul rapport avec celui-ci était une certaine épouvante qui s'emparait de lui, rapide et imprévue (même sans raison apparente), à cause de laquelle il courait se réfugier, ses oreilles tendues en arrière, dans sa maisonnette faite d'une boîte en contre-plaqué. Mais d'habitude il restait couché à l'écart, dans un calme attentif, comme s'il avait couvé des petits lapins ; ou bien il grignotait avec ardeur les trognons de chou que lui fournissait Annita. Un pensionnaire de l'hôpital en avait fait cadeau à Tommaso ; et les Marrocco et, surtout, leur bru Annita (bien qu'accoutumés, à la vérité, en tant que bergers, à l'abattage du bétail) l'avaient pris, Dieu sait pourquoi, en affection, comme s'il avait été une sorte de parent, si bien qu'ils ne parvenaient pas à se décider à le sacrifier pour le manger. Mais, un jour, Useppe qui, tous les matins, aussitôt réveillé, courait au petit balcon, n'y trouva que la seule Annita qui, le visage triste, en balayait les restes de trognons. Le lapin n'était plus là : la famille Marrocco résignée, par nécessité, l'avait échangé contre deux boîtes de viande en conserve.

« ... Et le pinpin, où il est ? »

« Il est parti... »

« Avec qui il est parti ? »

« Avec l'oignon, l'huile et les tomates »... (répondit de la porte Annita en soupirant).

Dans l'atelier, outre Filomena et Annita, il y avait toujours une *piccinina* (petiote), c'est-à-dire une apprentie qui faisait aussi le ménage et les commissions. C'était une Abruzzaine dans les quatorze ans, déjà développée mais si maigre qu'à la place de la poitrine elle avait un creux. Cousant, reprisant ou

471

travaillant à la machine, elle chantait tout le temps
une chansonnette qui disait :

> « ... ma joie, mon tourment
> c'est toi... »

Les trois femmes étaient rarement seules. Quand il
n'y avait pas de clientes, les visites ne manquaient
presque jamais. Tous les jours passait les voir une
femme du quartier, dans les trente-cinq ans, prénommée Consolata, laquelle avait un frère qui était parti à
son tour pour le front russe avec Giovannino, étant du
même régiment que celui-ci, et dont, depuis longtemps, on ignorait aussi le sort. Un type qui, tard dans
la nuit, écoutait Radio-Moscou, avait affirmé, des mois
auparavant, que son nom avait été cité dans une liste
de prisonniers transmise par ladite radio ; mais un
autre type, qui écoutait la même émission nocturne,
disait que le prénom cité par la radio était bien le sien :
Clemente, mais que le patronyme était un autre.

Ces parents qui étaient en Russie constituaient à
peu près l'unique et éternel sujet de conversation de
ces femmes : à tel point qu'elles négligeaient presque
cet autre sujet d'actualité qu'était la disette. De
Ninnuzzu, par contre, dont on était aussi sans nouvelles et qui errait ou se livrait à la guérilla Dieu sait où,
Ida préférait ne pas parler, et, même, par une sorte
d'exorcisme inconscient, elle évitait de penser à lui.
Mais elle tenait toujours au courant de ses déplace-
ments le patron Remo, pour le cas où Nino se
trouverait à repasser par Rome.

Une autre visiteuse des dames Marrocco était une
certaine Santina, qui habitait seule du côté de la Porta
Portese. Elle avait dans les quarante-huit ans, était

plutôt grande et son ossature d'une grosseur excessive faisait que son corps, malgré son extrême maigreur, semblait lourd et encombrant. Elle avait de grands yeux bruns, au regard profond et terne ; et comme la faim avait pour effet de lui faire perdre ses dents et que, sur le devant, il lui manquait une incisive, elle avait dans son sourire un je ne sais quoi de désarmé ou de coupable, comme si, chaque fois qu'elle souriait, elle avait honte de sa laideur et d'elle-même.

Ses cheveux, qui en grande partie blanchissaient, elle les portait dénoués sur les épaules comme une jeune fille ; mais elle n'utilisait ni poudre ni cosmétiques et ne cherchait pas à cacher son âge. Son visage avachi et pâle, aux gros os saillants, exprimait une simplicité fruste et résignée.

Son principal métier, maintenant encore, était celui de putain. Mais elle s'ingéniait à gagner aussi quelques sous en lavant du linge ou en faisant des piqûres chez les habitants du quartier. De temps en temps, elle tombait malade et allait à l'hôpital, ou bien elle était arrêtée par la police ; mais, en général, elle n'avait pas coutume d'exposer ses blessures, et au retour de chacune de ses absences, elle laissait entendre qu'elle était allée *au pays*. Elle disait même qu'au pays elle avait une mère qu'elle devait entretenir. Mais tout le monde savait qu'elle mentait. Elle n'avait plus de parents en ce monde et, en réalité, cette *mère* était son maquereau, un type de plusieurs années plus jeune qu'elle, qui habitait Rome mais se montrait peu avec elle. Il semble qu'il ait habité un autre quartier, et il y avait des gens qui l'avaient entrevu, mais comme une apparition ou comme une ombre sans contours précis.

L'assiduité de Santina chez les Marrocco était surtout due à son don de lire l'inconnu dans les cartes.

Elle avait pour cela une méthode bien à elle, non mentionnée dans les textes de cartomancie, et qu'on ne sait qui lui avait enseignée. Les dames Marrocco ne se lassaient jamais de la consulter au sujet de Giovannino ; et dès qu'elle arrivait, elles débarrassaient en hâte la petite table de travail des chutes, des ciseaux et autres choses qui l'encombraient, pour faire place au jeu de cartes. Leurs questions étaient toujours les mêmes :

« Dis-nous s'il va bien. »

« Dis-nous s'il pense à nous. »

« Dis-nous s'il rentrera bientôt. »

« Dis-nous s'il est en bonne santé. »

« Dis-nous s'il s'inquiète pour sa famille. »

Filomena posait ses questions sur un ton de grande urgence, comme si elle avait sollicité la réponse d'une Autorité très occupée et très pressée ; alors qu'Annita, selon ses manières habituelles de réserve et de mélancolie, les prononçait à mi-voix, la tête légèrement penchée sur l'épaule, ce qui était sa pose coutumière. Son visage ovale, de carnation brune, semblait plus pâle à cause du poids noir de son chignon qui se relâchait lentement tout entier d'un côté. Et quand elle commentait avec sa belle-mère les réponses de Santina, sa petite voix était hésitante et discrète, comme si elle avait craint de déranger.

Santina ne levait jamais des cartes ses yeux lourds et opaques, et elle donnait les réponses sur le ton d'une enfant un peu retardée récitant une prière abstruse. Ses réponses, comme les questions, ne variaient guère d'une fois à l'autre.

« Épées... épées renversées. Froid. Là-bas il fait froid », dit Santina.

« Tu vois ! » reproche Filomena à Annita ; « moi qui

474

insistais toujours pour qu'on lui envoie aussi son chandail dans le paquet! »

« Il nous a écrit qu'il n'en avait pas besoin, et de lui envoyer plutôt d'autres chaussettes et des châtaignes... » s'excuse Annita.

« Mais comme santé, il va bien? Dis-nous ça, dis-nous s'il est en bonne santé. »

« Oui, là, je vois de bonnes nouvelles. Il y a tout près de lui un personnage puissant... une bonne recommandation. Quelqu'un d'important... Roi de deniers... un gradé... »

« C'est peut-être ce lieutenant... comment il disait qu'il s'appelait ce lieutenant, m'man, dans sa lettre...?... » suggère timidement Annita.

« Mosillo! Le Lieutenant Mosillo! »

« Non... non... » Santina secoue la tête. « Roi de deniers... c'est pas un lieutenant... c'est plus que ça! c'est quelqu'un de plus haut placé... Un Capitaine... ou... un Général! »

« Un Général!!!? »

« Et maintenant, là, la Reine et le Deux de coupes... Et le Triomphe! Une femme brune... »

En entendant cela, Annita se détournait pour cacher la tristesse de ses yeux noirs presque au bord des larmes. Au nombre des dangers de la Russie, à ce que tout le monde disait, il y avait aussi les femmes de là-bas qui s'éprenaient des Italiens et les retenant de toutes leurs forces, ne les laissaient plus partir. C'était peut-être là la plus aiguë des diverses douleurs qui déchiraient le cœur de la petite épouse angoissée.

La dernière lettre de Giovannino qu'avait reçue sa famille, était vieille de plus d'un an et datée du 8 janvier 1943. Elle était écrite à l'encre, une encre pâlie d'un noir rougeâtre. Sur l'enveloppe et aussi au début

475

de cette lettre il y avait écrit VINCEREMO (NOUS
VAINCRONS), car on disait que les lettres passaient
avec un simple cachet, sans être contrôlées par la
censure, si l'on y écrivait cette devise.

NOUS VAINCRONS
Russie 8 janvier 1943, XXIe
Très chers Tous les membres de ma Famille
   *je vien par la présente vous faire savoir que je vais bien
comme j'espère Vous Tous de ma famille j'ai passé pas mal la
pifanie je vous fais savoir quici froid ça se dit olodna* (... trois
mots censurés) *le paquet n'est pas arrivé mais vous inquiétez
pas car à noel le gouvernement nous a donné deux tubes dans
leau chaude et pui une vieille Signora russe nous a fait des
beignets que je vous dis les civils ont de la veine car ici le froid
fait tomber les ongles des pieds et des tas de nuits à faire des
barbelés et à cause de la mitraille on creuse et on est souterre
comme les rats et on mange nos pou chers Parents haut le moral
pour ce qui est de vaincre nous vaincrons sijoin mandat de lires
troicenvin chère Mère chère Épouse croyez pas si circulent des
mauvaises nouvelles que lalarmisme habituel* (... cinq mots
censurés) *car biento on sera de retour avec joi car limportant
cest la santé et ici japprend des mots de russe et patates ça se dit
cartotché chère Mère il me tarde de vous embrasser de nouveau
cest mon unique pensé jour et nuit car le Courier arrive même
pas chers Parents faitesmoi savoir si mon autre manda est arrivé
et maintenant je termine ma lettre car jai pas beaucoup de papier
et on espère que biento et il me reste qu'à vous saluer*
   Votre fils et mari très affectueu   *Giovannino*

En même temps que cette lettre, il en était arrivé
une autre antérieure de peu, adressée à Annita, et
depuis lors, il n'y avait plus eu ni lettre ni nouvelles de
Giovannino. Au printemps de cette même année 1943,

ce soldat de retour du front, qui était passé apporter la photo, avait dit avoir rencontré Giovannino quelques mois auparavant, en novembre, et qu'alors il se portait bien, et qu'ils avaient partagé une miche de pain et une boîte de conserve. Quant à l'autre disparu, Clemente, le frère de Consolata, ce soldat ne l'avait ni rencontré ni connu, et il ne savait rien de lui.

Filomena et Annita étaient l'une et l'autre à peu près analphabètes ; mais alors que Filomena tirait souvent de la commode de sa chambre les lettres de Giovannino pour se les faire relire et les commenter, Annita, elle, était jalouse des siennes et ne les montrait à personne. Un soir, pourtant, où les autres femmes étaient sorties, elle frappa à la porte d'Ida et, rougissant, lui demanda le service de lui relire les dernières lettres de lui qu'elle avait reçues du front. A l'époque où elle les avait reçues, elle était encore à la montagne, et depuis lors, à Rome, elle n'avait plus eu la possibilité de *se les faire expliquer,* de sorte qu'elle risquait presque d'oublier ce qu'elles disaient... Elle tira de son pull-over la petite liasse de papiers. Il n'y avait pas que ces lettres, il y avait aussi quelques cartes postales en franchise, sur lesquelles étaient imprimées des phrases de propagande, par exemple : À TOUTES LES HEURES DE SA GLORIEUSE HISTOIRE ROME A REMPLI SA MISSION CIVILISATRICE... Comme d'habitude sur les enveloppes et sur les feuilles le jeune homme, comme malin stratagème contre la Censure, avait écrit NOUS VAINCRONS. A cause de l'encre autarcique, mélange de poussière et d'eau, l'écriture était toute passée, comme si elle avait été vieille d'un siècle.

« *Annita bien-aimée je te pris si possible de te faire faire une photo pour moi qu'au moins je puisse la regarder par exemple dis-le à cet infirmier santospirito il avait un Codacc et je te pris t'inquiète pas pour moi tu verras quel chic retour car moi il me tarde de te donné un milion de baisers et on fera un beau voyage de lune de miel je veu te mené jusqua Venise* (... une ligne censurée) *chère épouse ten fais pas pour moi je suis en bonne santé ici on fait des courses de pou et celui qua les siens quarive premiers il gagne une cigarette moi jai gagné deux Africa et une Trestelle et je te pris chère Femme quand tu écrira join timbre dune lire ici y en a pas* » « *je te pris rapèletoi dans le paquet mets beaucoup de poudre contre les pou* »... « ... *les femmes ici on les apèle Katioutché mais tinquiète pas!! pour moi des femmes y en quune seule petite vierge de mon Cœur! toi tes tout pour moi et un milion de baisers...* » « *Cette nui jai fait un rêve je te retrouvais et tétais pas grande comme maintenant mais fillette comme autrefois et moi je tai dit comment je vais faire pour téppouser maintenant? car tes trop petite! et toi tu ma dit quand tu reviendra de Russie je serai grande et toi je tai dit ça y est et je suis revenu et je tai serré dans mes bras et toi tes devenue grande dans mes bras! et je tai donné un milion de baisers A! ma petite femme adorée ici je sui dans un anfer plus maleureu que moi y en a pas et moi il me vient des envies mais ten fai pas pour moi tu verra on sera biento réunis pour moi il me tarde à mon idée* (... des mots censurés) *mais que veutu y faire nous on est la piètaille reçois un milion de baisers* »...

Refusant par timidité de s'asseoir sur l'unique chaise ou sur le bord du lit, Annita, durant cette lecture, resta debout, appuyant tout juste sur la petite table sa main massive et rougie. Mais en suivant des yeux l'un après l'autre les mots que lisait Ida à haute voix, elle avait l'expression d'une surveillante, comme si ces feuillets avaient été un code très précieux et le

478

fait de les déchiffrer un autre genre de cartomancie qui, d'une manière quelconque, engageait le destin. Elle ne fit aucun commentaire, à part un très bref soupir lorsqu'à la fin, elle reprit la petite liasse. Et elle s'en alla, de la démarche plutôt gauche de ses jambes robustes, faites pour la jupe longue et ample des paysannes de la Ciociaria et qui maintenant — dépassant de sa courte petite robe étriquée, avec ces bas noirs qui lui arrivaient au genou, laissant à nu une bande de chair — apparaissaient d'une grosseur rustique et animale contrastant avec son corps menu. Depuis l'hiver 1943 jusqu'à ce jour, ses beaux-parents et elle-même n'avaient pas cessé d'aller d'un bureau à l'autre, pour avoir des nouvelles de Giovannino : Ministères, Municipalité, District, Croix-Rouge, Vatican... Et la réponse était toujours la même ! *On n'a pas de nouvelles. Disparu.* Certaines fois, maintenant, cette réponse, quand elle leur était faite par certains fonctionnaires ou certains militaires de service dans les bureaux, l'était sur un ton bourru, ennuyé, ironique ou, carrément, moqueur. Mais que signifie *disparu ?* Cela peut signifier prisonnier, emmené en Sibérie, resté en Russie l'hôte d'une famille quelconque ou marié avec une femme de là-bas... Et en premier lieu, cela peut signifier *mort.* Mais cette hypothèse, entre toutes les autres hypothèses possibles, était ignorée comme impossible par Annita et par Filomena. Elles continuaient d'attendre Giovannino d'un jour à l'autre et aéraient de temps en temps son costume des dimanches, et elles finirent par refuser tout crédit aux sources de nouvelles officielles. Elles se fiaient davantage aux cartes de Santina.

Leur amie Consolata les critiquait pour leur ignorance : « Seules des bouseuses comme elles », murmurait-elle en aparté à Ida, « peuvent croire à ces bobards de cartes ». De fait, vendeuse dans une mercerie et originaire du Nord, elle était plus instruite que les femmes Marrocco ; mais elle aussi, et pas moins qu'elles, attendait avec optimisme le retour de Russie de son frère. « Disparu, ça veut dire qu'on peut retrouver. Et étant donné leur quantité, y en a certainement des milliers qui doivent revenir. Il n'est pas possible que tous soient disparus. Mon frère n'est pas du genre à se perdre. Avant le front russe, il avait déjà fait le front des Alpes, la Grèce et l'Albanie. Pour s'orienter il avait aussi une boussole et il avait toujours sur lui une image miraculeuse de la Madone. » Elle avait une grande confiance en la protection de la Madone, surtout dans un pays sans Dieu comme la Russie ; et elle faisait la grimace en entendant dire par certains : « La Russie est le tombeau de la jeunesse d'Italie. » « Tout ça, c'est de la propagande », disait Consolata. Il y en avait qui affirmaient crûment : « Ils disent *disparus* pour ne pas dire *cas désespérés* » et ils se moquaient d'Annita à cause de sa condition : « Mariée mais toujours fille... » lui disaient-ils ; et ils l'invitaient même, en clignant de l'œil, à se trouver un autre mari. Alors, Annita pleurait, et sa belle-mère s'emportait contre ces gens infâmes qui insultaient à l'honnêteté d'une petite épouse et mettaient en doute la fidélité de Giovannino.

Aussi bien la belle-mère que la bru étaient, de nature, fidèles et chastes ; mais leur langage, commun aux paysans de leur région, avait dans certains cas un son obscène pour la bourgeoise Ida. Il semblait que pour elles, toutes les choses qu'elles nommaient, fussent pourvues d'un sexe, d'un cul, etc. et confor-mées aux fins d'accouplement. Si la porte ne s'ouvrait

480

pas, elles disaient : « C'est cette conne de serrure qui fonctionne pas », et quand elles ne trouvaient pas les épingles : « Merde, où sont passées ces enculées d'épingles ? » et ainsi de suite. Ida frémissait en entendant la petite Annita proférer comme si de rien n'était certains mots qui lui faisaient peur à elle et qui la faisaient rougir.

On voyait peu le maître de maison, car, s'il était de jour à l'hôpital, il rentrait tard ; et s'il était de service la nuit, il dormait pendant le jour. Au cours de l'un de ses brefs moments de présence, il avait appris à Useppe une chanson de son pays, dont les paroles étaient les suivantes :

> Berger mangeur de ricotta
> il va à l'église et ne s'agenouille pas
> il n'enlève pas son chapeau
> maudit berger.

En général, chez les Marrocco, comme déjà les derniers temps à Pietralata, on ne faisait guère attention à Useppe. Des gosses, il n'y en avait pas ; la « petiote », qu'une faim perpétuelle avait rendue à moitié idiote, avait tout juste assez de souffle pour chantonner, de plus en plus paresseusement, *ma joie et mon tourment,* et c'est tout ; et les femmes de la maison, tout comme leurs visiteuses ou clientes, étaient trop affairées ou trop préoccupées pour s'intéresser à lui. Tout au plus le considéraient-elles comme un petit chat qu'on tolère aussi longtemps qu'il joue pour son compte mais qu'on chasse lorsqu'il vient se fourrer dans vos jambes. L'époque des Mille, telle une légende antique, s'éloignait de plus en plus dans le passé.

Pendant les longues heures d'absence d'Ida et

481

depuis le mystérieux départ du lapin, Useppe, quand il ne *pensait* pas, tenait compagnie au grand-père, lequel, à la vérité, ne semblait même pas s'apercevoir de sa présence. Bien que passant ses journées entières assis sur une chaise, le vieillard n'avait jamais de repos, harcelé par la vie qui persistait encore dans son organisme, comme par un essaim de taons qui auraient refusé de se détacher de lui. Ses yeux voyaient encore et ses oreilles entendaient, mais tout objet de ses sens se réduisait pour lui à une gêne torturante. De temps en temps, il s'assoupissait, mais quelques minutes seulement, et il se réveillait en sursaut. Ou bien, faisant l'effort de quelqu'un qui s'apprête pour un voyage fatigant, il déplaçait le poids de son corps, allant de la chaise à la fenêtre, où, aussitôt, il était repoussé par le *plein* des immeubles et des murs qui l'agressaient de l'extérieur : « Y a pas un seul *vide*! pas un seul *vide*! » se désespérait-il, fixant vers l'extérieur le regard de ses yeux rougis et éteints. Et s'il voyait quelqu'un le regarder d'une fenêtre d'en face, il observait : « Celui-là, y me regarde, et moi, celui-là, je le regarde! » comme s'il avait constaté une loi d'insupportable angoisse. Si bien qu'il retournait à sa chaise, se remettant à graillonner dans son habituelle cuvette. Useppe le regardait avec des yeux attentifs et soucieux, comme s'il avait contemplé un paysage énorme tourmenté par le gel :

« Pourquoi tu craches comme ça? »

« Ouhhouour... ououououh... rrrouhouhou... »

« Qu'est-ce que t'as? t'as soif? hein? t'as soif... hein! tu veux du vin? » (d'une voix étouffée pour ne pas être entendu par Filomena).

« Ouououoh... mououououourrhaou... »

482

« Tiens ! DU VIN ! tiens... DU VIN !! Mais dis *ren,* eh ?
fais pas de bruit... allez ! allez ! tiens ! bois ! »

3

Les derniers mois de l'occupation allemande, Rome
prit l'aspect de certaines métropoles indiennes où seuls
les vautours se nourrissent à satiété et où il n'existe
aucun recensement des vivants et des morts. Une
multitude de fuyards et de mendiants, chassés de leurs
villages détruits, bivouaquaient sur les marches des
églises ou devant les palais du pape ; et dans les grands
parcs publics paissaient moutons et vaches sous-
alimentés, ayant échappé aux bombes et aux razzias
des campagnes. Bien que Rome ait été déclarée *ville
ouverte,* les troupes allemandes campaient autour de
l'agglomération, parcourant les voies consulaires
qu'elles emplissaient du fracas de leurs véhicules ; et la
nuée désastreuse des bombardements, qui traversait
continuellement tout le territoire de la province, faisait
tomber sur la ville un épais rideau de pestilence et de
tremblement de terre. Les vitres des maisons tremblaient jour et nuit, les sirènes mugissaient, des
escadrilles d'avions s'affrontaient dans le ciel au milieu
de fusées jaunâtres, et, de temps à autre, dans une rue
de la périphérie explosait dans un bruit de tonnerre le
nuage de poussière de la ruine. Certaines familles
apeurées avaient élu domicile dans les abris anti-
aériens ou dans les souterrains labyrinthiques des
grands monuments, où stagnait une odeur d'urine et

483

d'excréments. Dans les hôtels de luxe réquisitionnés par le Commandement du Reich et gardés par des sentinelles en armes, on apprêtait des dîners somptueux où le gaspillage était obsessionnel, allant jusqu'à l'indigestion et jusqu'au vomissement ; et c'était là, à table, que les dîneurs concertaient les massacres du lendemain. Le Commandant, qui se faisait appeler roi de Rome, était un gros mangeur et un soiffard effréné ; et l'alcool faisait office d'excitant et de narcotique habituel pour les occupants, aussi bien au quartier général qu'à la base. Dans certaines rues secondaires et écartées de la ville on remarquait quelques petits immeubles ou villas de style petit-bourgeois, qui avaient des rangées de fenêtres récemment murées à divers étages. C'étaient d'anciens immeubles de bureaux ou des pensions de famille, que les polices des occupants avaient convertis en chambres de torture. Là, tous les misérables atteints du vice de la mort trouvaient un emploi, à l'image de leur Führer, maîtres enfin de corps vivants et sans défense pour leurs pratiques perverses. De ces locaux sortait souvent, de jour comme de nuit, un vacarme assourdissant de disques de musiquettes et de chansonnettes joués à plein volume.

Tous les jours, dans n'importe quelle rue, il pouvait vous arriver de voir un camion de la police s'arrêter devant un immeuble, avec l'ordre d'en perquisitionner dans tous les locaux, y compris sur les toits et les terrasses, à la chasse de quelqu'un signalé avec nom et prénom sur un bout de papier. Aucun règlement ne limitait cette chasse perpétuelle et sans préavis, où le bon plaisir des maîtres était total. Souvent un îlot ou un quartier tout entier était soudain cerné par des cordons de troupes, avec l'ordre de razzier dans ce périmètre tous les individus du sexe masculin de seize à soixante ans, pour les déporter dans le Reich aux travaux forcés. Instantanément les transports en commun étaient stoppés et vidés, et une foule sans défense et affolée se précipitait en désordre vers des fuites sans issue, poursuivie par des rafales de mitraille.

Depuis des mois déjà, à la vérité, toutes les rues étaient tapissées d'avis imprimés sur papier rouge, qui ordonnaient aux hommes valides de se présenter au travail obligatoire sous peine de mort ; mais personne n'obéissait, personne ne se souciait de ces proclamations et, maintenant, on ne les lisait même plus. On savait que dans le sous-sol de la ville, de petites équipes obstinées de guérilleros agissaient ; mais le seul effet de leurs exploits sur l'apathie de la foule était le cauchemar des représailles qui en résultaient de la part des occupants, en proie aux convulsions de leur propre peur. La population était devenue muette. Les nouvelles quotidiennes de rafles, de sévices et de massacres parcouraient les quartiers comme un écho de râles, sans riposte possible. On savait qu'à peine en dehors de l'enceinte des murs de la ville, enterrés n'importe comment dans des fosses et des carrières minées, étaient jetés pour se décomposer d'innombrables corps, parfois amoncelés par dizaines et par centaines, comme ils avaient été massacrés ensemble, l'un sur l'autre. Des communiqués de quelques lignes donnaient la date de leur décès mais non le lieu de leur sépulture. Et, sinon par quelques murmures évasifs, la foule évitait de parler de leur informe omniprésence. Dans chaque contact et dans chaque substance on respirait une odeur funèbre et carcérale : sèche dans la poussière, humide dans la pluie. Et même le fameux mirage de la *Libération* se réduisait à un point évanescent, matière à sarcasme et à moquerie. Du reste, on disait que les Allemands, avant d'abandonner la ville, allaient la faire sauter tout entière à partir de ses fondations et que déjà, sur des kilomètres sous terre, les égouts étaient un entrepôt de mines. Les architectures de la métropole « dont il ne restera pas pierre sur pierre » semblaient un panorama de fantômes. Et, pendant ce temps, sur les murs se multipliaient, de jour en jour, les affiches rouges des maîtres de la ville, avec de nouveaux ordres, de nouveaux tabous et de nouvelles interdictions persécutrices, minutieux jusqu'à l'ingénuité dans leur délire bureaucratique. Mais finalement, dans la ville isolée, saccagée et en état de siège, la véritable maîtresse, c'était la faim. A présent, le seul aliment distribué par le Rationnement, c'était, par rations de cent grammes par tête, un pain composé de seigle, de pois chiches et de sciure. Pratiquement, pour les autres aliments il ne restait que le marché noir, où les prix augmentaient de façon si effrénée que, vers le mois de mai, le traitement d'Ida ne suffisait plus à acheter même une fiasque d'huile. En outre, ces derniers mois, les traitements étaient payés avec irrégularité par la Municipalité.

L'héritage du Fou, qui avait semblé à Ida un patrimoine énorme, avait été dissipé beaucoup plus tôt que prévu. Les provisions qu'elle avait achetées avec cet argent étaient sur le point de s'épuiser : il lui restait tout juste quelques pommes de terre et un peu de pâtes de guerre [10]. Et le petit Useppe qui, grâce au Fou, s'était un peu remplumé, perdait maintenant chaque jour du poids. Ses yeux occupaient presque l'espace tout entier de son visage pas plus gros qu'un poing. Autour de sa houppette centrale bien connue, toujours droite tel un point d'exclamation, les petites mèches de cheveux étaient maintenant tombantes et aussi ternes que si elles avaient été couvertes de poussière ; et ses oreilles saillaient de son crâne, semblables à deux petites ailes sans plumes d'oisillon. Chaque fois que les Marrocco mettaient à chauffer sur le feu leur plat de haricots, on le voyait rôder dans leurs jambes, comme un pauvre bohémien mendiant.

« Vous permettez, vous permettez », avait coutume de dire Filomena, selon les règles de la bonne éducation, en s'asseyant à table. Et à cette phrase cérémonieuse des temps heureux, en général, maintenant, les personnes présentes, dûment averties, se retiraient discrètement. Mais deux fois au moins il arriva qu'Useppe — à qui, comme il était une toute petite personne, nul n'avait jamais dit : vous permettez ! — s'avança ingénument pour suggérer de sa propre initiative : « *Vous permettez ?* » Et sa mère, rouge de honte, dut le rappeler.

La pauvre lutte d'Ida contre la faim, qui depuis plus de deux ans la maintenait sous les armes, était parvenue maintenant au corps à corps. Cette unique exigence quotidienne : donner à manger à Useppe, la rendit insensible à toute autre stimulation, à commencer par celle de sa propre faim. Durant ce mois de mai elle vécut pratiquement de salade et d'eau, mais ce peu lui suffisait, et, même, chacune des bouchées qu'elle avalait lui semblait gaspillée parce que soustraite à Useppe. Parfois, pour lui soustraire moins encore, elle songeait à faire cuire pour elle-même des écorces ou des feuilles quelconques, ou, même, des mouches ou des fourmis : c'était toujours du solide... Ou encore à ronger des trognons trouvés dans les ordures ou à arracher l'herbe qui poussait sur les murs des ruines. Elle avait maintenant les cheveux blancs et des épaules voûtées de petite bossue, se rapetissant au point de dépasser de peu la taille de certaines de ses élèves. Et pourtant, actuellement, sa résistance physique surpassait dans son ensemble celle du géant Goliath qui avait six coudées et un empan de haut, et qui portait une cuirasse de cinq mille sicles de cuivre. Où ce petit corps exsangue pouvait bien puiser certaines réserves colossales, c'était une énigme. Malgré la sous-alimentation qui visiblement l'usait, Ida n'éprouvait ni faiblesse ni appétit. Et, à la vérité, venu de son inconscient, un sentiment de certitude organique lui promettait une sorte d'immortalité temporaire, qui, l'immunisant contre les besoins et les maladies, lui épargnait tout effort pour sa survivance personnelle. A cette volonté non formulée de préservation, qui réglait la chimie de son corps, obéissaient aussi ses sommeils, qui pendant toute cette période, comme pour lui servir d'alimentation nocturne, furent insolitement normaux, vides de rêves et, malgré les bruits extérieurs de la guerre, ininterrompus. Mais à l'heure de se lever, un fracas intérieur de grandioses tintements la réveillait. « Useppe ! Useppe ! », tel était le son de ces tumultes. Et immédiatement, avant même de se réveiller tout à fait, avec ses mains fébriles elle cherchait son enfant.

Parfois, elle le trouvait blotti contre sa poitrine, qui, en dormant, lui tripotait les seins dans un geste aveugle et anxieux. Depuis l'époque où elle l'allaitait durant les premiers mois de sa vie, Ida s'était déshabituée de la sensation de ces deux menottes qui la tripotaient ; mais ses seins, déjà maigres alors, étaient maintenant desséchés pour l'éternité. Avec une tendresse animale et impuissante, Ida détachait d'elle son petit enfant. Et à partir de ce moment elle commençait sa battue diurne à travers les rues de Rome, forcée d'avancer par ses nerfs comme par une armée de soldats qui, sur deux rangs, l'auraient fouettée.

Elle était devenue incapable de penser à l'avenir. Son esprit se bornait à l'aujourd'hui, entre l'heure de son lever matinal et celle du couvre-feu. Et (malgré toutes les peurs innées qu'elle avait en elle) maintenant elle ne redoutait plus rien. Les décrets raciaux, les ordonnances intimidantes et les nouvelles publiques lui faisaient l'effet de parasites bourdonnants qui voletaient autour d'elle dans un grand vent extravagant, sans l'attaquer. Que Rome soit tout entière minée et doive s'écrouler demain, cela la laissait indifférente, comme un souvenir déjà lointain de l'Histoire ancienne ou comme une éclipse de lune dans l'espace. L'unique menace pour l'univers consistait pour elle dans la vision récente de son enfant qu'elle avait laissé en train de dormir, réduit à un poids si dérisoire qu'il ne faisait presque plus de relief sous le drap. Dans la rue, si, par hasard, il lui arrivait de se voir dans une glace, elle y voyait une chose étrangère et sans identité, avec laquelle elle échangeait à peine un regard effaré qui aussitôt après se détournait. C'est un regard analogue qu'échangeaient entre eux les passants matinaux qui s'esquivaient furtivement dans la rue : tous mal en point et terreux, les yeux cernés et flottant dans leurs vêtements.

Elle n'avait pas pitié de ces adultes. Elle éprouvait, par contre, de la compassion pour ses petits élèves, parce que c'étaient des enfants semblables à Useppe. Mais même le plus misérable et le plus souffreteux d'entre eux lui semblait mieux nourri que lui. Leurs frères et leurs sœurs plus jeunes, si petits qu'ils fussent, paraissaient plus développés que lui. Des imaginations déchirantes ramenaient sa pensée à certains bébés

489

roses et grassouillets des affiches publicitaires; ou à
certains bienheureux enfants de familles aisées, qu'elle
se rappelait avoir entrevus dans leurs landaus de luxe
ou dans les bras de leurs nourrices. Ou bien elle
revenait à l'époque où Ninnuzzu était au berceau, si
beau et si gros qu'Alfio, son père, s'écriait quand il l'en
tirait : « Oh, hisse ! Arraché du poids !!! » en l'élevant
très haut avec un rire de triomphale vantardise.
Useppe, par contre, avait dû se démener dès sa
naissance pour se fabriquer au moins quelques petits
bourrelets aux poignets et aux cuisses; mais, en
comparaison avec maintenant, il devait se souvenir de
cette époque des petits bourrelets comme d'une ère
d'abondance. Et elle trouvait incroyable que dans
Rome tout entière il ne soit pas possible de dénicher de
quoi emplir un ventre aussi petit.

Plusieurs fois, ce mois de mai, elle reprit le chemin
de San Lorenzo (marchant de biais et détournant les
yeux des décombres de sa maison) pour mendier
quelque chose du patron Remo. Elle allait quémander
des restes ou des déchets chez le père d'un de ses
élèves, qui avait une charcuterie, et chez un autre qui
travaillait à l'abattoir. Munie d'une petite marmite
prêtée par les Marrocco, elle faisait la queue pour les
soupes économiques distribuées par le Vatican; mais
bien que dites économiques, ces soupes, au prix de
deux cents lires, étaient déjà un luxe pour ses finances;
et ce luxe, elle se le permettait rarement.

Peu à peu, elle abandonna non seulement tout
sentiment de peur, mais aussi d'honneur et de honte.
Un jour, comme elle rentrait à la maison vers midi, elle
rencontra des tas de gens qui, des petits paquets à la
main, venaient de la place de Santa Maria Liberatrice,
où les Allemands distribuaient gratuitement des

490

vivres. Cette distribution extraordinaire dans les quartiers populaires, conseillée ces jours-là par la peur, avait un but de propagande et de spectacle. De fait, le général en chef des Teutons (le bien nourri *roi de Rome*) présidait lui-même aux distributions et, sur la place, les photographes et les caméras opéraient autour des camions. Cela augmentait la répugnance des habitants du quartier, et nombre d'entre eux, soupçonnant une machination quelconque des Allemands, désertèrent la place. Mais Ida, à la vue de ces paquets, éprouva seulement une avidité impétueuse, qui la happait de l'intérieur. Son cerveau se vida. Son sang lui parcourut tout le corps, au point de parsemer sa peau de plaques enflammées. Et se frayant un chemin à coups de poing dans la foule de la place, elle tendit les mains vers les camions, pour avoir son kilo de farine.

Jusqu'à quelques semaines auparavant, elle portait encore à l'occasion, par convenance, une cloche en feutre démodée, jadis tirée (en même temps qu'une paire de savates, deux vieux soutiens-gorge, des bas dépareillés et autres vieilleries) de la fameuse offrande des Dames patronnesses à Pietralata. Mais maintenant elle ne portait plus ni bas ni chapeau ; et récemment, par commodité, elle s'était coupé les cheveux, et ceux-ci, courts ainsi, lui couronnaient la tête d'un petit buisson crépu. A la vérité, depuis quelque temps, chaque fois qu'elle les peignait, elle en laissait de nombreux dans le peigne ; mais ils étaient encore épais. Si bien que sa tête, même blanche, avec cette petite couronne de boucles reprenait involontairement la première forme de ses années d'enfant à Cosenza. Son visage d'une pâleur de cire, bien que rapetissé et meurtri, se maintenait bizarrement dépourvu de rides avec son dessin rond naturel ; et

491

maussade, toujours tendu en avant, dans ses marches fébriles, il ressemblait au museau d'un animal pointant vers le vide.

Dès l'hiver déjà, beaucoup de boutiques avaient fermé. De nombreux rideaux de fer étaient baissés et toutes les devantures étaient nues. Les quelques denrées encore disponibles étaient réquisitionnées, rationnées, pillées par les occupants ou accaparées par les trafiquants du marché noir. Partout où il y avait un magasin légal ouvert, on voyait d'interminables queues attendant dehors ; mais ces queues s'allongeaient encore sur les trottoirs que, déjà, le stock en distribution était épuisé. Quand elle se retrouvait, les mains vides, perdue parmi les derniers, Iduzza s'éloignait défaillante, du pas d'une coupable qui a mérité une punition.

A la vue de n'importe quelle substance comestible, mais hélas ! inaccessible à ses moyens, elle restait fascinée, en proie à une envie torturante. En ce qui la concernait, rien ne lui faisait venir l'eau à la bouche et même la sécrétion de salive avait cessé pour elle : toutes ses stimulations vitales s'étaient transférées sur Useppe. On raconte qu'une tigresse, dans une solitude glacée, se soutint avec ses petits en léchant, quant à elle, la neige et en distribuant à ses petits des lambeaux de chair qu'elle s'arrachait du corps avec ses dents.

Au Gianicolense, à proximité de l'école, il y avait une petite villa modeste avec quelques mètres de jardin, ceinte d'un muret qui, par mesure de protection, avait des tessons coupants de verre fichés à son sommet. A l'origine, la grille d'entrée avait dû être en fer, mais peut-être à la suite du ramassage des métaux ferreux pour l'industrie de guerre, actuellement elle était en bois, renforcée extérieurement par un réseau de barbelés. A peu de distance de cette grille, on voyait encore, adossée au muret, un petite baraque au toit de tôle ondulée, qui, précédemment, servait de poulailler : mais maintenant les quelques poules survivantes étaient élevées par prudence à l'intérieur de la maison.

Les premières semaines où elle enseignait au Gianicolense, Ida sonnait souvent à la grille de cette petite villa, pour acheter des œufs ; mais dernièrement le prix de ceux-ci était monté à vingt lires pièce... On était à la deuxième moitié de mai. Un après-midi, comme, en sortant de l'école, elle longeait la clôture de la petite villa, elle vit à travers la grille, par terre à l'ombre d'un buisson, pondu sur un chiffon, un œuf aussi beau qu'intact. Évidemment, une poulette de la maison, au cours d'une brève évasion dans le jardin, l'avait pondu là depuis peu, et personne ne s'en était encore aperçu. Les fenêtres sur le devant de la maison étaient fermées, et peut-être même les propriétaires étaient-ils absents. La petite rue quasi champêtre était tranquille et solitaire.

L'œuf se trouvait dans la direction de l'ancien poulailler, à l'abri entre le buisson et la base du muret, à guère plus de soixante centimètres de la grille. Une bouffée de chaleur monta au cerveau d'Ida. Elle calcula qu'en soulevant avec sa main gauche le fil de fer barbelé et en glissant son bras droit entre les traverses du bas de la grille, elle pouvait aisément l'atteindre. Ce calcul de la durée d'un éclair, ce ne fut pas à proprement parler elle-même qui le fit, mais une seconde Ida fantomatique qui, se libérant de son corps matériel, la forçait à se mettre à quatre pattes et se servait de sa main pour saisir l'œuf. De fait, le calcul et l'acte furent simultanés. Et déjà Ida, après avoir rangé le petit œuf dans son sac, s'enfuyait de la scène de ce crime affreux et sans précédents. Dans sa hâte, les fils barbelés de la grille lui avaient assez profondément égratigné la main et le poignet.

Il n'y avait pas eu de témoins. Elle l'avait échappé belle. Maintenant déjà, elle prenait le large, s'éloignant du Gianicolense, et une sensation inouïe de fraîcheur, ainsi que le plaisir physique de la vitesse, la rajeunissait, la ramenant de l'âge de mère à celui de petite sœur aînée. Tel un énorme diamant ovale, son butin brillait dans le ciel ouvert devant elle, dans l'écroulement des Tables de la Loi. Ce premier vol fut le plus éclatant, mais ce ne fut pas le seul. Le second fut encore plus audacieux et, même, téméraire.

Il eut lieu aux environs du 20 mai, un matin de bonne heure. Elle venait tout juste de sortir de la maison, laissant comme petit déjeuner à Useppe un bout de pain de la carte, restant de la veille, et un peu de succédané de cacao à dissoudre dans de l'eau. A cette heure-là, seuls quelques ouvriers passaient dans la rue. Débouchant d'une rue transversale sur le quai du Tibre, elle vit une camionnette arrêtée devant un entrepôt de denrées alimentaires.

Deux Fascistes armés, en uniforme et coiffés du béret des parachutistes, contrôlaient les opérations d'un jeune gars en salopette déteinte, qui allait et venait, disparaissant dans l'entrepôt et en sortant avec des petites caisses de marchandises qu'il déchargeait sur le trottoir. Au moment précis où elle atteignait le coin, Ida vit les deux miliciens entrer ensemble dans l'entrepôt. Et elle les entendit qui bavardaient gaiement.

De fait, cette opération sans risques les ennuyant, les deux Fascistes s'étaient assis à l'intérieur sur des caisses, pour continuer une conversation déjà en train.

494

Le sujet de ladite conversation était un type dénommé Pisanella, et dans leurs propos il était question d'amour. Mais Ida ne perçut que le son de leurs voix, qui parvenaient brouillées à ses oreilles. Sa perception, à cet instant, se concentra tout entière dans sa vue, braquée sur deux images simultanées : l'homme à la salopette qui, à son tour, disparaissait dans l'entrepôt, et sur le trottoir, à un pas d'elle, au sommet des petites caisses clouées, une grosse boîte en carton ouverte en haut et remplie seulement aux trois quarts. D'un côté, cette boîte contenait des petites boîtes de viande en conserve, et de l'autre, des paquets de sucre en poudre (aisément reconnaissables à leur forme et à la couleur bleue du papier qui les enveloppait).

Le cœur d'Ida s'était mis à battre avec une telle violence qu'on eût dit le battement de deux grosses ailes. Elle allongea une main et s'empara d'une boîte qu'elle fit glisser dans son sac ; après quoi elle alla rapidement se réfugier derrière le coin de la rue. A ce moment précis, l'homme sortait à nouveau de l'entrepôt avec un nouveau chargement : pourtant, Ida le crut, il ne s'était aperçu de rien. Mais, à la vérité, d'un rapide coup d'œil, il l'avait prise sur le fait, bien que faisant semblant de rien, par complicité tacite avec elle. Alors que deux types de gueux aussi affamés que des loups, qui débouchaient sur le quai à ce même instant, quand leurs regards croisèrent le sien, lui firent un clin d'œil d'entente et de congratulation. Ceux-ci, elle fut certaine qu'ils l'avaient vue ; mais eux aussi, par complicité tacite avec elle, continuèrent d'avancer avec désinvolture, comme si de rien n'était.

Tout s'était terminé en l'espace de trois secondes. Et déjà Ida s'esquivait, prenant par les rues transversales. Son cœur continuait de battre, mais elle n'éprouvait pas une appréhension particulière, ni le moindre sentiment de honte. La seule voix qui montait de sa conscience était une exclamation hargneuse qui s'acharnait à lui reprocher : « Pendant que tu y étais, avec ton autre main tu aurais aussi pu prendre un paquet de sucre ! Maudite, maudite, pourquoi n'as-tu pas aussi pris le sucre ?!! »

Le succédané de cacao qu'Useppe buvait le matin était édulcoré par son fabricant avec une poudre artificielle et, même, suspecte d'être nocive pour la santé. Le sucre coûtait plus de mille lires le kilo... Tout en se disant cela, Ida, l'air maussade, secouait sa tignasse laineuse, qui ressemblait à la perruque d'un clown.

Pendant cette dernière décade de mai, elle commit en moyenne un vol par jour. Elle était toujours en alerte, tel un pickpocket, guettant la première occasion de chaparder. Même au marché noir de Tor di Nona, où les marchands étaient plus vigilants que des mâtins, elle réussit, grâce à son incroyable dextérité, à s'emparer d'un paquet de sel qu'elle partagea ensuite avec Filomena, en échange de polenta blanche.

Tout d'un coup elle était tombée dans une sorte de dépravation dénuée de scrupules. Si elle avait été moins âgée et moins laide, elle se serait peut-être mise à faire le trottoir comme Santina. Ou bien, si elle avait été plus débrouillarde, elle aurait suivi l'exemple d'une cliente de Filomena, une retraitée dénommée Reginella, qui allait de temps en temps mendier dans les beaux quartiers de la ville haute, où elle n'était pas connue. Mais pour Ida, ces centres de luxe — en plus d'être maintenant le fief des Commandements allemands — semblaient depuis toujours situés dans un

496

lointain étranger et inaccessible, non moins que Persépolis ou Chicago.

Et pourtant, dans cette Ida inattendue, comme dans un phénomène double, la timidité naturelle de son caractère persistait et, même, croissait maladivement. Alors qu'elle parcourait les rues en volant, c'est à peine si à la maison elle osait utiliser les réchauds de la cuisine commune. Des aliments (quelque peu maigres) de la famille Marrocco, elle détournait, je ne dis pas la main, mais même les yeux, comme les sauvages le font des tabous. Et à l'école, plutôt que d'une institutrice, elle avait l'air d'une écolière apeurée : à tel point que ses petits élèves, bien que rendus aphones par la faim, risquaient déjà de se transformer en une bande irrespectueuse. (Heureusement, la fermeture anticipée des écoles survint à temps pour lui épargner cet affront, un affront qui jusqu'alors dans toute sa carrière ne lui avait jamais été infligé.)

Mais ce qui l'intimidait plus affreusement que tout, c'était de devoir demander du secours à ses connaissances : lesquelles, du reste, s'étaient réduites en dernier pour elle à une seule : le patron Remo. Les jours où elle était à toute extrémité et où elle n'avait pas d'autres ressources, elle se forçait à parcourir de nouveau l'habituelle et longue route menant à San Lorenzo, où, à l'heure connue d'elle, Remo se tenait ponctuellement cloîtré derrière son comptoir, sous lequel il avait déjà prêt, par défi, l'étoffe enroulée d'un drapeau rouge. Avec son visage brun et desséché de bûcheron et ses yeux noirs enfoncés sous des pommettes osseuses et dures, il avait l'air d'être toujours renfermé dans certaines préoccupations dominantes, et à l'entrée d'Ida il restait assis là où il était et ne la saluait même pas. Ida s'avançait, embarrassée, toute

497

rouge et à demi balbutiante. Et comme elle ne se décidait pas à avouer le principal et urgent motif de sa visite, c'était finalement lui qui la prévenait. Et sans même ouvrir la bouche, d'un signe muet du menton, il ordonnait à sa femme de préparer aujourd'hui encore, à la cuisine, une petite portion gratuite pour la mère du camarade Asso. Maintenant, de même que le patron Remo devenait de plus en plus laconique, cette petite cuisine en sous-sol devenait, à la vérité, de plus en plus démunie ; et Ida s'en allait, confuse, emportant son petit paquet de nourriture et n'osant même pas dire merci...
......
« Weg ! Weg da ! Weg ! Weg ! »

L'un de ces matins, des exclamations allemandes, interrompues et couvertes par un brouhaha de voix féminines, lui parvinrent alors qu'après un voyage inutile à la Paierie qui était fermée, elle se dirigeait vers le bistro de Remo. Elle venait à peine de s'engager dans une rue transversale de la Via Tiburtina, et ces voix provenaient du côté de la Via Porta Labicana, à peu de distance de là. Comme elle s'arrêtait indécise, elle se heurta presque à deux femmes qui arrivaient en courant d'une autre rue latérale, à sa droite. L'une de ces femmes était âgée et l'autre plus jeune. Elles riaient, ravies, et la plus jeune tenait à la main les savates de l'autre, qui courait pieds nus. Celle-ci tenait par ses deux pans sa jupe retroussée par-devant et pleine d'une poudre blanche : c'était de la farine et elle en répandait un peu derrière elle sur la chaussée. En croisant Ida, elles lui crièrent : « Courez, signora, grouillez-vous. Ce soir on va bouffer ! » « On reprend ce qui est à nous ! » « Faut bien qu'ils nous le rendent, ces sales voleurs ! » Le bruit se répandait déjà et d'autres femmes sortaient rapidement des immeubles.

« Toi, rentre à la maison », ordonna violemment une passante en lâchant la main d'un enfant ; et sur la trace de la farine renversée, elles se groupèrent toutes en courant, et Ida se joignit à elles. Il n'y avait que quelques mètres à parcourir. A mi-chemin entre la Via Porta Labicana et la gare des marchandises, il y avait un camion allemand arrêté, en bas duquel un soldat du Reich tenait tête, en braillant, à une foule de femmes du peuple. Évidemment, il n'osait pas faire un geste vers le pistolet qu'il portait à son ceinturon, de crainte d'être lynché séance tenante. Certaines des femmes, avec la suprême audace de la faim, avaient même grimpé sur le camion chargé de sacs de farine. Et après avoir fait des entailles dans ces sacs, elles en versaient le contenu dans leurs jupes, dans leurs paniers ou dans le récipient, quel qu'il fût, qu'elles avaient apporté. Certaines en remplissaient même le seau à charbon ou un broc. Deux sacs gisaient sur le sol déjà à moitié vides, au milieu des assiégeantes ; une certaine quantité de farine s'était renversée par terre et était piétinée. Ida se fraya un chemin, éperdue : « Moi aussi ! moi aussi ! » criait-elle comme un enfant. Elle ne réussissait pas à forcer le siège qui enserrait les sacs jetés sur le sol. Elle essaya de monter dans le camion, mais elle n'y parvenait pas : « A moi aussi ! à moi aussi ! » Du haut du camion, une jolie fille rit au-dessus d'elle. Elle était échevelée et avait des sourcils bruns, très épais, et des dents aussi fortes que celles d'une bête. Elle tenait devant elle par les pans sa petite robe qui était pleine de farine, et ses cuisses, découvertes jusqu'à sa culotte de rayonne noire, étaient d'une blancheur extraordinaire, comme celle des camélias fraîchement cueillis : « T'nez, signora, mais grouillez ! » et s'accroupissant vers Ida, avec un rire de furie, elle lui emplit de farine son cabas, la lui versant directement de son giron. A son tour Ida s'était mise à rire, semblable à une enfant idiote, essayant de s'extirper avec son chargement de la foule hurlante qui l'entourait. On eût dit que ces femmes, excitées par la farine comme par un alcool, étaient toutes saoules. Elles hurlaient, grisées, contre les Allemands des insultes plus obscènes que celles utilisées par des putains de lupanar. Les mots les moins grossiers étaient : fumiers! enculés! salauds! assassins! voleurs! Comme elle sortait de cette foule, Ida se trouva dans un chœur de fillettes qui, arrivées bonnes dernières, criaient à tue-tête, en sautant comme dans une ronde :

« Salauds! Salauds! Salauds!!! »

Et alors, elle entendit sa propre voix, stridente et que son excitation enfantine rendait méconnaissable, crier avec le chœur :

« Salauds! »

Pour elle c'était déjà là un gros mot, et jamais elle n'en avait prononcé de semblable.

La sentinelle allemande avait pris la fuite dans la direction de la gare des marchandises. « Les apai[11]! Les apai! » entendit Ida crier derrière elle. De fait, tandis qu'elle fuyait vers la Tiburtina, le soldat allemand avait fait sa réapparition du côté opposé avec un renfort de miliciens italiens de la P.A.I. Ceux-ci tendaient vers le haut leur bras armé d'un pistolet; et pour intimidation ils tirèrent en l'air, mais Ida, entendant les détonations et les hurlements confus des femmes, crut à un massacre. Une peur terrible de tomber frappée à mort laissant ainsi Useppe orphelin, s'empara d'elle. Elle hurla, courant à l'aveuglette, mêlée à des femmes en fuite qui la renversèrent presque. Finalement elle se retrouva seule, ne sachant pas où elle était, et elle s'assit sur une marche, près d'un chemin non pavé. Elle ne voyait plus rien que des bulles imaginaires de sang rouge foncé, qui éclataient dans le ciel ensoleillé. Ce même fracas martelant qui la réveillait toujours le matin, avait maintenant recommencé de battre dans ses tempes, avec son habituel brouhaha d'émeute : « Useppe ! Useppe ! » Elle en éprouva un spasme à la tête, si aigu qu'elle se tâta les cheveux, craignant de les trouver baignés de sang. Soudain, ne voyant plus le cabas à son bras, elle sursauta ! mais elle le retrouva sur le sol tout près de là, avec la farine intacte presque jusqu'au bord : dans sa fuite, heureusement, elle n'en avait pas perdu beaucoup. Hâtivement elle se mit alors à la recherche de son porte-monnaie, se rappelant finalement qu'il devait être resté au fond du cabas. Et elle le récupéra fébrilement, se salissant tout le bras de farine mélangée à de la sueur.

Le cabas, trop rempli, ne fermait pas. Sur un tas d'ordures qui était là par terre, elle ramassa un morceau de journal, pour cacher la farine volée avant de se diriger vers le tram.

A la maison, ce matin-là, non seulement le gaz, mais l'électricité et l'eau manquaient aussi. Pourtant Filomena, en reconnaissance d'un peu de farine dont Ida lui fit don, trouva le moyen de lui faire la *pèttola* (des pâtes) et de les faire cuire avec les siennes, avec l'ajout d'une petite poignée de haricots déjà cuits.

Ida emporta une autre portion de farine quand elle sortit l'après-midi. Ce jour-là (comme chaque jeudi depuis que les écoles étaient fermées), elle devait donner une leçon particulière dans les parages de la Stazione Trastevere. Et elle avait l'intention, en revenant, de pousser jusqu'à la Via Garibaldi, où elle connaissait un type qui, en échange de farine, lui céderait de la viande pour le dîner d'Useppe.

Ce programme de la journée s'enchevêtrait dans sa tête comme du fil de fer. On était le premier juin et, curieusement, ce fut comme si à l'échéance de cette date toute la fatigue accumulée pendant le mois de mai s'abattait sur elle. Après la peur de mourir qui s'était emparée d'elle quand elle s'enfuyait du camion, elle se retrouvait de nouveau pis qu'avant, aussi éperdue et lâche qu'un chien sans maître pourchassé par l'employé de la fourrière. Comme elle se dirigeait vers la Via Garibaldi, elle sentit ses jambes se dérober sous elle ; et elle s'assit sur un banc du jardinet qui est en deçà du pont. Son esprit était distrait, aussi était-ce à peine si elle percevait confusément des voix qui conversaient près de là, dans le jardinet ou à l'arrêt du tram peu éloigné. Le sujet n'était pas nouveau : il était question d'un bombardement qu'il y avait eu ce même jour en banlieue : et l'un disait vingt et l'autre deux cents morts. Elle avait toujours conscience d'être assise là, dans ce jardinet, et en même temps elle se trouva en train de parcourir le quartier de San Lorenzo. Elle portait dans ses bras quelque chose d'une valeur suprême qui devait être Useppe ; mais bien que lui pesant comme un corps, cette chose n'avait ni forme ni couleur. Et le quartier lui aussi, qui maintenant était enveloppé d'un opaque nuage de poussière, n'était plus San Lorenzo, mais un espace inconnu, sans maisons, informe lui aussi. Elle ne rêvait pas, et c'est si vrai qu'entre-temps elle percevait le fracas du tram sur les rails et les voix des voyageurs à l'arrêt. Mais, en

502

même temps, elle savait qu'elle se trompait : et que ce fracas n'était pas celui du tram, mais un tout autre bruit. Revenant brusquement à elle, elle eut honte quand elle s'aperçut qu'elle avait la bouche ouverte et de la salive sur le menton. Elle se leva, indécise, et ce ne fut que lorsqu'elle fut arrivée à la moitié du Ponte Garibaldi, qu'elle fut consciente qu'elle se dirigeait vers le Ghetto. Elle reconnaissait l'appel qui l'attirait là-bas et qui, cette fois, lui parvenait comme une nénie basse et somnolente, mais telle qu'elle engloutissait tous les sons extérieurs. Ses rythmes irrésistibles ressemblaient à ceux avec lesquels les mères bercent leurs enfants ou avec lesquels les tribus s'appellent au rassemblement dans la nuit. Personne ne les leur a enseignés, ils sont déjà écrits dans la souche de tous les vivants sujets à mourir.

Ida savait que maintenant et depuis des mois déjà le petit quartier était de nouveau vidé de toute sa population : les derniers contumaces du mois d'octobre précédent, qui avaient réintégré en catimini leurs logements, en avaient été dénichés en février, l'un après l'autre, par la police fasciste au service de la Gestapo ; et les sans-logis et les vagabonds eux-mêmes s'en écartaient... Mais dans sa tête, aujourd'hui, ces nouvelles se perdaient parmi les réminiscences et des habitudes antérieures. Bien que confusément, elle s'attendait encore à y trouver l'habituel grouillement de petites familles aux cheveux bouclés et aux yeux noirs, dans les rues, sur les seuils et aux fenêtres. Et au premier carrefour elle s'arrêta, perplexe, ne reconnaissant plus ni les rues ni les portes. En réalité, elle se trouvait à l'entrée d'une rue qu'elle avait jadis beaucoup fréquentée ; resserrée dans sa première partie entre des maisons basses, elle s'élargit ensuite et se prolonge entre d'autres petits embranchements jusqu'à la petite place centrale. Son nom, si je ne me trompe, est Via Sant'Ambrogio. Et c'était là, plus ou moins, qu'Ida avait coutume de débarquer au cours de ses expéditions passées. Tout autour, il y avait les petites boutiques, les courettes et les ruelles familières : où elle était venue, affairée, pour ses achats et ses ventes ; et où elle avait écouté Vilma « qui était un peu dérangée de la tête », rapporter les informations-radio de la Signora et de la Religieuse ; et où, un jour, une petite vieille coiffée d'un petit chapeau lui avait appris ce qu'était officiellement la race des métis ; et où, une autre fois, elle avait rencontré la sage-femme Ézéchiel... C'était un périmètre plus minuscule que le plus minuscule des villages, même si, par familles de dix dans chaque petit local, des milliers de Juifs s'y pressaient. Mais aujourd'hui, Ida s'y traînait comme dans un énorme labyrinthe sans commencement ni fin ; et elle avait beau le parcourir, elle se retrouvait toujours au même point.

Elle se rendait vraiment compte qu'elle était venue là pour remettre quelque chose à quelqu'un ; et même elle savait le nom de ce quelqu'un : EFRATI, un nom qu'elle épelait à voix basse pour elle-même, afin de ne pas l'oublier. Et elle cherchait à qui s'adresser pour avoir des renseignements. Mais il n'y avait personne, pas même un passant. On n'entendait aucune voix.

Pour les oreilles d'Ida, le perpétuel grondement de la canonnade dans le lointain se confondait avec le bruit sourd de ses pas solitaires. En deçà du mouvement sur le quai du Tibre, le silence de ces ruelles ensoleillées isolait ses sens comme une piqûre narcotique, excluant autour d'elle tout territoire peuplé. A travers les murs des maisons, on entendait bizarre-

504

ment la résonance des pièces vides. Et elle continuait de murmurer EFRATI, EFRATI, se fiant à ce fil incertain pour ne pas se perdre tout à fait.

La voici de nouveau sur la petite esplanade où se trouve la fontaine. La fontaine était à sec. Des logettes et des balcons décrépits de la ruelle pleuvaient les plantes mortes. Aux étages des masures il n'y avait plus l'habituel pavoisement de caleçons, de langes et autres guenilles, étendus à sécher. Et les vitres de quelques fenêtres étaient cassées. Par la grille d'un rez-de-chaussée, jadis utilisé comme boutique, on entre-voyait le local humide et sombre, dépouillé de son comptoir et de ses marchandises, et envahi par les toiles d'araignée. Certaines des portes étaient fermées, mais d'autres, défoncées pendant les saccages, étaient tout juste poussées ou entrebâillées. Ida poussa une petite porte à un seul battant qui avait été crochetée et la referma derrière elle.

L'entrée, de la taille d'un débarras, était presque dans l'obscurité, et il y faisait froid. Par contre, le petit escalier de pierre, aux marches usées et glissantes, recevait de la lumière d'une fenêtre située environ à la hauteur du deuxième étage. Au premier étage, il y avait deux portes fermées; mais sur l'une des deux il n'y avait aucun nom. L'autre portait écrit à la plume sur un petit carton collé : Famille Astrologo, et sur le mur, au-dessus de la sonnette, encore deux autres noms au crayon : Sara Di Cave — Famille Sonnino.

Le long du mur de l'escalier, écaillé et couvert de taches, on lisait diverses inscriptions, la plupart d'une écriture nettement enfantine : *Arnaldo failamour avec Sara* — *Ferucio est beau* (et en dessous, ajouté par une autre menotte : *il est con*) — *Colomba fé l'amour avec L* — *W* (Vive) *la Roma.*

Fronçant les sourcils, Ida scrutait toutes ces inscriptions, s'efforçant d'y déchiffrer sa propre raison confuse. Cette maison n'avait en tout que deux étages, mais le petit escalier lui parut interminable. Finalement, sur le second palier, elle découvrit ce qu'elle cherchait. Mais, en réalité, dans le Ghetto de Rome, on ne compte plus les EFRATI. Il n'y a pas d'escalier, pourrait-on dire, où l'on n'en trouve pas quelques-uns.

Là il y avait trois portes. L'une, dépourvue de nom et dégondée, donnait sur une sorte de cagibi dépourvu de fenêtres avec par terre un sommier et une cuvette en mauvais état. Les deux autres portes étaient fermées. Sur l'une il y avait une petite plaque portant ce nom : Di Cave, et au-dessus de celle-ci, écrits à même le bois, aussi les noms suivants : Pavoncello et Calo. Et sur la seconde était collé un grand bout de papier qui disait : Sonnino, EFRATI, Della Seta.

Vu la fatigue qu'elle éprouvait, Ida ne parvint pas à résister à la tentation de s'asseoir sur ce sommier métallique. Par les vitres brisées de la fenêtre de l'escalier arriva le cri d'une hirondelle et elle s'en étonna. Insouciante des bombardements et des éclatements, cette petite bête avait parcouru en volant le ciel — son fragile petit corps s'orientant sans erreur — comme un sentier familier. Tandis qu'elle, par contre, qui était une femme et âgée de plus de quarante ans, elle se trouvait perdue.

Elle dut faire un effort énorme pour ne pas céder à l'envie de s'étendre sur ce sommier et d'y rester jusqu'à la nuit. Et ce fut certainement cet effort qui, dans son état d'extrême faiblesse, provoqua alors en elle une hallucination auditive. D'abord, le silence irréel de ce lieu la surprit. Et là-dessus, ses oreilles que les jeûnes faisaient bourdonner commencèrent à percevoir des voix. A la vérité, ce ne fut pas vraiment une hallucination, car Ida se rendait compte que la fabrique de ces voix était dans son cerveau et qu'elle ne les entendait pas ailleurs. Pourtant, l'impression qu'elle en recevait était qu'elles s'irradiaient dans ses canaux auditifs, venant d'une quelconque dimension non précisée, laquelle n'appartenait ni à l'espace extérieur ni à ses souvenirs. C'étaient des voix étrangères, de timbres différents, mais féminines en majorité, détachées l'une de l'autre, sans dialogue ni communication entre elles. Et elles prononçaient distinctement des phrases tantôt exclamatives et tantôt détendues, mais toutes d'ordinaire banalité, comme un montage de plans cinématographiques de la vie commune de tous les jours :

... « Je suis sur la terrasse pour ramasser le linge !! » ... « Si tu finis pas ton devoir, tu sortiras pas ! » ... « J'te préviens que ce soir, je l'dirai à ton père ! » ... « Aujourd'hui, on distribue des cigarettes... » « D'accord, je t'attends, mais grouille-toi... » « Où que t'étais tout ce temps ?... » « J'arrive, m'man, j'arrive ! » « Combien vous les faites ? » « Il m'a dit de mettre à cuire les pâtes... » « Éteins la lumière, le courant coûte cher... » ...

Ce phénomène des voix est assez commun, et parfois les gens en bonne santé le connaissent, le plus souvent au moment de s'endormir et après une journée fatigante. Pour Ida, ce n'était pas une expérience nouvelle ; mais dans sa présente fragilité émotive, elle en fut bouleversée comme par une invasion. Avant de se taire, les voix dans ses oreilles se mirent à retentir à tour de rôle, se chevauchant à un rythme d'émeute. Et dans cette hâte qui était la leur, il y avait, semblait-il, un sens horrible, comme si leurs pauvres bavardages s'étaient exhumés d'une éternité confuse pour sombrer dans une autre éternité confuse. Sans savoir ce qu'elle disait, ni pourquoi elle le disait, Ida se trouva en train de murmurer, son menton tremblant comme celui des petits enfants sur le point de pleurer :

« Ils sont tous morts. »

Elle le dit avec ses lèvres, mais presque sans voix. Et à ce murmure, dans ce silence elle eut le sentiment de la chute d'un poids, comme celle d'une sonde acoustique dans sa mémoire. Elle réussit alors à reconstituer que si elle était venue là aujourd'hui, c'était pour remettre le message qu'elle avait ramassé en bas du train le 18 octobre à la Stazione Tiburtina ; et aussitôt elle se mit à fouiller avec des doigts fébriles dans le compartiment de son sac, où elle l'avait laissé depuis ce jour lointain. Sur le feuillet, abîmé et crasseux, l'écriture au crayon s'était à peu près entièrement effacée. On lisait à grand-peine : *...voyé Efrati Pacificho — famille — dû lires —*. Le reste était illisible.

Une sorte d'anxiété de s'en aller de là s'empara d'elle. En cherchant son sac, elle avait revu au fond de son cabas le petit paquet de farine qu'elle y avait mis en sortant de la maison : ce paquet lui rappelait une chose imprécise mais très urgente qu'elle devait se hâter de faire avant le soir... A demi ivre elle revint sur le palier. Les sonnettes électriques des deux portes fermées n'émettaient aucun son ; et alors, elle se mit à frapper à l'une et à l'autre, au hasard, de-ci et de-là de l'exigu palier. Elle savait qu'elle frappait sans effet ni intention ; et bientôt elle cessa. Mais tandis qu'elle descendait vers la porte d'entrée, ces coups absurdes dans le vide, au lieu de s'interrompre, s'étaient retournés contre elle, la frappant entre la gorge et le sternum.

508

L'inutile message de la Stazione Tiburtina était resté là-haut, dans le cagibi où elle l'avait laissé tomber.

Cependant, elle venait de se rappeler qu'elle devait gagner sans retard la Via Garibaldi, pour tenter d'échanger sa farine contre un morceau de viande pour le dîner d'Useppe. Mais, cette fois, la chance lui vint en aide. A proximité du Portico d'Ottavia, encore à la lisière du Ghetto, elle aperçut dans un vestibule, en haut de trois ou quatre marches, une porte entrebâillée d'où coulait un filet de sang. Passant la tête, elle trouva un taudis mal éclairé par un vasistas intérieur et servant pour le moment d'abattoir semi-clandestin. Un jeune homme en maillot de corps, musclé, au visage osseux et aux mains couvertes de sang, debout derrière un banc, près d'une énorme valise pleine de journaux ensanglantés, mettait en pièces avec une hachette et avec ses mains le corps déjà dépouillé et dépecé d'un chevreau. Aussi bien lui que ses quelques clientes voulaient en finir au plus vite, cela aussi parce que l'heure du couvre-feu approchait. D'un côté du banc, qui était tout entier maculé et souillé, il y avait deux têtes de chevreaux sanglantes et, dans une corbeille, un tas de petites coupures.

Dans cette pièce stagnait une odeur douceâtre et tiède, qui donnait la nausée. Ida s'approcha d'un pas mal assuré, intimidée, comme si elle venait voler. Et sans mot dire, les lèvres serrées et les traits tremblants, elle posa sur le banc son paquet de farine. D'un œil presque torve, le jeune homme considéra ledit paquet et, en échange, il lui mit dans les mains, enveloppé dans du papier journal, ce qui restait du chevreau : une cuisse et un morceau d'épaule.

Les passants vidaient en hâte les rues, mais Ida ne se rendait pas compte de l'heure. En réalité, depuis qu'elle s'était à demi assoupie dans le jardinet, il s'était écoulé plus de temps qu'elle ne le pensait. Maintenant déjà, le couvre-feu sonnait; et au débouché du quai du Tibre sur la Piazza dell'Emporio, elle se trouva être, à son insu, l'unique passante dans un monde dépeuplé. Déjà les portes des immeubles se fermaient, mais à ce moment-là nulle patrouille n'explorait les parages. Le soleil qui commençait tout juste à descendre semblait une planète désertique et étrange, comme les soleils de minuit. Et tandis qu'elle longeait le quai du Tibre, le fleuve traversé de biais par la lumière lui apparut d'une couleur blanche. Tout le long du chemin qui la menait à la maison, elle ne voyait plus dans l'air tout entier que ce blanc liquide et éblouissant; et elle se hâta, craignant, inquiète, d'être tombée dans une sorte de planète extravagante bien que familière. Tout en avançant de son pas bancal et flottant, tel un moineau femelle mal en point revenant à son arbre avec un plantureux ver, elle avait soin de serrer jalousement son cabas dans lequel il y avait ces morceaux de chevreau. Et quand, du trottoir en face, elle reconnut la porte de son immeuble, elle tourna vers le haut des yeux pleins de gratitude pour chercher dans les étages les fenêtres de son logement. A son regard toutes ces fenêtres semblèrent comme autant de noires crevasses sur le devant d'un iceberg. La porte de l'immeuble était en train de se fermer. Pour se précipiter vers elle, son corps, de faiblesse, était devenu sans poids.

Cette nuit-là, depuis si longtemps où elle ne rêvait plus, elle eut un rêve. Ses rêves, d'habitude, étaient en couleurs et nets, mais celui-ci, par contre, était en noir et blanc, et flou comme une vieille photo. Il lui semblait qu'elle se trouvait à l'extérieur d'un enclos, quelque chose comme une décharge à l'abandon. Il n'y avait là que des souliers entassés, en mauvais état et poussiéreux, qui semblaient mis au rebut depuis des années. Et elle, qui était là toute seule, cherchait fébrilement dans ce tas un certain soulier de très petite pointure, presque un soulier de poupée, avec le sentiment que pour elle cette recherche avait la valeur d'un verdict définitif. Ce rêve n'avait pas de scénario, rien que cette seule scène ; mais, bien que laissé sans suite ni explication, il semblait raconter une longue histoire à la fin inéluctable.

Le lendemain matin, pour la première fois depuis de très nombreux mois, Ida ne parvint pas à se lever de bonne heure. Et elle ne put se décider à rien entreprendre d'autre, vers onze heures, qu'un second et inutile pèlerinage à la Paierie, pour le cas où, ce jour-là, le guichet des paiements aurait rouvert.

A son retour, Filomena la persuada de manger une portion de pâtes. Ayant perdu la stimulation de la faim, elle avala les premières bouchées à contrecœur ; mais ensuite elle en mangea le reste avec une telle voracité que peu après son estomac déshabitué fut pris de nausées. Alors elle s'étendit sur son lit, fermant les yeux dans l'effort de se retenir et d'éviter un tel gaspillage de ces très précieuses pâtes.

Il faisait un temps splendide, déjà estival, mais elle éprouvait un grand froid et une somnolence continuelle qui, de temps à temps, la forçait à se recoucher sur le lit. Durant ces assoupissements, elle revoyait dans un très lointain au-delà cette autre Ida qui, la veille encore, trottait et galopait par les rues comme un coureur, et qui faisait le guet et volait... « Une maîtresse d'école !! Une enseignante !!! » se disait-elle en frissonnant à cette dernière vision. Et elle se voyait carrément déjà inculpée et amenée au Tribunal : au nombre des juges, il y avait la Directrice de son école, l'Inspecteur, le Général en chef des Forces allemandes et quelques uniformes de la P.A.I. Cet état se prolongea pour elle aussi les deux jours suivants. A présent, elle avait très chaud et la gorge sèche. Elle était fiévreuse. Mais de temps en temps venait la rafraîchir une petite brise comme de feuilles ou de petites ailes qui auraient battu près de son visage :

« M'man ! *pouquoi* tu dors tant ? »

« Je vais me lever... Tu as mangé ? »

« *Vi*. Filomena m'a donné des pâtes. »

« Il faut dire la *Signora* Filomena... Tu as dit merci ? hein ? »

« Vi. »

« Comment lui as-tu dit ? »

« J'lui ai dit *vous permettez ?* et elle m'a dit : *tiens !* »

« Vous permettez !! c'est ça que tu lui as dit ?! il ne faut pas... je t'ai déjà appris qu'il ne fallait pas demander... Mais après, au moins, tu l'as remerciée pour le dérangement ?... »

« Vi — vi. Avant, j'y ai dit vous permettez et après j'y ai dit *ciao*. »

Ces jours-là, Filomena et Annita étaient heureuses, car Santina avait lu dans les cartes que la paix était pour bientôt et qu'on allait avoir des nouvelles de Giovannino. Tommaso, le maître de maison, par contre, était pessimiste. Il racontait avoir entendu dire à l'hôpital que les Allemands avaient l'intention de résister à outrance, et que, de toute manière, avant de partir ils allaient faire exploser toutes ces fameuses mines, et que le Pape lui-même se préparait à fuir vers

512

l'inconnu avec la « flotte vaticane » à bord d'un avion blindé.

Toutes les routes autour de Rome retentissaient du grondement des camions et des escadrilles d'avions. Du côté des Castelli, on ne voyait plus qu'une énorme fumée. Le soir du 3 juin, Tommaso qui se passionnait pour les matchs de football et était pour l'équipe de la Lazio rentra plus abattu que jamais : comme si tout le reste ne suffisait pas, il était arrivé une chose incroyable : la Tirrenia avait éliminé la Lazio. Et de la sorte celle-ci était exclue de la finale, ce qui faisait l'affaire de la Roma, sa rivale haïe.

A dater de ce jour, Tommaso se trouva en vacances, faute de pouvoir aller à l'hôpital, car, à la suite de mesures mises immédiatement à exécution, le passage des ponts du Tibre venait d'être interdit. Ainsi, la ville était divisée en deux territoires qui ne pouvaient plus communiquer entre eux. A cette nouvelle, dans la pauvre cervelle fiévreuse d'Ida, la topographie réelle de Rome se brouilla et se bouleversa. Tous les itinéraires de la ville qu'elle avait parcourus : non seulement celui de son école au Gianicolense et au Trastevere, mais aussi de Tordinona et de San Lorenzo et de la Paierie lui paraissaient dorénavant inaccessibles, parce que situés de l'autre côté du fleuve. Et le petit village du Ghetto s'éloignait d'elle, à la distance d'une nébuleuse, par-delà un pont long de milliers de lieues.

Tommaso dit aussi avoir vu défiler sur le Corso, venant de la Piazza Venezia, une interminable procession de camions bondés de soldats boches, tous noirs de suie et maculés de sang. Les gens les regardaient sans mot dire. Quant à eux, ils ne regardaient personne.

513

Le soir du 4 juin, la lumière électrique faisant défaut, tout le monde se coucha de bonne heure. Le Testaccio était calme sous la lumière lunaire. Et pendant la nuit, les Alliés entrèrent dans Rome. Soudain, comme si ç'avait été le jour du nouvel an, une grande clameur s'éleva dans les rues. Les fenêtres et les portes s'ouvrirent toutes grandes et les drapeaux commencèrent à se déployer. Il n'y avait plus d'Allemands à Rome. D'en haut et d'en bas, on entendait crier : Vive la paix ! Vive l'Amérique !

Le grand-père, réveillé en sursaut, se mit à gémir « oh m'man oh m'man » tout en graillonnant dans la cuvette.

« oh m'man oh m'man... »

« mon fils mon fils... qu'est-ce que tu dis ? »

« j'voudrais... rrhouhour... oh, m'man... mon fils... oh, m'man... réconfortez-moi... réconfortez-moi... les Allemands... oh, m'man, les Allemands... les Allemands s'amènent... ouououhrrh... rrrrrouhouou... y m'tuent m'tuent... nu et sans rien... rrhou... »

Il y eut du remue-ménage dans la maison. « Les Américains ! Les Américains sont arrivés !! » Useppe, au comble de l'excitation, déambulait, pieds nus, dans le noir.

« M'man ! m'maaan !! Les Lamémicains ! V'là les La... mémicains... ! » En rêve, Ida se retrouvait, enfant, à Cosenza et sa mère l'appelait avec insistance pour qu'elle se lève, car c'était l'heure d'aller à l'école. Mais dehors, il faisait froid et elle avait peur de mettre ses souliers, parce qu'elle avait des engelures aux pieds.

Trop fatiguée pour se lever, elle grommela faiblement et se rendormit.

4

Depuis l'assaut au chargement de farine, Ida ne se croyait plus capable de retourner au quartier de San Lorenzo, devenu pour elle le centre même de la peur. Mais deux semaines s'étant écoulées depuis le rétablissement de la libre circulation dans les rues sans qu'elle ait encore des nouvelles de Ninnarieddu, elle s'aventura jusqu'au bistro de Remo.

Là, elle apprit la nouvelle surprenante que Nino était déjà venu à Rome les premiers jours de juin, peu après l'entrée des Alliés et qu'il était passé en coup de vent dire bonjour à Remo, lequel lui avait naturellement communiqué l'adresse de sa mère au Testaccio. Il était en excellente santé et avait également donné de bonnes nouvelles de Carlo-Piotr, lequel était vivant et se portait bien, et habitait actuellement chez des parents (il s'agissait, en réalité, de sa nourrice) dans un petit patelin à mi-chemin entre Naples et Salerne. Les deux jeunes gens, après avoir réussi à franchir les lignes, ensemble et sans dommage, avaient conservé et, même, renforcé leur amitié de guérilleros ; et ils avaient souvent l'occasion de se rencontrer à Naples, où Nino traitait des affaires importantes.

C'étaient là, en tout et pour tout, les nouvelles aussi maigres qu'expéditives, que Remo avait obtenues de Nino : lequel était à bord d'une jeep militaire, en compagnie de deux sous-officiers américains, et était très pressé. Depuis ce jour-là, Remo ne l'avait plus revu.

Après cette information rassurante, Ida ne sut plus

515

rien de Nino jusqu'au mois d'août. Ce mois-là, arriva une carte postale de lui, timbrée de *Capri* et sur laquelle on voyait la photo en couleurs d'un luxueux immeuble intitulé *Quisisana Grand Hôtel*. Se méprenant, les destinataires imaginèrent tout bonnement que Nino était logé dans cette sorte de palais. Du côté réservé à la correspondance, au milieu de nombreuses autres signatures d'inconnus et au-dessus de sa propre signature : *Nino,* il y avait seulement écrit : *See you soon.* Cette phrase était indéchiffrable pour les assistants : certains considérant que c'était de l'américain, et d'autres plutôt du japonais ou du chinois. Mais Santina qui exerçait maintenant son métier auprès des militaires alliés consulta à ce sujet un Siciliano-Américain. Et de la part de celui-ci elle rapporta que cette phrase voulait à peu près dire : *A bientôt.*

Néanmoins, on arriva à l'automne dans le silence total de Ninnuzzu. A la vérité, durant ces mois, faisant la navette, il était venu plus d'une fois à Rome. Mais, comme il y était toujours de passage et trop occupé par certains trafics urgents, il avait jusque-là négligé d'en informer aussi bien son ami Remo que sa mère.

Cependant, les armées alliées, qui avaient débarqué en Normandie, déclenchant leur attaque contre les Allemands, avaient entrepris la reconquête de la France et, en août, étaient entrées à Paris avec le général de Gaulle. Dans tous les pays asservis par les Allemands, la révolte progressait, cependant que, de l'est, les armées russes avançaient. Et en Italie, après Rome les Alliés avaient pris Florence, s'arrêtant sur la *Ligne gothique* où actuellement le front était immobile.

Autres événements de cet été : peu de temps après la libération de Rome, Annita, ayant trouvé un moyen de transport, en avait profité pour aller rendre visite à son

516

village de montagne, où la masure de la famille et les masures voisines étaient indemnes. Mais, raconta-t-elle quand elle fut de retour, de toutes les villes et de tous les villages qui étaient en bas, dans la plaine ou sur le versant des montagnes et que jadis on rencontrait sur sa route, il ne restait plus rien : à leur place on ne voyait plus qu'un nuage de poussière. Ses beaux-parents lui nommaient telle ou telle localité, tel ou tel pays, telle ou telle orangeraie ; mais elle, secouant lentement la tête, avec des yeux désolés, répétait que partout c'était la même chose : plus rien, seulement un nuage de poussière. On eût dit que l'étrange spectacle de ce nuage de poussière avait envahi toutes ses autres impressions de voyage, si bien qu'elle ne se rappelait à peu près rien d'autre.

Le second événement, ce fut, en août, la mort du grand-père. Par une de ces nuits de canicule, le vieillard, se laissant, de sa propre initiative, glisser en bas de son lit de camp, s'était couché sur le pavement de la cuisine, sans doute pour avoir plus frais. Et le matin, il était encore là, par terre, étendu de tout son long, se marmonnant des choses, sans prendre garde qu'une file de fourmis marchait sur son corps demi-nu. Le premier à entrer à la cuisine, car il se réveillait à l'aube, ç'avait été Useppe ; lequel, stupéfait, observant le vieillard, avait essayé de lui offrir la cuvette-crachoir, la chaise, la fiasque de vin. Mais le vieillard répondait seulement en marmonnant avec obstination, sur le ton de quelqu'un qui refuse, et il ne voulait pas se lever. Le matin même, il fut transféré de la cuisine à l'hôpital, d'où, quelque temps plus tard, il fut porté directement au cimetière et jeté dans la fosse commune. A Useppe qui demandait où il était allé, Annita répondit qu'il était retourné dans ses montagnes ; et

517

cette réponse le laissa perplexe, car il s'imagina ce vieillard efflanqué, tout nu, couvert de fourmis et sans même ses sandales aux pieds, en train de grimper au milieu du fameux nuage de poussière. Mais à partir de cet instant, il ne demanda plus jamais de ses nouvelles.

Sur ces entrefaites, après les inévitables désordres de ses services, la Paierie avait recommencé de payer son traitement à Ida, mais cela en billets de banque d'un type nouveau, dits am-lires. Mais même avec ces am-lires, il lui était difficile de trouver de quoi faire à manger tous les jours ; et, dorénavant, pour elle, voler était exclu. Le bâtiment de sa vieille école, au Testaccio, déjà réquisitionné par les troupes, avait été occupé ces jours-là par un détachement de Sud-Africains qui, de temps en temps, donnaient à Tommaso Marrocco, en échange d'un service quelconque, les reliefs de leur table. Et alors, le hasard voulut qu'Ida, par l'entremise de Tommaso, trouve là un travail : des leçons d'italien à un type de ce détachement. N'ayant jamais auparavant fait la classe à un adulte, Ida était morte de peur ; mais, au début, elle croyait qu'un Sud-Africain était un noir, et ce fait, Dieu sait pourquoi, était plus rassurant pour elle. Au lieu de cela, elle se trouva en présence d'un homme à la peau blanche, blond et plein de taches de rousseur : lequel parlait très peu dans une langue incompréhensible, et qui se comportait avec elle plutôt avec rudesse, comme un sergent avec une recrue. Il avait une grosse figure carrée et était lent à comprendre ; mais en cela, je crois, la faute était plutôt celle de l'enseignante qui, pendant cette heure de leçon, peinait et bafouillait, pleine d'embarras, et avait l'air idiote. Les leçons avaient lieu à l'école, dans un local du rez-de-chaussée où il faisait frais et qui servait jadis de salle de gymnastique ; et comme paiement, Ida recevait des petits sachets de soupe en poudre, des boîtes de viande congelée, etc. Avec, à la fin de l'été, le déplacement du Sud-Africain vers Florence, cet emploi prit fin ; et cela resta, dans la suite, le seul rapport qu'ait eu Ida avec les vainqueurs.

De Giovannino, on n'avait encore eu aucune nouvelle. Et ainsi Ida, à la fin de l'été, occupait toujours avec Useppe sa chambrette de la Via Mastro Giorgio. Et là, un après-midi, les derniers jours de septembre, il y eut une visite inattendue : celle de Carlo.

Il se présenta comme étant à la recherche de Nino, assurant que, depuis quelques jours déjà, celui-ci était à Rome, encore que sans adresse précise. Et il espérait recueillir au moins là une indication quelconque lui permettant de le retrouver ; mais quand il s'aperçut que personne ne savait rien, il ne dissimula pas son impatience de s'en aller aussitôt, annonçant dans un murmure qu'il devait reprendre le train de Naples avant le soir.

Toutefois, devant l'anxiété d'Ida et les politesses des personnes présentes, prendre congé aussi brusquement dut lui sembler trop grossier. Et il s'assit gauchement comme on l'y avait invité, devant la table de l'atelier sur laquelle on lui servit aussitôt du vin blanc de Frascati. En le reconnaissant, Useppe qui était accouru de la chambrette, lui avait crié, heureux : Carlo ! Carlo ! et Ida, balbutiant de surprise, l'avait présenté aux autres : « Le Signor Carlo Vivaldi. » Mais lui, qui s'était assis, déclara d'un air brusque et sévère, comme si tout le monde avait déjà dû le savoir :

« Je m'appelle DAVID SEGRÉ. »

Dans la pièce, outre Ida, Useppe, les femmes de la maison et la petiote, il y avait Consolata et aussi deux autres personnes de connaissance et, en plus, un petit homme d'un certain âge, ami de la famille, qui de profession était crieur de journaux. Ida eût voulu poser à l'hôte cent questions, mais à la vue de son habituel comportement distant et sauvage, elle s'en abstenait. Et de plus elle avait également honte d'être laissée dans l'ignorance par Nino et dépourvue au point de devoir, elle, sa mère, s'informer à son sujet auprès d'un étranger.

Celui qui jadis s'était nommé Carlo, puis Piotr, et qui maintenant s'appelait David, était assis mal à l'aise au milieu de cette petite foule domestique. Les personnes présentes, ayant déjà entendu parler de lui par Ida, l'avaient tout de suite identifié comme étant ce fameux partisan camarade du preux Ninnuzzu, qui avait traversé les lignes avec celui-ci. Et en conséquence, elles le traitaient en hôte de marque, tout excitées par sa présence. Mais ces honneurs semblaient l'embarrasser davantage encore et, même, le choquer et le rendre presque sombre.

Il était toujours maigre, plus ou moins comme naguère, mais d'une certaine manière il avait l'air plus jeune qu'à l'époque où il était à Pietralata. Il portait un maillot de corps fraîchement lavé, et un pantalon de coton bleu, genre marin, qui, au contraire, était incroyablement crasseux. Et, bien que rasé et ayant les cheveux coupés court selon leur coupe primitive, il avait dans le visage et dans tout le corps quelque chose de négligé et de débraillé. Ses ongles étaient noirs de crasse et ses pieds sales étaient chaussés de sandales usées. Ida avait beau l'avoir présenté avec le titre de « Signore », il avait plutôt un aspect oscillant entre celui de bohémien et de prolétaire. Et l'intense tristesse de ses yeux noirs semblait s'abîmer dans une obstination intérieure quasi désespérée, telle une incurable idée fixe qui aurait couvé en lui.

Il ne regardait personne; et entre deux gorgées de vin, au lieu de poser son verre, il le serrait entre ses mains nerveuses et en regardait fixement l'intérieur, de l'air de s'intéresser plus au fond de son verre qu'à ses semblables. A ceux qui le pressèrent de raconter quelques-unes de ses aventures, il répondit seulement en haussant les épaules, avec un petit sourire grimaçant. Il était, clairement, très timide; mais son silence sentait aussi l'arrogance, comme s'il s'était refusé à toute conversation pour se venger de l'obligation de politesse qui l'avait forcé à rester là malgré lui. Face à la curiosité et aux sollicitations générales, il se comportait ni plus ni moins comme un sourd-muet. Ce fut seulement quand Consolata et les femmes Marrocco en vinrent inévitablement à lui soumettre le problème cruciel de leurs disparus, qu'il leva un instant les yeux et, dans un déclic de ses mâchoires, il dit avec une absoluité aussi grave que brutale :

« Ils ne reviendront jamais. »

Tout le monde se tut. Et alors le crieur de journaux, pour distraire un peu les femmes de cette impression terrible, mit rapidement la conversation sur Santina, laquelle avait promis de venir tout de suite après le déjeuner pour tirer les cartes, mais qui pourtant se faisait attendre. A ce sujet, le petit homme, prenant un ton amène, se lança dans de faciles déductions sur les affaires qui pouvaient retenir Santina et motiver son retard. Et il le fit non pas en termes vagues, mais en termes précis et enrichis d'allusions graveleuses qui visaient l'effet comique.

Le dénommé David ne parut pas plus s'intéresser à ces propos qu'à ceux qui les avaient précédés. Mais

quand, deux minutes plus tard, Santina fit son apparition sur le seuil, lui qui, jusqu'alors, n'avait fait
attention à personne, la suivit des yeux tandis qu'elle
dirigeait ses pas lourds vers la table, et il continua de la
regarder d'entre ses cils légèrement baissés, même
après qu'elle y eut pris place, presque en face de lui.
Grâce à la foule de petits soldats et de soldats moins
petits guère difficiles qui, ces mois-là, pleuvaient à
Rome de tous les continents, Santina, relativement à
son sort, jouissait maintenant d'une certaine aisance ;
et elle avait fait onduler par le coiffeur ses longs
cheveux dénoués et en partie gris ; mais en ce qui
concernait tout le reste, elle n'avait pas changé.
Personne ne se soucia de la présenter à David ; et elle
ne sembla pas remarquer ces yeux noirs qui la
regardaient furtivement avec une sauvage obstination.
Mais au moment où ses mains abîmées de blanchis-
seuse, grosses et noueuses, s'apprêtaient à battre les
cartes préparées par Annita, David se leva avec
décision et annonça :

« Il faut que je parte. »

Puis, se tournant aussitôt vers elle, il lui proposa ou,
plutôt, il lui ordonna presque avec arrogance, bien que
rougissant comme un gosse :

« Vous voulez bien venir avec moi ? Mon train ne
part que dans une heure et demie. *Après,* vous pourrez
revenir ici pour tirer les cartes. »

Il avait parlé sans ambiguïté, mais dans son ton il
n'y avait pas le moindre manque de respect ; et même,
en prononçant les derniers mots, il avait presque l'air
de demander la charité. Les yeux lents et dociles de
Santina bougèrent à peine dans sa direction ; elle eut
un petit sourire hésitant, qui laissa voir, à sa gencive
supérieure, l'absence d'une incisive.

« Allez, allez donc avec le signore, nous autres, on vous attendra », l'encouragea le crieur de journaux avec une gaieté cordiale et un peu malicieuse, « nous, on vous attend ici, vous pressez pas ».

Elle suivit le jeune homme avec simplicité. Lorsque le bruit de leurs pas accouplés s'évanouit dans l'escalier, il y eut dans l'atelier des commentaires variés, mais qui tous, plus ou moins, revenaient toujours à ce thème principal « un si beau garçon, s'en aller avec cette vieille putain !! ».

Pendant ce temps, ladite vieille putain guidait ce client inattendu vers son rez-de-chaussée de la lisière du Portuense, à peu de distance de la Porta Portese. Il était situé au bas d'un bâtiment isolé en maçonnerie, qui comportait en plus deux étages (ceux-ci, bien qu'en mauvais état et croulants, semblaient plus récents), au bout d'un terrain vague et non pavé, par-delà certaines baraques qui avaient des jardinets. On y entrait directement de la rue, par une petite porte sans plaque ni sonnette, et l'intérieur, une seule et humide petite pièce, donnait d'un côté sur une sorte de dépotoir, visible par une petite fenêtre grillagée qui, d'ailleurs, était toujours masquée par un rideau. Du même côté que cette petite fenêtre, il y avait un lit en bois, pas très vaste, veillé par deux gravures saintes : l'une était l'image habituelle et mille fois reproduite du Sacré-Cœur, et l'autre le portrait d'un saint local, avec son anneau pastoral, ses ornements et une auréole autour de sa mitre épiscopale. Le lit était recouvert d'un tissu de coton rougeâtre et avait à ses pieds un petit tapis à bon marché, de style oriental, presque réduit à la trame.

Le reste du mobilier consistait en un fauteuil aux ressorts à demi sortis et en un petit guéridon sur lequel il y avait un poupon en celluloïd vêtu de tulle, un petit plat et un réchaud électrique. En dessous de ce guéridon, il y avait une grosse valise en fibre, qui faisait aussi office d'armoire, et au-dessus de lui, accroché au mur, il y avait un petit placard.

Dans un coin de la pièce pendait un rideau du même tissu à fleurs et à raies que celui de la petite fenêtre, et tout aussi usé. Derrière ce rideau, il y avait un petit lavabo en fer-blanc, avec broc, cuvette et seau, un essuie-main très propre pendu à un clou, et, par terre même un bidet, lui aussi en fer-blanc.

Les waters, communs aux autres locataires des étages supérieurs (Santina était la seule habitante du rez-de-chaussée), étaient situés à l'extérieur, dans la courette de l'entrée principale. Pour y aller, il fallait sortir du logement et faire le tour du bâtiment jusqu'à la porte d'entrée. De toute façon, dans la petite pièce, il y avait sous le lit un pot de chambre, qu'on pouvait même vider directement dans la rue.

Santina ne voulut pas se déshabiller, se contentant de se déchausser avant de s'allonger sous la couverture à côté de lui qui déjà s'était mis nu. Ils restèrent ensemble environ une heure, et pendant cette heure David se déchaîna, se laissant aller à une agressivité animale, avide et quasi frénétique. Mais, au moment de prendre congé, il regarda timidement Santina, avec une sorte de gratitude attendrie, alors que, par contre, durant toute cette heure, il avait toujours évité de la regarder, tournant ailleurs ses yeux sombres et solitaires malgré la furie de son corps. Il lui donna tout ce qu'il avait comme argent (pas grand-chose), le tirant de la poche de son pantalon (où il avait aussi son billet de retour Rome-Naples) et en lui mettant dans la main ces quelques billets, tous aussi chiffonnés que du vieux papier, il s'excusa auprès d'elle, honteux de ne pas pouvoir la payer mieux. Mais, là-dessus, constatant qu'il s'était fait tard, il dut lui demander de lui rendre un peu de monnaie, les quelques sous qu'il lui fallait pour prendre le tram jusqu'à la gare. Et cette demande le fit rougir, mortifié, comme une faute difficile à pardonner ; cependant que Santina, en faisant cette petite restitution, semblait presque s'excuser à son tour par la stupeur de ses yeux dociles, car, à la vérité, la somme qu'elle avait reçue de lui (bien que minime) était plus que le double de son tarif habituel.

De toute manière, il se hâta de lui apprendre qu'après la libération du Nord, il aurait plus d'argent que maintenant et qu'en conséquence il pourrait la payer beaucoup mieux. En attendant, même avec les quelques sous qu'il pouvait se procurer pour le moment, chaque fois qu'il serait à Rome, il reviendrait la voir.

Craignant que ne connaissant pas bien le quartier, il ne s'égare, elle l'accompagna jusqu'à l'arrêt du tram. Puis, avec le poids de son corps rudoyé et patient, elle retourna chez les Marrocco ; cependant que lui, ballotté par la foule du tram, se frayait un chemin en jouant des coudes, inquiet comme un lutteur dépourvu de style.

Telle une estafette, la réapparition de Carlo-David précéda de peu celle de Nino. A peine deux jours plus tard, au début de l'après-midi, Ninnarieddu se présenta à son tour chez les Marrocco ; et sa visite, bien qu'aussi brève, fut le contraire de celle de David.

Comme sur la porte d'entrée il y avait la petite plaque avec le nom de MARROCCO, avant même de frapper, il appela avec exaltation : « Useppe ! Useppe ! » Mais le hasard voulut que, vu la très belle journée de soleil, Useppe soit sorti se promener avec Annita ; et en apprenant cela, Nino fut d'autant plus déçu qu'il ne pouvait rester que peu de temps. Il avait apporté à son petit frère plusieurs tablettes de chocolat américain et il les posa sur la commode avec une expression contrariée. Alors, Filomena expédia sur-le-champ et en toute hâte la petiote à la recherche des deux promeneurs qui, du reste, ne devaient pas être allés loin : ils s'étaient probablement arrêtés aux jardinets de Piazza Santa Maria Liberatrice. Mais après une très brève disparition, la petiote reparut en coup de vent, si essoufflée qu'on eût dit qu'elle mangeait sa respiration : elle les avait cherchés dans les jardinets et dans la rue, mais sans les trouver. A la vérité, elle s'était chargée à contrecœur de cette commission, anxieuse de ne pas perdre un seul instant de la présence éblouissante de ce nouveau visiteur. Jamais, sauf peut-être parmi les héros de cinéma, elle n'avait vu un type aussi sensationnel.

Il était bouclé, grand, bien fait, bronzé par le soleil, effronté, élégant et tout entier vêtu à l'américaine. Il avait un blouson de cuir à l'américaine, s'arrêtant à la taille, avec une chemise et un pantalon de civil, mais de toile militaire américaine. Ce pantalon, bien repassé, retenu par une magnifique ceinture de cuir et étroit de jambes, se terminait par des petites bottes en peau naturelle, du type de celles, superbes, qu'on voit dans les westerns. Et par sa chemise ouverte, on voyait danser sur sa poitrine une chaînette d'or à laquelle était accroché un petit cœur en or.

L'épopée de ses exploits, maintenant légendaire dans la famille, passait et repassait dans ses yeux, en images mobiles et canailles. Et jusque dans ses mains on devinait la destruction et le risque : à tel point qu'en le voyant parfois s'approcher, la petiote se reculait vivement en riant et en frissonnant, l'air de supplier : « Au secours ! au secours ! il va me dérouiller ! »

Pourtant, elle s'avança vers lui, d'un air d'impertinence et même de défi, pour se faire montrer de près une grosse bague en maillechort qu'il avait à un doigt. Sur le chaton étaient gravées les lettres A. M. (Antonio Mancuso) : « C'est mes initiales », lui expliqua-t-il. Elle se plongea dans la contemplation de cette bague, avec l'air important d'un connaisseur qui examinerait le trésor du Grand Khan. Mais tout d'un coup, elle s'enfuit de l'autre côté de la table, riant comme une folle de son audace inouïe et qui lui brisait tout bonnement le cœur.

Il n'eut pas le temps de parler beaucoup de ses actions d'éclat guerrières et de ses aventures des derniers mois. Mais on comprenait, du reste, que pour lui c'était déjà là de l'histoire ancienne, à laquelle il revenait tout juste en passant et distraitement, trop pris par le présent et impatient de courir vers l'avenir immédiat. Ce que pouvaient bien être les importantes occupations qui l'absorbaient actuellement restait une énigme, et, même, il se plaisait, à ce sujet, à jouer l'homme du mystère.

Il fut contrarié d'apprendre que Carlo-David était venu le chercher inutilement ; mais il s'y résigna aussitôt, disant en secouant ses boucles : « Je le verrai à Naples. » Et il s'amusa à raconter des historiettes, siffla des airs de chansons, et à chaque instant il éclatait de rire, gai comme un pinson. Tout le monde était excité par sa présence joyeuse.

A la vérité, maintenant où il buvait et mangeait à volonté et était libre de faire ce qui lui chantait, Ninnuzzu était vraiment florissant; et en cette présente saison de sa floraison, son désir le plus grand était de plaire à tout le monde. Fût-ce même au balayeur, à la sœur quêteuse, à la marchande de pastèques, au policier, au facteur, au chat : même à eux. Une mouche, même une mouche, si elle venait se poser sur lui, voulait peut-être lui dire : « Tu me plais. » Et comme il aimait tant plaire, il était toujours ardent, endiablé et faisait le fou comme s'il avait joué avec un ballon irisé. Il le lançait et les autres l'attrapaient et le lui relançaient; et il faisait un saut et le reprenait. Or, l'excès d'exhibitionnisme, dans cette partie qui était la sienne, était fatal; mais il y apparaissait de temps en temps une sorte de question ingénue, anxieuse et propitiatoire. La suivante (plus ou moins) : « Alors, je vous plais ? oui ou non ? Ah, dites oui, j'aime trop vous plaire... » et alors, dans ses yeux et dans sa bouche agressive et capricieuse, pointait l'ombre d'une menace : « Si vous me dites non, vous me navrez. Je veux vous plaire. Faire de la peine à un garçon comme ça, ce serait une vraie vacherie... »

Cette note faisait qu'on lui pardonnait toute sa vanité et que personne ne lui résistait. Jusqu'au crieur de journaux (lequel, vers cette heure, arrivait toujours chez les Marrocco, pour boire un verre de vin en compagnie), qui, de but en blanc, frappa du poing sur la table et dit à Ida d'une voix quasi tonnante : « Votre garçon, Signora, c'est vraiment quelqu'un ! » Et une cliente, une petite vieille d'une soixante-dizaine d'années, qui était venue essayer sa nouvelle jaquette, s'assit afin de pouvoir jouir de sa présence et chuchota à l'oreille de sa mère : « Moi, Signora, je le mangerais de baisers ! »

Ida elle-même, qui pourtant lui en voulait toujours pour diverses raisons, éclatait de temps en temps d'un petit rire brillant, qui voulait faire remarquer : « C'est mon fils ! C'est moi qui l'ai fait ! »

En ce moment, comme il racontait qu'il avait passé l'été à danser, il voulait apprendre aux femmes présentes certaines danses nouvelles ; si bien qu'il s'en fallut de peu que, terrifiée à l'idée d'être prise dans ses bras, la petiote ne se précipite sous la table. Mais, heureusement, ne pensant plus à danser, il alluma une cigarette avec un briquet américain (ou anglais) qu'il appelait son *canon*. Et à cette occasion, il offrit des cigarettes à tout le monde, tendant à chacun, y compris la petite vieille, son paquet d'américaines Lucky Strike. Mais comme la seule des personnes présentes qui fumait était le crieur de journaux, il lui fit cadeau du paquet tout entier, à l'exception d'une seule cigarette qu'il garda en réserve, la mettant avec ostentation derrière son oreille. Et alors, pour faire le clown, il se mit à imiter les poses d'un gommeux.

Cependant, toutes les deux minutes, il se mettait à bougonner à cause de l'absence d'Useppe, et, finalement, il déclara, courroucé, qu'il ne pouvait plus l'attendre davantage. On voyait clairement que le motif le plus important de sa venue avait été de faire une surprise à son petit frère et de lui donner le chocolat américain ; et de voir son projet réduit ainsi à néant le mettait sérieusement en colère et le faisait souffrir. « Je retourne voir dans la rue ? » lui proposa très vivement la petiote, dans l'espoir de le retenir encore. « Non, il est tard maintenant. Je ne peux plus m'attarder », répondit-il, l'œil sur sa montre.

Et après avoir dit au revoir à tout le monde, il fit mine de s'en aller ; quand soudain il se ravisa. Alors il soupira, mi-maussade, et faisant deux pas rapides vers sa mère, il lui mit grandiosement dans la main une poignée d'am-lires. Elle fut tellement ahurie par ce fait sans précédent qu'elle ne le remercia même pas. Par contre, elle le rappela alors qu'il était déjà sur le seuil de la porte, ayant tout à l'heure oublié de se faire redire (afin d'éviter les malentendus) le nouveau prénom et le nouveau nom de Carlo Vivaldi, qu'elle n'avait pas bien compris l'autre jour.

« DAVID SEGRÉ ! C'est des noms de youpin », lui expliqua-t-il. Et il ajouta sur un ton fier et satisfait :

« Moi, je le savais depuis un bon bout de temps que c'était un youpin. »

Comme il disait cela, dans un éclair, quelque chose de comique et de curieux se représenta à sa pensée, l'arrêtant sur le seuil et le taquinant, avec l'anxiété d'une communication impossible à différer : à tel point que, malgré sa hâte de partir, il revint sur ses pas presque en bondissant : « M'man, faut que je te dise une chose », proféra-t-il en regardant Ida du coin de l'œil avec amusement, « mais elle est confidentielle. Faut que je te la dise en particulier. »

Qu'est-ce que cela pouvait bien être ?! Ida s'attendait à tout de sa part. Elle l'emmena dans la chambrette et en ferma la porte derrière elle. Il l'entraîna à l'écart dans un coin, bouillant d'une impatience extraordinaire :

« Tu sais ce qu'on m'a dit, m'man ?! »

« ?... »

« Que toi T'ES JUIVE. »

« ... Qui t'a dit ça ? »

« Oh, moi, y a longtemps que je le savais, m'man !

C'est quelqu'un d'ici, quelqu'un de Rome, qui me l'a dit. Mais qui c'est, je te le dirai pas. »

« Mais ce n'est pas vrai ! Ce n'est pas vrai !! »

« ... Oh, quoi, m'man !! est-ce qu'on serait encore au temps de Ponce Pilate ? Qu'est-ce que ça fait que tu sois juive ? »

Il réfléchit un instant et puis ajouta :

« Karl Marx aussi était juif. »

« ... » Ida, le souffle coupé, tremblait comme un fétu de paille dans le vent.

« ... Et papa ? qu'est-ce qu'il était, lui ? »

« Non. Lui, non. »

Là-dessus, Ninnarieddu réfléchit encore un peu, mais sans trop s'appesantir. « Les femmes », observa-t-il, « ça se voit pas quand elles sont juives. Mais les hommes, si, parce que, quand ils sont mômes, on leur taille le bout du zizi. »

Et il conclut alors, comme on fait une constatation sans importance, il conclut :

« Moi, je suis pas juif. Et Useppe non plus. »

Et sans plus de délais, il s'enfuit. Quelques instants plus tard, la petite vieille prit congé à son tour, cependant que le crieur de journaux fumait, béat, ses Lucky Strike. La machine à coudre, actionnée par la petiote, se remit à fonctionner avec plus de fracas que d'habitude ; et Filomena se remit à marquer à la craie une pièce de laine marron dépliée sur la table.

Un quart d'heure plus tard, Annita et Useppe rentrèrent. Ils avaient été regarder le manège Piazza dell'Emporio et sur le chemin du retour, Annita avait fait l'acquisition pour Useppe d'un cornet de glace qu'il léchait encore quand ils parurent. Ida, après son dialogue avec Ninnarieddu, était restée dans sa chambre ; et à leur entrée la petiote qui maintenant n'avait même plus envie de chanter *joie tourment* leva de la machine deux petits yeux longs et attristés, et annonça aussitôt à Useppe :

« Y a ton frère qu'est venu. »

Perplexe, Useppe continua machinalement de lécher son cornet, mais déjà sans plus en sentir la saveur. « Ton frère! Nino! il est venu! » répéta la petiote. Useppe cessa de lécher son cornet :

« ... Et maintenant où il est allé ?!... »

« Il était pressé. Il est parti... »

Useppe courut à la fenêtre donnant sur la rue. On n'y voyait passer qu'une camionnette bondée de monde, et puis la voiturette du marchand de glaces, un petit groupe de militaires alliés avec leurs *signorine*, un petit bossu âgé, trois ou quatre gosses avec un ballon, et personne d'autre. Useppe se retourna en hâte vers la pièce :

« Je descends... le chercher... maintenant... moi, je vais y aller... », déclara-t-il avec une exigence désespérée. « Et où c'est que tu veux aller le chercher, petit! A l'heure qu'il est, il est déjà à Naples! » l'avertit, tout en fumant, le crieur de journaux.

Useppe promena autour de lui un regard éperdu et inconsolable. Tout d'un coup son petit visage parut tout entier comme écrasé et son menton commença à trembler.

« Regarde ce qu'il t'a apporté! du chocolat américain! » lui dit le crieur de journaux pour le consoler. Et Filomena, prenant les tablettes sur la commode, les lui mit toutes dans les bras. Il les serra contre lui avec une expression de jalousie presque menaçante, mais il ne les regarda même pas. De tristesse ses yeux étaient devenus immenses. Il avait une traînée de crème sur le menton et serrait encore entre ses doigts sales le cornet de glace, qui entre-temps lui avait fondu dans la main.

« Il a dit qu'il reviendrait bientôt, pas vrai, m'man ? Il a dit comme ça qu'il reviendrait bientôt ? » dit Annita à Filomena, en lui clignant furtivement de l'œil.

« Oui, oui. C'est sûr. Il a dit que samedi prochain ou au plus tard dimanche, il serait de nouveau là. »

Mais en réalité, l'insouciant Ninnarieddu ne fit sa réapparition qu'au mois de mars de l'année suivante. Pendant tout cet intervalle, on n'eut même pas une carte postale de lui. Le camarade Remo, de nouveau consulté par Ida, dit que depuis leur fameuse rencontre de juin, il ne l'avait plus jamais revu : d'après lui, on pouvait supposer qu'il était reparti combattre avec les partisans du Nord, peut-être dans les brigades d'assaut Garibaldi... Mais, dans la suite, par David qui, de temps en temps, revenait lui rendre visite, Santina apprit qu'en réalité, Ninnuzzu s'était aco-quiné avec certains Napolitains et qu'avec eux il parcourait de long en large toute l'Italie libérée, faisant la contrebande des marchandises. A plusieurs occasions, il était même passé par Rome ; mais tou-jours en courant et, pour ainsi dire, incognito. Santina ne put pas en rapporter plus long de la part de David, lequel, maintenant, à la vérité, était devenu moins taciturne avec elle ; et même, parfois, il se laissait aller à discourir dans leur rez-de-chaussée, surtout s'il avait bu. Et au nombre de ses divers sujets de conversation, l'un de ceux qui lui tenaient le plus à cœur, c'était Nino. Mais Santina ne comprenait à peu près rien de ce que racontait David, bien que, avec son habituelle patience soumise, elle ait été capable de l'écouter en silence même une heure entière. David, pour elle, restait un type énigmatique, pas normal et mystérieux : presque un individu aussi exotique que les Marocains ou les Indiens. Et quant à Nino, ce héros fameux, elle ne l'avait jamais vu en personne, car elle ne se trouvait pas là le jour de sa visite chez les Marrocco. Tous les commentaires qu'elle entendait les autres faire sur lui pouvaient l'étonner, mais ils n'excitaient pas sa curiosité. Et dans son imagination aussi pauvre que lente, elle parvenait tout au plus à retenir les quelques renseignements pratiques essentiels le concernant.

Dès qu'il se mettait à parler de Nino, David avait le visage qui s'illuminait, tel un garçonnet contraint à une longue claustration par on ne sait quels devoirs abscons, quand tout d'un coup on lui ouvre la porte et qu'il peut retourner courir. Et comme s'il avait parlé d'un Vésuve ou d'un torrent, qui ne doivent pas être jugés pour ce qu'ils font, il ne critiquait jamais les actes de Nino : au contraire il les vantait avec le plus grand respect, montrant, parfois, une éclatante partialité à l'égard de son ami. Mais de cette sienne partialité, libre et spontanée (comme due aux mérites supérieurs d'Asso), il semblait toujours tirer un plaisir innocent et une sorte de réconfort.

Selon David, le camarade Remo ne comprenait pas du tout Ninnarieddu, s'il avait pu se l'imaginer en train de guerroyer avec les partisans dans le Nord. Dans le Nord les partisans étaient organisés comme une armée ; et ce genre de chose, dès le début déjà (depuis l'été 43) avait été insupportable pour Nino, lequel avait de l'antipathie pour les officiers et pour les galons, ne respectant ni les hiérarchies, ni les institutions, ni les lois ; et si maintenant il s'était livré à la contrebande, ce n'était pas pour le gain, mais parce que c'était illégal ! De fait, plus Nino grandissait et moins il s'adaptait au Pouvoir ; et même si, par moments (à cause d'une quelconque fatalité intérieure qui était la sienne), un certain fanatisme pour le Pouvoir s'emparait de lui, il ne tardait pas à le transformer en extrême mépris : cela même avec un double plaisir. Nino était trop intelligent pour se laisser aveugler par certaines étoiles fausses...

Et arrivé là, David, entraîné par son sujet, se mettait à discourir à pleine voix, avec une emphase passion-née... Le Pouvoir, expliquait-il à Santina, est dégra-dant pour celui qui le subit, pour celui qui l'exerce et pour celui qui l'administre ! Le Pouvoir est la lèpre du monde ! Et le visage humain, qui regarde vers le haut et devrait réfléchir la splendeur des cieux, tous les visages humains, au lieu de cela, du premier jusqu'au dernier, sont défigurés par une telle physionomie lépreuse ! Une pierre, un kilo de merde seront toujours plus respectables qu'un homme, aussi longtemps que le genre humain sera souillé par le Pouvoir... C'est ainsi que se défoulait David, dans la petite chambre au rez-de-chaussée de Santina, gesticulant avec ses bras et ses jambes, au point de faire bouger et flotter la couverture du lit. Et Santina l'écoutait, ouvrant ses grands yeux ternes, comme écoutant en rêve un berger kalmouk ou bédouin lui réciter des vers en sa langue. Comme David, avec ses mouvements désordonnés, prenait presque toute la place dans le lit, elle avait son gros postérieur qui dépassait à moitié au-dehors ; et dans ses bas, ses pieds couverts d'engelures étaient froids, mais, par égard pour son amant, elle évitait de trop tirer à elle la couverture. A la vérité, dans la petite pièce où, en été, on jouissait d'une certaine et agréable fraîcheur, en hiver, comme au fond d'une cave, l'humidité suintait des murs.

Mais le froid et l'eau glacée qui donnent des engelures, la canicule qui fatigue et fait transpirer, l'hôpital et la prison, la guerre et les couvre-feux ; les Alliés qui paient bien et le jeune maquereau qui la bat et lui prend tout ce qu'elle gagne ; et ce beau garçon qui se saoule volontiers et parle et gesticule et donne des coups de pied : et qui, au lit, la massacre littéralement, mais qui est gentil, car, ensuite, il lui verse chaque fois jusqu'aux derniers sous qu'il a dans ses poches ; tous les biens et tous les maux : la faim qui fait tomber les dents, la laideur, l'exploitation, la richesse et la pauvreté, l'ignorance et la stupidité... pour Santina ce ne sont là ni justice ni injustice. Ce sont de simples nécessités inéluctables, dont la raison n'est pas donnée. Elle les accepte parce qu'elles se produisent, et elle les subit sans le moindre doute, comme une conséquence naturelle du fait d'être née.

NOTES

Les notes 1, 3, 4 et 8 sont de l'auteur, les autres sont du traducteur.

1. Ce vers placé en dédicace est emprunté à un poème de César Vallejo.

2. *eia eia alalà* : cri d'acclamation poussé par les aviateurs italiens durant la Première Guerre mondiale et repris ensuite par les Fascistes.

3. *Pitchipoï* : ce nom aurait été inventé à Drancy par les enfants juifs destinés à la déportation pour désigner le pays mystérieux vers lequel partaient les convois de déportés (cf. Poliakov : *Il nazismo e lo sterminio degli Ebrei* (Le nazisme et l'extermination des Juifs), Éditions Einaudi, page 239).

4. *L'eau pour la mort* : il s'agit d'un rite funèbre de la religion juive.

5. *Sora* : abréviation populaire de *signora*.

6. *Sfogliatella* : gâteau napolitain composé de pâte feuilletée et de crème.

7. *Sor* : abréviation populaire de *signore*.

8. *Resciúd* signifie va-t'en.

9. *P.A.I.* : sigle de *Polizia dell'Africa Italiana* (Police de l'Afrique italienne). Ce corps institué dans les colonies italiennes d'Afrique après la conquête de l'Éthiopie, fut employé sur le territoire national à des tâches militaires et policières durant la Seconde Guerre mondiale.

10. *Pasta scura* : « pâtes de guerre » qui, au lieu d'être blanches et faites de blé dur, étaient de couleur sombre et faites de son et de farine de seigle.

11. *Apai* : miliciens de la P.A.I.

Impression Bussière à Saint-Amand (Cher),
le 27 mars 1987.
Dépôt légal : mars 1987.
1ᵉʳ dépôt légal dans la collection : septembre 1980.
Numéro d'imprimeur : 860.

ISBN 2-07-037214-6. / Imprimé en France.